U0731512

15th
太阳鸟文学年选
十五周年
1998-2012

2012
中国最佳散文

主编◎王蒙　分卷主编◎王必胜　潘凯雄

辽宁人民出版社

© 王必胜　潘凯雄　2013

图书在版编目（CIP）数据

2012中国最佳散文/王必胜，潘凯雄主编. —沈阳：
辽宁人民出版社，2013.1
（太阳鸟文学年选/王蒙主编）
ISBN 978-7-205-07526-2

Ⅰ.①2… Ⅱ.①王… ②潘… Ⅲ.①散文集 — 中
国—当代 Ⅳ.①I267

中国版本图书馆CIP数据核字（2012）第294017号

出版发行：辽宁人民出版社
　　　　　地址：沈阳市和平区十一纬路25号　邮编：110003
　　　　　电话：024-23284321（邮　购）024-23284324（发行部）
　　　　　传真：024-23284191（发行部）024-23284304（办公室）
　　　　　http://www.lnpph.com.cn
印　　刷：沈阳航空发动机研究所印刷厂
幅面尺寸：170mm×240mm
印　　张：22.75
字　　数：408千字
出版时间：2013年1月第1版
印刷时间：2013年1月第1次印刷
责任编辑：陶　然
封面设计：丁末末
版式设计：王珏菲
责任校对：高　辉
书　　号：ISBN 978-7-205-07526-2

定　　价：38.00元

法律顾问：陈光　咨询电话：13940289230

太阳鸟文学年选
编辑委员会

主　　编　王　蒙

执行主编　林建法

编　　委　林　非　叶延滨　王得后

　　　　　张东平　孙　郁

分卷主编

散　文　卷　王必胜　潘凯雄

随　笔　卷　潘凯雄　王必胜

杂　文　卷　王乾荣

诗　歌　卷　宗仁发

中篇小说卷　林建法

短篇小说卷　林建法

长篇小说卷　林建法

序

散文的几个关键词

王必胜

　　散文的收成如今仍可视为丰年，她仍然是各门文学样式中的大户。当然，散文不如小说、纪实文学那样某部作品可叫响一时，或常有研讨造势，但其成绩也是可观的。或者说，在每年盘点时，不能不看到她承继了以往的能量，在读者中仍葆有极大的热情。

　　好像有人说时下是个命名的时代，人们热衷于命名，在文学中也如是，概念上去分解，定义上去说道，文体进行划分，但总是界线模糊、阵线不明、语焉不详的。时下，文体的分类越来越困难。有的只是划出个大概，欲知其所以然只能靠个人的体悟了，或者在莫衷一是的比较中去测度。比如，纪实文学与报告文学的关系、杂文与随笔的关系等，就没有人能说得清。散文的特色或者说散文的定义呢，同样，在文学的诸文体中，也是不太好界定的。有说，她是博采众文体之长的"多面人"，长袖善舞，或许就是其所长。

　　我们不说定义，那是个弯弯绕的线团，我们也不太好说今年的散文特色主要有哪些，因为，散文的年度总结，我以为每在这个收获的秋季，岁岁年年去说，有些困难，即使在一些选本中得以展示的，未必就是代表了年度的最高水平，就是了不得的作品，更遑论，一个人或几个人的视野也是极为有限的，还有众多人为因素。所以，每看到在这个时候，有文章搞所谓的年度盘点，挂一漏万地提及某个作品，归纳某些特色，总是有点担心的，也是老套的令人生烦的事，虽然自己不得已也做过，这种期望对鲜活的现实进行理论匡定，其说法与做法也像一个瞎子摸象似的费力不讨好。所以，这里选年度作品，也是有些忐忑的。只是，我们秉持往常对于散文的大致的概念，这是：一、人文情怀和精神向度，就是说，作品不是纯个人性的故事和书写，而是有着大众情感的关联，让读者有共鸣；再，她表达方式的有意味，就是说，令人咀嚼、有吸引力，或者文字上老到精致，或者气势上的整体效果突出。虽然这样说也是一个虚质，可是，你让读者引人入胜了，读后有嚼头，就算是好的作品。

　　对散文年度的面貌，与其归纳什么，或列举出哪类作品的优长，不如换一种思路，用关键词来表述，对一些问题作些梳理。

一、思想

散文不直接以叙述和提炼思想见长。思想即主题，她不是直接地展示主题。或者说，散文的主题不好以简单的归纳法来要求。固然，思想是一切文章的灵魂。但思想是内在的融合，是肉，不是皮，是风骨，不是外表，是质地，不是形状；她不耳提面命，不是高头讲章，不是热闹地紧跟社会时尚或政治情势，不是主义与问题的随从。

散文的思想是潜在的、隐性的，是和风与细雨，润物无声的状态。隐藏、内敛、细微、机巧，在文章的内涵上，给人以张力和激荡。

散文可以从所呈现的人情事理中，渗透书写者的精神情怀，让阅读成为巨大的精神享受，得到共鸣与应和。其主题或思想，不因为她隐匿地表达，或者轻盈地渗透而缺失。不因为她的精巧细致，不因为她的风花雪月和个人情感的表达，而减少其主题的厚实与深度。

现在的问题是，有多少散文在思想主旨上让人感动，撞人心扉，启人心智，令人感同身受而共鸣呢！

没有思想的文字是六神无主的躯壳，没有力量，没有深度。而时下，散文的思想有如稀薄的空气，难以捕捉。不少纪念性的文字，不少赶时髦的歌颂体的文字，不少纪游式的报道文字，其内涵苍白，内蕴寡淡，难以卒读。这类文字，有，等于没有。

当前的散文，不缺少机巧的表达，缺少思想的呈现；不缺少场景和客观景象的描写，而少有人的精神世界的开掘，人的灵魂深处的触摸。散文可以散，可以信笔而书，可以笼天地于形内，挫万物于笔端，然而，其风骨和灵魂是首要的。

二、情怀

为人者多情怀，为文者亦然。无情无义，其人不可交，其文味同嚼蜡。

文字的鲜活与沉寂，有味与乏味，关涉到情怀。情怀是大爱，是善，是真，是文章的内蕴品质，经典远播传扬的关键。缘情而文，作文之法则。文章者，境界之不同，亦是情怀的高下之别。情怀高致，其面貌可爱；高情大义，其风华自雅。

关怀弱者，敬畏自然，尊敬长者，感念生命，尊重历史，敬仰人文等，情怀使然。书写生活，记录思想，追慕前贤，期待来日，形诸文字方能显现出高下优劣，其区分也在于是否以情感人，以义达人。

散文在时下数量庞大，势头不减。君不见，各类纸质媒体仍为大户，各路作者老与少，名与无名，多有染指，网络博客微博，壮其阵势。但，如若仔细分辨，鱼龙混杂，或可以滥且乱而名之。如没有节制任意而为，或以枯燥沉闷的东西占据版面，有些作者耽于自恋自炫，倚老卖老，矫情自负，不可爱、失诚信，令读者敬而远之，或生烦厌。信马由缰，无所节制，小题大作，无病呻吟，成为疏离读者的主因。

情怀是平实的风度，是高扬的精神气象，也是一种人情世态秉持的尺度。她不轻浮，不急躁，不自恋，不乖戾，不虚伪。

借用一句时髦的用语，作文要接地气。散文写历史、文化、民生，书写情感，励志抒怀。散文的情怀，实际上是对大地的书写，对民生的关注。作文要有温度，温度是情怀体现。与大地和大众精神相通，气息相求。观照平民人生，书写生活艰难的脉动，展示大众的精神追求和人生的期望，文章就能为读者大众青睐。

三、自由

写作者精神是自由的。古今中外大家如是说。散文更是一种放松心态下的文字表达。

我想故我写，我手写我心，畅快直接的表达，本真求实的还原。散文中有人，写人是主体，写别人或自己，可折射人生历程，可开掘精神情操。散文写人，真实朴实，不事渲染；不是炫耀，不是人物形象的标准画像。

散文是自由的文体。或者说是最自由的文体。散文的包容，散文的自由，成就了她的气象万千，不拘法度，她的写人、写史，记事、主情，写当代写过往，不一而足，只有让文字自由地表达，放飞心态，高扬自由精神，直面生活，亲近大众，散文才有大雅之作，才会体现出美文的品格，为大众所喜爱。

她可以近距离地捕捉当下文化精神，显示出书写者对社会人生敏锐感悟，可以荦荦大端地对于一个时代的万千气象进行文学描绘，可以对社会热点进行文学透视，也可以从一个新的视角对历史中的人与事进行打捞和挖掘；或可以精细地对某一社会现象进行切片似的描绘。它可以有宏大叙事的丰富，有宽大视野的开阔，有精致细腻的切入，有纵横捭阖的豪放，有小桥流水的委婉曲折，有情感激烈的辨识与争执，有情怀柔美的迂回与矜持。长河大波和小桥流水，都可视为散文的表达方式。

她不拘成法，无有规范。记，可以写史，秉笔直言；赋，可以赞人，也可弹人；长，可以洋洋洒洒，或以专题写类型；而短，可以是一个事件一剖面。长而有度，短而精微。主题广泛，写法多样。求真，探寻，辨析，释疑等，人生万象，花鸟虫鱼，喜怒哀乐，皆成文章。

自由，是随心，是放松轻快，是宽怀畅达，是不惧不忧。文字的自由，终究是心灵的自在、精神的自由、情感的自足。

只是自由放飞了散文的精神，开启了她的远行能力，但，如何让散文的自由转化为优质的文字，是当下散文不可忽视的问题。

常见的是，不少文字端着官员腔、公文腔的架势，主题先行，或赞颂辞式的，自恋自负，暮气沉沉，掉书袋式的酸腐气、八股调，令人生厌。或者，套话式地写乡情乡愁者，了无新意，这诸多散文的病灶，也破坏着散文形象。

散文自由地表达，切忌八股式、官腔式的贩卖，不居高临下地俯视，也不是拘谨地再现生活，丧失掉其生气和鲜活。自由是内在的，是心灵的，没有写作者内在的心灵感受，其文字是枯燥乏味的。

四、语言

文学是语言的世界，作家是语言的魔术师；散文不是文学样式中语言的极致者，却也是大家高手们致力追求的文体。

为文有高下种种，但可从语言的精到或粗放，隽永或芜杂，文野雅俗来区分。语言不专是一个表达技巧，而渗透着作者的情感成分、才学天赋，语言的优劣精芜，是写家与大家的分水岭。

散文语言首先要精炼，流水账单式的枝蔓令人生畏。语言要有以一当十的效果。其次是精致有味。常见有些散文语言枯涩，叙事拉杂枝蔓，结构板结，写人平淡苍白如履历表，说理像论文式的干巴，记事如新闻式的浅近，其原因是缺少语言的灵动和张力。当年鲁迅、梁实秋、周作人、林语堂等大家的文章中，我们看到的不只是对于人生的特殊感悟，而雅致的语言和精致的情怀，令人回味无穷。有时候，一个形象的语言表示，就可以成为文章的一个文眼，比如，董桥关于中年是下午茶语言意象，足可以成为一篇文章的经典表达。语言是作品的面貌和气质。风华无限，意象峻拔，而情怀悠悠，可以吸引读者，可以成为经典。一篇作品，如果说情怀是其内修的话，而语言却是一个显见的外形，这也是散文大家们所看重的。

眼下，不只是散文创作，在文学界或多或少不太注重语言的修为，除了其写作者本身的能力外，也有在创作中忽视语言而随意作文的心态作怪。语言是一切创作的关键，而散文对语言要求更为严谨，对此，多年来却不太为人所警醒，一些散文家在语言上乏善可陈。重视和讲究语言，这本来不成问题的问题，竟成为散文以至时下诸多文学提高水平的急务，说来，多少有些滑稽。

2012年冬

目　录

1

热血还在奔流

贺捷生

一

1929年的秋天还没有我，但我已经以两滴血的形式存在于世，一滴流淌在贺龙的身体里，一滴流淌在蹇先任的身体里。

两滴血渐渐靠近，一个影响深远的故事从此拉开序幕。

负责任地说，是贺龙，也就是我未来的父亲，积极主动，首先靠近蹇先任，也就是我未来的母亲的。那时，父亲担任红四军军长，正带领他的部队在建始、巴东、鹤峰三县交界处艰难作战；母亲则作为湘鄂西苏区的第一位女红军，在父亲的部队担任文化教员。父亲一见到他的队伍里冒出这个漂亮女兵，这个刚满二十岁的白净姑娘，眼前一亮，心里就有些控制不住自己了。没过几天，他对这个女兵，也就是我的母亲蹇先任说，蹇先生，和我结婚吧。

母亲已经是一名坚定的战士，一个成熟的革命者。与人们印象中的女红军有所不同，她长得灵巧，精致，体态优雅，但性格内向，言语不多，气质上多少显得有些文弱。几年前在省城长沙受到的良好教育，使她拥有湘西女性并不多见的书卷气。穿上红军那身灰色的土布军装之前，她便在长沙参加过学生运动，从事党的秘密工作，是个已经有两年党龄的党员了。当站在父亲面前时，她那双湖水般深邃的眼睛，她在艰苦环境中锻炼出来的从容和沉稳，让父亲当即认定她就是自己要找的女人，再不能错过。其实父亲是见过女人的，但他没见过像母亲这样的知识女性。他想要的，正是这样的女性。

就因为母亲的出现，原本以粗鲁和霸道著称的父亲，忽然生硬地变得拘谨和文雅起来。他亲切而又谦逊地称我母亲蹇先生。

但母亲是何等细心之人，她一眼就看出了这个部队的最高指挥员，这个说一不二的男人，向自己投来的那种异样的目光。母亲在心里对自己说，那就走着瞧吧，反正该来的迟早会来。

父亲提出和母亲结婚的理由，说起来也是那么好笑，那么牵强附会和欲盖弥彰。父亲说，蹇先生，我贺龙是个粗人，在旧军队混的时间长了，养成

1

了许多坏习气，必须有个人来管我。因此，我给上海的党中央报告了，这个能管住我的人现在终于找到了，那就是你。

听着父亲有些蛮不讲理的求婚，母亲心如止水，一点都不感到意外，更没有那种泰山压顶的感觉。虽然我那当时只有三十六岁的父亲，既勇猛又粗犷，早在十几年前就揭竿而起，领导过桑植暴动和南昌起义，是个不仅把湘西，甚至把中国搅得天翻地覆的人，但母亲并不慑他，既不怕他逼婚，也不怕他逼婚不成把自己从他的队伍里赶走。

母亲冷静地望着父亲，温文尔雅地说，是吗？贺军长想和我结婚？这可是件大事，但我自己说了不算，得去问问我父亲，看他同不同意。

好嘛，好嘛。说到结婚必须先过我外公这一关，父亲那颗多少有些顾忌的心不知不觉又膨胀起来。他说，那没问题，蹇先生要我去求你父亲蹇老先生，过几天我就去把慈利县城打下来。

与父亲的故乡桑植县相邻的慈利县，同属湘西，是我母亲的出生地。在慈利县城的某条街上，住着我的外公蹇承宴，还有他临街开的豆腐店和染布店。看见父亲那副志在必得的样子，母亲在心里不服气地想，哼，你以为我父亲这一关是这么好过的？他又不是地主劣绅，而是个安分守己的生意人，你吓唬不住他。再说，他为人正直，做事有自己的原则，你如果胡作非为，他可不吃你这一套。

当然，母亲在省城读过书，见过世面，又接受了新思想，还是党的人，红军队伍里的人，她还不至于不敢为自己的婚姻做主。但她在情感上却是个非常传统的人，她觉得自己可以把信仰和生命交给党，交给这支军队，但自己的女儿身是外公给的，在把自己交出去之前，必须由外公点头。从另一个角度说，外公在生意场上阅人无数，看得出谁忠谁奸。因此在嫁人的问题上，母亲绝对相信他的眼力。

外公蹇承宴在母亲心里，和当军长的父亲一样，是个很高大也很有力量的人。他生在湖南安乡，八岁时因村里发大水，一家人只活下来他和上了年纪的奶奶。之后，奶奶带着他背井离乡，外出逃荒，几经漂泊才流落到慈利县杉木桥，借住在一户穷人家里。现在一个八岁的孩子懂得什么呢？但八岁的外公在那时却已经懂得必须与奶奶相依为命，必须在当地人面前谨慎做人，别让人瞧不起；还懂得一个男人应该自强不息，既要能赚钱赡养奶奶，还要以自己的能力成家立业，活得像个人样。渐渐地，他无师自通地学会了做豆腐，有了一门养家糊口的手艺。三十岁那年，奶奶不在了，他与一个叫黄世菊的女子白手成家，真正在异乡站住了脚。有一年，听说慈利城里的豆腐生意好做，小两口一合计，挑上担子便进城去了。在后来的日子里，夫妻俩在县城一边做豆腐，一边生儿育女。几年下来，大女儿蹇先钰、二女儿蹇先任（我母亲）、三子蹇先为、四女儿蹇先佛、五子蹇先超，先后来到这个世界。再后，自然是小小发达了，他又娶了二房杨氏，生小舅蹇先辉，小姨蹇先珍。最了不起的，是他除了把大姨蹇先钰留在了身边做帮手外，让其他的儿女都上了学，其中母亲蹇先任和大舅蹇先为，还被送到长沙兑泽中学读书。

母亲正是在长沙读书的时候，受到大舅蹇先为的影响，开始从事地下斗争的。大舅当时虽然还是个少年，但已经相当成熟了，甚至有过出生入死的经历。1927年长沙发生"马日事变"，党组织面临瘫痪，又因缺少经费而难以为继。适逢外公的生意做得有些规模了，在街上开了两个作坊和两家铺子，大舅便以帮助外公经商为名，趁外公和外婆不注意，从钱柜悄悄拿出钱去资助党组织。有一次，他整整提走了一百块大洋，被外公发现了，严厉追问他钱的去处。大舅却不躲闪，而且几句话就打消了外公的顾虑。大舅说，你从小看着自己的儿子长大，难道会相信我拿出钱去做坏事？又说，你老人家不是天天反对苛捐杂税、盘剥压榨吗？我们就是要和那些人过不去。

要说我外公还真是有胆有识，听完大舅的几句话，他什么也不问了，只是默默地盯着他，然后拍拍他瘦弱的肩膀说，先为啊，你做的事既然于国有益，那就大胆去做吧，爹不拦你。但是你应该知道，做这种事是要掉脑袋的，应该处处小心，步步小心。

这就是母亲信任外公的原因。他尽管是个小县城里的小商人，但眼里有爱憎，胸中有家国，这在当年是非常难得的。还有，他虽然像所有父母那样疼爱自己的子女，却不愿把他们护在自己的羽翼下，只要他们走正途，甚至不怕他们有个三长两短。正因为这样，在那个险恶的年代，当大舅带着母亲去参加红军时，他从心里为他们感到高兴。要知道在那时当红军家属，是要遭受杀身之祸的。

听说父亲贺龙要娶自己的二女儿，外公的反应大大地出人意料。他不是害怕，不是断然回绝，更没有那种受宠若惊的样子，而是满地打滚，号啕大哭。他边打滚边说，完了完了，我家二姑娘这下完了，贺龙是要娶她当小啊，这让我这张老脸往哪搁？然后说，我家先任可是百里挑一的好姑娘，怎么能给人当小呢？又说，我话说在前面，贺龙既然能娶她，总有一天也会休她，我家二姑娘苦哇……

大概在外公满地打滚的第二天或第三天，外公早上起来开店，刚卸下两三块店板，忽然听见一阵咚咚的脚步声。他茫然看过去，只见一个高大魁梧，用一顶大礼帽遮住大半张脸的人，正向他走来。来人的背后还跟着两三个同样高大的人，他们一只手提着衣角，另一只手插在宽大的马裤里。凭直觉，外公知道这些人都带着家伙。

外公有些紧张，但来人突然单腿跪在他脚下。

你、你是谁？外公大吃一惊。

来人把大礼帽往脑后一推，昂头抱拳说，蹇老先生，你莫惊慌。我是桑植人贺云卿，也就是传说中的贺龙，在红四军当军长。这次来是求你开恩的，请你把你的二女儿先任嫁给我。又说，老人家，你尽管放心，我贺龙以性命担保，我看上你的宝贝女儿，绝不是让她做小，而是明媒正娶，让她协助我革命，帮助我打江山。

贺龙的名字谁没有听过？他在湘西跺一下脚，山都会抖，树都会摇。但是，此刻他就跪在自己脚下，行此大礼，这让外公如何担当得起？正是在此刻，外公被父亲感动了，或者说吓蒙了，他连忙拉起我父亲说，贺、贺军长，你的好意我心领了，有事进家里说。

没过几天，外公带人将一包金条和许多布匹送到父亲的队伍里。他对父亲说，云卿啊，我知道你们红军缺衣少食，生活过得苦，这些东西你们用得着。作为给父亲个人的礼物，外公送给他一件花了上百块大洋买的皮袍。外公想，父亲长年带领队伍在山里奔波，日晒雨淋，风餐露宿，必须有件厚实的衣服抵挡风寒。

父亲和母亲结婚的第六年，即1935年的11月1日，我在父亲出生的桑植县洪家关呱呱坠地。母亲后来对我说，当时真想把我带回慈利去。给外公看一眼他的外孙女，让老人家也高兴高兴，可惜时间已经来不及了，因为队伍马上就要向远处开拔了。

这段历史在军史上有记载：1935年11月19日，由贺龙、任弼时、关向应和萧克率领的红二、六军团从湖南桑植县刘家坪出发，开始长征。

在这支浩浩荡荡的队伍中，也有我，当时出生才十八天。正躺在马背上一只摇摇晃晃的摇篮里。

二

热风扑面，密集的飞虫像雨点般撞在脸上，赶也赶不走。天完全黑下来的时候，母亲从羊角山上的灌木丛里直起身子，拔起酸痛的腿，像个幽灵般走进澧水河北岸的慈利县城。在小巷的拐角处，她下意识地停了下来，探头朝自己家开的染布店看了一眼，而这一眼外公留给母亲的印象，从此像刀一样刻在了她的记忆中。

外公坐在染布店门前的一把竹床上乘凉，手里噼噼啪啪地挥动着一把大蒲扇。他把黑色的对襟衫撩向两边，露出精瘦的身子，不时腾出手来拍打在腿脚上叮咬的蚊子。借助昏黄的煤油灯光，母亲感到她看清楚了外公胸脯上的一根根肋骨。外公老了，瘦了，不断发出空空的咳嗽声。母亲的泪水就在这个时候落了下来。她知道外公老成这个样子，不光是为他这个十几口之家操劳所致，还得天天在为自己和先为舅舅担惊受怕。虽然母亲和先为舅舅去当红军时，外公表现得那么平静，那么豁达，但在朝不保夕的战争年代，环境那么残酷，战斗如此频繁，他这个做父亲的怎能不牵挂一对儿女的安危？要是外公知道担任湘鄂边红军第一纵队参谋长的先为舅舅，此时已壮烈牺牲，知道他这个二女儿变成了今天这个样子，他又会作何感想呢？

母亲终没有走进近在咫尺的家，转身消失在黑暗中。

1930年春天，父亲和母亲结婚不到半年，便怀上了我从未见过面的姐姐红红。这时父亲率领红四军准备向洪湖地区移动，试图与战斗在洪湖地区的红六军会合。从湘西到临近武汉的洪湖，关山重重，路途迢迢，特别是要面对国民党军队的重重围追堵截，母亲挺着个大肚子，显然不能随军行动，父亲只好把她安置在桑植县官地坪的一户农家待产，留下两个贴身警卫员照顾她。这一次分别，因战争形势的千变万化，父亲和他的红四军一直在湘鄂黔边界周旋，数年未返，母亲遭受了她一生中最不堪回首的苦难和煎熬。

这是长达三年多的颠沛流离和生死挣扎啊！在那些日子里，母亲用一只竹背篓背着在动荡中出生的姐姐红红，昼伏夜出，东躲西藏，今天不知道明天的死活，先后流落在官地坪、七郎坪、鹤峰、四门岩等地坚持斗争。在漫长难熬的岁月中，她既要对付国民党军和当地团防的搜捕，还要提防自己的同志和老乡的反水与出卖；至于吃住和衣着，只要能生存，那就只能随它去了。

红四军离开湘西时，留下一个独立团坚持湘鄂边斗争，各地的党组织和武装也还存在，但独立团的不少军官是旧军人出身，形势好的时候能勉强跟着父亲走，形势一变，马上换了一副面孔。偏偏在这时，夏曦抓改组派的风又吹过来了，他本人也数次深入湘西，残酷地杀害了一批党内干部，一时造成忠奸莫辨，人心惶惶，这为母亲的生存带来了更大的险恶。但给母亲带来致命一击的，还是姐姐红红的死。

红红姐姐在母亲颠荡山林的背篓中，已长到一周岁，聪明伶俐，惹人疼爱，给在艰难中求生的母亲带来莫大的安慰。但一场麻疹袭来，让我这个可怜的连父亲的面都没有见过的姐姐，无医可寻，无药可治，生生死在母亲的怀里。在那个雪花早早飘落的冬天，当母亲在四门岩山林里的雪地上刨一个坑，亲手把那具小尸体埋进去时，那种疼痛和对父亲的负疚，就像用火在烧她，用刀子在活活地割她！

没有了姐姐的拖累，当地的党组织又遭到严重破坏，母亲决定离开湘西，独自去洪湖一带寻找父亲和她日思夜想的队伍。在从四门岩一路摸索到慈利的路途中，她只身奔命，被沿途的团防扣留过，在荒山野地里病倒过，还化装成叫花子乞讨过，人熬得骨瘦如柴，衣服被荆棘和岩石撕磨得丝丝缕缕，满是破洞。因此，当她躲在街角看到外公和家的时候，再也没有勇气往前走了。她怕自己这副人不人鬼不鬼的样子吓着外公和外婆，也怕两个老人为她的遭遇感到心痛。

大姨蹇先钰也住在慈利县城，离外公家不远，大姨夫已去世多年，身边只有一个小女儿。母亲想，还是先去找她这个姐姐好一些，她孤儿寡母的，没人注意。住下后洗个澡，换身衣服，再回家也不迟。

天更黑了，大姨家没有点灯，她和小女儿每人拿把竹椅坐在门口乘凉。母亲看准没有外人，从黑暗中一闪而出，径自往大姨家黑黢黢的门里走。路过大姨身后时，轻轻地叫了她一声姐。

大姨惊愕地回过头，只见一个浑身散发出酸臭的影子往自己的家里飘，立刻追过来拽住母亲，说，你这叫花子来讨什么？快出去！

母亲急忙捂住大姨的嘴，说姐，别大声叫嚷，我是先任啊。

大姨如遭雷击，忙拽回小女儿。把大门关住，扣死，返身把母亲搂在她怀里，说哎呀，你真是先任啊！怎么弄成了这个样子？把人都要吓死，爸爸妈妈还以为你死了哩……边说边哭出声来。

母亲说大姐，你别哭了，我不是平平安安地回来了吗？你先让我洗个澡，换身衣服，身上脏死了。

大姨猛然想起什么，说，贺龙呢？孩子呢？就你一个回来？

母亲说，贺龙在洪湖那边，女儿死了，连我都差点死了。

听母亲说得那么冷酷，大姨又要哭，母亲忙说，大姐，我求你了，不要哭了，快给我找套干净衣服，再给我弄点吃的，我几天没吃饭了。

洗完澡，吃完饭，已是夜半三更，大姨泪眼婆娑地说，先任，孩子已经睡了，我先送你回妈妈家，那里房子多，不会引人注意。我这里临街，房子又小，到了白天街上人来人往的，你住这里危险。

回到外公家，母亲、外婆和大姨抱在一起，哭成了泪人。

人回来了还哭什么？外公喝住三个女人，也像大姨那样问我母亲，咋搞成这个样子？你是从哪里跑回来的？贺龙呢？他不管你了？

母亲告诉外公和外婆，父亲贺龙带领红军主力在三年前离开湘西后，再没有回来。现在是红军最困难的时期，许多人牺牲了，活着的也失散了，今后的形势将更复杂，更恶劣。她这次千辛万苦地跑回家，是想请外公想办法送她去找父亲和部队。

外婆吓得面如土色，忙说二丫头，外面兵荒马乱，到处在抓人和杀人。你身子骨这么单薄，都剩下半条命了，还要去找他们啊？

外公说，鬼话！二姑娘是贺云卿的人，不去找他，找谁？又对母亲，他的二丫头说，你既然回家了，就在家里多养几天，不然风都能把你吹走，还咋个找？想想又问，云卿他们现在在哪里？你先为弟弟呢？

母亲差一点把大舅牺牲的事说出来，但话到嘴边又咽回去了，只回答说，听说他们在洪湖，先为弟弟一直跟着云卿，想必不会有事。

外公放心地点点头，对外婆、大姨和母亲三个人说，时候不早了，让二丫头早点睡吧。先钰也趁早回家，别让孩子半夜醒来找不着娘；白天没事不要往这里跑，免得隔墙有耳。送二丫头去洪湖找云卿和红军的事，由我来想办法。但不能急，得想个万全之策。

母亲在家里藏了几天，外婆好饭好菜地喂她，身体恢复很快。

外公经过仔细盘算，决定拿出一笔钱，与外婆一个叫黄进元的亲兄弟合伙做生意。然后由进元大舅搞一条船沿澧水往洪湖走，让母亲待在船上，伺机送她到父亲身边。进元大舅也经商，人很精明，在澧水两岸有不少熟人和生意伙伴。用这个办法，既能把母亲顺风顺水地送出湘西，又能让她免受跋涉之苦，可谓两全其美。

几十年后母亲对我说，外公开豆腐坊、染布店，那个家是他一点一点攒起来的，但他不吝金钱，绝不像小生意人那般抠抠搜搜，把钱看得比磨盘还大。为了几个参加革命的儿女，他敢作敢为，慷慨大度，不惜千金散尽。从这个意义上说，他又是个很有胆识的人。

船备好了，外公往母亲的包袱里放进足够的盘缠，叮嘱她说，二丫头，你放心大胆地走吧，要是能顺利走到洪湖找到云卿，是最好不过了。如果遇到麻烦，实在走不出去，就到焦圻去找你母亲的族侄黄其均，他和爸爸也有生意来往。但他可能听说你嫁给了贺龙，千万不要跟他提起你这次是去找贺龙的，就说是逃难离家，只到亲戚家躲几天。待我想出新的办法，再到焦圻去接你。

这个月夜，风平浪静，载着进元大舅和母亲的那条船，顺利地离开了慈利。正好是盈水季节，母亲一觉醒来，船已靠上津市码头。

有了船，又真是代表外公和进元大舅合伙做生意，这让母亲从容、淡定，无需乔装打扮，即使遇到团防或地痞流氓来敲诈勒索，只要不知道她是贺龙的妻子，谁也不会产生怀疑。而在那样的乱世，谁又会把一个船上的普

7

通女人与贺龙联系起来呢？

船到沙市，进元大舅上岸去变卖从津市贩来的一船草纸。当时沙市就缺草纸，货很快脱手，他乘机打听当地是否太平。商家对他说。如今哪里还有太平？前不久贺龙还带领红军来打沙市，都打到沙市东街了，但被国军打退了。仗打得很凶，双方死了不少人。商家还惺惺相惜地提醒大舅，如今兵荒马乱，贺龙的队伍正缺衣少食，四处流窜，咱做生意的，千万别往他们的枪口上撞。

那贺龙的部队退到哪里去了？还在洪湖吗？进元大舅心想我正要找贺龙呢，却不敢说出来，只能继续装傻。

商家说，鬼晓得，他们来无影去无踪。但洪湖他们肯定是放弃了，因为国军已密密麻麻地围过来，围得像铁桶似的。

此话当真？进元大舅的心怦怦直跳。

那还有假！商家说，洪湖那边有船过来，生意人都关心这个。

进元大舅马上回到船上，把消息对母亲说了。母亲没有思想准备，心里一急，当天就病倒了，高烧不止。要知道她三年多来苦苦寻找父亲，吃过多大的苦，遭了多大的罪，现在眼看就要到洪湖了，父亲他们却撤走了，这怎不让她心力交瘁，一时心如死灰？

母亲患的是疟疾，三两天好不了，进元大舅只得把她带回家。

在津市，母亲一病不起，足足被困了两个月。

三

病好得差不多了，按照外公临行时的交代。母亲决定去焦圻找表兄黄其均。外公也来信说，在焦圻发现了红军的踪迹。从津市去焦圻没有水路，母亲没有让进元大舅送，自己背上包袱就上路了。

黄其均表兄母亲见过，前些年他来慈利做生意，常到家里来看望外公和外婆，向外公讨教生意经。他还向外公借过一笔数目不小的钱，但生意做赔了，害怕外公催他还账，跑回焦圻不敢见外公了。母亲的出现让他颇感意外，额上顿时冒出一层汗珠。母亲马上说自己是来逃难的，又送上三十块大洋，说这是她的食宿费用。表兄说不出别的，忙安排母亲住下，说二姑娘，表兄的家也是你的家。

因为着急上火，没在表兄家住几天，母亲又得了痢疾，刚刚恢复过来的身子又迅速往下瘦。最后瘦得只剩下一层皮软塌塌地包着一把骨头。其均表兄不敢懈怠，四处去找郎中和打听偏方。

外公听说母亲刚渡过一难，又赶上一难，心急如焚，星夜赶到焦圻表兄家。幸好头几天用对了药，母亲的病好了许多。见表兄对母亲不薄，外公非常感动，对表兄说了实话。他说其均啊，你大概知道我家二丫头当了红军，又嫁给了贺龙。前三年她让贺龙送回桑植生娃娃，与贺龙失去了联系。有人说红军正在江北一带活动，她到焦圻就是来找贺龙的，你得想个办法送她过江。要不然，她老待在你这里，一来给你添麻烦，二来如果有个意外，两边的人都惹不起。

其均表兄对母亲的来意，其实早有察觉，只是母亲和外公不把话挑明，他也不敢往那个地方想。现在外公道出了原委，他当即拍着胸脯说，姑夫请放心，我别的做不到，送先任妹妹过江还是有办法的。

外公望着其均表兄说，你有什么办法，说出来听听。

其均表兄告诉外公，他刚在靠江更近的藕池住过一段日子，帮一家店铺管账，知道藕池对岸的江陵和监利一带经常有红军出没。他还亲眼看到白军和红军隔江相望，你来我往地打拉锯战。常常是白军气势汹汹地渡过江去，红军又跑到江这边来了。反正是谁也制服不了谁，只好这样对峙下去。话到这儿，其均表兄说，他可以先带母亲去藕池开家店铺，先熟悉情况，摸准行情，待谁也不注意的时候，花钱雇条小船，这样就能把母亲顺利地送到江对岸。

外公说，这个办法好，就按你说的，先去藕池开家小店，你和二丫头一起打理，看准机会把她送过江去。话说到这里，外公从身上摸出其均表兄当年借钱的那张字据，当面撕了，边撕边说，其均侄儿，你能为姑夫办好这件事，过去的账我们一笔勾销，不再提了。

可惜，当其均表兄和母亲在藕池盘下一家店铺后，红军却从江北消失了。这时，外公又打听到了新的消息：父亲率领红军已回到鹤峰和桑植一带。从藕池前去围剿红军的白军已陆续返回，当地的土豪劣绅纷纷放起了鞭炮。

母亲又陷入了愁城：藕池离鹤峰和桑植，山高路远啊！

但外公没有气馁，他让母亲返回到焦圻等他的消息，自己一次次派人去鹤峰、桑植打探父亲的下落。他想，即使找到天边，他也要帮他的女儿找到贺龙，

1933年冬天，外公派他的另一个族侄黄其昌扮成一个卖布的小贩到鹤峰一带寻访。其昌表兄辗转了几个月，沿着红军留下的标语，终于在鹤峰的石灰窑、椿木营一带找到了红军。

父亲得知其昌表兄代表外公来找他，将其昌表兄迎进了他的司令部。听说外公这几年百折不挠，一边想尽办法让母亲藏身，一边帮助母亲四处寻找

9

红军，父亲特别感动。他让其昌表兄立即返回慈利，向老人家报告，让母亲回到慈利或桑植一带，主动向红军靠拢。因为红军住行无定，目标太大，不能贸然深入白区。

1934年10月，经过在湘鄂黔三省边界的艰苦转战，父亲率领的红四军已壮大为红二军团，并在黔东与任弼时、萧克率领的红六军团胜利会师，然后杀回湘西，在永顺、大庸创建了稳固的革命根据地。

听到这个消息，外公当即派义子文春林送母亲启程，踏上了回部队之路。这一次迎接母亲的，是翻飞的旗帜、沸腾的歌声，是兵强马壮的红军大部队。当然，还有父亲那张喜笑颜开的脸。

母亲像踩在云里雾里和无数次做过的梦境里。在见到父亲的那一刻，她悲喜交加，一头撞进他的怀里。想起近五年的离群索居，生生死死，她眼里的泪如同大坝决堤，江河泛滥。她对父亲最难启齿又不得不说的，是红红姐姐的死。云卿啊，我对不住你，把你的女儿弄丢了。当母亲说出这句话时，已泣不成声，差点昏厥过去。

父亲把母亲娇小的身子裹进胸膛，用宽阔的手轻轻抚弄着她的秀发，疼爱地说，好了好了，别哭了，战争那么残酷，我们有许多好战友、好同志都牺牲了，你蹇先生能捡回一条命，让我很知足了。以后我们还会有孩子的，我保证，到时再不会发生红红这样的事了。

回到自己的战斗岗位，母亲才知道，在这五年里，父亲和他这支队伍中的每个人，个个九死一生。她认识并朝夕相处过的许多红军干部，像段德昌、王炳南、覃苏、董朗、陈协平、汪毅夫等等，或在战场上壮烈牺牲，或被左倾路线残酷杀害。父亲的亲人，我的大姑贺英、五姑贺满姑，也惨死在敌人的屠刀下。

1934年12月26日，父亲率部攻克慈利县城。进城后的第一件事，就是去拜访我外公蹇承宴；同去的还有萧克、关向应等红军领袖。中午，父亲特地设宴招待外公及家人。著名的萧克将军就是这样成为我姨父的，他在饭桌上一眼就看上了我漂亮的二姨蹇先佛。

推杯换盏中，外公受到父亲和另外几位红军将领的交口称赞。而后，当着几位红军将领的面，外公一诺千金，再次把二姨蹇先佛、二舅蹇先超交了出来。当时外公说，我们蹇家怕是着了共产党的魔，先是我大儿子先为、二女儿先任跟你们走了；如今三女儿先佛、二儿子先超也不愿在家待了，争着要跟你们走。我想好了，他们要走就走吧，人各有志，我不阻拦他们。想想又说，我知道江山是要拿命去换的，他们能不能跟着你们走到胜利的那一天，就看他们的造化了。

同在饭桌上的母亲听到这里，忍不住夺门而出，躲进一个街角失声痛哭。后来母亲说，当时她感到外公实在是太伟大，也太可怜了，因为直到吃那顿饭时，他还不知道大舅蹇先为已经牺牲了，而且早在几年前就牺牲在战场上。

四

离开湘西苏区，踏上二万五千里漫漫长途，母亲一直为外公提心吊胆。你想啊，女婿是贺龙和萧克，另有四个儿女参加红军，当国民党反动派卷土重来之时，他老人家该承受多少压榨和凌辱！因为红军前脚走，国民党军、日军、当地团防，还有各路土匪和黑势力，必将变本加厉，可怜的外公这时只能成为长在地里的韭菜，将面临一次又一次刈割，刀每天都悬在头上。

对这样的处境，外公其实早有准备。他知道当他把两个女儿分别嫁给贺龙和萧克，把四个儿女先后送进红军队伍，在明里和暗中，他肯定将成为各种反动势力的眼中钉，肉中刺。但他想，好汉做事好汉当，反正是豁出去了，无非是家破人亡，倾家荡产。在这个黑白不分的社会，你反抗是一刀，不反抗也是一刀，何不活得壮烈一些？而他能做到的是尽量保护家人，把大事小事都扛在自己肩上。

红军刚开始长征，外公便关了豆腐坊和染布店，带着家里剩下的几个人离开了慈利。他甘愿再一次背井离乡，躲得远远的。

逃到津市高深站，外公意外地遇到了一个曾在一起做过伙计的人；那人感念旧情，腾出房子大度地收留了这一家人。但外公安顿下妻儿，又马不停蹄，一个人坐船赶往阔别多年的安乡老家。他希望那片曾经被洪水浸泡过的土地，能用几亩薄田收留他，让他了此残生。

没想到人还未从安乡回来，慈利琵琶洲有个姓刘的人便把他给告了，说蹇家是红军家属，主人蹇承宴是大名鼎鼎的"匪首"贺龙和萧克的岳父，贺萧二人存在他家不少金银和枪支。慈利当局正恼怒外公从他们的鼻子底下溜走了，现在有人把状子递上来，那还不搂草打兔子，既把这个"案犯"给截住，又把他的财产给逼出来？当外公回到津市的时候，家里已被翻得七零八落，朋友借住的房子也被挖得像刚犁过的地一样。不过，到了这一步，他们也把外公的蛮劲给逼出来了。外公当时想，既然你们说我同红军沾亲带故，是红军家属，那么我认了，不如干脆回到慈利县城去开店做生意。

也许在生意场上久经摔打，精明的外公早学会了审时度势。因为当时国共两党正进行第二次合作，抗日成了中华民族的头等大事，而我父亲贺龙和姨夫萧克已成共产党的名将，正在前线与日寇打仗。外公理直气壮地对人们

11

说，知道我与贺龙和萧克是什么关系，知道我有四个儿女参加红军，那又怎么样？看谁敢动我一根毫毛！

就在这个时候，二姨蹇先佛从延安捎来口信，说她和二姨父萧克都要上前线打鬼子，希望把在长征路上生的表弟萧堡生送回老家，请外公和外婆帮助照料。外公连想都不想，马上回话说，送来，送来！为什么不送来？抗日将士的儿子我这个当外公的不养，让谁养？

后来便发生了那件让外公痛不欲生的事情：日本侵略军进攻慈利时，一发炮弹打过来，烧了慈利县城的半条街，外公的染布店也不能幸免。接着又惨无人道地进行细菌战，让搂在外公怀里逃生的堡生表弟不幸染上了鼠疫菌毒，眼睁睁死在路途。当时外公心里那个痛，那个仇恨啊，冲进战场和鬼子拼命的心都有。当然，想到那么多中国老百姓，那么多老人和孩子都死在日本人的铁蹄下，外公知道二姨和萧克将军是不会责怪他的，只会更加激发他们杀敌的决心。但毕竟这个在长征的苦难中活下来的孩子，就这样没有了，外公还是感到非常歉疚。因此，他马上给重庆八路军办事处写信，寄希望他们能把这个噩耗转告给正在前线打仗的二姨夫妇，同时勉励父亲、姨夫和母亲两姐妹要"努力杀敌，不管家事，以国为家"。

在重庆八路军办事处主持工作的周恩来看到这封信，感慨万端，亲自给外公回了信，还给老人家寄去了八十元生活补助费。外公收到周恩来的信和钱，有感于共产党人的博大情怀，给周恩来回信说："感谢您的关怀，现正值抗战时期，公家也有困难，我身体健康，可以谋生，请勿挂念。请转告我的女儿们，要安心杀敌。"

母亲在前线听到这件事，这才想到，原来外公早知道了大弟先为牺牲的消息，也知道和他们一道长征的二弟先超已冻死在雪山，心里不禁为外公的胸襟和胆魄感到骄傲。母亲曾对我说，外公当年在给周恩来写信的时候，她都不敢想象，在这个儿孙一个个离去的老人心里，当时到底压抑着多大的悲愤，多么强烈的仇恨。

另一件事情，是小舅蹇先辉在新中国成立后亲口对母亲说的。

小舅蹇先辉因为出生最晚，一直陪伴在外公身边，熬过八年抗战，他已经是个中学生了，开始有自己的思想。看见外公为哥哥、姐姐投身红军受到那么多迫害，有一天，他忽然对外公说他要参加国民党。外公问他为什么？小舅说，他参加了国民党，家里在国共两党中都有自己的人，这样就不用怕被人欺压了。外公说，你这是什么鬼话？再给我说一遍。小舅就又说了一遍，话未说完，只听脑后刮起一股凉风，急忙回头，但见外公抄起他那根挑布用的扁担，正向他劈来。外公咆哮说，你想当国民党？那么好，我先打死你这孽障！知不知道我们塞家只出共产党，不出国民党？

我前面提到过，小舅是外公的二房杨氏所生，当时杨氏也在场。这个我应该叫小外婆的人，生性胆小，在家里又没有地位，就指望这个儿子将来养她了。见外公生那么大的气，她急忙冲过来挡住外公的扁担，哀求说，老爷，你这样会把你儿子打死的。外公说，打死他怎么啦？打死他老子去坐牢，充其量我不要这个儿子了。又说，你们娘俩给我听好了，我们塞家行得正，站得直，只参加一个党！

小舅在外公的扁担下幡然醒悟，开始明辨是非。以后，他主动靠近慈利共产党地下组织，做了党的交通员。1949年慈利解放，就是他代表当地党组织，率先去同解放军五十二支队接的头。

五

离开慈利十五年后的那个冬天，当母亲在风雪弥漫的沈阳听到外公去世的消息时，她忽然感到此前的十五年，过得是那么艰辛，那么紧张又急促，以至蓦然回首，那一个个在水深火热中走过来的日子，竟是一片苍茫，一片好像什么也没抓住的空白。冷静下来后，她才明白过来，原来塞满这十五年的，是四年苏区斗争及长征、八年抗战和三年解放战争，几乎每一天都行走在刀刃上。

也只有到这时，母亲才想到，原来自己只是个女人，一个人到中年的女人，和所有这个年纪的人一样，她也上有老，下有小。但是上面的老——她在过去十五年中生死两茫茫的父亲，我的外公，却在天就要亮的时候，与世长辞，让他们父女再也不能相见了！而下面的小呢，当然就是她的小女儿——在长征前生下的我了，可自从1937年从延安托人带回湘西后，在这十五年中是死是活，她竟不得而知。

女人在痛心疾首的时候，也会咆哮而起，变成一只勇猛的豹子。

母亲此刻就成了这样的一只豹子。当她得知外公去世的消息，只感脑子里嗡的一声，突然什么都不顾，什么也不想要了，只想回她的慈利老家，去为外公奔丧，去寻找失散多年的女儿。

这是1949年冬天的某日，共和国刚成立两个多月，正在沈阳担任区委书记的母亲忽然闯进沈阳市委书记李富春的办公室，没头没脑地说她要回湘西，而且马上就要走。

李富春让母亲坐下来慢慢说，但她没有坐下来，也没有慢慢说。她像打机关枪那样。一口气倒出了十几年来积攒在心里的思念和歉疚。她说，李书记啊，我是一个女儿，又是一个母亲。在战争年代我管不了他们，但现在革命胜利了，我必须回老家去找他们。

作为一个长辈，一个直接领导，日后担任共和国副总理的李富春十分理解母亲的心情。耐心听完母亲的倾诉，他既宽容了这个党的高级干部在自己面前的任性，又非常干脆地批准了她的请求。然后他感叹说，是啊，是啊，先任同志，我们革命者也是人，也有自己的父母和孩子，而且我们欠他们太多了。如果我不同意你回湖南，那就是不讲人之常情了。只希望你早去早回，既为老人尽孝，又找回自己的孩子，要把孩子带回东北来上学。

母亲惊愕地望着这位长辈，心里想，我说过要回沈阳了吗？我只说我要回湘西，回慈利，去安葬我的父亲和寻找女儿。但是，这需要多少时间啊，怎么可能早去早回呢？而且，我这一去，就不准备回来了。我只想留在那片土地上，当一个普普通通的老师，每天守着孩子们的欢笑和歌声；不能再让他们像自己的女儿那样，在某一天，突然被一阵风吹走了。但是，她没有把这些话说出来。

列车长啸一声，驶离了沈阳。车厢里非常拥挤，乱哄哄的，车厢与车厢的连接处，过道上，到处都站满了人，再没有立足之处。行李架上横七竖八地塞着各种箱子和包袱。尽管这样，人们还是在大声地谈笑着，相互热情地问候着，洋溢出刚解放的喜悦。也有人像母亲一样一声不吭，脸上露出一丝忐忑和忧虑，他们大半也是外出或回乡寻找亲人的。战争虽然结束了，但还有多少心灵创伤需要抚慰啊。

母亲坐在靠窗的位子上，泪水又不知不觉地流了下来。好不容易有个独处的机会，她把这一路都用来回忆外公。但她越回忆越伤心，越回忆越感到悲痛不已。因为自打十五年前离开慈利后，她就再没有回去过，也再没有和外公见过面，怎么也想象不出外公在这十五年里会老成什么样子。但女人的心是柔软的，纤细的，对亲人的思念也更体贴入微。母亲想，在这漫长的十几年里，外公的背会慢慢地弯下去吗？眼睛会不会渐渐地看不清东西？他病了的时候，谁为他煎药？谁照顾他起居？当他想起当红军的儿女，是否会天天念叨他们的名字？

几天后，出现在母亲眼里的那个家，那个临街的染布店，触目惊心，只剩几堵残垣断壁；劫后余生的亲人拥挤在后院的几间昏暗低矮的屋子里。进了这个熟悉而又陌生的家，只觉空空如也，一看就知道经过无数次的洗劫和扫荡，一幅没落和破败的景象。

外公躺在停放在堂屋的棺木里，静静地等着她。

母亲一见那口漆黑的棺木，心里就感到有种东西坍塌了。她撕心裂肺地喊一声：爹爹啊，我回来了！人就扑在棺木上，号啕大哭。

　　小舅寨先辉是外公唯一剩下的给他送终的儿子，他泣不成声地告诉母亲，外公在生命的最后几年，虽然越来越孤独，越来越凄凉，但活得越来越坚强，越来越明白。接着，他对母亲说起了一件事：

　　那是小舅加入地下党之后，当地警察局在四处搜捕他，却一次也没有得逞。有一天，忽然把他的母亲杨氏抓进牢房，逼她把儿子交出来。外公闻讯，满脸正气地跑到警察局去投案，说寨先辉是我的儿子，他母亲是个妇道人家，出了事与她无关，要抓就抓我这个当父亲的。在把杨氏换出来时，外公对她说，我这个家是非太多了，不能总连累你，你趁早离开吧。外公出狱后，把家里剩下的那点钱全给了杨氏，又把店里的一个伙计介绍给她，让她从此去过自己的日子。

　　家里日渐衰落，帮手越来越少，外公为了一家人的生存，只得惨淡经营，艰难地维持着染布店里的生意。这时，他虽然已到了风烛残年，但在店里既当老板，又当伙计，什么活都亲力亲为。

　　1949年6月4日那天，外公挑着沉重的布担去河里漂洗，走着走着便走不动了。当晚，他躺在床上对小舅说，先辉啊，我不行了，再也等不上你二姐和三姐回来了。我死后，不要急于入土，暂时用沙土葬在自己家中，等天亮了，你二姐三姐回来了，再把我埋进土里。

　　小舅对母亲说，二姐，父亲这是心有不甘，死不瞑目啊！因为当时慈利还没有解放，但已经听得见衡宝战役在远处响起的炮声了，所以他在弥留之际曾反复念叨说：天就要亮了，天就要亮了……有几次，他还大声喊道：不，不要把我埋进土里，我不进国民党的阎王殿。我的儿女都是共产党的人，我要等着进共产党的阎王殿……

　　外公去世三个月，慈利宣告解放，天果然亮了。

　　听着小舅的这番话，母亲心如刀绞。她辛酸地想，四个儿女去当了红军，让外公没有一天不盼着天亮，盼着他们回来。但外公盼了十几年，却在天亮之前与世长辞。在他咽下最后一口气时，该带着多大的遗憾和郁闷啊！而想到两个儿子永远回不来了，心里肯定在滴血！

　　掩埋完外公，母亲正准备去湘西打听我——她牵肠挂肚的女儿的下落，但县里的同志想到她在慈利的威望，特地请她留下来当县委书记兼县长，帮助剿匪。山里的土匪听到这个消息，马上表态说：只要让寨家二丫头出面，他们愿意放下武器，向人民政府投诚。

　　母亲能说什么呢？她知道这是县里党组织，还有盘踞在山林里的土匪对自己的最大信任和期盼。而与寻找自己的女儿比起来，建立人民政权，让故乡的百姓得以安定，是件多么重大的事情！于是她把心一横，再次轰轰烈烈

15

地投入到了党的事业中。

同时也如母亲所愿。她从此留在了南方。

六

2004年7月25日。母亲在北京溘然逝世，享年九十六岁。

像她这样经历过无数苦难的长征女红军，能活到这个岁数，是极为罕见的。但让我吃惊的是，在晚年，母亲竟然经常为她活到这么大年纪而感到惭愧，感到内疚。她多次对我说，外公在地底下都等了她半个多世纪了，真担心他望眼欲穿，等得不耐烦了。

母亲逝世后，胡锦涛、江泽民、温家宝、曾庆红、吴官正、刘淇、刘云山、张立昌、贺国强、郭伯雄、王刚、乔石、宋平、尉健行、宋任穷、徐才厚、李铁映、陈至立、刘延东，还有萧克、廖汉生、谷牧、张震、布赫、曹志等老同志，都以不同方式，对她的离去表示深切哀悼。

因为名字的陌生，年轻人在报纸上看到这条消息，看到中央那么多领导人和德高望重的老同志如此关注我母亲逝世，或许会感到奇怪或有一丝不解，但如果读到我这篇文章，相信就不会有疑问了。

作为父亲贺龙和母亲蹇先任在七十多年前留下的唯一骨血，我一直陪伴母亲度过她的晚年，并在病床边把她送到生命的终点。

母亲离开这个世界的时候，那种表情，非常安详，也非常坦然。在最后时刻，我看见她的嘴角一动，接着便从那张皱纹密布而又慈祥的脸上，渐渐浮出一朵静美的笑容。

我断定，她如此坦然，一定是见到外公了。

原载《中国作家》2012年第7期

北大中文系，让我把你摇醒

孙绍振

　　近日读友人赠《学者吴小如》，五十四年前聆听吴先生的讲课种种印象不时涌上心头。在当时能让他这样一个讲师上中文系的讲台，可以说是某种历史的吊诡。

　　初进北大中文系，一眼就可以看出，不要说讲师、副教授，就是不太知名的教授也只能到新闻专业去上课，一般讲师只能上上辅导课。当然，刚刚从保加利亚讲学归来的朱德熙副教授似乎是个例外。现代汉语本来是中文系大部分学生觉得最枯燥的，但是，朱德熙却以他原创的概括、缜密的推理和雄辩的逻辑获得爆棚效应，二百人的课堂，去晚了就没有座位，只好靠在墙边暖气管上站着。何其芳先生那时是北大文学研究所的副所长（所长是郑振铎），与吴组缃先生先后开设《红楼梦》专题。吴先生得力于作家创作经验，对人生有深邃的洞察，对艺术有独到的分析，而何其芳先生颇有人道主义胸怀，不同意他把薛宝钗分析为"女曹操"，认为她不过是一种家族体制礼教意识的牺牲品，两人同样受到欢迎。一次，我在北大医院排队挂号，护士问前面一人姓名，听到四川口音很重"我叫何其芳"，不免多看几眼。

　　然北大泰斗学富五车者众，善于讲授者寡，加之北大学生眼高，哪怕学术泰斗，讲授不得法，公然打瞌睡者有之，默默自习者有之，递字条、画漫画者有之。古代汉语本来是魏建功先生开设，但公务繁忙，往往从课堂上被叫出去开会，且到比较关键地方，有茶壶煮饺子，学生替他着急的时候。此课后来改由王力先生开设，先生取西欧人学拉丁文之长，构造了中国古代汉语课程体系，举国传承至今。一代宗师，治学严谨，我听过他的《汉语史》、《汉语诗律学》，但是，语调往往由高到低，余音袅袅，杳不可辨。且第二堂课往往花几分钟订正前堂之误，上午第五六节课要上到十二点钟，每每拖课。调皮如我，遂将随身携带的搪瓷饭碗从阶梯教室的台阶上滚下，先生愕然问何事，答曰"饭碗肚子饿了"，先生乃恍然而笑。王瑶先生自然是公认的博闻强记、才华横溢，然一口山西腔，不知为何给人以口中含有热豆腐、口头赶不上思想之感。系主任杨晦教授德高望重，讲中国文艺思想史，出入经史、小学、钟鼎艺术，其广度深度非同小可，常有思想灵光，一语惊

17

人，令人终生难忘。其批评郭绍虞新版《中国文学批评史》曰：用现实主义的原则去修改，还不如解放前那本有实实在在的资料。其批评巴金《家》、《春》、《秋》好在激情，然如"中学生作文"，如果把三部并成一部就好。但是，他讲了半学期，装着讲义的皮包还没有打开，学生也无法记笔记，两个多月过去了，还未讲到孔夫子，在学生的抗议下，不得不草草停课。宋元文学权威浦江清先生英年早逝，乃请中山大学王季思教授讲宋元戏曲，王先生舍长用短，以毛泽东《矛盾论》中之主要矛盾和次要矛盾分析《墙头马上》、《陈州放粮》，心高气傲的北大学生，保持着对客人的礼貌，纷纷抢占最后数排以便自由阅读。

那是1958年"大跃进"、"拔白旗"的年代，大字报贴满了文史楼，从学术泰斗到吴小如这样的青年教师，无不被肆意丑化。就在这种情况下，小如先生为我们讲宋代诗文。当时怀着姑妄听之的心情走进课堂。吴先生的姿态，我至今还记得，双手笼在袖子里，眼睛不看学生，给人一种硬着头皮往下讲的感觉。然中气甚足，滔滔不绝，居然是听得下去，接下来几课，还颇感吸引力。我对朋友说，平心而论，这个讲师从学养到口才都相当不错。一些具体分析，显然和以艺术分析见长的林庚先生路数不同，然而明快、果断。至今仍然记得他对陆游晚年的诗的批评是，用写日记的方法写诗，以致出现了"洗脚上床真一快"这样的败笔。

"大跃进"运动很快把课堂教学冲垮，下乡劳动有时长达一个月，课上不下去，后来干脆就停课了。我对吴先生印象也就停留在当年粗浅的层次上。彭庆生同学对他评价道："先生口才不逊文才，三尺讲台，传道授业，解惑沁入学子心脾，20世纪50年代北大中文系学生中便有'讲课最成功的吴小如'之说，故课堂常常人满为患。"庆生同学晚我一年毕业，可能系听过吴先生的课，有权作全面评价，当然，不无偏爱，若论启人心智，和朱德熙先生那种俯视苏联汉学家、放眼世界语言学、深入浅出、在学术上开宗立派的大气魄相比，吴先生应该略逊一筹。不可忽略的是，庆生当年可归入全系攻读最为刻苦者之列，曾经以躲入冬日暂闭之洗澡间抄写刘大杰解放前出版的《中国文学发展史》而闻名。吴先生能得如此学生的如此评语，当有此生足矣之感。

近日吴先生答《中华读书报》记者问，虽然自谦为"教书匠"，但是，就是在当年，我还是感到了他学养深厚。阅读北大中文系所编先秦两汉文学史参考资料，感到极大的满足。毕业后不久才知道，这两本资料主要是吴先生执笔统稿的。然而意味深长的是，竟然是反右以后留校的一位"左派"告诉我的，他语重心长地警示：这两本资料，尤其是两汉卷，资料过详，原因是执笔者意在"多挣稿费"。这在当时，就给我以小人之心度君子之腹的感觉。当然，仅凭此二册，对于先生的学养，所知毕竟有限。直到二十世纪九十年代先生耄耋之年，居然以"学术警察"形象出现于文坛，对于学界之虚浮硬伤，笔阵横扫，语言凌厉，锋芒毕露，不由得增加了我对先生的敬意。现在知道先生的学术著作凡数十种，仅其中《读书丛札》在香港北京两地出版，前辈学者周祖谟、吴组缃、林庚先生均给以高度评价。吴组缃先生认为"吴小如学识渊博，小学功夫与思辨能力兼优"，甚至有"无出其右者"之赞语，哥伦比亚大学权威教授夏志清曾言"凡治中文者当人手一册"。

到了二十世纪八十年代，在改革开放形势下，这位当了三十年讲师的"讲师精"，被历史耽误了，人所共知；又有吴组缃、林庚先生推荐其直接提升为教授，应该顺理成章一路绿灯。但是，煌煌北大中文系，居然不能通过，差一点被慧眼识珠的中华书局引进。不可思议的是，吴先生没有走成，居然不是中文系的幡然悔悟，而是学术上颇为权威的历史系周一良和邓广铭教授"三顾茅庐"的"阻挠"，结果是小如先生成了历史系教授。

对于这样的荒诞，中文系至今没有感到荒诞，而作为中文系的校友，突然想到鲁迅先生的一句话："呜呼，我说不出话。"但是，痛定思痛，我仍然逼出了一句话：这是耻辱。对这种耻辱的麻木，则是更大的耻辱。在这种耻辱感麻木的背后，我看到一种令人沉重的潜规则。

19

回顾从二十世纪五十年代以来的系史，这样的潜规则源远流长。二十世纪五十代初，中文系容不下沈从文，把他弄到历史博物馆去当讲解员，这还可以归咎于当时的历史环境和时代氛围。1957年驱逐了后来成为唐诗权威的傅璇琮，也可以用他当了右派来辩解。但是，杨天石在五五级当学生的时候，就以学养深厚著称，后来独立开创了蒋介石研究，自成一家，享誉海内外。当年他并不是右派，然而中文系就是不要他，他被分配到一个培养拖拉机手的短训班，后来靠刻苦治学，辗转多方，调入社科院近代史所。在他获得盛名之后，中文系有没有表现出任何回收的愿望呢？没有。钱理群是学生公推的最受欢迎的教授，可是在他盛年之际，就"按规定"退休了。然而，成立语文教学研究所，又挂上了他的大名。可是，有名无实，连开个作文研讨会都没有他的份。

从这里，似乎可以归纳出一条定律：这些被驱逐的，本来是可以为北大中文系增光，为北大校徽增加含金量的，而留下的，能为北大争光的当然也许不在少数，但是，靠北大中文系这块牌子为自身增光，从而降低北大校徽含金量的也不在少数。更为不堪的是，还有一些为北大中文系丢丑的，如那些学术投机者。至于一些在学术上长期不下蛋的母鸡，却顺利地评上了教授，对于这些人，中文系倒是相当宽容的，从学术体制上说，这就叫作人才的逆向淘汰，打着神圣的旗号，遂使学术素质的整体退化不可避免。

当然，北大中文系毕竟是北大中文系，选择学术良知的仍然不乏其人。最突出的就是系主任杨晦在1962年为吴小如讲话，盛赞他的贡献，其结果是到了1964年在党内遭到两星期的严厉批判。据知情人告，当时骨气奇高的杨先生一度产生跳楼的念头。1984年严家炎先生为系主任时，一度欲请吴先生回系。然吴先生出于对周一良、邓广铭先生的知遇之恩，婉言谢绝。这样的学术良知，不成潮流，相反，它显得多么微弱。半个世纪多来，幸存下来的学术泰斗先后谢世，北大中文系不但丧失了二十世纪五十年代学术上那种显赫的优势，而在许多方面呈现衰微的危机，北大中文系这块招牌的含金量已经到了历史的最低点。

近年报刊上风传钱学森世纪之问，纷纭的讨论至今未能切中肯綮。其原因盖在于，从概念到概念的演绎，如果以吴小如先生为个案作细胞形态分析，则不难看出逆向淘汰的潜规则之所以不可阻挡，具有学术良知者，在行政体制中显得非常孤立，因而脆弱，明于此，也许能够把钱学森之问的讨论切实地推进一步。

这几年北大中文系当道者不乏从内地到港台反复宣扬"大学精神"，为蔡元培先生的"兼容并包"自豪者。但是，把"兼容并包"讲上一万遍，如果不与痛苦的历史经验教训相结合，在危机中还以先觉先知自慰自得，甚至还流露出优越感，其所云无异于欺人之谈，北大中文系沿着九斤老太的逻辑滑行并非绝对不可能。

吴小如先生九十高寿，学生们想到了为之祝寿，北大中文系居然毫无感觉，这只能说明那些动不动拿蔡元培来夸夸其谈的人，其大学精神已经酣睡如泥。我作这篇文章，除了有意于把钱学森之问的讨论加以深化之外，还有一种出于系友的奢望：把我的母系狠狠地摇醒。

原载《南方周末》2012年9月13日

我们身上的暴戾

王小妮

潜意识中的暴戾

过去从没想过，深恨暴戾的我身上同样藏着暴戾。明确意识到它存在，是2008年春天在广州广外一次规模不大的座谈会上，会后问了那个敢于大胆质疑的女生，她叫郭巧瑜，广外本科学生，后来跟她有过通信，有机会向她检讨我身上的戾气。从那时起，有意地留心检点和反省，不以身份年龄音量气势去压制弱小。

9月9日说新闻，随口把美国华裔航空小姐的遇难说成了"牺牲"，话一出口，马上意识到用词不对，而更准确贴切的词没有及时跳出来。我把这个听来像口误的过程跟他们说了："牺牲"二字直接从我的潜意识里溜出来，就像有大学生忽然说他家三代贫农一样，曾经的年代对每个人都影响至深。曾经的词语和意识里，不是正确就一定是错误，没有中性没有空间余地和弹性。正面的死亡就是壮烈牺牲，负面的死亡就是无耻灭亡，我的脱口而出就是一例。

能感觉到他们还没法立刻理解我的用意，不过这很正常，未来会有漫长的时间和实例供他们理解回味，我要先把出现口误背后的原因告诉给他们。

或者喜滋滋，或者心事重重，每个学生坐在下面的心理基点都不同。有人告诉我，大家私下说，老师总讲些冷冰冰的历史。我说，因为这是被称作"新时期诗歌"出现的大背景，没有这些冷冰冰，这些诗是不会自己跳出来的。肖婷在课间里说，家里人很少提那个年代的事，这等于揭伤疤，毕竟是很远的事儿了，她伯伯就是插队知青，也不太讲过去。但是，同是大二的贺如妍要求给大家讲讲"文革"，准备了很多图片和文字资料做成PPT，她的角度是一个女儿怎么可以违背人之常情揭发批判自己的父亲。一个文弱小女孩的角度和炯炯的眼神。下面拷贝的是她加的短评：

"文革"期间，那些被压抑的亲情。没有个人，没有个人的家庭，柔软的亲情哪里敌得过汹涌的"革命"热情。特别是在那些父母被打倒的家庭里，父母的爱和意义，甚至尊严，和跟随毛主席闹革命的伟大理想是水火不容的。

这些孩子在尚未拥有独立思考的能力之前，追求自由的天性就被某种局限性很强的思想所压抑，甚至取代。他们不是应该由长辈们温和地牵引着去认识这个世界的吗？却要努力装成一个审视世界的大人。

那个年代没有真理和正义的标准，人心也是。得势失势都很荒谬，害人被害都很"正常"。

热爱声浪和其他

我发现他们莫名地喜欢麦克，喜欢自己的声音被它放大，喜欢它扩散开的高倍声浪。凡有上来发言的机会，第一个动作经常是先伸手去拿讲台上的麦克，调整高度，把它贴近自己到不能再近，然后才开始说话。每一次看他们去抓麦克，就想到"先声夺人"。90后的一代对高亢洪大音量的特殊热爱，和中国城乡街头的喧闹高度一致，无论叫卖什么，一律肆意放大声浪压倒别人，招引注意。

虽然不断有提醒，别让电的声音压过人，读诗时候，别让震耳欲聋的配乐压过朗读者，还是不见改善。

也许他们从小到大早都被各种高亢的声浪吞没惯了，缺了电流的配合，好像自己就势单力薄，缺少读诗时候必备的气氛和感觉，不被吞没，不光不够时尚，还不够壮丽。至于有没有发出自己的声音反倒无所谓。与强大电声和配乐相配的，最好是鲜艳跳跃变换不断的PPT，拿一本诗集就上来读诗的，会带点歉疚地说，对不起，我没做PPT。

爱好声浪和爱好鼓掌一样，都衍生于高度集群化，都在不自觉间放弃了一个真实的自我。

有个同学告诉我，她其实很想上来读诗，但是她决定不读，也不会在课上说出自己心里的很多想法，虽然很想说，她怕被班上同学认为怪诞出风头，怕被因此孤立，还是老老实实坐在下面听，这样更安全。希望被电声覆盖和生怕被众人孤立，同样来自隐形的暴戾，它无形地蔓延，成为潜行于众人之间的暗规则，有人敢大胆地说自己的意见，而另一些可能一生都不敢，这些被压抑的群体留滞在大学的边缘，灰蒙蒙的一团背景。

和2011级新生交谈后，我问同样被请来参加新生见面的大三学生尹泽淞：他们能听进去吗？他说不能，必须得自己体会，然后一点点悟出来，现在是听不进去的。

大学里的讲座

高等学府里少不得的重要部分是各种讲座。诗人于坚和小说家都曾经问过我：现在的大学生怎么了，去大学办讲座，完全得不到应有的反馈，很失望。起初的几年，我有和他们一样的困惑，直到教书到第七年，才觉得有可能相对客观地回答这问题了。

讲座和上课的区别，前者是临时拉来一伙人，往往是低年级的学生，讲座者要涉及什么内容他们完全不知道，对讲座内容很可能全无兴趣，选他们的主要动机是刚出中学校门不久，叛逆性辨识性最低，最方便被拉去充位置，最容易鼓动拍巴掌。学校里最不缺的就是人头，一喊一群，人戳在那儿，心不知在哪儿。五百人的场地，拉几个班，凑满人数，不至于稀稀落落的冷场，使台上人的颜面不好看。

被拉去听讲座的和去听课的区别，在于讲座没预热，听众完全被动，心是凉的，讲的人和听的人同时感觉不好，当然很难有好的回应和交流。

多年来，我们的学生已经练就了形成了最强大的消极应对系统，他们内心封闭性好得很，这时候，很多讲座对于他们就是硬暴戾或软暴戾。不止讲座，凡让他被迫接受的东西，推介灌输给他的，你有多大的强制性，他有多大的排他性，强加和对抗成正比。他自我保护地关闭感知系统，你用明暴戾对他，他用暗暴戾对你，不过各运用不同的暴戾而已。

有个同学偶然和我说起，前一天她去参加一个校内报告会，负责给大会拍照：听众都是咱的新生，还有人站着听，好假呀，是个企业家捐款的会，现场一位领导一激动自己讲了半小时，学生在下面实在受不了了，开始鼓掌。本来嘛，新生就是干这个的，脏活累活没趣的活儿，老老实实地听呗，咱们的新生真不错啊，只要领导一张嘴他们就鼓掌，一张嘴又鼓掌，那领导居然没感觉，他怎那么不懂呢，讲的一点意义都没有，全是假话，还跟真的似的，学生当然要哄他，最后还是那个企业家明白，轮到他发言，他居然表扬了咱们学生，说同学们敢于用鼓掌表达自己的不耐烦，后来说一句散会，轰的一下子全散了。

我们都知道，弱小的生命理应更多地得到珍惜爱护，他们也会自觉地把自己受到的礼遇传递给下一代。可现实完全背离这最简单的理念。讲过新生报告会，这位同学告诉我，她原来不这样，原来是很热心的人，到高中时候才顿悟了，不再把什么事情都想明白，那样会更痛苦，人就要这么糊糊涂涂地过下去。

2012年3月，有同学发邮件告诉我，听说一位著名作家到同城的另一所高校演讲，作为文学仰慕者，他们七个同学逃课坐公交，转车一个半小时匆忙赶到会场，场地早是满的，有人站着。通知的演讲时间过了四十五分钟，作家才出现，先介绍一堆荣誉头衔，作家开腔并没致歉，直接说自己并没准备，让大家自由写条子开始提问。十分钟后，我的学生们失望离开，又匆忙赶末班车返校，田舒夏原准备请作家签名，专程去校图书馆借了这位作家的书，准备自己保留作家的签名本，再另网购一本书给图书馆补上。结果借来的书原封未动，可以直接还给图书馆了。

事实像永远正确的老师，它总在上课。而年轻的人们，以自身顽强潜行的生命去领受这伟大老师的教诲，调整和校正自己，这就是进步。有人总拿上世纪八十年代的大学生对比今天的大学生，当时学生的自我感觉就是未来的社会主体，似乎天将降大任于斯人，现在的大学生早已自知身处社会边缘，谁在误解谁在进步，如果一定要拿来对比，应该不止一种答案，而自以为绝对正确恰恰最可疑。

一个校内事件

天凉了，女生宿舍楼因为没热水供应，很多学生有意见，呼声渐高，几个学生在微博上喊我声援，而我判断这事应该尽量坐下来多方协商，不想越界做维权，私下跟她们交流，建议通过正规渠道去表达和商谈。很快收到一份匿名邮件，措辞激烈强硬，全文一千九百一十个字，带七十七个惊叹号和二十一个问号，平均二十四个字一惊叹，说的正是热水这事。邮件的激烈让人不安，这不安于我超过了"维权事件"本身，类似的文风曾经熟识，曾经"如雷贯耳"也贯心，高音喇叭整夜整夜轰鸣着的，都是相近的语言。马上回复给她，请她更理性地表达意见。既然想到给我写邮件，估计是我的学生，顺便跟她说"如果愿意，请下课时等我一下"。

几天后，下午下课时，有个同学等在门口，一搭眼就认出来，是去年的同学，当然认识，只是发型变了，笑得依旧淳朴可爱。她说，邮件是她写的。哦，心立刻软了，赶紧说，原来是你啊。脑子快速回忆邮件里有没有伤到她的话。一起下楼聊天。

印象里，这是个总带着笑的姑娘，我很知道，她的邮件出于仗义执言，选择了发邮件给我是信任，看到我的回复，作为匿名者，她可以不来找我。但是，她笑呵呵地来了，小孩子一样仰着脸，她说当时实在太生气，过后也觉得有不当，作为一个大学生一个知识分子确实应该更冷静理性地说出意见。

海岛好夕阳，我们一直走，讨论有没有更好表述意见的方式，怎样葆有尊严地替众人发言。并排走在一起，感到一个年轻人射透出的义气勇敢和天真，那天真的好夕阳。

除掉身体里潜藏的戾气不是一下子的，只能时时提醒和警觉。有一个同学说，老师是愤青吗。课程快结束的时候，我对他们说，不要做个愤青，我们一起学习用更多的理性和平静去传达良知。

原载《南方周末》2012年8月2日

25

扬州的仙鹤

张承志

2010年5月有一个奖项要在扬州颁发。在北京我暗想，自己与扬州实在阔别太久了。这么想着，一合眼就仿佛看见了晚暮的运河——普哈丁墓的石阶就是码头，一级级的石阶，直直地潜入水里。

颁奖的地点，在一个完全看不见古扬州的宾馆。颁奖者是市委书记，自称是我的旧读者，还有《北方的河》等，我只能笑笑，应酬一过，便事竟人离。

会散了，我掏出几页复印带来的、关于扬州胡商的资料，重新潜入了扬州。在车水马龙的间隙里，随着父老的向导，手翻活页的资料，更吟味其中的逻辑，观察扬州所剩无几的古迹。

长久以来，我已经惯于如一只蜜蜂，千里远投，求学一点，吮吸一滴知识之蜜。这么打发日子很有意思，有时偶然的收获鲜为人知，人便能享受学习的快乐。

1

扬州于我，依然是一个谜。地理学家说：扬州就是古代的上海。但在一望嘈杂的城市里，很难想象鉴真和尚的唐招提寺，居然就从这里风波东渡。扬州的遗存，不足以证实它天下第一的辉煌古代。书记们听得懂这些话吗？

散策扬州，满眼二十世纪的商厦高楼，几无一丝唐代的痕迹。不管怎么仿古造假，古扬州——需要想象才能复原。

而且越是复古愈是糟糕。古变了今，真都是假，对我这么一个退役考古队员来说，可怜兮兮的瘦西湖，钢筋水泥的大佛塔，都与奈良那原木原色的正仓院、至今毫发无损的唐朝赐物——无论一柄让我看得入迷的镶嵌琵琶，或是过目难忘的鉴真遗容，都显得毫不相干，恍如隔世。我几乎想说：看扬州或许要去日本，因为倒是奈良的唐招提寺，小心守护着扬州的缘起！

在鉴真长老的遗容像前，我久久注视，不忍离去。那位扬州唐僧的表情，难言的真挚，又无限伤感，似乎讲解着最大的信仰秘密。保藏它的那座名刹，山门低伏，甍瓦不语，在一块素色古朴的静寂中，它无声静坐着，使寺里寺外，弥漫着日本第一文物的气度——无须赘言，比起浮躁的扬州，一切都判若两界。

确实，唐代的扬州，鉴真的旧寺，早已荡然无存了。连同那"上海"的比喻，如今只让人觉得匪夷所思。

两次求学扬州，两次都一腔感慨，最后无奈地离开。只是心情还不想放弃，总想以考古的倔强，抢救一点唐宋的残片。

于是，我渐渐对扬州的运河，再一次转眼留意。

2

古扬州可能湮没于现代，但大运河却在一旁流淌。幸亏人们对它尚有索求，所以没把它废弃填掉。

古代的扬州、唐代的上海——它们留存至今的唯一遗迹，就是这条维系中国的南北运河。

唐朝帝王久居长安洛阳，于是运河向北出周家口，再顺着河南境内的几道斜斜的小河，向西北供给运输。帝王们若是改住了大都北京，运河便折向东北，指向济宁沧州、天津通州。

南下也是两道分流：广州港若是唐朝门户，运河便沿着赣水一路南下；但若是历史变移天下换了宋代，泉州港取广州而代之与亚历山大港成了世界航线的两端，运河便斜着伸向杭州，一路顺水，通向终点泉州——那个以"橄榄城"（Zaytun）著称的世界第一码头。

扬州的绳扣，系在运河上……我又一次这么陷入遐想。虽然我是一个北方人，与扬州并无多少缘分，我更无心解释这种思路，在这人不求学的时代。

用这样的眼光，回过头顺着运河再行眺望，确实，放眼遥遥望去，在迷茫的世间，古代遗留只见剩下两处：一是普哈丁墓，二是仙鹤寺。

一座仙鹤寺，随便参观是看不懂的。

我还是找来刘致平的《中国伊斯兰建筑》以后，才从平面图上看出了一点端倪。再查对扬州掌故，渐渐不由得心动了。

扬州仙鹤寺乃是由侧伸的鹤头、长长侧着盘过的廊颈、宽宽双翅组成的附殿、居中的大殿鹤身，以及凸出背后的鹤尾组成。

读平面已觉得惟妙惟肖，读史料就更加不得不感叹。可惜如今，仙鹤只是一座断翅、秃尾，只剩下独翅、没尾巴的瘦骨架挑一颗头的残缺古建！而霸占砍伐了她千金之躯的，不过是一条嘈杂不堪的马路、一片分文不值的停车场！

朋友的眼神，在央求我去找书记帮助，而我却鬼使神差般顺着运河，一路若有所思，走到了普哈丁墓。

普哈丁是一位重要的长老，就像鉴真和尚东渡日本一样，他自西域不远万里来到中国。只不过——鉴真的唐招提寺在日本被保护得一瓦不损，而普哈丁的仙鹤寺虽然还不至于片瓦不留，也已经缺尾断翅！

伟大的唐朝，毁灭于社会的大崩溃。战乱中，扬州胡人遭到了屠戮。待到宋朝君临天下，普哈丁来到扬州，那时残破的居留地已经慢慢从血泊中恢复，只是振兴和繁荣，需要一个标志和代表。

普哈丁率领着他们，依傍运河，远近行商，再次繁荣了扬州的一隅。像鉴真代表了唐代的扬州一样，普哈丁是有宋一代的一个标志。

唐朝早已湮灭，宋代也不易寻。一个时代的历史，几乎就系在这位普哈丁的身上。碑上关于他从济宁一夜飞舟抵达扬州的记载，使得扬州总算有了一两座宋代的古建筑。若不是他当年把篷缆系在了这个台阶上，扬州还有什么唐宋遗迹呢？

一种信仰的繁荣，丰满了一个时代的文明。也是一种信仰的衰落，使得那时代光芒黯淡。不过是依仗着一个民间举步维艰但香火传承的信仰——仙鹤寺和普哈丁墓，勉强算是留存到了今天。

读着石碑上他的神秘故事，只觉沧桑兴灭，都是冥冥的前定。在那个暮霭苍茫之际，我独自细读着简洁的碑文，只觉全然在读一篇谶语。

口中读着普哈丁，心里却想着鉴真。

不知究竟为了什么，我突发异想，而且不可收拾：我猜测而且总想断言，普哈丁长老的面容，一定酷似那奈良唐招提寺里的鉴真像！

因为他们两人有一种默契。似乎他们守着一个什么约定，各司一时，各掌一门，各守一隅——但又在他人不觉之间，暗暗地同归一途。

我痴痴陷入遐思。

我渐渐地感到，他们不是陌路，而是彼此熟识。否则怎能举止作为那么相似呢？无疑，两位长老乃是一对兄弟。只不过一人在唐，一人生宋；一人通佛陀梵文，一位说阿拉伯语；一人献身佛门，一人恪守清真。两人虽然一唐一宋，但他们乃是一双兄弟。否则扬州城里，怎能历经一个时代，便有一位长老出世呢？

河上一派静谧，诱人随心所欲。

大运河上，如今还是水量丰沛。一艘艘驳船次第衔接，就在眼前驶过。普哈丁墓石阶的倒影，随着浪头的波漪摇曳。

从这里登船下水，南下几天可以一路顺水漂到南海。向北穿过周口，逆水拉纤也能把船摇进洛阳的龙门。仗着一带活水，天下的物资，在这里集散。千真万确，只因这一条运河，码头上被造化出一个古代的上海、传说的扬州。

就像少了从雪山引来的清水，名列西班牙古迹之首的阿兰布拉宫就什么也不是一样——少了这条南北的运河，扬州也什么都不是。

我想扬州的不幸，只在抛弃了运河。

不论在普哈丁墓或在仙鹤寺，当与扬州父老聊天的时候，我明白了两座建筑其实都在河岸。只是仙鹤的饮水被断——听说一条马路修筑时，不仅砍了鹤尾，还填了一条叫作汶水的古河道。

填河铺路之前，汶水曾引来运河水，穿城走巷，流过一座明代的骑河楼。汶水一线，店铺林立，百姓流连，曾是古扬州美不胜收的街景——

突然一个念头涌上心头。

3

——只消废除那条嘈杂的马路；疏通壅塞的汶水故道，让大运河的活水清波，穿过明代的过街楼，一条美好的绿地即可出现，被断尾斩翅的仙鹤，也即可脱离伤残！

这一步棋，给城市以文化，予信仰以空间，一举数得，何乐不为呢？

一瞬间曾想找那书记谈谈。但我明白，书记怕早已忘了北方的河了。我更知世间事从来是好事难成。既然事关民心和文化，又何必绕路托人——不如题墨古寺，充作一份呼吁的蓝图。

就要离开扬州了。

心里满是仙鹤寺父老的神情。他们无奈，但他们也不能放弃希望，一天天地盼着还给他们的仙鹤一翅一尾的日子。

沉吟了一会儿，我要来纸笔，为仙鹤寺写了一副对联。匆忙旅次，涂抹不工，无非是建议了一个古城抢救方案——

仙鹤舒尾振翅，汶水归道扬波。

这就是我扬州三日的点滴。

也许我就用这么一副对子，报答了仙鹤寺和扬州城的父老。是的，若是把它贴在寺里，墨迹便是无声的呼吁，心愿便永远地托付良知。

这一回不是北方的河，而是南方的鹤。它是扬州的市政，但它更是我的心事。

不只如此。拯救天下的古建筑，让扬州的仙鹤展翅重飞——是众人的事。

民心就如愚公，早晚终能移山。我坚信早晚会有一天，添乱的沥青被刨掉，汶水的故道被疏通，汽车路将变成茵茵绿地，运河水在市中一道清流。古老的扬州，将挽救旧貌于一隅。

到那时，伤残的仙鹤将振翅摇尾，鸣唱千年的沧桑。

原载《回族文学》2012年第12期

水顶寺的水

丹　增

　　七月本来是雨季，可当我来到曲靖市的城郊，眼前却是旱魃为虐，赤地千里。湖水干涸了，干瘪的死鱼上趴满苍蝇；水库蒸发了，干裂的泥土像龟背，裂痕纵横交错。来到一个村子，一位七十多岁的老人告诉我，原来有两条河穿村而过，现在断流了，八口井干得不用说水，简直要冒烟了。人畜饮水不是靠政府派消防车定量供应，就是到二十多公里外的一条小溪边排队取水。六十多岁的刘大妈深夜四点起床，背着水桶去取水，八点多背了水往回走了一半路，不小心摔了一跤，水打翻了。她只好边抹眼泪，边把洒剩的一碗水喝完，然后枕着水桶躺在地上休息，准备等会儿再去。又到一所中学，在宿舍区的草地边，学生们正提着水桶排起长龙，水龙头里流出的水细得几乎是一条线。一位老师焦急地说，这段时间一碗水都要多次利用，脚洗不成了，洗脸都快成了奢侈行为。看到眼前的一幕幕，我想起了儿时住过的西藏水顶寺，想起了那些脍炙人口的关于水的传说。

　　我五岁那年住进了寺院，这寺院据说有六百多年的历史，那时有三百多名僧侣。藏传佛教的寺庙，无论历史长短，规模大小，僧侣多少，建筑风格千篇一律，佛事活动大同小异，管理方式基本相同，与雪域高原千百座寺院不同的是，我们这座寺庙与水有着千丝万缕的关联。

　　护法殿是寺庙最神圣最威严的神宫，供奉着脚踩波涛、手托云雾、身背蛇弓的护法神像。从寺院落成起，这里的香火没有断过，这里的鼓声没有停过。在这三十平方米的殿堂里，有一汪泉水，面积只有火塘大小，深不见底，水是从岩石底下冒出来的。奇怪的是无论雨季旱季，取多取少，既不满溢，也不枯竭，始终满满登登，不时冒着串串细泡。传说，从前有个部落头人住在这泉水边，他相貌丑陋，性格残暴，经常坐在泉水边上喝酒吃肉，听歌看舞，寻欢作乐。他有十几个儿子，却只有一个女儿，所以十分溺爱，娇生惯养。有一天，天上下着细雨，雨点落在泉池里，溅起许多水泡。天空出现彩虹，映照水泡，七彩夺目，十分美丽。小姐看着跳动的水泡，硬要父亲把水泡串成花环戴在头上装扮自己。父亲说："傻孩子，水泡不可能用手抓起来，更不可能串成花环。"女儿撒起娇来，说道："我戴过格桑花的花环，五彩丝的花环，金银编的花环，现在就是要戴水泡做的花环，否则我就跳进泉中自杀。"头人知道女儿的脾气，听到要自杀，心里惶恐起来，就把全部落的能工巧匠叫到泉水边说："你们有聪明的脑袋、精湛的手艺，赶快把水泡取出来做成花环，还要带着五彩，如果做不成，我就要一个个处死你们。"工匠们听了目瞪口呆，面面相觑，深感大难临头。这时人群中突然走出个穿着破旧袈裟的老和尚，来到头人面前，双手合十说道："老爷，慈悲为怀，放了他们吧，老僧有点绝技，愿意献出。"头人心想，只要能满足女儿的心愿，谁做都一样，于是就把那些工匠放了，叫女儿亲自监视老和尚做水泡花环。老和尚盘腿坐在泉眼边，从怀里掏出佛珠挂在脖颈上告诉头人女儿："我的特长是串水泡，但我的手又笨又脏，不会取水泡，希望小姐亲自捡起那些美丽的水泡，好让我把它们串成华丽的花环。"小姐便俯身去取水泡。可是，手一碰水泡就破灭了，根本无法取出，而且身子挡住彩虹，色彩也不见了。忙来忙去，一无所获，最后，心烦意乱地跑回父亲面前说："和尚会串有什么用，我取不出水泡来，我也不要水泡花环了，你给我做一个配玉的紫金花环，我要常年戴在头上。"老和尚救了众工匠的命，又羞辱了残暴的头人和不讲理的女儿，农奴和奴隶们暗自高兴。为了纪念这位既善良又智慧的和尚，人们在泉水上建起一座寺院，取名为水顶寺。

32

　　寺庙后边那座头顶白雪、身披绿荫的高山上，流下一股透明清澈的小溪，发出清脆悦耳的声音，流到寺院后边一个宽阔的洼地成了一个小湖，面积不大，千把亩，但有许多美丽的故事传颂着。这座山是百鸟藏身、百兽栖息、万物生长的神山，满山遍野的松树、桃树、柏树、柳树、杨树遮天蔽日，有风吹过，繁茂的枝叶像大海的波涛起伏汹涌。密林丛中无数蜿蜒曲折的小溪不舍昼夜地流淌着，潺潺的流水声打破了森林的沉静与阴暗。漫步在灌木丛中的虎仔昂首远望，几根笔直而稀疏的胡子像一根根银针似的在阳光下闪闪发亮；满身斑纹的豹子，躺卧在草丛中，泰然自若地打着呼噜；长着树枝般犄角的公鹿步履轻盈，温柔典雅，领着活泼可爱的小鹿在小溪边饮水；还有一双尖长的耳朵倒贴在头上的野兔，悠闲自在的野猫，聪明狡猾的狐狸，笨拙稳健的黑熊都把这山林当作家，无忧无虑地觅食、嬉戏、繁衍后代。在这树林中谁也说不清有多少种禽兽，百鸟歌唱着不同的天然妙曲，鸣蝉放开喉咙，蝴蝶飞着，甲虫爬着，一切像时间一样古老，像春天一般年轻，像天宫一般神秘。传说有一天，森林上空乌云密布，不时传来让人胆战心惊的炸雷声，锯齿形的电光不时割裂长天，击打着山峰，一阵阵狂风吹得尘土漫天，枝叶乱飞。只见一个带着火球的霹雳打在一棵参天古树上，刹那间，四处燃起熊熊烈火，火顺风势，愈刮愈大，整个森林成了火海，森林中的鸟兽惊恐万状，东躲西藏。生活在山下的人们，眼睁睁看着神树、神鸟、神兽被大火吞灭，急得呼天喊地。这时，在山顶参天古树枝头筑巢而居的乌鸦们喧噪起来。一只羽毛光滑的老鸦急骤地聒噪着，环绕着烟火弥漫的山头翱翔，叫声越来越大，不一会儿成群结队的乌鸦从树丛中钻出，从山坳中飞起，嘶哑的声音喧嚣一时。只见，天空中乌黑的翅膀像滚滚乌云，一个个乌鸦翻着筋斗，呼啸着像披着黑袍的天兵神军，从高空滚落到寺院后边的小湖里，用湖水浸透浑身的羽毛，然后飞回火场上空，让水分洒在熊熊燃烧的大火上。人们在想，连绵十里的大火，岂是几滴水能熄灭？可是满天的乌鸦，不知辛劳，坚韧不拔，毫不气馁，一次次，一批批，一个个往返于小湖与火场之间取水灭火。它们像是有一个共同的誓言，只要能把火扑灭，即使累死也心甘情愿。也许乌鸦的行为感动了苍天，又一团团浓密的乌云纷纷从四方涌向山头，越集越密，最后沉重得仿佛就要跌落下来，一阵狂风吹过，稀疏的雨点和冰雹便开始洒落下来，又一个霹雳滚过，大雨倾盆而至，转眼大火被扑灭了。待雨过天晴，所有生命又活泼灵动起来。

从寺院大门出来，沿着鹅卵石砌成的崎岖小路，顺着一条山沟左拐右转地往上爬，沟深林密太阳都照不进来，山石林立，间有瀑布溪流，山路窄得像一条羊肠，盘盘曲曲，铺满了落叶，不时遇到漫流的山泉，湿漉漉的，连动物走过脚底下都打滑。走出沟口是一个平坝，就像出屋门进庭院的感觉。这里无论石山、树林都被淡淡的雾气轻抹漫掩，好像全都披上一层薄薄的轻纱，显得分外妖娆。地面上，一股股泉水从岩缝中挤出，从灌木丛里涌出，碎玉般晶莹碧透，山歌般铿锵作响。乱石丛中，腾出冒着热气的一个个水柱，发出的声音就像轻巧的鼓点。这些山泉水、温泉水汇集起来，形成三四亩宽阔的一个大池，池底的黏黄土和莹润的白石子像筛出来的金屑和珍珠，四周是白色的大理石和黑色的花岗岩精工细筑而成。这是能治百病的寺院温泉。相传，寺院落成不久的一天，一群仙女来到这里沐浴。那天高空日色朗朗，四周白云弥漫，远近山岭、壑谷、林木、山路全都淹没在无边浩瀚的云海里。云的颜色逐渐浓深，云气氤氲，飞升上空，水汽不断地膨大，灰黑的阴影渐渐布满天空。转眼间，雨点从灰蒙蒙的天上，从飘动的云层里，像千万条银丝洒落下来，雨点落在温泉池里，像滴进晶莹的玉盘，溅起粒粒珍珠般的水泡，卷起了一阵轻烟似的热气。一阵轻风吹来，周围树林枝条东摇西摆，翩翩起舞。风过处，天空便由灰而白，由浊而清，渐次明亮，阳光又从薄云后面透射出来，太阳已经爬到了天顶。这时一道彩虹挂在蔚蓝的天空，像一座长桥，款款地从寺院金顶后面升起，越过温泉池跨到北面山坡上的万佛白塔。仙女们走到寺院，踏着彩虹，拾级而上，临虹款步，俯览江山。这时，高空有一只苍鹰展开长长的翅膀打着转儿飞翔，一会儿均匀地扇动翅膀往高空腾飞，一会儿展开翅膀纹丝不动地向地面滑翔，一会儿急促地抖动翅膀翻着筋斗。突然间，那只苍鹰收紧翅膀，细长的脚爪紧贴腹部俯冲下来，像只滚落的大黑球，落进了温泉池。细腿被折断了，胸口流淌着鲜红的血，片片羽毛散落水面。它带着无可奈何的忧伤，聚起全身的力量，悲哀地痛苦地尖叫着、扑腾着。温泉池里的泉泡像串珠似的升起在鹰的周围，最后，精疲力竭的老鹰无奈地像一条大鱼在水中漂动。任凭温暖润滑的水浸泡着蓬松的翅膀，身子逐渐发热，腿翅疏松，筋骨舒展，血脉流通，神清气爽。老鹰在想：无论高空翱翔也好，躺在水中等死也罢，生命总有离开地球的那一天。没想到，暖暖的水洗去了它身上的血迹，浓烟似的气浪缝合了伤口，金液般的硫黄黏接了折断的骨头。没过三天，老鹰觉得身轻如云，飘飘欲飞，于是用它那弯钩似的嘴，清理那扇子一样展开的黑色的羽翼，昂起头，用琥珀色的眼睛凝望着深邃无垠、碧如大海的苍穹，望着又红又大、光芒四射的太阳，屏声静气，积蓄力量，"哗"的一声展开油光闪亮的翅膀，飞向空中，沉重的翅膀剧烈地划破长空，高高地飞过峡谷，天空中充满着悠扬的展翅声，鹰越飞越远，最后消失在自由宁静的晴空。

目睹这一情景的仙女们，身着五彩缤纷的盛装，手捧金光闪闪的钵盂，又一次来到泉池旁，围着神水翩翩起舞，不时从钵盂中取出五颜六色的花瓣，撒向池塘，那花瓣如飞雪一般，漫空乱舞，然后漂浮在水花飞溅的水面。身着绛色袈裟的喇嘛们人头攒动地站在寺院屋顶，吹起银号角，沉洪有力的音响，沿着峡谷往上传播，与飘动的柏树浓烟一起冉冉升起，弥漫于天宇。他们仰望天空，祈愿苍鹰重返蓝天。从此，他们把这温泉池取名神水缸，很快名扬四方。东面一群群手握黑色拐杖的人，高一脚低一脚，一步一瘸，目不转睛地朝着神水缸走来；西边走来了一群群弯腰驼背、四肢关节肿胀、伤口包裹着血淋淋纱布的人，看见神水缸，泪水挡住了视线；从南面，从北面，人们三五成群地走来，有的从山上滚下头被撞破，满头凝结着血痕，有的被恶狗咬破大腿伤口长着蛆，有的周身青一块紫一块或是全身溃烂没有几块好皮肤，这里是他们希望的灵地，救命的圣主，欢乐的源泉。

水顶寺的一山一石，一草一木都在讲述着许许多多水的故事。半绕着寺院坐落山弯的曲松江，好像一条狂怒的巨龙，在深山峡谷里咆哮奔腾，等挣脱群山的封锁与约束，流到这里又显得那样宁静、妩媚、柔和。从象鼻似的山尾站台俯瞰江水，像微微拂动的丝绸，不管水多深，都可以清澈见底，河底卵石上的花纹，沙土上小虫爬过的痕迹，全看得清清楚楚。那江边的水草时时闪着碧绿的光，顺着水的流向自在地轻轻漂动。水神说，曲松江啊，你在这里要虔诚一点，水顶寺供奉佛祖的水要干净，两岸百姓饮用的水要清洁。寺院背后的那座山，海拔五千多米，终年积雪不化，山顶有一个平静的湖泊，四周还有五个插入云端的山峰，人们称五冠佛。无论晴天阴天，湖中总会映出五峰的倒影，活像五尊白仙盘踞水晶宫。这湖的颜色随时在变化，太阳刚升起的时候，辐射出万道明亮的光柱，这湖就像一只硕大的银盘；当太阳落下去的时候，天空像一片燃烧的火海，这湖就像一只晶莹剔透的大红宝石。方圆百里，这湖是万水之源，快要满溢的时候，水就由不同的暗道明道冲破障碍，穿过荆棘，转过大树，绕过石林，扑过岩层激冲下来，奔向平原，一路万物生长靠着它，五谷丰登靠着它，人畜生存靠着它。据说，这湖是自然之神，献给水顶寺慈悲之爱的一滴喜泪。

这座山的前半腰有一个远近闻名的大瀑布，站在寺院屋顶远望山腰，在那苍松翠柏、绿叶茂密的丛林中，瀑布好像是悬挂的一幅整齐而平滑的白色巨型天幕。那里有块平整而宽阔的悬崖，从山顶雪线融化流下的千万条溪流聚集到崖顶平坝上，聚合着集体的力量，顺着岩面滑泻，岩壁上有许多棱角，水流经过，急剧撞击，水花便飞花碎玉般地乱溅。每当夏末秋初，蔚蓝明洁的天空，挂着安详雅致的白云，温暖的太阳，带着喷薄四射的光芒，注满金色阳光的瀑布，在色彩斑斓的林木枝叶间流淌。那瀑布从百米巨岩跌下，飞悬倒洒，翻滚着白色的浪花，飞溅着似玉如银的水珠，在阳光的照射下闪烁着五彩缤纷的霞光，像一幅彩绘制作的巨幅唐卡。是站立着的佛祖释迦牟尼，还是莲花座上的无量寿佛，在如絮如绵的雾气浓烟中若隐若现。传说，这个瀑布是天竺佛国的神工鬼斧、天魔帝力创造出来的大自然的展佛。在这个季节，数以万计的信徒香客，云集在瀑布下面，焚香诵经，磕头顶礼。这既是信仰的驱动，更是对大自然的敬畏，对人类生命之本——水的敬仰。

水，是地球的血液，万物的起源，人类的命脉。当今天看到长江变成黄河，黄河变成黑河，黑河变成泥河，看到雪线在上升，湖泊在干涸，江河在断流，看到人类污染使美丽的湖泊变成臭泥潭，奔腾的银河变成臭水沟，我想起了水顶寺，想起了水顶寺的水和这些关于水的故事以及壮丽景观。

原载《人民文学》2012年第6期

35

明 月 文

周 涛

那一轮月亮果然是越来越圆了，它的圆满就像一个句号，结束了四季中最好的时光。春之蓬勃，夏之绚丽，秋之烂漫，至此宣告结束，"此情可待成追忆，只是当时已惘然"。随之，将面对暮秋的肃杀和寒冬的凛冽。

月亮的提醒当然非常重要，人们不能无视这一天的存在。从古到今，中国人对月亮的变化都十分敏感，而这敏感又渐渐培养了独特的心理。这心理是细的、柔的、感伤的、内敛的，中国人选择了这一天像蚕吐丝一样，把轻易不肯吐露的心思，拉得很长很长——"江畔何人初见月，江月何年初照人"？这轻轻一问，看似漫不经心，却一下子把思想的触角伸向了远古洪荒，追问到了人类的源头。陈子昂在白天想到过这些，他意识到人生的短暂，"前不见古人，后不见来者。念天地之悠悠，独怆然而涕下"。李白也明白"夫天地者，万物之逆旅；光阴者，百代之过客。而浮生若梦，为欢几何？"，他甚至想纵身而起"欲上青天揽明月"。

这些唐代的中国人在千余年前就想到这么远、这么深，既是瑰丽的想象，又是科学的命题，这说明中国人对现实生存的超越性自古而然。

因此，中国人过中秋节便顺情合理。可以说，中秋节是一个全民族的诗的节日，"天上一轮才捧出，人间万姓仰头看"，世界上哪里还有如此凝聚人的心思的节日呢？别的节日都热闹，唯有中秋节，静远。约定俗成，中秋节是不能放鞭炮的，别的节日放鞭炮是造气氛，中秋节放鞭炮是煞风景。

那一轮月亮确实是越来越圆了。

因其圆满，反而倒惹出些人的伤感。这时候，伤感是一种难得的、美好的情绪，是思念，是怀旧，是静下心来对自己一生的反思和总结。这些美好的情绪都天然带有感伤的情调。"长安一片月，万户捣衣声"，是感怀；"访旧半为鬼，惊呼热中肠"，是伤感；"月出惊山鸟"是静；"露似真珠月似弓"是巧喻，只有李白那"明月出天山，苍茫云海间。长风几万里，吹度玉门关"，毫无伤感之意，一出手，写月亮也是万里横空出世的气魄！

但是不管怎么说，唐朝的大诗人没有不寄情月亮的，一本唐诗，处处见月，虽说各有各的写法，各有各的寄托，却是个个身上沐浴着月轮的光辉，处处闪现着月亮赠与的灵妙！

最令人费解的是，以大唐国力之盛、疆域之广，唐诗里竟无一首写太阳、歌颂太阳的，似乎太阳就根本不存在，"月上柳梢头"才是人间最美好的时刻。

那一轮月亮正在白莲花般的云朵里穿行，云动疑是月在行，云破月来花弄影。可以有一丝风的清凉，但风不能大，风一大便不是中秋良宵佳地。恰恰是中秋这一天，很少有月黑风高夜，这也是天意独怜人间燥热，降下这一片清凉和圆满。

最好有三五良朋，一石桌，几藤椅。一壶老酒须温热，撒一撮姜丝。要有一碟花生米，茴香豆更好，一罐凤尾鱼，一盘大闸蟹，再加上一些果品。不求醉饱，但营情调，故万万不可端上来一大盘手抓羊肉，煞了风景。"碧云天，黄花地，西风紧北雁南飞。晓来谁染霜林醉？总是离人泪。"真可谓秋之伤情处，不过还有更伤情的，那一番"今宵酒醒何处，杨柳岸，晓风残月"，就更将人生的落寞凄凉、心无系处突兀地暴露在典型情态之下。唐以后，宋朝明月愈转华美凄清，这一脉相传的明月情结，已经明白无误地揭示出中国文化中的柔性倾向，即便豪放如苏东坡，高唱"明月几时有，把酒问青天"时，也还是问的明月而不是红日。

那一轮月亮此刻正高悬夜空，如同宇宙间唯一一盏华美的路灯。谁也不觉得那光明是反射太阳的，只觉得那清光是它自身独有的。它不炽烈，不耀目，使人可以沐浴那光明，直视那月轮，月之光明，亲近可人。"月光如水"，那是无声的低语，是母亲慈爱的目光，是打乱了星星的诗行后醒目的句号，是云朵的和声伴唱下突出的主题曲。

月亮不仅一直这样陪伴着我们，关照着我们，而且不断提升了我们的目光，拓展了我们的心胸。我们已经完全习惯了月亮，习以为常，以为理所当然，从来没有人想到过，假如宇宙间从来没有月亮，人类将生活在何等蒙昧的万古漫漫长夜之中，而那将是多么难以忍受的黑暗生存！

幸亏，我们有月亮！"星垂平野阔，月涌大江流"。

也正是因为我们懂得了珍惜月亮，感恩月亮，我们才有了中秋节。中国的古代神话有"射日"之说，后羿射日，可见于日有恨，至少是爱恨交加。还有"逐日"之说，夸父追日，中途渴死，"弃其杖，化为邓林"。只有月亮的神话是最美的，"奔月"，嫦娥奔月，唯有美丽的嫦娥配得上月亮里的宫殿，广寒宫。她在月光下无翼而翔升，裙袂飘然，兔为玉兔，树是桂花。西方推石不止的西西弗斯神话，在这里变成吴刚伐桂，砍了又长，东西方神话形不同，神相似。

神话之所以是神话，就因为它太神了。在那样远古的人头脑里演绎出的故事，竟神奇地预言了千万载之后的人类行为——今天人类正在登月，只不过不是携带兔子而是带着小狗。关于太阳的神话，在今天也实现了，那就是原子弹、核弹，每一颗原子弹的爆炸，无疑是在大地上升起一轮裂变的太阳火球，后羿要射落九日，解除生民之苦难，也完全符合当今时代的现实。我们不要千千万万个带着核弹头的小太阳，但是，我们要一轮永不污染的月亮！

月亮总归是不老的。千万年来，一代又一代看见过月亮的人，都老了，都死了，只有月亮，仍在高悬。"一钩已足明天下，何况清辉满十分"，清辉未减，容颜不老。那月轮上隐约着的团团阴影不是老年斑，而是月宫参差错落，月亮的美容术万古不朽。

设想一下，那些终生仰望明月，看着它盈缩变化，产生过无限遐想悠思，然后死去的人，肉身寂灭，灵魂是否可以奔月？或者虽不能奔月却化作一缕云影环绕在月之旁也好？因此，不能不羡慕那些留下优美诗句的人，他说了"露从今夜白，月是故乡明"，他虽然早就死了，但谁敢说他真的就完全死了呢？

不朽的诗传诵了千年，已化为月光中的一缕，因而那诗人的心思，千年以后还鲜活着。真是"我寄愁心与明月，随君直到夜郎西"。

谁是有心人留意统计一下呢？千百年来，有多少古代诗人留下月亮诗篇、明月佳句？

"回乐烽前沙似雪，受降城下月如霜"
"碛里征人三十万，一时回首月中看"
"从此无心爱良夜，任他明月下西楼"
"淮水东边旧时月，夜深还过女墙来"
"二十四桥明月夜，玉人何处教吹箫"
"晓镜但愁云鬓改，夜吟应觉月光寒"

当然，还有"鸡声茅店月，人迹板桥霜"，还有"明月松间照，清泉石上流"，还有，还有很多很多。

到这里，突然明白了，那轮月亮，那轮"小时不识月，呼作白玉盘"的月亮，正是一颗高悬碧空、心迹朗朗的中国心。中国人的风韵，中国人的审美，中国人的情态，全在那轮月亮的涵盖里，一句话：中国的古老文化是月亮文化。

　　敏感、伤怀、阴柔、内敛、细腻、多情，光不耀眼而持久，力不扩张而长存。"月有阴晴圆缺，人有悲欢离合"。唐宋元明清，不但有缺，还曾有蚀，但是月亮坠落过吗？它只不过是绕了一个圈儿，第二天又轮回过来，恰当中秋，愈显皎洁。

　　其实，我们最大的文化遗产不是别的，而是对月亮的理解和领悟，是我们独有的中秋节。中国人用几千年时间积累、演绎的月亮文化，内容之丰厚，内涵之深广，才是奉献给全人类的一份宝贵遗产。

　　"但愿人长久，千里共婵娟"。人是全人类，千里是全世界。相信中国的月亮文化会被越来越多的人接受，因为——在全世界的任何角落都能看到月亮，月亮是人类共同的语言。

　　"月亮代表我的心"，我的心是中国心。

　　月之明明兮，我心敞敞；月之盈盈兮，我心荡荡；月之遥遥兮，我心恍恍；月之临窗兮，我入梦乡。

原载《上海文学》2012 年第 7 期

母 道

蒋子龙

前些年去书店为小孙女选购读物，见到一本荣荣写的童话《住在贝壳里的老爷爷》。甚感惊异，想知道这本童话的作者是不是那位诗人荣荣？急忙翻看前言，不错，正是她。我并不认识荣荣，却听人谈过她在当代诗坛上所创造的纪录：凡跟诗有关的林林总总的各种奖项，当然也包括规格最高的鲁迅诗歌奖，她几乎都拿过了。出版过多本精美的诗集，这样一位出色而勤奋的诗人，怎么会写起了童话？

我当即买下这本书，读到作者写的后记时更是吃一惊，原来她曾"身患重疾，十几年来生命朝不保夕，悬而又悬地生下了儿子"。当儿子长到四五岁时，发现了他性格和行为上一些应该注意的倾向，诸如胆小、乱丢东西、过于贪玩等等，已经全身心担当起母亲角色的荣荣，不是呵斥儿子，而是即兴给他讲故事。现讲现编，现编现讲，越讲越多，越编越顺，有时连她自己也被这些故事感动。一位老编辑偶尔听到了这样的故事，便鼓励她整理出版了这本童话。细读之后果然不错，有空便读给孙女听。

比如《很丑很丑的石头》中那块难看的石头，不满足于当一块安安静静的石头，发现那些能够花样翻新、大出风头的东西，是因为比自己多了一个"心"。于是便千方百计地也给自己弄了个"心"。从此它再也无法安分了，一会儿想变美，一会儿要出人头地，蠢事、坏事做了一件又一件，反弄得焦头烂额，最后几乎连石头也差点做不成了。既童趣盎然，又意蕴悠长。还有《太多太多的云》，讲一个好东西太多了也会生出麻烦的故事，本来很美的云彩，多到堆满了天空就成了灾难，地球上的所有生物都受不了啦，只好让那些不讲卫生的云朵变成了屎壳螂，爱撒谎的黑云变成了乌鸦，爱占小便宜的送雨云变成了老鼠，爱欺负别人的雷电变成了狼或狐狸……

母爱丰沛而滋润，是最高的激情，能焕发出伟大的想象力和创造力。世界经典童话《长袜子皮皮》，就是瑞典女作家阿斯特里德·林格伦讲给女儿的故事。但她们创作童话首先不是想自己出书成名，而是为了教育孩子健康成才。教育子女本来就是为母之道的重要内容，《广雅》解释："母，牧也。言育养子也。"在古人看来，"育"重于"养"，生养了孩子就必须教育，还要会教育。是天性赋予母亲成为伟大的教育家，在孩子的成长过程中担当着独特的不可替代的作用。被尊为"镭夫人"的居里夫人，对还不满周岁的女儿就开始进行智力和体操训练，她不仅自己曾两次获得诺贝尔奖，其长女伊蕾娜继母亲之后也成为世界上第二个获得诺贝尔化学奖的人。她们母女创造的奇迹至今无人能超越。在中国的传统文化中也不乏这样的经典故事：《孟母三迁》、《三娘教子》等等。

而且那是在"夫权社会"，"师道尊严"大盛的年代，讲究"师徒如父子"、"一日为师，终身为父"。把孩子送进学校交给老师，家长就可放心大吉。而今"师道尊严"大打折扣，教育产业化，没有家长敢完全信任老师和课堂，不能不带着孩子到处花钱"补习"。越如此越逼得中国人不得不拼孩子，竞争从呱呱坠地就开始了，谁都不愿意让孩子输在起跑线上，因此母道显得尤为重要。正如蔼理士在《不生育的问题》中所言："这种母道的任务，要是做得好，也等于一个必须维持上好多年的职业，而其所需要的惨淡经营、全神贯注，也还在一般专业之上。"根据家庭条件的差异，充分发挥自己的优势，现代母道可谓五花八门、异彩纷呈，不乏妙招、绝活儿。荣荣为儿子写童话，不过是千万母道中的一种。

许多年后，在舟山渔民文化节上我结识了荣荣，几句寒暄话后便打问她儿子的情况，很想知道她的母道效果如何？她说儿子在7岁的时候出版过一本小诗集，现在上小学六年级，功课中上等，比较调皮捣蛋，也经得住批评乃至处罚。有一次因上课做小动作不好好听讲，被老师叫到前面罚站，下课后就写了一首题为《罚站》的诗，调侃自己因为刚才动得太多，现在一动不能动，"像一条踩扁的蚯蚓"。他们母子经常一起写"同题诗"，在一首《雪花》中他写道："雪花从很冷的地方来，像六角形的飞盘，它停在我手上，变成一滴眼泪。我把很多很多雪花放在被子里，我要给雪花温暖，这些冰冷的朋友很感动，把我的被子变成水被子。"荣荣是一家文学期刊的主编，校对时有拿不准的字句，就跟她儿子商榷，小家伙常常能随口就为她解疑答惑。可见他确实认字很多，且记得牢靠。或许是童话丰富了孩子的心灵，使他的思想保留了立体感，眼中的世界也丰富得多。

每个家庭都有自己的"中心"。《礼记·大传》中说："其夫属乎父道者，妻皆母道也。"母亲若是家庭的灵魂，在孩子的教育上自然就多行母道；家里的权威是父亲，当然就以父道为主。比如最近声名大噪的中国"狼爸"萧百佑，一贯奉行"在中国不打不成才"的理论，"因为我们的竞争太激烈，同时中国的社会环境又比外国复杂，小孩没有分辨能力，不管很容易沾染坏习气。"他有四个孩子，分别从三岁起执行"棍棒政策、军事化管理、魔鬼式训练"，对他的孩子们规定了许多不许："不许在校外跟同学接触，不许看电视，不许自由上网，不许随便喝可乐，不许随便打开冰箱门，不许吹空调……"

事实证明他是成功的，如今培养出了三个北大学生，目标都是拿博士。最小的还在上高三，目标是中央音乐学院。"狼爸"的成功经验被媒体热炒之后，惹得许多当了父亲的男人羡慕，想学他，却缺少他的气魄和狠劲，或半途而废，或闹出笑话。江苏海安一位老兄，儿子在一所重点中学上初三，周六赖床不起，他嘴喊不管用，想打下不了手，情急之下竟拨打110向警察求助，反遭警察一顿抢白：让孩子多睡一会儿就房倒屋塌、世界末日吗？

还有母道、父道的"双道合璧"，乃至爷道、奶道等"多道参与"。"誉满全球"的钢琴家郎朗的成功，就是"双道合璧"的典范。但这都是凤毛麟角，他们的经验很难推广，也就不可能大面积地收获天才。而有些民族，将一些具有普及意义的成功母道、父道，或"双道合璧"等变为风俗习惯，形成社会共识，从而整体提升民族素质和成才率。

比如犹太人的优秀是举世公认的，随口就可说出一大串尽人皆知的名字，迄今为止全球最伟大的科学家爱因斯坦，哲学家马克思、弗洛伊德，艺术家卓别林、毕加索，超级富翁摩根、洛克菲勒、巴菲特等等。这跟他们是世界上最爱读书的民族有关，几乎每个家庭都有一种习俗，当孩子到了该接触书的年龄，母亲或者在《圣经》上滴蜂蜜，让孩子亲吻书，或者在书上涂蜂蜜，让孩子从小就知道书是甜的，渐渐养成"吃"书、爱书的习惯。犹太人还喜欢将书放在枕边，告诉孩子脑袋是离不开书的，书是大脑最好的陪伴和营养品。

然而，欧洲一些国家，却严格禁止孩子在入学前读书认字。理由是那会破坏孩子的想象力和思考能力，久而久之会养成习惯，只被动地接受知识，缺乏主动的创造性。德国甚至将这一条写进宪法，可他们的民族照样也很厉害，自诺贝尔奖设立以来，只有8000多万人口的德国竟拿走了将近总数的一半！可见，世界上的母道、父道，有千条万条，似乎"条条大道都能通罗马"。说了归齐，还是老子高明："道可道，非常道……"

原载《人民日报》2012年4月8日

音乐生活

王安忆

一

初到维也纳，见识的第一件事，就是兜售音乐会票的"黄牛"。"黄牛"们看起来相当职业化，身着古代宫廷服装，假发、绑腿、白手套、镶金扣的大红紧身衣——最常见的莫扎特的装束形象就是这一款。后来，凡看见这帧画面，无论是印在巧克力金箔纸上，还是马克杯、购物袋、T恤衫、铅笔，想起的不是莫扎特，而是"黄牛"。在维也纳国家歌剧院门前，一位着盛装的"黄牛"向我们推销当晚的芭蕾舞票，可我们意在次日晚上的歌剧《马侬》。那是法国十九世纪浪漫主义作曲家马斯内（1842—1912）的作品，作品以抒情美艳著称。他流露出为难的表情，因为那票不好搞，所以价格不菲。在他银色的假发底下，是一张沧桑的脸，他绕开《马侬》，又回到当晚的芭蕾，一股劲地赞扬，态度无限恳切，眼睛里则透着精明，使我想起一类人物，就是上海弄堂里的"爷叔"。虽然人种、所在城市不同，照理，生活背景也不同，可是奇怪地相似着——有些江湖气，又是保守的；挺会算计，却不无豪爽；有一些市侩，又有一股子义气。看到我们坚持《马侬》，他便很大度地领我们到另一位"黄牛"跟前，原来，他们之间是有分工的，这一位大约专司芭蕾舞票，那一位则负责歌剧，但显然他更希望我们购买另一场交响音乐会的票，对于销售《马侬》兴趣不大。后来，我们知道，《马侬》很叫座，能够由他们支配的票子自然也就有限，我甚至怀疑还是没有。买卖没有成交，可已经彼此认识，下一日，再看见我们，老远地，那"爷叔"便大喊"马侬"，而从此我们也给他起了个名字：马侬。

"黄牛"们手里多持有一本册子，里面是剧目的照片与说明，"爷叔"则是徒手，显示出在这一行的资历以及业务的熟练。他们散布在游客聚集的每个地方：斯蒂芬大教堂周围的空场，金色大厅附近，马术学校门前，市立公园约翰·施特劳斯像或者城堡花园莫扎特的像底下，那里总是有观光团体照相留念……推销的心情虽然殷切，却绝非猴急，保持着一定的风度。天底下的"黄牛"都难免是油滑的，维也纳的也不例外，但要优雅一些，服装使

43

然，还是文艺复兴的浪漫主义遗风？头一回去斯蒂芬大教堂，如此庞大的一座建筑，几百年时间里，从主体不断派生繁衍配殿和副楼，占去整整一片街面，不知如何得门而入。绕着墙角走，或是被修葺的脚手架篷布阻断道路，或是铁栅栏，或是紧闭的门，有一处门倒是开着，陡直的石阶通往地下室，只出不进，一名导游守在石阶上，向上来的观光客收钱。出来的人不知是因为从暗处到了日光下，还是有别的原因，个个神情迷离，就像是从地狱出来，而那个导游——是又一个"爷叔"，面相要粗鲁与蛮横许多，他就像地狱的守门人，收缴买路钱，问他如何进去，他简洁地回答说：每人四欧元。再向前去，最后到了广场，正四顾茫然，一名"黄牛"过来搭讪，打开宣传册子，一一介绍。可我们无心买票，着意要进教堂看看，就询问怎么进去。这其实有些犯规了，他是卖票，并没有指路的义务。他本可以回答不知道，可是他昂头看着空中飞翔的鸽群，说：飞进去！另一次，我们打听周日上午，哪一个教堂的大弥撒演奏十九世纪维也纳作曲家布鲁克纳的弥撒曲，曾经在某座教堂门上看见通告，过后却再找不到那座教堂，于是，又向一名"黄牛"打听。这也犯了规，"黄牛"负责的是商演市场，教堂里的音乐会不在他们的司职范围。但这位尽责的"黄牛"还是抓住时机向我们推介音乐会，将他的宣传册一页一页翻给我们看，但见我先生没有兴趣，便将册子合拢，臂肘对我一弯，说：他不带你去音乐会，我带你去！

后来，我们在歌剧院的票房里买到了《马侬》的票。下午的歌剧院的前厅幽暗冷清，与外面的"黄牛"世界相比，真是冰火两重天。灯暗着，只票房内亮着，临窗坐的票务员无论长相还是神情，都与斯蒂芬大教堂地窖的导游相仿，也像美术史博物馆的票务员，还有兜揽生意的观光马车夫，他们看起来就像是一个人——中年，壮实，粗粝，四方的脸形，面部有横肉，这就使他们看起来有些凶，但也许只是厌倦。向他买当晚的歌剧票，他出示了座位图，最便宜的站票总是最先告罄，只有次便宜的楼座上两侧的票，却不能使用信用卡，因为票是退票——我十分怀疑就是门口的"黄牛"返回给他的剩票，此时离开演只有几小时的时间了，谁又知道在这项黑市交易中剧院的票房担任什么角色？这倒与我们无碍，然而，更大的陷阱却在之后才暴露。其实再回想，这位"爷叔"的动作就十分可疑了，他很琐碎地将票子从这个信封倒出来，又倒进那个信封，这两张对对，那两张配配，摆弄来，摆弄去，直到人失去耐心，才将两张票交到我们手中。交割完毕，走出剧院，高高兴兴的，就等着晚上看戏了！

事情看起来很顺利，早早就到了剧院。观众们似乎都很性急，拥在前厅里等待入场，票房前则蜿蜒着一支队伍购买退票。两位领票员各守一个楼梯，以倒计时的精确度等待入场的那一刻。终于秒针走完最后一圈，两人共同举起双臂欢呼一声，仿佛迎接一个重大的庆典。簇挤在楼梯下的人们转眼间分散了，似乎被高大的穹顶吞没。正厅、楼座、包厢里空荡荡的，人都不见了，只在最后排的站票席栏杆上，系了一排围巾、领带、手绢，表示占了位置。但依然有一种激越的情绪，在疏阔的空间里流动与聚散。撞上这一日的演出相当幸运，乐队是著名的维也纳国家歌剧院团，饰演马侬的女演员则是正当红的俄罗斯新秀涅特布克，她的传奇故事伴随名声在全世界的爱乐者中间流传。故事说，涅特布克本是圣彼得堡玛林斯基剧院的扫地女工，偷偷学艺，终遇伯乐，然后一举成名。流传的过程中，不知增添有多少枝节，使之越来越接近一出美国旧电影《卖花女》的情节。听一对早早到场的母女和领票员聊天，领票员对女儿说：你母亲说的是什么话？好奇怪！女儿说：她说的是俄语。原来这是来自俄罗斯的客人，大约专奔涅特布克而来。观众中多有旅游者，穿着旅行装束，甚至携着背囊和拉杆箱，行色匆匆。于是，歌剧院也不得已放弃了着装上的清规戒律，允许任何服饰的观众入场。满场看去，却也有一半以上人数遵守古训，盛装出席。显然是本地人，不仅在仪表上，连同神情态度，都流露出安居的闲适从容。这部分观众，往往到得比较晚，临开场几分钟才姗姗迟来，显示出是这城市的主人，歌剧院离他们家大约只有几步之遥。问题就出在这里，而我们浑然不觉。

第一遍铃声响起来，剧场里变得喧嚷，人越来越多，站票席上的观众也都逛回来了，插蜡烛似的挤簇着。大幕静默地垂着，显得遥远和深邃。就在这时，领票员引来一个老人，年纪约在八十上下，穿着郑重，表情威严，他的座位竟然与我们中的一个重叠。他看了我们的票，遥遥地对了左侧一指，然后便在座位坐下，再不理睬我们。这才发现，我们的票子其实是分开在左右两边，我们白白早到这么长时间却没有仔细核查，领票员也没看出这个错误。时间已经很紧，必须在第三遍铃声之前赶到属于自己的座位。歌剧院的楼座极宽阔，这边到那边似乎有半站路的距离，而我们还存妄想，也许有可能在那一头换取并列的座位。分开坐也一样看戏，但对于旅行生活终究是扫兴的。那一头，相邻的座位上是一位女士，虽然没有着晚装，但也穿着整齐端庄，风度相当文雅。她一看情形，立刻明白了我们的处境，她站起身，拉住领票员，急促地对话几句，从态度上看出，她是要得到应许与我们换座，回答是可以，你们自己决定，于是迅速将她的票塞进我们手里，抽走了我们的，临别时，对我们无限的感激，还来得及诚恳地说一句：没关系，好好享受！转眼间消失在这一侧的通道。第三遍铃声中，我们翘首以望那一侧她的身影出现，倘若晚了，便不能入场，只得等待第二幕。就在铃声落地，指挥台灯亮起的一刹那，她冲下观众席，并且看见我们。她伸手大大地向我们挥动，序曲响起了。

事后我们难免要讨论这一次小小的事故中的教训，当然，随之而来的必是那一个温暖的际遇，它使这陌生的城市产生出类似乡谊的感情。我们无疑是遇到好人了，她那么娴雅，亲切，热情，显然受过好的教育，是一名知识女性，也许就是音乐圈内的人，热爱歌剧，不料被两个外国人打扰了，没有一点怨色，反而成全了人家。那位老人呢，不好也不坏，能够一个人来看戏，总要有点雅兴，看形貌也是中产阶级。没有家人陪伴，走过街道，天还在下着小雨，登上楼座，在逼仄的席间找到自己的位子，也不能指望他再做好人好事了。最坏就是那位票务员！两张单张的票可以想象多难出手，大约在"黄牛"手里也滞留了几日，最后返还给他。终于从天而降两个傻瓜，只关心票价，别的什么也不问，并且对维也纳的窗口服务极端信任，此时不出手更待何时？认真追究，"黄牛"交易其实都有内线，否则无从解释供货渠道，是票务员这类人担任着里外串联的角色。"黄牛"确是搞乱了市场，也搞乱人心，可是话又说回来，"黄牛"却是畅通开放的信息渠道，是那位"爷叔"告诉我们可以穿牛仔裤入场，时代已经大不相同。他们将音乐会的节目单传递到四面八方，在最偏僻的角落里都可见到他们的身影。相比之下，正规的窗口就显得冷淡、机械和傲慢，看起来，他们也想有所作为，在景点上都设摊，有穿便装的职员向游客推销票子。在马术学校门口，曾有一位职员告诫我维也纳票务黑市的内幕，不外是低价收进，再高价出手，从顾客身上盘剥一层。但这些售票摊点显然不如"黄牛"活跃，放得下姿态，掌握更多的行情，同业间团结一致，互通有无，为人民服务的态度更殷切。而且"黄牛"有服装，他们没有，就显得职业化程度不够似的。在这资源与服务不对等的情况下，于是产生了票务员这类人物，他们坐收渔利。

走入音乐之乡维也纳，遭遇的人和事似乎多与高雅生活无大干系，倒是充斥了俗世的纷扰。就好比读罗曼·罗兰的《约翰·克利斯朵夫》主人公的少年情史，第一段"弥娜"最合乎爱情的甜美伤感；第二段"萨皮纳"，一个杂货铺女老板所诱发的情欲，罗曼蒂克多少打些折扣，但因为她意大利圣母型的长相，为她带来了文艺复兴的气息，就有了艺术性，再加上她超然物我的形态，似乎是尘世外人，又是那样无果的结局，作为一段哀史就也说得过去；紧接其后的"阿达"就离谱了——那一回，克利斯朵夫结伴郊游的同伴都有些离谱，一个是银行的职员，一个是布店伙计，两位女伴是帽子铺里的店员。他们对音乐谈不上什么教养，也没太大的兴趣，只是羡慕他宫廷音乐师的身份。有意思的是，其中那位布店伙计倒是听过克利斯朵夫的作品，还哼出了一段，这就是德奥体系的乡民了。有一回在巴黎，星期六的早晨，遇见小酒馆走出醉鬼，吹的口哨是格里格的"培尔·金特"。倘若是在老北京的街头，拉住一个过路人，哼的大约就是京剧中的"小开门"了。话说回到阿达，女店员对于爱情终是让人扫兴，一个上班族，朝九晚五，自己挣自己花，当然要比流水线上的女工略胜一筹，不是出卖体力，更不是做人奴婢，出卖自由，可女工和奴婢自有一番哀恋之处，类似灰姑娘辛德瑞拉，无所依托，等来了白马王子，比帽子铺女店员适合做浪漫剧的女主角。

　　大街上的女店员，经济与人格都是独立的，无须依附于人，却也难免养成剽悍的性格，如阿达，何等的粗鄙啊！她和她的女同事，常是让克利斯朵夫不知所措——"她们不顾体统的好奇心，老是涉及无聊的或是淫猥的题目，所有那些暧昧而有点兽性的气氛，使克利斯朵夫极难受，同时又极有兴趣，因为他从来没见识过。一对小野兽似的女人说着废话，胡说乱道地瞎扯，傻笑，讲到粗野的故事高兴得连眼睛都发亮……"看起来，唯有阿达才能让克利斯朵夫真正开窍。像他这样敏感的天性，不幸又没有受过好的家教，在混乱的亲情中兀自成长，生理和心理可说都处在蛮荒中，不晓得拿自己的情欲怎么办。与萨皮纳在郊外客栈中度过的那一晚，两人隔了一扇门，激动得浑身打战，就是推不开门去。萨皮纳的障碍在体统中，身为女性，又是守寡的人，没有得到明确的表示之下，自然不敢轻举妄动，更何况是那样慵懒怠惰的性情，克利斯朵夫呢，主动权明明在他一方，而他坐失良机。到了阿达，情形则完全两样，她绝不会让克利斯朵夫漏网，事情凡到她手中，一律变得简单并且干脆。他们邂逅的当日就一起过宿，也是一家乡下小客栈，两具肉体不假犹豫地胶合一起。即便是女店员，即便是越过感情，直奔性的目的，如书中所写："情欲的巨潮把思想卷走了。"那一幕依然有着自己的神圣感——"整整的一生在几分钟内过去了：阳光灿烂的岁月，庄严恬静的时间……"克利斯朵夫的身体在一个女店员手里完成了嬗变。

　　罗曼·罗兰在克利斯朵夫的人生中，安排了许多力量型的人物，与另一类精神性人物，比如安多纳德、奥里维、葛拉齐娅作平衡，第八卷"女朋友们"，其中有一位赛西尔·弗罗梨出场，那时克利斯朵夫身在法国，安多纳德已去世，奥里维交了女朋友，自有生活，葛拉齐娅还未长大，进入他的视野，克利斯朵夫平静而寂寞地过活着，在一个小型音乐会上听到赛西尔的钢琴演奏，大为欣赏。赛西尔，二十五岁，矮而且胖，头发浓密，胳膊粗大，就像个乡下人，却是国立音乐学院钢琴头奖的得主。她出身市井，父亲活着时很窝囊，死后自然不可能为妻子儿女留下什么福利，且兄弟不争气，所以是由她赡养母亲，支撑家庭，日子过得很清苦。左右环视，似乎看不出有哪一点眷顾了她在音乐上的才能。倘若归结为天性，她的天性甚至与通常以为的艺术气质是背离的——"她为人正直，合理，谦虚，精神很平衡，一无烦恼：因为她只管现在，不问以往也不问将来。"总之，挺务实的，而艺术家难道不是应该纵情放任？赛西尔显然是乏味了。克利斯朵夫有时会很惊讶地看见——"音乐的光芒像奇迹似的照在这个毫无艺术情操的巴黎小布尔乔亚女子身上。"事实上，也许正是这样稳定的性格才让她担得起枯燥艰苦的训练，进入音乐的自由内心，攫取了乐趣。当今巴黎的音乐界，脱颖而出一位中国裔钢琴演奏家朱晓玫，从她的故事听来，大约也是赛西尔这样的禀性。当然，一个亚洲人要接近西方的艺术，是必有特殊的教育背景打开通道，而赛西尔，则是生于斯长于斯，就连朱晓玫那么点传奇性也没有，但在某种程度上，却可能更接近于事情的本质。

有一晚，克利斯朵夫来赛西尔家吃晚饭，耽搁晚了，天又起了风雨，就留下宿夜。睡在客厅里临时搭起的床上，与赛西尔的卧室只隔一层单薄的木板，听得见彼此的呼吸，可是却没有引起丝毫欲念，双方都平静入睡。关于赛西尔的故事就此波澜不惊地结束，之后，也没怎么发展。对于被称作浪漫史的小说，一个巴黎小布尔乔亚女子，大约再也提供不出什么惊艳的情节，所以，她只是在克利斯朵夫生活里相对来说的空白阶段，稍作填补，但却留下颇有意味的一笔，似乎暗示在欧洲浪漫主义抒情性的表面之下，其实是一种俗世的人生，它平庸却坚韧，结结实实的，是音乐生活的中流砥柱。

然而，罗曼·罗兰并不甘心就此放弃天才成长的奇峻性，稍作休憩，他继续要注入给"小布尔乔亚"澎湃的激情。我时常要揣测罗曼·罗兰在他本国的文学地位，为什么远没有达到当代中国的我们的期望。我们与法国同行谈论罗曼·罗兰，总是会产生分歧。在他们，当然，罗曼·罗兰也不错，是个有趣的作家，但是，并非那么重要；在我们，这位作家无疑影响了几代人，现在，还在接着影响下去。理由也许有很多，傅雷先生的译文华彩斐然，他古今中外贯通，《约翰·克利斯朵夫》可说是一部长篇美文。在中国现代到当代，一批大学问家从事西文翻译，他们创造了一种新白话文体，远远脱出明清话本式的旧文体，又极大程度拓展和丰富了五四新文学文体。共和国以后生长的我们这一代写作人，多是在这译文体中教养学习。傅雷先生的意译几乎是将小说重写一遍，我们无缘阅读原文，就难以比较，证明是评介不同的原因。或者还因为，罗曼·罗兰的英雄崇拜不怎么对法国人口味。克利斯朵夫是个德国人，是理想主义的种气，而他天才的超强吸纳力很快消耗了日耳曼民族的资源，小说进行到三分之一的篇幅，卷四的末尾，惶急之中，踏上驶往法国的火车，他在心里叫喊："噢，巴黎！巴黎！救救我吧！救救我

吧！救救我的思想!"将思想的拯救任务交付给法国，是身为法国人的作者别无选择的选择，还是一个有意的安排？小说第七卷"户内"开首之前，作者专有一篇"卷七初版序"，"序"中有这么一段文字："我要呼吸，我要反抗一种不健全的文明，反抗被一般僭称的优秀阶级毒害的思想，我想对那个优秀阶级说：'你撒谎，你并不代表法兰西。'"我们自然不能单听写作者的主述，一旦进入特定的情节，就有一种潜在的更强权的力量主宰人物的命运，但至少我们可以据此假设克利斯朵夫这个人并不为法兰西认同，人们可能更对雨果笔下的冉阿让、卡西摩多抱有热情，那都是被注入神性的存在；或者，索性从天上降到人间，降到左拉的"小酒馆"，抑或福楼拜的"包法利夫人"，以写实主义来做精微的分析与批判。而罗曼·罗兰不巧正在中间，他没有神，亦没有凡人——有凡人，但不是为他们自己而存在，而是为英雄的诞生作铺路石。英雄，就是罗曼·罗兰的世界。

当克利斯朵夫在巴黎闯下大祸，再一次逃亡，越过边境，去到瑞士，投奔同乡哀列克·勃罗姆医生。说起来很有点意思，勃罗姆夫妇与包法利夫妇有许多相似之处。勃罗姆他们所居住的小城类似包法利后来迁往的永镇，风气保守狭隘，生活难免枯乏。先生们都是医生，都有一副好心肠，亦同样是乡下人般颟顸的性格，头脑平庸。太太们呢，都具有比丈夫高一筹的才情，内心丰富。两位太太年少时的教育也有着共同之处，都是在宗教生活中长成，爱玛是被送进修道院的，阿娜——勃罗姆太太则是在宗教狂祖母手下长大，老太婆将这个儿子的私生女看成"罪恶的产物"，让孩子过着苦修般的聊无意趣的生活。所幸她们都遇到婚姻的机会，避免了老姑娘的命运，可世事难料，日后她们都发生了婚外恋情。不同则在于包法利夫人外表甜美可人，情致婉约，更合乎一个情人的罗曼蒂克气质。勃罗姆夫人的情形却要复杂得多，从外形看，她显然缺乏女性的柔媚，甚至是阴沉粗野的，"郁积着一股暴戾之气"，笑起来含着些杀气，身体是健壮高大僵硬——她的形貌举止多少让人想起《简·爱》中，藏在阁楼上的疯女人，随时可能爆发出原始荒蛮的力量，一旦作用于爱情，那将是多么可怕的灾难！也因此，阿娜的感情就更具有严肃性，接近悲剧的崇高性。事情从开端起就显出不祥之兆。

有一日，宁静的小城忽然涌动起激荡的情绪，一对意大利姐妹爱上同一个男人，相持不下，决定用抽签的方法决定谁进谁退，所谓退让就是主动投入莱茵河。可是抽过签后，退让的那个却毁约了，于是两人发生争执，先动口后动手，最后又相拥而泣，结果作出一个骇人的决定，将那情人杀死！小城里，每户人家的晚饭桌上都在讨论这件情杀案，勃罗姆家也不例外，医生首先叫道："她们是疯子。"克利斯朵夫的意见是："爱就是丧失理性。"阿娜

49

的态度呢，她平静地说道："绝对不是丧失理性，倒是挺自然的。一个人爱的时候就想毁灭他所爱的人，使谁也没法侵占。"这样的爱情果真发生了，结局不难想象。福楼拜的可人儿爱玛是一死，死于债务逼困；罗曼·罗兰的阿娜没有死成，只得继续受罚，那是比死亡更残酷的炼狱。两个"小布尔乔亚女子"，前者顺其自然被放置在现实生活该当的后果中，后者却被升华，升上十字架，成为女体的受难者。这就是理想主义和自然主义的不同价值取向，同时也与古典浪漫主义区别开来，古典浪漫主义的女主角是艾丝米拉达，从天上下降人世的埃及小女神。

勃罗姆夫人也是一位天生的音乐家，克利斯朵夫在琴上试奏他的新作，勃罗姆夫人不学自会，一下子唱出其中的精髓——克利斯朵夫大为惊奇，对歌唱者说道："我竟有点疑心这是我创造的还是你创造的。"阿娜的回答是："我不知道。我以为我唱的时候已经不是我自己了。"克利斯朵夫又说："可是我以为这倒是真正的你。"说来也奇怪，克利斯朵夫总是在平庸的市井中邂逅知音，他的创造者怀揣什么样的用心呢？

二

在一个阴冷的小雨天下午，来到莫扎特的故乡萨尔斯堡。观光客的人潮中，这市镇显得格外的小而逼仄。粉彩色的涂壁和小巧琐细的花饰，使它们就像玩具，木偶戏台上的布景。莫扎特的故居，在萨尔斯堡河两岸各有一处，都是狭小的公寓，可现出生计的动荡和拮据。穿过市镇的河面与两边的街道相比，显得阔大，甚至有些苍茫，特别令人想起罗曼·罗兰的《约翰·克利斯朵夫》里，起首的一段："江声浩荡，自屋后上升。雨水整天地打在窗上。一层水雾沿着玻璃的裂痕蜿蜒流下。昏黄的天色黑下来了。室内有股闷热之气。"莫扎特的家里，如今拥满游客，整个萨尔斯堡都被游客覆盖了。雨水的潮湿气味壅塞了房间，有些郁结，但终还是散发出一股清新，因人群的流动带进新的雨水和泥泞。当年的隔宿气早被洗涤一空，无从想象莫扎特一家活动在其中的景象。有一间展室里陈列着那个时代的药材，细弱的草茎和黄白色的云母片，透露了对付疾病的无奈和挣扎，想到那个家庭不断有人夭折的命运，不由得心生戚戚。

欧洲城市里的民居格式大致相同，贝多芬在波恩的故居记忆中差不多也是这样，都是公寓里的一套——几间相连的房间，木条地板，木百叶窗。在维也纳还去过海利根斯塔特的贝多芬旧居，在一条僻静的马路上，以收藏贝多芬一份未曾兑现的遗嘱而著名。走入一个小院，上一个木楼梯，贝多芬曾经在此短暂逗留。也许正处于人生的低潮，于是写下了这份遗嘱，可显然境遇又好起来了，或者说情绪的周期过去，便按下不提。居处是几进小小的套间，迎门赫然一具玻璃柜，陈列着后世称之为"海利根斯塔特遗嘱"的那份文件。参观者除我们外，又来了两名日本女生，大家都在留言簿上写下敬仰的字句。下了这一侧木楼梯，再上对面的楼梯，推门进去，门厅内坐一老妇人，向我们卖票，出示了方才的门票，回说不管用，因为是两个机构，对面是贝多芬研究协会，这里才是贝多芬真正居住过的地方。至于"海利根斯塔特遗嘱"，这里的才是原件，对面只是复制品。看起来，全世界各地都存在文化资源过度开发的问题。不过，实话实说，这一处更像是一个潦倒的音乐家的客居之地——只一大间屋子，家什用物比较多，显得拥簇，于是就有了些生活的气氛，可是，谁知道呢？多少年前一个房客，租住于此，那时候这里一定相当荒凉，是维也纳的远郊，没有人会注意这人是谁，来自哪里，怀揣怎样的心情，又将去往什么地方……所有一切故事都是在之后被丰富起来。如今的海利根斯塔特却有着一股宁静与明亮，并未染上艺术家阴郁的心境。街面上很少人，偶尔见有年轻的母亲领一群孩子走过，不知哪里有一个幼儿园或者小学校，喧哗声一波一波传来。巷口的空地上有一座贝多芬的立像，用粗糙的石材塑成，表情严峻，可更多的是餐饮招牌上的贝多芬画像，有些像啤酒招贴。教堂的钟声按时响起，钟声在蓝天红顶之间回荡，渐渐送远。

中午，我们在一家名叫"萨尔斯堡熊"的餐馆吃饭，门面很窄，走进去，门厅也很窄，窗台壁架上满满当当地堆着那种"萨尔斯堡熊"绒毛玩具，显得更加拥挤。可是却想象不到的纵深，望不断尽头，上楼打探，竟是惊人的场面，几乎有半条街的面积，而且全部客满，似乎海利根斯塔特的居民都集中到这里用餐了。女主人将我们安排在楼下临窗的桌子，点了菜人就不见了，邻座上一位先生主动过来服务，端这端那，看他稔熟的态度，就猜他是女老板的男朋友。而所有的客人都互相认识，全是街坊邻居。爱因斯坦也曾经在这里住过，不远的公寓楼前钉了一大片名人的铜牌，其中就有他的，算是一个老街坊。

在维也纳市里，还有一处贝多芬的旧居，寻找的过程且要曲折得多。向无数人打听，回答各不相同，天下着雨，从小雨到中雨，遂又成急骤之势。雨中走过来走过去，直到午前方才走进那幢公寓楼。贝多芬所居住的那一套在四楼，按了门铃，大门便开了，这倒有些意思了，好像我们是与贝多芬预约的访客。推门进去，经过穿廊，来到天井，天井的地面上铺了青苔，四周的后窗蒙了灰垢与水汽，窗下还有一具水斗，多么熟悉的景象啊！在上海殖民时期遗留的欧式公寓里，多有着这样的天井，被后窗一层层环绕，形成桶状，那窗户格子里，都是触类旁通的生活。沿楼梯上去，贝多芬的邻人们都闭着门，上班的上班，上学的上学，身后有一批来自美国的访客超过我们，楼梯上顿时脚步杂沓，家居的安宁被打破了。博物馆有两名职员，一个年轻人，看起来有些颠顸；另一个是老人，有一具断臂，显然是主事的，交割钱票，介绍须知，回答各种询问。贝多芬在此地租住的时间也不长，生活相当漂泊，但重要的作品也是在这个时期里写成的。而莫扎特还未活到贝多芬命运跌宕的年纪，就早早凋谢，留给世人一个神童的印象。

时代已经变更，可在欧洲有时候却又觉得没多大变化。在火车站，猛一回首，所见那铁轨、电缆、隧道、站台、站台上候车的旅客——早春的寒冷阴潮气候中，男女多是穿黑色大衣，裹着围巾，刹那间所有的色彩都褪去，褪成黑白两色，成了黑白老电影，那些二战的故事片。或者，在塞纳河岸，对面走来的路人，他们的脸部线条，表情姿态，甚而至于手里牵着的狗，都像是从文艺复兴时期油画上直接走下来的。在那里，有一种极其稳定的秩序，潜在于时间的深处。

萨尔斯堡的太阳一落山，未等暮色升起，就萧条下来。游客散去，商店打烊。和所有的旅游地一样，一旦游客离去，就剩下一个空城。市面冷清，扇扇门闭得铁紧，窗户里也看不见灯亮。试着推门，不料推开了，店堂里大约三成客。歌台上无人，寂寂地立着音箱、话筒、谱架，时间正介于狂欢之夜的前夕，座上客多是老派人。一个身躯魁梧的汉子安静地享用他的晚餐，砧板样的餐盘上是一具巨大的猪腿，汉子耐心且文雅地用刀切割，一片一片送进嘴里。这就是莫扎特的街坊吗？他让我想起《约翰·克利斯朵夫》里的"于莱一家"——众人都以为《约翰·克利斯朵夫》是为贝多芬作传，尤其第一卷"黎明"，作者自己都承认来自贝多芬的传记材料，可他同时也声明，约翰·克利斯朵夫不是贝多芬，他是贝多芬式的"英雄"，而千真万确，萨尔斯堡就让我想起克利斯朵夫。父亲去世，家境更加窘迫，不得已从老房子搬出，迁到另一处，在我看来，就是从萨尔斯堡河的这一边搬到那一边，然后就邂逅了于莱一家。

这是一段凄凉的日子，搬到菜市街，住进于莱家的出租屋，方才知道这一回是真正的落魄了。家中虽然长年拮据，父亲嗜酒不只使得债台高筑，更使家人蒙受许多不堪的羞辱，然而，世代相传的宫廷乐师身份，毕竟跻身于小城的上流社会。他们有着自己独立的住宅，面向莱茵河，视野开阔，紧邻的院落中就有参议官的遗孀，即弥娜的母亲家的祖屋，算得上是高尚的区域，而于莱家，却是地道的小市民。菜市街，听名字就知道是什么样的地方，总是在平民聚集的旧城区，那里房屋挤簇，人车纷沓，景象要庸俗许多。于莱老先生是一名退休公务员，精气神被琐碎的事务消磨得差不多了，剩下的那一点又在失意和暮年的心境里殆尽；女婿是爵府秘书处的职员，作者用一句歌德的名言形容，就是"郁闷而非希腊式的幻想病者"，说白了就是毫无浪漫气质可言的多愁善感；女儿阿玛利亚原本是健康活泼的，可在父亲和丈夫的消沉情绪影响下，也变成悲观主义者，她的抑郁是以焦虑为表现，不停地劳作，同时不停地抱怨，房子里充斥着她的脚步声和叫喊声；两个孩子，男孩莱沃那，女孩洛莎，在紧张的气氛里养成两种截然相反的性格，一个是格外的静默，另一个则是加倍的聒噪——说到"聒噪"两个字，便想起八十年代，上海作协在金山召开一个中国当代文学国际研讨会，汪曾祺老先生注意到我的发言稿里用了一个词——"聒噪"，专门问我这个词的出处。我想了一会儿回答，《约翰·克利斯朵夫》里面描写于莱一家时用到。汪曾祺老先生一拍案：所以嘛，傅雷的译本呵，他是什么人？大学问家！我便知道用了有渊源的词，得到了前辈的激赏。就这样，于莱一家的聒噪打扰了克利斯朵夫，我想，不止是一个音乐家本能地对噪音排斥，更是因为这种喧嚷所透露出的软弱人性，生活在走下坡路，他们只得随风而去。

初读《约翰·克利斯朵夫》的时候，正值青春年少，读到此处，只觉气闷，尤其是刚经过"弥娜"一节之后，良辰美景一下子沉入黯淡的尘世，情何以堪。因此，对于莱一家更添厌憎之心。可是，随着年龄增长，阅读经验积累，这一节在不知不觉中呈现出趣味。有意思的是，即便是这样碌碌无为的人生，也有着些微的音乐生活。虽然，他们的认识全错，全与克利斯朵夫拧着，可是克利斯朵夫是专业人士，还是天才，而他们不过是普通的爱乐者，连爱乐也谈不上，不过是单纯的消遣而已。小说中写道，于莱老人诚挚地邀请克利斯朵夫弹奏钢琴，他一开头，老人便与女儿大声地交谈起来，谈的又都是一些庶务。只有几曲俗丽的老调才能让他们安静下来，可是反应又过于强烈了——"那时老人听了最初几个音就出神了，眼泪冒上来了，而这种感动与其说是由于现在体会到的乐趣，还不如说是由于从前体会过的乐趣。"这有什么不好呢？一场音乐会里，返场的耳熟能详的小曲子最使观众疯狂，各人有各人汲取音乐的路径。然而，克利斯朵夫更加生气了，好像被亵渎了什么似的。于莱家的女婿对潮流略有了解，却也和他的岳丈一样排斥现代音乐。罪过就更大了，克利斯朵夫认定他坚持古典不是出于什么认识，也不是像他的岳丈单单因为听不懂而不喜欢，其实只是一种虚无主义，因为不得意所以就不认同自己的时代——"倘若莫扎特与贝多芬是和他同时代的，他一样会瞧不起，倘若瓦格纳与理查德·施特劳斯死在一百年前，他一样会赏识。"在罗曼·罗兰写作《约翰·克利斯朵夫》的二十世纪初的十年

53

时间里，现代音乐正以瓦解调性拉开帷幕，宣告着一场革命发生，罗曼·罗兰不会预料到一百年后的今天，现代音乐走入怎样的困境，许多勇者先锋掉转车头，走向复古主义。倒不是说于莱翁婿有什么远见，而是像他们这些小市民，也许持有极朴素的审美观念，从官能出发，以顺耳不顺耳论。当然，才情所限，他们无法承当克利斯朵夫的知音，可是，谁才是他的知音呢？

克利斯朵夫对宫廷里的音乐早腻透了；为了生计教中产阶级家庭的小姐弹琴，揭开了沙龙音乐的底细；幼年懵懂中按下琴键发出乐音，使他浮想联翩："它们有如田野里的钟声，飘飘荡荡，随着风吹过来又吹远去……"这种感性的愉悦在训练中被压抑，然后又在更复杂的乐音结构中升华，要求着更大的满足——德奥体系一上来就走出音乐的原始性，进入文明阶段。书中几乎没有涉及民间音乐，克利斯朵夫跟随萨皮纳去乡下参加她教子的洗礼，宾客多是乡下人，乘船走在归途，人们唱起歌来，唱的是什么？四部合唱。克利斯朵夫的舅舅，一个游走乡间的货郎，曾经唱过一支歌，从描写中推测像是一支民歌——"又慢，又简单，又天真，歌声用着严肃的、凄凉的、单调的步伐前进，从容不迫，间以长久的休止"，显然是单旋律，自由体，可是谁知道呢？说不定从哪一首赞美诗即兴演变，或者是哪一部歌剧里截取下的一个动机，因为歌唱者的情感和阅历变得接近原创。接下去，舅舅引导外甥聆听夜声，那不只是听觉，还是视觉与触觉融为一体而纳入——圆大明朗的月亮，晶莹的水面，浮动的雾气，蛙鸣，蛤蟆叫，蟋蟀野唱，夜莺呢喃，风吹枝条——又是风，看来文字对于声音真是无能为力，那是极其虚无的存在，任何修辞都太过托实，而且伤感主义，法国人大约就因为此而不怎么欣赏罗曼·罗兰。舅舅说："还用得着你唱吗？它们唱的不是比你所能做的更好吗？"舅舅说得全对，称得上真谛，可是要将这些自然的恩赐收揽起来，重现于世，还是需要经历枯燥乏味甚至如同数学一样机械的人工步骤，这就是音乐。

知音就好像打碎的宝石，散落在四下里，不期然间闪烁一下，随即又熄灭。那一个走穴到小城的法国戏班子，名排末尾的女演员，饰演奥菲利娅。她与莎士比亚的奥菲利娅浑身上下无一点相干之处，相反，她高大健壮生气勃勃，她的声音富有音乐性："纯粹，温暖，醇厚，每个字都像一个美丽的和弦；而在音节四周，更有那种轻快的南方口音，活泼松动的节奏，好比一阵茴香草与野薄荷的香味在空中缭绕。一个南欧的奥菲利娅不是奇观吗？"她几乎要将克利斯朵夫唱哭了！次日，他便去拜访女演员。这法国人和德国的布尔乔亚女子赛西尔完全不同，她们都有才能，赛西尔是以诚恳劳动实现上帝恩赐的禀赋，带有天道酬勤的意思；法国人高丽纳则完全不意识也不珍惜自己拥有的才情，仿佛造物主是出于偶然选择了她，她无须学习和用功，自然就判断得出什么是好的什么是不好的音乐。有一回，克利斯朵夫给了她一个和声生辣的小节，她不喜欢，理由是："我觉得它不自然。"克利斯朵夫自觉有义务将她的本能推进到理性的范畴，启发道——"怎么不自然？"他笑着说，"你想想它的意思吧。在这儿听起来难道会不真吗？"他指了指心窝。高丽纳说："也许对那儿是真的……可是这儿觉得不自然。"她扯了扯自己的耳朵。这又在另一方面切中音乐的本质，就是感官性，关系到享乐主义的人生观念。假如说赛西尔是以物理性的认识进入音乐的核心，那么高丽纳就是从官能进入。曾在卢浮宫看见过一幅画，不记得作者是谁，显然也算不上特别著名的收藏，但印象却很强烈。画面上是无数双纤手，从堆纱叠绉的袖笼里伸出，相互环绕间，绰约是美人的细腰。旖旎到颓靡的格调，真可谓声色犬马，大约可与高丽纳作一比。这样快乐佻佻的天性，尤其是对凡事紧张严肃的克利斯朵夫不谓不是一服心理药方，然而两人到底量级不同，一个轻，一个重，一个肤浅，一个深刻，幸而时间短，倘若持续久了，新鲜的乐趣过去之后，就会露出破绽。

当克利斯朵夫与宫廷绝交，出版的乐谱又大大亏本，只得在一所中学谋个音乐老师的教职糊口，百事不顺的处境里，得了一个"粉丝"的来信，奉承地将他与勃拉姆斯相提并论，又让他大大地生了气，他可是最讨厌勃拉姆斯了，但"粉丝"的名字和地址还是在不经意间留在了记忆里。这一日，他去拜见童年的偶像，著名作曲家哈斯莱，不得其宗失望而归，又阻滞于归途中，正所谓人倒霉喝凉水都塞牙，不由想起了那位老"粉丝"——大学教授兼音乐导师彼得·苏兹博士，于是投奔而去。老苏兹为迎接克利斯朵夫组织了一个亲友团，成员有法官和牙医，都是爱乐人士，在苏兹的影响下，又都做了克利斯朵夫的"粉丝"。这场聚会甚至比萨皮纳教子的受洗仪式更具有质朴热烈的乡村情调：美食、美酒、弹琴、唱歌，畅快极了，唯一的遗憾是那位牙医出诊去了。这两位提到牙医时，令人神往地说道："嘿！要是他在这儿，他才会吃、会喝、会唱呢！"心情愉悦的克利斯朵夫便作了一个慷慨的决定：多留一天！牙医卜德班希米脱出场的一幕也带有乡村谐谑剧的效果，一切都是热闹得过了头，夸张到荒唐，却百分之百的诚挚。那卜德班希米脱的长相就是谐谑剧的人物：高大、肥胖、方脑袋、红头发、大眼睛、大鼻子、厚嘴唇、双下巴、短颈脖、爱说话、爱笑……就是这么个"又笨重又庸俗的"大块头，却绝无仅有地传达出克利斯朵夫的思想——"他从来没听见一个人把他的歌唱得这样美的"，这也是一个造物主漫不经心拼凑起来的怪物，竟然把那么艰深的才能随随便便摁在了如此粗糙拙劣的器形里面。这又是一个浑然不自知的天才，一旦要自觉起来，刻意地追求某一种效果，情形立马变糟了。克利斯朵夫分明觉得自己的音乐在被作践，于是心情大坏。

怎样才能将碎片收拾起来，集为一体，打造成完整的崇高的样式，建立起克利斯朵夫与世界的通道，因而走出孤绝？克利斯朵夫离开德国，去往法国，将拯救的希望寄托于邻邦，那里会有什么命运等待他呢？音乐在巴黎几成泛滥之势，到处是演奏会、新作品、乐评人、乐评报刊、音乐团体、歌唱学校……用罗曼·罗兰的话，或者是傅雷先生的话说，就是"制造和弦的铺子"。汹涌澎湃之中，真正的音乐却少之又少。克利斯朵夫很快就厌倦了，他挣脱出音乐的裹挟，"想去访问巴黎的文坛和社会了"，结果也是失望。文学界也差不多，一派繁荣中是病态的实质，至于社会，说起来就有点意思了。克利斯朵夫对巴黎的强烈印象——"就是女人在这国际化的社会上占着最高的、荒谬的、僭越的地位。"这个说法要是遇上女权主义，明摆着就是找骂，但他只是为了说明巴黎的颓靡，就像前边说过的卢浮宫的那幅不知名的画，女性往往不幸成为都会浮华的代表。鲁迅先生《南腔北调集》中，《上海的少女》那一篇，写到城市的势利眼，如何在其中讨生活，首先是"穿时髦衣服的比土气的便宜"；"然而更便宜的是时髦的女人"；于是，"惯在上海生活了的女性，早已明白着这种光荣中所含有的危险"。为什么独独是女性？我们同样不能简单地将鲁迅先生视作男权主义。现代城市的消费型经济很容易将女性作对象，追根究底是产生于男性中心的模式，却将女性推至前台。出生于二十世纪初的西蒙·波瓦正在成长，第二性的理论尚处于准备中，我们只能将罗曼·罗兰的女性观理解成一种修辞，那就是用以代指矫情与空虚。事实上，当他进入到具体的描绘中，男性也同时登场了，他们甚至比女性更"女性"，轻浮造作有过之无不及。所以，我们更有理由认为，"女性"在此只是象征性的用语，当然，很不谨慎。然而，就是在这一个莺莺燕燕的世界里，生出为克利斯朵夫视为神圣的葛拉齐娅。人生向晚的时节，克利斯朵夫请求与她结为伴侣，葛拉齐娅的回答堪称爱情经典，她说："我们没有让友谊受到共同生活的考验，没有在日常生活中把最纯洁的东西亵渎了，不是更好吗？"以此可见，罗曼·罗兰其实对女性保持着圣洁崇高的观念。

话说回去，当克利斯朵夫从文学界和社交界败走麦城，空手归来，命运安排他邂逅了一个新朋友——奥里维。此时，奥里维所住的地方和克利斯朵夫在德国的居处，莱市街于莱家的出租房相似，狭窄的小街，黑黢黢的门洞，肮脏的楼梯，墙壁上满是涂鸦，楼道里充斥着孩子们的吵闹声，同样也是——"墙壁每分钟都给街车震动得发抖。"手头略为宽裕的克利斯朵夫动员奥里维搬出来，两人合租公寓，于是，他们住进了一幢六层楼老房子的顶楼，作者称这所老公寓为——"那是一个社会的缩影，一个规矩老实，不怕辛苦的小法兰西，可是在它各个不同的分子中间毫无联系。"我想，这大约就是作者对法兰西精神规划的空间轮廓，它既不在上层，也不在底层——底层的社会固然可映照天地不仁，激发起悲悯之心，可从另一方面来说，并不利于内心生活，它以受折磨的方式接近着肉体感官。克利斯朵夫在寻找思想的知音，他需要有精神的余裕，而巴黎，正是以一个布尔乔亚的社会主体迎接着他的知遇。因此，这一次搬家意味深长，虽然没有制造具体的情节，可是却促成了认识的嬗变，在英雄的历程上又推进一步。

好了，现在可以看看这幢楼里的居民们。小说中介绍，楼房的结构是每层两套公寓，一套三室户，一套两室房，没有仆人的房间，但底层和二楼却是将两套打通，所以另当别论。这样的公寓楼，在巴黎随处可见。去过我的《长恨歌》法文版译者乐老师的家，就是两室户型的那一款，和上海殖民时期的老公寓相仿，大多没有厅，窄小的过道直通房间，开间不大，但天花板很高，顶角有花饰。有趣的是电梯，挤在楼梯井中一线天，只能容两个人，或者一个人和一只箱子。墙壁和地板缝里，都是隔宿气，简直是有体温的。有一日大清早，在蒙马特，街上人迹寥寥，只见一个女孩子穿着单薄的T恤，手里握一根超市出售的长棍面包，神色惶惑地在一幢幢公寓楼前试探着推门。很显然，刚到巴黎不久，临时出门买面包，找不到住处了。所有的楼房看上去面目相似，石砌的墙面，门楣上多有一帧浮雕，刻着使徒或者圣器，看多了也觉出恹气。就在这时候，不知哪一幢楼上的窗户里，直浇下来一盆水，紧接着响起孩子得意的笑声。每一个城市都有这样的坏孩子，无所禁忌，缺乏管教，惯会恶作剧。走过蒙马特的慢坡，远远看见一座天主教堂，门庭冷清，没有观光客，却停了一驾马车，车主走开了，马遗下一大堆粪便，热腾腾地冒气。走进去，见一位神甫正与一位教民谈话，大约就是所谓的"告解"，另有一位黑人妇女安静地坐在一侧等候。过一时，又有一位神甫来到，较那一位年轻，他向我走来，带着询问的表情，意思是有什么需要帮助吗？我回答只是看看教堂，神甫转而迎向那位等候的妇女。两人面对面坐下，女人从椅子滑到地上，双手合在胸前，神甫的手按在她的头顶，默了许久。这一幕令人感动，似乎是，即便在这样偏僻清贫的地方，游客都不来，上帝依然没有忘记照应他的子民。

我想，克利斯朵夫和奥里维合租的公寓要比蒙马特地区阶层略高一些。在他们所住的顶层六楼，另一户住的是一位神甫，四十来岁年纪，被罗马教

57

廷视作异端受到贬抑，且又不屑于抗辩，与邻里也不打交道，依作者的话，便是——"他的傲气使他把自己活埋了。"五楼，与克利斯朵夫和奥里维同一侧的底下，是四口之家，丈夫是工程师，日子过得有点窘，出于自尊也保持着独来独往，但事实上原因还不止此。年轻的夫妇曾经全身心投入一场持续七年之久的"德莱弗斯事件"，和所有的革命一样，胜利之后接踵而至的是成功果实的分配和争夺，于是，陷于消沉。五楼的另一套住户住着一名电气工人，出身低贱，经过教育和努力，终于过上了一种知识分子的生活，从此再不愿回到小市民中去，而中产阶级却无法摈除成见接纳他，他的尴尬处境也体现在他的邻里关系。他刻意地疏远周遭的人，却企图接近克利斯朵夫，以为音乐代表着上流社会，可却轮到克利斯朵夫躲着他了，因为——"他更喜欢跟一个平民谈谈平民的事。"四楼的两家，一是婆媳两代守寡人，另一户则有些神秘了——一位华德莱先生带着一个十来岁的小姑娘。华德莱先生据传是革命党，参加过1871年的暴动，被判处死刑又不知怎么逃脱了，经历过生死劫难之后，他大彻大悟，退身为无政府主义，放弃暴力，投入温和的改良工作，这工作听起来无论是目标还是用途都相当渺茫："他要创造一种为普及音乐教育用的新的世界语。"那女孩与华德莱先生并无血缘关系，是一对工人夫妇的遗孤，这就有点接近中国现代京剧《红灯记》的剧情，国际共运的故事都有些相似之处。克利斯朵夫曾经试图联络小女孩和工程师的一双女儿结伴，但双方家长都不热心，宁愿让孩子们寂寞着。三楼的大房型公寓是房东自留的一套，可从来不住，空关着。小一套的租客是一对教师夫妇，年龄在四十岁或五十岁，过着清贫简朴的日子。其实是真正的爱乐者，知道克利斯朵夫的大名，但出于谦逊的性格，也因为对音乐抱有过于严肃的态度，他们敬而远之，从不敢生出半点前去结识的念头。二楼的打通了的公寓，为一对有钱的犹太夫妇独占，但一年里有半年住在巴黎乡下，与邻居形同路人。六十岁左右的先生是考古学家，人极聪明，出身优裕，照理能够拥有丰富的精神生活，可性格害了他：刻薄、褊狭、与社会不相融。这性格也带累了他的太太，本来是乐善好施的内心信仰，却也染上了傲慢病。一整个底层住的是退役军人和三十岁未嫁的女儿，相依为命度日……就这样，人们携着各自的历史，关着门户各自生活着，互不往来，互不了解，许多才情被压抑着，终至萎缩，许多思想内耗着，无法惠顾众生，可是——克利斯朵夫不得不承认——"可是大家都在那里工作：怀疑派的老学者，悲观的工程师，教士，无政府主义者，不管是骄傲的或是灰心的人，全都工作着。顶层上更有那泥水匠在唱歌。"这都是自食其力的人，不是吃俸禄佃租的贵族，也不是赤贫，这就是城市的主体社会——小市民。他们的能量涣散于封闭的个体中，就看克利斯朵夫的鼎力，能否将其收揽、积攒、凝聚，进化成更高级的文明。

萨尔斯堡蜿蜒的街道，两边是小小的店铺和公寓楼，莫扎特挟着琴跟了父亲去到山顶上皇宫里演出，为自己和家人挣衣食，像极了约翰·克利斯朵夫的少年时期。但他身体孱弱，易感风寒时疫，靠那些疗效叵测的药材也管不了什么事，年纪轻轻便夭折，贝多芬的身体也不怎么样，都没有活到克利斯朵夫的身心和谐的日子，在生命的终点，听见颂歌合唱："你将来会再生的。现在暂且休息吧！"也就是中国人所称作的"功德圆满"。他们都缺乏克利斯朵夫强悍甚至于粗粝的体魄，就像那个一个人吃一大个蹄髈的萨尔斯堡大块头。看来，罗曼·罗兰塑造他的英雄，首要人物是增强体格，给他一副好身坯。谁的身坯最耐折磨？市民。不仅是身体手脚在劳动中有锻炼，更有繁杂的人世打磨神经。再说了，克利斯朵夫不是那类征战或者垦荒的模范，原始性的，而是音乐家，文明社会的英雄，他需要学习与训练的环境，就只能将他托生在市民的阶层中了。

维也纳斯蒂芬大教堂，流连在外墙根，墙上的圣徒雕像连绵不断，墓碑铭刻也连绵不断，有一位光头黑衣男子也在伫立仰望，他与我说，这里曾是莫扎特成婚的教堂，还藏有莫扎特的遗骸。我问他从哪里来，他回答了一个陌生的地名，就在附近，再要多问，他忽然害羞地退却了，说："我只是一个厨子。"一个厨子，这就是莫扎特的乡人。

三

前面说过，我们曾经满城寻觅演奏布鲁克纳弥撒曲的那一所教堂。不过几日，看见一所教堂门上张贴告示，下一个周日上午将举行大弥撒，演奏的曲目是布鲁克纳的作品。当时的印象清晰而且肯定，也很自信记忆力，所以未作任何记录。临到那一日，一早就出门找教堂。周日商店多不营业，沿街的门窗紧闭，早春的天气一片清冷，石卵地上蒙着寒霜，脚步踏上，四下里都响着清脆的回音。几乎是在一刹那，广场中间，拱门底下，街巷里，突然冒出早起的人们，渐渐汇成三个一群，五个一伙儿，朝各自方向走去。可我们再找不到那个教堂，记忆中的那个门上不再是布鲁克纳的曲目，而且，维也纳的教堂远比想象的要多得多，转弯就是一个，过街就是一个，而所有的路人，都在往教堂走去。过后才知道，这一日是耶稣的一个大节日，每个教堂都举行大弥撒。大弥撒是带乐队合唱队加入的仪式，在旅游的潮流中，就演变成了音乐节目。当我们疑惑地徘徊着的时候，有一位游客招呼我们随他同往，去往的教堂已排起长队，但却是维也纳男童合唱团，也是这一天大弥

59

撒中最热门的，起早的人们多是来赶这一场，可我们还是要找布鲁克纳。而布鲁克纳就好像人间蒸发，再也不见踪迹。我相信我们至少已将维也纳的教堂搜索了一半以上，一个多小时里，不歇气地穿过一个又一个广场，叩访一个又一个教堂，都有大弥撒举行，可都没有布鲁克纳。也不知道是哪一根筋别住了，我们谁也不要，就要他！后来，隔年的2011年中国国际艺术节，柏林爱乐在北京上演音乐会，曲目正是布鲁克纳的交响乐，从电视看见堂皇的音乐厅里，乐队演奏的场景。那时节的渴望已然平静下来，大师的身影回归进他的同时代人的名列，复又化为西方音乐史上的一个标记。也不是说它抽象，乐音总是具体的，现场亦总是有预期之外的戏剧性，而是背景，背景不同了。在维也纳，一座教堂里，面对着它的教众，即便其中掺杂有一半还多的游客，看西洋景似的，布鲁克纳也是回了家乡，就有一种原典主义的意味，将音乐单纯的本意辐射开去，穿越时间与空间，和我们这些异乡人，也是异教徒，萍水相逢。

终于是没找到布鲁克纳，四顾茫然中，却听见哪里传来乐音，循声而去，推开一扇沉重的木门，高大的穹顶下，有女声回荡，安详而壮丽。声音来自后上方管风琴的位置，乐队与合唱队在排练，为十一时的大弥撒作准备。席座间有数十人仰头聆听，听一会儿，离开去，又有新来的，交互错往中，渐渐聚起更多的人。有一位先生，中年肥胖的身形，摊开着乐谱，安营扎寨的样子，过去借他的谱子看，他抬起头，转过来，是一张天真灿烂的笑脸，就好像遇见了同道。他慷慨地让出谱子给我们，告诉说是舒伯特的弥撒曲。他的脚边放了一只拎包，因为陈旧，黑色的皮革已经磨损，又因为塞了太多的乐谱臃肿得走了形，看上去很像我们上个时代里上班养家的男人手里拎着的包。他的衣着同样陈暗守旧，灰色的夹克棉袄，宽大的也是没型的裤腿。他一定是附近的居民，因为没有旅行的装备，也没有旅行者那种刺激紧张的猎奇表情，而是松弛和安心，又有些怠惰，流露出居家的气息。他胖墩墩地坐满在座椅间，从头至尾没有挪动地方，眼睛在一行行乐谱上流连，核对着乐队奏出的每一个音符，当演奏中断，眼睛就移回去，从头再来。时间在向十一点接近，有神职人员来发放祈祷词和弥撒曲目录，顺便有一行文字，敬请每人交付八个欧元的奉献。教堂里不断进来人，转眼间满了大半。也有起身离去的，那是一些穿着休闲，神态闲散的人，显然是本地人，趁早进来蹭听一会儿排练，然后及时抽身，给难得一来的观光客让出位置，给自己呢，也节省下一份"奉献"的开支。人潮如同灌水般涌入，只见神职人员不停地搬来折叠椅加座，走道上都站满人。后来知道，这是维也纳的又一个大教堂，圣·奥古斯丁教堂，重要地位不下于斯蒂芬，而且，以舒伯特弥撒曲为演奏主题的又是一场最隆重的大弥撒。我们无意中撞了个正着，因为来得早，占了个好位置，回头看看，"舒伯特"——那位忠实的爱乐者长得真有点像舒伯特，"舒伯特"没动窝，还有一对来自美国的游客也是从排练一直坐到此刻，再是我边上的一个背包客，不知来自哪个国家和地区，他大约是刚到维也纳，不期然撞上一个大庆典，茫然无措的样子，老看着我们，我们做什么，他也做什么。我们这一丛人因来得早，彼此就有些相熟，生出情义似的。

一名着黑色长袍的教士来点蜡烛了，举着长长的引火杖，一盏一盏点燃蜡烛。在此同时，顶上的吊灯从前排往后排，顺序亮起，顿时大放光明。钟声响起。身在教堂内部，钟楼上的钟锤变得遥远，分不出是这一座还是那一座，无数铜钟敲击，钟声穿行，真是神圣辉煌！教堂里人头济济，却鸦雀无声。钟声满城回荡，足足有一刻之久，然后静寂下来，仪式开始了。

乐队与合唱队在教堂后上方，于是，乐声就好像在天庭响起，尤其是女声，有一股说不尽的富丽堂皇，蕴含深厚的慈悲，引导情绪向上，再向上升起。神甫以德语布道，听不懂说什么，但从动态表情，以及听众反应的活跃，可猜出言语风趣俏皮。这一谐谑的段落过去，又是庄严的乐声，令人肃然起敬。高耸的穹顶几乎像是直入云天，彩色玻璃闪烁着神秘的瑰丽，乐音沿着石壁攀援，于壁饰、圣像、浮雕之间回旋环绕。

我们曾经在巴黎圣母院参加过一次弥撒，有点经验，当进入到互相握手的桥段，便主动与前后左右的邻人们握手。一直从排练听过来的人们自然不消说了，大家热切又开心地摇着手，另一些较为陌生的听众，则惊异这两个亚洲人竟也懂得规矩，反应更为强烈。坐在后排离开老远的一位老妇人，她一定是当地人，可能就住在本街区，这样的年龄独自一人外出，至多只能去到家门口的教堂里了，她从那么远处，努力欠过身子，执意要与我们握上一握。为让她达成愿望，半排座位的人都让道与她，我们也极力抻长身子，两下里终于牵上了手。大弥撒在乐声中结束，人们鱼贯走出教堂，捧举奉献箱的人员早候在各个出口。我们向"舒伯特"告别，再次问他索查乐谱，他慷慨地倾囊而出，供我们一一翻检。他显然很激动，不停地说道今天的乐队很棒，合唱队很棒，指挥很棒，演奏棒极了！离开"舒伯特"，离开相伴三小时之久的邻人，年轻的背包客的眼睛一直跟随我们，大有不舍之意，在他的旅途中，很可能是相守最久的伴侣了。走出圣·奥古斯丁教堂，阴雨连日的维也纳竟放晴了，阳光洒下，气温也上升，真是春暖时节。每个教堂都涌出人潮，汇集起来，再分流出去。鸽子飞起来，又降下来。观光马车拉到了客，马蹄在石卵地上嘚嘚地响。

我曾经请教一位德国文化领事，为什么西方人格外地重视诗歌？是不是因为戏剧来源于诗歌？他沉吟一时回答道：完整的顺序应该是这样的，戏剧来源于诗歌，诗歌来源于音乐，对诗歌的重视可能更基于对音乐的敬意。这么说来，音乐是起源性的，那么音乐又生自于哪里呢？我还听一位生长于巴伐利亚的朋友说过，他的艺术教育，包括音乐、美术、文学，都来自于教堂。果然不假，人们都知道，英国"达人秀"中脱颖而出的苏珊大妈，就是她所在那个小镇教堂里唱诗班的成员。

还是回到约翰·克利斯朵夫，我们有必要检验一下他的宗教生活。当然，如克利斯朵夫这样被派作天才的人物，他是可从万物万事中听取乐音。小时候，随了祖父乘坐在马车上，朦胧中——"马铃舞动：丁、当、冬、丁。音乐在空中缭绕，老在银铃四周打转儿，像一群蜜蜂似的；它按照车轮的节拍，很轻快地在那里飘荡；其中藏着无数的歌曲，一支又一支的总是唱不完。"这是天才的禀赋，但禀赋是需要物化才能够实现于人世的，像孩子的祖父，禀赋始终不能成形于可视可听的存在，是因为天分不够强大，也因为本身器质孱弱，不足以将内在造化为人工，简单地说，就是缺乏表现力。而克利斯朵夫则一定要完成使命，作者必须为他提供条件，按部就班，接近目标。极小的时候，祖父带他进教堂——德奥地方，遍地都是大小教堂，它是每个村庄社区的政治经济伦理的中心，克利斯朵夫在教堂里，接触到了管风琴，这可是一件人类文明的产物，是将天籁转变成人手可以操作的一架机器，它将灵魂在天地间的感悟模仿成为可辨析的声音。作者这么描写道："忽然有阵瀑布似的声音：管风琴响了。一个寒噤沿着他的脊梁直流下去。"后来的钢琴也是，那一个一个琴键发出的音响，其实是将田野树林的美妙动静收揽起来，再整合成乐音，又在天才儿童的听觉里，还原成自然。接着，他接触到歌曲、歌剧、交响乐，音乐的物质部分越来越铺陈开来，也将对自然的收揽与回放处理得越来越复杂和困难。这一切的起头，就是教堂里的管风琴。

音乐的器物性不断扩张着数量和质量的同时，宗教也在克利斯朵夫身心里繁衍着意义，好比一棵大树，越生长越发出枝杈，歧义派生，旧的歧义上又派生新的歧义。首先，关于创造。头一回看歌剧，听祖父说到作曲家，小克利斯朵夫不由得骇然："怎么！这是人造出来的？"称得上石破天惊。可是，接着，舅舅，那个行贩高脱弗烈特却否定了人的创造力，认为一切都是——"一向有的。"然而，世事难以抗拒，题名为"童年遣兴"的独创音乐会开幕了，一个音乐家的职业生涯就此起步，要度过许多日子，克利斯朵夫方才从歧义中走近那个千条江河入大海的归宗之地——其实，他毕生所在做的就是要创造出舅舅所说的那个——"一向有的"存在，就像爱斯基摩人对雕刻的理解，将本来没有的去掉。究竟是上帝创造世界还是人创造世界？这个问题终于和谐为一体，是上帝选择了他最忠诚的子民的手，开辟了"一向有的"万物的源泉。

那么，人们如何被上帝选择呢？被选择的命运又是怎样的？莱市街于莱一家的聒噪中，唯有一个静谧，就是那个准备进教会的男孩子莱沃那。克利斯朵夫和莱沃那在圣·马丁寺的回廊底下，进行了关于宗教的对话。克利斯朵夫期望莱沃那能帮助他从信仰中汲取生活的力量，可是莱沃那则对人生毫无兴趣，认为那只是短暂的滞留，从无穷无尽的时间里错误攫取的一段。这可是重重打击了克利斯朵夫——其时，他真的有点像中国的贾宝玉，凭临虚无境界。区别在于，贾宝玉所在的大观园是天上人间，而克利斯朵夫，却是硬扎扎的人世，遭际命运都是残酷艰难，连自己的身体也助纣为虐，一并了折磨他：饥饿、劳顿、欲念——这是困他一生的桎梏，也因此，对生命的渴求也就变得更加强烈，甚至野蛮，全然没有贾宝玉的优雅，情欲也止在意淫之间。可无论前者后者，一律可完成使命才可谢世，退回莱沃那所谓的无穷无尽的时间，也就是《红楼梦》里"大荒山无稽崖青埂峰"。这必定的使命在克利斯朵夫可视作罗曼·罗兰在篇首题辞中写的，"献给各国的受苦、奋斗而必战胜的自由灵魂"，那"受苦、奋斗而必战胜"的经历体验，在贾宝玉则是一个字——劫。总之一句话，不熬过就参不透。有一则中国寓言，说的是一个吃饼的人，一连吃到第三张饼方才饱了，他猛醒道：倘若上来就吃第三张饼不就早不饿了？这实在是觉悟中的迷途，莱沃那就是那个吃饼的人，宗教似乎是为他们的遁世建立的避难所，其实不是。陀思妥耶夫斯基的《卡拉马佐夫兄弟》中，长老目睹卡拉马佐夫一家乱糟糟的丑剧之后，就要逐他们家的小儿子阿辽沙出修道院，长老说："这里暂时不是你的地方，我祝福你到尘世去修伟大的功行。你还要走很长的历程。你还应该娶妻，应该的。在回到这里来以前，你应该经历一切。"同样，克利斯朵夫必须经历命该经历的一切，不躲滑，不偷懒，不取捷径，尽职尽能地步到终点。

这就来到宗教最重要也是最后的命题——死亡。克利斯朵夫第一次接触死亡的概念，是在衣橱里翻出几件陌生的孩子的衣物，方才知道曾经有一个小哥哥，在他出生之前死了。这使他十分震惊，一个人竟然能够消失得无影无踪，不是吗？生活照常进行，该吃的时候吃，该睡的时候睡，有说有笑，没有一丝缝隙，是为那个生存过的人留着的。似乎是为加强印象，不几日，街坊家里，一个玩伴弗理兹得伤寒死了。如此贴近的死亡更加显得可怕，这说明，死亡无所不在，不定哪一天就会落到自己头上。上帝的关于"天国"

的描绘也安慰不了他，因克利斯朵夫是这么一个现世的人，他要求实际的证明，任何理论的诠释都说服不了他。小说写道："这些关于死亡的悲痛，使他在童年时代受到许多磨难——直到后来他厌恶人生的时候方才摆脱掉。"

我想，克利斯朵夫"厌恶人生"是不是意味着一种裂变，精神和身体趋向分道扬镳，在最后弥留时刻，他好像分成两个自己，一个看着另一个——一个肉体，"又病又猥琐的肉体"——"好吧，它把我关也关不多久了。"他的一生都是被这个肉体拖累，欲念总是最大的敌人，这欲念不单是指性，还是指热情与创造力，每当这些能量达到某一个饱和度，井喷般冲出地表，携带着毁灭性的危险，疾病就来临了。克利斯朵夫要么不病，要病就是大病，疾病使亢奋的精神颓败下来，同时也是松缓紧张，让身体暂时得到休憩，迎接再一轮的勃起。而当疾病都救不了他的时候，他便动手自己解决自己，那就是在与阿娜发生不伦之恋的时候，当然，是与阿娜联手。阿娜是他所有女朋友中与他能量最接近的一个，也是他最后一个肉体的女朋友。他们两人一样的疯，又一样的宗教狂，触犯上帝的戒律，就有同样的自毁的倾向。那一幕写得惊心动魄，终于没有死成，却也如同行尸走肉。克利斯朵夫逃离阿娜家，一个人关闭在北欧的小村子里，这一回，疾病并没有应约来到，似乎是身体已经丧失调节的功能，从一张一弛的戒律上脱轨，抑或是终于脱胎换骨。肉体离他渐行渐远，等到下一次疾病降临，就已是最后的时刻，就是"它把我关也关不多久了"。

极富意味的是，面对这最重大也是最本质的命题的时候，克利斯朵夫并没有像之前的两难境地那样，走过一个二次否定的过程，螺旋式地上升到原点，让对立面两相合一，在西方哲学是辩证逻辑，东方哲学则是一元世界。具体地说，克利斯朵夫并没有与死亡和解，而是寻找了另一条出路，那就是音乐。他的垂死的耳畔，响着汹涌起伏的乐声，他的意识急促地跳跃着行走在刀锋上，他一忽儿想道："让我的作品永生而我自己消灭吧！"相信留存了自己的"最真实，唯一真实的部分"；再一忽儿想到音乐的虚无，附在时间上流逝，一去不回，"我们的音乐只是幻象"；可是乱梦过去，乐队又奏起颂歌，世界又复活了，恰似小时候的经验，一个孩子死了，生活照常进行，乐队照常进行，他努力追赶着——"别这么快，等等我呀……"克利斯朵夫将死亡的救赎交给音乐，这意味着他其实承认了莱沃那的无穷无尽的时间观念。音乐确实具有与时间同样的物理性，瞬息即逝，但是它毕竟充实了时间的空洞，就是迷乱中所出现的那个物名：堤坝——"人的理智必须有那个堤做保障。"音乐使无意味的时间有了意味，莱沃那是那吃饼的人的第三张饼，克利斯朵夫则是勤勤恳恳从第一张吃到第三张。然而，作为一个哲学命题，他还是不能够形而上地解决，他必须要赋予存在以物质的形式，这个形式就是音乐。克利斯朵夫，或者说罗曼·罗兰是相信人力的，天地自然非经过人力而不可显现，例如教堂里的管风琴，就像一种化学试剂，使得无形转为有形。这就是英雄的来源，理想主义的来源，我猜测法国人不怎么看好克利斯朵夫说不定原因在此。

法国人是信命的，克利斯朵夫和奥里维在他们合租的公寓里，足不出户八日八夜讨论法国精神——奥里维是隐匿在一整个公寓的小市民里的精英知识分子，他具有一种"安安静静的宿命观"，他为法国人的慵懒颓靡的性格辩护道："对于这样一个民族，你不能绝望。它有那么一种潜在的德性，那么一股光明与理想主义的力，即便是那些蚕食它破坏它的人也受到影响。"事实上，这也是身为法国人的罗曼·罗兰对他民族的期许，然而法国人似乎并没有领情。对精神价值至上的法兰西民族来说，罗曼·罗兰无疑是太崇尚行动与实践了，在他的世界里，没有未知的力量，即便是上帝，他也相信是由被选择的人事人物分担了神职。看起来极像是那么回事：他企图以音乐来实现宗教，然后再以小说来实现音乐。这两者都透露出野心，一种将世界物化的野心。他要将存在的虚无全截留住，如同筑一道"堤坝"。

我们很少有人能如傅雷先生那样谙熟法兰西文字，我们只能隔着傅雷先生的中国文字阅读罗曼·罗兰。那是极富修辞性的中国文字，是中国一代知识分子在西方启蒙运动及浪漫主义潮流影响下所形成的语言，从中国精练雅致的贵族美学中走出一个新天地。张可先生翻译的法国泰纳（1828—1893）的《莎士比亚论》，选引莎士比亚数首十四行诗之后，这样写道："这种热情洋溢的矫饰描绘，趣味横生的刻意雕琢，真可与海涅以及但丁同时代人媲美，它们表示绵绵不断的欢乐梦想集中在一个目标上面。"他又说，"他们有声有色地表现自己的思想，运用丰富的比喻；他们纵使在谈话的时候也充满了想象和独创的风格，措辞亲切大胆，有时滔滔不绝，但又往往不遵规矩法度，因为他们只是按照突发的感兴侃侃而谈。"……如果没有这些学贯中西的前辈创造出的新文体，我们如何能见识那一个恣意汪洋的文字世界！这些连绵起伏的状语和形容词，漫长的句式，环环相扣的比喻，将感情大大激发张扬。你可以说是滥情，可有时候真的需要滥情，将压抑着的身心作一个解放。在这解放中，许多不自觉的思想与情绪变为自觉，继而繁衍滋生，由外在到内在，丰富了精神。

傅雷先生翻译的《约翰·克利斯朵夫》，或许就是在这里，唱和了文学青年的心。先生几乎将世界万物都交付于文字，多少不可表达的表达了，多少潜在的浮出水面，多少无语的有了语汇。爱、恨、死、生，在中国人的意境中，或尽在不言中，或王顾左右而言他，在此全被最直接最热情的表述覆盖，一层不够，再加一层，两层不够，又上第三层，叠叠加加，繁繁密密，山重水复，水复山重，你可以说是堆砌！人到中年以后，安静下来，会倾向于平白如话，可是，假如青春时候没有阅历过这锦绣文章，就好像没有体验过爱情一样。年轻是必要癫狂的。中国二十世纪上半叶的译文体，就是癫狂的文体，它培养了现代文学写作，更重要的是，它养育了我们的浪漫主义精神。

话再回到音乐。音乐这东西，倘若脱去文字的修辞——这些修辞可说是为乐评的传统建立了基础——脱去修辞，它可能显现出两种极端相反的特质，一端是极度的物理性，我曾经听上海作曲家金复载先生讲解音乐，他说音乐的所有成分都可用"数"的概念解释。在物理性的另一端，则是极度的抽象，它所予以表达的内容，其实相当暧昧，无从界定，最终还是归于感官。在这两极之间，是否存在有略微折中的形态？

《约翰·克利斯朵夫》里有一个人物总是感动我，那就是孩子的祖父，约翰·米希尔，一名退休的大公爵的乐队指挥。当年轻的大音乐家哈斯莱光临小城举行个人音乐会，约翰·米希尔被邀复出，屈尊担任合唱队的指挥，因为乐队要由哈斯莱亲自指挥。小克利斯朵夫"童年遣兴"音乐会大获成功，被皇亲贵族团团包围——"他瞥见祖父又高兴又不好意思的，站在走廊里包厢进口的地方；他很想进来说几句话，可是不敢，因为人家没招呼他，只能远远地看着孙儿的光荣，暗中得意。"这个老人，一辈子和闪烁不定的灵感周旋，没有能够攫住它，只能将孙儿的胡乱哼哼记录下来，编辑成乐曲。这个细节可视作象征，象征着音乐从玄思到实有的过程，一个物化的过程。

约翰父子，克利斯朵夫的父亲曼希沃和祖父米希尔，每周三次和邻居共同举行室内音乐会。曼希沃担任第一提琴手，米希尔操大提琴，再有一个银行职员，一个老钟表匠，隔三差五地又加入一个药剂师。听众都是附近的街坊。演奏者以对待机器的态度对待手中的乐器，严谨而刻板地一曲一曲演奏，听的人呢？喝着啤酒，并不过量；抽烟，空气因此变得浑浊，但并不妨碍他们的专注，按照拍子摇头顿足。作者写道："他们对于音乐，容易学会，容易满足；而这种不高不低的成就，在这个号称世界上最富音乐天才的民族中间是很普遍的。"

老祖父就代表了这个普遍的人群，他体现了音乐里最实际可操作却也绝不可少的性质，那就是劳动。

尾　声

看见过调音师做活吗？无限的耐心与专注，对比着琴键和音叉间的振动频率。频率，在这里就是频率，完全没有克利斯朵夫头一回从琴键上听见的——田野上的钟声，随风远近，羽虫飞舞，喃喃细语……

在巴黎圣叙尔皮斯教堂听管风琴音乐会，如今，全球性的旅游业发展趋势之下，无论教堂音乐会，还是大弥撒，都成为观光活动的一部分，真正的教区居民，有也有，却有限。不再是克利斯朵夫的时代，约翰父子的音乐会上，来的都是邻居街坊。管风琴装置在教堂的后壁上方，为便于观看，在祭坛前设一幅投影荧屏，只看见，演奏者忙个不停，将音栓一会儿塞上，一会儿拔下，乐音就在这紧张的操作下响起来，连贯成曲调。演奏持续有一个半小时，有古典作品，也有演奏者自创的曲子。结束之后，人们走出圣叙尔皮斯教堂，绕过广场上著名的四主教雕像喷泉，分散在辐射于周边的各条街道。有几位和我们同路，络绎走在蜿蜒的长巷，两边的门窗大多暗着，有几扇亮灯的玻璃门，是旅馆，有人推门进去，不见了身影。然后，我们也走进我们的旅馆。这样徒步走到本街区的教堂，听一场音乐会，使音乐变得很日常。

约翰·克利斯朵夫穷其一生，就是和平庸作斗争，试图将自己从俗世中拯救出来。他曾经两次邂逅高贵的精神，都是以爱情为代表，一是安多纳德，一是葛拉齐娅。安多纳德几乎是灵光一现，稍纵即逝，她实在是太精致，因此太脆弱了。这一个真正的贵族，可惜生逢这一阶层的末世，就像断了翅膀的天使，落到巴黎的市井，经不起那股子粗野的生气的摧残，早早夭折，天人两隔。留下她的同胞兄弟奥里维给克利斯朵夫做朋友，也是同样的美丽纤细。他在红尘中流连得稍久一些，来得及恋爱结婚，于是就有了一个儿子乔治。葛拉齐娅，出身意大利的古老家族，意大利人天生比较强壮，也比较守旧，在缓慢的社会进程中，保持了家业。那地方至今还有许多老贵族呢！幼年时候，葛拉齐娅的形象就像是拉斐尔画笔下的小圣母，多年以后，再次相逢，则成了一个"俊美的罗马女子了"。事实上，她就像是克利斯朵夫的圣母，看着他受苦受罪，直至尘埃落定，恢复平静——"现在你已经越过了火线"。而他和她，永远是两股道上跑的车，永远不会交错，一个是圣母，另一个呢？是"亲爱的疯子"。好比《巴黎圣母院》里的艾丝米拉达和卡西摩多。克利斯朵夫注定必在俗世间，与俗物打交道，他期望音乐能带他从芸芸众生中脱颖而出，可是连音乐自己的高尚性都受到质疑。颇有意味的是，最后，奥里维的儿子乔治与葛拉齐娅的女儿奥洛拉好上了，这两个孩子都要比他们父母逊色一些，奥洛拉略有些瘸，心思也欠细腻，依作者的说法："她很快乐，爱享受，精神非常饱满。没有书卷气，也很少感伤情调。"乔治是真正属于他那一代，用现在的话说，很"潮"的年轻人——"轻浮，

67

快乐，最恨扫兴的人，一味喜欢作乐，喜欢剧烈的游戏，极容易受当时那一套花言巧语的骗，因为筋骨强壮，思想懒惰而偏向于法兰西行动派的暴力主义，同时又是国家主义，又是保守党，又是帝国主义——"总之，乱七八糟一锅粥。他们使我想到《呼啸山庄》里，希克厉他所用于报复的一对小儿女，卡瑟琳和哈里顿，他强行将他们"混搭"一处，培育毒怨仇恨。但是，他们并没有如其所愿再次上演互相残害的惨剧，而是真的爱上了。也和这一对一样，一个二十，一个十八。爱情选择了年轻的，也许是肤浅的，却有生机的种子，灌注它的力量。

如今，作为一个旅行者在欧洲游荡，一方面，觉得所有的情景似曾相识，和文艺复兴时期的油画，西方小说和电影里的描写全无二致；另一方面，又时常会诧异，自己忽然在了什么地方啊！我的在场本身就表明了一种变化，那就是现代旅游业正改变着这地方的某些性质，生活中的经典元素在进一步地世俗化。

在旅游旺季的罗马，歌剧院在卡拉卡拉大浴场举行演出，八九点钟的时间，还亮着天光，人们聚在入口处，一边拍照，一边等候进场，外国人和外省人占了一半以上，本地人总是穿着光鲜隆重。有一家人极像是来自乡下，无论老小，身体都敦实健壮，饱满的脸颊红扑扑的。放人的时间一到，便打开随身携带的旅行袋，掏出西装一一穿上。那小男孩的一套明显大了许多，就像是借来的，但更可能是有意做大，可以多穿几年。西装很新，也是难得穿的缘故，硬邦邦的，有棱有角，裤腿堆在鞋面。虽然不合身，却是完整的全套，也有衬领，扎着一个蝴蝶结。经过检票口，徐徐进入，暮色渐浓，中世纪大浴场的断垣残壁退到天幕前，空茫遥远。两具大烟囱间的舞台变得很小，背景上张起巨大的荧屏——又是荧屏。人们都在互相拍照，说话声散得很开，天空无边无际，几可望见地平线。一对盛装的夫妇由领票员带上梯级，先生和夫人都有着硕大的身躯，表情威严。我们小声说：黑手党的老大来了！"黑手党"夫妇就停在我们这一排，然后，面对面地挪进座位，夫人鹰隼般犀利的目光从坐定的人们脸上一一扫过，好像在审查她的邻座是什么东西。场子里坐满了，照相机的闪光此起彼落，萤火虫似的。天彻底黑下，转而成一种蟹绿深蓝，星星出来了，嵌在穹顶，四周的残垣反逼近过来，成为一道剪影。这一幅场景确实挺壮观，而且具有历史的意蕴。乐队谱架上的灯亮起来了，指挥走上来了，音乐会开场了。

在这样无遮无拦的露天场地，交响乐队是拿它无可奈何的，音响上人们一定动足脑筋，可效果还是不怎么样。乐音一旦出来，即刻在空廓中稀释，变成单薄的一片。与演奏同时，荧屏上出现影像，画面紧扣曲目的标题——

《罗马狂欢节》《罗马的喷泉》《罗马的松树》，为听众作视觉的阐述，好比MTV。巨大荧幕之下的乐手们更成了豆样的小人儿，奋力拉奏手中的乐器，乐声细弱地进行。可有什么要紧呢？此时此刻不单是要听什么，视觉、感觉、嗅觉——天空里有着露水和青草的气息，还有冥想。你就想象吧，多少时间在这里流淌，音乐只是装饰在时间上的附丽，从废墟上漫过去。音乐会结束，回到市区，已是午夜，可冰激凌店还开张着，游人还在街上穿行，凑着路灯在地图上检索，手指头上挂着数码照相机。罗马的夏夜，就是一个永不止息的大欢场。

罗马另一回音乐生活的经验，也别有意趣。走在闹市区忽然斜穿过来一位武士装束的年轻姑娘，递上一份歌剧的广告。这才发现，临街面的，咖啡店，其实是一所剧院，咖啡座只是一个小小的前厅。演出的剧目是著名的《茶花女》，剧团和演员却是不知名的。一是想丰富度假的内容，二也是对那座剧院好奇，再则票价也合理，比前一日的"卡拉卡拉"便宜一半还多。座位只分两等，显见得是个小剧场，于是买了次等票。演出前半小时来到剧场，门前已经排起入场的队伍。凡剧场演出，不论大小高低，一律是郑重的，用北京话说，就是"事事的"，上海话则为"像煞有介事"。人们很规矩地沿马路站成一列，等待放人。终于，门开了，却不能全进，而是由一位西装革履满脸堆笑的先生来领。五六人一放，五六人一放，经他检查了票，然后指点是堂座还是楼上包厢。堂座前排为头等，后座及包厢为二等，不对号，自由选择。略加对比，上了二楼。这座剧院，说实话破旧得可以，壁上的花饰全凋敝了，油漆也剥落了，包厢的栏杆边缘，天鹅绒垫布掉落下来，还吸饱灰尘，地板上染着不明所以的污迹，气味也很不好闻。但就这么小而旧，却五脏俱全，该是剧院有的，一样不缺：堂座、楼座、前厅、过廊、酒吧、乐池——极窄的一条，舞台上凡有名有姓的角色也都挤下了。

乐队很简约，但各声部齐全；演员呢，不能作大幅调度，就如清唱剧似的站在原地，稍作表情。这一支小型的演出团体，就和浙江县级的越剧小百花差不多，四处走穴。它还令我想起约翰·克利斯朵夫家乡小镇曾经来过的那个法国戏班子，女主角也像那个饰演奥菲利娅的女演员高丽纳，长相十分甜美，养眼得很，声音也甜美，而且皮实，三个半小时下来，一无倦意。阿蒙则长得极似下一日我们吃烤鱼那饭店里的伙计，高大剽悍，上半场声音有些暗哑，到了下半场放开了，竟然变得辉煌。中场时候，乐手们走出乐池，与观众一并坐在墙脚的长椅上歇息。香槟照样打开了，至少有一半观众着正装，态度庄严地踱来踱去。相邻的包厢里两位老夫人，假发，浓妆，低胸的晚装，金银玉翠琳琅满目，脸上却始终挂着生气的表情，中途就消失不见了。总觉得她们是愤愤离去，因为不满意剧场的破烂，不满意演出的简陋，还不满意如我们这样的旅行者，穿得乱七八糟就进了戏园子。这剧场再配不上她们了，而她们，真有些像狄更斯小说里那个蜘蛛网下的老新娘。演出结束，演员在化妆间卸妆更衣，乐手们收拾收拾乐器出了剧场，那一个长笛手正与我们同路，在我们前面十数步远，看他穿过熙攘的人流和车流，大步流星，回他的家去。罗马的旅游潮简直了不得，夜夜笙歌。

就在写作这篇文章的时候，又增添了新阅历。在布达佩斯，安多西拉大街，有些纽约百老汇的意思，大小剧院三步一个，五步一座。那晚，本是奔国家歌剧院的瓦格纳《唐豪瑟》去，不知是我们记错，还是临时变动，剧目竟为《费加罗的婚礼》，因为刚在布拉格看过，便转而走入下一家剧院。这里两天前曾经上演音乐剧《西贡小姐》，这晚则是一出陌生的轻歌剧，英文名叫《吉卜赛公主》，决定试一回。这一家剧院与国家歌剧院不同，即便是在冬日的旅游淡季，国家歌剧院还接待游客观光，观众也有相当一部分是旅游者。这家显然本土化得多，更接近上海的"共舞台""美琪大戏院"一类，满座之间，唯有我们两张亚洲面孔，招来众多好奇的目光。

下午四时许去买票，尚有三分之一余票，到了六点半入场，已经全满。门厅里设有面包摊和饮料摊，供作简单的晚餐。人们衣着整齐，气氛照例是隆重的。我们的座位是在最左侧的两个，看见两位女士正与领票员争执，听不懂说什么，但猜得出大概，领票员的意思是她们的座位应当从右侧进，而那位年轻的不时指一指年长的，表示她已经上了岁数，倘若走右侧还需绕一个大圈子，因没有中间走道，观众都必须从两头入座。争执过程中，那老妇人局促不安地站在一边，捏捏衣角，捯捯袖口，衣服虽简朴，却是整洁的，还留有折叠的印痕。她看上去很像来自外省的某位亲戚，比如从宁波来上海做客，于是带她去看戏。最后，她们终于没有服从领票员的意志，而是从这头挤到了那头。

《吉卜赛公主》在我们闻所未闻，但却为布达佩斯人熟悉，后来回家查找，才知道是一出名剧，为匈牙利作曲家卡尔曼（1882—1953）所作，甚至，与我们还有些渊源。据记载，20世纪的1939年和1940年，上海俄侨组建的俄国轻歌剧团将此剧献演于兰心大戏院；1943年11月13日，上海虹口提篮桥地区避难的犹太艺术家，又在东海大戏院演出。

剧场里的气氛蒸腾极了，许多对白引起会心的大笑，甚至话未出口，已经笑在前头了。那些节奏明快的段落，观众似乎老早等着的，一来到便全场随了拍子鼓掌，于是演员很"人来疯"地再来一遍。要是让克利斯朵夫看见这一幕，他又要气死。可是这就是音乐生活里的大众，也是中流砥柱，思想的重任就由少数天才扛着吧，就像耶和华扛起了十字架。

　　《吉卜赛公主》散场了，同时有好几个剧场也到剧终，几股人流潮汇集起来，又分流出去。我们走在旅馆所在的长街上，夜深人静，只听身后有急促的脚步声，于是停下来，靠边等待，让后边的人先过去。那人道了谢，走到前面。我们的速度也不慢，紧随其后，竟然看见他也走进和我们同一所旅馆。等我们走进去，他所乘的电梯门还未来得及关上，于是，我们就乘了同一架电梯上楼。又一回惊讶地发现，我们与他住同一层，而且门对着门。双方都有些错愕，有些喜悦，晓得都是看戏归来，看的不定就是同一出，互道了晚安，各自回房。次日早晨起来，看他的房大开，进出着打扫的清洁女工，已经人去楼空。

原载《十月》2012 年第 4 期

祥云飞渡

刘心武

每到午后，那居室的窗户透光度增强，我跟石大妈对坐聊天，就觉得格外惬意。我们的话题，常常集中到一本书上。那是薄薄的一本书，1961年我曾拥有过，在否定一切"旧文化"的狂暴中，又失去了它，但到1981年，我不但重新拥有了它，而且，还买了一册那年新版的送给了石大妈。

我跟石大妈说起，1979年年初，还没搬到我们住的这栋楼来的时候，曾见到一位法国来的汉学家，他给自己取的汉名叫于儒伯，交谈中，谈到了这本书，我说，可惜现在自己没有了这本书，也买不到这本书。他就笑道，可以送我一本，不过，那可是法文的，如果我想利用书里的资料，提出来，他可以把相关片段从法文回译成中文，送给我。他当然是说着玩儿。试想，以下这些文字中译法后，再法译中，会发生怎样的变异：

> 自十三以至十七均谓之灯节……各色灯彩多以纱绢玻璃及明角等为之，并绘画古今故事，以资玩赏。市人之巧者，又复结冰为器，裁麦苗为人物，华而不侈，朴而不俗，殊可观也。花炮棚子制各色烟火，竞巧争奇，有盒子、花盆、焰火杆子、线穿牡丹、水浇莲、金盘落月、葡萄架、旗火、二踢脚、飞天十响、五鬼闹判儿、八角子、炮打襄阳城、闸炮、天地灯等名目。富室豪门，争相购买，银花火树，光彩照人，市马喧阗，笙歌聒耳，自白昼以迄二鼓，烟尘渐稀，而人影在地，明月当天，士女儿童，始相率喧笑而散。市卖食物，干鲜具备，而以元宵为大宗，亦所以点缀节景耳。又有卖金鱼者，以玻璃瓶盛之，转侧其影，大小俄忽，实为他处所无也。

这本书，就是《燕京岁时记》。作者是清末的富察敦崇，是一部文字简约而精美，按季节嬗递记载北京民俗的随笔集。它于清光绪二十三年（1906年）付梓，很快被译成法文在法国出版，日本也翻译出版过。我读了这本书，就有一种憬悟，那就是，社会生活除了政治层面，还有与芸芸众生更加密切相关的，包括诸多琐屑俗世乐趣在内的生活层面，帝王将相、大政治家、职业革命家……有的对这些俗世生态嗤之以鼻，若觉妨碍他们的伟大事业，禁绝、扫荡起来是决不留余地的。但是，毕竟这世界上还是渺小、卑微的芸芸众生居多，他们那种无论在什么情况下，都要顽强地寻求小乐趣的"劣根性"，却是万难斩尽杀绝，是一定会"野火烧不尽，春风吹又生"的。1966年夏天至1976年冬日的大风暴不可谓不猛烈，但到1981年我和石大妈对坐闲聊时，那十年里被批判、扫荡、禁毁、藏匿的一些文化与习俗，却又迅速地复苏、重生，舞台上又有传统剧目上演，电影院里以正面评价重映被批判过的影片，被打倒过的作家的作品结集为《重放的鲜花》，一时洛阳纸贵，《燕京岁时记》这类的古旧"闲书"也重新出版，而我和石大妈聊起其中的内容，比如"五月下旬则甜瓜已熟，沿街吆卖。有旱金坠、青皮翠、羊角蜜、哈密酥、倭瓜瓤、老头儿乐各种"，也再没有"脱离政治低级趣味"的心理压力。石大妈能把以上六种甜瓜的形态及口味非常精准地给我细细道来。

石大妈，因为嫁给了石大爷，所以我管她叫石大妈，其实她姓傅，满族人，满族入关定鼎中原以后，逐渐汉化，比如富察氏，有的后来就将自己的姓氏简化为富或傅。石大妈的祖父，正是《燕京岁时记》的作者富察敦崇。尽管隶属正黄旗的富察氏传到敦崇时早已成为地道的北京人，但敦崇在书前还是这样署名："长白 富察敦崇 礼臣氏编"。

我能跟石大妈结识，那是因为在那个历史时段，我们出于同一个前提，在同一栋楼里分到了居室，那栋楼所在的地区，被定名为劲松。

什么前提呢？叫作"落实政策"。从1973年以后，就有"落实政策"一说，有的在大风暴中入狱，被放出；关"牛棚"的，让回家；受管制的，"敌我矛盾按人民内部矛盾处理"，松口气……但是，由于"四人帮"的阻挠，落实政策的步履十分蹒跚，大打折扣，留有"尾巴"，直到1976年10月以后，"四人帮"垮了台，又经过大约两年的时间，确定了改革开放的大方向，进入了新格局，这才加快了落实政策的步伐。记得1979年年初在北京工人体育馆开了诗歌朗诵会，其中有句"诗"是："政策必须落实！"啊呀，台下掌声经久不息，有的观众竟至于流出了热泪！如今长大成人的"80后"、"90后"见到我这样的回忆文字，或许会发愣：真有那么回事吗？作为过来人，我保证有那么回事。那几年里，"落实政策"绝对是热词、要事。

首先，是为被打击过的老革命、老干部恢复名誉。然后，为被打成"牛鬼蛇神"的"反动学术权威"们和包括名演员、名作家在内的文艺界知名人士平反。后来，更提出并实施"落实知识分子政策"。有的被落实政策的对象已经去世，就开追悼会，重新安置骨灰。活着的，因为风暴中被扫地出门，给其落实政策的一项重要措施，就是安排住房。于是从1975年起，北京就开始建造几批"落实政策房"，简称"政策房"。我见识过的，规格最高的，在南沙沟，那个楼区隔条马路就是钓鱼台国宾馆，风水自然很好，里面有独栋小洋楼，有连体小洋楼，也有比较高的公寓楼，能被安置到那个区域去住的，多半是副部级以上的老干部，或者是钱钟书那样被当局看重的文化人。再一片在木樨地，是临街的大板楼，外观平常，但里面每套单元的面积，都相当可观。那时候因为住房尚未商品化，还是由组织上分配，因此人们说起楼里的单元，一般不问是多大的面积，而是问"几室几厅呀？"我那时眼皮浅，觉得三室一厅就很了不起了。有回见到冯牧，他那时还屈居在胡同杂院狭隘的东房里，他那时已经是重新恢复活动的中国作家协会的领导成员之一，我觉得官位已经不小，但落实政策，等分房，他也得排队候着，最后是迁往木樨地的楼里。我想象着他即将迁入的大单元，问："三室一厅的吧？"他纠正我："四室一厅。"可见我是个"土老帽"。那时冯牧已经是正局级。后来我懂得了分房的"游戏规则"：局级四室一厅，处级三室一厅，科级两室一厅……部级么，那就起码是五室二厅。又想起曾见到韦君宜（当时是人民文学出版社负责人之一，晚年著有《思痛录》），给她落实政策，要考虑她那在风暴中牺牲的夫君杨述（曾任北京市委宣传部部长），她可能只是正局级，但杨述级别更高，因此，当我问她即将迁往的新居是否是四室一厅时，她回答我："有七间屋子。"令我"耳界大开"。后来我到木樨地冯牧新居拜访过，也去过旁边一栋楼里的陈荒煤家，他们所分到的，均非楼里最大的户型，冯牧说他那套是最小的一种，但我置身其中，却觉得已经相当的宽敞堂皇。胡风、丁玲落实政策后，也都入住在木樨地的楼里。

另一大片"政策楼"，则在"前三门"，即崇文门、正阳门、宣武门一线，原来是北京内外城分界的城墙所在，城墙拆了，崇文、宣武两个城门也拆了，盖起了一大排公寓楼，其中绝大多数，也是用来安置恢复名誉、重新安排职务的党内外人士。王蒙从新疆回来，改正了1957年对他的错划，很快被任命为中国作协和北京市作协的领导成员，头一套住房，就分的是"前三门"某楼里的一套，那格局完全不能跟南沙沟的比，跟木樨地的差距也大，但王蒙那时很高兴，我去过，觉得挺好。

还有一片在朝阳门外数里远，叫团结湖。1981年，中国作协派出以杜宣（剧作家）为团长的作家代表团一行三人赴日本访问，我是团员，我们乘汽车往天竺机场时，路过了团结湖楼区，杜宣告诉我，他头一天刚去那边的"政策楼"里看望过老朋友罗烽、白朗夫妇，罗、白伉俪曾是著名作家，但后来也被打成"反党分子"，历经二十多年的坎坷，才得迁入团结湖某楼，过上正常的生活，但他们也就写不出什么作品来了。我则告诉杜宣，从维熙现在也住在团结湖。那时从维熙的《大墙下的红玉兰》影响很大，获得"大墙文学之父"的称谓。杜宣问我住在哪里？我告诉他在劲松，他虽没有去过，却是知道的，感慨系之地说："是呀，是呀，木樨地、'前三门'、团结湖、劲松……都有'政策楼'啊，欠账太多，有的人现在还在等候哩！"他从上海来，说上海就落实住房政策而言，还很滞后，比不上北京。

劲松的"政策楼"，盖得稍晚，但规模似乎最大。安置到里面的，似乎级别、身份要稍逊。那时落实政策，最后一项叫作"落实知识分子政策"，十年风暴中知识分子被贬损为"臭老九"——我又忍不住要加注，因为我希望有"80后"、"90后"乃至更后的人士能读到这样的文章——为什么称"老九"，因为前面有八种更糟糕的：地（主）、富（农）、反（革命）、坏（分子）、右（资产阶级右派分子）、现行（反革命）、走资（本主义道路的当权）派、反动（学术）权威，都属于敌我矛盾，知识分子排第九位，实际上等于"人民内部矛盾按敌我矛盾对待"了，等于说，知识分子随时随地会滋生成以上八种"牛鬼蛇神"，因此臭不可闻，需控制使用，而他们的住房则长期得不到妥善解决。记得大约1980年左右，《光明日报》刊登了一篇小说，题目是《盼》，真实地描写了一群从事科技工作的中年知识分子居住条件的恶劣状态，以及他们盼望得以改善的强烈情绪，引出巨大反响。因为那篇小说篇幅比较长，一次刊登不完，而报社又没有在第一天刊出后及时在第二天续刊，引起许多科研单位知识分子往报社打电话询问，有的认为一定是小说的内容又遭到某些部门和官员的否定，实行了"腰斩"，情绪十分激动。其实，报社只不过是因为刊发小说的副刊并非天天必有，才隔了几日续刊完。同时期还有谌容的中篇小说《人到中年》在《收获》杂志刊发出来，并很快被改编拍摄成彩色电影广泛放映，算是以文艺形式为知识分子强有力地"正名"，将"臭老九"变成了实施"科学技术是第一生产力"的"香饽饽"。这就是那时候社会上发生的巨大变化之一。而劲松的"政策楼"，也就成为安置各界形形色色知识分子的重要空间。

我1979年迁入劲松一区的那栋楼，是分配给北京市文艺界人士的，其中演员居多。演员，包括戏曲演员，大体上也属于知识分子范畴吧。我有幸进入入住"政策楼"的名单，端赖1977年11月在《人民文学》杂志发表了短篇小说《班主任》。这篇东西刊发后反响强烈，1979年年初，中国作家协会第一次举办全国优秀短篇小说评奖活动，它获头名，而我也就顺利地成为了中国作家协会会员，又安排为理事，所以我不是作为遭受过打击而恢复名

75

誉、安排新居的那种落实政策对象，而是作为在改革开放的进程中有杰出贡献而奖励性分配楼房单元的。因此，我当然算是中国1978年实行改革开放新政的一个既得利益者。

我们那栋楼，一共五层，每层三个单元，1号是大的二居室，2号是小的二居室，3号则是三居室，有地下室，也分成跟上面一样的三个单元，因此一共可容纳十八户。我在分配前，被召唤到市委宣传部见部长，他在十年风暴中也被打倒，上面给他落实了政策，他那时忙活的，是给他下属各系统各单位的人士落实政策。我去的时候，见到了李万春，那是京剧界的著名武生，中年以前不但武功好，还有好嗓子能唱，我小时候，父母带我看过他的戏，但是他从1957年以后就倒霉了，到1979年我跟他相继被召唤到市委宣传部部长跟前的时候，我觉得他不仅满脸沧桑，浑身似乎也都刻下了劫波冲击后留下的痕迹。后来政策是给他落实了（他那天是去要求发还他当年自购的胡同小院），但他最好的艺术年华已然随劫而去，无可挽回。跟李万春谈完，部长跟我谈，大意是你没受过什么苦，又还年轻，所以给你分的房子，是顶层最小的那种，这已经是组织对你的最大奖励了，希望你不要辜负党和人民在新时期对你的厚望，写出更多更好的作品来。我诚恳地表示，非常知足，非常感激，一定不辜负党和人民的期望，努力写出对得起时代的好作品来。我后来写出长篇小说《钟鼓楼》，获得了茅盾文学奖，北京市委市政府又给予了我表彰嘉奖。

我分到的那个顶层的小二居，进门有个大约四平米的小空间，大居室约十五平米，小居室约八平米，但有厨房和卫生间，且所有窗户都朝南，比起原来所住的胡同杂院的小东屋，不啻"鸟枪换炮"。虽然没有电梯，需要爬楼梯到五楼，但那时满心欢喜，人又年轻，往往是一步两阶，吹着口哨欢蹦而上。渐渐地，跟同一个门道的邻居有了些来往。四楼三居住的是河北梆子剧团的花脸演员李士贵，他非常敬业，一次把我请去，告诉我他刚从京剧移植了《张飞审瓜》，跟我探讨：张飞跟李逵虽然是不同朝代的人物，但在戏曲舞台上，有的演员演起这两个人物来，形象雷同，他希望我出点主意，让他塑造这两个人物时，能有明显的区别。他还把戏中片段，在他那间大屋子里演示了一番。他那个三居，比我的单元大许多，但少有朝南的窗户。这是那个历史阶段公寓楼设计上，具有计划经济特色的一例。其设计理念是：您的单元既然间数多面积大，享受这样的好处，那就别什么好处都占尽；人家的单元既然小许多，那就让人家窗户朝南，多享受点阳光吧！那时盖楼还经常设计成"三叉式"，从空中看，顶部正仿佛是个"大裤衩"，所以北京的建筑，早有被俗众称为"大裤衩"的，不是库哈斯为中央电视台设计出那座怪楼后，才有"大裤衩"一词。那种"三叉式"的楼，设计理念是：让每一个单元都能有大体朝南的窗户，"阳光共享"。但到20世纪90年代中期后，结束了由单位"福利分房"，推行商品房，那么，设计理念也就随之变化，越是富人买得起的大户型，朝南的窗户可能就越多。那种顶部呈"大裤衩"形状的"三叉式"公寓楼，也就绝迹了，因为开发商认为那样设计会浪费许多可谋利的空间，再说了，一分钱一分货，想享受更多的阳光，请付更多的钱！

对劲松当年"政策楼"的这些勾勒，是为了提供一些可追寻北京当代建筑发展史的线索。下面我就要说到，我当年入住的那栋楼的地下室单元。现在一定不会再有那样的设计了，公寓楼即使设计了地下室，一般也不切割为跟上面类似的单元，或作为仓储空间，或由物业管理公司临时使用，或者就是地下停车场。当年各处的"政策楼"，多有地下一层也按上面那样，切割为居住单元的。我1979年入住的那栋楼，地下一层的三居室，就是石大妈石大爷的住所。那套房子，应该是分配给北京京剧院一对骨干演员夫妻的，他们就是石宏图和叶红珠。他们因为另外还有住处，所以让石大爷石大妈住，而他们正是石宏图的父母，石宏图擅演"猴戏"（饰孙悟空），后来一度出任北京京剧院的院长。叶红珠是京剧世家的传人，清咸丰年间高祖叶庭柯用扁担筐从安徽太湖县，把两个儿子挑到了北京，后来其中的叶中兴生下叶春善，与牛子厚办起了京剧科班喜连成社，后来又易名富连成，培养出包括马连良、谭富英、叶盛兰、裘盛戎、袁世海在内的众多京剧艺术家。当年梅兰芳、周信芳都曾在富连成搭班唱戏，叶家对中国京剧的发展作出了不可磨灭的贡献，叶红珠的父亲叶盛长就是重要的京剧教育家，叶红珠打小就进入戏曲学校攻武旦，成为著名的武旦演员。我早就看过她演出的《虹桥赠珠》，里面有火爆的武打，她那"打出手"的功夫令人惊叹，她曾以这个剧目随团出访，在日本和欧美等处征服了无数外国观众。我跟石宏图、叶红珠大体上算是同代人，很谈得来，不过他们只有休假日才到劲松来，因此我和石大爷石大妈交往得更多，而两位老人中，又以和石大妈一起愉快地忆旧，更为经常。我说要是石大妈能保存着她祖父《燕京岁时记》的手稿，或其他未刊的著述，那该多好啊！石大妈叹气说，原来也还存有一箱子旧东西，"破四旧"大风暴席卷，没等来抄，自己就全毁了，片纸无存！叹息归叹息，对于世道好转，我们还是一致欣悦的。有回我跟石大妈聊天时，外面下起了小雨，地下室窗户外面的透光坑虽然有泄水孔，倘雨势变大积水过多，那还是有渗进他们居室的危险。我就想起富察敦崇在《燕京岁时记》里有这样的文字：

六月乃大雨时存之际。凡遇连阴不止者，则闺中儿女剪纸为人，悬于门左，谓之扫晴娘。

我就认真地跟石大妈建议："咱们剪个扫晴娘吧！"石大妈脸上那些细琐的皱纹，就抖成了一朵舒畅的花儿。

那时候吴祖光先生的公子吴欢，也曾以要求为父母落实政策的名义，在劲松要到一个单元。吴先生和新（凤霞）先生邀我去他那朝阳门外的居所做过客，我也邀吴先生来过我那五楼的小单元。我对吴先生说："真不好意思，让您爬这么高，我这单元太小，也无足观。"吴先生却说："知足常乐。"其实他住的那栋楼，也无电梯，他住四层，也得爬上爬下。虽然是两套打通并在一起，间数不少，却也并没有宽敞的厅堂，方位也差，不是南北向的而是东西向的。不少人为他抱不平，他原来拥有的，可是王府井东安市场后身的一所宽敞舒适的四合院啊，就用这么两套单元房置换给他，算是落实政策了，毋乃太吃亏！吴欢气不平，因此瞒着他，又在劲松要了个小单元，吴先生知道后，很不以为然，我就跟吴先生说："吴欢不为过，况且您家是双名人。"（吴是著名剧作家、电影导演、散文家、书法家；新是评剧泰斗，并有多本散文著作问世，又是拜师齐白石的国画家）吴先生站到我家的小阳台上，眺望着一排排新楼，以及楼后露出的"大老吊"，脸上的表情，正与他后来一再书写的条幅"生正逢时"相合。在跟吴先生，还有杨宪益（著名翻译家、诗人、散文家）等老先生交往的过程中，我感觉大家那时候形成了一种共识，就是一个党能知错改错，很了不起，所谓"落实政策"，其实就是认错纠错，努力补救，实事求是，踏上新途。结束了"以阶级斗争为纲"，转到搞经济建设上来，好。我觉得像吴先生、杨先生，包括我自己，都是关心政治而并不懂得政治的人，更无搞政治的志向兴致。但在那个历史阶段，各自在党内朋友的鼓励下，都提出了入党申请，并被接纳，以为这样可以为国家的进步，多出些力。这也是那个历史阶段许许多多知识分子有过的选择。这份情怀，后来被某些人误读。如今的一些年轻人，也可能从另一角度加以鄙夷，但这就是吴先生和杨先生晚年故事的"戏眼"。如今他们都已仙去，而我还保持着关注政治而不搞政治的态度，在人生的余程上漫步。

我在劲松住了九年。人生能有几个九年？储留的记忆，自然很多。常有人跟我提起"劲松三刘"，就是曾有人以这四个字，写过一篇报告文学，影响似乎不算小，但不少人对"三刘"究竟指谁，理解有误，其中有刘再复和我，另一位，应是诗人刘湛秋，而非别的什么刘姓人。如今"三刘"都迁出了劲松，我以外的二位都定居海外了。"天之涯，海之角，知交半零落"。在新的纷争中，谁还能理解我们？

劲松这个地方，原来因为有座王爷坟，坟旁有棵巨松，不往高长，而是朝旁边伸展出许多的大枝杈，因此使用了许多铁制支架来架住它，故被称为架松，后来改名为劲松，不消说是依据革命领袖的诗句："暮色苍茫看劲松，乱云飞渡仍从容。"乱云飞渡，非我等俗众所消受得了，总还是期盼飞渡的是和平发展和平改进的祥云。但脆弱的个体生命，如何能控制世道的大势？一种对自己，以及跟自己一样的芸芸众生的大悲悯，如管风琴演奏般訇响在胸臆中。

原载《上海文学》2012年第5期

日暮乡关何处是

柴　静

1

两年前，在大理，他开辆老富康来接我们，说"走，野哥带你看江湖。"

他平头，夹克，脚有些八字。背着手走在前头，手里捞一把钥匙，我对龙炜说："你看他一半像警察，一半像土匪。"

他听见了，回身哈哈一笑。

院子在苍山上，一进大门，满院子的三角梅无人管，长得疯野。树下拴的是不知谁家寄养的狗，也不起身，两相一望，四下无言。

他常年漫游，偶尔回来住。偌大房子空空荡荡，只有一排旧椅子，沿墙放着，灶清锅冷，有废墟之感。平时一个人，偶尔有朋友来此落脚，席地卷个铺盖，谁也不用照顾谁。

他无家可归。

七十年前，他的家族在鄂西清江百丈绝壁上，土家族祖父靠背盐酿酒攒下薄田，当上土司。土改时被怀疑藏枪，鞭打后悬梁自尽，暴尸野外，被扔在天坑。随后大伯暴死，二伯流放，两位伯母一夜间用同一根绳索吊死在同一横梁。

父亲没有保护家庭，他的职责是抓捕诛杀其他地主的儿子，一生不提家事一直到死。母亲在暮年出走，留字条说"请你们原谅我，我到长江上去了"。他沿江驾船搜寻，寻找江上肿胀发臭的浮尸，挨个翻找无果。

1995年，他出狱后，身边已再无亲人，妻女也离他而去。

2

十几年前他离乡寻找出路，身无长物，朋友到车站送他一只钢锅，让他好埋灶做饭。他说如果你非要送，我就把这锅在铁轨上砸了，天下之大，总有我吃饭之处。

1981年湖北民院毕业后，他当过教师、宣传干事、警察，后来做小生意卖衣服，油炸早点，开挖沙的厂，都赔得血本无归。这次北上，做了牟其中的秘书——现在牟还关在他当年服刑的地方。很快又转行当编辑，再做书商，做得很得意。我问他为什么不干下去，他说受不了向人催账的生活，"人到四十，还为一万块钱天天打电话，像黑社会一样——败坏人的心情。"

他把人家欠的一百多万一笔勾掉，离京南下。

偶尔落脚在这两千多米的苍山上，四下没有村落，到暮晚时山黑云暗，一两盏灯更有凄清之感。他说过有时夜里骤雨突来，"林涛如怒，滚滚若万马下山。村居阒寂似旷古墓园，唯听那山海之间狂泻而至的激愤，一如群猿啸哀，嫠妇夜哭。这样的怒夜，非喝酒磨刀，不足以销此九曲孤耿。"

这样的夜里他开始写作。写失踪了10年，"不知暴尸在哪片月光下"的母亲，写二伯服刑29年后，"老得忘了自己的罪名，已失去了土地，也没有了房子，只好寄身于一个岩洞，放羊维持风烛残年直到死去。"写一生闭口不谈家事的父亲内心的功罪，写狱中被绑赴刑场的弑兄者……

死亡并不可怕，可怕的是人仿佛从未存在过，他对此耿耿于怀，才为逝者作史。他的故乡是武陵，史书说的南蛮旧地，巫风很盛，在遥远年代，土家族死在他乡的人，是千里赶尸也要接回家山的，不想成为无归宿的游魂。他说"我祖父的横死也不足以令苍天开眼，是我的私人叙述才让他的死找到了意义"。

这本来就是中国民间修史者的传统——不愤不启，不悱不发。

他用的笔名，出自唐代诗人刘叉的《偶书》："野夫怒见不平处，磨损胸中万古刀。"

3

四年前，我还不认识他，有一天工作完，街边店里吃点东西，带了他的书随翻随看。

他写外婆故乡在江汉平原，他出生后才到深山来，开荒种地，养活一家。幼年造反派来家训斥父亲，他不懂事，在旁嬉闹，太压抑的父亲发泄愤怒，用木棍毒打他，没人敢拦阻狂怒的父亲，外婆哭着用身体包围着他，左手无名指被误伤一棍，打得骨折，一直隐忍着没有医治，至死手指一直弯曲。

外婆眷恋家乡，他稍长大些，老人就返回了平原，他十二岁时患重病，写信给外婆，恳求她回来，一进门扑在怀里"我不断地叫着婆婆婆婆，仿佛垂死的孩子看见唯一的亲人"。

等到他成年，外婆觉得责任终于了结，与家族另一老人回到平原荒村住下，纺布缝衣为生，无人可以劝解。只有他去进门跪地抱着她腿，要她回

81

来——明知这对她不公平，但他就是"不能忍心"。

外婆在山中去世，他不相信死亡不可逆转，每晚去坟头点上坟灯，怕外婆不能认得回家的路，次次在坟头痛哭时，他都要把耳朵贴近新土去听，孩子般地幻想听见外婆在棺木里呻吟，立刻就去十指刨开泥石，救出她来。

十年后，他掘开坟墓，开棺捡拾遗骨，偿还她的旧愿——背着她回到千里之外的平原。

我坐在人声鼎沸的地方，看到这里，把筷子搁在碗上，起身走出去了，怕当众放声哭了出来。

近代中国，身世畸零者并不少见，但野夫的笔端是让人害怕的感情，连看的人都被深情和痛苦吓怕，不敢深入到这样的感受中去。他半生所受的苦，多半都来自这样的激情驱使，情感越深，创痛越烈。写时也呕心沥血，他说有时写完在沙发上要躺整整一天，像一生气力已经用尽。

这样的写作，如同土家祖先的巫术，是要让死者复活，像是一次招魂。

4

到了中午，大理的牛鬼蛇神都来了，野哥一一介绍"这帮老混混"，大家拱个手，报个名号，也不寒暄。邻居侯哥搜些活鸡腊肉，在后院摘点黄瓜茄子，加上通红四川辣子和野花椒，炒了十几个铝盆，桂花树下男男女女端着碗站着吃江湖饭，满头汗。

吃饭完，袅袅一根烟，聊旧体诗。

八十年代的江湖，流氓们都还读书。看着某人不顺眼，上去一脚踹翻，地下这位爬起来说"兄台身手这么好，一定写得一手好诗吧"。

就这一点，今天的小混混就没法比。

侯哥给大家泡茶，院子里很多高山榕，底下长了野茶。紫荆已经长到了二楼高，开着红色的骨朵。桌上有盆箭兰，玉绿色的十几卷，混着茶香。野哥讲花草的名目，我们觉得好听，他说"看《本草纲目》，是可以看出性感的"。

鄂西是楚辞的故乡，民歌和韵文一直是平民之趣。烧搪瓷盆的手艺人刘镇西，工具箱里也放着《楚辞》，初见面拉野夫去家，喊了几声老婆，没人答应，就去敲隔壁的门借斧头，嘴里念念有词"幸有嘉宾至，何妨破门入"，手起斧落，门锁砍成两截。

真妩媚。

野夫写苏家桥，写刘镇西，写投河自沉的李如波，都是几千字写完一个人生平，像《史记》中的列传。他的文字锻造，也来自古文。写文章时，看得出遍遍锤打，壳落白出。有时有些地方显得过于锤炼了，但写得好处，真是"天地为之久低昂"。

野哥说起时脸上有几分傲色"旧体诗我还是得意的"，诗人里他最喜欢聂绀弩"诗酒猖狂，半生冤祸"。

猖狂是真猖狂，夏日深夜，一轮好月，他与苏家桥一行人喝到酣处，学魏晋中人裸体上街散心头热，路遇一些机关门前挂着的木牌，就去摘下，抬着一路狂奔，找个角落扔下。有次扔完才发现，木牌上赫然大书"人民法院"。觉得这个还是不惹为好，又只好嘿咻嘿咻地抬回去挂上。

当年他要出山去海南，苏家桥从深山送到恩施，过家门不入，货车送到武汉，怕他孤乘无趣，再火车送到湛江，颠沛到海安，最后干脆一帆渡海，万里相送到海南，第二天再独回。

简直是《世说新语》里的中国。

我原以为写得太传奇，认识他们才觉得只是写实。晚上野夫带我们出去吃饭，叮嘱一句，"不一定能吃上，看运气"，小馆子老板是个香港人，六十多岁，须发皆白，向外贲张。打量人，看得顺眼就做饭，不顺眼轰出去。当天运气好，做完了一桌子十几个人的菜，过来和野夫喝了一杯，扬长而去。说挣够了今天的酒钱，自去喝酒，不必再开张。

这个年头处处都是精致的俗人——不是因为不雅，而是因为无力，没有骨头。还好"礼失，求诸野"，遗失的道统自有民间传承，江湖还深埋了畸人隐者，诗酒一代。

5

下午无事，野哥带我们几个女生逛小铺子，我们挑来拣去耳环项链围巾，他两米外斜站，不上前，也不远离，衔一支烟悠然看过往行人，等我们挑完，他已经把账结过。

长日无事，坐条挨街的板凳，他给我们讲故事，说少年时暗恋一个女孩，被拒绝，情书也被公开，他承受不住羞辱，吞水银自杀。获救后立下誓愿"要让她爱上自己，再抛弃她"。

他读大学回乡后，与之接近，少女恋慕了他，他终是不忍心，向对方袒露实情，说"我不想报复你"，对方惨淡一笑"你以为没上床就不算报复吗？"。

他离家远走，再回来她成了一个在当地声誉放浪的女人，表姐让他去劝解，他讷讷而言，她笑："变成好女人？"抬眼盯住他，"变了又怎样，你娶我吗？"

83

他无话。

他兜里是第二天的火车票，她伸手取来撕了，买了机票，说"换你明天一天的时间给我"。日后她中年重病，肾坏死，不再求治，他从北京请国内最好的医生入山给她手术。

他人生里的事多半这样，情多累人。自嘲说自己是一流的朋友，二流的情人，三流的丈夫，我问过他，为什么他身上会发生这么多戏剧的事情？他说当编剧时，才领会到人生如戏，"一切皆在情理中，一切皆在意料外。"

生活是内心情理交织冲突的结果，他天性爱憎好恶比常人剧烈，人和文字都使到十二分气力，不留余地，蛮力拽动情与仇，乐与怒。

二十岁那年，他黄昏酒醉回家，看到路灯下一个佝偻男人，认出是那个打过他爸，把机枪架在他家门口的造反派。现在他长大了，那人已快暮年，他发疯般扑上去，把对方摁倒在地拳脚相加。"他已经完全认不出我，无法理解自己为何突遭暴打。我一拳一拳地打着，直到耗尽全身力气，直到他头破血流。"

十几年里，他一直为童年的恐惧羞愧，而羞愧渐渐熬成仇恨。这性如烈火的男子，认为轻仇的人，必然寡恩。

酒醒之后，他却不能不面对内疚之感，暗中观察那人，才发现这个仇人可怜至极。他是煤矿工人，出身贫苦，家庭负担沉重。每天下井采煤如同下到幽深地狱。这样的人积怨已久，被号召去夺权造反，必然敢摧毁一切。日后这人被煤矿开除，成了苦力。一次下坡刹不住脚，被装满石头的板车轧断腿，从此残废，整个家庭垮掉，女儿不得不去卖淫。

他写："命运惩罚他，比惩罚我的父辈更加惨烈。"

他写作并非为复仇，也非控诉，他想找到人何以成为他人地狱的原因。他写到自己六岁时，老师集合他们排队，把用竹子做成的大扫帚拆开，每个孩子发一个竹条子，围着一根水泥管子，上面站着一个偷了三尺布的农民，穿着破烂，裤脚卷在膝盖上面，脚上穿着一双草鞋，老师一声令下：打！所有的孩子一起挥动竹条抽打那个农民膝盖以下的部分，这个农民在水泥管上疼得来回跑，所到之处围满了孩子，所到之处都会有竹条，这个人蹦跳惨叫，汗如雨下，腿胀得紫肿，惨叫中突然晕厥，摔了下来。

四十多岁时，他写到这里，流下泪来，说"这就是文学。作为一个写作者，我要是不把这样一些东西记录下来，我会一生都为我曾经挥过竹条子而愧疚"。

写作是一种反抗，对抗外界的恶，也对抗自己内心的黑暗。多年来，他为青春时代的狂怒心存内疚，他说"在这个时代，当你还没有完成安徒生笔下一个孩子的真诚教育之时，也就是你还不敢做一个真人的时候，你绝不可能是大善的，更不可能是美的"。

6

野夫常以村夫自许，我却觉得他雅致。平常里他从不与人争锋，席间不抢话，不讥笑人；不争口舌，有他的地方笑声最多，有人说话不得体，他也呵呵相乐，一派烂漫仁厚。有次在北京某个场合我俩撞上，举座都是富贵人，三个小时里，他一句话没说，不参与，也没有不耐烦，自斟自饮，怡然自得。

我不喝酒，但有他在座，就陪他一杯，朋友间说起如果遇到事有谁可以相托，推举的数人里，多有野夫。

只一次见过他另一面，大理夜长人多，左中右都有，谈话容易不洽，干脆集体玩"杀人"游戏，我当法官，发完纸牌后说"杀手睁眼"，野夫睁开眼，不动身，也不伸指，只以眼光向我示意某人，就闭上。再睁眼时，众人惊呼被杀死者，相互猜忌。他点一支烟靠椅微笑，有猜到他的，他就一副老警察面目，为之分析案情，一一拆挡，全身而退，瞒过众人，最后一轮他胜出时翻开红心杀手牌，姑娘们还惊呼不信。

这场游戏，我这旁观者看来尤为触动，众人闭目他睁眼的瞬间，那双细长眼睛晶光四射，是泡过凶险，世事老辣的眼。他在狱中，曾与几个刑事重犯同住，同一个枕头上睡的，枪毙的有6个。他有次扫地时曾有一个犯人骂骂咧咧，他放下扫帚，盯着走到近前，那人立刻闭嘴。下铺有人悠悠说了一句，"你也不看这是什么人，他连国家都敢惹，你能踩平吗?"

7

没听野夫说过苦，他只说重复的做一个梦，站在深秋的蓝天下，赤身裸体，抢着收集阳光过冬——那时的冬天太冷了。残阳越过高墙，把影子放大贴在对面墙上，有电网的投影恰好横过他的脖子。

这梦听了真让人难受，是冷透的人世。

但他爱这世界，有次聊天，他劝我多参加社会活动，说有地方约他演讲，他一定会去，"能影响一个是一个"，他是那种寒风里有人往车窗里递广告，一定会摇窗接下的人。

在微博上他很活跃，经常会有许多陌生的朋友@他，说家里发生什么事，希望他帮忙转发、评论一下。他说常常不忍心忽视这些留言，也许转发无济于事，也不足以帮他，但是转发一定会让更多的人明白是非。

微博也是江湖，他说能看见一部分人的恐怖内心，感到透心的冰凉，说"有时也想把微博戒厌了"，但又放不下，嬉笑怒骂，一派朴诚烂漫，把剑而立，战个三百回合。有时候我觉得这样太浪费时间了，他说在故乡鄂西，秋天野猪成灾，每年允许适当的狩猎，分外痛快淋漓。"我来到世间，是来访求朋友的，有的人来到这个世间，是来增加敌人的，我们在大地上，怀善还是怀恶，并不难区别。"

但遇到年轻人时，他会劝解，有次他说，有个骂他的人是一个大学生，子侄辈的年岁，他顺着去对方微博里看看，觉得是个贫寒激愤的青年，就发私信与他讲了一夜道理，直到年轻男孩心服。

他对这个时代总有一份"不忍心"，说"我们每个文化人都要分担这个时代的疼痛甚至剧痛"。

在大理，他带我们进山，无为寺在宋朝是大理国的皇寺，早已荒废。二十几年前有个僧人一点点旧址重修。他带我们去见这大和尚，大脑袋粗眉毛，胳膊上缠着铜佛珠，是武僧，"夜不倒单"——每天晚上不躺下睡觉，打坐度过。

三千多米处都是深林，小寺里没电，不卖门票，不卖香火，也没有小贩。案子上堆的香，你自己拿去烧。随便。树下面放着茶叶、水壶、茶具，自己泡茶喝，喝完了你走，也没人来问。有个小和尚在场子上一边扎着马步，一边眼见着一个小朋友飞奔打闹着耍，眼神儿急死了。

大雨过后，急晴中的这座山，树叶上金光闪闪的流水滔滔流下来，有远古的本来面目。我们跟大和尚说这说那，把人家武僧当禅师了，有人问，人怎么能放下眷恋？大和尚只好说，喝茶，喝茶。

野夫看我们这么笨拙地打机锋，笑着开口解困，问寺里还有什么米，什么油，要不要送些过来。

他喜爱山林，好与僧道谈，但他是士，从来不"隐"，不求解脱，不好大言，不求世外的智慧，各种人生对他都是文学，只是要了解"方丈何以是此人"。

旧朱红的寺门，粗糙皴裂的木门槛，两边楹联是野夫写的："心法即佛法，度一切有情"。

8

临走前一晚，大家去一个老哥家，喀啦啦扶起卷闸门，有几人正窝脚在榻上闲谈，当中一位长得奇突矮肥，野哥说，别人找他演电影，演一个被啤酒瓶子砸的泼皮，他不满意那个道具，要求用真瓶子砸，头破血流，满意地被送去医院。我打量一会儿，觉得他是腼腆不说话的人，野哥指我身边的一张桌子，说昨天那张被他喝大后踩碎了。

坐定后七八个人闲扯，拿着吉他唱歌，一路嬉皮笑脸，笑得人仰马翻。野哥对矮胖子说，你吹个箫吧。

胖子也不说话，拿只皮口袋，从里头拔出支黑箫。

有人"扑"地把烛火吹熄，黑着灯，只有远远一点微光，荒村野街，远处有女子鞋跟在青石板上走的声音。他起声非常低，曲调简单，几乎就只是口唇的气息，也像是远处大风的喘息。

我一开始无感无触，只是拿围巾按着脸听着。

就这一点曲调，循环往复，有时候要爆发出来，又狠狠地压住了，有时候急起来，在快要破的时候又沉下去，沉很久，都听不见了，又从远远的一声闷住的呜咽再起。这箫声里不是谁的命运，是千百年来的孤愤，千百年来的无奈。

座下小儿女都掉了泪，只有野哥躲去一边角落，半坐在地上，完全隐在黑暗里。

他吹到后半段，愤怒没有了，一腔的话已经说完，但又不能就此不说，忽然停住，他唱："……月夜穿过回忆，想起我的爱人，生者我流浪中老去，死者你永远年轻……"

当夜我喝过几杯，围巾都湿透了。

9

四五天后，我们三人离开大理，纷纷的雨，野哥把行李放在破富康上，一直送上了大巴。他下了车没走，不站在路边，也不招呼说话，就坐那辆锈迹斑斑的富康车前座上，车门开着，一只脚踩在地上，抽烟。

我们车经过，他扬眼微笑，摆了下手。大巴开出去好远了，人和车还坐在那里。走前他说过一句"你们一走，我今晚就是五保户了"。

事后几年，见面只是偶尔，但我看他的微博，常常凌晨两三点还在，敌人也都消失的深夜，无法以酒引睡时，他有时喃喃自语"中宵酒醒，常觉无路可走。坎难人生，此时应该言说，否则，将在这巨大的黑暗里窒息"。

他的一生，多为激情支配的选择，最痛苦的是内心与外物不调和。不过，如顾随说，真正的诗人，往往就来自与世界的矛盾，苦中用力最大，出来的也才是真正的力，"风与水搏，海水壁立，如银墙然。"

是矛盾，是力，也是趣。

人到壮年，再想改变自己性情已不可能，也无必要。情之所钟，正在我辈。只要有笔墨在，还能言说，《诗经》以来"吊民伐罪"的传统，总能在此中存续。

我在微博上只看不说，野夫并不知我存在，在那样的夜里，我每默默注视屏幕，算是对他的一会儿陪伴。

原载《海燕》2012年第8期

四十年的遗忘

余秋雨

被遗忘的转折点

这是我最近想写的两篇文章的第一篇。

今天是 2011 年 10 月 10 日，辛亥革命一百周年，中国历史的转折点。其实，四十年前的这一天，也具有不小的转折意义，可惜被大家遗忘了。任何遗忘，都会致使历史改写。

整整四十年前，1971 年 10 月 10 日上午，周恩来总理陪着埃塞俄比亚皇帝海尔·塞拉西来到上海。这位年迈的皇帝很有名，第二次世界大战期间坚决抗击入侵的意大利法西斯军队，气得希特勒曾立誓要割下他头颅上茂密的胡子做一个鞋刷子，用来天天擦拭自己的长统战靴。

在希特勒和他的长统战靴灰飞烟灭二十六年之后，这位皇帝到中国来了，胡子依然茂密。他来的目的之一，是想见一见中国的末代皇帝溥仪。想想也对，当今世界上皇帝剩下不多，彼此都会有一份挂念。塞拉西皇帝得知溥仪已在四年前因病去世，笑着点点头，在北京拜会了毛泽东，便接受周恩来的安排，到上海来参观。

周恩来一路上心事重重。其实他只比塞拉西皇帝小六岁，也是一位七十三岁的老人了。这些天，中国正面临着一次历史大转折，而他正承担着这次转折的成败，因此显得那么疲惫和消瘦。

就在二十几天前，发生了"九·一三事件"，中国的第二号人物林彪自行飞出国境并失事。这件事情的真相还可以继续研究，但无可争辩的事实是，后来被简称为"文革"的"无产阶级文化大革命"就此宣告彻底失败。这是因为，"文革"虽然是一场民粹主义大劫难，却有一个政治起点：由林彪替代刘少奇成为毛泽东的接班人。现在，这个政治支柱已经断裂。而且，从当时快速发现的一些材料看，林彪本人也反对"文革"。那就更成了一种彻底的反讽。以后几年，"文革派"还会用各种方法掩盖失败的事实，但毕竟无济于事了。因此，远在美国的作家张爱玲在"九·一三事件"后立即写出了一篇文章，题为《文革的终结》。

此刻，周恩来成了第二号人物，前面五年的民粹主义大劫难留下了一个庞大无比的"烂摊子"，必须由他来领头收拾。这已经够麻烦的，而更麻烦的是，他深知毛泽东不允许有人否定"文革"。因此，面对"烂摊子"却不能说是"烂摊子"，要收拾也只能轻手轻脚，这实在是难上加难了。据当时的一位副总理纪登奎回忆，周恩来在紧急处理"九·一三事件"之后，曾撇开众人，一个人在人民大会堂一个房间的窗口，号啕大哭一场。

但是，这位政治老人感觉到，极度的危难和极度的机会，神奇地凑在一起了。就在三个月前，他秘密会见了基辛格并发表了震动世界的新闻公报，美国总统即将来访，中美关系即将正常；就在这几天，中国就要重返联合国。总之，1971年10月，中国生死攸关。

这些天，周恩来对外宾讲得最多的一句话是"门要开了"。但他明白一个最简单的道理：要想走出封闭，必先走出灾难，哪怕是第一步。

那天到上海已经是中午，晚上有一个欢迎塞拉西的宴会。第二天有两档安排，一是到上海大厦顶楼俯瞰城市全景，二是观看文艺演出，周恩来都要陪同，第三天一早就要离开。因此，周恩来决定，就在第一天下午，召开一个干部会议。

当时上海的干部中有很多是"文革派"，已经从"九·一三事件"和中美交往中敏感地意识到历史的转向，因此来开会时都惶恐不安。没想到周恩来只是平静地布置了一项"业务"工作，他说："重返联合国之后，世界上的大多数国家都会与我国建交，我国的外交空间将会出现一个前所未有的大局面。因此，各大学必须立即复课，以最快速度培养大量年轻的外语人才和国际问题研究人才，全面翻译和掌握世界各国的历史、文化、社会、宗教、风俗资料。"

这话现在听起来很正常，但在当时却有很大的突破性。毛泽东在"文革"中只说过"理工科大学还要办"，故意不提文科，表现出明显的取舍。在毛泽东看来，文科的主要课堂是"上山下乡"。就在半年前，张春桥、姚文元等人炮制的所谓《全国教育工作会议纪要》彻底否定了"文革"前的教育。现在，周恩来以无可辩驳的外交需要，对否定提出了否定。他所说的"各国的历史、文化、宗教、风俗"，都属于文科范畴。

后来的事实证明，这是周恩来收拾"烂摊子"的一个极佳突破口，足以"牵一发而动全身"。你看：既然要全面复课，那么，所有的教师就必须从农村返回学校；既然教师能返回，那么，其他知识分子也能返回；既然资本主义国家的历史、文化、宗教、语言能够成为正面教材，那么，那些"文革派"的批判专家怎么还忙得过来？

　　紧接着，周恩来又根据科学家杨振宁的建议，嘱咐北京大学副校长周培源清理教育科研中的"极左思潮"，提出要"拔除障碍，拔掉钉子"。在文科领域，他亲自任命顾颉刚教授主持标点《二十四史》，又任命谭其骧教授主持编著《中国历史地图集》。这样级别的教授前些年都被造反派批判成"反动学术权威"，现在重新出来担任领导，便成了一种全国性的政策示范。于是，仅仅在上海，迄今被认为具有很高学术水准的《英汉大辞典》（陆谷孙主编）、《汉语大辞典》（罗竹风主编）等等大规模的文化工程也逐一展开，每项工程都集中了大量的知识分子。

　　周恩来病重后，邓小平主持中央日常工作，大力整顿，使教育、文化的重建工程有了更大进展。

　　这一个趋势，使很多"文革派"认清了是非，转变了立场，参与了重建，但也有少数极端分子暗暗在心里认为这是"右倾翻案"。

　　在1971年10月10日下午的干部会上，有人问周恩来："全面复课，中文系的教材怎么办？"这个问题的针对性在于，按照当时的主流思潮，中文系的教材只能用毛泽东诗文和"革命样板戏"剧本。但周恩来回答道："中文系教材，可以先用鲁迅作品，再慢慢扩大。今年是鲁迅诞辰九十周年，逝世三十五周年，都是大日子。鲁迅的晚年是在上海度过的，上海的高校应该带头研究鲁迅，为他写传记。"

　　后来的事实证明，这也是周恩来为中文系教育寻找的一个很好突破口。因为：第一，鲁迅是真正的文学家，他的作品永远有资格进入任何时代、任何地方的中文课程；第二，借由鲁迅，可以进入小说、散文、诗歌、杂文，也可以进入现代文学、古典文学、外国文学；第三，毛泽东也肯定过鲁迅，这使那些极端主义批判者较难找到攻击的理由。

　　1971年10月10日周恩来在上海干部会上的讲话，我是1981年读到两个与会者的回忆材料才知道详情的。在这之前，只是约略听说。

　　知道这个转折点很重要，因为这使我明白了，自1972年初到1975年底全国各高校出现的复课、编教材、办学报等等热潮是由谁启动的，而1976年掀起的所谓"批邓、反击右倾翻案风"又是针对着什么。

　　由此我也更进一步明白了，为什么在灾难刚刚过去的1977年，全国急迫地恢复高考的时候，各大学都已经奇迹般地具备了初步的师资和教材，能够迎接那么多新生顺利地开课。尽管，那时候周恩来已经在一年半前去世，看不到了。

被遗忘的历史阶段

根据上面说的这个转折点，我把全国多数高校在"文革"十年中的经历大致划分为四个阶段——

第一阶段：1966年~1968年，造反武斗；

第二阶段：1968年~1971年，下乡劳动；

第三阶段：1971年~1975年，文化重建；

第四阶段，1976年1月~9月，批邓反右。

在这四个阶段中，前两个阶段五年，后两个阶段也是五年，1971年正好是中点。中点前是高潮，中点后是退潮，最后加一个小小的回潮，形成了一个"正反回旋结构"。以正常的眼光来看，这四个阶段中，唯一具备正面文明价值的，是周恩来主导的第三阶段。而且，这一阶段成果卓著。

但是，这一阶段常常被笼统地归入"文革十年"而一起否定，实在是历史的盲区。我曾多次遇到海外友人的质问："你们都说'文革'毁灭了中国传统文化，为什么我们现在到中国旅游，一些最重要的文物古迹都是那个时期发掘和保护的？"

我总是回答："那是在1971年之后。"

哪些文物古迹？随手一举就有：马王堆（1972年发掘）、河姆渡（1973年发掘）、兵马俑（1974年发掘）、章怀太子墓（1971年发掘）、库伦壁画墓（1972年发掘）、居延汉简（1972年发掘）、宋代海船（1973年发掘）、中山王墓（1974年发掘）、妇好墓（1976年发掘）……几乎都是几个世纪来第一流的考古成就。

即便在发达国家，要取得这么多成就，仅靠考古团队是远远不够的，必须汇聚各领域大量文化精英通力合作才行。那五年，在文化重建的大潮中，中国做到了。如果把这一切全都划入"文革十年"的泥潭，是不是有点奇怪？

为什么周恩来开启的文化重建工程一直被蒙蔽于某种阴影之下？这与1976年"四人帮"下台后一段怪异历史有关。

本来那应该是一个拨乱反正的关键时机，但当时的最高领导人华国锋推行了一种被称作"两个凡是"的方针："凡是毛主席作出的决策，我们都坚决拥护；凡是毛主席的指示，我们都始终不渝地遵循。"这一来，"文革"中的造反夺权、废学停课、上山下乡、批邓反右等等全都不能否定了，连"文革"本身也要"坚决维护"。相比之下，反倒是周恩来主导的第三阶段，不管是复课、编写教材，还是发掘、保护文物，毛泽东没有作过什么指示，与

"文革"格格不入，因此不在"两个凡是"方针的保护范围之内，可以任意否定。

"两个凡是"方针实行了两年，从1976年底到1978年底，形成了一个怪诞的政策："四人帮"是不好的，但"文革"是伟大的，"四人帮"的主要问题是"破坏文革"。这个方针使得刚刚成为惊弓之鸟的"文革派"再度抬起头来，重新揭发人们对领袖的不敬，对"文革"的不恭，以及复课、编教材中的"大量问题"。按照当时政治运动的惯例，这些揭发者也就成了"清查者"。那两年，上海做得最过分，居然还在"清查"中枪毙了华东师范大学一位反对"文革"的人士王辛酉，以示杀一儆百。

直到1978年12月北京召开的十一届三中全会彻底否定"文革"，中央撤除并调离了上海市委书记和分管教育文化的官员，那些"清查"者立即作鸟兽散，不知躲藏到哪里了。

我成了另一个人

周恩来1971年10月启动的教育文化重建工程，实实在在地影响了我的人生。

"文革"中的经历，在《我等不到了》一书中已有详细叙述。这儿需要补充的是，我在1975年之前与"造反派"的长期对抗，虽然在"文革"结束后成了全院教师推举我担任院长的主要原因，但我在当时并无政治判断，只是一种绝望的表现。既然爸爸被造反派关押，叔叔被造反派害死，全家衣食无着，我就必须不计后果地进行抗争。在农场劳动时带头以身体堵住洪灾决口，至少有一半是绝望中的自沉，后被农民救起时我已完全冻僵。当时对自己的生命价值，已经看得很轻。

但是，"九·一三事件"后从农场劳役中返城，很快感受到气氛的变化，几乎所有的学校都在复课、编教材。后来学院分配我参加周恩来总理布置的上海各高校鲁迅传编写小组，我在复旦大学看到各专业的教师们都伤痕累累地投入了文化重建，第一次产生了"文化不灭，中华不死"的悲壮感。

在复旦大学，我也发现了周恩来到上海来推动文化重建的原因。当时上海也很"左"，但复旦大学的造反等级，比之于北京大学、清华大学，毕竟低得多了。我们教材编写组里的六位复旦同事，只防范着中文系里一位与造反派关系密切的教师好像叫吴忠桀，没有第二位，可见造反势力不大。现在想来，连这位吴某某也未必算得上真正的造反派吧？

"文化不灭，中华不死"的悲壮感使我变得异常勇敢，甚至至今回想反倒有几分后怕。例如，《我等不到了》一书有记，我离开复旦大学后居然一个人赤手空拳，在当时中国第三号人物王洪文的喽啰们扬言要"砸烂"、"血洗"的一家文学杂志前，与他们对峙了整整三个月。尽管这家杂志水准很低，与我毫无关系，它的负责人陈冀德也早已逃走。后来不知何因，危机解除，我立即离开那里，再也没有回去。

又如，"文革"中视若政治图腾的那几台由江青等人打造的"革命样板戏"，造成了血腥文化霸权，因此，各地都在狂热"移植"。本应成为"移植"中心的上海戏剧学院，在1971年复课后整整五年居然没有一个专业把它们引入课堂，这里就隐藏着无数惊险的较量。后来我在灾难之后担任院长时，曾一再借此事向学生们论述，何为"文化气节"，何为"专业自尊"。

周恩来暗示鲁迅比"样板戏"更有资格进入教材，这是我勇敢的理由之一。但我后来又一再默默向他道歉，我在复旦大学读了大量相关作品后，觉得鲁迅的小说分量太少，而中国现代文学史上的其他作品整体质量不高，不值得我花太多时间，便早早地离开了那个教材编写组，独自转而研究中国古典文化和世界文化去了。

由于周恩来启动的文化重建工程对我那么重要，因此得知他去世的消息后我壮着胆子对抗"四人帮"的禁令，与赵纪锁先生一起，组织了全上海唯一的追悼会。我在悼词中引用了自己刚刚写出的两句诗："千钧一发谢周公，救得文化百代功。"现在看来说得太夸张了，但当时却是真心话。追悼会后，我为了逃避追查，也为了拒绝当时人人必须表态参加的"批邓、反击右倾翻案风"运动，一个人隐潜到浙江山区，直到"四人帮"下台。——做上面这些事情的最不容易之处，是我的父亲仍然被囚禁着，全家生计极端艰难，而我的每一步，都有可能遭来灭顶之灾。很多时候，我是边擦眼泪边挺身的。

灾难，既毁灭生命又造就生命。当灾难终于过去，我已经完全成了另一个人。

每隔十年一大变

在周恩来重启文化重建工程的十年之后，伟大的八十年代开始展现它的伟大。那个年代还来不及创建什么成果，它的伟大体现在精神方面。浩劫的血泪还记忆犹新，人性、兽性、君子、小人的界限成为整个社会最敏感的共同防线。中国，第一次使诽谤者失去了市场，整个气氛一片高爽。这正好对应了一位西方学者的论断："什么是伟大时代？那就是谁也不把小人放在眼里的时代。"

我在这十年中，因几度民意测验的推举，从一个毫无官职的教师破格提升为全国最年轻的高校校长，又因为出版了几部影响较大的学术著作，被选为上海市中文学科兼艺术学科的教授评审组组长。我评审教授的标准很严，而且特别防范"文革"中那些"特殊人物"投机入围。有很多次，所有的评委看到几个申报者的名字，一言不发，投票结果是零。我立即抽笔在每份申报表上写下大大的"未通过"三字，并签上自己的名。这三个字，包含着无数浩劫受难者的齐声呼喊，因此我写得很重，写得正气凛然。

在周恩来重启文化重建的二十年之后，我在上上下下的惊愕中彻底辞去了所有的职位，谢绝了提升为省部级高官的机会，独自跋涉荒原考察中国文化遗址。后来，又冒着生命危险在国外贴地穿越数万公里，寻找人类所有重大的古文明遗址，被国外媒体称为"当代世界最勇敢的人文教授"。追根溯源，这份勇敢，仍然来自于当年"文化不灭，中华不死"的悲壮感。

在周恩来重启文化重建的三十年之后，悲壮开始转向嬉闹和荒诞。最主要的原因，是三十年的漫长时间产生了全民遗忘，而大量亲历者均已逐一离世。于是，一些躲藏了很多年的"特殊人物"试探着重出江湖，而江湖上，又重新出现了"一谣既出，万口起哄""一拳既出，立即走红"的民粹主义瘟疫。而且由于传媒的操弄，掀起了远超"文革"大字报的全国性痴狂。

那些"文革"中的"特殊人物"为了"答谢"我主持的教授评审对他们的否决，在侦知我绝无可能再返仕途之后，先唆使一个在"文革"中还只是婴儿的青年学生向我投污，很快他们自己就出来了。唯一能找到的"把柄"，是我参加过周恩来布置的教材编写，他们便把这种教材编写说成是"文革写作"，大加鞭挞。这正好挑起了不少文人心底压抑已久的整人欲望，据杨长勋教授统计，这类文章全国至少发表了一千八百多篇，直到今天还是延续。这比当年我对抗王洪文的喽啰，江青的样板戏，张春桥、姚文元的禁令，更为壮观了。

我本以为，一个中国文人平生能做的最大胆的事情，已经被我做完。没想到，天道垂顾，又让我霜鬓之年再度临阵。他们估计，我一定会在全国那么多传媒的诽谤声中活活气死；而我则一直在以自己的身子保护着有可能被误伤的人群，同时还以"不反击"来保护进攻者本人，其实是为了保护已经很脆弱的基本文化生态。

但是最近，英国爆发了《世界新闻报》事件，许多"传媒达人"纷纷入狱，我突然为阵前的人群担心起来。他们十余年来对我所做的事，一点儿也不比《世界新闻报》差，但我却不忍心看到他们哪一天被刑事警察一个个带走的情景。因此我不能老是享受着睥睨万夫的壮士情怀，而应该远远地投掷一些提醒的文字过去。

　　特别要投掷给两位南方报人：一位是广州《南方周末》的社长，不知大名；另一位是香港《苹果日报》的社长董桥，我原来的文友。因为有他在，我把提醒改为请教。稍待时日，我会写出后面一篇文章：《请教两位社长》。今天不写了，因为这个日子有点珍贵。

原载《美文》2012年第1期

寒夜生花

迟子建

今冬大兴安岭奇寒，春节前后，气温都在零下三十七八摄氏度之间徘徊。世界看似冻僵了，但白雪茫茫的山林中，依然有飞鸟的踪迹；冰封的河流下，鱼儿也在静静地潜游。北风呼啸的街头，人们也依然忙着年。

有生命的不止这些，还有花儿。

是霜花！

每天早晨，我从床上爬起，拉开窗帘，便可望见玻璃窗上的霜花。户外寒风凛冽，室内温度只有十七八度，所以今冬我见的霜花，不像往年只蔓延在窗子底部，而是满窗盛开！

霜花姿态万千，真是要看什么有什么。挺直的冷杉，摇曳的白桦，风情万种的柳树，初绽的水仙，半开的芍药，怒放的菊花，你在霜花的世界中，都能寻到。当然，除了常见的树木和花朵，霜花也隐现动物的形影，比如呼呼大睡的肥猪，飞翔的仙鹤，低头喝水的鹿，奔跑的狗，游走的蛇等。你要问霜花中有没有人？答案是肯定的。亭亭玉立的少女，蹒跚学步的儿童，弯腰弓背的老人，霜花也不吝惜它的笔，勾勒他们的形影，并为之配上人间的烟火气——房屋、水井、田地、牛车、犁铧、米缸、灶台、饭桌、碗筷甚至肥皂。仅有这些还不够，没有光，世界是彻头彻尾僵死的，于是霜花中就有了日月星辰，有了来自天庭的照耀！

不要以为霜花总是烟花般灿烂，它也有孤独的脚印；它也不总是祥云缭绕，那里也有离人的眼泪！

在这里，一年中最寒冷的时刻，也是最黑暗的时刻。太阳三点多就落山了，好像它答应了要去照耀另一个更黑暗的世界，而把人间过早地推入暮色之中。白昼中被阳光鞭挞的寒流，在太阳消失后，竟做起了浪漫的事情。它们中的一部分，潜入千家万户的窗缝，在人们熟睡时，用月光星光做笔，蘸着清芬的霜花，在明净的玻璃窗上，点染出一幅幅图画。

有千万扇窗户，就有千万个霜花的世界，因为霜花的世界没有相同的。今天你看到的芭蕉树形态的霜花，明天演变为一片葳蕤的野花了；今天你看到的少女，明天就可能变成老妪；今天你看到的光秃秃的树，明天挂上了几

97

盏灯笼。还有那饭桌和房屋，可能一夜之间会缺了桌脚，或是两层的房屋变成了三层四层，让你慨叹它们造房的神速。

太阳走得早，并没有想着第二天要早来。它晚来也好，霜花会存留长久些。七点多钟，晨曦初现，霜花被映照成柠檬色，远看像张金箔纸；等八点多太阳完全冒出头来，霜花就是橘红的了，如果此时恰好有酒杯形态的霜花闪烁其中，我就是喝到浓郁的葡萄酒了；而等太阳升得高了，阳光照耀着雪地，天地间跃动着白炽的光芒，霜花就回到本色，一片银白，玻璃窗就成了银库了！不过，太阳每前进一步，霜雪图就损毁一些：花瓣凋零了，树木枯萎了，河流干涸了，房屋坍塌了，动物少了四蹄或是尾巴，犁铧残破了，玻璃窗像是心疼什么人似的，漫溢着霜花的泪滴。阳光把这样的泪滴照耀得晶莹剔透，美轮美奂。如果说冬天也有露珠的话，该是它们吧。

霜花在正午时消失了，玻璃窗干干净净的了！不要以为它们的故事就此结束了，夕阳尽了，霜花又会在玻璃窗上重谱新篇。于是像我这种爱做梦的人，又有了新的憧憬。

霜花似乎很懂得主人的心思，有的时候，我能从霜花中看到已故亲人用过的东西，比如茶壶、眼镜，比如砚台、笔管。让人怀疑他们夜间悄悄匍匐在窗棂上，听我梦中的呓语。在冷酷的现实世界中失去的，那个世界又温柔地回馈了我，让我直想亲吻那片霜花，让我所爱的，再度与我的呼吸共融。

没有一个早晨，我不是与霜花共度的。我站在它面前看它，它也在静静地看我。能与心灵共通的世界，谁敢说是虚幻的！霜花是彼岸世界送给此岸世界的哈达，你的目光与它交汇时，就是领受了福气。

2012龙年到来的那一刻，我凑近霜花，仔细地闻。有一个熟悉的声音在我身后说，你还能闻出香味来？是啊，霜花不是尘世的花朵，没有凡俗的香味。可它那股逼人的清新之气，涤荡肺腑，这难道不是上天赐予人间最好的香味吗？我把这话说与身后发问的人，回首处，却看不见人影，只有门楣处的红灯笼，在寒夜里一闪一闪的，像是在跟我搭话。

原载《文汇报》2012年3月

一个人的三条河

阎连科

一个人的三条河

生命与时间是人生最为纠结的事情，一如藤和树的缠绕，总是让人难以分出主干和蔓叶的混淆。当然，到了秋天到来之后，树叶飘零，干枯与死亡相继报到，我们便可轻易认出树之枝干、藤之缠绕的遮掩。我就到了这个午过秋黄的年龄，不假思索，便可看到生命从曾经旺茂的枝叶中裸露出的败谢与枯干。甚至以为，悦然让我写点有关作家与死亡、与时间的文字，对我都是一种生命的冷凉。但之所以要写，是因为我对她与写作的敬重。还有一个原因，是朋友田原从日本回来，告诉我了一个平缓而令人震颤的讯息，他说谷川俊太郎先生最近在谈到生命与年岁时说道："生命于我，剩下的时间就是笑着等待死亡的到来。"

富有朝气、卓有才华的诗人兼翻译家田原，年年回来总是给我带些礼物。我以为他这次传递的讯息，是他所有礼物中最为值得我收藏的一件。在日本的亚洲文学，或说世界文学，大江健三郎、谷川俊太郎和村上春树，约是最为醒目的链环。他们三个人中，诗人谷川俊太郎年龄最长，能说出上边的话，一是因为他的年岁；二是因为他的作品；三是他对自己作品生命的自省和自信。由此我就想到，于一个作家而言，关于时间、关于死亡、关于生命，可从三个方面去说：一是他自然的生命时间，二是他作品存世的生命时间，三是他作品中虚设的生命时间。

自然的生命时间，人人都有，无非长短而已。正因为长短不等，有人百岁还可街头漫步，有人早早夭折，如流星闪失。这就让活在中间的绝大多数，看到了上苍对人的生命之无奈的不公，滋生的人类生命本能最大的败腐，莫过于对活着的贪求与渴念，因此膨胀、产生出活着的无边欲望和对死亡莫名的恐慌。我就属于这绝大多数中最为典型的一个。在北京，最怕去八宝山那个方向。回老家最害怕看见瘫坐在村口晒阳的老人和病人。十几年前，我的同学因为脑瘤去世，几乎所有在京的同学，都去八宝山为他送行，唯独我不敢去那儿和他最后见上一面。可是结果，大家去了，在伤感之后，

99

依然照旧地工作和生活，而我却每天感到隐隐地头痛头胀，严重起来如撕如裂，于是怀疑自己也有脑瘤，整整有半年时间，不写作，不上班，专门地托亲求友，去医院，找专家，看脑神经、脑血管和大脑相关的各个部位。单各种CT和核磁共振的片子拍得有一寸厚薄。医院和专家，也都不惜你的钱两，看见小草就说可能会是一株毒树，不断地引领你从感冒的日常遥望癌症的未来，直到最后在北京医院求见了一位八十多岁的脑瘤专家，他在比对中看完各种片子，淡淡地问我："你看病自费还是报销？"我说："全是自费。"他才朝我一笑，说你的头痛头胀，还是颈椎增生所致，回家按颈椎病按摩去吧。

实话说，我常常为死亡所困，不愿去想人的自然生命在现实中以什么方式存在才算有些意义。躲避这个问题，如史铁生一定要把这个问题想清弄明的执著一样。比如写作，起时是为了通过写作进城，能够逃离土地，让自己的日子过得好些。让自己的生命过程和父母的不太一样。后来，通过写作进城之后，又想成名成家，让自己的生命过程和周围的人有所差别。可到了中年之后，又发现这些欲望追求，与死亡比较，都是那么不值一提，如同我们要用一滴水的晶莹与大海的枯干去较真而论。诚实坦言，直到今天，我都无法超越对死亡的恐慌，每每想到死亡二字，心里就有种灰暗的疼痛，会有种大脑供血不足的心慌。就是二三年前，北京作协的老作家林斤澜先生因病谢世，我找不到理由不去八宝山为他送行，回来后还连续三个晚上失眠烦恼，后悔不该去那个到处都是"祭"字、"奠"字和黑花、白花的地方。现在，弄不明白我为什么要继续写作，我就对人说："写作是为了证明我还健康地活着。"我不知道这句话里有多少幽默，多少准确，只是觉得很愿意这样去说。因为我不能说："我写作是为了逃避和抵抗死亡。"那样会觉得太过正经，未免多有秀演。可我把死亡和写作，把一个人的自然生命和文学联系在一起时，我实在找不到令我和他人都感更为贴切、更为准确，又可信实的某种说辞。我常常在某种矛盾和悖论中写作。因为害怕和逃避死亡才要写作，而又在写作中反复地、重复地去书写死亡。《日光流年》我说是为对抗死亡而作，其实也可以说是因恐惧死亡而悠长的叹息。《我与父辈》中有大段对死亡浅白简单的议论，那也其实是自己对死亡恐惧而装腔作势的呐喊。我不知道我什么时间、在什么年岁可以超越对死亡的恐慌，但我熟悉的谷川俊太郎先生，在年近八十岁时说了"生命于我，剩下的时间就是笑着等待死亡的到来！"那样的话，让我感到温暖的震撼。这句对自然生命与未来死亡的感慨之言，我希望它会像一粒萤火或一线烛光，在今后的日子里，照亮我之生命与死亡那最灰暗的地段和角落，让我敢于正视死亡，如正视我家窗前一棵树木的岁月枯荣。

如果把人的自然生命视为一条某一天开始流淌、某一天必然消失的河流，于作家、诗人、画家、艺术家等等相类似的职人而言，从这条河流会派生出另外的一条河流来。那就是你活着时创作出的作品的生命时间。曹雪芹活了大约四十几岁，而《红楼梦》写就约近二百五十年，似乎今天则刚入生命盛期。没有人能让曹雪芹重新活来，腐骨重生，可也没有人有能力让《红楼梦》消失死去，成为废纸灰烬。卡夫卡四十一岁时生命消失，而《城堡》、《变形记》却生命漫延不衰，岁月久长久长。他们在活着时并不知自己的作品会生命久远，宛若托尔斯泰活着时，对自己的写作和作品充满信心一样。一个画家不相信自己的作品可以长命百岁，并不等于他不想自己的作品生命不息。一个作家之所以要继续写作，源源不断，除了生存的需求，从根本去说，他还是相信或者侥幸自己可以写出好的、乃至伟大的作品来。如果不怕招人谩骂，我就坦然我总是存有这样侥幸的莽撞野愿。但我也知道，事情常常是事与愿违，倍力无功，如一个一生长跑的运动员，到死你的脚步都在众人之后。你的冲刺只是证明你的双脚还有力量的存在，证明你在长跑中知道掉队但没有选择放弃和退出。如此而已，至多也就是鲁迅歌颂的"最后一个跑者"罢了。

101

在中国作家中，我不是写作最多的，也不是最少的；不是写得最好的，也不是最差的。我是跻在跑道上没有停脚的一个。跑到最前的，他在年老之后，可以坦然地站在高处，面对夕阳，平静而缓慢地自语："时间于我，剩下的就是微笑着等待死亡的到来。"因为他们在时间中证实并可以看到自己作品漫延旺茂的生命，而我于这些证实和看到的，确是不可能的一个未来。何况现在已经不是一个阅读的时代。何况已经有人断言宣布："小说已经死亡！"在我来说，我不奢望自己的作品有多长的生命力，只希望上一部能给下一部带来写作的力量，让我活着时，感到写作对自然生命可以生增存在的意义。今天，不是文学与读书的时代，更不是诗歌的时代，可谷川俊太郎的诗在日本却可以每部都印一万至三万余册，一部诗选集印刷五十余版，八十多万册，且从他二十岁到七十九岁，六十年来，岁岁畅卖常卖。这样我们对诗人已经不可多说什么，就是聂鲁达和艾青都还活着，对今天日本人痴情于某位诗人的阅读，也只能是默默敬仰。这位诗人太可以以"微笑着等待死亡"的姿态面向未来。而我们一生对写作的付出，可能只能换回当年烂俗的保尔·柯察金的那句名言："当我回首往事的时候，我不为虚度年华而后悔"。如此虚肿的豪言，也是写作的一种无奈。作品的存世，只能说明我们活着时活着的方式。希望自己写出传世之作，实在是一种虚胖的努力，如希望用空气的砖瓦，去砌盖未来的楼厦。但尽管明白如此，我还是要让自己像堂吉诃德一样战斗下去，写作下去，以此证明我自然生命存在的某种方式。"决然不求写出传世之作。一切的努力，只希望给下一部的写作不带来气馁的伤害。"这是我今天对写作、对自己作品生命的唯一条约。

努力做一个没有退场的跑者，这是我在没有战胜死亡恐惧之前的一个卑微的写作希望。

有一次，博尔赫斯在美国讲学，学生向他提问说："我觉得哈姆雷特是不真实的，不可思议的。"博尔赫斯对那学生道："哈姆雷特比你、我的存在都真实。有一天我们都不存在了，哈姆雷特一定还活着。"这件事情说的是人物的真实和生命，也说的是作品的永久性。但从另一个侧面说，探讨的是作品和作品中的内部时间。作家从他的自然生命之河中派生出作品的生命河流。而从作品的生命河流中，又派生出作品内部的时间的生命。作品无法逃离开时间而存在。故事其实就是时间更为繁复的结构。换言之，时间也就是小说中故事的命脉。故事无法脱离开时间而在文字中存在。时间在文字中以故事的方式呈现是小说的特权之一。二十世纪后，批评家为了自己的立论和言说，把时间在小说中变得干枯、具体，如同呈现在读者面前的一具又一具的木乃伊。似乎时间的存在，是为了写作的技术而诞生；似乎一部伟大的作品，从写作之初，首先要考虑的是时间存在的形式，它是单线还是多线，是曲线还是直线，是被剪断后的重新连接，还是自然藤状的表现。总是，时间被搁置在了技术的晒台上，与故事、人物、事件和细节可以剥离开来，独立的摆放或挂展。时间欲要清晰而变得更加模糊，让读者无法在阅读中体会和把握。而我愿意努力的，是与之相反的愿望和尝试，就是让时间恢复到写作与生命的本源，在作品中时间成为小说的躯体，有血有肉，和小说的故事无法分割。我相信理顺了小说中的时间，能让小说变得更为清晰。在理顺之后，又把时间重新切断整合，会让批评家兴趣盎然。可我还是希望小说中的时间是模糊的，能够呼吸的，富于生命的，能够感受而无法单单地抽出评说晾晒。我把时间看作是小说的结构。之所以某种写作的结构、形式千变万化，是因为时间支配了结构，而结构丰富和奠定了故事，从而让时间从小说内部获得了一种生命，如《哈姆雷特》那样。人的命运，其实是时间的跌宕和扭曲，并不是偶然和突发事件的变异。我们不能在小说中的人生和命运里忽视时间的意义。时间从根本上在左右着小说，只有那些胆大粗疏的写作者，才不顾及时间在小说中的存在。理顺时间在小说中的呈现，其实就是要在乱麻中抽出头绪来。有了头绪，乱麻会成为有意义的生命之物。没有头绪，乱麻只能是乱麻和垃圾堆边的一团。我的写作，并不是如大家想的那样，要从内容开始，"写什么"是起笔之源。而恰恰相反，"怎么写"是我最大的困扰，是我的起笔之始。而在"怎么写"中，结构是难中之难。在这难中之难里，时间的重新条理，可谓是结构的开端。所以，我说"时间就是结构，是小说的生命"。我用小说中的时间去支撑我的作品。用作品的生命去丰富我自然生命存在的样式和意义。反转过来，在自然生命中写作，在写作中赋予作品存世呼吸的可能，而在这些作品内部虚设的时间中，让时间成为故事的生命。这就是一个作家关于时间与死亡的三条河流。生命的自然时间派生出作品的存世时间。作品中的虚设时间获得生命后反作用于作品的生命，而作品的生命，最后才可能让一个作家在年迈之后，面对夕阳，站立高处，可以喃喃自语道：

"时间于我，剩下的就是微笑着等待死亡的到来。"

一棵野桃树

我家楼下是一片花圃草地。

冬青、草坪、地柏和木槿，都是依着规划图案生长的。规矩如法律样，规范着它们的物形和容貌，超出了范围就会有刀锯和枝剪伸过来。美是为美，齐整如植物之砖砌毕的墙壁和堡垒，而那冬青图案间恰妙的木槿，依时花开、依时落谢，似有天然自由，却也终有一种被他物围困的束缚。

就在这花圃和人行道的夹缝间，神年鬼月又生出了一棵桃树来。这功绩应归为一只鸟雀对一粒桃的喜爱，还是应该归为某个成人或孩子对一粒桃核的抛弃与有意，都不是一桩值得究竟的事。重要的是，这桃树由苗长大了，二年三年就腕粗一人高低了，且它结的毛桃最为硕大也不过杏儿般，吃起来酸涩难咽，如一剂苦药被含在了健康者的嘴里边。树枝也无规无矩，想左生就左生，想右生就右生，横七竖八，常常无端地扯拉人行道上的人。每年三月，桃花开放，一枝又一枝的红艳也可算为美，那时上班、下班的人流，都会多看它一眼，称道两三句，而在桃花谢了之后，它就没有那么招人养目了。乱枝俗叶，没有拘束，果实又酸涩粒小，谁还能找出它别的意义呢？尤其在冬寒，叶尽枝枯时，它的手臂带着尘土伸在路边上拉拉扯扯，让人厌烦冷意，就有人把它伸在道边的枝条全都折断扔在草地里，让桃树偏瘫一样，斜斜欲倒地站在路边上。

狗也朝它身上尿。小区里几十只的宠物狗，为了争夺气味的地盘，都把这棵桃树当作了自己抢占地界的路标，经过时不在它身下尿一泡，就如失却了责任的巡逻兵。

到来年，万物苏醒、草木皆绿时，那棵桃树因为狗尿的烧烫枯静沉默了。到来的死亡，写照着它为挣脱拘束的付出。在新一年春夏秋的季节里，它一直延续着冬天的枯干，直到下一年春节到来时，那些要用通电闪亮的塑料梅树装点节日的人们，也就干脆把它砍倒挖出，扔在了垃圾箱边上。来日清理垃圾的工人，要折断它所有枝丫往环卫车上装着时，还为它的枝枝蔓蔓、无拘无束骂了大半天。

楼道烦华

发现楼道是向着实在繁华进取时，我有些惊异我的发现和暗窃窃的笑。楼共六层，我家住五层。十年来的进进出出，把我从准青年拖到了正中年。人在眨眼间钙化老去时，原来那幢风光向好、南北通透、人见人爱的家属楼，也显出衰相陈旧了。起初，家家门前整洁齐毕的过道，不知从何时多都成了人们的杂物间。起初，楼梯上日日的帚过水洗、亮如容镜，现在，几乎每层、每天都有烟头和宠物的尿水了。岁月酷烈，楼道美貌的失去，一如少女在岁月中的高速衰败。三、四、五楼楼梯拐弯处的空当儿，永远都堆着各户归己码放的礼品盒，纸的、木的、金属铁皮的。有的是水果的包装，有的是电器的外箱，还有的是制作精美豪华的箱盒与架木。这儿堆不下时，人们就堆到自家门前边。无论谁人，从这楼道走过去，就像走过整洁美貌的垃圾场，虽然拥堵，却也是有意无意的一种摆设和装饰。因为，那些师、局家的门前，堆的多是茅台酒箱和冬虫夏草的纸箱子，而二楼那处长家的门前，常是一些茶叶盒与烟箱子；那户出版社编辑的门前边，又常是一些旧报和杂志。这门前的摆放，其实也正是各户人家私密外泄的窗口和展览。

还有一户年轻人，原是住着父房在这成婚的。他家门前的变化，与时俱进，是一段妙绝实在的社会发展史。那小伙是国企的一般职员时，他家门前锃光发亮、洁净如洗，宛若他新妻纯净的脸。后来他做国企的股长了，那门前常会有些装大葱和铁棍山药的纸盒子。再后来，他当科长了，那门前就常堆一些新加坡和中国台湾水果的纸箱子。又后来，他做了国企的技术副处长，那门前就和别家一样堆满了五粮液的纸箱和荣装过虫草、鹿茸以及一些别的高档礼品盒。

还发现，楼下一家局长退休了，门前原来的繁华箱盒变得冷清而寂寥，有几次那局长上楼梯时就顺手把别家门前堆的茅台的箱盒提到自家门前堆在空地上，像摘来了许多钻石镶在了自家门前般。总之说，楼道里早就不再新容整洁、山清水秀了。然而，虽年年月月都堆放着各种纸箱废物，却也是这楼道发展向上，欣欣向荣的写照和篇章。至于大家出门进门、上楼下楼那拥堵落脚的不便，也是发展中必须付出的代价和牺牲。

我家门前总是没什么摆，其冷清空落一如洁净的不毛之地。因此，对面的书记家就不断因地制宜，把从他家腾空的礼品箱盒堆到我家门前边。妻子为此苦恼抱怨，常骂这楼道住户的公共素质差，又期盼也可以从我家每隔几天就清理出一批礼箱礼盒把他们占据的楼道失地收回来。只可惜，她的这种愿望如渴望自己中年的年龄回到青年样。期望一个小说家的门前物华丰满，正如期望堆满鹅卵石的空谷长出灵芝来。

这个楼道并不会如书桌、书架样属于我，但它是楼下收破烂那老人福祉的奶与蜜。

从这楼道里搬走成了我妻子、儿子的愿望和想念，虽然一时无法实现，每日挂在嘴上的心愿却是轻易和有些美意的。被他们说得多了，烦了躁乱了，有一天我果敢采取了行动和举措，在各户人家都上班安静时，我把收破烂的叫进来，把楼道所有的纸盒、纸箱、报纸和废物全都清理卖掉去，而后把各家卖废物的钱都分开装在各个信封里，塞进各家的门缝中，把那个空亮洁净的楼道重又还给了楼道、脚步和居者的眼。我每三天、五天这样做一次。每次这样做完，都像把自己写的文章又修改誊抄了一遍样，直到今年春节，我过年从老家回来，把堆满楼道的箱盒又全部清理卖掉，把那每户十几、几十元的物钱分别塞到各家门里后，不久我家门缝也忽然有了两张字条塞进来。一张字条上写着："老阎，你是最好、最好的党员啊！"另一张上写着："阎先生，看你写小说也是一个可怜的人，以后把我家卖废物的钱就当作你的稿费吧！"

这一天，我决定以后不再这样去做勤洁了。同时间，也期望可以早日搬离这幢、这洞楼道了。

春 黄

它已经很老了，十岁之久，有着丰富的世事经验和感知万物与生灵的能力。因为命运的安排，它每天都弓在一个椭圆的土陶花盒中，孤寂在我家阳台的一个台阶角，一如一个生命在孤岛上的生存与守候，等待着从窗玻璃上过来的阳光和我爱人打开窗时吹进来的风。水是浇得准时的，总是大约每周或十天，会去大大方方浇一次，让它喝个够。所谓的肥料之滋补，也是半年八个月，才会因为忽然的勤快，去把没有喝完的啤酒倒进去半瓶、大半瓶。有时候，我们赐它于淘米水的慷慨，它也总会有恩必报，以大度感谢的生长，回报我们以碧绿的旺黑。寂寞和无言，是它生命的侣伴，只有在每天客厅里的电视机打开的时候，沙发上有客人到来并海阔天空、畅说欲言时，它才可以借此感知客厅和阳台之外的世事和万物的变化与喜忧。

105

深秋时候落叶，春天时候再生，这是大自然赋予它的命定规律。但因为是在室内阳台的大致恒温中，严冬中的暖气也都把十八度以上的温暖平均地分配给我们，自然着，其中也有它一份。于是，应是秋时的枯落，叶就象征性地掉下几片烦累的深黄，而那些带着疲惫的众多的青叶，也都还要在它的枝丫上日日月月地陪伴着我们一家，等待着来年春天的勃发和澎湃。

因了几乎不落叶的绿，中国人就叫它冬青树。

可这株盆景的常绿，却在今年春天的3月11日，正是北京的万物苏醒吐翠、花开预备的时候，突然间出现了几片黄叶。3月10日它还借着初春的风光，显出苏醒后要大干一场的气势，让生命的绿色旺盛到使旁边的花草都相形见绌的尝试，可却在一夜之后，却有三片、五片的黄叶，静静地沉默在它的弓枝和冠顶上。我为此感着些微地诧异，慌忙地把它移到更可通风的西边，让朝阳一出，就可以直直地照射于它。还又在它的土盆中，恩赐了它整整两罐啤酒和两袋鲜奶。因了是春日三月，和风如滋，也还总是在白天延长开窗的时段，使它更可以沐日浴风，以借此挽救它在2011年3月11日之后的黄叶伤痕。

可是，一切的努力，都随于徒劳。

3月12日，它由三五片的黄叶，变成了七片八片。

13日，十片有余。

14日，二十几片。

15日，几乎黄满冠顶，完全如旷野中酷冬时的一棵日常树木，不得不随着时节的法律变化而遵守枯黄的律令。

然而，这毕竟是初春之时，是万物苏醒的蓄势之日。翻遍了植物病疗的书籍，证明它没有虫害的侵蚀。找来了盆景专家，也对它的春黄表示摇头和不解。一切的努力，都只能是我们对流云飘失的无法挽回，仿佛在马路上点着脚尖奔跑的雨滴，终归要在一汪水中无声无息样。无奈之后，也就只能随它而去。中国的民间，有句相当直趣的老话："七十三，八十四，阎王小鬼常来访。"把风、日、水、养全都充足地供给于它，宛若中国百姓让一个将死的人，在最后几日吃饱喝足似的。如此而已，也就罢了。

也就这样，随它而去。而我们一家，除了在那些天用更多时间地打开电视机，听播新闻和总在客厅议论世事与人生之外，直至今天还搁在心头的记忆，就是那些天在无数的垃圾短信中，偶然会有这样的短信："商场里的人说，鸡蛋是绿色的，苏丹红笑了；电视里的人说，社会是稳定的，贪官们笑了；日本人说，钓鱼岛是我们的，大海笑（啸）了！"于是，从来不回垃圾短信的我，那几天总要给这样的垃圾短信的传播者回上几句："如果你们家有了火灾，你家邻居会鼓掌吗？如果你的兄弟父母有了疾病，你是首先去帮他找医生还是首先替他们去买一挂鞭炮和一口棺材呢？"

三朝两日，这本就不多的这样的短信，也就彻底绝了。

时间和日子，就这么过着。半个月、二十天、一个月，阳台上的盆景冬青树，竟又在不自觉中缓了过来。有的黄叶落了，而更多的黄叶，都又变得片片绿旺黑碧，完全如同往年往时样澎湃勃发，茂盛有力，无论远近地看去，都是一幅永不凋谢的冬青的油画。

葡萄与葫芦

租下了一处有院落的房子住。

院落栅栏的大门前，人一进来，门口的松木葡萄架就落落大方地用它的松香朝你迎接过去了——葡萄架上结满了葫芦——这北方特有、但却罕见了的迎客方式，让任何一个客人的到来，都感愕然与惊喜。

四株新栽腕粗的葡萄树，以它的矜持和慵懒，表示着把它从一块肥地苗圃卖到这儿移栽的不满与对抗，也是一种对背井离乡的愁思吧，显示着它可以有绿叶生出，就对起了你们让它移民他地的思绪与情绪，而还想让它在一二年的时间里，就藤萝满棚，挂满成串的葡萄，它是决然不会答应的，不会让你们看轻它生命的薄简与浅贱。

葫芦则不是那样注重自己的身价与对故地那种不可分离的眷恋性。给我水，给我通风和阳光，一周后种子就乖孩子样从睡梦中醒来蹦蹦跳跳了。尽管是把它种在葡萄树的树坑里，可它没有寄人篱下那感觉，一吐出嫩芽和绿叶，就开始反宾为主，在葡萄树坑里，借着葡萄树的身子，把自己一日几寸、一日几寸地朝着高处爬，而且是枝蔓横生，越生越旺、越旺越生，只消一个月，一株葫芦藤会生出十余枝条的藤秧来。一个月后，它就都爬到了葡萄架的顶格网棚上。并不需要你施肥，只要你每三天不要忘记给它浇次水，它就心满意足地把它碧绿含乌的大叶铺在了棚架上。接着五月到来了。六月跟在五月的后边，踩着五月的脚跟儿，两株葫芦从南北双向朝着架子中央抢夺地盘和扩展。风和阳光在半空总是对葫芦的秧叶有着特别的情感和交易。它们对半空的植物们，从来没有小气吝啬过。而葫芦秧也对阳光和风的慷慨还以风生水起、活色生香的疯长和回报。某一天，某一天的深夜里，没有人听到葫芦与月光有什么密议和商谈，但在来日月光未落、而太阳生辉的交错中，你看到葫芦秧在它的顶部开花了。透亮的黄花，喇叭样吹在天空间。不一样的地方，是有的花口向天空，而有的花却身在天空，花的嘴口朝着下。接下去，三朝五日间，有手指似的青皮葫芦从那花处结出来。并且一出来，

107

就有了一端均细，一端鼓粗的葫芦雏形儿。且这些雏形葫芦不是一个一个出生的，而是集中在某几日，一生一批十几个，像小猪崽样一窝七八、十几只。它们出生后，那些金色的葫芦花就该谢落了，先是萎缩在葫芦头儿上，后就干枯在那一片绿叶中，再就借着一阵风雨的吹袭，枯萎着落在地面上，散发着一股令人伤感的霉枯气。为了表示因为自己的到来，而催老、催落了葫芦花青春的歉疚，这时的小葫芦，用整整一个月的沉默和凝结，几乎是拒绝着长大与成熟，让你担心盛夏已经到来，它们在棚架上竖着垂挂着，还都是大拇指的模样儿，这如何还有时间成长为人头似的大葫芦？

担心时季与葫芦的不足。

担心葫芦种子中的陷阱。

担心葫芦迟迟地凝结着不育不长，是对主人只给它水分不予施肥的抵抗与报复。

可终于，在还未及给葫芦补偿一些肥料时，我同西班牙的朋友去了两天承德城。也就两天两夜的分别，回到门口的棚架下，突然到来的目瞪和口呆，让你无论如何不知道在你走后的两天内，葫芦中间发生了怎样的巨变和振聋发聩的动荡与声响。就在这两天的时间里，原来大拇指或小灯泡似的葫芦们，忽忽然然间，叮叮咣咣成熟了，居然个个都长大到了人的头颅样。你无法相信，原来小葫芦的凝止不长，是为了等你离开两天后，突然间要爆炸着长大成熟的。要在你的不在时，回馈你一个目瞪口呆的喜悦和植物生长的巨大巨大的谜。

一片儿，十八个，全都垂在葡萄架下边，垂得那些藤秧都不得不朝半空扯着和挂着。为了弄清葫芦在突然间爆炸生长、而不是日渐长成的秘密，我在一天的半夜两点多钟起床，猫在葡萄（葫芦）棚架下，偷听那葫芦生长的声响，终于就听到了在那月光中，大葫芦和葫芦叶争夺水养的吵闹和最后叶子妥协谦让地把水养暂借给葫芦的应答声；听见葫芦在月光中抖擞着身子要把自己变成人头的得意；还看见水养沿着藤秧从地下向空中输送的细微密集的蔚蓝的渠道，直到月光落去时，这些声响和物形，都在暗淡中变为一团泥浆的沉默和模糊。

到了十月，所有的葫芦都成熟干白了，沉重地悬在半空里，让所有路人的目光，都在它们身上停滞和惊叹。十一月，我把二十几个大葫芦剪摘下来后，摆在客厅，如摆在硕大葫芦的展览厅，等待着周末朋友和客人的到来，由他们对大葫芦溢美的颂赞和挑选，以带回自家里挂在墙上装饰和显摆。当然，我不会忘记把形象最为周正、个头也最为魁梧的两只葫芦提前藏起来，等待它自然风干后，明年开春为了庭院门口的葡萄架而从中取出它们的种子来。然而，在下年春天我准备在葡萄树的树坑里继续下种葫芦时，却发现刚刚初春，别家他户的葡萄树，都还杆枯枝裂着，而我家的葡萄树就早早发芽了。而且那嫩芽的星星点点间，枝干上有一股光滑的水润挂着、沾染着。这一年，我没有再在葡萄的树坑中种葫芦。因为这一年葡萄树如上一年葫芦那样的疯生野长，仅一年时间它就爬满棚架结满葡萄了。所有路过我家门前的人，看着那满架的珍珠大葡萄，都惊奇我家的葡萄树为何可以长得那么快。人家的一般都要三年、四年才可以爬满架子结葡萄，而我家的只需要不到两季的时间就够了。

应堵三招

遍走天下，北京最负盛名的不是天安门、颐和园和八达岭，而是自始至终、迢迢千里的大堵车。在北京，天南海北、国内国外的来往过客，对北京的名胜古刹，可以选择，可以不看，可以耳若旁闻。但堵车，只要你落地北京，就容不得你不参与其中了。人人经历、参与的大堵车，如同人人都疏淡的法律与交规。因为人人皆此，也就有了智人绝妙的应对。

一、面对堵车，在你不得不出门的时候，无论你是自驾、公交或者地铁，路上什么都不需准备，只需带一颗庞大的心脏。望着路上无头无尾的长龙车阵和南来北往肩膀挂着肩膀的人流，想一下你少年时候，因为想看到汽车而从遥僻的乡里，光脚奔向新开通的公路，坐在路边或者坐在高高的树上，等待一辆冒着黑烟的汽车的到来的那份焦急，便能体会到今天看到成千上万的汽车（轿车）卧在北京所有环路、公路和胡同小道中的壮观之美，便可以隐隐地体会出一个小的梦想被无限放大地实现后那种意料之外的惊奇。而这惊奇之中，隐藏的正是无数人美梦的集结。滴水为溪，溪集为流，河归大海。而今北京的大堵，也正是十几亿中国人的百年梦想。这个"海堵"，实现的是中国人的"海梦"。即便你出生都市，从来没有过要走上十里、二十里一睹汽车芳容的经历，那么你的父亲、爷爷和爷爷之父，一定有过这样的经历和梦想。而你所经历的海堵，也正是对祖先梦想实现的回报。想想这些，无论经历怎样的堵车，都会释然，都会从脸上绽放出一丝笑容，都会对堵车怀着一丝一寸的感激。

二、最堵时候：早高峰或者晚高峰——其实，在北京，从早晨到晚上八点之后，都可谓堵之高峰。这个时段倘是你要出门，除了庞大的心脏，你再带些闲品。如报纸、小说、ipad或MP4等。堵车时候，正是你心神气定地看书、听音乐和与男朋女友通过电话聊天谈情的一个上好时段。闹中取静，烦乱中赢得安慰，即便不是大隐于朝，也是中隐于市，实现的正是我们古人的隐息哲学，颇有着庄子出世、老子入世的世界观。从这个角度去说，堵车和应对，是一种哲学关系。而每一个学会应对堵车和拥挤人流的班族行客，又有哪一位不是哲学家和入世出世的哲行者？曾经有人专门在出门前带上老酒、花生和鸡胗类的小菜，专门在最堵车的时候，手握方向盘，边开车，边喝酒，一边去另一个座位上捏着花生、鸡胗入肚。问不怕警察抓你酒后驾车？说他抓的是酒后驾车，而我这是酒中驾车，不在他查问之列。更何况拥堵的时候，警察决不查酒，恨不得所有的汽车都从他面前如酒后样闯灯飞过。这也实在是一种极端，可毕竟也是一种应堵的存在。而存在，又必然会在极端中产生出一种哲学来，如同郑板桥的饮酒诗画，隐存着一种伟大的生存艺术与哲学之思。

三、海堵到极端时候，应对的最好办法，就是坐在家里，看着电视报纸，喝着咖啡浓茶。无论是所有都在等你的饭局，或是你不得不去参加的会议，他们在那边一定是一边聊天，一边不断地电话催促。这个时候，你需要做的，就是多给对方发个短信、通个电话，说你早已经出门上路，可他妈的一出门就碰上了堵车。没有人不相信你的假话，因为没有人相信北京不会堵车。你就这么悠闲着耐心，对方也都是被堵车和等待锻炼出来的强人。直到堵车的高峰松散之后，你掐准时点，选好路线，堵车间需要一个乃至两个小时的行程，这个时候，你只需一刻或者半个钟点，顺畅而匆匆地赶到，在众人面前表现出一种气喘吁吁的歉疚，咒骂几句北京的交通，或再虚构出一场路上交通事故的场景。没有人会怪罪你的迟到。没有人会怀疑你的虚伪。对于因为堵车所造成的一切，人们都会谅解结果的荒诞。荒诞的时代，一切都因为荒诞而合理。饭桌上、会议上，因为你虽然迟到，可却一进门就擦着额头的汗水，脸上焦黄的不安，不得不使人们对你同情，并为你终于战胜拥堵的到来，感到一种钦敬的赞扬。也因此，所有人都对北京的堵车开始着一场新的却是日常的愤懑和思考。

坊间说，人有人道，狗有狗道；车到山前必有路。北京的海塞大堵，千有千智，万有万法，而以上三招，只是沧海一粟，犹如沙漠绿洲中三草两株，汪洋大海中的一二灯塔之岛屿。

原载《美文》2012年第8期

最后的起航

严　平

一　再聚首

周扬和他的战友们再度聚首是七十年代末的事情了。

1977年10月，头上还戴着三顶反动帽子在重庆图书馆抄写卡片的荒煤，明显地感觉到时代变革的来临，他辗转给周扬写了一封信，表示希望文艺界组织起来：

> "尽管在'四人帮'倒台后，才有少数同志和我通讯，过渝时看看我，但都对文艺界现状表示忧虑。领导没有个核心，没有组织，真叫人着急。"
>
> "我真心盼望你和夏衍同志出来工作才好。"
>
> （陈荒煤致周扬信，《文坛拨乱反正实录》220页，徐庆全著，浙江人民出版社，2004年4月）

虽然历史上两次被周扬批判，"文革"入狱更与周扬分不开，在狱中，荒煤也从未想到有生之年还要和周扬并肩战斗。但当解冻的春风吹来时，他还是立刻就意识到文艺界需要一个核心，而这个核心仍非周扬莫属。

写这封信的时候，周扬从监狱出来赋闲在家已有两年。从四川到京看病的沙汀，怀着关切和期待的心情屡次前往周扬住处看望；张光年则利用自己复出的地位为周扬早日在文艺界露面创造条件；而文艺界更多的人士纷纷以写信、探望的形式表达自己对周扬的关注和期望。尽管有"两个凡是"的影响和"文艺黑线专政"论的阴影，但周扬在文艺界的地位似乎仍然故我。

1977年12月30日，《人民文学》编辑部召开以批判"文艺黑线专政"论为主题的"在京文学工作者座谈会"，夏衍、冯乃超、曹靖华等一百多位老文艺工作者应邀出席。周扬首次露面，时任《人民文学》评论组组长的刘锡诚称，这是此次会议中最令人瞩目的事情。他清楚地记得，周扬到达会场时，已经过了预定的时间，大家都静静地坐在那里，等待这位已经有十一个年头未曾露面的老领导的出现，当面容苍老了许多的周扬步入会场时，场上响起了热烈的掌声，周扬的心情显得异常激动，眼睛里闪着兴奋的光芒，刘锡诚说：

> 大概因为这是周扬在多年失去自由后第一次在作家朋友们面前讲话的关系，显得很拘谨，用词很谨慎。他在讲话开始说，他被邀请参加《人民文学》召开的这个座谈会，觉得很幸福，感慨万端，他很虔诚地检讨了自己所犯的错误。当他说这些话的时候，眼泪从他的脸上汹涌地流下来，他无法控制他自己的感情。他这次会上所做的检讨和自责，以及他的讲话的全部内容，得到了到会的许多文艺界人士的赞赏和谅解。
>
> （《在文坛边缘上——编辑手记》57页，刘锡诚著，河南大学出版社，2004年9月）

事后看，周扬当时的讲话虽然开放幅度并不很大，但他的出现不仅让在场的人感到了久别重逢的激动和喜悦，也给各地文艺界的人士发出了一个强烈的信号——那只停泊了十几年的大船虽然百孔千疮却没有被彻底摧毁，它将缓缓地收拾起碎片，调整好风帆，在大风来临的时候起航。

远在重庆的荒煤立刻就注意到了这个新的动向。在夏衍的鼎力相助下，他开始向中央申诉。很快，由邓小平批转中组部。1978年2月25日，平反结论终于下达。一个月后，荒煤在女儿的陪同下踏上了回京的列车。

那是一个早春的时节，在轰隆隆驶向北方的车厢里他怎么都无法入睡。1975年，作为周扬一案的重要成员，他被宣布敌我矛盾按人民内部矛盾处理。罪状仍有三条：一是叛徒；二是写过鼓吹国防文学的文章，对抗鲁迅；三是从三十年代到六十年代一贯推行修正主义文艺路线。定叛徒纯属捏造。后来他才知道，专案组一直为他的叛徒问题大伤脑筋，但江青一口咬定他是叛徒。她在接见专案组人员时说："陈荒煤不能够没有任何材料，没有证据！"专案组工作人员插话说："没有。"她仍然坚持道："怎么没有呢？他叛变了！"三年前，他就是戴着这三顶帽子，被两个从重庆来的人押着上了火车。临上车前专案组交给他一只箱子，那正是1966年夏天他接到通知匆忙赴京时拎着的一只小箱子。在列车洗漱间的镜子里他看见了自己，这是入狱七年来他第一次看到自己的模样，镜子里的人脸色浮肿而灰暗，目光呆痴，头发几乎全都掉光了，隆起的肚子却像是得了血吸虫病……他几乎不能相信自己变成了这个样子——那一年他六十二岁。

现在他回来了，三顶帽子虽然甩掉了"叛徒"一项，还有两顶却仍旧戴在头上，这使他在激动不已的同时也感到了很深的压抑。不过他牢记夏衍的嘱咐，只要不是叛徒其他一切回京再说。重要的是速速回京！从报纸上发表的消息看，文艺界的一些老朋友已经纷纷露面，他是归来较晚的人。想到还有许多老友再也无法回来了，他们永远地消失在漫漫的黑夜中，眼泪就禁不住悄然涌上他的眼眶。

火车在七点多钟停靠站台。走出站口，灯光并不明亮的广场上，张光年、冯牧、李季、刘剑青等人急急地迎上前来，几双手紧紧地握在一起，问候声、笑声响成一团，让荒煤在春寒料峭的夜晚感觉到一阵阵扑面而来的暖意。

从张光年的日记看，那天，这已是他们第二次前往车站迎候了。按照列车抵达的时间，一行人六点二十曾准时赶到车站，火车晚点一小时，于是他们回到离车站较近的光年家匆匆用过晚饭再次前往，终于接到了荒煤。很多年后，荒煤都能清楚地想起那个清冷的夜晚，人群熙攘的北京站广场上，那几张久违了的面孔。多年不见，他们虽然都已明显见老，但久经风霜的脸上，却充满着惊喜和掩饰不住的热情。

面容清癯精神矍铄的张光年先于他人而复出，此时已是《人民文学》主编，并担负着筹备恢复作协、《文艺报》的工作。这位诗人对自己在"文革"中的悲惨经历较少提及："'文革'初期那几年，我们这些由老干部、老教师、老文化人（科学家、文学家、文艺家等等），组成的'黑帮'们，日日夜夜过的是什么日子？身受者不堪回忆。年轻人略有所闻。我此刻不愿提起。但愿给少不更事的'红卫兵'留点脸面，给'革命群众'留点脸面，也给我们自己留点脸面吧。"（《向阳日记》引言，张光年著，上海远东出版社，2004年5月）他最不能忍受的是，那个被江青操纵的中央专案组，年复一年日复一日地对他在十五岁时由地下共青团员转为中共正式党员这段"历史问题"的长期纠缠。他最痛心的是，他的妹妹——一个与周扬从未见过面远在乌鲁木齐的中学教师，却因周扬"黑线"牵连而不堪凌辱自杀身亡；他的衰老怕事的老父亲因两次抄家受惊，脑血栓发作而去世……他自己在经历了残酷的斗争后又经历了七年干校时光，风餐露宿、面朝黄土背朝天，学会了在黑夜里喘息，也在黑夜里思考……

1978年那晚的北京站广场，出现在荒煤面前的冯牧面色消瘦，声音却一如既往的干脆洪亮。青年时代起冯牧就饱受肺病折磨，父亲曾担心他活不到三十岁，他却带病逃离沦陷的北平，不仅经受了枪林弹雨的战争考验，还闯过了病魔把守的一道道险关。"文革"时，他和侯金镜等人因暗地诅咒林彪江青被关押，凶狠的造反派竟挥拳专门击打他失去了功能的左肺……他挺过来了。从干校回城看病的日子里，他曾经用篆刻排遣漫长的时光，倾心之作便是一方寄托了许多寓意的"久病延年"，"病"字既代表肉体上的创痛，也暗指那场席卷祖国大地的政治风暴带给人们心灵上无以复加的深切痛苦。当得知周扬从监狱中放出来的消息时，他和郭小川等人立刻赶去看望。为了不被人发现，用的是假名。那天，周扬看见他们激动的心情难以平复，说起在狱中，为了使鲁艺的同志不受牵连，为了防止络绎不绝的"外调者"发起突然袭击，他曾经一个个地努力回忆鲁艺的每一个人，竟然想起了二百多个人的名字……听到这里，冯牧和同去的人都禁不住流下了眼泪。

在迎接荒煤的人中，李季的笑脸在灯光下显得格外灿烂。几个人中他是最年轻的，也是最易激动、性情最豪爽的一个，"文革"的苦难，干校的磨砺，失去最亲密战友的痛苦，并没有让他消沉，他很快就把自己投入到新的工作中去，他的兴致勃勃和精力充沛让刚刚从重庆回到北京的荒煤一下火车就感受到了。

当年站前广场的一幕在张光年的日记中同样描述得十分清晰。尽管此前他已和荒煤通信多次，对荒煤的近况较为了解，连荒煤此次进京的理由——"给《人民文学》修改文章"也是在他的策划下实行的，他还是在日记中写出了自己的印象：看上去荒煤身体很好，或许是因为兴奋，他觉得荒煤好像还显得年轻了。其实，真正使他高兴的是，他知道自己迎来了一个能够并肩战斗的老战友；北京需要荒煤，他希望既是文化人又有行政能力的荒煤到作协去。事后看，实际上，此时还有一个人比张光年更加急切地等待着荒煤的到达，那就是沙汀。这位三十年代上海左翼时期就和荒煤同甘共苦、并担任了荒煤的党小组长的老哥，正打定了主意要把他弄到文学研究所去，而荒煤还全然不知。

荒煤到京后的第二天一早，就去看望夏衍。次日，去看周扬。他在日记中记下了十几年后与周扬的第一次见面：

> 上午与文殊去周扬同志家，会见全家。灵扬首先建议先调来文
> 研所，周扬则主张兼作协工作。
>
> （荒煤日记，1978年3月12日）

有些让人惊奇的是那天的日记简单平淡，没有劫后重聚的细节描述，更没有荡涤于心的情感流露，那口气倒有点像间隔数日后的一次工作碰头。相比之下，荒煤与夏衍见面的日记虽然同样简洁，但一句"长谈一上午"的背

后却似乎蕴含着许许多多说不完的内容——那天，他是提着两瓶酒去的，尽管他明明知道自己和夏衍都不喝酒，但历尽生死后的相见却有种酒不醉人人自醉的感觉。

我曾经问过荒煤，间隔十几年后的第一次见面，周扬是否谈到他在"文革"中的遭遇？荒煤说只是一带而过。和周扬一见面就是谈工作，这是周扬这个人的特点，无论什么时候见面就是这样，似乎没有什么别的说的，他的心里装满的都是工作……

荒煤的话让我再一次注意到周扬对"文革"个人经历的有意忽略。在这一点上他和夏衍是完全一致的。每当有人问起，他们总是有意无意地把话岔开。很显然，那是一段长达十年的黑暗和空白，无论是周扬还是夏衍都不愿更多地提及——那是他们心中的痛，也是他们所忠诚、深爱的党和领袖的创疤。我们看到的只是，在度过了那些黑暗之后，周扬的一只耳朵聋了，夏衍的腿瘸了……但是，即便如此，他们对党的忠诚依旧没有丝毫改变。周扬在这方面表现得尤为突出，他刚出狱时曾经对儿子周艾若说，感谢毛主席，不然出不来。当儿子反问，是谁把你关起来的？他沉默不语。

周扬似乎不喜欢回忆过去，而更渴望面对未来。就在与荒煤见面后不久，美籍华人赵浩生来访，当问及"文革"受迫害的心情时，他说："一个人不管有怎样的贡献，只要他参加革命，他就预料到在革命进程中会遭受挫折，他要是没有这种精神准备，他就不配谈革命。我在'文化革命'中所受的种种迫害，我经常这样想，比起一些对革命的贡献更大的同志来，我所受的迫害并不是怎么了不得的。这是真话。有些同志对革命贡献很大，他也受了迫害。这样一想，我就很平静。"昨天再沉重也已经走过来了，重要的是如何迎接明天，如何使文艺界这支伤痕累累的队伍重新集结出发，周扬习惯地把这个重担放到了自己的肩上。

1978年9月，以周扬为首，苏灵扬、露菲、张光年、李季、荒煤、冯牧、孔罗荪等"八人三辆小车，9时出发，12时抵任丘（华北油田）总部"，开始了为期四天的考察。张光年是不顾夫人的反对带病而来的；荒煤从繁琐的事务中抽身，带了不少问题来；身着一身工作服的李季好像是回到了当年在玉门油矿深入生活的年代，他忙前忙后马不停蹄，还自称是他们中间身体最好的一个——这种"自夸"在一年之后被打得粉碎。这是一次少有的人员齐备的集体出行，四天的时间给了他们交流、沟通和养息的机会。后来这次出行，被有的研究者称为文艺界重组的酝酿过程之一。那时候，队伍正在起步，经历了大劫难后的他们，在周扬周围迅速汇拢，既为周扬的复出创造了条件，也成为他复出后拨乱反正的核心力量。

二　不能不说的事情

　　周扬复出后的第一个职位是中国社会科学院顾问。荒煤后来回忆说：我也不晓得他在社科院具体管什么，搞不清。这话听起来有些奇怪，却没有错。于光远在这个问题上的表述更为清晰：周扬在社科院"先是顾问后改副院长，由于这个职务是虚的，似乎就没有让他参加党组。那时他常来院部开会，但我也不记得会上他发过什么言。他是个爱动脑筋、了解到情况就会产生想法、而且喜欢说话的人。而这期间他几乎不发一言"（《忆周扬》182页，内蒙古人民出版社，1998年4月）。1978年初，沙汀和荒煤调文学研究所任正副所长。他们两人的调任其实并非周扬所为。周扬告诉荒煤，调沙汀最初是胡乔木的意见。荒煤是沙汀硬"拉壮丁"拉来的。荒煤不想来，周扬从中起了劝说作用，但他们一到社科院立刻就把目光转向了周扬。

　　那是一个百废待兴的春天。3月，北京高等院校一些年轻有胆识的学者，缘于教材的使用问题展开了对三十年代问题的讨论，对左翼文艺运动和"两个口号"论争提出了自己的看法。这一情况让刚到北京的沙汀和荒煤感到振奋。

　　要拨乱反正就必须批判"文艺黑线专政"论，要批判"文艺黑线专政"论又不可能不触及三十年代问题。虽然早有材料披露，在"文艺黑线专政"论的炮制中，正是"四人帮"提出十七年文艺黑线问题的根子是三十年代。然而，在1977年底《人民文学》召开的座谈会上，当这个问题被人们尖锐地提及的时候，还是因为口号之争和对鲁迅的态度问题而无法深入，李何林的一些说法也引起了人们的争论。

　　先于荒煤到达北京的沙汀参加了高校的座谈会。这位三十年代以乡土小说而闻名的作家，对鲁迅怀有崇拜之情，鲁迅去世后曾经热泪进流地和巴金等人一起抬棺送葬。然而，"文革"中他被报纸公开点名批判，成为反鲁迅的"黑帮头子"、周扬在四川文艺界的代理人，并为此受尽折磨。复出的沙汀每每提到两个口号问题就难以自制。在那次座谈会上他神情激愤地发了言。因为与老友巴金有约，午饭后他匆忙赶回住所，见到巴金父女他情不自禁滔滔不绝地讲述起会上的情况。看见他瘪着嘴说话很吃力的样子，巴金觉着奇怪，一询问，沙汀才讶然发觉，因为情绪激动匆忙离会时自己竟然把假牙也忘在北大招待所了，赶紧派人去找。

　　荒煤在5月第一次与文学所全体人员的见面会上，就直言不讳地对自己平反结论中还留着的"尾巴"表示不满：

　　我也有派。年轻时被称为"洋泾浜派"，后来又被称为"国防
文学派"。再后来鲁迅先生写宣言，我签了名，便被称为"骑墙
派"。结论至今有一条："对抗鲁迅"。但我自己觉得我哪一派都不
是，我只是一个普普通通的共产党员。

　　（何文轩《追忆荒煤到文学所的"施政演说"》，《新文学史
料》，2003年4期）

　　一场关于"两个口号"问题的讨论正在兴起。就在此时，荒煤又接到徐
懋庸夫人王韦写给他和沙汀的一封信，表示对中央专案审查小组1977年为
徐懋庸所做的结论不满。这更激起了荒煤和沙汀的决心，他们想在《文学评
论》上发表高校讨论三十年代的文章，借此打开批"文艺黑线专政"论的缺
口。此事关系重大，荒煤立即写信给周扬：

　　送上有关两个口号论争的文章三篇，都是北大等三校座谈会上
的发言（参加会的有各地大学的同志）。夏衍同志的发言尚在修改
中。沙汀同志的已修改好存我处。

　　我们准备在《文学评论》三期发表两三篇。夏衍沙汀同志是当
事人，他们的文章可放在后一些发表，夏衍同志并说他的文章还要
送你看。

　　这些发言，已在各地传播，而且还存在分歧。这些问题不澄
清，现代文学史无法写，课也无法讲。根据百家争鸣的精神，也应
适当地展开讨论。

　　（《文坛拨乱反正实录》121—122页，徐庆全著，浙江人民
出版社，2004年4月）

　　1978年的那个春天，我作为秘书，时常被荒煤派去给周扬送材料和信
件。弄不清这封信是不是经我手送去的了，重要的是，那时候二十多岁的我
既对周扬充满了新奇，同时也对即将发生的事情隐隐地感到了不安。还是
"文革"时代，我就知道周扬，在一连串黑帮的名字中他给我这个小学生留
下的印象特别深刻，不仅好像所有的坏电影、图书、戏剧都和他有关，还有
一个很大的罪状就是"反对鲁迅"。难道刚刚挣脱了牢狱之灾，又要去惹那
个麻烦吗？这样做的后果会是怎样呢……周扬的办公室在文学所后面的一座
小楼里，每次送信，我都怀着好奇的心情走过宁静的院落，走进小楼宽阔的
走廊，走进他的办公室。在那里，我看到的只是一个面色平和的普通老人，

他比一般老人显得魁梧健壮些，他的办公室也有种肃静的感觉，他要么阅读文件，要么与人谈话。我也只是和他的秘书露菲匆匆地说上几句就走开了，但不知为什么我的不安仍旧没有减轻。文学所的很多人都知道荒煤和沙汀想要发表关于"两个口号"论争的文章，学术界对此更是持两种绝然不同的意见，大家议论纷纷，又怀着一种期待的心情猜测事情会向什么样的方向发展。一次，有好心人传递消息说外面已经有人说老头子们攻击鲁迅了。我急忙把听到的情况告诉荒煤，并以旁观者的立场劝他别惹麻烦，有人正举着棍子在那里等着呢。荒煤听不进去，说实事求是嘛，多少人还为此事背着黑锅呢！我们讲一下又有什么了不起……

周扬在进行了反复思考之后，在荒煤的信上作了同意发表的批示。他必须面对现实——在他面前沉默地站着许多左联老战士们，他们中的一些人正是背负着莫须有的"反鲁迅"的罪名被迫害致死；而更多的左联老战士还在等待平反的结论，那场导致他们成为黑线人物的口号之争是不能说也不敢说的禁区。事实上，他能下决心从"两个口号"入手批判所谓黑线专政论是很不容易的。七十年代末，"两个凡是"正主导着整个中国社会，而周扬仅以一个"虚职"露面还没有站稳脚跟，三十年代口号问题又是一个非常复杂和棘手的问题，谈起来不可能不触动具体的人和事，稍有不慎就可能引起争端，危及到自己的现实处境，但周扬还是做出了发表的决定。

得到周扬同意后，《文学评论》第三期发表了三篇高校讨论"两个口号"问题的文章，那些文章在今天看起来虽然有其局限性，但文章对"两个口号"论争所作的探讨，推倒了"四人帮"对左翼文化运动的污蔑，充分肯定了左翼文化运动的伟大历史功绩，对"四人帮"神话鲁迅提出了挑战。

一股重新评价文学史的信息，就这样借助着《文学评论》的文章传了出去。此时，因病回到四川的沙汀一直密切地注视着事态的发展，他在给荒煤的信中再三嘱咐道：

> 有两件事我一直挂在心上。一件是分别邀请有关同志写三十年代，特别那位代表从陕北到上海以后引起各种纠纷的具体情况的计划，不知已商同光年同志开始修改没有？此事关系重大，不止是个历史问题，且有很大现实意义，离京前我已向您言之甚详，再不抓不行了！
>
> ……

（沙汀致荒煤信，1978年6月7日）

经与周扬商量，沙汀和荒煤启动了文学所编辑《"两个口号"论争资料选编》、《"左联"回忆录》的工作，并联名向所有活着的左联老战士发出了约稿信。

在1978年初暖还寒的政治气候里，许多无法说话的左联老战士怀着惊喜的心情接到了沙汀和荒煤的联名信，这封长信使他们感到振奋。文学所编辑组的同志不辞辛苦地奔赴全国各地，他们的拜访和请教更给老战士们送去了春天的气息。老同志们不再沉默，纷纷拿起搁置已久的笔，"或抱病写作，或拨冗挥毫"，把那些早已封存于心底的经历写了下来，许多人正是从这篇文章开始迎接自己的又一次新生的。

那段时间真是热闹非凡。一次，荒煤带了文学所的部分研究人员从讨论会上出来直奔周扬的家，听取他对三十年代史料整理工作的意见。记得当走进客厅时，周扬和夫人苏灵扬已经在那里等我们了。周家的客厅不小，陈设简单朴素，靠墙是一排摆满了书的柜子，书柜前是一圈沙发。我们一行人把客厅挤得满满的。大家七嘴八舌，说的多是整理工作中的难处和困惑。周扬说得好像不多，只是认真地听，并在关键时刻发表一点简要的意见。原以为会听到一番精彩讲话的我甚至还有一点点失望，但他谈话间投向大家的目光里有种少有的定力，仍然让我印象深刻。还有一次，周扬、茅盾、夏衍等在民族饭店和所里研究人员座谈，几位老人都发表了风格鲜明的讲话。谈到三十年代在白色恐怖下如何冒着生命危险坚持斗争，如何企盼和党取得联系，而冯雪峰到上海后非但不和他们联系还说出一些难听的话时周扬的声音哽咽了，夏衍更是言之灼灼激动不已，可惜那次谈话的记录稿遗失了，但周扬、茅盾、夏衍等人的讲话，论说有据，给在场的人留下了很深的印象。

其实，更让我理解三十年代的还是他们这些亲历者之间最最普通不过的谈话。一次，荒煤请梅益和上海来的王元化吃饭，席间很自然地谈起了三十年代左翼的人和事。荒煤说，第一次见到梅益时记得他系了一条红色的领带。梅益乐了，说：他妈的，什么红领带，是我花五角钱从旧货摊上买来装样子的！那时候做地下工作真艰苦，周扬常常在天黑的时候把帽檐一拉跑出来活动，好几次他临走时把手伸给我说：给两块钱吧！记忆的闸门瞬间便打开了，他们都回到了过去。荒煤说起那时候上街刷标语，心情很紧张。梅益说，那要看在什么地方刷，有的地方很紧张，有的地方不紧张。你应该机灵些嘛……他们还说起一次党组织派某某去拉黄包车做群众工作的情景，梅益笑道：那家伙开始生怕有人要车，腿细得像个麻秆跑不动啊，跑到东厂门口和人聊天人家都不理！荒煤也记起了自己曾经被派去做搬运工，因为身体瘦弱扛不动麻包，还被人骂了一顿。不知怎么的，他们说到了林淡秋，梅益说

119

得更加生动：那老兄脾气大，爱在马路上和人吵架争论，一次和售票员吵得不可开交，我就批评他，你还是地下党员，人家千方百计隐蔽你怎么还在街上吵架……他们都哈哈大笑起来，感叹那时的年轻，那时的热情，那时的单纯和充满理想。荒煤说，不久前，一位老左联对夏衍说起当年的左和年少气盛，夏衍问他：你后悔了吧？那人回答，绝不后悔！那时候年轻嘛，革命热情高涨，谁能知道是左还是右啊……他们说得极其生动真实，我听得近似天方夜谭，连连插话说：你们说的在书本上和电影里可是从来没有见到过，为什么你们不写这些呢！当我一再重复着这个观点的时候，梅益对我眨眨眼睛突然转移了话题：你这家伙，下次再中午一点钟打电话到办公室来，我非把你撤了不可……

1978年10月，荒煤在《文学评论》上发表《关于两个口号的论争问题》。文章发表后立刻引来了议论，有人对他说，你不应该回到北京写的第一篇文章就是"两个口号"！荒煤反驳说：你了解不了解当年我只发表了豆腐块大的一篇文章就变成了"对抗鲁迅"；后来又成了"从三十年代到六十年代都是执行反革命修正主义文艺黑线"；再后来又成了"汉奸文学"……说这话时，荒煤正一边为新时期文学呼吁呐喊，一边为摆脱压在自己头上的那两顶沉重的帽子而奋力抗争，正所谓戴着镣铐跳舞——处于他这种状况的人绝不止一个。

茅盾的《需要澄清一些事实》也写于这年秋天，文章交到荒煤手上后，荒煤颇费踌躇。文章涉及冯雪峰"文革"中写的一份材料，且不说写这些材料时的复杂社会背景，就是把其中的一些细节拿出来过滤一遍，可能引起的纷争都是很难预料的。荒煤给周扬写信谈到了自己的担心。周扬回信不但同意发表茅公的文章和冯雪峰的材料，还决定将自己接受美籍华人赵浩生的谈话在同一期刊物上发表。他似乎不怕把自己再次置于公众面前，与总结历史经验，正确书写文学史相比，即便再次触及隐痛和伤疤也是微不足道的。茅盾的文章和冯雪峰的材料在《新文学史料》上发表，正如荒煤所担心的，在澄清历史事实的同时也引起了新的一轮争论。当夏衍的《一些应该忘却而未能忘却的事》写成后，周扬从顾及团结的角度出发劝说不要发表，并把意见告诉了荒煤。但这一次，荒煤没有听从周扬的意见。夏公态度坚决，在周扬和夏衍之间，荒煤总是更多地倾向夏衍。最终，文章在《文学评论》上发表，并真的引起了一场轩然大波——那都是后话了。

1979年11月，荒煤终于接到了文化部《关于撤销中央专案组对陈荒煤同志的审查结论的决定》，决定明确指出，三十年代他发表的那篇"豆腐块大"的文章没有错误。中央专案组做出的与鲁迅"相对抗"的结论是错误的。决定还根据中宣部对所谓十七年中有一条文艺黑线给予彻底平反的精神，对他"执行修正主义文艺路线"问题给予平反。至此，自"文革"起就一直戴在他头上的三顶帽子全部摘除。接到决定，荒煤感慨万分。此时，正是四次文代会即将召开之际，许多和他有着同样经历的老同志也终于走出了历史的阴霾，他们一起迎来了真正的新生。

三　风帆的景象

1979年初，在胡耀邦的提议下周扬走上了领衔筹备四次文代会的岗位。

此前，在全国展开的"实践是检验真理的唯一标准"大讨论中，周扬是高级干部中第一位公开表态支持的，并把这场讨论提到了关系党和国家前途命运的高度来认识。1979年5月，周扬发表了自己新时期的代表作《三次伟大的思想解放运动》，对中国历史上经历的思想解放运动给予深刻剖析，展示了一个真正理论家过人的思考和胆略气魄。

与此同时，思想解放的浪潮在文艺界迅速展开。一批名不见经传的青年作者写出了令人耳目一新的作品，引来了社会上议论纷纷。反对的调门很高。巴金率先写文章表示支持。冯牧、孔罗荪主持的《文艺报》和荒煤主持的《文学评论》联手召开了一次次座谈会，为文艺界的冤假大案《保卫延安》、《刘志丹》、《海瑞罢官》等作品平反；对《班主任》、《伤痕》、《乔厂长上任记》等一大批新人的作品给予支持和肯定。那些座谈会常常吸引来很多听众，会场上挤得满满的，人们敞开思想和心扉谈论着过去几十年被禁止谈论的问题，连平素不关心文艺的人也争着阅读文学作品，关注文艺界的新动向。冯牧、荒煤、罗荪等人就好像前沿阵地的指挥员，以他们的文章、讲演奔走呼号，为冲破沉闷的空气、开创一个生机勃勃的新局面而冲锋陷阵身先士卒。

他们就是在这样的情况下迎来了全国第四次文代会。

筹备文代会是文艺界复苏的一件大事。照原有的设想，大会不设主报告，只请中央领导讲话。这种做法无疑较容易操作，但是否妥当，胡耀邦反对，周扬更认为不行。周扬觉得，文代会已经十几年没开了，这次会不但是一个鼓劲的大会，更应该是一个总结经验教训的大会。如果不对新中国成立三十年来的历史进行总结，不对新时期以来的文学潮流进行引导，这样的大会会让很多人失望。荒煤在笔记中记录了周扬的意思："会要开，要有个报告，总要有个报告"，"一定要总结点新的东西来，不要是报纸上讲过的，哪怕有百分之十，也应该拿出新的意见来。"并提出了应该重点总结十七年经验教训问题，理论问题，和党究竟怎样领导文艺等问题。

做这样一个报告的难度是极大的，此时，周扬七十一岁，荒煤、光年、林默涵同庚六十六，沙汀七十五，而与世纪同龄的夏衍已经是七十九岁高龄，这些古稀之年的老人，经历了生死磨难，伤痕累累，疲惫不堪，本已到了含饴弄孙安度晚年的时候，却在生命的最后一段时光里为了新时期的文化繁荣发起了冲刺。

周扬的女儿周密事后对人表述了自己当时的担忧：

> 在我的印象中，父亲说起这个报告的事情，是在（1979）1月左右。一次陪他散步时，他谈起了文艺界正在筹备的文代会，也谈起了筹备小组成员之间的争论。从成员之间的争论，他也谈到了文艺界的整个状况。父亲说，在思想解放的潮流中，一些人由于认识上的迟缓，落伍也是正常的，争论也是正常的，关键要进行切实的引导，使那些落伍的同志赶上时代的潮流。……耀邦同志决定要由我搞一个大会报告。这样的考虑是正确的。
>
> 父亲不是照本宣科念报告的人。虽然有人帮他起草，但思想还是他的……另外，父亲对于报告的准备很认真，总要自己修改，有时候会把人家起草的稿子改得只剩下标点符号。一个大报告，往往要折腾他很长一段时间。起草文代会报告时，父亲已经七十一岁了，这样一个岁数了，还多病。我劝他不要承担这个任务。父亲说，我身体是不好，可我们国家重病初愈，百废待兴啊。小平同志要我管管文艺界的事情，我不能不做啊！
>
> （《名家书札与文坛风云》319页，徐庆全著，中国文史出版社，2009年5月）

筹备工作迅速地展开了。周扬主事前，已有林默涵领导的一个报告起草小组，做了初步工作，但周扬不满意。荒煤记录了周扬的意见：不怪起草的同志，我们要拿出一个意见来，不能为报告而报告。周扬决定重新起草报告，并确定了一个由林默涵、荒煤、冯牧领导的新的起草小组。起草前，周扬和小组的同志作了详细谈话，对如何实事求是地总结三十年正反两方面的经验，如何看待当前文艺形势提出了系统的意见。经过了一个多月的艰苦努力，初稿完成，胡耀邦看过后决定将初稿下发广泛征求意见。这一年的八九月间，大约有两百多人先后参加了对报告的讨论座谈，胡耀邦和周扬多次发表讲话，胡乔木、林默涵、荒煤、张光年、冯牧在报告上留下了一次次修改的笔迹，周扬在第四稿上进行了最后的修正报送中央。周扬的秘书露菲目睹了周扬的艰辛：那段时间，他经常找人来聊天，了解情况，进行思考。写作小组成立后，他多次与小组的同志"务虚"。初稿出来后，他除了分送给有关同志修改外，自己也从头到尾进行修改。报告前后四稿，每一篇他都多次修改，直到作报告的前一天，还在改。有时候还连续熬夜。七十多岁的人啦，哪能受得了。有一天，我看到他累得连脚步都站不稳了……（《名家书札与文坛风云》319页）

1979年10月30日，在距上一次文代会召开十九年后，四次文代会终于在人们的热切期待中召开了。这是经历了"文革"之后文艺界第一次隆重而盛大的聚会，饱受摧残的老艺术家和新时期涌现的文艺新人聚集一堂，人们的情绪之激扬，思想之活跃，发言之争先恐后、滔滔不绝都让人感到从未有过的新奇和兴奋。那时候，我这个刚刚离开部队走进学术殿堂的小姑娘，也因为工作关系有幸参加了大会，最近距离地接触了许多如雷贯耳的大艺术家们。与我住同屋的是有着坎坷人生经历的女作家关露，而我打交道最多最无所顾忌和喜欢接触的正是大会的组织者之一诗人李季。

虽然早已如雷贯耳，却是第一次见面。记得那天我跟随荒煤走进报到处时，李季正操着河南口音大声地和谁打电话。放下电话，他爽快地向我伸出一只大手，认识一下——李季。李季？我抬头望着久仰大名的诗人，他的诗歌在当兵的日子里曾被我多次抄写在笔记本上，帮我驱走大山坳里难耐的寂寞，燃起对平凡普通生活的热情。可眼前的这个人并不是我想象中的诗人，他长着一张黑黑的脸，高高突出的颧骨，一双细眼睛凹下去，一张宽大的嘴巴微微鼓起，很有些乡下人的味道。很快我们就相识了。由于我不断地穿梭于会议的领导人之间，立刻就发现李季的工作作风出奇的细致。几乎每一件事，每一个细节他都要再三考虑才做决定，不仅亲力亲为而且也很固执，因此在文代会的每一天，他都工作到深夜。有一次，我忍不住说："你真不像个诗人。""诗人什么样？"他探头问我。"诗人感情豪放，可你那么细，像个婆婆！"屋子里的人都笑了，他也笑得像个孩子。他爱看电影，文代会期间每天放映的电影吸引着大家，也同样吸引着他这个大忙人，可是进了剧场他已经累得只有打瞌睡的份了。有几次，他就坐在我的旁边。电影一开演，他就身子向前佝偻着：头歪向一边，整个人好像都进入了梦乡，可当一部片子演完他迷迷瞪瞪地抬起头来受到我的嘲笑时，却总是能把情节从头到尾讲得清清楚楚。戏不好，他就摇着头，"上当了！上当了！"连连惋惜他的宝贵时间，可还是坚持要看下一部。戏好，他会不停地点头，"不错！不错！"说到悲惨的地方，他就捂着心脏说："啊！不舒服！这里不舒服！"——很多年后我想到这个细节，总是怀疑其实他当时可能真是累得心脏不舒服了！可他还是舍不得放弃那些多年未看到的电影。终于到了曲终影毕，他总是腾地一下站起，以极快的速度消失在人群中，风风火火赶回去加班了。一连几天下来，他那瘦长的脸颊好像更长，眼睛也好像凹陷得更厉害了，连我都担心起他的身体来。他却挤挤眼睛说："你这丫头，小看人！"文代会上，忙碌而诙谐的他，每日就像是在高唱着一首进行曲，不停地向前奔跑。谁也没有想到，仅仅三个多月后他就突然发病离开了人世。他是累死的，是他们这一伙老头儿中第一个倒在改革开放大舞台上的人。他的夫人说：他太累了，我早有准备，可是也没有想到他会死得这样快！听荒煤说，那天上午李季还在开会，精神抖擞。晚上，荒煤突然接到他病危的消息急忙赶去医院，他已经走了。在第二天的日记中，荒煤痛心地写道：李季之死，使我抑郁不已！

四次文代会的日子很不一般，以后所有的文代会或许都没有那次那么让全国人民瞩目，也没有那次那么热闹非凡。记得每次我去冯牧的房间时，那里都人来人往，高朋满座，而他那铿锵有力的嗓门也不断地在人们中间响起，好像把自己家的客厅搬到了宾馆。荒煤那边却是另外一番情景，文学界电影界的人士汇集一起，那一个个从银幕上走下来的演员、导演常常让人看得眼花缭乱，尽管荒煤的声音从来都是低低的，却丝毫不影响客人们的欢声笑语……受着这种气氛的感染，连我也沉浸在亢奋之中，觉得一切都十分美好。我和李小林、阳翰笙的女儿欧阳永华经常在一起谈论自己的感受。因为翰老住在医院里，大会的许多事情都由永华负责联系。尽管我们不住在一个宾馆，但这并不妨碍我们交流。我们打电话沟通，开大会时悄悄在下面开小会，不仅对大家关注的问题发表意见，并开始在大会中为我们的小小目标——说来好笑，是谋划为李子云找对象而活动着，好像在主旋律中快乐地奏着一支自己的和谐小曲。对我们的"非组织活动"巴老和荒煤颇不以为然，觉得是小孩子一厢情愿的胡闹；而李季和罗荪却欣然支持。我们乐在其中，并很快把目标锁定在冯牧身上。直到后来被有些人指责为"串联不选思想保守的人"，我们才知道惹了大麻烦，好像从半空中一下子坠落到现实中来。

不仅如此，很快，我就更加清晰地感受到历史的沉重，这沉重正是来自于文艺界的巨头、大会的领导者周扬。周扬的那个具有里程碑意义的报告《继往开来，繁荣社会主义新时期的文艺》终于出台了，报告重在总结文艺界建国三十年以来的经验教训，摒弃文艺为政治服务的口号，为文艺的复兴开辟道路。这个经过了一次次讨论修改、倾注了周扬和许多人智慧的报告，给大会带来了鼓舞和力量。人们对周扬报告的反应是热烈的，大多数人都给予充分的肯定和赞许，但人们的期望显然也更高。有人说周扬讲了三条教训，但对文艺界十七年为什么一再出现"左"的偏向说得不具体，不深、不透；有人渴望报告把建国三十年来的许多问题都一一交代清楚；还有人希望在报告中能提到这一部电影、那一部小说，为了这些作品有人送了命、有人"差点被吊死"！对于当下的文艺现象，更是众说纷纭，多数人认为好得很，解放思想才刚刚开始；有人则认为已经过头了，"有的电影剧本已经写了光屁股的"……

最心存芥蒂的还是那些在反右运动中被整得很惨的人。尽管从筹备文代会开始周扬就为大会制定了"各抒己见，不看风头讲话，不看眼色办事，不怕交锋，保证不扣帽子"（荒煤笔记，1979年7月）的基调；也为自己确定了勇于承担责任，对历史进行深刻反思的原则。他希望老同志能够消除隔阂团结一致向前看；希望新同志能够焕发朝气促进团结——"这个会如果不能达到团结的目的，这个会就是失败的。"本着这一原则，周扬在文代会前曾多次在大会小会上向被整错的同志表示歉意，或是登门探望表示道歉。一次，他还专门邀请三十多位被整错了的老同志见面，他单独坐在会场前面心情沉重地表述自己的歉意……然而，经历了一场又一场政治风波，饱受磨难的作家、艺术家们，他们的心还沉浸在历史的龃龉与阵痛中，他们中的一些人还无法像变戏法一样迅速地抛弃昨日。正如王蒙所说，此时他们并不想跟风大骂"四人帮"，"更想骂的，更较劲的可能另有其人"。而对于周扬再三再四的道歉，文艺界上层有人更是不以为然，发出了中央还没表态"你有什么资格检讨"的责问。

在一次大会上，周扬讲话时又向被整错了的人表示道歉。这时，突然有人站起来走到他面前大声质问，会场上很静，接着就有人应和，又一个人走过去声嘶力竭地责问……那时，我恰好就坐在前面，虽然童年的"文革"时代早已见识过种种大场面，也堪称经风雨见世面，但此时还是为在这样一个严肃的大场合中，有人站起来大声喊叫而感到吃惊。我紧张地望向周扬，清楚地看到他流泪了，他那一向从容而带些严厉的目光，在那时透露出很深的痛苦和自责，他又说了些话，意思大概是同志们所受到的委屈和伤害，我的道歉说多少都无济于事，但我必须道歉，我有着不可推卸的责任……

我感到窒息，看着会场上那一个个衰老的面容和台上周扬痛苦的表情，我这个对岁月还没有更多感受的青年人似乎一下子就触到了历史沉痛的脉搏！他们曾经一同经历了风雨沧桑，又在政治斗争的漩涡中结下了恩恩怨怨，这里面有多少时代的原因，又有多少是个人的原因呢？中国文艺界的曲折道路乃至一些人的命运和台上这个人有着怎样密不可分的联系，历史的变迁和动荡又给予台上这个人怎样的负重呢?！或许就是从那个时候起，我不再能充分享受大会表面的喧哗和快乐。我注意到另外一些层面的东西，感受到一种透不过气来的东西在空气中弥漫。很多年过去后，在写这篇文章的时候，我看到了一篇有关黄永玉先生忆及当年往事的文章，"……是'四人帮'倒台后北京一次文艺界大会，许多久违的文艺界头面人物都出席了。夏衍、阳翰笙、适夷等都有很多人趋前存问，而周扬独无，只能一个人孤零地离去。永玉顺手画了一幅小画。一根顶天立地的巨柱，下面有一个小如蚂蚁的人物在夕阳中伫立遥望……"（黄裳《永玉来访》，《文汇报》，2011年12月12日）我相信老先生描述的这个生动的场景，或许这就是那时的周扬，既有迎面而来的满场掌声，也有寂寞中的孤独离去，时而还有克制不住的"破口大骂"！重要的是他能够在这寂寞无声或是破口大骂中思考进而超越，而不是沉湎其中，这就是他的本领、他的魅力，抑或说是境界。

历史的变革带给周扬的变化是巨大的。八十年代的周扬少了昔日的霸气，多了精神上的自省和反思，带着这种自我谴责，他不能不时时感到精神上的痛苦和愧疚。

几乎在同时，周扬的战友们也立刻就察觉到了他的变化。荒煤说，尽管周扬给他的印象依然还是沉稳、坚定的，看人的目光仍旧犀利，但他还是觉察到周扬变了。沉稳中暗含着一种伤感，犀利中带有一丝丝的犹豫。他还爱流泪了，这是荒煤认识的周扬从未有过的。这种变化使荒煤不胜感慨，每次提到都有一种惊讶和惶惑——一个那么坚强的人会有这样的变化！听了荒煤的话，我总在想，周扬的这种变化是什么时候来的呢？是不是那段黑暗的日子带给他（们）的收获？他（们）在黑暗中受苦，但黑暗中也会有灵魂苏醒，有生命诞生，有新的精神在历练后爆发。"文革"毁灭了一些人，也挽救了一些人，周扬和他的战友们或许正是在苦难中获得了真正的人性复苏。

荒煤说，自己也变得爱流泪了。看到电影中感人的情节时，看到一些忆老友的文章时，或是当感情的闸门被瞬间的记忆敲开时……不管怎样，他们都不想掩饰这种变化。经历了岁月的打磨，岩石般坚硬的外壳下面裸露出柔软的内核，他们更想让它自然地袒露。

尽管让人吃惊和印象深刻，但泪水毕竟还是瞬间的感情流露。文代会结束，周扬重新走上中宣部领导岗位。承载着沉重历史负荷的周扬，以一个思想家和领导者的眼光成功地完成了新时期的转变，而昔日的周扬派们紧随其后，扬起了一面旗帜，引领着文艺界前进的脚步。

四　激流涌动

一个大大的太阳，一枝风中芦苇在日轮里摇曳着，飘啊飘。画外响起定音鼓的一声重击，一个黑色的圆点在银幕上出现。接着，连续五声重击，省略号的六个圆点随着重击声依次排列在银幕中央……

1980年末，电影《太阳和人》这六声重击敲响在银幕上，引来的却是整个思想界的震动和争执，有人说"这部电影很恶毒，对着红太阳打了六炮"。

那天，在人数不多的小放映室里，当影片结尾的六个圆点一个个在眼前显现后，灯光亮了起来，一时，放映室里竟没有什么声音，坐在前排沙发上的周扬面色凝重，心情十分复杂。

严格地说，他并不喜欢这部片子，过多理念性的东西，情节上一些明显的漏洞，都说明在艺术上还不成熟。然而，在剧本以《苦恋》的名字在《十月》杂志上发表后，争论已经持续了半年时间。他心里清楚，一部影片把新时期文艺发展面临的一些重大问题带到了十字路口，也使得人们在理论上的分歧更加白热化了。

与再聚首同时而来的是观点上的分歧。速度之快，或许是他们事先没有预料到的。随着拨乱反正的深入，曾经在批判"四人帮"问题上保持高度一致的文艺界高层开始分道扬镳。分歧主要集中在两个问题上：一是对十七年文艺路线的看法，是否承认有"左"的错误；一是对新生文艺的看法。分歧开始还只是个人之间的争论，后来就越来越严重，从高层人士一直波及到整个文艺界，几乎弄到了不可收拾的地步。

1981年新年一过，周扬在安儿胡同的家中连续召集文艺界主要负责同志讨论《太阳和人》问题。分歧非常明确，一种意见是：禁演，或拿出来公开批判示众。另一种意见认为不能一棍子打死，要给作者修改的机会和权利。夏衍、张光年、荒煤、冯牧等人认为，影片在内容上揭露了"四人帮"迫害知识分子的罪恶行径，表现了主人公热爱祖国的革命热情，应该给予肯定；但在表现主人公"文革"中的悲惨遭遇时，把造成这场灾难的原因全部归罪于个人迷信是错误的。影片的编剧、导演、摄影、演员大都是新人，如果因为有缺点错误，就予以禁演，或允许放映、同时组织批判，两种做法都可能在文艺界、电影界引起相当大的波动，不利于安定团结，也不利于电影反映现实题材的创作。考虑到对中青年创作人员在思想上应以疏导为主，建议对影片的编剧导演进行细致的思想工作，说服他们进行修改。

周扬支持这一观点。在那个时刻，他或许想到了十几年前《早春二月》的命运。他还记得那年小放映室里摄制组人员期待的神情，记得因为自己的讲话而骤然从热转凉的尴尬气氛，记得茅盾略显沉重但又不甘的语调和目光……自然，从内容和艺术形式上它们有很大不同，但命运呢？那时候，就是他的一个电话"不用改了，一个镜头都不要改"，随之而来的是席卷全国

127

铺天盖地的大批判。虽然他执行的是毛主席"使这些修正主义材料公之于众"的指示，但在历史的悲剧面前，他不想择清自己。一直以来他都认为大有大的责任，小有小的责任，那些责任压在他的心上，每每想到都让他有种说不出的沉重。不久前，一位外国留学生采访过他，年轻的访者向他直率地发出了询问：过去那种整人的情况还会发生吗？那一刻，他毫不犹豫地回答，不会了。接着，他又补充说，起码我是不会再那样做了。停了一下，他又再次补充说：我要在力所能及的范围内尽量不那样做。这一次又一次有意无意的补充或许正意味着他已经意识到事情远比想象的要复杂，道路不可能一帆风顺，而他自己也可能再次面临无能为力的局面！

　　那段时间，文艺界的主要领导们每隔几天就聚集在周扬家里开会。他们的会往往开得很长，会议结束时大家常常都带着一脸的疲惫离开。荒煤说有时真觉得开不下去了，但周扬坚持着，大家也坚持着。荒煤在笔记中记录了那些会中有关《太阳和人》的一次次争论。

　　　　1981年1月26日　星期一
　　　　上午在周扬家谈学习问题，最后同意全委会推后，先开党内文艺工作会议，我仍兼文联工作。
　　　　1981年2月2日　星期一
　　　　上午到周扬处谈《太阳和人》有关问题及文化部党组、副部长名单问题。
　　　　1981年2月9日　星期一
　　　　上午到周扬家碰头，谈党内文艺工作会议问题，百人会议问题，到底怎么开好。
　　　　1981年2月16日　星期一
　　　　上午到周扬家座谈。极为愤愤而归，团结不易，夏公提出不再参加会议。
　　　　1981年2月23日　星期一
　　　　在周扬家谈学习问题，我建议扩大些作家艺术家。林、刘又为《太阳和人》的问题大发雷霆，实在令人气闷。
　　　　1981年3月2日　星期一
　　　　上午在周扬家谈《太阳和人》问题。
　　　　对泄密问题可受理。
　　　　1981年3月9日　星期一
　　　　在周扬家谈电影问题。

周扬对《太阳和人》问题同意还是修改为好。

1981年3月16日　星期一

上午在周扬同志家谈学习问题。

1981年3月18日　星期三

上午到周扬处谈学习、电视问题。确定下周大会发言。

1981年3月23日　星期一

在周扬家谈学习问题，决定本周开大会。

1981年4月6日　星期一

上午在周扬处汇报厂长会议问题。

1981年4月13日　星期一

上午在周扬家谈学习——乔木谈《太阳和人》、《天云山传奇》问题。

1981年4月20日　星期一

上午在周扬家谈下周工作布置。

1981年4月27日　星期一

上午在周扬家碰头，谈些学习问题。

1981年5月14日　星期四

上午在周扬同志处谈《文艺报》问题。

……

（荒煤日记）

多年后，我看到荒煤保存的两本座谈会记录，黄色的牛皮纸封面，内里用稿纸装订，稿纸上全部是手写笔迹，内容正是1980年底到1981年初电影界观看《太阳和人》之后，《大众电影》编辑部组织的座谈会记录。仔细阅读，尽管当时参加会议的电影评论家、编剧和导演们对影片的一些细节也提出了意见，但在大的方面几乎一致叫好。有人认为"影片在思想上是振聋发聩"，"艺术上是标新立异"。有人说：粉碎"四人帮"后，这是一部最新最完整的影片。还有人说：凌晨光就是影片编导者的形象。如果不是强烈地热爱祖国，写不出这样的作品……一方面是彻底的否定，一方面是一片叫好声。此时，正是周扬通知荒煤重返文化部掌管电影的时候，面对这样的局面他们再次承受了极大的压力。

为了顾全大局，荒煤同意出面劝说摄制组进行修改，但白桦不希望改动。他想请胡耀邦看片子，胡耀邦没有同意，却在另外的场合重申了自己的主张：再也不能以一部作品和某些言论加罪于知识分子了，更不能发动一次

129

政治运动。但是，这些讲话并不能阻止反对的声音，随着批判声浪的兴起，要"枪毙"的呼声日益高涨，后来竟发展到有人要求中纪委介入……

荒煤十分焦虑。他了解白桦。1953年从中南到北京电影局上任，为了培养创作队伍，他主持了电影讲习班，白桦是第一期学员中年龄最小的一个，受到他的关爱。"文革"后荒煤回到北京，意外地和白桦在同一个饭店住了半年之久。饭桌上他们常常一起回忆五十年代的日子，回忆电影走过的曲折道路和彼此的坎坷经历。白桦爱说讲习班时荒煤给他们上课的故事，课堂上荒煤分析人物时总喜欢举屠格涅夫《贵族之家》中"丽莎的睫毛"的细节，每当这时学员中就有人悄悄地说"丽莎的睫毛又要颤抖了"……白桦生动的描述常常惹得平时一脸严肃的荒煤大笑，有时甚至笑出了眼泪。荒煤爱才，他能够理解作家的苦衷和情感，对经历了"文革"之后的精神反思颇为赞赏，对动辄就给作品扣上政治帽子加以否定的做法极为反感，但他能做到的也只是顽强地坚持"要给作者修改的机会"。表面上看，这种意见相比"一片叫好声"逊色不少，但能够顶住越来越大的压力坚持到底，已是他们做到的最大努力了。既要顶住压力，又要苦口婆心地说服年轻人顾全大局，那情景真有些苦不堪言。

《太阳和人》最终也没有上映，但批判欲罢不能——于是就针对一年前发表在杂志上的剧本《苦恋》展开了批判。1981年2月，中宣部召集在京文艺界党员领导骨干会议。主持会议的周扬在开幕式上对这场争论只字未提，这更让一些人认为有包庇之嫌。会上，有人联系文艺界的现状明确指出，"第四次文代会以后，文艺上有方向、路线错误"。并且责问："你们这几年把文艺引导到什么地方去了？"还有文艺界领导人宣称：经济上要反"左"，文艺上应反右。在历时三个月的会议中，《苦恋》一直是人们谈论的一个焦点。参加了这次会议的顾骧清楚地记得，为了表明自己的态度，周扬在责成他起草总结报告时，特意谈到了如何看待《苦恋》的问题：在学习会进行期间，发生了批判白桦同志的电影剧本《苦恋》的事情。白桦同志是一个比较有影响、有才能的作家，写过一些好的作品，但《苦恋》确实是有倾向性错误的作品，应当批评。批评的角度和观点可以不同。作者表示愿意修改电影，文化部也同意了。我们希望改好。无论是否改得好，电影公映后，还是可以批评。有错误不批评是不对的。但对人民内部的思想问题，一定要慎重。既要实事求是，弄清是非，又要团结同志，与人为善。周扬的这些观点在多个场合说过，后来被总结为三点：一、白桦是一个有才华的作家，但作品有错误，可以批评；二、应该对作家采取帮助的态度，帮他把电影修改好，而不是对作品采取"枪毙"的办法；三、批评应该实事求是。

　　周扬的"白桦是一个有才华的作家"引来了不少责难。有人点着他的名说：我说，周扬同志，才华有什么用？和世界观有什么关系？单单凭一点小资产阶级的才华，是不能办无产阶级宏伟事业的。

　　听到这样的声音，周扬似乎没有什么反应。他的观点并不仅仅针对白桦个人，而是面向更多新生力量，是从珍惜文艺界来之不易的安定团结和繁荣局面出发的。在首届茅盾文学奖授奖大会上周扬说：

　　　　对作家要十分慎重地对待，要关怀他们，使他们有一个良好的环境，需要有一点灵感和热情，你不能破坏他的情绪，使他根本不想动笔了。……要为国家培养人才，爱护和保护人才，爱护和保护是第一位的，批评也是为了爱护。在我们的国家，什么是最可痛心的浪费呢？这就是人才的浪费。爱护人才是非常重要的，要保护人才，这是我们的责任，因为我们是当权的嘛！

　　（《周扬新时期文稿》800页，徐庆全编，山西人民出版社，2004年3月）

　　此时此刻的他，更多地想到了周恩来，"我常想，为什么知识分子那么怀念周总理？"跟随周恩来多年，他耳闻目睹周恩来对知识分子既严格要求，又体贴入微，百般尊重和爱护的风范。周恩来在百忙中关注着一个又一个有成就的、有缺点的、有困难的、受挫折的各种各样知识分子，在知识分子眼里，他既是可尊可敬的国家领导人，又是一个可以亲近可以信赖的朋友。像周总理那样和知识分子做朋友，为他们遮风挡雨，周扬这样想着，也要求自己这样做。在他心里，十几年前《早春二月》的那一幕，再也不能重演了。

　　《太阳和人》的事情沸沸扬扬地折腾了一年，周扬他们始终坚持了自己的观点，在两年后的"清污"中这些也都成了他们要说清楚的问题。

五　期盼与无奈

　　1981年是个多事的年头，争论没完没了，每一次周扬都必须作出选择。

　　9月，文艺界隆重纪念鲁迅诞辰一百周年。这次会议的筹备工作很不一般。开始，总报告的起草工作由荒煤主抓，委托刘再复等人撰写，周扬亲自拟定了题目"学习鲁迅的怀疑精神"，并多次和起草人进行了详细的交谈。报告写成后，几经修改送领导审阅，时任中宣部部长的王任重认为没有战斗性，没有批判资产阶级自由化，报告中提到的作家良知是资产阶级人性论的表现，应该重写，并指定由林默涵挂帅。此时，离大会召开只有十几天时间，原撰稿人退出，新的起草人在林默涵的领导下执笔奋战。周扬正因病住在北京医院，荒煤等人到医院看望很是激动，力劝周扬不能作这种强加于人的报告。周扬进退维谷，内心十分纠结。初稿是在他的思想指导下写成的，强调鲁迅科学民主大众的文化精神，对此他较为满意，却未料遭到此番指责。

他不想把问题弄僵。他希望会议能开成一个团结的大会，筹备之初他就曾给荒煤写信。

> 荒煤同志：
>
> 　　报告和筹委名单已阅，稍有修改，请您们再加斟酌送默涵同志阅正后即上报。默涵如不愿当秘书长，也不要勉强他。
>
> 　　上海有巴金、袁雪芬，没有陈沂不好。我们要处处注意团结的工作。
>
> 　　名单望与夏衍同志一商，他比我会想得更周到一些。
>
> 　　敬礼！
>
> 周扬十二月十八日
> （周扬致荒煤信，1980年12月18日）

周扬从开始就小心翼翼地顾及着各方面的团结，尽管林默涵流露了不满意、不配合的意思，但他还是一再表示了对林的尊重和信任，现在怎么办？他犹豫不决。

那天，在北京医院周扬的病房里，情绪激动的老头们似乎有了一个共同的想法。回来后，荒煤立即给纪念委员会主任邓颖超写信并转胡耀邦、习仲勋。此时，难以平静的刘再复赌气想把报告初稿作为个人文章拿到报纸上发表，周扬劝阻说，"等等，情况可能还会有变化"。等什么，他没有明说，事后看，很可能就是等荒煤信的结果。

荒煤给邓颖超的信态度坚决，历陈王任重、林默涵做法的危害，认为既有观点上的错误，也不利于团结。《苦恋》的事情还没有结束，纪念鲁迅的报告又弄得大动干戈，种种焦虑、忙碌，加上天气酷热使荒煤疲劳至极，终于阑尾炎发作也住进医院。不过，他的努力没有白费。很快，邓颖超的回复来了，认为报告写得很好，没有什么意见。胡耀邦、习仲勋也表示同意荒煤的意见。形势变了，荒煤有种感觉，可能最终还是要采用原来的报告。那天的日记中他写道："决定继续修改周扬报告稿。给邓颖超信。晚得通知仍修改周扬稿。"（荒煤日记，1981年9月17日）荒煤立刻启动原班人马对原报告作文字上的推敲修改；林默涵虽然情绪不好，但也坚持指挥他的班子日战夜战。大会开幕前，王任重召集紧急会议说：现在有了两个大会报告，大家讨论一下到底应该用哪个？会上，林默涵不得不承认由于时间仓促新写的稿子"又乱又浅又臭"。而王任重受到邓颖超意见的影响，也表示原报告最近几天改得不错，再加上一段反对自由化的内容就行了，其实他自己也知道这个报告并没有什么大的修改。会后，林默涵还是心有不甘，他打电话给邓颖超陈述自己的观点，并一再激动地表示：不行的话我自己再起草一稿！此时，离开会只有两天了。

据刘再复回忆，那天会议结束后，他陪周扬回到家里，苏灵扬很激动地对周扬说："如果还要你去批别人，你就不要作这个报告！我们的教训够深的了！"周扬听着，沉思良久，最后拿起报告加了一句"我们现在应当特别警惕'左'的倾向"。并郑重地说："他们说要加上一段话，我看还是加上这一句。"（《师友纪事》35页，刘再复著，三联书店2011年1月）

我特别看重这个细节，深思良久的周扬心境有多么复杂没人知道，他是否又有了那种在夹缝中生存的感觉？是否对自己想要极力维持的团结已感到沮丧和迷茫？又是否意识到前面的路会更加艰难曲折？不管周扬想到了什么，最终他还是毫不犹豫地加上了那一句"我们现在应当特别警惕'左'的倾向"！他清楚地知道人家要他加的是一段反对自由化的内容，他却偏偏加了这相反的一句。改过后，他郑重地把稿子交给报告起草人保管，希望能够作为历史的见证，也表露出自己反"左"的坚定不移的决心。这一事件耐人寻味，正如顾骧感叹说：晚年的周扬虽不能说完全做到特立独行，但毕竟不再是俯仰由人、甘当一种"思想"的"宣传者"的传声筒角色；努力本着自己的声音吟唱，依靠自己的良心思考，维护着人格独立，人性尊严。

我曾经从旁听到荒煤对这一事件的讲述，他声音低低的，带着胜利的喜悦也充满着困顿和疲惫。无论如何这件事的结果和他写信力争有密不可分的关系，但他对周扬也不无意见。在这场争执中，他觉得周扬太软了，对林默涵太犹豫、太迁就了。

一直以来，在文艺界高层人士的分歧中，荒煤和林默涵之间的争论似乎格外针锋相对。荒煤最早发表的《阿诗玛，你在哪里》受到了文化部的一再责难，而那时候林默涵正领导着这个部门；后来荒煤那些支持年轻人的文章被林默涵看作是跟在年轻人后面跑；荒煤对赵丹遗言的呼应被林默涵指责为没有立场；对《太阳和人》的意见被认为是错误观点；还有许多理论问题，以及用什么人的问题……荒煤绝不示弱，他最早指名道姓地批评林默涵，在文艺界公开他们之间的"严重分歧";他在人性、人道主义以及如何看待新时期文艺等问题上一再和林默涵展开争论。最为突出的还是在文联重新组建时。当得知周扬有意要林默涵担任文化部党组书记、文联党组副书记时,荒煤立即给周扬写信直言不讳地对这种做法表示惊讶、惋惜和反对,"请原谅我坦率地表示意见,我认为你至少让他担任文联书记事,不和文艺界一些老同志商量一下,听取大家意见是不够慎重的。"理由很简单,"这一年,他对文艺界只是泼冷水。"荒煤的意见并不止代表个人,周扬最终放弃了这个想法。

荒煤和林默涵的争执持续了多年,直到整风、反对资产阶级自由化,固执的林默涵对荒煤仍旧揪住不放,而荒煤也予以回击。他在1984年1月14日的日记中写道:

> 下午党组学习,默涵发言,目标仍对准我不放。提出几个认为文化部要注意的问题。
> 1. 所谓赵丹事件,我写了悼念文章,我站在哪方面?
> 2. 三刊物会议讨论人性、人道主义问题。
> 3. 重用马德波问题……
> 4. 我极力平静也发了言,仍不免有些激动。对斤斤计较一些谣言反感。证明今后很难合作。

两人都坚持自己的立场,你来我往,绝不妥协。1992年文艺界举办荒煤文艺生涯六十年研讨会,林默涵出席会议,他在大会发言中说:"当然,我和荒煤之间对某些问题也有不同的看法和意见,但我们都是当面说,说过就算,并不影响在工作上的合作。我认为,在建设社会主义,进而实现共产主义这个根本目标上,我们是完全一致的。"荒煤在答谢辞中回应了他的讲话。多年过后再度回想他们的争论,除了让人清晰地看到改革开放之初走过的艰难道路,也让人另有感慨,无论谁是谁非,敢于如此直率地说出内心的想法而绝不隐晦自己的观点,在今天的学术界或是官场都实在太罕见了。

争论中,周扬的旗帜始终是鲜明的。他在四次文代会的报告中强调:"现在的情况不是思想解放过了头,而是思想解放还不够,束缚思想解放的阻力还很大,思想僵化或半僵化的,还大有人在。我们对人们的思想解放,只能促进,不能促退,只能加以正确引导,而不能加以压制。要求文艺工作者思想解放,首先文艺工作的领导人自己要带头解放。"周扬心里明白,文艺界上层的分歧表面看是荒煤、张光年等人和林默涵、刘白羽之间的矛盾,但实际上矛头针对自己和夏衍。尽管如此，周扬对林默涵等人的看重似乎仍然没有改变。他内心非常复杂，不愿意看到分歧愈演愈烈。在他的心中团结是第一位的，只有团结才能担负起改革的重任。假如队伍四分五裂大旗又能扛多久？他在很多方面都小心地维护着团结，希望找到一种平衡。他想要林默涵担任文联党组负责人的想法或许也说明了这个问题。

　　为了维持团结局面，从1980年10月23日起，周扬在家中接连召开了九次老同志谈心会，试图统一认识消除分歧。然而，九次谈心会过后，双方仍旧各持己见，所有问题都没有解决。1981年初，从上面不断传来"文艺界某些人自由化倾向严重"的声音，林默涵等人更有真理在握大义凛然之势。矛盾愈加突出，形势愈加严峻。周扬延续了谈心会的做法，每周一次在家中召开由夏衍、贺敬之、林默涵、张光年、冯牧、荒煤等人参加的核心组碰头会。持续了半年多的碰头会是周扬为团结所做的最大努力，遗憾的是分歧没有消除，且随着形势的发展变得更加复杂和不可弥合。1981年末，在结束了《苦恋》风波和鲁迅纪念大会之后，周扬辞职，经过一番挽留，终于成为中宣部的一名顾问。

　　荒煤曾经说过，周扬最信任的人正是反对他最厉害的人。在这个问题上，夏衍也有同感，觉得周扬最终是被自己所造的势打倒。或许，周扬是太想要那份团结了，经历了"文革"的大磨难，一心期盼文艺界有一个团结繁荣的局面，这是他心中高于一切的大事。或许正是这份期盼让他不再重现昔日的霸气和决断，他不但对年轻人宽厚，对身边意见不同的人也表现出了宽容，这抑或也是他们的争论始终处于胶着状态的原因之一？然而，回望历史，回望八十年代初整个文艺界起起落落的大形势，即便重新来过，不知周扬是否还能有别的选择？

　　扬帆起航的队伍，曾经何其威武，叱咤风云，几经波折竟也有了零落的景象。

135

六　远方的岸

　　1983年的那场风波，周扬这杆大旗在批判中轰然倒下。

　　纪念马克思逝世一百周年的报告会荒煤等人都没有出席，都是大忙人。但会上的情况很快传来。张光年立即认真阅读了周扬的报告，认为"找不出大错来"，"有很好的深刻的见解，倘由此引起一番公开讨论，我看是好事情"。荒煤是在北小街46号夏公处听到消息的。夏衍感冒卧病在床，说起来对发起进攻的人充满不屑。晚上，荒煤与光年、冯牧通电话了解详情，并认真阅读报告，同样未看出什么大问题。隔日赶去探望周扬，周扬未多说什么，只是对文联工作深感疲惫，极力劝说荒煤回文联主持工作。荒煤非常犹豫，最终达成协议代周扬兼管一下文联党组工作。

他们对周扬报告所引起的争论感到不以为然。听说报告结束时，场上响起长时间的热烈掌声，这至少可以证明多数人不仅认同还给予很高的评价。然而，形势再次朝着相反的方向发展，指责汹涌而来。用荒煤的话说，许多人都对这些指责感到惊愕，是否又要搞运动了？面对种种责难，周扬据理力争，他的辩护引来的只是更多更猛烈的批判。在强大的压力下，周扬最终作了检查，承认自己"轻率地、不慎重地发表了那样一篇有缺点、错误的文章。这是一个深刻的教训"。

不少人都想弄明白周扬为什么要做那个检查。几年后，在病房里他还对儿子周迈谈到，认为"批异化没有道理"。显然，检查是违心的。据说还有领导希望他把检查做得既要使批评他的人满意，也要使支持他的人满意，还要让不了解情况的群众满意。做到"三满意"是不可能的，但他还是因为自己是党的人而要求自己做到服从。然而，这个检查在他的内心形成了巨大的波澜，也成为他心中永久的痛。这不禁使我想起1978年荒煤因《阿诗玛，你在哪里》而惹出的一场官司，也是胡乔木说服他在《人民日报》上发表一个类似检查的说明，以平息对方的火气。结果引来的不仅是广大读者的惊讶和猜测，也同样引来了人们对这种做法的不满。不同的是，那次毕竟没有形成全国性的政治事件；而荒煤比起周扬来，远没有那么较劲，虽然心有隐痛，却在忙碌和不屑中把这一事情抛向脑后。而周扬呢，他的认真、真诚、执著和自尊更快地把他引向深渊。

他终于变得沉默了，那沉默就像是一个被巨大的石头封住的洞穴，不管洞里有多深，有多少出人意料的奇石异景，洞外却是风不吹草不动，是永远的无声无息。

他经常坐在屋子里，两眼凝视着对面的屋檐久久地不说一句话，他的身体在巨大压力的摧残下急剧恶化、垮掉，一种从精神到肉体的崩溃，将他慢慢地覆盖。

目睹这一切的"周扬派"们感到了心寒。不仅仅是他们，更多的人，甚至包括一些曾经被周扬整过的人都感到心痛。因为周扬遭受的这次致命打击，恰恰出现在他真正觉醒的时候，在他以一个理论家的角度真实地深刻地审视历史的时候，这样的结局不能不让人们感到深深的悲哀。

他们不间断地去探望，开始还能和周扬有简单的交流。1984年4月15日荒煤在日记中写道：

> 下午去北京医院看周扬，遇秦川、灵扬。周频频称"老了老了"，行动极为不便。仍准备与巴金于5月同去日本。
>
> 到王府井书店等逛了一趟。
>
> 感触颇多，不胜疲劳的感觉。从事文艺工作半个世纪，总是感到负重前进，坎坷太多，常使人不知所措，挫其锐气，如此状况，振兴何易？可叹！

1985年3月巴金到北京参加全国政协会议，在他此生最后一次的北京之行中，特别由女儿和吴泰昌陪同到医院看望周扬。当他们走近周扬的病床边的时候，周扬立刻就认出了他们，他把双手分别伸向两旁握住了巴金和小林的手，紧紧地一直不肯松开。当巴金俯身大声地向他表示问候的时候，他的嘴唇艰难地嚅动着，眼睛里滚落出大颗的泪水。也正是几个月前，在作协四次代表大会开幕式上，当大会宣布周扬简短的只有一句话的贺词的时候，寂静的会场上突然爆发出雷鸣般的掌声，有人看了表，那传达着人们内心感情波澜的热烈掌声竟持续了一分钟三十四秒。接着，一封由三百多位老中青作家自发签名的慰问信送达周扬的病房，可惜此时周扬已经很难表达自己内心的感受了。

那时候的周扬充满了衰老的无奈，他只能紧紧抓住来访者的手不放，眼泪便慢慢地从眼角渗出悄然地滚落下来。每一次探望，无论访者还是被访者都有种百感交集的冲动。后来，再去医院看到的就是一个昏睡不醒的人；再后来，就是植物人，一具没有思想的空壳。一次，荒煤陪同即将离京返川的沙汀前去看望，周扬平躺在病床上，原本魁梧的身材已经消瘦得皮包骨头，他的脸色是平静的，好像在沉睡，鼻子里有长长的管子插入体内，荒煤和沙汀默默地站在床前，病房里除了仪器嗡嗡的声响什么都没有，空气中弥漫着的药物气味令人窒息。回到家中，沙汀禁不住掩面痛哭！

毕竟不是一个时代的人，周扬的儿子周艾若说：看得出他很难承受最后受到的这次打击，因为这次只有他一个人承受。"文革"中，在监狱九年他都顶住了，但后来这次对他的精神打击太大。其实，他没有想到这是一种光荣，如果想到自己是一个代表人物，是一个时代的代表，值得为此做出牺牲，那么他也许心情会舒畅得多，达观得多。可是他没有这么想。（《摇荡的秋千——是是非非说周扬》211页）

1988年，年近九十高龄的夏衍在自己家中召集光年、荒煤、冯牧、王蒙、顾骧等人商量为周扬准备"后事"。夏公意思：周扬终将不起，应当尽早为他准备后事。所谓准备后事，主要就是草拟一篇悼词，一篇"生平"，

137

以免周扬一旦离去，措手不及。若是有人抢先拿出一份悼词，对周扬的评价、若干历史问题的论断，不尽符合实际，便会很被动，要大费周折。

一年之后，周扬结束了自己对这个世界的不舍与徘徊，离开人世。

此时正病卧在床的巴金从上海华东医院给苏灵扬发来唁电：

> 惊悉周扬同志病逝，不胜哀悼。想到85年和他的最后一面，我无话可说。
>
> 他活在我的心里。
>
> 巴金
>
> 1989年8月1日

周扬走后，对他的回忆和评说曾经一片沉寂。

1994年6月28日，荒煤在日记中写道：动念写写周扬，回忆往事又觉真不好写，认识时间很长，但真正深谈不多……在那个炎热的夏季，连日高温，天气奇热，荒煤翻阅着有关周扬的材料，心中涌动着许多说不清的情绪。周扬让他们记起自己年轻时代的光彩，也让他们记起晚年的再度起航，记忆起那些荣耀、波折，也记忆起那永远难以抚平的痛楚，还有在翻云覆雨的政治舞台上那些难解的历史之谜……

这一次，他真的动了念头，想要写。但不知为何，终于还是没有动手。

原载《收获》2012年第1期

却顾所来径，苍茫入眼中
——寻访阎锡山故居漫记

李　辉

一、从河边村到阳明山

台北，阳明山上，我寻访阎锡山故居。

自北京将去台北时，一位阎姓朋友发来手机短信："在台北你一定要去阎锡山故居，就在阳明山上。"朋友是山西五台县人氏，与阎锡山本家，简短一句建议，我却能感受到言语背后他心底的那种乡土、宗亲情感，这是超越一切而千年绵延不息的流淌。

不错的建议。二十余年赫赫有名的"山西王"、1930 年联袂冯玉祥而与蒋介石进行中原大战、抗战期间第二战区司令长官、1949 年太原守城战……欲了解那一时代的民国，无法跳过阎锡山这个人物。几年前，我曾寻访阎锡山出生地——山西五台县河边村，如今，来到台北，如能寻访他的终老之地，感受其人生起伏，历史沧桑，自是难得。

寻访名人踪迹，一直是我旅行最爱。接近一个历史人物，加深对其生平与相关历史的理解，寻访故居乃至墓地，的确是读书之外另一种很好的阅读方式。每一处寻找，每一次拜谒，在与历史对话中你可以更真切地感受生与死，在回望远去场景时你可以获得超然于现实之外的宁静与顿悟。两个月里两度台湾行，这一最爱仍是我的重要行程：蒋介石宋美龄的士林官邸、钱穆的素书楼、张大千的摩崖精舍、胡适故居与墓地、林语堂故居、邓丽君墓地……

一到台北，就向两位文化界朋友打听阎锡山故居所在，回答的却是一脸茫然。"阎锡山故居？在阳明山上？"他们熟悉台北大大小小的名人故居，角角落落的故事也如数家珍，唯独对阎锡山的故居就在阳明山上一事，懵然不知。

却也难怪。阎锡山 1960 年即已故去，淡出政治舞台更是早在 1950 年，两位台北朋友则都是"60 后"生人，他们成长的日子里，昔日民国风云人物阎锡山，恐怕只会出现在教科书上。半个世纪时光流逝，阎锡山故居落寞在阳明山的某个角落，苍翠掩映，从未对外开放，无人知晓，也在情理之中。

"台北市士林区永公路245巷34弄"，带上找到的阎锡山故居地址，我与一脸茫然的两位台北朋友一起驱车上山。这一天，二月十四日，西方的情人节。我们三人则选择了一种与历史对话的方式——寻访，自有另外一种浪漫。

沿路蜿蜒而上，浓雾正浓，车走，人看，阳明山一片朦胧中。

我告诉台北朋友，几年前我曾去阎锡山的家乡寻访，那里颇值得他们前去一看。

寻访阎锡山家乡是在2005年。出太原往北，过阳曲，穿忻州，即到定襄县河边村。

河边村，过去属五台县，后划归定襄县。将近二百公里路程，如今走高速公路，两个多小时即可抵达。遥想1900年，河边村通往外界的是一条坎坷不平的小路，那一年，十八岁的阎锡山第一次离开家乡，他和父亲因躲债而结伴落荒出走。他们走小路，搭一辆去太原拉废纸的铁轱辘车，偷偷前往忻州，然后经忻州前往太原。而后，成为了"山西王"的阎锡山，每当政局危难之时，常喜欢回到河边村，仿佛欲以故乡之地气蓄精养锐。自袁世凯称帝一直到1930年"中原大战"爆发，近二十年间，他在故居这里以静制动，以柔克刚，以不变应万变，确保自己的"独立王国"处军阀混战之中而不倒。

河边村的阎锡山故居，有数百间房屋之多，堪称一个恢弘的建筑群。乍一看，它被杂乱无章的新旧民宅和垃圾包围，不免令人有些失望。故居大门，也与北方普通大户人家没有太大区别，远没有想象中的气势。然一旦跨进大门，却顿时可以感受到这一偌大建筑群的与众不同。阎锡山执政山西后，费时二十多年陆续修建这一故居。面积由小到大，格局不断变化，新增建筑的风格，常根据新的实用需要而与旧的有所不同，甚至不协调。妙处却也在其中。房屋数百间，院落数十座，建筑高低不一，参差相间，大小庭院，衔接交叉，其间小径曲折循环，让人明显感到整座故居的诡谲与幽深。都说"文与其人"，建筑也是如此。在同时代的军阀中，阎锡山不张扬，不夸张，信奉"中的哲学"，实际上却是锋芒内敛，老谋深算，其精明与狡黠，非他人可比。河边村故居的这种诡谲与幽深，很贴切地衬托出阎锡山的性格特征，也渲染出"山西王"的威严和高深莫测。

二十世纪五十年代起，这一故居改作荣军院，一直安排残疾军人居住、疗养。由此之故，"文革"期间村外的阎家祖坟遭遇掘坟抛骨之痛，故居建筑却未遭破坏，竟侥幸地完整保存下来。

河边村——阳明山，相距几千里，一个人生与死的两端。

此时，在台北，走在阳明山浓雾中，我在想，阎锡山的终老之地，会是一番什么景象？

车到山顶，太阳忽然露出，浓雾刹那间消散，顿时满眼青翠。青翠随山起伏绵延，一株又一株艳丽樱花点缀其间，遂有了间隔，跳跃。

没想到，阳光来得如此恰到好处。没想到，台北的樱花开得这么早，这么艳。

二、故垒萧萧芦荻秋

永公路很长。

地址条上分明写着"巷"、"弄"，实际上却是一条山间公路，路两旁少见建筑，更无从发现街道的痕迹。汽车从山顶顺路而下，偶见远处有一房子，拐进路口，很快行至山边，道路戛然而止，只能折返。

几次折返，总算找到"245巷"路牌号，一条小路，一幢绛红色两层砖石楼房。车开过去，见另有一幢白色楼房与红楼相邻。白楼极为简陋，墙壁污迹斑驳，且紧靠红楼。难道这就是阎锡山故居？我喃喃自语道："不会是吧？房子这么差？两座楼不应该这么近？"车前行几十米，道路中断，仍只好折返向还。车停路边，我们走下来四处寻找，确认。

终于，终于，在下行公路的左侧看到了一块示意牌。示意牌不大，大约两平尺模样，平卧。牌子上方几行大字写道：

古迹，"阎锡山故居"。

等级：市定；

类别，宅第；

创建年代：民国三十九年（1950年）。

关于阎锡山，示意牌下方说明（中、英双语）如下：

　　阎锡山，字伯川，1883年出生于山西省五台县。1904年留学日本学习军事，留学期间加入中国同盟会，倡导革命。民国成立之后，历任山西都督、督军、省长、委员长、行政院长、总统府资政等要职。1960年病逝于台北，享年77岁。1945年抗日战争胜利，不久，国共内战爆发，1949年5月太原被共军包围，所部死守太原浴血作战，最后全军壮烈牺牲，史称"太原五百完人"。1950年5月，前总统蒋介石先生在台湾复行视事，阎锡山从此逐渐淡出政坛，住在阳明山现址深居简出，他一方面因怀念故乡，一方面为躲

141

避炎热及台风，仿山西高原窑洞建筑，打造这栋石窑洞起名"种能洞"，每日在此埋头写作，过着与世无争的生活。

这里所写"委员长"一职，表述略有欠缺，容易产生歧义。阎锡山担任的实为"蒙藏委员会委员长"而非蒋介石曾担任过的"军事委员会委员长"一职，同为"委员长"，两者的地位与重要性相差极大。阎锡山担任过"军事委员会副委员长"，这一职位更为重要，相比而言，此处说明恐应写为"副委员长"较为准确。

与示意牌相对的公路右侧院落，就是我们费力寻找的所在。

走到院落门口，但见方形水泥门柱上，挂有一块蓝底白字的铁皮门牌，注明："士林区永公路245巷34弄259、261、265、267、271、275、277"。

"三十四弄"——刚才看到的红、白相邻的建筑，就在这个院落深处，它们真的是阎锡山的阳明山故居。令人不解的却是，门牌编号为何缺少"263"、"269"？难道它们是阎锡山修建的窑洞吗？

院门简陋得不敢相信这里就是曾经显赫几十年的阎锡山的故居。两扇铁栅栏门紧闭，右侧水泥门柱上的电插座已经脱落，任由它裸露，悬挂。听见我们的声音，忽有两只黄狗从院落里面冲来，狂吠不已。它们身后，一条沙石路拐弯延伸院内，两旁竹子，高而青翠，挡住我们的视野，看不到竹后景象。

院子里空无一人，只有这两只狗。一位姓范的老人，从路旁不远处走来，告诉我们，如今只剩两位健在的山西老兵负责看管故居。他们住在山下，一般事先约好，才会上山陪同参观。头一天，他们刚陪几位客人来过。

事后知道了这样的故事：阎锡山当年在这里定居后，由他带至台湾的六十名山西部下陪同，负责护卫和照料。1960年阎锡山去世，安葬在院落背后的山上，这些老兵依旧住在这里，看守墓地，与之相伴。半个世纪过去，老兵一个接一个故去，仅剩的几位老兵，也到了八十多岁的高龄，再也无力管理这个院落与墓地，故在一年前将之交给台北市政府。时间匆匆，除了路边竖起"古迹"示意牌之外，阎锡山故居尚未修葺并对外开放，这也难怪两位台北朋友对之懵然不知。

故居的主人已去五十二年，只留下一圈铁丝网，网住整个院落的破败、萧条与荒芜。

台北朋友与阎锡山的那位范姓邻居用台湾话交谈，我隔着铁丝网朝里张望，从大门一直走到红、白相邻的楼房。院落里，看不到阎锡山费心设计建造的"种能洞"，只见有一段山门模样的土红色残垣，孤零零地竖在荒草之间。绛红色的楼房似乎也早已荒废，阳台上，长满杂草，高者几可没过人头。

铁丝网两旁，长得最多最旺盛的，是一簇簇芦苇。浅黄而发灰的芦荻花，随风摇曳，与山门残垣、与阳台长着杂草的楼房相映衬。

我走到哪里，黄狗跟在哪里，隔着铁丝网对我叫上几声。张望铁丝网里的残垣，想到山西河边村的那个建筑群；伫立芦荻下，想到刘禹锡的诗句"故垒萧萧芦荻秋"。

未能走进故居，不免有些失望。千里迢迢前来寻访，看到的竟是此番景象，不仅与先行参观过的士林官邸不可同日而语，与张大千摩崖精舍、胡适故居、钱穆素书楼，也相形见绌。

转而又想，阎锡山阳明山故居的这种荒芜，并不让人过于吃惊。他的政治显赫，他叱咤风云的时代，早在1930年就已经落幕了。此之时也，蒋介石、张学良联手将阎锡山、冯玉祥打败，中原大战遂告结束，从此，出现在世人眼前的是阎锡山落寞的身影。尽管他没有淡出政坛，尽管他在抗战期间和国共内战期间仍是颇具分量的人物，但与中原大战爆发之前的那个"山西王"相比，不可同日而语。

1949年，当国民党政权在大陆崩溃之际，阎锡山一度又成为引人注目的对象，则是因为他的"太原守城战"。美国《时代》周刊曾在1930年中原大战爆发之际选择阎锡山为封面人物，如今，其姊妹刊《生活》画刊，再发表一张阎锡山大幅照片。红色军队兵临城下时，阎锡山一身戎装，坐在太原的指挥部书桌旁，桌上分别摆着美国"飞虎队"陈纳德将军大幅照片和马歇尔将军的小幅照片，左手将一盒毒药倒在桌上，面对镜头他特意表露出凝重而又决断的神情。《生活》的通讯即写道，阎锡山决心已定，要与部下死守到底，与太原城共存亡。随后的情况是，他飞离了太原，而他的五百名部下，包括亲人在内，在红色军队攻进太原城之后，集体吞药自尽，即阳明山故居前碑文所写"太原五百完人"一事。

一年之后，落败来到台湾的阎锡山，彻底离开政坛，台湾后来的一切起伏跌落，都与他无关。他的新建住所选在台北远郊的山间，他在落寞中，在被世人淡忘、被时间过滤状态下，走完生命最后十年。

人走，屋在，山岚依旧青翠。阳明山这一座故居，走进荒芜，走进萧萧芦荻映衬的苍凉，却是必然。

铁丝网里，犬声又起。

三、墓地，这一个大大的"中"

阎锡山墓地就在院落后面，相距不到百米，一条毫不起眼的窄小石板

143

路，荒草丛生，青苔点点，引我们走进。未想到，无法走进故居的失望与郁闷，却在墓地得到了些许情绪安慰。

值得一看，值得回味。

不起眼的小路拐一个弯，即见一个巨大的"中"字赫然而立。墓地依山势而建，分上、下两层，下方斜坡中央，是一个大大的方框，框中央则镶嵌着一个巨大的"中"字，足有五六个平方米大小。

一个大大的"中"，是阎锡山墓地的抢眼处。

"中"做何解？乍一看，似是中原、中国之义，如同阎锡山在阳明山上建一山西窑洞式以寄寓思乡之情，一个巨大的"中"，将逝者在天之灵与故土之思交融一体。对于那些自大陆败退台湾的许多民国要人而言，大多可做这种理解。然而，这一个"中"在阎锡山身上，却另有其寓意。

人们知道，阎锡山早期即主张"中"的哲学观，"不偏不倚"，"适中求对"，作为"山西王"奉行的自治、中立，也是他执政山西得以成功的思想基础。学者成新文在《评阎锡山中的哲学》中指出，阎锡山对"中"的思想论述最多，阐述最为周详。归纳起来，主要有以下几种说法：一、中是一个中心点。二、中是一种规矩，标准。三、中就是公道。四、中是政治的原动力、政治的理想。五、中就是种子，就是造物主。

曾读到一段记载。1924年5月，印度诗人泰戈尔到太原访问，他问阎锡山："东方文化是什么？"答曰："中。"泰戈尔问什么是"中"？阎说，有"种子"的鸡蛋的那"种子"即是"中"；宇宙、造化都把握了这个"中"。泰戈尔问：我们此行经上海、天津、北京，为什么见不到一点中道文化的痕迹？阎锡山说：就是太原也找不到了，你们想要找，去乡间还可以找到一点。

由此可见，对"中"阎锡山情有独钟。

"中就是种子"——原来，阎锡山之所以将阳明山的寓所命名为"种能洞"，正基于此。历经多少战火杀戮，承受多少政治大起大落的幻灭与折磨，淡出政坛的阎锡山，隐居阳明山上，想必有了重新梳理与反省一生从而进入哲学思考的一种超脱与平静，甚至有了入禅的那么一种感觉。台湾现实的一切不再与他相关，唯有发生在故土的历史演变，唯有他所亲历的纷繁人与事，才有可能纳入他的思索。可以说，生命的最后十年，他在阳明山也一直与这个"中"相伴而行，直至走到生命终点。进而，在墓地上赫然出现一个"中"字。我猜想，采取这一方式，也应是根据他本人的遗愿。

"中"字两旁为台阶，约有十余级，"中"字上方，为一片不大的平地，矗立的长方形墓碑后面是圆形墓穴，其格局与风格与一般民国时期的墓地一致，我在此之前拜谒过的胡适墓地，也与之相同。

墓碑上书"阎伯川先生之墓"。同行的台北朋友不解，一个曾经风云一时的枭雄、战将，墓碑之字为何选用楷体，而非与之身份和经历更显贴切的魏碑或隶书，少了霸气强悍，少了古朴浑厚，却只有纤细、柔弱、温和。转而一想，或许这也是阎锡山自己的选择，在"中"的哲学基础上，他想突出自己的难得不正是文人的儒雅吗？在河边村的故居建筑群里，廊柱上随时可见他书写的对联，均为纤细柔和的楷书及行书，可见，他更愿意以这样的形象呈现于世人面前。

在墓碑前有一块方形小祭台，没有鲜花，却有撒落的各种硬币，人民币、台币，另有一枚民国初期的铜钱。最醒目的是一包来自山西的"平遥牛肉"，拜祭者已将之撕开，置放于祭台——来自故土山西的拜祭。

墓穴后方的山壁中央，镶嵌一块大理石墓志铭。墓志铭不到一平方米大小，铭文实为蒋介石的"总统令"，简述阎锡山一生，颁布时间为"民国四十九年七月二十九日"（公元 1960 年 7 月 29 日）。"总统令"内容无特别之处，但墓志铭却有几个相关细节令我颇感兴趣。

一是墓志铭前面写作"总统令"，落款处除"总统蒋中正"外，则另附一行"行政院院长陈诚"，字号略小于蒋介石。蒋介石、阎锡山、陈诚，三位都曾成为美国《时代》周刊的封面人物，没想到，他们三人以这种方式在此处会合。我不理解的是，"总统令"为何要附加"行政院院长"，是惯例，还是特例？（此文完成后，请教台湾朋友，他回复：根据规定，"总统依法公布法律，发布命令，须经行政院院长之副署，或行政院院长及有关部会首长之副署。"此即为"阎揆副署权"。）

二是墓志铭上方正中央，刻有"荣典之玺"。但这一玺印的位置显然事先并未设计，留出相应空间，而是将位于中央三行的最上方各磨去三字，另补刻上"荣典之玺"四个字。这样以来，墓志铭变得残缺，根据上下文，我只能辨认出中间一行磨去的三个字为"战区司"，可还原为"任第二战区司令长官"，这是阎锡山在抗战爆发后出任的要职。一个如此显赫的民国要员的墓志铭，当时设计为何如此草率？是故意为之，还是因疏忽所致？

墓志铭的最后一行，有字号更小的、更难辨认的落款：典玺官唐振楚。

经查，唐振楚是担任蒋介石的秘书多年，阎锡山去世之际，唐的职务是"总统府第一局局长"，负责掌"中华民国大印"和"荣典之玺"。唐振楚是湖南衡阳人，之所以引起我的兴趣，在于他是历史小说《曾国藩》的作者、大陆作家唐浩明先生的生父。

有了阎锡山墓地的这样一些细节，寻访阳明山，也就多了历史的况味。

其实，历史常常是以此种方式衔接，延伸。

回到北京，遇到阎姓朋友，向他描述阳明山那一处的荒芜、苍凉，墓地上那一个巨大的"中"，墓志铭那一角的残缺。他轻声喟叹，一时无语。诸多不解。为何台北不重视阎锡山故居的管理与开放？如果开放，对大陆游客，尤其是山西游客，一定很有吸引力。我们甚至说，将阎锡山墓地迁回山西故里河边村，与那一片偌大的建筑群相伴，与村外的阎氏祖坟相邻，恐怕是最好的选择。或许，这也是阎锡山生前最为期待的归宿。

会有那么一天吗？

原载美国《世界日报》2012年4月4—6日

《渔阳文艺》2012年第6期转载

难忘的清流绝响

黄永玉

苗子兄死了。

我听见噩耗之后很从容镇定，凝重了几秒钟，想了想他温暖微笑的样子……

意大利、西班牙那方面的人死了，送葬行列肃立鼓掌欢送，赞美他一辈子活得有声有色、甚至辉煌灿烂。听说往时河北省一些地方，老人家死了，也是像闹新房一样热闹一场，讲些滑稽的话，真正做到"红白喜事"那个"喜"的意思。

地区有别，时代也不同了，换个时空，使用不当很可能酿成天大祸事。

苗子兄死了，成为一道清流绝响。二十世纪三十年代漫画界最后一个人谢幕隐退了。

苗子兄第一幅漫画作品发表在 1929 年——十六岁；我 1924 年生，五岁；没眼福看他那第一幅画。一直到抗战胜利后的 1947 年，我在上海刻木刻懵懂过日子，接到苗子郁风兄嫂他们两位从南京来信要求收购我的木刻的毛笔信之后，才认真地交往起来。那时我二十三岁，他们也才三十二三岁，六十五六年前的事了。

十六岁孩子可以哄抱五岁孩子；三十二三的青年跟二十二三的青年却成为终身知己。

跟他们两位几十年交往，南京、上海、香港，最后几十年扎根北京，四个大字概括——

"悲、欢、离、合。"

他自小书读得好、字写得好，因为跟的老师邓尔雅先生、叶恭绰先生……了得。我哪谈得上学问？我只是耳朵勤快，尊敬有学问的人。

我觉得自己可能有一点天生的"可爱性"；向人请教，向人借书，人家都不拒绝。据说藏书丰富而爱书如命因之"特别小气"的唐弢先生，叶灵凤先生，阿英先生，常任侠先生，黄裳老兄，苗子老兄，王世襄老兄，对我从来都是门户开放，大方慷慨，甚至主动地推荐奇书给我，送书给我（黄裳兄送过明刻家黄子立陈老莲《水浒》叶子和《宝纶堂集》……）。

苗子兄的书库等于我自己的书库，要什么借什么，速读书卡片一借就是三月半年，任抄任用。包括拓片画卷（王世襄兄多次亲自送明清竹根、竹雕名作到大雅宝胡同甲二号来，让我"玩三天"、"玩一礼拜"……）。

这种"信任"，真是珍贵难忘。

2006年中秋，苗子、郁风兄嫂到凤凰玉氏山房来。郁风老姐告诉我，这两年重病期间，"肚子里凡是女人的东西都取走了"。其实她脖子上的创口还没有拆线。随行的客人中有两位医生夫妇。

在玉氏山房，郁风老姐说什么我们都听她的。

"给我画张丈二……"

好，丈二就丈二，纸横在画墙上，上半部画满了飞鹤。她说："留了空好，回北京我补画下半张……我们全家还要来凤凰过春节！"

中秋，几十个凑热闹的本地朋友一起欣赏瓢泼大雨，还填了词，我一阕，苗子兄和了一阕。

天气转好的日子，还到我的母校岩脑坡文昌阁小学参观，请了几顶"滑竿"抬他们，回来，她居然把"滑竿"辞了。

她说："这学校风景世界少有！"

当然！那还用她说？我想。

回北京不久又进医院，死了。

郁风大姐跟苗子老兄不一样。爱抬杠！而且大多是傻杠。有时弄得人哭笑不得，有时把人气死。怪不得有次苗子兄说："哪位要？我把她嫁了算了！"

郁风大姐自从变成老太婆以来，是个非常让人无可奈何的"神人"。有一年在我家的几十人的聚会上，交谈空气十分和谐融洽，临散席时，一位好心朋友对郁风大姐说："以后有什么事需要帮忙，可以打电话给我。"猜猜这位老大姐如何回答？"唉，算了！你都下台了，还帮什么忙？"（老天爷在上，这是原话。）

好心朋友是诚恳的，郁风大姐也不伪善。

全场鸦雀无声。

谁想得到，翻回几十页历史去看我们这位大姐，做过多少严密审慎大事，经历多少需要坚毅冷静头脑去对付的磨难，她还是1936年长征干部待遇，天晓得她干过什么事，说的话却像刚从子宫里出道。

苗子兄东北劳改四年半，秦城监狱七年半，共十二年。一生重要的十二年就这么打发了。

去年八月间，毛弟把他从医院送到万荷堂来吃了一顿饭，不单吃相可人，我还认为他不久就能从医院回家。

饭后我们还大谈了一番人生。又提到画画的老头剩下不多了，他还说："你算不得老！"我连忙接着说："当然！当然！你十六岁发表作品时，我才五岁。你肯定是前辈。"

又提到眼前剩下许麟庐、他、我三个人了。（恐怕还有几个，只是说不清楚……）

吃过饭，坐毛弟的车走了。第四天，许麟庐兄去世。我还打电话："喂，许麟庐没了，剩下咱们俩了！"

他："哈！哈！哈！"

苗子兄对学问，对过日子，对人都是那么从容温润，所以他能活到一百岁。

对世界，他不计较。

从秦城监狱放出来第二天我去看他，见面第一句话是笑着说的："你看，你看！搞了我七年半。"

记得抓走他两口子的那天上午，我从牛棚扯谎"上医院"，在东单菜市场买了条尺多长的鲜草鱼到芳嘉园去。一进门，光宇的夫人张妈妈看见是我："哎呀！你还来？两个刚抓走——你快走，你快走！"

我问孩子冬冬呢？

"我管看！我管看！你快走！快走！"

"四人帮"覆灭之后，被烟熏火燎所剩无几的蚁群又重新聚成残余队伍。这零落的队伍中，有的没过上几天好日子、没笑上几声就凋谢了，浅予没有了，丁聪、郁风和苗子赶上了好时候，算是多活了几年。

苗子脾气和顺，闲适，宠辱不惊，自得其乐，连害病都害得那么从容。躺在医院几年，居然还搞书法送人，做诗与朋友唱和。

一个人怎么可以弄成这种境界呢？可能是从小得到有道德、有学问的长辈熏陶，加上青年时代的运气和敏慧，吴铁城、俞鸿钧诸人的提携；本身优良的素质，做了大官没有冲昏头脑，没有腐化堕落，常年与书为伴，懂得上下浮沉的因果关系的缘故。新中国成立后面对没因由的坎坷那种从容态度，不是普通人做得到的。所以"仁者寿"。

苗子兄也有很多很多好笑的地方。他的出生、学识、经历，自小都浮在文化和政治的上层（东北劳改四年半除外），说来说去可算是一种特殊的"纯洁"。我和他不一样，自小就没有受过严格端正的教育，靠自己哺育自己，体会另外半个世界的机会比他丰富。他清楚这一点，正如孔夫子说过的："吾生也贱，故多能鄙事。"

手工艺方面不用说。我帮他用葡萄藤做过一把大紫砂壶的高提梁；帮他在铜镇尺上腐蚀凸出的长联书法，他都惊叹我为"神人也"；就拿一般的生理常识，他也是一窍不通，幼稚得无以复加。

有个下午忽然接到他的电话：

"永玉，我问你一个问题，什么叫'乳沟'？"

我说："你干吗不问郁风？"

又有一年冬天，忘了是晚上还是白天，他来电话：

"永玉，怎么我的睾丸不见了？"

我了解这个问题，我在农村劳动有过这种经历：

"天气冷，躲到肚子里头去了。"

"哦！哦！"

六十年代我住在北京站罐儿胡同的时候，某一个月的月底，他笑眯眯地走进屋来："月底，没有钱了吧？哪，这里五块钱。哈、哈、哈……"

见鬼！哪个叫他来的？

一切都过去了，我们这帮老家伙剩下不多了。

对于苗子兄的一生，觉得他有一件大事没有做。他"王顾左右而言他"，他来得及的时候没有做（比如从秦城监狱出来的时候，他跟人常做诗唱和，认为十分有趣开怀，其实浪费了情感和光阴），甚至根本没有意识到应该做；或早已意识到该做而为某种戒律制约没有做；那就是写一本厚厚的、细细的"回忆录"。

不写"回忆录"而东拉西扯一些不太精通的"茶"、"烟"、"酒"的东西干吗？这类材料电脑一按，三岁小孩都查得到，何必要你费神？你一不抽烟，二不喝酒，三不善茶。可惜了……

你想，当年儿时广东的文化盛景，其尊人跟叶恭绰、邓尔雅诸文士们的交往活动，有多少写多少，会是多么有益于后代的文献！

后来在上海，文化界的活动，漫画界诸人，黄文农、张光宇、曹涵美、张正宇三兄弟，叶浅予、陆志庠、高龙生、汪子美、黄尧、蔡若虹、华君武、张英超，以及后来的张文元、特伟、廖冰兄……诸人的活动，还有文化界重要的"孟尝君"——邵洵美……还有电影界的那一帮老熟人，王人美、赵丹、金山、顾而已、陈凝秋、金焰、白杨、陈燕燕、唐纳、高占非、魏鹤龄、阮玲玉……在你，都是熟到家的朋友。接下来写你的官运旅程，吴铁城、张学良、俞鸿钧、蒋介石、戴笠、王新衡、宋美龄……以后的重庆生活，毛泽东、周恩来、叶剑英、董必武……还有一些特殊的朋友，潘汉年、夏衍、唐瑜……包括杨度、杜月笙、黄金荣、蒋经国……

　　串在一起的大事，零零碎碎的小事，没有人有你的条件，有你的身份，有你的头脑，有你的记忆力和才情。这会是一部多么有用的书，多么惹人喜欢的书！多么厚厚的一部重要的历史文献……

　　你看你看！你不抱西瓜抓芝麻。你看你居然就这样死了……

原载《文汇报》2012年2月1日

铁箫声幽

宗　璞

　　常觉得我们这一代人很幸运。旧书虽念得不多，还知道些；西书了解不深，总也接触过。没有赶上裹小脚、穿耳朵；长达半尺的高跷似的高跟鞋还未兴起。精神尚不贫乏，肉体未受虐待，经历更是非凡。抗战那一段体会了人的高贵的品质、信念与坚忍；"文革"那一段阅尽了人性的狠毒与可悲。我们的生活很丰富，其中有一项看来普通、现在却让人羡慕的，值得大书特书的，那就是，我们有兄弟姊妹。

　　传统文化讲五伦，其中之一是兄弟。常听见现在的中年人说：他们最羡慕别人有兄弟姊妹。想想我的童年，如果没有我的哥哥和弟弟，我将不会长成现在的我。

　　我们兄弟姊妹四人，大姐钟琏长我九岁，所以接触较少，哥哥钟辽长我四岁，弟弟钟越小我三岁。整个的童年是和哥哥、弟弟一起度过的。抗战胜利，我们回到北平，回到白米斜街旧宅中，这座房屋是父母的唯一房产。有一间屋子堆满了东西，和走的时候完全一样。那时冬日取暖用很高的铁炉，称为洋炉子。烧硬煤，热力很大，便有炉挡，是洋铁皮做成的，从前常在上面烤衣服。我们看到那铁炉依旧，炉挡依旧。最有趣的是炉挡上面写了两行字，也赫然依旧。这两行字是："立约人：冯钟辽、冯钟璞。只许她打他，不许他打她。"当时在场的人无不失笑。父亲说："这是什么不平等条约！"那时哥哥已经去美国求学，那条约也因炉挡的启用擦去了，他没有再见到我们的不平等条约。

　　我已不记得怎么会立下了不平等条约，好像全无必要，因为我们从来没有打过架。不过，这也是一种姿态。另有些事倒是历历如在目前。清华园乙所的住宅中有一间储藏室，靠东墙冬天常摆着几盆米酒，夏天常摆着两排西瓜。中间有一个小桌，孩子们有时在那里做些父母不鼓励的事。记得一天中午，趁父母午睡，哥哥在那里做"试验"，我在旁边看。他的试验是点一支蜡烛烧什么东西，试验目的我不明白。不久听见母亲说话，他急忙一口气噗地吹灭了蜡烛，烛泪溅在我身上。我还没有叫出来，他就捂住我的嘴，小声说："带你去骑车。"于是我们从后门溜出。哥哥的自行车很小，前后轮都光秃秃没有挡泥板，但却是一辆正式的车，我总是坐在大梁上左顾右盼游览校园。哥哥知道我喜欢坐大梁，便用这"游览"换得我不揭发。那天的"试验"也就混过去了。

后来我要自己骑车了。我想那时的年纪不会超过九岁，大概是八岁。因为九岁那年夏天开始抗战，我们离开了清华园。我学会骑自行车完全是哥哥的力量。那时在清华园内甲乙丙三所之间有一个网球场，我们好像从来没有打过网球，只在地上弹玻璃球。我在这场地上学骑自行车，用的是哥哥的那辆小车，我骑车，他在后面扶着座位跟着跑。头一天跑了几圈，第二天又跑了几圈。我忽然看见他不跟着车了，而是站在场地旁边笑。我本来骑得很平稳了，一见他没有扶，立刻觉得要摔倒，便大叫起来。哥哥跑过来扶住车，我跳下来，便捏紧拳头照他身上乱捶。他只是笑，说："你不是会骑了吗?"我想想也是。可是，下一次还是要他扶，他也就虚应故事地跟着跑。这样我就学会了骑自行车。我可以骑姐姐的成人的女车，在清华园里兜风。常从工字厅东边沿着小河过小桥，绕过大礼堂，经过图书馆前面，再经过当时的校医院——这几间平房还在吗? 最后从工字厅西面回家。有时一直骑到西院，去看看那一片荒野。当时清华园内人很少，骑车很自由。后来，20世纪60年代，我常骑车从灯市口穿过闹市到建国门去上班。我从学车起到停止骑车从未摔过跤。

到昆明以后，哥哥上中学，我和小弟上小学。我们所上的南菁学校因为躲避日机的空袭，迁到昆明郊外岗头村，我们都住校。家还在城里，后来家迁到东郊龙泉镇，我们又在城里住校。不记得是怎么回事了，总之有很长一段时间我们常在周末从乡下走进城，或从城里走到乡下，一次的距离大约是二十里左右。我们三个人一路走一路说话，讲故事，猜谜语，对小说的回目，对的主要是《红楼梦》和《水浒》的回目，《三国演义》我不熟。还有一项重要内容是讲自己创作的故事，轮流主讲。大概也是编故事的需要，三个人每人有一个国家，哥哥的国家叫"晨光国"，在北极;弟弟的国家叫"英武国"，在海底;我的国家叫"逸坚国"，在火星上。不知为什么，我从小便对火星有兴趣，到现在也觉得火星很亲切。我的兄、弟后来都是工程师，但他们具有的艺术细胞绝不比我少，故事编得很热闹，可惜都不记得了。

家里孩子多，吃饭就成为一个有趣的场面。我小时有一个习惯，就是喜欢脱鞋。尤其是在吃饭的时候，觉得脱了鞋最舒服。这时，哥哥就会把鞋拿走藏起来，我便闹着要鞋，弟弟便会找鞋，常常是笑作一团。到后来还是哥哥把鞋拿出来，我又赖着不肯穿。直到母亲发话："不要闹了，快穿上。"才算安静下来。

　　我上联大附中时，一度在城里住校。那时联大附中没有宿舍，甚至没有校舍，都是趁别人不用教室时上课，有时就在室外树下上课。有一段时间，不知是借的哪里的一个大房间，大家打地铺。一次我生病了，别人都去上课，我昏昏沉沉地躺在空荡荡的大房间里。"妹。"是哥哥的声音，睁眼只见他蹲在我的"床"边。他送来一碗米线，碗里还有一个鸡蛋。

　　哥哥于1942年考入西南联大机械系，他不用功，却热心演话剧。参加演出过曹禺的《家》，饰演觉新。我和小弟随父母去看演出那一晚，在高老太爷去世那一场，哥哥把觉新头上的孝布去掉了，为的是怕母亲看了不高兴。他还写小说，我还记得他有一篇小说的第一句是"不疾不徐的雨"。他的文字是很好的，字也写得好，还会刻图章。那时的男孩似乎都会刻图章。他大学二年级时志愿参加远征军，直接在反法西斯战争中做出贡献。有一次他从滇西回昆明度假，看见我的头发长了，要给我剪一剪。他说："头发为什么要剪成那样齐？剪成波浪式的不好吗？"当时大家都认为他很荒谬，没想到几十年后头发真的不以"齐"为美了。

　　抗战胜利后，哥哥获得美国总统自由勋章，获得此项勋章的翻译官共二十二人。我曾想就此写一篇文章，介绍这些好男儿，因为要用一些英文材料，我的眼睛已坏不能阅读，只能放弃了。哥哥的朋友也曾寄材料来，没有用上，心里很觉歉然。文章虽然没有写，对那些投笔从戎的大哥哥们，无论得没得勋章，我都永远怀有敬意。

　　以后，哥哥到美国就读于宾夕法尼亚大学，继续读机械系，也继续开展他多方面的兴趣。他喜欢击剑，入选了校队，代表学校出去比赛；还学过几个月芭蕾舞。工作以后学会开飞机，曾开着飞机从费城到华盛顿去看望王菲曼、慈炳如夫妇，王菲曼是王浩的姐姐。乘客是我的嫂嫂李文佩姊妹。二十世纪七十年代哥哥一家回来探亲，说到此事，父亲说："敢开飞机倒不稀奇，难得的是有人敢坐。"大学毕业以后，他根据兴趣又读了数学、物理两个专业，以后又获得二十几项专利。因为用专利律师申请专利费时费钱，索性自己考了一个美国专利代表人的执照，可以坐在家里申请专利。对于那些烦琐的法律条文，他了如指掌，说起来从不卡壳。退休后，他有了更多时间，至今还在研究有关电的问题，前两年曾回国参加静电学会的活动，但是他的理论很少有人支持。

　　前些时，哥哥来电话，告诉我一个不幸的事件，他的钱包丢了。别的倒没有关系，只是其中的飞机驾驶执照也丢了，他觉得是一大损失。我安慰道："你反正也不开飞机了。"他沉默了片刻，说："用不着了——也不用再补发了。"

二十世纪九十年代初，我出版了一本散文集，书名为《铁箫人语》。取这个名字是因为家里有一支铁箫。书出版后不久，南京的"洞箫博物馆"也许是"乐器博物馆"来人要求看一看铁箫。他们说他们藏有铜箫，还没有见过铁箫。我把箫拿给他们看，他们观看良久，又试吹过，承认它是一支箫。但我想大概不是很上乘，然而它毕竟是一支箫，而且是铁箫。我还为这支铁箫写了一小段文字，作为《铁箫人语》的序：

> 我家有一支铁箫。
> 那是真正的铁箫。一段顽铁，凿有七孔，拿着十分沉重，吹着却易发声。声音较竹箫厚实，悠远，如同哀怨的呜咽，又如同低沉的歌唱。听的人大概很难想象这声音发自一段顽铁。
> 铁质硬于石，箫声柔如水；铁不能弯，箫声曲折。顽铁自有了比干七窍之心，便将美好的声音送往晴空和月下，在松荫与竹影中飘荡，透入人的躯壳，然后把躯壳抛开了。
> 哦，还有个吹箫人呢，那吹箫人，在哪里？

吹箫人可以吹出不同的曲调，而铁箫只有一个。

是谁制作了这支铁箫？制作了这支可以从箫声和箫的本身引出许多联想的铁箫？那就是我的哥哥——冯钟辽。

箫属于中国文化，可以引起许多中国式的联想。都是陈货，也就不必说了。制箫的材料是多种多样的，也许也曾有过铁箫，但是我不知道，只能说哥哥的这一支。铁箫既是乐器又可以做武器，我常想最好能有一位女侠，用的兵器是铁箫；抡圆了可以自卫救人，扫尽人间不平事；吹响了可以自娱娱人，此曲只应天上来。也许哪天真写出一篇没有武功的冒牌的武侠小说来。

在昆明时生活很艰难，最常用的乐器只是口琴。箫、笛虽也方便，却少人吹。母亲在乙所时便吹箫，到昆明后得了两支玉屏箫，声音很好。母亲时常吹奏的乐曲是"苏武牧羊"。哥哥制作铁箫便是受竹箫的启发，用一根现成的废铁管，根据一点点中学物理知识，钻几个洞，居然可以吹出曲调，大家都很高兴。我们就是这样因陋就简，在清苦的日子里，使得生活充实而丰富。

哥哥制作铁箫，只不过是他众多兴趣中的一项。他现在最主要的兴趣还是在电学。八十八岁了，仍不断做实验。我说："可别像苏东坡一样，为制墨，把房子烧了。"哥哥的科学知识当然比东坡强多了，房子是不会烧的。

但是试验做起来也颇麻烦，哥哥却乐此不疲。在他各种兴趣活动的实践中，便闪耀着创造的光亮。

原载《随笔》2012年第3期

瑞芳老师远去的夏日

卜　健

转眼又是夏日，转眼又过夏日。

先是王蒙先生从北戴河打电话来，询问我们何时会去那里。听筒里的声音大致如往常，可我竟觉得携带着几许寂寥，痛然想起，崔瑞芳老师已经远去，安一路那个曾满涵温情、夫唱妇随的小院，如今只剩下王蒙一人。

去年夏天，我和妻子悦苓到北戴河小住，离开前，往中国作协疗养中心看望他们。因没有提前联系，小院静悄无人，我们叫来服务员，进屋等了一会儿，因急着返京，留下一纸短笺也就开车上路。刚到卢龙，王蒙电话打来，记得还与瑞芳老师讲了几句，她的话语依然慈和平静，浅浅笑着，说如知道我们来就不出去了，也说自己感觉好了许多。

前年夏天，我们到小院时，老两口正一人一室伏案写作。悦苓送上一套新款沙滩服，王蒙立刻去卧室换上，在客厅里摇晃了一圈，以示鼓励，崔老师则一边笑，一边端上水果。那天中午老爷子请客，喝酒聊天，当然主要是听他聊天，其乐也融融。次日晚，也在北戴河疗养的家正先生邀请小聚，两位文化部前部长对谈文化，很是开心。悦苓事后对我说：你发现了吗，王蒙先生讲话时，崔老师总是静静地看着他，那么专注……

也就是当年冬月，王蒙曾任文学院院长的青岛海洋大学来京宴请相关学者，一向妙语连珠、总有一番精彩致辞的他简简几句，告说夫人身体刚查出问题，就匆匆离席。我相随而出，询问崔老师得了什么病，告曰是癌症。我心猛然一紧，再看王蒙，是满脸无遮拦的忧急，是从未出现过的惊慌失措。

与瑞芳老师相识，大约是在1989年的秋冬之际。我和刘树刚兄一起去朝内北小街拜望王蒙先生，那是我第一次去他府上。话题由《坚硬的稀粥》扯开来，说到当时对这篇小说的围剿，说到一些人挖掘"稀粥"隐喻之辛苦，也说到几代国人对"稀粥"的依赖亲近……王蒙谈得兴起，竟说几位朋友准备集资开一粥铺，要卖什么什么什么粥，辅以什么样的小菜。他说的那样兴奋，又似乎很有可操作性，以至于我信以为真，去看一旁的瑞芳老师，但见她一脸慈柔，注目于眉飞色舞的王蒙，像班主任看着一个偶尔捣乱的得

157

意门生。

多年来，每到春节之前，王蒙先生都会主持一次或几次雅集，找一些友人相聚。自昨夏到今春，大家好像有了一种默契，开始轮流邀请王蒙和瑞芳老师。金宏达兄和于青是他们的老朋友，也是其在平谷雕窝的邻居，率先做东；章申兄在国家博物馆安排参观和聚餐；聂震宁兄、凯雄和士光率人民文学出版社诸位，在节前节后两次设宴……我们看着瑞芳老师一次比一次消瘦，看着她上下阶梯日渐艰难，也见证她那永不褪色的淑慧祥和。记得有两次袁行霈先生偕夫人出席，瑞芳老师与杨老师如姊妹相见，拉手絮话，一如平常地亲切平静。所有这些聚会都有瑞芳老师参加，一则是大家的期待，更重要的是她愿以最后的时光陪伴王蒙，以勉力出席来回报大家的情谊，反过来抚慰那些希望抚慰她的朋友。

由于选择了王蒙，瑞芳老师的一生充满跌宕起伏，用她的话讲，是"各种大喜大悲都经历过了"。她是一个恬淡恬静的人，又是一个坚定坚忍的人。"夫妻本是同林鸟，大限到来各自飞"。"反右"和"文革"都堪称人生大限，其间夫妻反目、父子寇仇比比皆是，在她身上则呈现出真爱的力量。为了王蒙，她可以带着两个年幼儿子赴新疆，下伊犁，将人生最好的时光抛掷于遥远边城，这需要怎样的决绝和坚忍！她是一个善良温和的人，却也有与王蒙一样的理念信仰，一样的爱恨情仇，一样的不妥协不苟同，正因为如此，瑞芳老师对王蒙的爱才这般彻底和纯粹。

今年夏日，我们两次去北戴河，去安一路小院看望王蒙先生，第二次是陪家正先生去的，他还特地给王蒙带了两瓶陈年茅台。大家在小小客厅中聊天，在满是松荫的庭院中散步，看那几株虬枝交错的丁香，听王蒙讲述小院的近现代史。不管是王蒙还是我们，都有意避开瑞芳老师的名讳，可分明，每个人都能在这里感受到她的气息，清晰想见她的音容笑貌。

"此身此世此心中，瑞草芳菲煦煦风"，这是王蒙写给妻子、并一句句读给她听的诗，是一首感动了许多人的爱情乐章。瑞芳老师远去了，她在几个月前便写下对子女和孙辈的留言，满纸皆是她对王蒙无尽的爱与牵挂。那时的她，会预想到即将到来的夏天吗？会想到小院丁香和通向海的长巷吗？二十多年了，老两口几乎每一个夏天都在北戴河度过，相携相随的身影成了海滨小城的一景，让瑞芳老师怎能不去想象呢！

今年夏日，王蒙先生仍然常住在这个小院，仍然每天下午三点去游泳。大家谈到今年的海水有些脏，他亢声说：不怕，海水脏，我比海水还脏！眉宇间还是我们熟知的那个王蒙。瑞芳老师"最不放心的"是王蒙，认为他"时刻都需要有在身边的贴心人的保护"，依依眷眷，催人涕下。我们想告慰她的是，她尽毕生心力照看呵护的王蒙，也是一个足够强大强悍的人，是一个敢于搏击狂风恶浪的人。

　　瑞芳老师，放心吧。

原载《中国文化报》2012年8月30日

159

吾师浩然

陈建功

人物简介：浩然（1932—2008.2.20）本名梁金广，著名作家。祖籍河北。1958年出版第一部短篇集《喜鹊登枝》。此后致力于创作反映北方农村现实生活和农民精神面貌的作品。1964年，多卷本长篇小说《艳阳天》第一卷出版，同年成为北京市文联专业作家。1970年底开始创作另一部多卷长篇小说《金光大道》。1974年为适应政治需要写了中篇小说《西沙儿女》，创作上走了弯路。1987年发表的长篇小说《苍生》，以新的视角观察和反映变革中的农村现实和新时期农村的巨大变化。作品生活气息浓郁，乡土特色鲜明，语言朴素自然。"写农民，给农民写"是他的创作宗旨。2008年2月20日辞世，享年七十六岁。

浩然去世的前几个月，有文学界的朋友告诉我，浩然已经不认得人了。朋友说，在医院里见到浩然的时候，他呵呵地笑，一边使劲转着眼珠，明显是努力地在记忆里搜寻。可怜他搜寻不着答案，最后那笑变得很尴尬。说到这，我们不由得唏嘘感慨了一番。一个人，倘若我们领略过他鼎盛时代的风采，再看他暮年的无助，那感慨中不免生出人生的悲凉来。这种悲凉，年轻人是体会不到的，只有到了知交半零落的年月，大概因为有了切身的感悟，也有了由人及己的瞻顾，才越发滋生出来。

我怕浩然再陷入那样的尴尬，我也怕自己滋生悲凉，一直没有去看他。

后来几天，遇到北京作家协会的朋友，问起浩然，他们的回答更令我悲痛，说他已经算是植物人了。那时候，我便想应该写下一点儿什么。固然因为他给过我关于小说的启蒙，他对我的好，随着他渐渐的远去，越发走近我的心头，更因为他是一个被人误解、引发争议的作家，甚至也不乏遭遇泼来的污水。

不久前，看到一篇文章，题目和观点都颇为有趣，叫作《历史是一个巨大的筛子》，大意说，历史对于个体的人，永远是大而化之的。文章历数了几个重要的历史人物，举出他们的历史评价和他们作为具体人之间的差异。令我思考久久。是的，有一些人，似乎被钉在了"历史耻辱柱"上，和我们真正认识的那一个，却有天壤之别。就拿浩然来说，不管怎么说，只一句"八个样板戏一个作家"，似乎也把他打入"文化专制"同谋者之列。我并不否认他曾经在一个黑暗的时代如日中天，也不否认他的作品和思想在那个时代有着不可避免的局限性，但到了乾坤朗朗之日，他就一定要下地狱吗？二十世纪的八十年代，拨乱反正之后，浩然的确差一点儿下了"地狱"，幸得北京的大多数作家们多少有点儿侠肝义胆，讲起浩然来，冷静而客观。大家纷纷举证，证明浩然在"四人帮"肆虐的时代，没有助纣为虐，甚至还有消极和抵制，才使之在那个"文革"思维方式未泯的时代逃过一劫。

曾经在东兴隆街接触过他并获得他指教的我，也是举证者之一。

认识浩然的时候，是1973年，我二十四岁。当时我是北京西部一家煤矿的采掘工人。说实在的，我在那煤矿混得不算好，被怀疑有"参与反革命集团"的嫌疑，遭遇了调查和批判。不过幸好我还有点"一技之长"。那个时代，会写文章已经算是很大的本事了。不然我们那党支部书记怎敢让我这个"反革命嫌疑"替他写学习"九大"的辅导报告？又怎么敢捉刀于我，派我写一首虚张声势的诗歌，让老劳模上台朗诵？到了二十世纪的七十年代初，"文革"已经闹得人厌倦不堪，废弃多年的文艺，忽然被当政者重视起来了。随之便有了上海《朝霞》杂志的出版，有了好几个城市工人文学写作活动的复苏。我想大概自己也算矿区里知道一点儿文学的人，于是便以"戴罪之身"，被派往北京"毛主席著作出版办公室"（那时的出版社，全被如此冠名），参与一本"工业题材"小说集的写作。

北京花市东兴隆街五十一号，据说是北洋时代海军部的旧址，那是一前一后两栋洋楼，当时大概应算是"毛主席著作出版办公室"的招待所。入住后我才发现，《艳阳天》的作者、大名鼎鼎的浩然，正在这里写《金光大道》，另一位大名鼎鼎的人物，是工人出身的诗人李学鳌，他好像在写讴歌英雄人物的长诗，《向秀丽》或是《刘胡兰》之类。浩然和学鳌住在五十一号院的前楼，后楼还住着几个人物，当时和我一样，为集体创作"小说集"或"报告文学集"而来。他们年岁稍长，学历稍高，当时也无籍籍名。不过到了七十年代末八十年代初，他们中的几位忽然成了新时期文学的骁将，随后陆陆续续成为了知名的作家。他们是陈祖芬、理由、郑万隆、张守仁、陈昌本、孟广臣等等。我记得，在东兴隆街五十一号时，还见过刘心武，他没有在此住宿，时不时来找编辑谈稿子。此后在这里又认识了后来任社会科学院文学所所长的杨义，当时他刚刚大学毕业，分配到东方红炼油厂当工人。大概也是应召而来，写什么文章吧。

对于住在后楼的我们来说，前楼是高不可攀的。那时浩然刚刚写完《一

161

担水》等几个中短篇小说，发表在复刊的《北京文艺》上，到东兴隆街是开始《金光大道》的写作了。当时的作家们，几乎都被打倒了，浩然在我们眼里，确是一身金光。而后，因为同在一个小小的食堂里用餐，渐渐熟稔起来，越来越觉得他平易而亲切。忽然有一天我发现，原来院子里的写作者，几乎每个人都曾拿着自己的习作去向他请教，不出三两天，他就会敲开某一位的房门，要和他"交换意见"。我这才醒悟，由于自己的内向和羞怯，诸友蜂拥而去，而我已"瞠乎其后"也。

我首先拿去请浩然看的，是一首短诗。交给他时，是周六的下午，周一我从家里回到东兴隆街时，读到了他留给我的字条，大意是说，他不太懂诗，因此把我的诗推荐给李学鳌看。学鳌认为很好，已经拿到《北京文艺》，应该可以发表了。据我所知，网络时代，在博客微博上发布自己的诗歌短文，是举手之劳，到纸媒报刊上去发表，仍为难事。前推到四十年前，时年二十四岁的我，能在《北京文艺》发表我的诗歌，岂不是天降的惊喜？坦率地说，今天重读，那不算一首好诗，我也曾撰写过文章，由这诗反省自己初入文学之门的肤浅和功利。这首名为《欢送》的短诗，讴歌了"工农兵上大学"这个"新生事物"，而恰恰这处女作发表的时候，险些也当上"工农兵学员"的我，因为有"反革命言论"，被取消了推荐资格。或许，正是这作品发表的喜悦和大学遭阻的屈辱同时降临，才使我获得了1982年的感悟。当时我写道："……那时的我，是一个被时代所挤压，却拿起笔，歌颂那个挤压我的那个时代的'我'；是一个对存在充满着怀疑，却不断地寻找着理论，论证那个存在合理的'我'；是一个被生活的浪潮击打得晕头转向，不能不抓住每一根'救命稻草'的'我'。"

浩然和学鳌的帮助，就是我抓住的第一根"稻草"。

是"救命的稻草"，却也是"救命的绳索"呀。不管我现在和将来对这首诗以及自己的心路历程有什么评价，浩然和学鳌的扶持，都是没齿难忘的。

浩然还指导过我的短篇小说创作。比如，对我的第一篇习作，他批评说："你这个短篇要从猿写到人啊？"他告诉我，短篇小说，要善于截取生活的横断面，就像截取大树的年轮，用以反映社会和时代。后来我知道了，这说法并非浩然所创，而是出自某位理论家之口。但对于初涉创作的我来说，真如醍醐灌顶呀。

"你写出来的是几千字，你准备的，应该很多很多。写短篇，不一定要求准备出人物小传，但写中篇长篇，是一定要先写出人物小传的……"

"别让你的人物围着故事转，要让你的故事，围着人物转……"

浩然的笔下，生活气息浓郁，人物栩栩如生，语言活泼生动，早已令我折服。他向我传授的道理，都由我的习作而发，因此，每一次都切中要害，使我豁然开朗。

据我观察，在那个时代，在外人眼里"如日中天"的浩然，活得也并不轻松。

浩然在东兴隆街时曾经应召赶往大寨，那时我们就听说，江青正在那里巡视，大放外国电影，也大放厥词。浩然去了几天，很快就回来了。有一次我在东兴隆街五十一号的院子里碰到他，无意中和他聊起大寨之行，浩然皱着眉头，一脸焦躁地说："……哎呀，别提那个女人啦，精神病！真让人烦呀，那是个疯子，可惹不得！还说让我出来当什么文化部长，我哪能给他们当那玩意儿去！"我说："那您怎么回答他们？"他说："我敢说什么？我只能说，江青同志，我干不了。我也不是当官的材料，我是个作家，我只想写作，只要让我拿好我的笔，给我时间，我就感激党感激社会主义啦！……你猜怎么着？她的脸一下子挂起来啦，挂就挂吧，我也不能松这个口呀……"

"写作"，是他搪塞"入伙"的最好借口。当然，他也有搪塞不过去的时候。比如受那位"首长"之命，和另一位诗人一道，前往西沙"慰问"海军部队，还写了《西沙儿女》。他自知这是"命题作文"，题赠我这本书的时候，苦笑着说，没办法，我对海边的生活毫无积累，只好用"散文诗"式的叙述遮遮丑。我笑笑，还真的理解为是"生活积累"的问题。

那时的他，也包括那时刚开始创作的我，并没有明白，这样的文学，已经成为了"阴谋政治"的使女和弄臣。

比如，《西沙儿女》中，写到"庐山仙人洞"照片激励起战斗勇气云云，今再读之，不能不哑然扼腕。是谁，让一个如此优秀的作家留下了历史的败笔？对此，正如后来浩然自己说过的，他也曾深刻地反省过。至于反省了什么，可惜我没有和他交流过。在我看来，或许因为他从文以来，目睹了太多作家的灭顶之灾？他是软弱的，胆小的，为了护住手里的一支笔，他尽可能逃避一切——逃避功名官场，也逃避"违拗"的罪名。当然，他总有逃避不开的时候，因此也不能否认，在那种政治高压下，他也有"聪明"的一面——为了保护自己，他不能不迎合。为了这"聪明"的迎合，他最终要付出代价。

经历过那个时代的人，毕竟有过那么多气节昂昂风骨铮铮之士，老舍、傅雷、遇罗克、林昭……面对他们，每一个苟活者都应该感到惭愧。在那个"黄钟毁弃，瓦釜雷鸣"的时代，至少，正直的作家应该保持沉默。

这一点，浩然的遗憾是毋庸置疑的。但对于浩然的弱点，我还是希望人们给以更多客观的、宽容的评价。

163

病危中的路遥

张艳茜

七号病房

1992年秋天的古城西安，刚刚经历了一个闷热难熬的夏天。进入十月，难得秋日的阳光善解人意的温柔，随意地以不太充沛的体力，洒向病房门前的那片茸茸绿草地上。阳光似乎带着微笑，又穿过七号病房南边的窗户，自然而祥和地照进病房，散落在靠窗户的病床上。

在西京医院传染科七号病房病床上，躺了有一个月的路遥，已经没有力气迈出七号病房的房门，去享受多情的阳光笑脸。现在，他只能倚在床头垫高的枕头上，将头侧着望向窗外——表情里满是向往。

路遥的脸色灰灰地泛着黄。浮肿着的眼皮，似乎很重，闭合之间都会伤着元气一样。

穿过窗户的阳光，照耀着空气中的尘埃，上下飞舞，闪烁着星星点点的光亮。路遥的目光穿过这些飞光闪闪，注视窗外。此时，窗外的树上正有几只小麻雀唧唧喳喳欢快地鸣叫，舞蹈，梳理着褐色的羽毛。

路遥听着看着，眼神由闪着光亮的惊喜，渐渐暗淡到忧伤。

曾经站立着的路遥，虽然一米七的个头不算高，身材却十分魁梧，虎背熊腰的；粗壮有力的双臂，还有稳健的、肌肉暴突的大小腿。而此刻躺在病床上的路遥，嘴唇是乌黑的，眼周是乌黑的，眼仁却是黄黄的。圆圆的胖胖的脸庞不见了，曾经厚实的大手，也没有了往日的圆润光泽。他那松弛的手背，因为天天要打十几小时的吊针，布满了打点滴的针眼儿。手指的骨节凸出，指甲盖夸张地显大。路遥仿佛骤然间身体萎缩而瘦小了好几圈，像是毫无过渡就突然进入寒冷冬季的老榆树，枯黄、干瘦、缺少生机。他的身形薄薄的，又短短的，在病床上蜷曲着，只占了病床的三分之二。

路遥把重新站起来的希望都寄托在医生们身上了。他说：只有你们能救我，我的命就交给你们了！

然而，当1992年9月5日，路遥从延安人民医院回到西安，当天晚上八点，医院就下了病危通知：肝炎后肝硬化，并发原发性腹膜炎。

路遥的肝脏已经失去了供给体能需要的功能。医生们清楚，他们所能做的，是尽力控制病情，尽可能地减轻路遥的病痛，进而延长路遥的生命。

七号病房堆满了小米、大米、面粉、黄豆，还有陕北的酱黄豆、黑豆和压扁了的犹如铜钱一样的钱钱豆等等各种食品，还有源源不断的探视者送来的各种水果。病房里仍然是为路遥破例，允许用电炉子、电热杯。

在七号病房住院的两个多月时间里，起初，路遥能被搀扶着走下病床，去上卫生间，后来便难以下病床了。手上脚上的血管到后来硬得连针都难扎进去。在医院服侍路遥的，是他的小弟弟九娃——大名王天笑，和路遥故乡清涧县的一位业余作者张世晔。两个小伙子，尽心尽力地照顾着重病的路遥，但毕竟是两个大男孩，连自己的生活都做不到精细入微，粗手大脚的，累活脏活能干，做饭烧菜就不在行了。

住院医生康文臻，担当了路遥的治疗工作和照顾路遥生活的重任。路遥住院的那段时间里，康医生生活中最重要的一个人，就是路遥了。她是接触路遥最多的医生，性情温和的她只有二十六岁，不仅要负责路遥的治疗工作，还要忙于自己的研究生实验课题。

因为路遥习惯了晚睡晚起，早晨洗漱完毕都九点多了，康医生为路遥改变了每天的查房时间，约莫路遥起来了再去七号病房。中年下班前再去一次，下午也是两次进七号病房。晚上下班后，又将路遥爱吃的手工切面在家中做好，再送到七号病房路遥的病床边。康医生每次做的饭菜也是不同样的，有时烧一个青菜豆腐，有时是一碗鲜美的鲫鱼汤。路遥在西京医院传染科住院的近一百天时间里，几乎天天如此，不曾间断。

路遥从延安刚转院到西京医院传染科的第二天，护士宇小玲见到的是一个面容老相、脸色晦暗、情绪低落的路遥。

那天中午，宇小玲为路遥端来一碗柳叶面，那面汤里配了菜叶，青青白白的。宇小玲对不想吃饭的路遥说：您看这面多可爱呀，我都想吃了呀！

路遥被护士宇小玲柔声细语哄小孩吃饭的语气逗笑了。多日来的坏情绪见了晴天。

吃过了饭，宇护士又为好久没有洗澡的路遥做生活护理。先为路遥洗了又长又乱、成了一缕一缕的头发。洗干净了头发，又为路遥擦背，这让路遥很不好意思，说什么都不让擦。宇护士只好用医院的制度开导路遥，说：这是医院的规定，况且在护士面前只有病人，没有性别。您就想着您和我都是中性好了。

路遥难为情中服从着护士的"摆弄"，嘴里迭声说着感谢的话。擦干净了后背，宇护士又要为路遥洗脚，发现路遥长着又厚又长的灰指甲，就要帮路遥剪指甲。

路遥不好意思地急忙将脚藏起来，慌忙说：使不得，使不得，怎能叫你干这个？再说，指甲长老了，剪不下来的。

耐心的宇护士笑着说："没有关系，我有办法。"然后，宇护士打来一盆热水，把路遥的脚泡在热水盆里，泡了两个小时后，宇护士捧起路遥的脚，一下一下地精心剪着路遥厚厚的灰指甲。

此时的路遥，忍不住背过脸去，眼角溢出的泪水缓缓流淌在面颊。

探视时间

1992年10月11日，这一天是星期天，路遥的女儿远远要在这一天来医院探视。今天，路遥要打起十二分的精神，因为女儿的到来。

小弟弟王天笑准备好了洗漱水，路遥趴在床边，用黄瓜洗面奶洗了脸，这是女儿远远建议的。远远说，用黄瓜洗面奶洗脸，会让爸爸粗糙的皮肤显得细腻年轻。远远的话对路遥来说，就是圣旨。路遥从此听从远远，坚持用黄瓜洗面奶。

虽然没有力气，虽然病体难支，但是，路遥每天的刷牙却从不间断，而且刷得非常认真，上上下下、里里外外，丝毫不马虎。

《人生》当中，那个痴情的姑娘刘巧珍，是为了让心爱的男人喜欢，才站在河畔上刷牙的。

10月11日早上八点半，轻轻的敲门声响起。接着，七号病房的门，慢慢地被打开。进来一个人，路遥将专注的目光从窗外调转过来，看到了进来的人，路遥很高兴地叫着："合作！"又说，"今早数你来得最早。"

来探视路遥的人，是榆林地区群众艺术馆的朱合作，也是路遥清涧县的老乡。朱合作遗憾地说，还应该再早一点的，可是被挡在住院部门外等了半小时哦。

护理路遥的小弟弟天笑，见到来了清涧老乡，也非常兴奋，热情招呼朱合作，并接过朱合作带来的苹果。

路遥看见朱合作带来的苹果，对已经忙完的小弟说，酸苹果好吃。先给朱合作削苹果。看着朱合作吃苹果，路遥又说，我也想吃了。天笑也给路遥削了个苹果。路遥侧身斜躺在床上，拿着苹果，费力地咬了一口，品榨出果汁。朱合作在路遥枕头边放了一张卫生纸，让路遥将苹果渣吐出来。路遥吃得很香，一个大苹果不一会儿就吃光了。

九娃天笑也给自己削了个苹果，可是苹果没拿牢，掉在了地上，九娃把苹果捡起来，又将苹果削了一遍。路遥看着九娃将苹果肉削多了，心疼地说，这咋行呢？做什么都失慌连天的。说得九娃不好意思地笑了。

然后，路遥和朱合作拉家常，聊到自己的病情，路遥说："我这病非得不可。我光在街上就吃了十几年饭。"

朱合作知道这个话题过于沉重，不动声色地跳转话题，说起在《女友》杂志上读到连载的路遥创作谈——《早晨从中午开始》，这让路遥十分兴奋，详细询问朱合作看的是哪一期？写的是哪部分的内容？路遥认真地听着，神情自然流露出欣慰，说："很快要出单行本了。"

欣慰的路遥又说，陕西省组织了西北地区最好的肝病专家给他会诊，主治医生是前任西京医院传染科的主任，本来已经不再看病，而是专心科研和著书，这次为了他又亲自担任了主治医生。路遥很有信心地说，省委省政府对他的病很重视，专门拨了专项医疗费治病。待病情好转之后，可以选择全国最好的疗养胜地疗养。并且可以去两个陪人，一个是亲属，一个是工作单位的陪护。说到这里，路遥笑着："省上这回是重视结实了。省委省政府抢着给我治病哩。"

朱合作来探视之前，在陕北听到住院的路遥，病情十分严重，经历过几天的肝昏迷，并且，前一两天，路遥吃苹果还只能喝一点榨出来的苹果汁，今天看来病情和心情都有好转。

现在，路遥继续着聊天的兴致，说起朱合作的女儿，多了许多柔情，夸赞着："你那狗儿的可聪明了。"

夸着朱合作的女儿，自然要想到自己的女儿，路遥的柔情更多了几分："我那狗儿的比我还坚强。我这回得了这个病，那狗儿的信心比我还大，对我说，不要紧，叫我好好治。今天是星期天，过一会儿她也来呀！"

突然，路遥冒出一句："我那老婆咋就跑了呀！"说着，感伤地合上眼睛。

话题再次陷入沉重。朱合作赶紧调整："你现在主要是治病，只要把病治好了，就一切都有了。"

路遥说："我这病就这样凑凑合合一辈子了。肝硬化，麻烦的是有点腹水，不过是早期。我尔格（陕北方言意为现在）已经能吃五两粮了。"

自然，这是医生们和朋友们没有将实情告诉路遥，将肝硬化晚期只说成是早期，心理上的迷幻剂，让路遥对自己的身体树立信心，保持良好的精神状态，对配合治疗十分关键。

知道路遥对榆林的中医非常信任，朱合作顺着路遥的思路宽慰着：等到西安的医院治疗得差不多了，就回咱老家榆林。咱再继续看榆林的中医。

这话路遥很爱听，路遥接着说："等我出院以后，我先回王家堡老家，

167

让我妈把我喂上一个月。我妈做的饭好吃，一个月就把我喂胖了。然后，再到榆林城盛（住）上一段时间。你回去打听一下，谁治肝病最能行。等我病好了以后，咱们和张泊三个人，到三边走上一回。以前常没有时间，以后咱不忙了。让张泊把历史给咱们讲上，他会讲那方面的事哩！"

这时，七号病房的门再次被推开，进来了一个操着延安口音的小伙子，小伙子说，他一方面是来看望病重的路遥，另一方面，是想把《平凡的世界》改编成礼品式的盒装连环画，小伙子说，出版经费已经基本落实，想让路遥写一张信函，便于小伙子与出版社联系。

这位小伙子，就是《平凡的世界》连环画的绘画作者李志武。

路遥被扶着斜坐在病床上，找了张纸，但找不到能用的钢笔，朱合作刚好身上带着钢笔，就脱了笔帽递给路遥。

路遥一边写着信，一边不停地对朱合作说："这人画得好！绘画的《平凡的世界》水准不低。"

由于身体虚弱，路遥写的信，很不工整，一行比一行更向右边偏着，只有落款处"路遥"两个字，基本上与他往日的签名一样，有着自信洒落的气质。

年轻的画家李志武等待着路遥写好了信，又对路遥有了新的请求，希望在正式出版这套连环画前，想得到路遥为此书写的序言。

路遥说："序言恐怕写不成了。我尔格手拿着笔都筛得捉不稳了。到时候，我题上个词。"

年轻的画家走后，七号病房又走进来三四起看望路遥的朋友们，大家说着几乎一样的宽慰话："路遥，没有关系，好好养病，会好起来的。"个别的，会给路遥出主意，说气功可以治好很多病，劝路遥学一点气功。还有的看到瘦弱的路遥，心疼不已，嗔怪着："谁让你要那个茅盾文学奖哩，以后再不敢拼命写文章了！"

1992年10月11日的上午，西京医院住院部传染科七号病房，先后有三四起探视路遥的人。上午十点半左右，病房里终于安静下来。路遥闭上双眼，静静地躺着，不断地接受各类朋友的探视，消耗着路遥的精气神。这时，就像窗外的小麻雀欢快的叫声一样，女儿远远叫着爸爸，爸爸，跳跃进了七号病房。路遥突然睁开双眼，目光明亮而柔情，嘴里回应着："毛锤儿！"

毛锤儿，是路遥的老家陕北清涧乡下人对自己娃娃的昵称。

路遥目不转睛地看着来到自己身边的宝贝女儿"毛锤儿"远远，整个人仿佛都被女儿团团的圆圆的红扑扑的小脸蛋照亮了。

我的"毛锤儿"

有好长时间路遥没有见到宝贝女儿远远了。过去是忙于自己的创作，现在却是在传染病房里。

做父亲的路遥，对女儿远远怀有太多的歉疚。他与孩子在一起的时间太少了。所以，每次和女儿在一起，路遥都要在自责中去想，该怎样做才能弥补一下亏欠孩子的感情呢？

在女儿远远小的时候，每当路遥离家很久再回到西安家中，路遥总是将自己变成"马"变成"狗"，在床铺上、地板上，那时的路遥，四肢着地，让孩子骑在身上，转圈圈地爬。然后，又将孩子举到自己脖项上，扛着她到外面游逛。孩子要什么就给买什么——路遥非常明白，这显然不是教育之道，但他又无法克制。

1991年的春天，已经获得茅盾文学奖的路遥，难得能在西安轻松地休息一段时间。有一天，远远要参加学校组织的春游活动，慈父的路遥柔声地问远远："毛锤儿，明天路上想带些什么吃的呀？"

依偎在爸爸怀中，远远撒娇地给爸爸一二三四说了一长串需要购置的东西，路遥一一记在心中。怀揣着购物清单的路遥立即上街，在西安的食品店里买了一背包的食物和饮料，只有一样食品——三明治，已经走了几家食品店了，仍然不见有远远清单中想要的三明治。

路过一家西安的小吃——肉夹馍的店铺，路遥只向店铺门口摆放的一个厚墩墩的菜墩子上望了一眼。

肉夹馍店铺的店伙计正在一手拿着菜刀，梆梆梆，很有节奏地剁着一块色泽红润、流着肉汁、有肥有瘦、类似红烧肉——西安人称之为"腊汁肉"的肉块。伙计的另一只手，握着一个长柄的汤勺，剁肉时，汤勺挡在刀的另一侧，以防肉汁溅到身上。

路遥平素是闻不得大肉的油腻味道的。那是因为"文化大革命"初期，运动开始后，曾经一个吃不饱饭的穷孩子——当时的王卫国，后来的路遥，突然间，不仅天天能吃上饭，而且还能放开肚子吃猪肉。就是因为那段日子吃得肉太多，把路遥吃伤了，从此猪肉不再入口。

眼前的腊汁肉夹馍，倒是气味浓郁醇香，被西安人骄傲地称之为"中式汉堡"。但是，女儿远远要的是西式三明治，怎能用中式快餐替代呢？路遥毫不犹豫地走过肉夹馍店铺，继续寻找三明治。

女儿远远这一代人，是接受洋快餐长大的，或者说，孩子就是吃个新奇。不像路遥，从小到大，只要能吃饱饭，哪有可挑剔的食物哦。自己那受苦的肚子，到现在，爱吃的食物也就是那几样陕北饭——小米粥、洋芋檫檫、钱钱饭、揪面片……

又跑了几家食品店，仍然没有买到三明治。路遥由这洋快餐联想到涉外酒店，他暗自思忖，必须改变思路，不能在普通的食品店里寻找，说不定那些常常接待老外的酒店里会有的。于是，路遥折转身，向距离陕西省作协院子不远处的一家五星级酒店——西安凯悦酒店走去。

二十世纪九十年代初，西安的五星级酒店寥寥，能踏进酒店的门，都会被路人用羡慕的目光盯着看好久。

大步走进凯悦酒店的路遥，直奔西餐厅。迎上来的年轻女服务员微笑着询问，请问先生，有什么可以帮助您的？

路遥说，有三明治吗？得到女服务员肯定的回答，路遥心里顿时轻松下来，高兴地说：买两块三明治。

时间不长，女服务员端上来包装精美、两块肥皂大小的盒子。服务员说，一共六十元。

那时候，大家的工资都很低，路遥的工资也不高。即使是现在，人们也难以接受，花上六十元钱，去买两块肥皂大小、不过是中间夹着几片黄瓜西红柿和薄薄一层肉片的两片面包片啊。

当时的路遥也不能接受。他恐怕自己听错了，又问了服务员一遍。没有错，得到的回答很明确：一块三十元，两块六十元。

路遥当场愣怔着。可是面对周到漂亮的女服务员，路遥骑虎难下，既已让人家拿出来了，怎么好意思转身逃走？无奈，路遥硬着头皮买下这两块三明治。付了钱从酒店出来，路遥还是暗自叫苦——实在太贵了。

迈着扑扑踏踏的脚步，回到居住的陕西省作协院子，路遥一直走进《延河》编辑部副主编晓雷的办公室。见到晓雷和李天芳夫妇，路遥将刚才的经历告诉了他俩。路遥边说边从背包里小心地拿出精致包装的盒子，问晓雷和李天芳夫妇："猜猜，这两块三明治花了我多少钱？"没有等到夫妻俩回答，路遥接着说："六十块！"然后，路遥又宽慰地说，尽管很贵，但总算满足了远远的心愿。

第二天，远远去学校前，路遥又从头到脚检查远远的装备，水壶的水满不满？巧克力够不够给小朋友分？样样都问到了。还一再嘱咐女儿，不要去玩水，不要去爬山，以免危险。这时候的路遥简直成了最细心的保姆。

远远是路遥心中真正的太阳，可以为女儿摘星星摘月亮，就是不要让自己的"毛锤儿"受一点委屈。

路遥曾问女儿："你最喜欢什么呀？"

远远不假思索地说："我喜欢音乐。"

听了远远的话不久，路遥就拿出积攒的稿费给远远买了一架钢琴。那几天，路遥家里进进出出的都是远远的小朋友，远远邀集了陕西省作协家属院的小朋友们到他们家来看新买的钢琴，"十几双小手像雨点一样拍打在黑白键上，满屋子的钢琴轰鸣声震得路遥如痴如醉。"

怎奈，孩子对钢琴的好奇与兴趣非常短暂。几天后，远远走到爸爸跟前说："爸爸，我们的音乐老师说，我的手指太短了，不适合弹钢琴。"

路遥听了，捧起女儿胖胖的小手，看看自己的手指又看看女儿的手指，脸上露出了凄楚的笑容，对女儿说"都怪爸爸，都怪爸爸!"。从此，钢琴成了女儿房间里的摆设。

现在，女儿远远来到路遥病床旁，路遥细细端详着他的"毛锤儿"："毛锤儿"的脸庞像极了爸爸，眼睛像极了爸爸，鼻子、嘴巴也同样像极了爸爸。

路遥看着想着，唯一不能像爸爸的就是，他的"毛锤儿"不能像他一样过苦日子。然而，现在，自己躺在病床上，完全不能照顾上女儿，而女儿的妈妈林达也不在女儿身旁。这如何不让路遥撕心裂肺地痛呢？

路遥竭力不表现出来内心的痛苦感受，他要好好享受与女儿在一起的短暂相聚。路遥对朱合作、九娃天笑，还有远村说："你们先出去一下，我和毛锤儿拉会儿话。"

也就是二十多分钟之后，路遥让几个人重新回到病房里，说他和毛锤儿的话拉完了。

但是，显然，他说"他和毛锤儿的话拉完了"不是真的。因为路遥又开始询问远远，这些天吃饭的情况和学习的功课情况。

远远的妈妈林达去了北京，现在，刚上初中的远远小鬼当家，一个人独自生活，虽然雇了小保姆，但是，小保姆年纪小，好多家务事都不会料理，有时候还要同样年纪小的远远指导着做饭。路遥了解到这些，无奈与痛苦写满了泛黄的面颊，禁不住看着远远红扑扑的小脸深深地叹气。

毕竟是传染病房，尽管路遥不愿意让远远很快离开他，但是，又不忍心让女儿远远在病房耽搁时间太长，影响第二天的功课，只过了一会儿，路遥便不舍地让远村将远远带走了。

离开七号病房的远远，说什么都不会相信，她与父亲路遥在一个多月之后，便从此河汉相望，失去了疼她爱她的父亲。

171

那一刻，只想对妈妈说"对不起"

赵 玫

夏威夷美丽的清晨，鸟在鸣叫。窗外的树撑出很大的树冠。新绿的叶尖上衔满羽毛一样的阳光，仿佛精灵舞蹈。今天要去的地方是珍珠港，于是怀了某种悲歌般的兴奋。这个被镌刻在世界战争史中的惨烈事件，我们早已了然于心。无论从教科书上还是在电影中，但是，我们仍旧对即将前往的地方满怀了向往。

日本与美国在中国问题以及东南亚安全问题上的分歧，致使两国关系迅速恶化。1931年，日本陆军的激进分子强行侵入中国东北满洲里。尽管美国一再抗议，日军依旧在1937年全面进攻中国。美国对此深表震惊，却不愿以武力遏止日本扩张的野心。

如此碧蓝的珍珠港。静静地走在环形海岸，仿佛依稀能听到当年的炮声隆隆，翻卷着硝烟，人们撕心裂肺的绝望喊叫声……在如此美丽宁静的地方，你怎么能想象，就在不远处的那片海底，上千名殉难者仍旧长眠在沉没的亚利桑那号战舰。于是港湾深处死一般寂静，在这种地方，你怎么可能不心情沉重。

接下来的三年间，欧洲战事爆发，日本加入以纳粹德国为首的轴心国。无论美国对日本施加怎样的政治和经济压力，试图由此解决中日冲突，但最终却未能有丝毫奏效。

早上九点，年轻的朋友姜松教授来接我们。他所执教的夏威夷大学尚未开学，他能抽出整天的时间来陪我们。他知道我们为什么要选择珍珠港，也特别愿意我们亲眼目睹曾有过壮烈往昔的所在。

至1941年，美日敌对立场愈加强硬。尽管在此期间，双方始终在连续不断地进行谈判，但事实上，日本已经决定向美国宣战了。

然而，美国人对此却一无所知，毫无防范。

慢慢近着那片蓝色海湾。却无从猜想那里会是一片怎样的所在。总之很美的名字——珍珠港，据说是因为这里曾发现大量珍珠而得名。最早居住在珍珠港周边的，曾经是世世代代生活于此的波利尼西亚人。直到十八世纪末，夏威夷诸岛才被一位君主卡米哈米哈统一，并建立了他的王国。于是夏威夷成为了美利坚境内唯一的王国，而瓦胡岛上那座富丽堂皇的伊拉奥尼皇宫，也就成为了美国唯一的皇宫。

　偷袭珍珠港，是日本征服西太平洋的全盘战略之一。其目的就是为了瘫痪美军太平洋舰队，使之无力干涉日本的吞并战略。始作俑者为日本联合舰队队长山本五十六，此人已永远铭刻在了第二次世界大战战犯的名册上。

我们疾驶在前往珍珠港的高速公路上。越是靠近军港，往来行人就越是稀少。随之映入眼帘的，是越来越多的悍马战车和匆匆掠过的兵营。但当你真的进入了珍珠港国家公园，竟会蓦地发现眼前人流如织。

173

　1941年11月26日，日本的三十三艘战舰及附属船只连同六艘航空母舰，悄然从日本北方开往美国的夏威夷。至12月7日清晨，日本舰队隐秘地就位于夏威夷瓦胡岛北方二万三十英里的侵袭点。而此时，排列于福特岛南岸的美国军舰正安然地停泊在珍珠港内。而战船上的那些年轻的士兵，也正从美丽而湛蓝的睡梦中醒来。

最先映入眼帘的是这里的礼品店。所售物品都记载了那场震惊世界的惨案。尤其那些珍贵的照片，或是记录下飞机轰炸的炮火硝烟，或是舰艇沉没的悲壮瞬间，抑或大海变成了燃烧的火焰，人们在绝望中挣扎的目光。当然也还有后人为那些殉难者建造的纪念碑与纪念堂，也有，和平时期海湾明丽的天空和舒卷的云朵……

只是那一刻我们还不能理解这个"先入为主"的礼品店所传递的信息，只觉得那些纪念品一定负载了什么。

　夏威夷诸岛于1898年被美国收入版图，成为其五十个州的最后一个州。自1911年后，瓦胡岛就成为了美国在太平洋重要的海军和空军基地。这座几乎从不曾被各种海上风暴袭击过的岛屿，在某种意义上，成为了美国在太平洋上不沉的航空母舰。

前往游客中心领取观看纪录片《偷袭珍珠港》和前往亚利桑那号纪念堂的参观券。尽管我们来得并不晚，但参观的时间也只能是中午十二点了。其间要挨过漫长的两个小时。但当我们走进那些博物馆，才知道要等的时间并不长。因为这片被称之为"美国二次大战太平洋英雄事迹国家纪念地"的地方，还有着很多需要流连的地方，让你亲临其境地感受到那曾经的战火纷飞。因为这里是国家纪念地，所到之处皆免费，唯有姜松为我们租用的中文导播器，需七美元。

> 1941年12月7日清晨，六点钟，日本的第一批战斗机、轰炸机和鱼雷开始对他们的目标发起攻击。之前的那个夜晚，在珍珠港以外十英里处，日本已先期部署五艘小型舰艇载着船员和鱼雷潜伏水底，待袭击开始，尖刀般插入。

在中文导播器的引导下，我们依次参观展馆。瓦胡岛上的风土人情。怎样破解战争密码。美国军舰亚利桑那号沉没前的巍峨壮观。罗斯福总统致裕仁天皇的书函。珍珠港的历史背景和军备状况。突袭中雷达判断的失误。美国军舰被炸沉时的惨烈景象。战舰的残骸。幸存者的回忆。甚至，被保留下来的那些绝望的声音……

> 然而此时太平洋舰队的一百八十五艘舰艇，就那样闲情逸致地停泊在美丽的珍珠港内。八艘战斗舰中的七艘排成一列，英姿勃勃地停靠在福特岛东南岸。拥有众多作战飞机的海军机场及海军陆战队的航空站威风凛凛。陆军配置的战机则井然有序地停在惠勒和贝罗斯机场的停机坪上……

在前往亚利桑那号纪念堂的路上，一座像风帆一样的白色雕塑赫然映入眼帘。独特的设计，简洁的镂空图案，透视出背后的蓝天和碧海。仔细观看，才发现镂空的部分原来是一棵树的造型。那抽象的枝叶的伸展。那生命的象征。感慨于艺术家如此飞扬的想象。后来才知道，雕塑的寓意确乎是为了纪念那些在此凋零的生命。而雕塑的名字就是《生命树》。

早晨六点四十分，当日本潜艇潜入珍珠港。事实上，美国驱逐舰华德号及时发现了日军潜艇露出的舰桥部分，即刻将它击沉，并以无线电告知总部，却不知为什么，竟没有引起高层的警觉。不到七点，欧帕拿角的美军雷达站发现一大群飞机从北方飞来，越来越近。遗憾的是，居然被误认为是由美国航空母舰上派出的飞机，或是一批由美国本土飞来的侦察机群，所以不曾采取任何行动……

在如此宁静美丽的海湾，你怎么能相信，那突然之间的狂轰滥炸。湛蓝的海水，那一刻，就仿佛湛蓝的汽油，和大海一道燃烧起熊熊大火。于是想到，策兰的诗句：你这焚烧的风，寂静。是的，这就是结果。生命完结。寂静。不再喘息。那烈焰中的哀号，无可挽回的沉没。

第一批日军战机，在早上七点五十分前，成功飞抵预定目标的上空。长机发出"TO、TO、TO"的暗语，告知他们的编队，袭击开始。

一张弥漫着滚滚硝烟的照片，记录下当时的景象。飞腾的火团，满目狼藉，仿佛什么都土崩瓦解，仿佛一切皆毁灭殆尽。从福特岛海军航空站出发的飞行员，只能眼睁睁地看着火焰的燃烧，生命的亡失，战船的倾覆。画面中那些幸存的水兵，也只能在这突如其来的毁于一旦中，哀叹着他们的绝望。

上午八点十分，美军战舰亚利桑那号（当时的美国战舰均以美国各州的名字命名）被日军一枚1760磅的炸弹击中甲板，进而引爆舰首的弹药库。之后，仅仅九分钟，整个战舰连同上千名船员一道沉入海底……

那个明媚的清晨，那些水兵，或许才刚刚看到珍珠港总是美丽的天空，飘浮的白云，绚丽的彩虹。他们远离欧洲和亚洲的战场，在大洋之中宁静的群岛上过着和平时代军人的生活。他们根本就不可能想到舰船会被袭击，生命将遭涂炭。当那枚致命的炸弹落向战舰，他们或许还不知道身边到底发生了什么，更不会想到此刻的攻击，已注定了他们的毁灭。

接下来，俄克拉何马号被击中，战船连同舰上四百多名船员一道覆没。加利福尼亚号和西维吉尼亚号在停泊地亦被击沉。犹他号改装的训练船连同五十多名水兵一道沉入大海。马里兰号和田纳西号遭受重创。唯有内华达号是试图驶离危险的战舰，但被日机拦截炮轰后，也未能如愿。

一个年轻的美国士兵，一个幸存者，扬声器里传出来他对当年的回忆：在日军疯狂的轰炸中，他惊恐绝望，他知道自己肯定要死了。他说，在那一刻，他唯一念头就是想对妈妈说，对不起……

日军的飞机一轮一轮从天空掠过，丢下无数炮弹，伴随着，无穷的苦难。它们从夏威夷的蓝天白云中呼啸而过，恣意妄为地让大海燃起凶恶的火焰，让生命变得毫无价值。

是的，那曾经无比壮丽的亚利桑那号战舰，就那样，在九分钟内沉没海底，连同那些英姿勃勃的将士们。就这样，他们和他们沉没的战舰一道，永远地长眠于珍珠港的蔚蓝海湾。就这样，风萧萧兮，勇士一去，不再复还。怎样的壮烈激烈，长歌当哭。

除了福德岛东南岸被击沉的战舰，美军部署在瓦胡岛上的其他军事设施统统遭到毁灭性的袭击。那一片焦土中的生灵涂炭。

那时候谁会想到，这场震惊世界的军事偷袭，竟瞬间夺走了美国二千三百四十一位军人的生命，沉没并损毁了二十一艘舰船，三百二十三架飞机，致使美国太平洋舰队几近覆灭。

在片刻的停歇后，八点四十分，第二批日军飞机再度飞临，以更加疯狂的姿态，扩大袭击战果。于是更多的美国军人丧生，美国战舰搁浅、海岸船坞被毁。直到上午十点，日军偷袭珍珠港方告结束。留下一片惨绝人寰……

亚利桑那号纪念堂，伫立在一片蓝色的海湾之上。偷袭事件后不久就有人提议，应该为这些长眠于港湾深处的死难者建一座纪念堂。至1943年，这样的呼声愈加强烈，只是"二战"不曾结束，未能将此付诸实施。后来，直到1949年，夏威夷特别行政区才正式成立了"战事纪念委员会"。

　　此番日军偷袭珍珠港大获全胜，致使美军的太平洋舰队遭到重创。这场对美国发动的战争，在某种意义上至关重要，因为它彻底改变了美国政府和人民对"二战"的态度。对于一直是否参战而分歧不已的美利坚来说，他们已没有退路。这场灾难最终导致的，是美国人民空前地团结起来，同仇敌忾，誓雪国耻。

　　最令人感动的，是那些曾经历过珍珠港事件的老兵们。他们大多年迈体衰，行动迟缓，有的甚至已不能说话，只是落寞地坐在轮椅里。但他们还是坚持以志愿者的身份，出现在凭吊的人们身边。他们或讲述当年的亲历，或与参观者拍照。他们见证了那个炮火硝烟、舰船沉没、战友罹难的时刻。他们甚至无需诉说，因为他们本身就是那段历史中最真实的一部分。他们如雕塑般伫立在我们眼前，就仿佛，他们自己也成了一座永恒的纪念碑。

　　1950年，美军太平洋总司令亚瑟·瑞夫德下令，在沉没的亚利桑那号战舰折毁的旗杆上，重新升起美国国旗。以此，向珍珠港事件中所有沉覆的战舰和殉难的将士致敬。

177

　　在濒水海湾，我们可以清晰地看到对面的福特岛。而当年美国太平洋舰队威武的战船，就雄踞在福特岛风景宜人的东南海岸。而那个清晨在轰炸前留下的图像，美国战船排列的方式，竟然是日军从飞机上拍摄的。从内华达号到加利福尼亚号，九艘战舰就那么整齐而悠然地排列着，仿佛就是在等待着那个致命的时刻。

　　总统艾森豪威尔于1958年批准建造亚利桑那号纪念堂。整个工程历时三年。1962年举行了隆重的落成仪式。

　　蓝色的海面上漂浮着一座座正方形的白色台基。远远望过去不知寓意何在。通过解说才知道，那是在告诉人们，当年停泊在蓝色港湾的战舰，就是在白色台基的位置上被击沉的。乘船贴近那些台基时清晰地看到，每一座台基上都庄严书写着沉舰的名字。

　　在所有被击沉的战舰中，唯有亚利桑那号最为悲壮。这艘舰船承载着它的所有士兵一道沉入了海底。尽管沉没的船体还在，被折断的桅杆还在。尽管，舰船上的铜钟还在、铁锚还在。尽管，舰船上的3号回转炮台依旧昂然伫立于海面上，尽管，整整七十年之后，沉入海底的油箱依旧在渗出斑斑的油污……

"亚利桑那号纪念堂"是为了向这艘沉舰及舰上的殉难者致敬。但事实上，这座纪念堂已经成为了悼念所有丧生于珍珠港事变的美国将士的圣地。

我们乘渡船前往海上的"亚利桑那号纪念堂。"远远望去，一道白色廊桥赫然映入眼帘。那是一座很美的建筑，仿佛漂浮在蓝色海面上一座白色宫殿，这已经令人叹为观止。而更加令人难以置信的是，这座长达一百八十四英尺的白色纪念堂竟横跨亚利桑那号战舰两侧，与沉入海底的战船"十"字相交。白色纪念堂庄严而壮丽地悬浮于沉舰之上，如舰桥一般昂首挺立。

于是，你不能不感慨于设计师飞扬的想象。

亚利桑那号纪念堂分为三个部分：入口处，供参观或举行典礼的会堂，以及悼祭英灵的奠堂。

我们登上白色长廊。慨叹于这座建筑的壮丽与庄严。屋顶和两侧全都镂空，你可以从任何方位看到你想要凭吊的地方。

透过纪念堂两侧的舷窗，你可以在清澈的海水中看到亚利桑那号战舰。那锈红色的残骸，长满了青苔的铁壳，那不断涌出的五彩油斑，不绝如缕地，仿佛这座战舰依然活着……

水下的船体依稀可见，却再也看不到那些船员的音容笑貌。他们无一不是青春年少，志向高远的战士，胸中满怀了英雄的梦想。但伴随着排山倒海的狂轰滥炸，一切瞬间化为乌有。他们就这样让生命终结在了1941年12月7日清晨的这一刻。只有九分钟的迷茫与挣扎。然后他们便拥抱着他们的战舰葬身海底。生命和死亡就如此交结。悱恻的缠绵，慷慨的悲歌。

就这样亡失了，不再有任何音讯。然而，他们却成为了这个世界上最不会被忘记的人。他们环绕着壮烈的色彩，将永远被提及，被缅怀，被纪念。

他们比那些幸存者更让人难以舍弃。于是，才有了这座纪念堂，有了纪念堂中那个小而庄严的祠堂。纪念堂虽小，却是所有精神的象征。墙中央高挑的三角造型，仿佛教堂的尖顶，让人们在静穆中感受到那崇高的宗教感。

纪念堂的设计师奥费德·帕斯来自檀香山。而那座《生命树》的雕塑也出自这位艺术家之手。帕斯说，他设计亚利桑那号纪念堂的理念是"纪念堂的结构显示中间凹下而延伸至挺拔耸立的两端，代表了初遭惨败，但终告大捷的过程"。

大理石墙壁上，镌刻着亚利桑那号殉难的所有一千一百七十七人的名字。纪念墙的两侧，是镂空的"生命树"悬窗。吹进来凉爽的海风，照进来港湾的阳光。

在纪念墙前，人们脚步轻轻，仿佛置身墓地。一个蹒跚学步的男孩站在纪念壁前，满脸孩提的好奇。这让我想到曾在华盛顿参观过的"大屠杀"纪念馆。祭坛上雕刻的那些话让我永生难忘：把你看到的这人类相互残杀的历史记录下来，深深地记在你心里，并告诉你的孩子，还有孩子的孩子们⋯⋯

设计师帕斯又说："就整体而言，纪念堂将呈现一片祥和的景象。这里将不再彰显悲伤的气氛，而是让每个人都能在这里冥思探究它们各自内心的感受。"

有人曾提议打捞亚利桑那号沉舰中将士们的遗骨。但更多的人说，就让他们永远安息在夏威夷温暖的海水中吧。于是再没有人去惊扰那些被大海掩埋的勇士的遗骸。

这座沉入海底的军舰就像是一座圣洁的坟墓。在那里，亡者和战舰在一起，就如同，和他们的家园在一起。而他们的军舰就像母亲，永远拥抱着她的儿子，永远，温暖着，他们再不会丢失的灵魂。

离开亚利桑那号，蓝天白云，却满心悲怆。

原载《文学自由谈》2011年第2期

天 香

刘醒龙

　　一座山从云缝里落下来，是否因为在天边浪荡太久，像那总是忘了家的男人，突然怀念藏在肋骨间的温柔？

　　一条河从山那边窜过来，抑或缘于野地风情太多，像那时常想往旷世姻缘的女子，终于明白一块石头的浪漫？

　　山与水的汇合，没有不是天设地造的。

　　在怡情的二郎小城，山野雄壮，水纯长远，黑夜里天空星月对照，大白天地上花露互映。每一草，每一木，或落叶飘然，或嫩芽初上，来得自然，去得自然，欲走还留的前后顾盼同样自然。

　　小雨打湿青瓦人家，晨曦润透石径小街。都十二月了，北方冰雪的气息，早已悬在高高的后山上，只需心里轻轻一个哆嗦，就会崩塌而下。小街用一棵树来表达自身的散漫和不经意，毫不理睬南边的前山，挡住了在更南边驻足不前的温情。

　　一棵树的情怀，不必说春时夏日秋季，即便是瑟瑟隆冬，也能尽量长久地留下这身后岁月的清清扬扬，袅袅婷婷。细小的岩燕，贴着树梢飘然而过，也要惊心一动，被那翅膀下的玲珑风，摇摇晃晃好一阵。当一匹驮马或者一头耕牛重重地走近，树叶树枝和裸露在地表外的树根，全都怔住了！深感惊诧的反而是鼻息轰隆的壮牛，以及将尾巴上下左右摇摆不定的马儿。

　　山水有情处，天地对饮时。一棵树为什么要将那尊沧桑青石独拥怀中？若非美人暗自饮了半盏，趁那男人半立之际，碎步上前，将云水般的腰肢与胸脯，悄然粘贴身后，临街诉说心中苦情，有谁敢如放肆？乾坤颠倒，阴阳转折，将万种柔情之躯暂且化为一段金刚木，做了亿万年才炼就强硬之石的依靠！一如江湖汉子走失了雄心，望灯火而迷茫，将离家最近的青石街，当成天涯不归之路，饮尽了腰间酒囊，与数年沉重一起凝结街头，在渴求中得幸久违之柔情，再铸琴心剑胆。

　　树已微醺，石也微醺。

　　微醺的还有那泉，那水，那云，那雾……

　　所谓赤水，正是那种醉到骨头，还将一份红颜招摇于市。只是做了一条河，便一步三摇，撞上高入云端的绝壁，再三弯九绕，好不容易找到大岭雄峰的某个断裂之缝，抱头闭眼撞将进去，倾情一泄。有轰鸣，但无浑浊，很清静，却不寂寥。狂放过后是沉潜，激越之下有灵动。在天性的挥霍之下，桃花源一样的平淡无奇，忽然有了古盐道，以及古盐道上车马舟楫载来的醉生梦死，箫箫酽歌。

所谓郎泉，无外乎将人生陶醉，暂借给潜藏在亿万年的岩层中，那些无从打扰的比普通水还要普通之水。这样的泉水，看得见红茅草和白茅草的根须，年复一年，竭尽所能地向最深处，送去一颗颗针鼻大小的水滴。只是不知这些年，又有了多少草根的汗珠！相同道理，这泉水少不了清瘦黄花，冷艳梅花在爱恋与伤情中，反复落下的泪珠。任谁都会记得其中多少，只是无人愿意再忆伤情抑或残梦重温。在有诗性的白垩纪窖藏过，再苦的东西，也会香醇动人。

流眉懒画，吟眸半醒。

临水泛觞，与天同醉。

似轻薄低浅的云，竟然千万年不离不弃！

分明貌合神离的雾，却这般千万年有情有义！

云在最高的山顶苔藓上挂着，雾在最低的河谷沙粒上歇着。一缕轻烟，上拉着云，下牵着雾，一时间淡淡地掩蔽所有山水草木，仿佛是那把盏交杯之性情羞涩。还是一缕轻烟，上挥舞着云，下鞭挞着雾，顷刻间酽酽然翻滚全部悬崖深壑，宛若那鸿门舞剑之酒肉虎狼。淡淡的是淡淡的醇香，酽酽的是酽酽醇香。淡淡之时，一朵梅花张开两片花瓣，如同云的翅膀，酽酽之时，两朵梅花张开一片花瓣，仿佛雾的羽翼。偶尔，还能听到一块石头尖叫着，从梅的花蕾花瓣堆成山，也高攀不上的地方跳出来，夸张了一通，然后半梦半醒地躺在野地里。让人实难相信，世上真有不胜酒力的石头？

是往日珊瑚石，还是今日珊瑚花？映着幽幽意，从山那边古典地穿越过来，又穿越到山那边的二郎小城。

是一只岩燕，还是一群岩燕？带着剪剪风，从云缝里丝绸般落下来，又落在云缝里的二郎小城中。

山水酿青郎，云雾藏红花。山和水的殊途同归，云与雾的天撮之合，注定要成就一场人间美妙。舒展如云，神秘像雾，醇厚比山，绵长似水。谁能解得这使人心醉的万种风情，一样天香？

原载《人民日报》2012年2月1日

快活元宵节

周大新

今天看来，将正月十五定为元宵节，是两千多年前西汉皇帝们的一个贡献。正是这个节日，让辛苦了一年的黎民百姓，在经过了亲友团聚的春节后，又有了个狂欢的机会，好把积蓄了一个冬天的精力都发泄出来。

在中原民间，元宵节是一个近似于西方狂欢节样的节日。

回首走过的岁月，我度过的元宵节已有几十个了。

童年记忆中的元宵节，是镇街上拥挤的人群、晃动的人头和不绝的人流，是坐在大人肩膀上，看在鼓乐声中走过来的踩高跷、游旱船的队伍，是人们不绝的欢呼和放肆的高叫。在镇街的十字街口，踩高跷游旱船的队伍停下来表演时，人们的欢乐会达到巅峰，踩高跷的高手会在这儿翻跟头，几家吹唢呐的班子会在这儿比着吹"百鸟朝凤"，最重要的是游旱船的男扮女装的演员们，要在这儿把旱船撑得滴溜溜转，"她们"一个个涂脂抹粉穿红着绿，要故意在这儿借撑船的机会显示出自己"美妙的女儿身段"，逗人们笑得前仰后合。更有趣的是，有胆大的看客趁男扮女装的演员们不注意，猛伸手掏出他们装在胸前当乳房的大红薯，使得他们高隆的胸部塌了一半，那演员却假装害羞捂住了脸，那场景能把人们笑得流出眼泪，成群的笑声纠结成团，会顺着街筒滚出几里地远。

少年记忆中的元宵节，是在村头欢快地抢着自制的火把。离着元宵节还有几天，我们这些孩子就开始在家里和村里四处寻找用到一半的笤帚，实在找不到，就悄悄把娘新扎的笤帚藏起来，不管娘如何着急寻找也不拿出来。到了元宵节的夜里，大家一齐拿着笤帚、火柴和细绳子来到村头的田野里，把细绳子绑在笤帚的把上，然后用火柴点燃笤帚，一只手拎着绳子就抡起来，着了火的笤帚变成了一个火球，被我们抡成一个火的圆圈，几十个孩子一齐抡着几十个火球，边抡边快活地喊叫着，那场面极为壮观。更有意思的是，一个村子的孩子们一旦开始抢火把了，其他村子的孩子们看见后就也开始抢，这样，几个村子的许多孩子同时抢出无数个火的圆圈，伴着笑声和呐喊，还有大人们的鼓励和赞叹，天上浩月一轮，地上火光点点，天地呼应，那情景确实让人从心底里感到无比的畅快。

　　青年时代记忆中的元宵节，是无数的灯谜贴在红灯笼上，看谁最先猜出来。我们这些青年男女在灯谜中穿行，一个个抓耳挠腮苦思冥想，都想把谜底先猜出来。谁猜得多猜得准，谁就可能得到异性的青睐。眼见得一对一对的男女因猜准灯谜而生好感而走在一起，甚至隐身到远处的暗影里，能把人急得和嫉妒得浑身冒汗。可我脑子转弯慢，猜灯谜的本领最差，干急却没有办法。有时可把一条灯谜的谜底猜到了，还没开口，已被机灵的同学先报了谜底把奖品领走了。我记得我有一个元宵节只猜对了一条三等难度的灯谜，那灯谜的谜面是：开封城。要求是：打一个作家的名字。我给的答案是：茅盾。老师说：对了，请领走两颗水果糖。尽管没有一个女同学走过来向我表示祝贺，我还是眉开眼笑地乐了一个晚上……

　　从军后记忆中的元宵节，是看遥远夜空中的烟花。我记得有一年拉练进到沂蒙山里，到了元宵节晚上，恰逢我站九点熄灯后的第一班岗。我持枪站在哨位上时，远处县城的夜空中升起了绚烂的烟花，我高兴地叫了一声：嗷，看——带班的班长闻声走过来训了我一句：喊什么？怕敌人不知你站在啥地方？！我惊得急忙伸了伸舌头，乖乖，我竟忘了自己在站岗！班长大概看出了我眼中的落寞，不忍心地又轻声叮嘱：你看烟花吧，我替你观察着四周，但不许喊。我急忙点头，急忙又把目光放在遥远夜空中的烟花上，照样看得兴高采烈，只是不敢乐出声来……

　　元宵节给了我太多的快乐，每一想起就对她心生感激。

原载《中国艺术报》2012年2月1日

大山行孝记

郭文斌

　　知道我喜欢吃榴莲，他会不时买一个，自己却只尝一口，然后就再不动勺子，凭你怎么动员。"对我来说，觉得吃一口和很多口是一样的，都是那个味道，后面的都是重复。"不由惭愧，还不如儿子，就是喜欢重复，喜欢重复那个味儿。

　　在享受上不喜欢重复，在孝行上却永不满足，这就是儿子。

　　妻说，上幼儿园时，姥爷姥姥到县城，儿子回来从兜里掏出两块蛋糕，说，这是阿（我）给阿姥爷姥姥的。姥姥闪着泪花说，这么大的一点人儿，咋想起来的，知道给姥爷姥姥留着吃。妻说，儿子把两块蛋糕装回来，意味着一顿没有吃主食。妻说，每逢发了新鲜的东西，儿子都要装回来让她尝，虽然每次都要挨她一顿训斥，但下次还是装回来。知道她晕车，每次回老家，都要抢先上车给她占座位，有年春节，挤车的人特别多，儿子竟从别人裆下钻过去，上车给她抢了一个座儿。

　　去北京上大学后，每学期放假回来，都要带一箱东西，一人一份。特别是给爷爷奶奶，必不可少的是"稻香村"的软点心。当然，那一天我拉开自己的书桌抽屉，往往会看见多了几袋茯苓饼、几盒干果。一次，还给妈妈买了一个发卡，亲手给妈妈戴上，问他怎么会的，说是让商场阿姨教的。一次，给大伯买了一把二胡，只为我们在聊天时讲到大伯当年喜欢拉二胡。还要到中关村给大伯买电脑，被我阻拦了，我怕电脑拿回家侄子会上网。

　　近几年，每逢寒假，他都会接爷爷奶奶到城里，也只有他能把爷爷接来。换了我，父亲总是一概拒绝。儿子不但能把二老接了来，而且留得住。2011年寒假接来，一直住到隔年夏至才送回去，长达半年时间，算是破天荒了。其间，父亲数次嚷着要回老家，都被他成功留住了。正好大四最后一学期，他就索性回来陪爷爷奶奶。为了让爷爷安心，他动了许多脑筋，想了许多办法。首先是严密监理着每一顿饭菜。我觉得妻做的花样已经够多的了，比我们平时丰富多了，但他还是要隔两天亲自去买一趟他认为更适合爷爷奶奶吃的菜。父亲不愿意戴假牙，早点妻就给烙软饼子吃，在我看来已经够软的了，但他还是要切成米豆大的小方块儿，让爷爷泡到牛奶中吃。爷爷的床头上，永远放着几罐糖果，各式各样的。每半个月给爷爷洗一次澡，每两天洗一次脚。怕爷爷奶奶晚上去卫生间磕着碰着，就买了一个可以在卧室用的便盆，还配了手电扶椅一应需要的东西。父亲眼睛不好，看电视要凑到屏幕前，妻就给他一个小木凳，儿子看见马上在网上买了一个同样高低的软凳子来。同时买来的还有足浴器，给爷爷洗完，给奶奶洗，然后自己洗，也不嫌弃他们用过的水。完了抱着爷爷奶奶的脚剪指甲，每次要剪半个小时左右，细致和耐心使我这个做儿子的惭愧。不巧，快要过年时，微波炉坏了，为了方便给爷爷奶奶每天热牛奶，他大年三十上街买新的，打不上的，就步行抱回来，到家，脸都冻肿了，累得睡了一下午，好几天胳膊还酸痛。知道我分身无术，他就每天拿出一定时间，陪爷爷奶奶说话，有时爷爷奶奶已经躺下了，他就上床躺在他们中间，和他们聊天，往往大半晚上。我在书房，都能感受到父母的开心。父亲永远在讲他当年那些事，我都能背下来了，但儿子却一遍遍倾听，他知道爷爷只是想和人说话。有空他就给爷爷奶奶录视频，包括每次回老家录的，估计超过一百小时。为了解除爷爷奶奶的终极焦虑，他不停地在网上寻找相关视频，下载下来让他们看，为此，还专门买了一个U盘播放器。这也为留住爷爷起了很大作用，父亲不再时时嚷着回老家，而是每天准时坐到电视机前，让孙子给他播放下一集。我们欣喜地看到，半年下来，二老变得更加乐观、安详、喜悦，可以坦然面对归属话题。

在孝顺爷爷奶奶方面，儿子显然制订了近期计划、长远规划。对于大学生来讲，最后一学期意味着什么，不用多说，但儿子却把自己强行安排在爷爷奶奶身边。还剩最后两个月时，我半开玩笑地催他回校，说，快回去陪女朋友吧，孝敬爷爷奶奶的时间长着呢。他说，我的女朋友是天使，不用陪的。仍然尽心为爷爷奶奶服务，直到毕业典礼前才返校。为了方便接送爷爷奶奶，他专门考了驾照，说等家里宽裕了，买个车，想啥时去接爷爷奶奶就啥时去，虽然至今我都没有满足他这一愿望。

我这些年之所以能够坚定地推广"安详生活"，有一个重要的力量就是儿子的支持。才知道人生最大的幸福来自后代对你价值观的认同。上大学后，儿子通过学习西方文化，接触外国人、外国公司，更加认同我的观点，成为一个最坚定的安详理念支持者，并为此放弃出国、到外企工作等计划，决定回家给我做秘书。

早在大二第一学期，他就写了长达万字的《让全世界人民都来学汉语》，《文学报》更名发了一个整版。在把东西方文化作了对比后，他说："在这一切对于经典文化的论断中，我们不难发现中华经典文化的魅力，遗憾的是，世界上至今没有一种语言可能代表汉语来描述出这种文化。汉语的魅力，是中华经典文化五千年的魅力，它所代表的智慧，是中华五千年文明的智慧。中华经典文化可以说是本世纪地球上仅存不多的文化宝库，而汉语，正是这座宝库大门的钥匙。"之后，他对中国经典文化的热爱与日俱增，到了大三，甚至到了非文言文不读的程度，说读白话文淡如白水。他说，这才真正体会到什么是爱国之情了，一个人在没有爱上自己的传统文化之前说爱国，肯定是言不由衷。

为此，大学期间，特别是后两年，他想方设法帮我，只要他能承担的，都主动承担了。

大三暑假，更换了已经老得不能再用的洗衣机、电饭锅、微波炉、淋浴器等。换洗衣机、淋浴器时，我正在楼上睡午觉，他都没有叫我帮忙，待我下楼时，一切都已做好。看到他累得满头大汗，我心里一阵自责，这本该是我的活儿，现在却让他来做。再看，还给卫生间安了换气扇，装了毛巾架等。说来惭愧，住进这个屋子已经七年了，这些基本设备我都没有顾上置办。对此，从未听到他埋怨，不想现在他竟自己动手了，而且摆出一种永远自己动手的样子，这从他在网上买了一套电钻等工具可以看出来。

大四最后一学期，他在孝敬爷爷奶奶、背诵《论语》等经典的间隙，抽空网上购物，给客厅买了一个书架和衣架，给厨房买了一个菜架，自己看着图纸组装。还把家里所有电源换成分项的，不用妈妈每次都要拔插，保证安全。那几天，门铃只要一响，他就下楼搬东西，然后拆箱，看着图纸组装，汗流浃背的。不多时，一个柜子就立在客厅了，一个衣架就立在门厅了，一个菜架就立在厨房了。那是赶二十二届图书博览会书稿最忙的一段时间，其间，我都没有认真看过他是如何组装的，当然就没有给他搭一手。他还给我的卧室床头买了一盏十分温馨的仿古灯笼形布艺彩绘罩式台灯，换下了我直接插在墙壁插座上的牛头灯。旁边配了一个小电扇，把遥控器放在我的枕头边，让我暑期舒服一些，因为阁楼暑期就是一个火炉。同时配了一个自动加湿器……让人躺在床上，有种重换天地的感觉。

一天下班回来，看见儿子映在一团橘黄色的光芒里。定睛，原来是他在往新书架上摆书，已经快摆完了，那是他给我网购的中华书局版的全本全译全注经典系列，摆了整整一书架。我说，郭大山同志，你想开书店啊。他有些得意地说，是啊，您老以后基本不必再买书了。说着，拉上窗帘，把刚刚安好的落地灯摁亮，柔和的灯光打在书架上，再加上妻摆在书柜顶端的吊兰，让客厅一角一下子温馨起来，有意境起来。接着，他拉过来一个简式靠椅，让我坐上去，又从书架抽出一本书给我，说，您老今后就坐在这里看书，一边晒太阳，一边看，把这些书齐齐看一遍，再出去讲安详，就是另一种感觉了。

说到书，我的每部书稿，特别是中华书局出的两部书稿，他都在紧张的学习期间和同事、朋友一起帮我作了校对，确实增色不少。为了帮助我取证，他十分关注出版动态。这些年，只要有快递摁门铃让我下楼取东西，我就知道他又在网上给我买了书。打开一看，正是我当时最需要的。

看到我在全国讲课总是穿着同一件外套，他就开始在网上给我选衣服，不断地发来样照，让我确定后他下订单，我觉得没必要买那么多花样，就说都不喜欢。他就失望地回一句，我觉得挺好的啊，我妈也说挺好的。接着找，接着发，接着被否。有一次学校组织去台湾，他还是自作主张买了一件回来，说实话，我是打内心里喜欢的，但表面上还是作出不冷不热的样子，怕他今后再买。每次回家，他都要给我把电脑重新装一遍，增加一些上档次的电子词典，还有一些我需要的软件，确实为我节省了许多时间。

除此之外，儿子还主动承担了对堂弟的教育工作，写给堂弟的励志信，估计也有上万字。2011年，二堂弟终于考上大学，他包揽了大人应该做的一切工作，从填志愿，到装扮，到送行。堂弟考取的学校远在长春，中间要换车，他不放心，就一直送到学校，办好住宿，给购置好生活用品后，才回京上课。

我这些年不揣浅陋，到全国学讲安详，一个重要的动力就是儿子，因为他时时处处身体力行，让我讲起来非常有底气。

上初二时，"十一"放假，妻带他到银川来，说要给买件防寒衣，我就带他们去华联商厦。不想看遍所有衣服柜组，也没有他看上的。他说，还有没有类似于固原商城那样的地方。我说有啊，东方商城就是啊。他说，那我们去东方商城吧。到了东方商城，他才真正进入买的状态。在一家卖休闲服的摊位前，他停了下来，要过一件，试了一下，然后和老板砍价。老板要了一百二，他还六十。老板说，六十我进也进不来。他就拉了我和妻走。老板说，如果要，就八十给你吧。他回过头说，七十？老板说，七十五行不行？他继续作出要走的样子。我和妻说，买上算了吧。他说，不买，刚才我看的那家，和他的货一模一样，人家才六十五。老板说，行行行，七十就七十吧，就算我没挣钱。就买了下来。往回走时，他说，如果换了你们，人家要一百二，你肯定给一百。我说，你什么时候学会的这一手？他说，早了。我说，真厉害，要不要奖励你一瓶康师傅？他说，要奖励就奖励一瓶酸奶，一瓶酸奶一元钱，有营养，还解渴，康师傅三块，不过是个水。我说，郭大山同志，你今天纯粹是给我和你妈现身说法来了嘛，哪里是来买衣服。他说，是啊，我就发现你们花钱太不仔细。就像刚才，你们怎么对五块钱是一种无所谓的样子。一个五块是五块，十个五块就是五十，一百个就是五百。我说，这又是谁教你的？你妈？他说，是我自己悟出来的，这衣服和华联的相比也不差嘛，但华联的价格却是这里的好几倍。爸，你以后买衣服就在商城买。再说，衣服要会穿，如果你会穿，十几块钱的粗布衫也能穿出时髦来，如果不会穿，几千元的名牌也一样没档次，你说对不对？我说，对极了，为了表示我虚心接受，请你们吃肯德基吧。他说，我才不去附庸风雅呢，那是暴利，知道吗。再说，专家说了，饮食要素一点，生一点，少一点。书上说了，消化相同单位的肉需要血液的供应量是素食的十几倍，给心脏和肠胃增加的压力非常大，得到的能量和失去的能量相比，根本得不偿失。还有，动物在宰杀的时候，把所有的仇恨都变成毒素注入到肌肉和血液内，人吃肉就是吃毒。听得我心里一惊一惊的。我说，你是从哪儿看来的这些理论？他说，好多书上都这样说。我愕然。看妻，妻一脸的得意。我说，那今晚我们吃什么？火锅还是煲仔？他说，我们回去自己做吧。

大四实习，我让他到一所小学讲《论语》和《西游记》，觉得应该装扮他一下，不要太学生气，就让妻带他去百货大楼买衣服。但是看了一圈回来，他都觉得贵，就在网上买了一套三百元左右的咖啡色休闲西装，配了一双褐色皮鞋，穿上，站在镜子前左照照右照照，还真像个小老师的样子。那大概是他在穿着上出手最阔绰的一次了。

儿子如此节约，但在帮助别人上却十分大方。去年暑假的一个晚上，他给妈妈认错。妈妈问什么错。他说前年他其实给×××借了一万元。妈妈问那另外五千元哪里来的。他说是他上大学时爷爷、奶奶、伯伯、舅舅、姨姨和几位叔叔阿姨给的，他瞒了我们数目。前年的一天，他打来电话说，同学×××家的房子很危险，急需改造，让我们支持五千元。妻就给打过去五千元，不想他还把自己的五千元私房钱打过去了。听妻讲完，我既震惊又惭愧，儿子拿出他的私房钱，相当于我拿出所有家底。近年来我也做一些小公益，但要我拿出全部家底，扪心自问，还真做不到。2012年春节，他又给妈妈说，借给同学×××的那一万元，咱们就不要了吧，一万元对我们不算少，但没有也能过得去，可对×××来说，却是一个大数字。这次我就不单单是惭愧了，而是觉得有一种力量拽着我的衣领，硬是把我带到一个开阔地带……就让妻告诉儿子，我们不但同意他的意见，而且欣赏他的做法。

实习结束时，儿子又给我出了一道考题，问我能不能给他的每位学生送一本我的《〈弟子规〉到底说什么》。我问一共多少人。他说大概五百人，如果算上另外一位实习老师的，大约八百人。我想了想，这等于把这本书的稿费全部捐赠了，心里多少有些不忍，但表面上还是十分痛快地答应了。他鼓励我说，老爸这次表现不错啊，有些真放下的样子了。真是羞愧。

在儿子的鞭策下，我把刚刚出版的散文集《守岁》、随笔集《寻找安详》修订版的首印版税全部折合成书，捐了出去，包括第三次重印长篇小说《农历》，直捐到出版社无书可供，真正体会到了一点放下的感觉。但我深知，离真正的放下，还远着呢。

平时，我们是最好的"朋友"，"朋友"到可以无话不谈甚至交换感情隐私的程度，但在一些关键时刻，他又会以古礼把我推到父亲的角色里，让我体会为人父的尊严和幸福。高考完的一天晚上，我都迷迷糊糊地睡着了，听到一个声音，爸，洗个脚再睡吧。睁眼一看，床前站着儿子，笑呵呵地，地上果然有一盆洗脚水。起来把双脚伸进盆里，心里有一种无法言说的幸福。第二天早上，他又为我做好了早点，让我用后再去上班。儿子的这一频道切换让我一时有些手足无措，甚至不适。那是一种需要狠劲才能消化的幸福，不同于以往"最好的朋友"带来的那种惬意和开心。随之而来的身心感受真是无比特别，工作起来特别有劲头，一下班就急切地回家。

贪恋他听到我的脚步声提前把门打开探出头来的那种感觉，贪恋他从我的手里一边接过包一边跟我说话的那种感觉，贪恋刚一坐定他就剥一个香蕉递过来的那种感觉……于是，每次课后回答提问，当被问到如果老公有了外遇怎么办等问题时，我就讲"一盆洗脚水"的故事，告诉提问者，千万不要抱怨，不要跟踪，不要争吵，只是准备好一盆洗脚水，静静候着，他凌晨三点回家，你就三点端在他床前，第二天他肯定两点回家，你照样两点端在他床前，第三天他肯定一点回家，如此，一直奉陪到他准时回家为止，成本很低，效果很好。

去上大学那天，表哥表姐来送行，他拉了行李箱都要出门了，却掉转身，把我和妻叫到卧室，关上门，让我们并排坐在床上。我说，干吗啊？寻思间，他已经跪在地上，说，爸，妈，儿子给你们磕个头。起身磕第二个时，眼里已经含满泪水。送走儿子，我回到电脑前，想写一段文字，但好长时间，却不知写什么。儿子用三叩首表达了他想表达的，我却无法用文字表达我想表达的。但我分明听到心里有一个声音在说，从今天开始，做一个好父亲。

此后，儿子十分自然地在孝子和朋友之间做着角色切换，比如遇到我和妻的生日，他都要五体投地行礼，遇到他的生日，也要给妈妈磕头感恩，遇到大事，他都要先征求我们的意见，然后再做决定，等等。但在平时，他也会在我看电视时搂一下我的脖子，揪一下我的耳朵，有时也会倒转乾坤，批评我不在现场时做错的事，当然是以我愿意接受或者能够接受的口气。总之，度把握得非常好，直接效果是促成了我的责任心和庄严感。

儿子的成长几乎没有让我们操心。很小的时候，都可以放心地让他一个人待在家里。妻去上班时，叮嘱他从里面扣上门链，交代任何人叫门都不能开。他就真不开。有一次，乡下姑父来，在门外叫他开门，他脸贴着门缝说，我妈说过不让开门的。姑父说，我是你姑父。他说，我妈说任何人来都不让开的。姑父说，你妈说的任何人不包括姑父，你看我给你拿了你爱吃的油饼。儿子看了看油饼，仍然说，还是等我妈来了再说吧。姑父只好蹲在门外抽烟，一边抽烟一边跟儿子聊天，直到妻下班回来。

上小学一年级时，他就能帮妈妈做饭，常常妈妈还未回来，他就把面和好饧在盆里，单等妈妈来擀。一次妈妈下班回家，看到他正在和面，校服都没顾上脱，就说，你手洗了没有这样和面？他的眼泪就刷地一下掉了下来。妈妈看到他眼泪下来了，忙说，妈妈和你开玩笑呢。儿子看了妈妈一眼，用胳膊肘擦了眼泪，继续和，一双小手像模像样地在盆里搅和，等妈妈换完衣服过来，一团面已经坐在面板上了。二三年级时，他已经能把饭做熟等着妈妈。有一次，舅舅来家里，等妈妈从单位回来，他都用炒面片招待过了。

儿子小学也贪玩，但到考初中那年，开始拼力学习。玩伴在门外喊，我们要去开门时，他就使劲摇手，示意说他不在家。他想考固原一中，就用粉笔沿途写"一中"二字，从学校开始，一直写到家门口。可以想象，他在和贪玩的习气做着怎样的斗争。当年果然顺利考上固原一中。初中时也玩，但到考高中时，同样的办法，同样地用功，同样考到他想上的银川一中。到了高中，差不多班里所有同学都用手机了，我说如果需要就给你买一个，他说不需要。我知道，有一个女生对他有好感，常常把电话打到家里来，但他仍然用初中时的办法，没有分心。谁想高考失利，刚刚上重点线。他决定复读。那年，他总结出一套理论，人是没必要睡那么多时间的，考前是没必要放松的，平时怎么作息就怎么作息。遂把休息时间压缩到六小时，甚至五小时。考前一天，仍然做题到晚上十一点。果然比上年增加了七十多分，到达人民大学录取线。一年下来，书房四面墙上贴满了他的励志便条，如同时间老人的胡须，有一条写道，"以成绩报恩"。还有一条写道，"结果并不重要，重要的是完成一次超越"。

儿子曾画过一组图画，是他的成长史。除过在北京上大学，事实上也是我的迁徙史，从乡下，到县城，到地区，再到首府，外加两次进修，可谓一路辗转。每次观看，我都十分愧疚，这除了给妻平添了许多风尘和辛劳，也给儿子增加了许多新挑战，要不断适应新环境，建立新秩序。但他并未以此为怨，反而心存感恩，画面上写满了不同阶段关心帮助他的人，有老师同学，有亲朋好友，并用粗笔标注了几位决定我命运转折的关键性人物。后来的一天，当我从妻口里听到儿子之所以用心记住我讲的每件事并不断向她求证像是要准备为我传记时，泪水就不由打湿了我的双眼，他本已自觉承担了超过他年龄段的一切，还时时处处想着成就我们，这该需要一种怎样的心力。

在儿子身上，我真切地体会到了什么是"顺"。小学三年级时，亲戚把给妻还的钱放在棉衣夹层让孩子从老家带过来，但妻翻遍衣服也没有找见。我便断定是儿子拿了。妻说从未发现儿子有此毛病，平时花一块钱，都是向她要的，如果不给，绝不自己动手取。但我那天感觉儿子神态有点不对。就举起竹竿，让儿子说实话。儿子的眼泪夺眶而出，但我的竿子还是下去了，心想在品德教育上不能手软。不想在我抽第二下时，儿子突然止了哭声，说，你说是我就是我吧，要打要杀由你吧。然后转过身去，坐在桌前写作业，把后背给我，意思是，本人没时间正面奉陪。我手中的竹竿就尴尬在空中。晚上，妻在亲戚家孩子的鞋子里找到了钱，我才知冤枉了儿子。十分不安，默默站在儿子身后，看着他脖颈里红肿着两绺，心里很难过。想说一声对不起，却无论如何出不得口，就温了一块毛巾，敷在他脖子上，算是道歉。

母亲牙疼，半边脸都肿了，我和妻分别在合谷穴和足三里给按摩。儿子进来，看了一眼母亲，打开冰箱找东西。妻问他找什么，他不说话，只是找。妻说，你今天是咋了？刚吃过饭，不赶快去做作业，磨蹭什么？他仍不理会，又拉开冰箱底层，在里面倒腾了一会儿，然后出去。过了会儿，又进来，拉开冰箱门取东西。妻生气地说，你今天到底是咋回事？他仍然没有答理，从中取出几牙冻成冰的橘子瓣，过来放在母亲肿着的脸上。我和妻都愕然。从初二开始，发现儿子已经对我们的唠叨不屑一顾，全然一种"小人不计大人过"的样子，只顾做自己的事；有时妻生气，冲在他面前，他也笑脸相迎，不顶撞，不辩解，不争论，只是那么笑笑，然后趴在桌上做作业，或者倒在床上看书，妻的火力就那样哑在枪膛里，有气没力地扯几下后火，自动熄灭。在这方面，我觉得儿子做得要比我好，同样的情境，我就做不到这样，往往要论理，要计短长，不留神就把一件小事争大，甚至反目。看来，

191

年龄和智慧并不成正比。

近几年，儿子几乎没有了脾气，对我和妻几乎百依百顺。我们约定六点起床，但他有时晚上忍不住要看书，睡晚了，早上就起不来。我进去在大腿上掐一下，他呀呀叫一声，换个身，乐呵呵地，说，马上马上，五分钟。五分钟后，再掐一下，他又换个身，乐呵呵地，说，马上马上，五分钟。再五分钟后，我的手就要过去时，他就忽地坐起来，眯缝着双眼，冲我傻笑。然后说，把我衣服拿来。我就真给拿过去了。妻有时看见，说，呵，真"孝顺"啊。虽然听着不顺耳，但心里却是一种别样的幸福。小时候，他睡懒觉时，我这样掐他，他会不高兴，有时还发脾气。现在，我的手再重，也激不起他一丝情绪。如果不监督，他就坐在马桶上看书，我进去把书夺掉，他嘿嘿笑一下，盯着我看，让你觉得他之所以要在马桶上看书，就是为了让你夺掉，而让你夺掉，就是为了报你一个乐呵呵的笑。

不知是孝顺给了儿子开心，还是开心给了儿子孝顺，大四这年，儿子的开心饱满得到处洋溢。吃饭时，往往我们一碗都吃完了，他还盯着奶奶笑呵呵地傻看，吃一口，盯着奶奶看一会儿，吃一口，盯着奶奶看一会儿，看得奶奶都不会吃了。奶奶嚷着要回老家。他问为什么。奶奶说，你们这里把人坐朽了。他就嘿嘿一笑，然后按着奶奶的双肩，推着奶奶在地上转圈儿。奶奶就咯咯咯地笑。他说，看能把你坐朽吗。之后，一有空儿，就推着奶奶在地上转圈儿，祖孙俩的笑声花瓣一样落满一屋。奶奶走累了，坐下来，他就蹲在面前，抱了奶奶的脸，欣赏桃花一样地看。看得奶奶不好意思，常常揾了眼睛。坐在沙发上看电视，常常搂着奶奶，否则那胳膊就没地方放似的。

大四寒假，他把同学之间的约会能取消的都取消了，非常要好的几位，非去不可的，也把时间尽可能地压缩。显然，他想念同学，但更依恋这个家，我甚至能够感觉得到，他聚会完是跑步回家的。一进门就"爸"地叫一声，然后跟我说话。我说把衣服放好。他一边把放错的衣服放整齐，一边等不及似的跟我说话。我说把袜子放在鞋窝里。他一边把袜子放好，一边眼睛盯在我脸上，说，爸，我给你说啊……

平时想跟我说话，到书房来，看见我写东西，就什么都不说，轻轻带上门，出去。有时实在想说，就在书柜悄悄取一本书，坐在地板上看，直到我告一段落。还没等我把文档存完，就开始说了。往往有许多让你意想不到的悟处，关于生命，关于人生，关于灵魂……大学期间，差不多每天都要来电话，有时我忙，往往会十分残忍地说，今天就说到这里，明天再说。也没觉得他有多少失落，说，那就明天再说。第二天仍然会按时打过来，每件事都讲得津津有味。有人说，只有恋人之间才有说不完的话，而我体会到的却是父子之间。上大学后，每学期回来他都要和妈妈睡一晚上，不停地说话，说得没了睡意，干脆坐起来说，直到妈妈的鼾声响起来。

虽然我是他的父亲，但在不少方面，他是我的老师。有时甚至觉得我和妻是他的孩子，什么都要他操心，都要他料理。

上高中时，正是韩剧流行时，为了控制妈妈看电视，他把天线给锁了，直到他高考完，才取出来，为此，我们养成了晚上读书的习惯，已经好多年没有看过电视剧了。

一度时间，我的写作有些背离方向，他就提醒我，钱这个东西，只不过是银行账户上的一串数字，说有就有，说无就无，手头宽余了日子可以过舒适一些，不宽余了日子可以过清淡一些，不必为了挣稿费降低写作格调，说得我心里一震。为此，他的生活会更加节俭。一次，我在北京出差，正好遇到他放假，他就邀请我一起坐火车回，但是已经买不上票，我就让他退掉火车票，和我同坐飞机回，他说什么都不干，说，等我啥时能挣来飞机票的钱再坐飞机。和他一起出门，没有赶急的事，你就别想打的，要么坐公交，要么步行。

有一年，我的人生进入低谷，有种扛不过去的感觉，儿子几乎每天都打电话来，给我打气，说，天地太广阔了，一定要把心量放大，当你的心量大到可以把小气候忽略不计时，大境界就到来了。还说，当外界还能影响你的心情时，说明你还没有找到本质，还在现象世界，平时多想一下孔老夫子的"朝闻道，夕死可矣"，你就能超然了。按他说的去做，还真有效果。

一次回老家，晚上哥安排我单独睡一屋，因为我的瞌睡轻，怕人惊动。不想儿子悄悄跟过来说，你应该和我爷爷奶奶睡，一年睡不了几次。我说，你爷爷打鼾。他说，那也没关系，听爷爷打一晚上鼾也挺好，不然将来您老会后悔的。觉得有道理，遂去父母身边睡。果然睡不着，但听着父亲平添了许多老态的鼾声，就更加佩服儿子。大三那年，儿子和妻带母亲去了一趟北京，把该看的地方都看了，包括他的校园、宿舍，从照片上，可以看到母亲有多开心。但对父亲，此生就永远没有可能了，因为父亲已经八十七岁高龄，已经没有能力出远门了，于我，这个账，就永远欠下了。心里的懊悔，真不是语言能够表达的。有时心想，这些年都忙了些什么？忙来的那些东西，到底都有什么意义？居然一直没有拿出时间，带父亲出去一趟。就在那晚，我在心里说，一定要在哥嫂还健康时，带他们坐一次火车，坐一次飞机。

说实话，我和妻都算孝敬老人，但是要把父母吃剩的饭菜吃掉，一直没做到。但有一天，看着儿子一点嫌弃没有地把爷爷吃剩的饭菜吃掉，我们就不得不改。一天，当我首次把父亲吃剩的菜接过去吃完时，我从父亲的目光里看到了从前一直没有看到的欣慰，我也确确实实地感受到，只有不嫌弃老人时，才算真正迈进孝道的门槛。

2012年春节，几个妻侄张罗在大年初二进行了一次新年聚餐，一方面因为我的父母正好在银川，一方面也算是团拜，大家以此方式互道祝福，之后就不再一家家走动了。我是一个时间葛朗台，既然已经团拜，就不打算每家每户地去拜年了，因为岳丈岳母已经过世。不想儿子说，还是要去，你忙你的，我去，反正我姥爷姥姥不在了，你可以不去，但我做外甥的，不去给舅舅舅母们拜年，说不过去。我说已经搞过团拜了。他说，那是新式的，古礼还是要尊的，就一一去拜。

可见，他在如何地弥补着我的过错，减少着我的遗憾，维护着我的声誉，提升着我的威望。一次回老家，他甚至专程去看望我嫂子的母亲，临行把身上所有的钱留给老人家，让嫂子无比感动，对我的父母更加孝顺。

此后的一天，他给我说，爸，你什么时候修到能够平等对待郭、田（妻姓）两家，就真安详了。同样说得我心里一震，是啊，自己的心里还有分别，还有远近，还有亲疏，还有自私，怎么能够找到真安详呢。又一天，为了阻止我接一个书稿，给我说，生命的意义在于不断提高灵魂的等级，而不是老在一个平面上重复。更是让我惭愧。没错，这部书稿确实是一次重复。当晚，我就给对方写了长信，致歉解除了草签的协议，决定从儿子希望的层面上，开始新的人生。

曾有朋友问我，怎么老是那么知足。我说，儿子已经把我的心装满，又有何求？

也有朋友问我，怎么听不到你的抱怨？我说，此生已经拥有这样的儿子，又有何怨？

原载《黄河文学》2012年第10期

贵州的水

陈世旭

贵州，中国西南部高原山地。大娄斜贯北境，苗岭横亘中南，武陵蜿蜒入东北，乌蒙高耸西陲。层峦叠嶂，林木森森，披着庄重的黑色头巾；山高谷深，绵延纵横，隐藏了多少醉人风情。上天赐予了最好的季风气候、最瑰丽多姿的山脉，最繁荣昌盛的黄金水流。梵净山的圣洁直上云天；双乳峰敞开圣母的怀抱；斗篷山的原始古林长在岩石缝隙；高屯天生桥横空绝世；即便马岭河那道地球的疤痕，也是那样妖娆动人。

"惟尔贵州，远在要荒"。穿洞遗址，点亮亚洲文明之灯。牂牁国何去？夜郎国安在？左迁万里的诗人，风尘带霜寒，愁心寄与明月。廖贤河边的楼上古寨桥井街巷依旧，韵致犹在明清；天台山伍龙寺的城堡式古刹半军半教，古刹形城堡亦文亦武。

但我最钟情的，不是贵州的古老，是比古老更古老的贵州的水。

山与水的默契在这方土地上被演绎到极致，山自豪迈，无须称雄；水自灵秀，久已名世。无处不在的诗意，用钟灵毓秀演绎传奇，在天地间留下无边旖旎。

苗岭分开了中国两大流域，千山万壑处处川流不息，上者开阔，中者束放，下者如刀切。轰鸣的瀑布、湍急的江河与舒缓的溪流，穿透了一个水的膜拜者的心灵。

大美不言。满山松涛静止，花朵凝神。山水迂曲，泉石渐幽。空山无人，水流花开。前世今生的水流，从苍茫流向尘世，从神灵流向苍生。彩云在水波里开放，水流是神的歌吟，明媚的波光粼粼，绵绵无尽。草木葳蕤，封天蔽日，散发出盎然生意。漫天的芬芳一路扑卷，芬芳漫过我的衣衫。

贵州的水，滋润辽阔的大地，宽广温柔地流淌。养育了四十九个民族，三千四百万儿女；养育了鼓楼和风雨桥、吊脚楼和石头寨；养育了银饰花带、挑花蜡染、八音坐唱、大歌傩戏、芦笙铜鼓；养育了茂兰森林、赤水桫椤、威宁草海、天星桥石林和金鼎山云海；养育了中国最大的瀑布和最长的水溶洞，贵州的山、洞、林、石因而浑然一体。

花溪是一段碧色的玉，雍容地卧在城市的边缘，烂漫着女子的温婉。很难想象那样的澄澈幽蓝。水面划过流萤，交替着风信子的夏风，像是微笑。绿树成荫的岸边，颤抖的心在等待。星斗在寂寞中燃烧，每一道光线都透露山的浪漫。黑斗篷山没在深林，百褶裙格外鲜艳。露水滴落，在心里掠过涟漪。日光顺流而下，爱情顺流而下，心数着时辰，溪流带来落叶，带来深情的叹息，抵达甜蜜的终点。一曲断肠的清歌，穿越了流转的华年。无忧无虑的素颜女子，在盛夏的狂花中采一枝碧荷，亭亭玉立。那一泓流泉，沁透了石头上的青苔。芦苇初生青青，白露凝结成霜。心上人在水的另一边，唯愿化作并蒂莲。

明月与清泉，草垛与汀岸，花的脸庞，等着你记住绽放的千娇百媚。阳光和风，相拥着闻声起舞。悄悄地，藏起含苞待放的铃兰。

织金洞与龙宫，是水的万神殿！深邃而又宏阔。我看见了水的沉思和寓言，以及关于水的华丽转身的奇迹。庙宇的钟声，反复敲着一个音调，顺着山脊，爬上更远的未知。在阳光照不进的缝隙，虚空和沉默，隐藏着生命的密码，无从破译，不知疲倦的蝙蝠，传递着冷寂和神秘。

新的天际启幕，繁星高悬在漆黑的穹窿。这里的月亮有自己的传说。沿着哺育我们的河流，我们回归巢穴。这些洞穴的后代，有了原始的逍遥和自由。我们在黑暗中流浪，寻找故园的痕迹，寻找那些消亡的洞穴生灵，寻找他们的火把，还有那些温暖的兽皮，寻找一种意境，一种超然脱凡的感觉。岁月弯曲，季节倒流，渡过青春之河。推开一重重森严的宫门，沿着众神的驿道，城堡升腾。臂下风生水起，史前的鱼群，从心悸的间隙游过。始祖鸟栖于莲花，在静默里谛听白垩纪的呼吸。洞穴是阴性的，雄性的钟乳石赫然昂扬。仿佛是午夜，我坠入沉睡不醒的梦境。最深的深处，响着远古的第一面锣声。馥郁的银铃花开了，迸裂的石笋处于感情史上的漩涡年代。夏季是爱情的季节，洞穴是情人的天堂。绕过缀满山花的温床，听见祖先的私语。他们围着昼夜不息的篝火，不知疲倦地持续着恋情。生命交织的快感连同血液成为化石。

流泉是难以置信地流动的诗。水之诗迤逦在幽谷中。非凡的想象力和美妙的音韵，优美而适于吟诵，千百年滔滔相传，终被四面八方的人们发现，大声惊呼。

如果说贵州的水是大自然的华彩乐章，那么，瀑布就是最宏伟的高潮。站立是河的梦想。瀑布是站立的河，沿峥嵘嶙峋的岩壁立起。黄果树和赤水河，流动雷霆，抛洒晶莹的雪。被大山拥着被大山弹奏，惊天动地的声响，震撼了整个河谷。

天空叩击大地。铺天盖地的万顷沸腾，挟带着旷野的风，令人胆寒的豪迈和不羁，一路咆哮。激昂的文字，挂在开天辟地的绝壁上面，荡气回肠。百尺断崖横在面前，没有犹豫，没有缠绵，也没有誓言，信守着忠贞的承诺，被一种简洁的词语推动，振臂一呼，挂出垂直的银河，跳落一潭惊叫，只为七彩的喜悦在阳光中闪耀，让岩石坚硬的历史，有了纵横的温柔。

惯见的是不会舞蹈的湖以及平铺直叙的河流，才这样惊异于力量、美和激情的狂欢。再深的峡谷，再孤独的山从此不再寂静，巨人无比的交响让世人只能仰望。没有升不起的云霞，没有读不懂的落差，在不平衡之间追求永恒，在不同的海拔创造辉煌。气势，智慧，灵性，魂魄，动态变化不定，却又无比强悍。潇洒着绝壁的刚直，大山的巍峨！然后以谦逊的姿态，让山和峡谷，从自己的胸膛升起。

苍茫的浮云，消失于天际尽头。绵绵不绝的山岭，无数头颅似的峰峦，高瞻远瞩。广袤的贵州大地，有着无数的希望。

高速路远方，山上山下的寨子兀然。屋顶盖着青黑的烧瓦，阳光透过雕花的窗户。河上的碾房，用大石块垒造。睿智的长者，看着河边的花开和花落，看着生活的诞生和成长。在喧哗人世获得宁静，脸上隐忍着粗粝的皱纹。深深的渴望，滚动于内心。

贵州的水，在大地是财富，在血管是火焰。踏刀梯、跳火海的汉子怀抱着坚毅，靠在门庭。风拨动门环，像刀刮过面庞。日复一日的劳作，默默细数着流年，旱烟里氤氲着泥土的气味。用祖先赋予的执著和刚烈，逢山开路，遇崖成瀑，为了心中的大海，从不弯下骄傲的身腰。

水是认真的生活。在天空感情最脆弱的日子，让江河与小溪变得丰满，而两岸的果实挂满了最需要的地方。水中所有的语言都面带笑容，所有的美丽都与水有关。在水中走动的田野和村庄，万种花朵言说着秋天的消息。踏水而来的女子在水边歌唱丰收。稻香弥漫晴空。风吹过，夜晚张开怀抱。影子印在墙上，透过风和树梢，陶醉于蒲扇后面的遗梦。

在这个奇异而又美丽的世界，我曾一次次地走山访水，心中激起波澜。阳光用温暖的手，抹去大地白色的沉寂。大山心情开朗，大山情不自禁，以泉的方式，滔滔不绝。我伏下身子，聆听大山表述。清澈甘冽的质地，丝丝缕缕滑过，触及柔情，磅礴地冲动。

上善若水，天下莫能与之争。水富于思考，水构建思想。天下莫柔弱于水，而攻坚强者莫之能先，以天下之至柔，驰骋天下之至坚。水是哲人，有自己的意志和生存方式。不追逐暴利与虚荣，不攀附高贵与富有，在生命的世界里传宗接代，用身体与善良喂养生命，清明而安详。

水像母亲一样孕育民族和国家，水像诗一样有韵有形！黔水不是弱水，

197

弱水在遥远的北边；黔水不是弱水，妩媚远不是三千。黔水汤汤，美人居之；黔水荡荡，美人出之；天地为琴，掬水成弦，各族儿女凌波而舞，踏着水的强音，以与生俱来的激越，舞出现代生活的精彩。

贵州的水，流出了地老天荒。即便沧海变成了桑田，也会以温暖而美好的姿态定格。

岁月织出的云锦，永不褪色。贵州的水，是我挥之不去的牵挂。千回百转，终在湿润的风景里走失。

原载《人民日报》2012年6月

夏夜风清

凸 凹

夏夜风清

　　月色尚好时，正适薰风烈烈；瓜棚豆架下，便有了极好的景致。

　　架下，青石板墁就的地面，纹路勾得别致，似一笔泼墨，慢慢地洇开去。青石板上，几个或白或黑或胖或瘦的婆娘，或坐在杌凳上，或盘之于蒲垫，或席地打坐，或顺势朝架柱上依靠……其姿态率性而舒坦，应和着每人的性格。但绝对划一处，是每个婆娘的上身都是光祖的，被娃们千嚼万吮过的奶子都吊吊地颤着，颤着极赋韵味儿的山村风光和无惊无叹的惊奇。

　　于是，在山村成堆的纳凉人中，便排挤了幼小、姑少和未开怀的新人。

　　夏夜，山村的月色多绝好。西山山口，总有极薄极绵软的雾岚极殷勤地擦着那爿天。婆娘们停当了碗炊和猪狗，便扯去护身小裰，往身上甩两把清水，用湿毛巾津津地搓擦，弹去一线一线的泥屑，还自然的本洁。然后，随手抄一把半旧的蒲扇，挺挺地奔那棚架。

　　依次来齐了，总是那么几个相熟的人，气味也相闻得熟悉；稍有差异，便有人嚷："哎，新鲜了，莫非要新上轿，官粉搽得倒厚！"于是，再相聚时，便没有再搽香抹粉；汗腥氤氲也好，腋臭漫溢也罢，只要从众（故乡俗称：随大溜儿），便感到格外亲切。

　　在棚架下坐定，噼噼啪啪地打那撞身子的飞虫……一阵繁响奏过，只要一人开腔，每日需上演的段子，便一节一节朝下演：从从容容，有疾有徐，遵从程式，按部就班。

　　首先是发布奇闻。

　　婆娘禀性好奇，白日就穷于搜罗，一时有新鲜货色，便盼夜幕早拉下，以期在伙伴面前，抖抖包袱，风光一场。

　　其实，脸盆大的小山村，铁板样平稳的秩序，从来缺少变幻，以至于谁家娃娃哭声高些、哭声低些，都分辨得分毫不差。于是，山村里便没有真秘密。每有事件发生，东边的话还没说完，西边的人就早已听清了舌音。所以，纳凉而来的婆娘，往往都揣着同一个秘密，急呵呵地想开头腔。极有兴

199

致地一开口，大家都说："知道。"兴致便一落千丈，腾腾跳的一颗心，就慢慢地跳平稳；蛮跌宕的事体，便你一句我一句，不慌不忙平铺直叙了。因此，山村的奇闻便很少让婆娘们激动过、亢奋过。如此说来，山村的沟沟坎坎、枝枝蔓蔓，真有些对不住这班辛劳而忘我的婆娘。

但从山外传来的新闻，却是绝对新奇的，也是绝对为发布人所独有的。哪一位婆娘从山外走一遭回来，便成了当晚棚架下的主宰。她不紧不慢地絮叨着，且手在奶子上一把一把地搓着泥捻。她不想顷刻间跌了身价，便把故事拉得长长，极尽兴地掺些水分。看伙伴们被撩得急急措措，大呼小叫，她便开心到了极点。

慢慢地，婆娘们出山的次数与在群体中所享受的尊严，竟神奇地交织起来。于是，要强的婆娘便不妥协地从汉子手中要出山的权利。日子久了，从婆娘出山的次数，便可以看出家庭之民主、之专断；也可折射出家底之殷实、之拘涩。随婆娘出山之日猛，瓜棚下的谈资也就愈丰厚，其戏文也就愈曲折愈跌宕。形形色色地道来，惊惊叹叹地听去，山村古琴便有新韵流长，寡淡的日子就也过得有了兴致有了新意。不知不觉间，婆娘们竟还揣了不少曼妙的生意之经，于夜色迷蒙中抖搂，也商讨起山村富庶之大计，不仅调大了各自出山之胃口，也提升了瓜棚豆架下的风情格调，一群琐碎小女子，竟也人物一般了！

其二便是议人家小。

俗语云：婆娘的嘴，吃饭的腿。婆娘好发议论，且常议及人家的隐私和短处，也就常常招人恨骂。其实，婆娘们议人短长，也是有客观的是非标准的。

一日，李婆娘提起西边的大柱，王婆娘便哈地一声接话："恁精的小子，天天读死书；连考了三年大学不中，竟不想一想其他的出路，还偏偏要再考，你说死性不死性？"见自家话端有人响应，李婆娘便极真诚地点头，"极是！极是！山里娃有出息的人多了，二妹高中毕业学养蝎，不也发了？一条道儿走到黑，这人不是呆就是病。"王婆娘阐述道："也不是的，大柱爹当书记那会儿，整天介拉大闺女钻高粱地，名声扫得那么净，他便死活要柱儿给他长脸，生拉硬拽地，不连柱儿毁了也邪！"王婆娘那张阔脸，竟抽搐出无限凄恻，众婆娘便一齐点头："害人！害人！"改日再见了大柱爹，婆娘们便唰地转过头去，狠狠地吐唾沫，冷冷地甩话音，爱憎分明立竿见影，直弄得大柱爹的脸色一片灰暗，恨不得化鼠钻洞。

于是，在婆娘面前，人们便争强斗气，力图把事业混得顺达兴旺，把人做得规矩端庄；少留话柄给婆娘，免得被狠狠地揭裂了情面，疼得无着无落，窝窝囊囊。

……

夜已深，风愈清，月更明，便到了婆娘自诉衷肠时分。

山村婆娘各有各的艰涩，各有各的苦衷。汉子们东跑西颠，失了耐性，难得听婆娘倾诉一回。有时，婆娘不禁在男人面前叨叨絮絮，不期竟惹起汉子的一股莫名之火，徒然招来一顿打骂，被骂过打过，也无处伸冤，便向隅而默默独泣。于是，婆娘们便把一肚子的委屈，连根带梢地带到晌晚。待服侍完夫家，便抽冷子扎到姊妹群中，边纳凉，边叨念，招姐妹们一阵唏嘘，得一片理解，于挂泪的眉梢绽出一抹笑，得一点小小抚慰。

其实，在婆娘的记忆中，甜蜜总多于苦涩，自家的珍奇和幸运也时时如雨淋过的笋尖，苗苗壮壮地生长着。于是，月光下，她们常把体己的事体当笑话痛快地宣泄，也把自家的福分公之于大家享受。一婆娘的一身新衣，总被众婆娘依次试穿，一婆娘的一种感受总被大家依次评品……婆娘们能掏的都会掏得透亮而彻底，丝毫的小气和拘泥都会败坏了瓜棚豆架下的囹圄情分！于是，一个婆娘就是一片云，就是一片温馨，瓜棚豆架下，是她们憩息的港湾：从你身上找到了我，从我身上找到了你；你温馨了我，我温馨了你；浑然而一体，日日月月总相依！

其实，纳凉不仅是山村特有的乡土风情，更是一脉从远处走来又朝渺远走去的绵延不绝的民间文化。文化之温温、之古道；乡情之温温、之古道，已深深嵌入山民的皮肉和灵魂。小时候，我总是偷偷地奔窜于一个个瓜棚豆架，于懵懵懂懂中，知道了该知道和不该知道的许多。山里婆娘，不仅用乳房喂养了我，而且也用她们创造的俚俗文化启蒙了我，使我早熟，有了一般山里少年所没有的忧郁气质。这或许也是我亲近文学的一个潜在的诱因。

但不知从何时起，山里人在房前屋后种瓜点豆少了；荫荫的瓜棚、袅袅的豆架便日益寡落。有三两只雪白的遮阳棚伞，竟星般飘入山际。月轮一爬上山口，那伞便把水一样的华光，极刺人地朝四下泼送。然而它奢华而不温馨，有心的婆娘们便于心头荡起汩汩的不安，便吆使愈来愈图享受的汉子，去努力把原始的棚架搭起来，把瓜秧豆蔓于棚上架上，扯得绵密些……她们并不是有意地对抗什么，而是她们内心需要。一如有人喜欢总是穿布鞋走路，不是装朴实本真的样子，而是服从脚。

秋草缱绻

山口之外，除了一所学校，还有一座兵站。

原认为，兵是用来打仗的，腰杆挺挺，枪刺亮亮，有威武雄姿。而兵站里的三十几号人，那军装穿得皱皱，总也提不起精神；但却养了两百多匹马，两百多匹体格壮伟的马。

清晨，几个兵将马拉出去，踏踏地走成两行；顷刻间，那山谷里便有隆隆的响声回荡。

于是，刚有秋风吹几缕，那兵站的大胡子站长便骑一匹快马，进山来，找村人要干草。他开了好大一个价儿，每百斤八角钱。村人便连夜将草镰翻出，在砺石上使劲磨。

父亲下窑回不来，母亲便找幺姑搭伴。身后，那驴高马大的米柱儿竟也跟着，回头看他，他便眨鬼眼逗看他的人。米柱儿，姓米，孤儿寡母从山外搬进来，极孤僻，整日里愁眉不展，可惜了他那张好面相。

……终于有一坨草好茂密，厚而齐崭，且有茸茸籽穗相扑打。那籽穗里有一包瘪米，微苦而甘，人饥皆可煮而食之，马儿自然就极爱吃。

母亲对幺姑说："一坨草，够打一天的。你和米柱儿在阳面，我们娘儿俩在阴面，中午在坨顶歇晌。"那干粮袋便甩在坨顶，人则顺势溜到坨底，停也不停，便将身子深深地埋进草里，噗噗嚓嚓地把草打起来。

那草镰素日拿在手上，好轻飘，但和细而成束的草秆相较，便觉沉重而拘涩。半个时辰未到，手杆上的青筋便蚯蚓般蠕蠕地绽，镰刀砍在草上便失了气力，久久也割不成把束。再看母亲，则腰弯如弓，将草大把地朝怀里蠚拢，顺草倚倒的方向，极迅速地一抹那镰，就已割下满抱的草；扎成大大的一捆，很潇洒地扔在一边，就又朝前进身，待她将腰直起，人已立在半坡了。

打草极爱小解，开镰前母亲便叮嘱：有尿就往阳坡跑，别偷懒在阴坡撒，一撒会中病的。于是，一有那意思，我便扔了草镰，惶惶地跑向坨顶。草可以少打几把，病却千万别中下；然而也忒奇怪，竟久久看不到母亲朝坨顶跑。正思忖间，母亲已打到了坨顶，回头朝我望一望，说了一句"就在坨顶等妈吧"，便又哧溜地下坡去了。待我在坨顶坐定，母亲也已将属于我的那条窄窄的草带剃完毕。母亲的头发已被汗浸得如雨浇过，一缕一缕地纠结在头顶，青青的头皮便闪闪烁烁，那素日极苍白的阔脸，也红紫若猪肝，显得有些丑陋。我心中有些异样，便不忍再看她。

俯身朝阳坡睃，幺姑和米柱儿才打到半坡。臀撅得倒翘翘，动作却极滞缓，三二镰刚上去，就直腰喘大气。"他们可真笨！"我心里说。

母亲大声叫："上来吧，别把晌午饭也给省了。"幺姑和米柱儿便闻声像脱兔一般朝坨顶蹿来，片刻间便把饭袋在摊平的膝上放稳了。

我打开饭袋，不禁呀出声来。那小米饭上竟爬了一层黑黑的蚂蚁，正贪婪地啃食那几块酱红的猪肉。那是母亲特为打草的儿子准备的。我不知所措，便哇地大叫。母亲接过饭袋，"该死的黑货，也知道找肥的呗啊！"骂完便用草秆往外拨那蚂蚁。那小物种竟极顽强，愈拨愈多，母亲便拨得失了耐性，她将饭袋扔给我，"就凑合一下吧，活该你没那口福！"不待我省悟，她已埋头吞那饭团了，佐着那一层黑色蚂蚁。我吃了一惊，失声喊一声"妈！"母亲并不看我，只管埋头吞咽。那咀嚼声极响脆，咯吱咯吱，若炒热的芝麻被木杖擀。

将饭吞完，母亲灌了好大好大一顿凉水，之后极舒坦地笑笑，让我躺一会儿歇乏，并将外衣脱下，盖在我的头上。她则接着打坨顶的草，片刻也不歇息。

我躺在草丛中，静静地听母亲割草。那声音利落而有节奏，像蕴着无尽的力量。

下午，坨上的草，早早就打完了，母亲、幺姑、米柱儿便互相帮衬着，打了三个大的草背子。剩下的草，便簇成堆待来日。母亲并不要我背，心疼我那柔弱的腰杆。等母亲三人将草背起，竟像赫然搬动了三座小山。

村口架着一架台秤，支书和胡子站长含着笑，招呼归来的人群。

母亲、幺姑和米柱儿依次将草称了，母亲的草竟比米柱儿的重几十斤。三人中就数米柱儿的草背子大，竟有这样的结果。我要支书再称称，支书竟哈哈大笑："小子心眼不坏——你娘打的是阴坡草，草湿、气饱、穗大、秆重；好下镰，好上捆，且捆小量足，背起来也不兜风，顺溜！"米柱儿竟也嘿嘿憨笑，无怨无尤。只是幺姑将嘴噘得别致，我便为母亲的狡狯生出一团又一团的惭愧。

天渐渐凉了，草就打得渐渐不容易；村人便都抢抢跌跌去占山，好有资格不慌不忙地打阴坡草。母亲、幺姑和米柱儿便撇下我，灵猴般满山跑，将手中的标子插上一道又一道山梁。三人的标子上都拙拙笨笨地写着：刘舍哥。那是母亲谜一样的大号。

将坡占得足够施展，母亲我们一行四人便将一个接一个的日头，依次在一个接一个的坡坨坨上消磨。

母亲仍打阴坡的草，幺姑、米柱儿竟心甘情愿地放弃那份权利，整日里待在阳坡上。他们每天打的草比母亲的要少得多，却未有一丝羞惭；好像他们并不在乎那几捆山草，在乎的是在阳坡上的日子。我便心里骂他们："这两人，怎会这样！"

那日，草打得实在没兴致，母亲也只顾打她的草，心里有话更无处说，便趔到阳坡上，找幺姑和米柱儿。

那阳坡上竟没人，砍倒的一片草竟随意地摊散着，也不打捆；两把钩镰则被甩在一边，刀刃上满挂了土屑。真差劲儿！我心里说。因为真正的打草汉，草镰锃亮如雪，是挂不得一点泥星的。母亲那镰就这样。

正要转身离去，不远处竟咯咯发出一串笑，再听时，竟断了。只见那草窠窸窸窣窣地动，像一群雀子正酝酿飞翔。心中便陡地生出好奇，便蹑了手脚朝那边探索。

近了，我惊呆了：幺姑正倚在米柱儿怀里，那薄棉褂儿上的纽子竟有两粒开了……我愤极，大咳一声。幺姑倏地就将身子闪开了，迅疾如鬼。看见是我，她竟说："咳，原来是只小狗。"我便尖尖地骂一声："脸皮太厚！"愤然朝回走。走到半途，竟想："幺姑好黑好黑的脖子脸，胸脯竟恁白，怪了。"

跟母亲一说，她竟"妈哎"一声抛了草镰，笑翻在地，且将鼻涕眼泪笑出来了。

中午吃饭，米柱儿躲得远远，兀自吃他的饭；幺姑却仍然坐在母亲身边，将窝头啃得极香甜。母亲居然也不骂她，只说一句："死鬼，搂着点儿火，别太野了。"竟又平安无事。回家路上，母亲却嘱我："奶奶面前，可别多嘴！"我便久久懵懂，直到情窦初开才知道，一如野草一遇到火毕竟要烧，青年男女只要近在一起，即便是艰苦的劳动和清贫的生活，也挡不住他们泛滥的春情。这或许也是大自然的一部分吧。

入冬以后，手伸不舒展了，坡上的草便也揽不到怀里，村人就罢了镰刀，而是将秋日里囤下的干草一趟复一趟地朝回背运。

跑了一秋的山路，我的腿也跑得爽快了，便也背上小小的一捆，衬衬母亲的脚力。打下的草经秋风吹过，就变得干脆而浮饱，母亲的草背子便胀得很肿大，但从秤上走过，却不及百斤，母亲便很失望，轻轻嘀咕：真不如秋上少打些，早早都把草运回来。后来，当草背到离村口近了，母亲便拣些滚圆的小卵石，将几只衣袋装满。正要问母亲，母亲却要我也装一些，"甭问，随妈走就是了。"

我随母亲连人带草被称过，正要返回称体重，母亲却拽了我的手，"不解解手吗？"到了背人处，母亲低声说："快把兜里石子掏出来，抡远些。"我便知道了，母亲是在找便宜；但我并不言语，不中用的儿子是没资格埋怨背负太重的母亲的！

那日回得晚，未过秤的便只有母亲我们四人。母亲刚将草称过，支书便叫母亲慢走，母亲正愣怔间，支书已极迅疾地将草捆一一抖开，且仔仔细细搜寻，像搜寻宝物一样。我、幺姑和米柱儿也依次被查过，才听支书叫走。

母亲明白得快："支书，莫非是有人夹石头了？"支书说："除了你们，都夹了，太丢人了！"

果然草堆旁有一堆各色的长条石头。

支书对胡子站长说："站长，对不住，将石头称了，从草里刨吧。"胡子站长久久沉吟，竟说："别，乡亲们也不容易，穷啊！"

支书的泪唰地流下，紧攥了站长的手，久久不松开。母亲、幺姑、米柱儿和我便在边上陪着，心里很不是滋味。

……草秋终于过了，母亲挣的钱自然要比幺姑、米柱儿多了许多，便整日里串门，将她那一份得意、满足和热情执著地传播。而幺姑和米柱儿却很不在意，只是那野性的爱情熟得再藏不住了，一如熟了的果实必然要红在枝头。终于被恼怒的祖母赶出家门，欢悦被浸泡在泪水中了。

母亲在村口送他们，死命地将一卷钞票往幺姑手里塞了，叮嘱他们："千万要善待自己啊，等老人家气消了，还是要早些回来。"

现在的山草更茂密了，茂密得一如荒野。但再也见不到割草的人了，因为廊檐下他们有了新的生活。幺姑和米柱儿的儿子在大学里谈恋爱，给女孩讲了父母的故事，女孩竟久久地陷入冥想，最后，轻轻地说道："真好！"

205

年关景胜

近些年来，年关虽然到了，但心里却极漠然，好像年节是一桩可有可无的事。这或许是小城生活给我留下的阴影。因为，城市对年节很麻木：楼墙栉比，铁栅毗连，洋洋的喜气，均被挡在一幢一幢灰色的空间了，街衢上是显得很冷清的。城市当然也有串年门子的，但那只是礼节性的，来得仓促，去得匆忙；早早地关了自家的门扉，只家里人围个热锅子，弄一番全家欢。所以，城市的年节是封闭的，是个体的，温馨虽温馨，但不热烈，有血性的汉子便受不了。

而山里却不。

山里过年过得极开放极群体：大家乐在一起，其情也切，其气也昂；爆裂的节日气氛，欲将山壁撑裂。

所以，山里过年才叫真过年。

一进腊月，碾砣子就将昼与夜碾成连襟。家家都碾黄面，家家都蒸枣子年糕。没有枣子糕的年，在山里不叫年。腊月里还有一桩最兴盛的，便是腌腊肉。素日里，山里人抠鸡屁股换钱花，日子节俭得要死。过节时，却嘶地就杀一头几百斤的大肥猪，成方成块地在大锅里煮，用满缸的卤盐水腌。除夕晚上，将缸里肥白的肉方捞上一块来，在黑乎乎的案板上，用长长的猪刀切成又大又薄的卤肉片子，就大碗的老酒，所有人没有不喝舒坦的。

腊月十八那天，是山里吃糕的日子，都把盛满枣子糕的蒸笼敞开盖子，稳在灶膛的温火上，任香润的雾气于室内缭绕。街坊邻居便一个一个地上屋来，从蒸笼中取一片糕子吃。吃过，便说一声好，再到别的家里去吃一片两片。这一天，你要登所有村人的门，尝所有村人的年糕。即便平日有些隔阂的人家，你也要走到；走到了，便一切积怨都得以化解。这叫怨艾不过年。当然也有褊狭的人，故意不登你的家门，让你哭笑不得。对此，山里人自有处理的办法，便是将属于那人的一块年糕，扔到院中去，口中喊一声："就当喂狗了！"便不再挂牵那一方恩怨。

山里的除夕是通宵醒着的。男人们都簇在村中老槐树下，烧硕大的一堆柏枝火，这叫守岁。而"柏"谐"百"，是企盼人人都眼对眼地活到百岁，谁也不离开谁。所以，除夕前，每个男人都自觉地砍好多好多柏枝回来，让那堆冲天的篝火烧不断档。青苍的柏枝在火上烧，柏油就烧得流溢，火焰便芬芳无比，众人的鼻翼便都张得彻底，通体清爽。还有，那柏枝燃烧时，会吱吱地叫，便把一颗颗质朴的心撩拨得不再平静，就跳，跳一种杂沓的韵律。

烧柏枝火的同时，谁也忘不了在自家屋檐下，将长长的炮辫子舒舒展展地朝一只洋铁桶中顺下去。待熬到午夜，便呼地奔各自的屋檐，千年封闭的古村落，便在瞬间炸开了花。小村的山就颤抖，小村的天就颤抖。这是一种绵绵的颤抖，一直颤抖到在垭口娩出一轮崭新的太阳。

在鞭炮的热浪中，会有一排排更高亢的巨浪掀过村庄的山头。那便是祖父那一班猎人放出的一阵阵排子枪。祖父带着那班猎人，站在高高的垭壁上，齐刷刷端平了猎枪，对着无边的一片青苍，宣泄出一道道的轰鸣。祖父大声喊着：

"伙计们，莫吝惜那一点狗屁不值的火药，平时，咱是为了那帮畜生活着，今儿个，为的是咱自己！"

这是一种无遮无拦的野性，让人感到一种甜蜜的畏惧。

初一早上，属稚童们最忙乱。要依次到老人们的房中去，给老人们拜年。山里人对亲人的感情是执著内向的，很难让他们在亲人面前说几句亲热话，一切皆在无言之中。这一切，当然要深深地濡染了山里童子，他们在长辈面前，就亦显得拘谨，讷讷地，把句子弄得很疲皱。但过年了，火药把山里的沉闷驱散了，人的心里都流淌着一泓春水。稚童也自然被兴奋陶醉着，觉得年关里不该有什么顾忌，平日里不好意思说出的对长辈的那几分敬意，应该痛痛快快地道出来。所以，稚童们很愿意给老人们拜年。进入老人的房中，道一声"给你老拜年了"。便咕咚跪下去，一丝不苟地磕几个响头。炕上的老人早已满眶泪水，速疾地挪下来，把童子扶起，且从灶洞里抓两把热热的糖炒栗子，将稚童的希望装充盈。童子便依偎进老人的怀中，热热地叫几声，撒一些个娇嗲，惹老人咯咯地乐起来，童子一般痴。

正月里，山里第一等要事就是唱连台的梆子戏。其盛情盛景许多人都做过淋漓尽致的描述，是颇动人的。

山里过年，当然也有手上的娱乐把戏。老太太们玩一种纸牌，类似平原的"打千分儿"。老太太们围簇在热炕上，有一搭无一搭地拆对牌，是一种安分，是一种古韵。但汉子们却玩得俗了，就是"搓"麻将。

山里"搓"麻将，起初是极规矩的：几个人围一方小桌，噼噼啪啪地将牌摔得精响，其实也只是要的一种阵势。玩得久了，觉得太温吞，就要比个高低，也只是点相同的数十只玉米粒子，输一盘，给出一个；结局时，粒子剩得多的，自然就很荣光了——呵呵地笑过一场，也就很快扔到脑后去了。但到了后来，觉得这样是自己糊弄自己，不如来真的痛快。有人就说："还是挂点什么吧，哪怕少挂点。"有人便应和："也成。"玩时就挂些零星的角票子。这无伤大碍，却大大地刺激了汉子们的玩兴，就玩得愈来愈尽兴。但尽兴得久了，情致就又木钝了，便有冒险的招数出笼了，就是"挂"大的，就沦入赌博。

我不讳言，儿时的故里年关，赌博之风曾一度盛过；但后来，却悄然淡下去了。这全因了一个女人。

这便是二婶。

二叔是村里赌兴最盛的一个，彻夜泡在牌局上，正月的饺子，他也品不出一点好滋味。二婶颇好言劝过，但二叔那时正输得败兴，劝是劝不退的。二婶就只有偷偷地落泪。

后来二叔的积蓄输光了，就去借钱。借的钱也输光了，眼圈便红了，便对牌局上的对手生了仇怨。在暗影里，就听到他磨刀的声音。

那日，二叔去牌局了，二婶便尾在身后；二叔在牌桌旁坐定了，二婶也倚在他身边坐下了。

两局下来，二叔就又输光了。对手便撒身欲走，二叔则死拽着不放，恨恨地说："接着来！"

207

那人说："你连本都输光了，再来，你还输个什么？"二叔的嘴唇便涨紫了，回手朝腰里摸。腰里的家伙已不知去了哪里，只有二婶温温地笑。

二婶对那人说："他叔，莫瞧不起人呀，不是还有我吗？！"

桌旁的人就都愣了。

二婶拍拍愣怔的二叔："掌柜的，同他来，俺把私房钱都给你带来了。"

对手便糊涂了，呆呆地坐下，不敢再走了。

二婶就给二叔看牌。

二叔依然是一盘一盘地输，二婶却温温地笑着，一笔一笔地给二叔还账。二叔脸上的汗就淌得了无遮拦。二婶却依然笑，用帕子给二叔揩汗。

二婶的私房终于输光了，二叔和对手就都僵在那里了。二婶却催二叔说："怕什么，同他来呀！"那个赢家便感到情形尴尬，嘻嘻地涎笑着，说："得了嫂子，赢他的，都还他还不成吗？"

二婶歪一歪头，笑着说："他叔，你把你哥看瘪了不是？你哥他不趁别的，不是还趁你这个嫂子吗？！"

赢家的汗便哗地倾洒下来了。

赢家便糊里糊涂地将牌打下去。但牌居然还是打赢了，他不愧是山里独一无二的高手。

他再也坐不下去了，翻身下了牌局："不打了，说什么也不打了，再打，就闷死了！"就急急地奔门而去。

"你站住！"身后传来二婶温柔的一声喝。

二婶近前来，从腕上捋下两只银镯子，轻轻地敲一敲，便有玲玲地玉音儿颤进满屋的耳朵。

"这是俺做银匠的爹留给俺的，今天，它们是你的了！"

那人惊惶地推挡着："嫂子，饶了，饶了！"便落荒逃了。

但二婶那双银亮银亮的镯子，却飞快地追上他，当地落在他脚下。他噔地站住了，犹豫了片刻，还是朝前走了。

"你还算不得一条硬邦邦的爷们儿！"二婶噙着泪，低声说与那一只模糊的背影。

从此，那条好汉与二叔都不再摸麻将了。山里的麻将，也回归到了以往的淳朴，只是年节时，拿它逗一逗乐子。

但那两只银镯子，却依然躺在青色的石板街上，执著地闪着清亮清亮的光泽，若一双不倦的眼。

……

质朴安神

我是十二岁那年，才认识麦秸的。

故乡偏僻，多旱，且山地窄而陡，种不得麦子，只种耐旱的苞米，认识麦秸晚一些，便是很自然的事。

那年，不知何人的主张，非得在山里推广种麦。麦子种上，即遇旱象，又无水可浇，麦秆细极，无风也飘摇。

于是，六月，山里破天荒地有了麦秋。但上好的一亩堰地，仅打了一百多斤瘪麦，就等于无几多收成。但终究是吃上了自己打下来的麦子，粗糙的生活中有了精致和细腻的味道，所以，即便到后来，虽因亏粮而不得不去剜野菜充饥，竟也无一人哀叹。

麦子没打多少，麦秸却有硕大的一堆，稚童去堆上滚，成一种好游戏。暑中雨多，麦秸便被淋得精透，待阳光一出，竟倏地生出一片一片金色的平顶菇，村人采去，好吃得很。那时，一场暑雨一场菇，神奇的麦秸，给我留下了深刻印象。

于是，到了平原，最感兴趣的，便是田畴上的麦子。

平原的麦秆茁壮得很，用指头在上面敲一敲，就发出沉实的声音。在垄间坐着，青青的麦秆会发出青涩的香味。这香味与青春的香味或许有相通处，反正我很喜欢这种味道，久久地嗅着，若期待着一种莫名的温柔。

忍心去折一柄青麦秆，极清脆地响一声，白色的琼浆便汩汩地淌出来；这便是生命的一种原状，努嘴去啜吸，便满嘴甘甜。于是，生命本身便有厚味，只是在凡常，均被浮躁的激情忽略了。

"草生四季，麦熟一晌"，这样的农谚是生动而准确的，因为一晌之暴晴，麦子果然就熟了。放眼望去，浑黄的一地麦秆，风吹时，只听到干燥的微音，并不见到大的招摇。此时的麦秆，已褪去铅华，内外同质，成一束坚韧。所以，与其说麦子熟了，莫不如说麦秆熟了。

就去刈麦。

刈麦时，将一束麦稞揽到怀中，顺其倒势而下镰，便听嚓地一声响，麦秆便很忘情地投到臂弯里了。投到臂弯的瞬间，干草样的香味，就突然从切口处喷射出来，鼻息便肆意地吸进去，得一刻的沉迷。臂弯里的麦束，不仅沉实，而且温暖，若幽火幽幽地烧，直烧到人的筋脉里去。于是，僵直的四肢，便猛地活络起来，手中那一柄镰，就唱得很欢畅。

这是太阳的功力。

麦子一生都被太阳照射着，麦秆里贮满了太阳的热情，一束麦秆，便是一束阳光。阳光是抓不住的，但可以抓住麦秆，于是，劳动着便温馨着，劳动着便幸福着，在这里，便不是一句空话。

一个朋友来，倾诉其化不开的忧愁。我倾尽真诚，以情以理去抚慰他，却不见那一张阴郁的脸，有半点舒朗。我便无话可说，陪他沉默着；那一团阴郁，便也一点点地啃啮着我。我开始烦。突然，我想到麦秸。便拉起他的手，朝原野跑去。在朋友懵懂间，找到了一片麦场。场上正有新麦的麦秸堆着。我说，就在麦秸上躺一会儿吧。

躺在麦秸上，朋友仍要唠叨，我说，什么也不说，什么也不想，只须静静地躺一躺。

就躺着，数天上的星星。

夜深了，看一眼身边的友人，见他大大地睁着眼睛，眸子里的星星也很亮。我说，回吧。

他说，再躺一会儿吧。

我暗暗地笑。麦秸里，一束束太阳的火苗，在幽幽地烧燎着他，心中的块垒，快被烧化了。

归来的路上，朋友说，躺在麦秸上，竟这般舒服，舒服得要死。

但他活了。

他原来生活在虚空中，现在他与地气交接，输进了一种沉实的东西，感到忧愁类似无事生非，是额外的闲情，一如奢侈。

再讲一段与她热恋的故事：

那时，热情煎熬着我和她，第一重渴望，便是拥有一方自己的空间，在那空间下，与对方融化成浑然的一个人。但苦苦寻觅之后，却发现，偌大的世界，居然找不到这样的一块地方。时空的压抑，使我们感到极端的痛苦，甚至想到死。

绝望使我们在夜空下四处游荡，将要筋疲力尽的时候，竟遇到一堆麦秸。

她欢叫着，把自己扔到芬芳的麦秸之中，贪婪地吸着麦秸那温暖的涩香。她将自己躺平了，胸起伏如潮。她开始解自己的衣扣。

我竟轻轻地按住她的手，让我们静静地享受一下这麦秸不好吗？我说。

我们静静地躺着。没有风。天上的星星也不说话。

她枕着我的臂膀，呼吸渐渐轻盈下去。她睡着了。她的眼轻轻地合着，温柔如花；她的脸恬然地舒展着，恬静如水。我这才知道，女孩的睡相，竟是这般地美啊！

虽然我很疲倦，但没有睡去，做极深情极专注的守护。我的心，异常平静，无一丝杂念……

事后，我想，麦秸是最质朴的，生活和感情的内核不也是最质朴的吗？质朴是一种自持，质朴是一种本分。于是，拥抱麦秸的时候，我们能听到真纯的声音，羞于产生多余的欲望。一如守着成堆的金银，肯定会放纵地消费，身临清溪，首先想到的则是净洁的洗涤。麦秸和山树往往不是物，是随处可遇的菩提，它们关乎土地道德，是美好情感生成的土壤。所以我常说，离土地近一些，是好的。

原载《长城》2012年第3期

空中农家院

李存葆

　　我的少年时代，是在五莲县一个名叫东淮河的村庄度过的。村前的河流宽阔且弯曲，风一吹，就像抖动着的碧蓝绸缎，把三百多户人家的村落，紧紧地揽在它的怀里。

　　新中国成立之初，父亲是乡农村信用社主任，家境较为殷实。当时，家有房屋八间，院落也算得上宽敞。毗邻院落的是家里的小果园，里面栽满桃枣杏梨。奶奶喜种花草，整个院落常是瓜藤满架，花卉满庭。河岸的高台上，还有家中的两大片菜园，春夏秋三季，菜园里黄绿错综，瓜果交叠，摘之不尽，食之不完。二大爷是村里有名的种菜把式，卖出的菜蔬钱，足可支付家中日常花销。

　　春日，家中院落和小果园里，杂花生树，蝶舞蜂喧，鸟雀枝头弄日影，鹅鸭庭前理羽毛。夏夜，特别疼爱我的二大爷，常带我渡河躺在细软的沙滩上，祛暑纳凉。河中那咯咯欢快的蛙叫声，连成一片；林间那似乎与酷热竞争的蝉鸣虫吟，此起彼伏。正是这些大自然天才的歌手共同演奏的交响曲，赋予了我最初的诗歌旋律。金秋时节，少年的我即使足不出户，也能尽享土地的丰厚馈赠。院中的棚架上，挂满了串串晶莹紫亮的葡萄；房前的两棵石榴树上，大石榴微启樱唇，露出玉石般光鲜的皓齿；磨盘旁的正值盛果期的梨树，那嘟嘟噜噜黄澄澄的梨儿，压累了枝头，我怎么数也数不过来。院墙上，栅栏边，粉红的牵牛花，鹅黄的丝瓜花，雪白的葫芦花，紫红的爬扁豆花，则是风凉花更美，露滴叶愈鲜。挂在葡萄架上的几笼蝈蝈，那忽断忽续的脆叫，不舍昼夜；善于登堂入室的蟋蟀，也总是藏在墙角或炕下，以迷人的歌唱，夜夜伴我走进黑甜之乡……

　　这一切，都是我儿时心灵中最美的乐园，是深深嵌入我记忆中挥之不去的图画。

　　在1958年那荒谬的岁月里，先是"大跃进"用失去理智的巨斧，将故乡山坡及原野上的林木，统统投进大炼钢铁的炉膛；翌年，一座水库的修建，又使村中所有院落和两千余亩良田，皆沉于水底，乡亲们全沦为东迁西移的"库区户"。为摆脱在地瓜干子的王国里左冲右突，仍难得一饱的厄运，1964年，不满十八岁的我，应征入伍。从军营的绿色方阵，走进稿纸的白色方格，岁月以它强劲的波，早已漂走了我儿时心灵中的乐土，我生命中出现了"断裂带"。1995年，我从济南军区创作室调军艺任职，家人都不愿随迁进京。终老泉城，成为我唯一的选择。

人是善于回忆的动物。尤其到了知天命之年以后，我心头犁下的沟痕比脸上生出的皱纹还多。近些年，随着城市的急剧膨胀，大城市都变成了物化的波翻浪涌的海，在这海的每个浪头的"小白帽"上，分明都写着"人欲"、"物欲"的字眼儿。为规避贪心替代正义，回避猜忌替代同情，躲避虚伪的酬酢替代真诚的交流，更为了去掇拾儿时的梦境，我多么想在林泉之下，山野之间，觅得一栖息之处。

为购得较为理想之房，我曾在军艺节假日返济期间，与妻子一道，四处打探，八方察看，历时七载均未果。

我也是讲求实际的凡夫俗子。起初，友人带我与妻子到济南南部山区的仲宫镇，去看周围山间建起的别墅群。这些别墅的每栋楼前，大都有半亩土地，足够养花种菜。惜哉这里距市区太远，孩子上班，未来孙辈入托、上学，我与妻子就医看病，多有不便，只得怅然放弃。后来，妻子在千佛山中麓新建居民小区旁的山坡上，发现一片即将告竣的连体别墅，便带我前去观望。此别墅群，间隔过密，每栋楼前空地，不足二十平米。即使这样，为圆我农家小院之梦，妻子和我也决计购买。正欲付款，一熟知该房地产商内情的朋友告诫说，此商家的资金链早已断裂，付款之日必是血本无归之时。果不其然，没过半年，这片连体别墅就被夷为废墟，代之而蠹的是一事业单位建起的二十多层的宿舍大楼……

2003年冬，正当我与妻子为购房事茫然无措时，在山东电力部门工作的儿子告知，千佛山东麓新辟有一花园式小区，他单位已有十余户在那里买了房，并强调说，如果单就环境清静而言，这小区是靠近市区的"绝版"。

我与妻子来小区一看，儿子所言不虚。其时，偌大小区内的房子多已售出，半数户主已经入住。小区的栋栋楼房，依山势而建，错落有致，间隔较远，均为设有电梯的小高层。当时，小区房价平均每平米不足五千元，最顶层房价虽高，但每平米六千元便可购得。过了此村，难有这店，在一一察看了尚未售出的楼房后，我和妻子当机立断，在小区最南端一栋临山傍崖的楼中，买下一套五层与六层的复式房，儿子也看中了这栋楼另一单元最顶端六层的一套房子，以备做婚室。

我始终认为，无论经济社会如何发展，人类首先应该考虑的是，如何将人安置于"适当的尺寸"中，最理想的当为把人安置在以大自然做背景的位

213

置上。

第二年盛夏，装修好的房子正在通风。在一个大雨初歇的下午，我来到小区，细细品味了这里的景致。小区三面环山，山上苍松如盖，翠柏劲拔。小区内随处可见移栽的绿树红花，假山、亭阁、雕塑，点缀其间。先前梯田边上的杏、梨、樱、核桃树，也多有保留。小区南端的中间，一条流溪顺山而下，因势利导于新砌的长满芙蓉的池塘里。这时，山雀唱晴，蜻蜓舞水，蝉声聒耳。更喜我所住楼之西侧的高崖下，一道像水晶帘子般的瀑布，从崖上直泻而下，溅在石上的水花，晶亮多芒，看上去宛若一朵朵小白梅，纷纷飘落……这情这景，我似乎找到了儿时山野生活的某些感觉。

是年冬天，我与儿子都各自迁入新居。购房前，所有住在顶层的户主，都配有登上楼顶的房门，和一坚固美观的绿色大遮棚，楼顶四周皆设有围墙和护栏。按此前甲乙方达成的协议，楼顶使用权归买主，可在上面种植花木菜蔬。看来，我憧憬的农家院的愿景，已不再是非分之想，而变得触手可及。

然而，要在空中营造农家院，对一个城市家庭来说，无疑是一复杂的系统性工程，需要假以时日。

迁入新居不到两年，小孙子檀檀降生。世上没有一件宝，能胜过自己的孙辈，檀檀遂成了家中生活的圆心。妻子的精力，几乎都倾注于爱孙身上。一直忙忙碌碌的我，也无心思敦促妻子谋划空中农家院的事儿。这期间，小区内住在顶层的几乎所有户主，已将楼顶上的遮棚，或改为玻璃房或易为木屋，并在房前屋侧的围墙、护栏下，砌起畦池，栽上了花木果蔬。妻子每有闲暇，便逐户参观取经，希冀后来居上。直到2010年孟秋，檀檀入托后，我渴望修建的农家院，方付诸实施。

如何充分利用楼顶一百五十平米的面积，是颇费脑筋的事儿。丈量、构想、可行性研究，请业内人士指导、点化，耗时月余，思维缜密且博采了众长的妻子，才让设计人员拿出了立体效果图。越两月，于隆冬时节，方建成南、北、西三面，都镶有镀膜钢化玻璃的木屋。屋前留有近五十平米的庭院，木屋西侧留有十几平米的狭长走廊。庭院及走廊的围墙旁、护栏下，都砌好了畦池，且在庭院和走廊上，都用防腐木搭起了可供藤本植物攀爬的棚架，浇水设施也安装停当。

畦池里要栽种的花木果蔬，都是土地的女儿。缺少土地那博大无私的母爱，它们就会成为"弃婴"。为保持移来泥土的绵软润泽，干湿有度，需首先解决排水问题。2011年初春，妻子汲取其他户主的经验，先在畦池底部铺上了二十厘米厚的炭渣，又覆盖上了十五厘米厚的建筑用沙。始料不及的是，为填垫沙之上的那四十厘米厚的泥土，却是一波三折。

此前，我和妻子到济南东郊农村某苗圃订选花木时，曾另出资四千元，订购了两车泥土。这天，我与妻子正在城内访友，忽接卖主电话，说所买的六十袋泥土，已运至楼下。待我与妻子急匆匆登上空中农家院后，见来人手忙脚乱地已将泥土中的三十袋，倒入了畦池。打眼一看，我与妻子大惊失色：泥土竟全是从苗圃排水沟里，掘出的生泥蛋子！若用这板滞的生泥蛋子移栽花木，花木来不及沐浴明媚的春光，来不及倾听山雀醉人的歌唱，就会以它们待发的生命和柔美的青春，成为早春的祭品。

妻子蓦地想到，与她同龄的一女友，在南部山区购置了一所农家院，承包了一片山林，院中及林间的表层土，相当肥美。妻子和女友通了电话后，当天下午，我家的另三十袋尚未倒入畦池的生泥蛋子，就换回了她家同等数量的沃土。我青州的朋友闻得此事，也速用车送来两麻袋上好的羊粪，并嘱我搅拌于生泥蛋子中。家乡的一亲友闻讯，也捎来半袋豆饼和五斤麻酱……

楼顶的畦池，仅有区区二十余平米。种哪些花木菜蔬，又成了家中一大"议题"。基本原则很快达成一致：栽花不求名贵，但求春夏秋三季有花；所种蔬菜能适应楼顶环境，并能最大限度利用好庭院周边的三维空间。在养花方面，妻子很有灵感，儿子屡夸他母亲："花儿如何喘气，老妈都知道。"前年，妻子养的那盆蟹爪莲，一年内四次开花，入冬后的那次绽放，竟延续到转年农历正月，那密匝匝红艳欲滴的花朵，在冬日里显得灼灼夺目。此时，妻子以深谙诸多花性的优势，主张多种花；而我为找回少年时代的记忆，力主多种菜。经儿子出面"调停"，我与妻子达成了"口头协议"：种花的主动权在她，种菜的掌控权属我。庭院周边的畦池，以南面中间为界，对半而分。但在种花方面，我却提了个附加条件：必须要栽两株石榴树。昔年家院中的那两棵石榴，曾以"五月榴花照眼明"的艳丽，和"嚼破水晶含露湿"的甘甜，给少年时的我留下了太多太深的念想。在蔬菜中，种南瓜成为我的首选。一是我家六层南阳台的房顶，有十平米空间，可将畦池里的瓜藤，穿过护栏，引入其上，能拓展绿色空间。二是南瓜不计土薄水瘦，给点儿雨露就灿烂。更让我没齿难忘的是，在1959年至1961年那三年大饥馑时，它曾以"藤蔓半枯瓜倒悬"的果实，救过我和弟弟、妹妹们的命。

学子光阴诗卷里，杏花消息烟雨中。眼见小区内的杏、桃已经吐蕾，为不错过春时，我家空中农家院的移栽与种植，必须争分夺秒。庭院周边及木屋西侧的畦池里，先是栽下了一株文冠果，两墩玫瑰，三蓬连翘，六棵月季。继而，北京一朋友将其家养的七盆改良月季，从北京托运到济南，妻子遂当即将之植入月季"系列"中。我执意要栽的石榴，经向行家咨询，不宜在楼顶栽种。"榴都"枣庄的文友闻知，便运来两盆有着五十龄的石榴盆景，为不拂逆文友的隆情厚意，我与妻子连盆带树，小心翼翼地分植于木屋檐前两侧的畦池里。接着，我又在畦池里种下了黄瓜、茄子、青椒、西红柿、老来少扁豆等生性泼辣、农家院常见的菜蔬；并择畦池空间，栽下了三棵南瓜。庭院中及木屋西侧走廊的木架下，妻子原拟栽植葡萄与紫藤，我力图的却是，当年就要叶满架，花满棚，便在架下旁的畦池里，种下了葫芦、丝瓜、爬扁豆。妻子嫌她的花区仍不够丰富，便充分利用畦池间隙，栽下茉莉、矮牵牛、凌霄花……

大自然有着无所不在的灵魂和奥秘，妻子在楼顶"克隆"的农家小院也是如此。抑或是因了家住小区所独有的山缘、水缘与风神脉息；抑或是因了东郊苗圃的生泥蛋子、南部山区的沃土，青州羊粪及五莲豆饼、麻酱的相掺相揉，使畦池里土壤颗粒与微量元素的分分合合、紧紧松松、强强弱弱、主主次次，贴近了土壤构成的最佳契合点，谷雨刚过，农家院便呈现出一派勃勃生机。

那带花挂蕾移栽来的月季、玫瑰，经过短暂的适应，最先舒展开姹紫嫣红的笑靥，不时向登楼进院探望它们的家人，颔首致意；那两株五十龄的石榴盆景，承接地气后，也以艳而不俗，丽而不媚的层层花朵，像在心存感激地告诉主人，它们已开始了第二个青春；那仅有一拃多高的一排矮牵牛，火蓬蓬、红嫩嫩的花朵，竟与它们身穿的绿裙一样长，这些来自"小人国"的胭脂们，又仿佛在提醒主人，切莫忽略了它们的美丽……

畦池里的菜蔬，在过了蹲苗期后，吸足了水分和地力，都在摽着劲儿疯长。那黄瓜秧上柔黄的丝须，不断缠绵着以竹竿搭起的瓜架，一味想登上它们生命的制高点；那老来少扁豆，也以像蚕儿抽出的丝线一样的秧梢，紧紧抱着竿儿，弯曲回转，企图快速攀上架顶，去壮大它们郁郁葱葱的事业。在夏风、夏雨的熏育下，青椒、茄子、西红柿，竞相舞动着茁拔的身姿，奋发地演奏着它们的生命进行曲。那朴实、谦恭的南瓜，似乎无意急于建功立业，只是在主人的诱导下，将须蔓伸过护栏，在窄长的墙头上，沉着、坚定地匍匐前进……

妻子倾力修建农家院的初衷，是想让我从军艺离职后，能有一个清新空爽，既可劳作、赏玩，亦可涵化性情的空间。亲近自然，也是她的天性。她每天头午总会拿出两个小时，给花木菜蔬或捉虫或打杈或剪枝或浇水。空中农家院，竟成了她忘情恋栈的"伊甸园"。

檀檀出生后，孙子自会成为我每次出发时，与妻子通话的"主题词"。农家院香韵满园后，它又成为我心中的第二件"宝贝"。外出时，每每想起它，我日渐苍老的心，便溢满水一般的柔情，会情不自禁地向它流去。

没有虫鸣鸟唱，蝶飞蜂舞，空中农家院的诗意，当会寡淡许多。六月初，我便发现那玲珑的云雀儿，娇媚的黄莺儿，常来光顾这空中农家院；还有两只我叫不出名儿的蓝羽白脯的鸟儿，也常在瓜棚上下，匝匝翻飞，它们是来觅虫，还是爱上了这片风景，我不得而知。七月中旬，我正在沂山写稿，妻子电话中告诉我，夜间已听到有只蟋蟀在叫，家乡人送来的两笼蝈蝈，她已挂在黄瓜架上。我听后，欣喜无比。看来，我的农家院就要名副其实了。

七月底，我从沂山返济进家后，扔下行李，便急火火登上农家院。分别才二十天，院中那竞肥争绿，五彩斑斓的景色，超出了我的想象。地能生万物，土可发千祥。但见院中和木屋西侧走廊的木架上，早已被葫芦、丝瓜、爬扁豆的秧子所罩满，周边的护栏，也被密稠稠的绿所包裹。那润洁的宝葫芦状的葫芦，那长长的带着条纹的丝瓜，垂悬于木棚下，护栏间。畦池里，那顶着黄花、挂着嫩刺儿的黄瓜，那红扑扑、能照见人影儿的西红柿，那翡翠般墨绿的青椒，那紫红的闪着玛瑙般光泽的茄子……在我眼中，无一不是土地赐予我的灵魂补剂；此前，这妙意我只有在重回儿时秋梦的幻觉里，才能捕捉。

回家当晚，坐在木屋前的院中，我就聆听了蟋蟀那仿佛在纯银制作的琴弦上，才能弹奏出的乐曲；也饱享了蝈蝈那仿佛只有金属碰撞时，才能击打出的乐段。次日头午，天晴气朗，我又登上了农家院。这时，棚架上下，护栏内外，一群群蜜蜂，嘤嘤吟唱着，从玫瑰花飞到月季花上，从葫芦花飞到扁豆花上，它们那满身绒毛、胖圆圆的身躯，即使落到花蕊上，仍在欢快地张合着吮吸花粉的口器。那七彩缤纷的蝴蝶，雄飞雌从，一会儿飞向南瓜花，一会儿飞向丝瓜花，即便停在花朵上，双翼还在轻盈地扇动。它们的舞姿是那样潇洒优雅，我想，敦煌的飞天若能走下壁画，也会拜它们为师……

人的身上有着大自然的全部因素。只要人有意，一山一树，一花一草，一虫一鸟，都会同你相互感应。去年，从初春到金秋，只要我在家，每天会不下十几次登上空中农家院。每有文友来访，于木屋内品茗唠嗑，隔窗观山，到庭院里赏花、听鸟，成为我待客的最高"礼仪"。夏夜，家人围坐在空中庭院内，或摘两根黄瓜，或摘几个西红柿，分而食之，仔细品味。两岁半便能背过《三字经》的檀檀，时下已快满四岁。他幼小的心灵，正处于最旺盛的哺乳期。空中农家院，已成为他追天寻地的乐园，一天上午，他推开我的书房，拽着我说："走，摘根黄瓜，花下慢慢享用。"孙子这语法不完整的话语，在我听来，却是泥土赐予他的最完美的诗句。我知道，他"慢慢享

217

用"的，不只是农家院中那没有被污染的黄瓜，而是点点滴滴浸润过他童心的大自然的甘泉。

到了"高树晚蝉，说西风消息"的暮秋，空中农家院四周的情调也变了。葫芦花谢了，丝瓜花凋了，只有月季、玫瑰、矮牵牛的花儿还在开放，像是要以最后的芬芳，来报答妻子的劬劳。霜降过后，那仅占畦池几巴掌地块的三棵南瓜的藤蔓，也日见干枯了。这些曾爬满护栏内外和六层阳台房顶、为拓展绿色空间竭尽全力的"功臣"们，在墙头上、护栏间，结下的六个把长肚圆的大南瓜，却显得分外醒目。它们即使谢世，还要在冬日里，给主人留下甜美的咀嚼，醇厚的回味。

元宵灯近，香散梅梢。在我记述空中农家院营造过程及去岁的景象时，木屋旁的三墩连翘，已是新萼满棵。我期待着龙年的农家院，榴花艳故枝，菜蔬翠新岁，以它们更浓郁的芳菲，更甘美的果实，将我与妻子拥抱自然的情怀，再度与它们紧紧啮合在一起，以洗濯物化社会不时袭来的精神上的负载，去实现生命的一点儿痛快。

原载《人民文学》2012年第5期

一个伪成年人

韩少功

　　我当年下乡插队的地方，是一个社办茶场。初到时，这里条件十分简陋，每间土砖房里，设三床位但住六人，于是每人便有一床友。

　　大田就是我的同床。但这不是一件太爽的事。他从无叠被子的习惯，甚至没洗脚就钻被窝，弄得床上泥沙哗啦啦地丰富。这都不说了。早上被队长的哨音惊醒，忙乱之下，同室者的农具总是被他顺手牵羊，帽子、鞋子、裤子、衬衣也说不定到了他的身上。用蚊帐擦脸，以枕巾代帽，此类应急行为更是在所难免。好在那时候大家都没什么像样的行头，时间一长，穿乱了也就乱了，抓错了也就错了，不都是几件破东西么。

　　我穿上一件红背心，发现衣角有"公用"二字。其实不是"公用"，是"大田"的艺术体和圆章形："大"字一圆就像"公"，"田"字一圆就像"用"。这种醒目的联署双章，几乎盖满他的一切用品，显然是老母的良苦用心所在——怕他丢三落四，也怕他错认了人家的衣物，所以才到处下针，标注物主，主张物权。

　　这位老母肯定没想到，再严密的物权保护在茶场依然无效，而且字体艺术纯属弄巧成拙，使物权保护成了物权开放：大家一致认定那两个字就是"公用"，只能这样认，必须这么认，怎么看也应该这样认。大家从此心安理得，几个破衣烂衫的农民也常常来"公用"一下城里娃的鞋帽。

　　大田看见我身上的红背心，觉得"公用"二字颇为眼熟，但看看自己身上不知来处的衣物，也没法吭声了。

　　他只是讨厌别人叫他"公用哥"、"公用佬"或"公用鳖"，似乎"公用"只能与公共厕所一类相联系，充其量只能派给小马夫、狗腿子、虾兵蟹将那一类角色。用他的话来说，他是艺术家，将来见到总统都可以眼睛向上翻的。你不信吗？你怎么不承认事实呢？你脑子里进了臭大粪吧？他眼下就可以用小提琴拉出柴可夫斯基，用足尖跳出芭蕾舞剧的男一号，还可以憋住嗓门在浴室里唱出鼻窦高位共鸣，放在哪个艺术院团都是前途无量。何况他吃奶时就开始创作，戴尿布时就有灵感，油画、水彩画、钢笔画、雕塑等等都是无师自通和出手不凡，就算用臭烘烘的脚丫子来画，也比那些学院派笨猪不知要强多少。这样的大人物怎么能被你们"公用"？

农友们不相信他的天才，从他的蓬头垢面也看不出贵人面相，于是他的说服工作变得十分艰难。他得启发，得比画，得举例，得找证人，得赌咒发誓，得一次次耐心地从头再来，从而让伙伴们，特别是那些农民，明白小提琴是怎么回事，芭蕾舞是怎么回事，卢浮宫镇宫之宝是怎么回事。更重要的是，他得让大家明白，为什么艺术比猪仔和红薯更重要、更伟大、更珍贵，为什么画册上拉（斐尔）家的、达（芬奇）家的、米（开朗基罗）家的，比县上的王主任要有用得多。

实在说不通的时候，他不得不辅以拳头：有个农家后生冲着他做鬼脸，一直坚信王主任能批来化肥和救灾款，相比之下你那些画算个屁啊。这个"屁"字让大田气不打一处来，一时无话可说，上前去一个蒙古式大背包，把对方狠狠摔在地上，哎哟哎哟直叫唤。

"真是没文化，二百五。"贺大田抹一抹头发，大概有黄忠毁弃明珠暗投的悲愤，眼睁睁地看着对方找干部告状去了。

"你不吹牛会病吗？"

"你不吹牛会死吗？

"你自己不好好干活，还妨碍人家，存心搞破坏啊？"

"你还敢打人，街痞子、暴脑壳、日本鬼子、地主恶霸啊？"

这就是队长、场长后来常有的责骂。场长是习过武功的，一气之下还扇来耳光，闹出一场大打出手的两方恶拼。人们的说法是，场长舞得了钯头和条凳，与大田的欧式拳击各有千秋，谁也占不了上风。为防止今后的持久战，场部议了好几次，最后决定单独划一块地给大田，算是画地为牢，隔离防疫，把他当成了大肠杆菌。

出工的队伍里少了他，还真是少了油盐，日子过得平淡乏味。没人唱歌，没人跳舞，没人摔跤，没人吹牛皮，没人背诵电影台词，于是锄头和粪桶似乎都沉重了不少，日影也移动得特别慢。"那个呆伙计呢？"有人会冷不防脱口而出。于是大家同生一丝遗憾，四处张望，苦苦寻找，直到盯住对面山上一粒小小的人影。嘿，那单干户也太舒服了吧？要改造也得在群众监督下改造，怎么能让他一个人享清福呢？我们要声讨他，他也听不到啊。我们要揭发他，他耳朵不在这里啊。快看，他又走了，又坐下了，又走了，又睡下了，今天一上午就歇过好几回了……

大家愤愤谴责场部的荒唐，对那家伙的特殊待遇深为不满，甚至觉得同场长练上一趟还真是个好办法。

那家伙确实有如鱼得水的劲头，大概也在张望这边，便不时送来几嗓子京剧，或一声快意的长声吆喝。大家眼睁睁地看着他独来独往，自由自在，享受一份特许的轻松。他可以唱戏，可以画画，可以捉鱼，甚至可以在树阴下拉屎，蹲上一个或两个小时。至于他的单干任务，则基本上交给了附近一伙儿农家孩子，让他们热火朝天地代工。他的回报不过是在纸片上涂鸦，给孩子们画画坦克、飞机、老虎、古代将军什么的，给孩子的妈妈们画画牡丹、荷莲、嫦娥、观音菩萨什么的。他设计的刺绣图案，据说赢得了大嫂们满心崇拜，换来了不少糯米粑。

他很快画名远播，连附近一些村干部也来茶场交涉，以换工的方式，换他去村里制作墙上的领袖画像和语录牌，把他奉为丹青高手、宣传大师、完成政治任务的救星，总是用好鱼好肉加以款待。县里文化部门还派员下乡求贤，让他去参与什么庆典筹备，一去就十天半个月，白白送给他更多吹牛的机会。关于剧团女演员争相给他洗球鞋的艳闻，就是他这时候吹上的。

肯定是发现他这一段吹牛皮，吹得皮肤变白了，脸上见肉了，额头上见油了，场长咬牙切齿地说："他能把蒋介石的鸡巴割下来？"

旁人吓了一跳说："恐怕不行吧？"

场长说："就是么，只要第三次世界大战开打，还是要把他关起来！一个盗窃犯，什么东西！"

旁人又吓了一跳说："他偷东西了？"

场长不回答。

"是不是偷……人了？"

场长还是不回答。

我们没等到第三次世界大战，没法印证场长的明察秋毫和高瞻远瞩。我们也没等到共产主义，同样没法印证场长有关吃饭不收票、餐餐有酱油、人人当地主、家家有套鞋的美好预言。我们只是等来了日复一日的困乏、饥馋、思念、忧愁，等来了脚上的伤口、眼里的红丝、蚊虫的狂咬、大清早令人心惊肉跳的哨音。不过，疲惫岁月里仍深藏着无穷的激情。坊间的传说是：有一位知青从不用左手干活，总是把那纤纤玉手保护在手套里，哪怕这使他的工分少了一大截。他私下的解释是：如果他的左手伤了，指头不敏感了，国际小提琴帕格尼尼大奖就拿不到了啊。这话足以让人吓一跳。另一则传说是，一位知青听到中国第一颗人造卫星上天，不跟着大家去庆祝和高兴，反而跑到屋后的竹林里大哭一场。他后来的解释也足以让人吓一跳：人家抢在他前面把这件事做了啊，占上先机了，夺下头功了，他的科研计划就全打乱啦！

大田只是个初中毕业生，还留过级，还补过考，不至于牛成这样。他的科学知识够得上冲天炮，够不上人造卫星，听同学们谈论二次方程也只能干瞪眼。但这并不妨碍他美梦翩翩。他曾谱写出一部《伟大的贺大田畅想曲》，咣咣咣咣，嘣嘣嘣嘣，又有快板又有慢板，又有三拍又有四拍，又有独唱又有齐唱，总谱配器十分复杂，铿锵铜管和妙曼竖琴一起上阵，把自己的未来百般讴歌了一番，让我们一个个都笑翻。他不会预支更多的想象吧？传记出版，纪念堂开张，在万人欢呼之下谦虚和亲切？

当时的他已不再在茶场挑粪和翻地，转去附近的一个生产大队——那里的书记姓梁，是个软心肠，见这一个城里娃老是被隔离，觉得他既没偷猪也没偷牛，既没有偷米也没有偷棉，凭什么说他是盗窃犯？凭什么把他当大肠杆菌严防死守？既然对上了眼，这位老劳模二话不说，要他把行李打成包，扛上肩，跟着走，大有庇护政治难民之势。这样，大田从此成了梁家一口子，干什么都有老劳模罩着。后来，他受到猎犬或腊肉的诱惑，又成了胡家一口子，或华家一口子，吃上了百家饭，睡上了百家床，被更多的大哥大叔大伯罩着，日子过得更加安逸。正是农忙时节，我们忙得两头不见天，好像手脚都不是自己的了。他倒好，鞋袜齐整，浑身清爽，歪戴一顶纸帽，在田野里拉一路小提琴，来啧啧同情我们的劳累。他是一个英国王子来探视印度难民营吗？

他给我们带来了几件乐曲新作。

我们躺在小河边，遥望血色夕阳，顺着他的提琴声梦入未来。我们争相立下大誓，将来一定要狠狠地一口气吃上十个肉馅包子，要狠狠地一口气连看五场电影，要在最繁华的中山路或五一路狠狠走上八个来回，一吐自己城市主人的豪气……未来的好事太多，不光是名曲蹿红这等小事。我们用各种幻想来给青春的岁月镇痛。

多少年后，我再次经过这条小河，踏上当年的小石桥，听河水仍在哗哗流响，看纷乱的茅草封掩路面，不能不想起当年的河边誓言。大田早已不在这里了。他后来回到城市，进过剧团，办过画展，打过群架，开过工厂，差一点投资煤矿，又移居国外多年，再一度杀回北京和广州……但到底干了些什么，不是特别的清楚。他未入黑道，落个十年或二十年的刑期，这一条倒是很明确也很重要。凭着一点道听途说，我知道他最终还是在艺术圈出没，折腾一些"装置"和"行为"，包括什么老门系列、拓片系列、幼婴系列，以及不久前那个又有窗、又有门、还安装了复杂电光装置的青花大瓷罐……据他自己说，这是准备一举收拾威尼斯国际艺术大展的惊世之作。

看来世界已经大变，艺术日新月异，我正沦落为一个赶不上趟的老土，在青花大瓷罐面前只有可疑的兴奋，差不多就是装模作样。我左瞧右看，结结巴巴，说眼下的艺术越来越依赖技术啊，越来越像技术啊，一个个画家都成了工程师，成了工程集团公司。

他兴奋地瞪大眼："对，说对了，这正是我追求的方向！"

他这一说我就明白了——当然也是更不明白了。

你饶了我吧。

如果我没有记错的话，他不就是三岁扎小辫、五岁穿花裤、九岁还吃奶的那点德性吗？如今也真成了艺术界的葱时尚界的蒜？——当年邻居的大婶大妈们奶汁高产，憋得自己难受，常招手叫他过去，让他扑入温暖怀抱咕嘟咕嘟一番。想想看，一个家伙有了这种漫长的哺乳史，记忆中有了众多奶头，还能走出自己的幸福童年？他后来走南闯北，成家立业，跳槽改行，但他的喉结、胡须、皱纹、大巴掌、宽肩膀，差不多是一个孩子的伪装，是他混迹于成人群体的生理夸张。只有从这一点出发，你才可能理解他的诸多细节：比如追捕林木盗贼时一马当先，翻山越岭，穷追不舍，直到自己被毒蜂蜇得大叫——其实他不是珍爱集体林木，只是觉得抓贼好玩，如此而已。他也曾偷盗部队营区的橘子，又是潜伏，又是迂回，又是佯攻，又是学猫叫，直到自己失足在粪坑里——其实他对那些酸橘毫无兴趣，只是觉得做贼够爽，与共军打游击当然更爽，如此而已。对于他来说，抓贼与做贼其实并无多大区别，大忠和大奸都可能high（兴奋），也都可能不high，只有high才是硬道理和价值观。

也只有从这一角度，你或许才能理解他的艺术——拜托，千万不要同他谈什么思想内涵、艺术风格、技法革新以及各种主义，不要同他谈艺术史或艺术哲学，更不要听他有口无心地胡扯这个斯基或那个列夫。他要扯，就让他扯吧，让他手舞足蹈地翻眼皮和溅口水吧。他做的那个大瓷罐，那个耗时一年和耗资上万元的大制作，与斯基们和列夫们其实没关系。在我看来，那不过是他咕嘟咕嘟喝足奶水以后，再次趴在地上，撅起屁股，捣腾一堆河沙，准备配置什么牛粪、酒瓶、纸烟盒的幼儿大魔宫。他一旦心血来潮，想上房揭瓦或打洞刨坟，也是有可能的。

他肯定把今天的家庭作业给忘记了，甚至忘记回家了。

他有家吗？当然有，而且有很多家，几乎遍布世界上的千家万户。作为他乡下往日的家人，老梁哥已病逝，老胡哥已痴呆，老华哥下落不明，老曹爷活得算是长久，但活得不耐烦，就投水自尽。倒是当年的场长还健在，扶一根拐杖，咳出大段的静默，面目十分陌生，需要我从一大堆皱纹中细辨往日的容颜，然后犹犹豫豫地"呵"上一声。我相信，我在他的眼中也突然切换，远离了当年的模样。

223

我们一起喝酒，当然会说到大田，我们共同的一段过去。有意思的是，场长完全忘了自己当年的警惕和厌恶，似乎自己早就慧眼识珠了，早就知道那牛皮客一定会不同凡响。你想啊，他哪是个种田的料？去打禾，撒得稻谷满田都是。去栽菜，踩得秧子七歪八倒——身上的骨头肯定长歪了，没对上榫么。你再想想，他哪是个做小事的人？人家借了他的钱，他不记得。他借了人家的钱，他也是不记得——这脑子里是不是搭错了筋？是不是一直不通电？更重要的是，那家伙也太歹毒，有一次，你知道的，好多人都看见的，他用一个木桶，提来一颗人头，一颗大胡子人头，说是无名野尸的，反正没人要，然后借来一口大锅，热气腾腾地煮出一锅肉汤，要制作什么骷髅标本。娘哎娘，那是人干的事吗？又剔肉，又拔须，又刮骨，如同过年过节时曹三老倌办伙食，戳心不戳心？害人不害人？——但这一切实在理所当然，非凡之人就是有非凡之举么。要成大事的主，不就得这样疯疯癫癫吗？不就得这样心狠手辣狼心狗肺地不干人事吗？……

老人的一番话让我哈哈大笑。

"他那时候要拜我为师，想习武。我哪会教他？他这样的人，要是有了武功，那还不祸害国家社稷？"

老人的记忆不一定准确，但这并不妨碍他临走时交代，等秋收以后，他要备一点糯谷，攒一筐鸡蛋，托我去带给大田。

"好啊，好啊……"我含糊其辞。

"你把我家的志毛佗也带去，学一学，"他是指自己的孙子，"他也喜欢画菩萨"。

"好啊，好啊……"我想换一个话题。

因为我其实无法受此重托，不知道如何才能见到大田。我曾经要来他的一个电子邮箱，但那信箱如同黑洞，从未出现过回复。也曾经要来他的一个手机号，但每次打过去都遭遇关机，也许那累赘早已被他丢失。我只知道他大概还活在人世，怎么也活不老，偶尔还会冷不防地冒出来，摸摸脑袋，眨眨眼睛，去厨房里找点馒头或剩饭，充塞自己的肚皮，然后东扯西拉胡说一通，落下他的钥匙，揣走我的毛衣，再次消失在永无定准的旅途中。我记得，最近的一次，是他述说自己在洛杉矶开上越野车，挎上卡宾枪，邀上一个黑人哥儿们，去毒贩子们那里解救过一位女子——我们共同认识的一位老同学，在美国开礼品店的。嘎嘎嘎——他把枪声模拟成唐老鸭的嗓音，好像枪口是公鸭嗓，"老子朝天一个点射，Fuck——Shit——，他们就全都抱着头，面向墙壁，矮下了！"

"你这是拍电影吧？"

"你不信？那你去问慧慧，你现在就打电话！"他是指那位女同学，把手机一个劲儿地往我手里塞。

"她怎么会在那里？"

"她刚到美国，乱走乱跑么，不听我的教导啊。"

一个警匪大片似的故事就这样丢下了，不必全信也不必深疑的故事。但一眨眼，一闪身，他不知又去了哪里。

他就是这样的一缕风，一只卡通化的公共传说，一个多动和快速的流浪汉，一个没法问候也没法告别的隐形人，在任何地方都若有若无来去无踪。

他不仅没有一个恒定住址，从本质上说，大概还难以承担任何成年人的身份：丈夫、父亲、同事、公民、教师、纳税者、合同甲方、意见领袖、法人代表、股权所有人等等。也许，他还一直生活在童年的奶水里，于是每一个城市都是他的积木，每一节列车都是他的风筝，每一个窗口都是他的哈哈镜，每一位相识者都是他的乐园玩伴——哪怕他真正操一支卡宾枪英雄救美的时候。这样的伪成年人，甚至会把地震当作超大型浪桥，把轰炸当作超高温礼花，不知大难临头是何意思吧？在将来的某一天，他可能勋业辉煌名震全球，像老场长说的；也可能一贫如洗流落街头，像他前妻说的；或者成为各种不同版本的开心故事，像朋友们说的。但不管落入哪种境地，他都可能扮鬼脸一如从前，挂一把破吉他，到处弹奏自己的畅想，逗一群街头娃娃喜笑颜开，大家再玩上一盘。

"公用鳖！"

"公用鳖！"

孩子们大概都会这样乐不可支，不在乎这个老头来自何处将去何方。

原载《湖南文学》2012年第2期

225

历史的盲肠

南　帆

1

一位记者曾经做过一项调查，询问一批十五岁至二十岁的年轻人何谓"知青"。一个最为出格的回答是：知青？好像没听说过，大约是一种新上市的蜜饯吧。哈哈大笑的同时，我清晰地意识到，这一段历史滑过去了。

知青赋予我的乡村生活不到三年。年龄渐长，这一段经历占据的时间比例正在不断缩小。可是，即使一个短短的履历介绍，我仍然会郑重其事地表示一度下乡插队落户。二十世纪六十年代末期的某一天，革命领袖声音洪亮地发出了伟大的号召：知识青年到农村去，接受贫下中农再教育，很有必要。七十年代中期的某一天，一辆长途公共汽车把我抛在一条砂石公路旁边。搬下一个木板钉成的小箱子搁上一辆等候在路边的大板车，穿过一段坑坑洼洼的泥土路抵达村子，我正式加入了实践革命领袖号召的知识青年行列。时至今日，我时常疑虑重重地搜索自己的记忆：不到三年的乡村生活，会不会因为遗忘而形成一个精神的塌陷？

我愿意承认我的惊奇：许多埋没多年的故事重见天日的时候，依旧恍然如故。我终于明白，历史之所以称为历史的理由常常是——它会出其不意地复活。一些意想不到的时刻或者地点，当年的知青感觉突然重新拐入生活，犹如在空中转过一圈返回手里的飞去来器。喝茶闲聊的时候，等待穿越马路的红绿灯或者即将在超市的收银台付账的时候，有时干脆是在睡梦之中，乡村生活的某些细节栩栩如生地插入，一种久违的气息一下子弥漫开来。当然，我常常询问自己，如此短暂的乡村生活又能贮藏多少人生的秘密？乏善可陈。北大荒的知青已经说过了呼啸的暴风雪，海南岛的知青已经说过了莽莽苍苍的大森林，内蒙古的知青已经说过了辽阔的草原和骏马，我的抽屉里怎么可能存有更为神奇的故事？确实没有。也许，我的陈述仅仅在于证明，这一段乡村生活缺少的恰恰就是神奇。

多年以后，我曾经从食指的著名诗句之中读到知青离开北京时盛大的告别场面——《这是四点零八分的北京》："这是四点零八分的北京，一片手的海洋翻动；这是四点零八分的北京，一声尖厉的汽笛长鸣。北京车站高大的建筑，突然一阵剧烈地抖动……一阵阵告别的声浪，就要卷走车站；北京在我的脚下，已经缓缓地移动……"然而，我离开居住的城市时，各种夸张的仪式已经潮水般地退去，隆重的叮嘱、告别似乎有些多余。下乡插队是常规的人生设计，大惊小怪的阶段过去了。当时没有人知道，这一场运动已经渐渐进入尾声。当然，这一场运动没有一个庄严的落幕典礼，而是零零落落地收场。一个个知青怀揣自己的户籍逃难似的匆匆返回城市，许多人连遗留在乡村的被褥都不想收拾。待到他们在城市之中某一条街道的一间小房子里再度安顿下来之后，喘一口气驻足回望，当年生活过的房子已经锅凉灶冷，阒无人声；石块垒成的台阶缝隙与墙根长出了一两尺长的茅草，窸窸窣窣地抖动在冷风之中。如今，知青这个称号已经废止三十多年。一段小小的历史盲肠，多数人不再谈论这是怎么一回事。一个没有正式结论的社会性实验，收摊之后就丢弃了。

不论有多少人附和，我仍然不至于愚蠢地接受一种好听的舆论：这一段乡村生活是天降大任之前的磨炼；这一代人拥有特殊的履历，堪为栋梁之材。下乡插队前前后后延续了十多年，如此之多的知青冒出些许精英不足为奇。然而，这不能掩盖另一个事实：多数知青生活黯淡，仅仅分配到一个乏味的后半生。当年与我共同下乡的数十个伙伴之中，日后有机会进入大学就读的寥寥无几。多数人几年之内陆续返回城市，进入一些小工厂，前一些日子又陆续下岗待业。知识经济或者信息爆炸的时代，这些没有获得学历证书的人还有什么出路？

所以，知青的身份不存在多少含金量。莽撞地引述这一段经历教训下一代，收到的常常是反唇相讥：现在还有什么必要再提这些陈年旧账？你们这一代人吃的苦头，总不能要求我们重复一遍吧？真是的，九斤老太。另一个孩子觉得，乡村没有什么不好，他只要求房间里配上空调，同时少一点蚊虫。我的确不知道要说些什么，就像是走错了门。有时我还会心虚起来，不清楚当年如此熟悉的乡村是否存留至今？村口的几截泥墙，菜园周边的篱笆，踊跃的黄狗从街上蹿过，池塘边的泥地里悄悄钻出几条蚯蚓……我相信这一切不会有多少变化。然而，那一天在一个会议室里，一个村里来的小伙子捧起话筒即兴唱了一首卡拉OK。他双眉紧锁嗓门沙哑，扭动俯仰几乎与电视上的歌星无异——我就是在这时一下子怀疑起来：乡村还在那里吗？

二十一世纪已经开始十年，我肯定不会再把这一段经历作为吹嘘的资本。春耕时节，凌晨五点踩到了冰冷的水田里；夏收夏种，挥舞镰刀时汗水

227

蜇得睁不开双眼——什么时候了，还在喋喋不休地唠叨这些土气的老段子？《北京人在纽约》已经演过了，《上海人在东京》已经演过了，现在大把大把赚眼泪的是他们的故事。追忆数十年前的乡土气息与欧洲版的怀旧不可同日而语，中国的城市户籍与美国的绿卡不可同日而语。我在机场遇见一个帅气的小伙子，他腰里扎了件毛衣，巴掌中握一部手机，不带任何行李地登上国际航班飞往伦敦——他们的故事天然具有某种潇洒的风格。"兄弟在欧洲的时候"，只要摆出这种演讲的架势，知青就知道不是对手。即使谈论鄙俗的厕所，欧洲的水平仍然是不可企及的。《幻想的瘟疫》之中，齐泽克精辟地分析了德国厕所、法国厕所和盎格鲁-萨克逊式厕所便盆构造之中隐藏的意识形态，指出了如何处理排泄物与如何思考世界之间的隐秘联系。借助便盆概括德国的形而上学和诗歌、法国的政治学和英国的经济学，这种思想跨度令人叹为观止。当然，欧洲的精华汇聚于大学。高鼻子的洋教授，设备精良的实验室，众多著名的城市与国际学术会议。学成之后拒绝了高薪诱惑毅然回到祖国——这时，他们提到了故里乡亲们一张张黄色的脸。或许，欧洲的就业形势并不乐观，债务危机正在暗中持续发酵，或许所谓的"高薪诱惑"仅仅是一种习惯用语，当地的工资相对于不菲的物价算不上阔绰，然而，海外的一切还是隐藏了巨大的想象空间，种种意外的情节趣味十足。一位毕业于澳大利亚某个大学的回归教授对别人说，他一见到方便面就会勃然大怒。海外留学的时候手头紧张，他总是到超市搜罗即将过期的方便面，连续吃了五六年。功成名就之后，他最不想再见到的就是这玩意儿。方便面的熟悉气味一秒钟之内就会叫食道痉挛起来。怎么样？这种痛苦比什么面朝黄土背朝天的故事有趣吧？知青那些汗水淋漓的生活决不可能拥有如此开阔的全球视野。房租昂贵，若干不同国籍的学生合住在一套公寓里，文化落差造就了种种令人捧腹的笑话；抱团取暖，一些孤独的海外游子很快成双成对地同居，他们夹在临时恋情与远方的亲眷之间饱受煎熬，甚至妻离子散。这些故事要忧伤有忧伤，要浪漫有浪漫，喜剧与悲剧已经一应俱全。如果还想品尝一些特殊的遭遇，可以逛到哈佛大学去。通常，闯入哈佛大学的不仅是一批天才学生，同时，许多人拥有显赫的家族背景和自信的性格。这些学生不会满足于循规蹈矩地背诵经典著作，他们不时就会弄出一些别出心裁的举动。一个中国学生渐渐与他们混熟了，某一个星期天相约开车到公园去。游山玩水显然仅仅是一个借口。到了目的地之后，一伙人嘻嘻哈哈地开始吸大麻。他们一面吞云吐雾，一面斜着眼睛察言观色：这个来自第三世界国家的好孩子会不会被西方式的叛逆吓着了？中国学生神情尴尬地坐在他们之间：吸，还是不吸？这不啻于对胆量与威望的挑战。设身处地，找到两全其美的办法需要多么高超的智慧啊。哪一位戴眼镜的仁兄开始津津有味地讲述异域见闻的时候，再去搬弄知青生活之间那些琐碎的油盐柴米简直无地自容。

三十多年过去了，知青并未成为多大的话题。这没有什么可奇怪的，健忘在许多时候是一种令人称道的品质，生活因此不至于成为沉重的思想包袱。一个微不足道的短暂插曲，如此而已。三十多年的经济数据或者科学技术白皮书之中，知青的痕迹并不明显。挑起一担谷子穿过窄窄的田埂，弯下腰蜻蜓点水般地插秧，这种事怎么也塞不进世界舞台的节目单。这个时代五光十色，可是，铁肩膀或者插秧技术的贡献率相当有限。要么外语、计算机、博士学位，要么郎朗的钢琴、姚明的NBA、刘翔的跨栏、李娜的网球以及丁俊晖的斯诺克——一个又一个国际竞争项目摆出来之后，那些只有满手老茧的家伙一脸惭愧地退开了。所有的项目都开出了系统训练的科目，来自水田里的知识又有什么价值？"广阔天地"之间赢得的业绩兑换不到现今的入场券。当然，没有人出来解释什么，也没有人负责或者道歉。多数人只能叹叹气接受命运的摆布。一趟又一趟的班车陆续开走，许多知青仍然留在站台上，陪伴他们的是不尽感慨。一些知青的天性似乎更加多愁善感。人情世故，悲欢离合，这些感慨渐渐积攒起来，居然酿成了他们的内心财富。不久之后，文学截获了这一笔财富，一批知青意外地成为作家。知青的乡村生活远离实验室，远离一本一本厚厚的理论经典，但是，文学的驰骋只需要一支笔和一张纸。那些无足轻重的日子赢得了文字记录，甚至具有了传奇性，几乎完全归功于知青的文学写作。否则，历史又有什么必要眷顾这一批灰头土脸的家伙？当年肯定没有人料到，如此之多的知青梦想当一个作家，尽管这一代人的文学天分并未超过平均数。当然，这个事实隐藏了一种无奈：除了所谓的内心财富，知青的手里一无所有——文学的低廉成本和自学成才的可能性肯定是许多知青云集这个领域的重要原因。

2

"知识青年到农村去，接受贫下中农再教育，很有必要。"绝大多数知青都曾经朗朗上口地背诵革命领袖的这几句话。然而，七十年代中期，革命领袖的另外几句话，知青更乐于传颂："寄上三百元，聊补无米之炊。全国此类事甚多，容当统筹解决。"

这几句话出自毛泽东主席1973年给李庆霖的回信。七十年代的知青之中，李庆霖的大名如雷贯耳。人们对于他的景仰和崇拜远远超过现今的娱乐明星。迄今为止，许多知青仍未忘记他的功德。当年，他给毛泽东主席的一封信改变了许多知青的命运。李庆霖乃福建莆田籍人士。莆田地区濒临波涛滚滚的台湾海峡，马路两边的果树上悬挂着一串串金灿灿的龙眼，以核小肉厚著称。这个巴掌大的地方拥有举世无双的方言。莆田的左邻右舍分别是迥异的闽南语系和福州语系，因此，莆田方言之中某些奇特的发音源于何处，至今还是一个谜团。这里是妈祖林默娘的故乡，金碧辉煌的庙宇里香烟缭绕，蜡烛长明，跪拜叩首的信众来自世界各地。莆田的女人以勤俭持家和温柔贤惠著称，"莆女"已经成为众多媒人嘴里的一个褒义词。莆田的男人聪慧精明，文人墨客很多。李庆霖仅是一个小学教员，但是文字的功夫相当扎实。他的大儿子下乡插队，生活困窘，年终分配到的口粮无法果腹。李庆霖肯定不是一个逆来顺受的角色。尽管李庆霖大儿子这种案例比比皆是，但是，只有他敢于挺身而出，不平则鸣。李庆霖先后向各级知青管理机构申诉，没有得到任何答复；李庆霖斗胆给周恩来总理写了一封信，仍然石沉大海。思虑再三，他决定做出一个惊人之举：径直写信给毛泽东主席。当时的社会气氛之中，这不啻于用后半辈子的政治命运赌博。那一天他趴在一张竹桌上，洋洋洒洒两千来字一气呵成，信封上标明"毛泽东主席收"。走向邮局的时候，他突然想到，报纸总是报道外交部的王海蓉陪同毛泽东主席接见外宾——如果这封信能够由王海蓉转交，收到的概率估计要大得多。李庆霖当机立断，把信寄往外交部王海蓉。事实证明，这是一个正确的猜测。据说，毛泽东主席是坐在中南海的游泳池旁边读到王海蓉转交的信件。这封信文辞畅达，言简意赅，谦恭与牢骚相互交融，革命道理、家常的账目与舐犊之情恰当地汇于一炉，悲凉之处，情辞恳切，进入暮年的毛泽东当即潸然泪下。当年的革命现代京剧只能上演虚张声势的英雄传奇，种种豪言壮语的铺陈千篇一律。"要学那泰山顶上一青松，挺然屹立傲苍穹"；"明知征途有艰险，越是艰险越向前"，如此激昂的气氛之中，突然读到了一封老父亲的求援信，毛泽东主席不禁为之动容。他挥笔写下了回信，并且吩咐中央办公厅主任汪东兴汇上自己的三百元稿费。李庆霖与毛泽东主席的信件往来促成了知青政策的调整，某些迫害知青的事件开始公开曝光，几个强奸女知青的不法之徒遭到严惩。

　　1975年下乡插队的时候，我无疑是李庆霖信件的受惠者。那一年的政策规定，众多知青不必分散到农民家里。他们可以居住在一起，形成一个互相照顾的集体。这些知青聚居之处称之为"知青点"。我与当年一起下乡插队的几十个知青到山上拉来一车又一车的石头，村子里拨出若干工匠和砖头、木料，知青动手为自己盖起了一幢二层的红砖小楼。这一幢楼房距离村子主体很远，犹如溅到盆子之外的一个水滴。小楼的周围只有一大片田地，一条铁路，一口砖窑，一个峡谷，一阵阵呼啸的山风。每一个知青白天分别到各自的生产队与农民一起劳动，收工之后返回知青点食宿。这多少避免了难忍的孤单和冷清。知青点的七八个女知青占用了二楼的一半房间，剩余的男知青抽签挑选宿舍。我抽中了二楼楼梯口的房间，房间里居住了两个人。为了节省建筑材料和造价，这一幢二层的红砖小楼墙薄门轻，有些弱不禁风样子；哪一个人走路的脚步重一点，整幢楼房就会产生轻微的颤抖；一年之后，二楼的房间里的地板因为干燥而开始缩水，一块地板与另一块地板之间出现了很大的裂缝，趴在地板上可以看见楼下屋子里的人走来走去。

尽管李庆霖曾经造福于众多知青，但是，他却给自己安排了一个可悲的结局。他一度赌赢了，神气活现，不可一世；很快又输光了，继而沦为阶下囚。李庆霖与毛泽东主席的往返信件成为中央文件下发各级组织，他的声望达到了人生的顶点。毛泽东主席曾经考虑推举他参加全国党员代表大会，因为他不是党员而作罢。当时的地方组织曾经因为李庆霖泄露了难堪的问题而恼羞成怒。然而，由于毛泽东主席的鼎力支持，掌权者只得忍气吞声，转而把他塑造成一个"反潮流"的风云人物。政治待遇急剧变化之后，李庆霖开始忘乎所以。他在两年之内急速地上升为国务院知青工作领导小组成员，四届全国人民代表大会常委。这理所当然地带来了骄横的风格。始于鸣冤叫屈，为民请愿，继而吆三喝四，颐指气使，一个民间的草莽英雄被送上了神秘莫测的政治轨道，祸福之间的辩证法迅速超出了他的理解范围。李庆霖成名的初期谦恭得令人心疼。他不谙出差报销的各种手续，进入机关大院只懂得团团作揖而不会文明地与各位握手。各级组织询问他有什么个人要求，李庆霖仅仅企图恢复被撤销多年的小学教导主任，并且为妻子乞讨一个小学工友的岗位。两年之后，据说他时常挎一柄驳壳枪招摇过市；或者带上一帮喽啰，闯入某一个群众大会的会场，登台抢过话筒发号施令。1976年时局剧变，李庆霖第一批遭到了清算。他很快被收审，判处无期徒刑。他的妻子开除公职并且成为"反革命"，充当李庆霖信件素材的儿子八十年代初期才勉强从乡村返回城市。

李庆霖九十年代中期释放出狱。他与妻子靠民政救济度日。围绕这个特殊人物的各种传言终于尘埃落定。据说他所居住的那一幢残破的房子就在马路旁边，有人曾经在路过的时候看见一个满头白发的老者走出木板门晒太阳，手脚迟缓，步履蹒跚。木板门背后的厅堂里仅有一台黑白电视机，一张当年给毛泽东主席写信的竹桌，桌上摆满了大大小小的药瓶。这即是一段传奇人生锁定的最后结局。出狱十年之后，李庆霖告别了人世，安眠于莆田的一个墓园。次年，他的子女树了一块墓碑，墓碑上镌刻了革命领袖的回信，

"李庆霖同志：寄上三百元，聊补无米之炊。全国此类事甚多，容当统筹解决。"

毛泽东主席汇给他的三百元，据说迄今还存在莆田的银行里。李庆霖生前每年领取一次利息。三百元的利息能有多少呢？

3

许多知青作家不约而同地表明，他们经历过一个内心的转换。很长的时间里，他们心目中的乡村生活阴冷、灰暗、贫困，是各种生离死别的舞台背景。然而，他们返回城市开始追忆乡村生活的时候，田野之中质朴的农民突然打动了他们。爬满皱纹的黝黑脸庞，朴实无华的言辞，年复一年的艰辛劳作，这另一种醇厚的人生。尽管每一个农民犹如微不足道的蝼蚁，但是，他们的整体扎根于大地之中，大智若愚。相形之下，知青多半聪明伶俐，见多识广，接受过更多的文明熏陶，可是在某些关键时刻，他们可能显示出卑琐的一面，显示出骨子里的"小"。

当年，鲁迅的《一件小事》曾经表述了相似的主题；半个世纪之后，这些知青作家依据自己的人生经验，再度自发地返回这个主题。文学记录了这一代人的洞悟。尽管如此，我还是无法肯定，这些洞悟能否获得毛泽东主席的嘉许？悟道、忏悔、道德完善，这一切犹如老式知识分子的修为；我们伟大的毛泽东主席是否对于年青一代新型的知识分子具有更高的期待？全球范围内，二十世纪六十年代是一个如火如荼的时代。法国的学生运动，美国的嬉皮士，工会运动、黑人斗争、反传统、反战、女权主义、摇滚乐、性解放、毒品、桀骜不驯的诗……各种激进的文化运动争先恐后地对资产阶级和中产阶级趣味进行了亵渎式的践踏。左翼思想席卷西方世界。毛主义是这些左翼思想之中的一面醒目的旗帜。如果说，六十年代西方世界文化青年的叛逆冲动很快偃旗息鼓，那么，由于毛泽东主席的号召，知青奔赴乡村演变为一种固定的社会机制。乡村是中国革命的发源地。年轻的知识分子星星点点地散落在乡村，他们将不再驯顺地充当官僚体制的补给。至少在二十世纪六十年代世界革命的总体构思之中，毛泽东主席的匠心独运为全球的左翼阵线提供了独特的经验。他考虑的是一种崭新的社会制度以及造就一代新人。

尽管如此，身为知青的一员，我始终没有弄清革命领袖的具体意图。传统的教育体制已经瓦解，大学只能养育一批可鄙的寄生虫，我们毅然转过身来，大踏步地迈向了广阔天地。然而，这些年轻的知识分子将在未来的革命之中扮演什么角色？一种设想是，知青把文化与知识输入乡村，体察民间疾苦，号召农民从田野的滚滚麦浪之间直起腰来，摆脱一亩三分地的狭小眼光，仰观天象，俯察地理，有朝一日浩浩荡荡奔赴京城，一扁担打翻那些把持衙门的资产阶级当权派；另一种设想是，知青彻底地放弃传统教育体制灌输的文化与知识，一头扎进田间与农民打成一片，挑粪插秧，春种秋收，生儿育女，喂牛养鸡，盖起自己的黄泥农舍；蹲在门前石块台阶上吸烟的时候，内心盘算的仅仅是收成之后可以分到多少口粮和卖一些鸡蛋凑上儿子的学费。革命领袖赠给我们的是哪一种人生？我常常在这两种设想之间摇摆不定犹如两堆稻草之间的驴子，不知道知青充当的是农民队伍里的领头人还是不足挂齿的小尾巴。

不久之后，这种书生式的推敲迅速丧失了意义。乡村的辛苦日子很快把各种理论赶出了生活。毛泽东主席神态从容地坐镇中南海，高瞻远瞩地指点全球的革命形势，"不管风吹浪打，胜似闲庭信步"；如此开阔的视野之中，他似乎没有兴趣俯察李庆霖儿子以及千千万万知青遇到的具体困难。智者千虑，必有一失，我相信这种状况远远超出了他老人家的预想：知青的基本生存几乎难以为继。口粮、柴草、居住之所陆续成为问题——此刻口袋里早就一文不名。西方世界的文化青年在毒品带来的幻觉之中快乐地享受性解放的时候，多半不会把饥饿视为一个致命的威胁。凯鲁亚克的《在路上》留给我的一个重要印象是，那个疯疯癫癫、四处奔波的家伙如此乐观。只要灵机一动，他就会在路上拦一辆车，兴高采烈地开始冒险之旅。他从未担心哪一天一文不名地流落街头，没有任何一个人愿意施舍一块面包。待到厌倦了动荡和混乱，他们拍拍屁股返回了学院，继续攻读学位并且完成嬉皮士向雅皮士的转移，没有人因为户籍以及粮票这种无聊的琐事而苦恼。相反，知青很快陷入生计的泥潭。他们的思想收获之所以姗姗来迟，一日三餐的对付耗费了大量精力。

阅读知青作家的一篇篇杰作，我时常为自己的迟钝而深感羞愧。记忆之中，种种经天纬地的伟大理想无法在我的意识之中发芽。当时我所生活的村子，强劳力每日可记十个工分。年成最好的时候，每个工分值曾经达到六分钱；年成差的时候，每个工分值仅有一至两分钱。因为地少人多，每一年派得出农活的日子不到两百天。下乡插队的第一年，我在田地里的劳动收入似乎是四十来元。如何在这种环境之中存活一辈子，这是我常常考虑的小算盘。当兵无望，估计也挤不进民办教师队伍，我的目光只能盯住各种手艺，尤其喜爱木工。中学读书的时候，我开始陆续收罗各种木匠的工具，例如锯、凿、锤子、刨刀，斧头因为太贵而暂时阙如。当时已经动手做出了几把方凳，尽管由于榫头太松因而坐上去吱呀有声，不小心还会夹了屁股。回溯

233

起来，我的木工兴趣或许可以溯源至祖父传给父亲的几件红木家具。这几件红木家具结实锃亮，突兀地把若干奢华的气息带入贫瘠的日子。父亲对于一个红木大柜子尤为珍爱，大柜子面上木板的宽度接近一米。那一年手头拮据，父亲曾经考虑卖掉，然而，买方透露要拆掉这个大柜子，卸下红木板制作风琴和提琴，父亲又临时反悔了。在我的心目中，这几件红木家具如同木工的工艺范本。我常常独自揣摩一个榫头的设置，或者哪一种刨刀竟然削出了如此弯曲的弧度。下乡插队之后，一个乡村婚礼再度延续了我的木工热情。婚礼本身平凡无奇：新郎穿上一身硬邦邦的中山装，携带一个自行车队迎亲；新娘花枝招展地坐在新郎的自行车后架上，随后的几辆自行车驮着嫁妆，例如箱子、被子、马桶。这个婚礼之中最为重要的事情是，我第一次在新郎的家里见到了乡村的雕花木床。雕花木床如同一间小屋，木床的周边用几块木制屏风围起来，屏风雕上了喜鹊、花卉、牛羊、农舍。一个农民用崇敬的口吻告诉我，村子里只有一个木工接得下这种活，开出的价格相当可观。我终于松了一口气，心里开始暗暗地设想日后如何分一杯羹。现在必须承认，我的各种小算盘目光短浅，心胸狭窄。忧心忡忡地谋划个人前途的时候，我既不能及时地领会毛泽东主席的宏大战略构想，又没有机会深入地了解，那些闲常坐在墙根晒太阳聊天的农民是怎么活下来的。

　　我曾经听说，早期的知青志向远大。他们怀揣改天换地的理想奔赴乡村，飞蛾扑火般地闯入这个社会事件，举止之间流露出舍我其谁的英雄气概。若干年之后，他们渐渐从豪情壮志之中滑了出来，革命辞句与生活杂碎之间的距离依然那么遥远。然而，七十年代中期轮到我下乡插队的时候，无数负面的消息已经灌满了耳朵。慷慨激昂的动员、光荣榜上的名字和胸前的红花变成了多余的手续，凄惶的气氛弥漫在四处。数十个知青相聚一堂，彼此之间没有什么可说，个个心怀鬼胎似的。许多人事先听到警告，知青之间的知心朋友或者情侣常常成为决斗的对手——如果仅有一个返回城市的名额落在两个人之间，他们不得不上演你死我活的剧目。一些有门路的家伙抵达乡村的第二天就提了一瓶酒拜访权贵人物，剩余的知青相互窥伺，无声地衡量各自的优劣。

　　传说早期的知青曾经在收工之后聚在篝火旁边畅谈马克思的《路易·波拿巴的雾月十八》与《哥达纲领批判》，我相当吃惊。我的乡村生活不存在任何文化活动，除了雨天不出工的时候隔壁一个女知青拿腔拿调地反复朗诵一首抒情长诗："红日，白雪，蓝天，乘东风飞来，报春的群雁……"她一直想争取村里的播音员职位，反复地朗诵有助于去除浓重的方言口音。至少在当时，周围没有一个人再把曾经读过的文字当一回事。我常常回想，为什么那么多革命的言辞始终没有造就我的内心激情？自从小学开始，我每日不辍地朗读革命领袖的神圣语录，一串串熟悉的辞句仿佛自动地从口腔里跳出来。一个奇怪的语言现象是，这些言辞仅仅剩下了铿锵的节奏而没有显示意义。一些积极分子精心解读的时候，每一个词、每一个标点都荣幸地得到了毕恭毕敬的阐释，但是，这些句子与我的思想无法产生化合作用，犹如塑料与水。相当长的时间里，我丝毫不明白"经济基础"、"生产关系"、"资产阶级法权"这些概念与生活有什么联系。一脚踩入水田，冰凉的泥泞一下子裹住了膝盖，泥水里几只蚂蟥一伸一曲地游来，田边的一只水牛悠闲地甩着尾巴驱赶背上的虫子，树下的一只鸡无缘无故地引颈打鸣——这时我的脑子里什么"主义"也想不起来。人们的意识时常抵制游离于生活的大概念，犹如身体的排异反应。不久前我曾经询问一个报考研究生的年轻人，政治科目考得如何？他的回答是，千万别问我，考试的时候我已经全部呕出去了，现在的脑子里什么也没剩下。

<h2 style="text-align:center">4</h2>

现在回忆起来，当年我始终隐约地生活在某种特殊的心情之中——悲愤。这个词当然是很久之后才想到的。

当年，我周围的知青多半面容憔悴，表情冷漠，一副不屑的神态。他们斜扣一顶斗笠，一身褴褛，懒洋洋地晃过村口。我的那一套工装星星点点地溅满了泥土，整整一个夏季没有洗过。汗水腌透之后挂在门后晾干，穿在身上硬如铠甲。另一个知青的裤裆裂了两寸，他竟然不愿意草草地缝补两针。许多知青的共同感觉是——疲累乏力。年纪轻轻的，振作起来挑得动一百五十斤，可是，刚刚坐在田埂上松懈了精神，疲累如同水一般从骨头缝里往外冒。浑身松软，呵欠连天，刚刚睡醒还是想再睡。否则，还会有哪些事让人两眼一亮？奇怪的是，他们会在某些时候因为一件无足轻重的小事突然翻脸，声嘶力竭地咆哮诅咒，甚至豁出命来大打出手。没什么，老子心情不好，剩下的话似乎不言自明。这就是悲愤。

回想起来，这种悲愤什么时候开始萌生——是不是察觉父亲内疚的眼神在眼镜后面闪过的时候？临近中学毕业的时候，父亲正式和我谈了一次。他坐在一张圆桌旁边，每一句话都费力地字斟句酌。他告诉我，根据现有的政策规定，我毕业之后必须下乡插队；然后他眼神闪烁地补充说——必须做好思想准备，估计相当长的时间内无法调回城市。这并非危言耸听。父亲与母亲下放山区多年，他们深知将户籍移回城市何等困难。这时，远远躲在一旁的母亲唯恐父亲的生硬伤害了我。她连忙过来向我许诺：如果迟迟无法回到城市，她就尽快退休，让我顶替她的职位。当然，这仅仅是一个遥远的安慰，母亲当时才四十来岁。

父亲的谈话并未给我带来什么震动，他不过执行一个仪式。中学毕业之后下乡插队，这是一个已经确定多年的事实。根据当时的社会政策，我的姐姐中学毕业留在城市，我必须按规定下乡插队。家家如此，无可置疑。我向父亲表示，现在到了我走向社会的时候了。谈话很快结束。尽管如此，随后的几天，我还是察觉到内心的某种异样。我将被这一条街道视为异乡的客人？即将告别亲人的依恋？对于未来的迷惘？我后来意识到，这种异样来自内心一个小小的破裂：家突然显得那么渺小。父亲母亲曾经主宰我的一切：穿着，食物，学费，只能与哪些伙伴往来……然而，今后他们再也帮不上什么了。拎一件行李迈出家门，从此只身浪迹江湖。那时开始，一种遭受抛弃的感觉就隐隐地留在心里了？

乡村的日子很快犹如松开的发条，越来越慢继而停下来了。没有庄严的理想烤灼自己，没有归宿感。书本或者报纸上刊登的文字与我无关，灯光下家人的嘘寒问暖与我无关，街道上的车水马龙与我无关。天不收地不管，床脚一堆多时未洗的衣服，满桌子狼藉的杯盘碗碟。收工回来一屁股坐下，久久地想不起来该做些什么。这时，北京或者上海的知青似乎已经从空气中嗅出了些什么，他们开始读外语，做数学习题或者写诗，积蓄力量等待解冻的日子。即使散落在广袤的田野里，他们骨子里仍然是大城市的骄子。相反，我如同跌入一个深井，周围寂静无声，常常几个星期见不到一张有字的纸片。毛泽东主席宣称《水浒》这部书好就好在投降，邓小平重新出山随后再度遇险，一支登山队从北坡攀上了珠穆朗玛峰，一颗卫星成功地发射并且回收……这些零零星星的消息偶尔飘进耳朵，谁也不明白意味了什么。日复一日的茫然之中，没有人愿意耗神考虑自己的前途。什么时候心里结出了老茧，日子就好打发了。有一天中午在田间吃过饭突然困乏起来，我躲在山里的树阴下枕了一块砖头睡着了。不知多久之后悠然醒来，睁了眼见到一队蚂蚁在耳边的田埂上爬行。漫天的阳光明晃晃，树阴里疏影横斜，蝉鸣聒噪，怔忡之间不知身在何处。片刻之后回过神来，渐渐有了些悲凉漫过心头。

我承认，这种日子没什么可抱怨，周围的农民远比我们辛苦。尽管如此，悲愤还是一点一滴地积攒起来了。心情低落的时刻，悲愤是一种对付生活的手段，也是一种隐蔽的自恋。乡愁，寂寞，饥饿，穷困，潦倒落魄，失望气馁，悲愤总结了一切。什么理由都失去了意义，蛮横地亮出一双拳头就是自我表述的最后语言。现在时常觉得无法解释：当年怎么可能如此粗野？——例如那一次集体拦车。

　　已经想不起为什么拦车。记忆所能追溯的场面是，八个脑袋剃得溜光的知青站在马路中央拦车，准备返回十里开外的知青点。拦车就是与司机赌命。按照惯例，八人之中个子最高的站在中间。余下的人由高及低排列，手牵手两翼排开，形成一道人墙。片刻之后，一辆解放牌卡车疾驰而来。这是附近一家专门修理汽车的兵工厂出来试车，刚刚修过的车上还东一块西一块地涂着褚色的防锈漆。卡车越来越近，丝毫没有停车的迹象。这一带的司机早已听说了知青的蛮横，他们通常不肯搭载。我们立在马路中央大睁双眼盯住来车，手心的汗水涔涔地渗出来。卡车距离人墙仅有四五米的时候，八个人终于顶不住了，哇的一声撒了手四散而逃。几乎同时，卡车尖叫着紧急刹车，但巨大的惯性仍然使卡车在沙子路面上滑行，终于将一个躲闪不及的知青撞了个跟头。见到卡车停下，我们纷纷翻身上车——被撞倒的那一个知青也一跃而起，及时地在卡车加速之前攀上了车厢的围栏。司机显然十分恼火。经过知青点的时候，他丝毫不理车厢里停车的呼唤，依然将卡车开得飞快，即使八双拳头将驾驶室顶上擂成一面鼓也无济于事。扑面而来的烈风之中，一个身材高大的知青想到了一个主意。他的胳膊从车厢的围栏上伸到驾驶室，揪住司机的领口不停地用力摇晃。卡车在马路上左右盘旋地转了一阵，终于无奈地停了下来。跳下车之后，我们挥舞着拳头一拥而上，几乎将司机痛殴一顿。在司机的惊恐目光之下扬长而去，我的心中拂过了久违的快意。挑衅是表达悲愤的强烈形式，仿佛整个世界都亏欠了我们。

5

　　乡村生活的闲暇日子常常成为一种煎熬。农民可以拾掇菜园子，修补篱笆，或者串门聊天，坐在门口的石条上一面吸烟一面晒太阳，一任身后的影子愈拖愈长。无所事事的知青昏睡之余，不知该做些什么。枯坐竟日，遥看天际的一团团浮云；聆听雨滴密密麻麻地敲在瓦片上，乡愁会在转瞬之间压得人喘不过气来。那一日在屋里待不住，几个知青沿着铁路逛到邻村游玩。我们在铁路上遇见一个养路工。他正悠闲地坐在铁轨上敲打一颗道钉，一串清脆的叮当之声在宁静的田野上方飘荡得很远。我们走过的时候，他在低头忙碌的间隙突然问了一句："想买什么吗？"几个知青摇摇晃晃地走开，无心答理。走过他几步之后，我突然记起了一句当时的电影台词，恶作剧地回头问道："有枪卖吗？"他继续敲打那一颗道钉。过了一会儿，他还是闷头回了一句："枪没有，子弹三角钱一发。"我怔了一下，连忙转身跟上了伙伴。

一则小小的逸事。可是，我至今还清晰地记得那个瞬间受到的震动。我突然意识到一个庞大的民间。广阔天地之中活跃着形形色色的人物，怎么过都活得了一辈子。称心的日子都是相似的，不如意的生活各有各的辛酸。年纪轻轻，没有必要把那么些小小的难堪视为天大的委屈。长长吁出一口气，心胸突然开朗了许多。这个震动让我渐渐摆脱了乖戾之气，开始坦然地接受乡村生活。现今，这一段经历正越退越远，种种细节陆续遗落在三十年的时光之中；尽管如此，那个瞬间震动的烙印迄今仍然新鲜如初。

原载《收获》2012年第1期

藏乡来了《水浒传》

阿 来

十五岁那一年，我上初中二年级。

不是正经的初中，叫戴帽子初中。就是原来的公社中心小学加开了个初中班——"文化大革命"出现的新事物。上课的还是原来的小学老师。

学校围墙里有几棵大白杨树，是革命圣物。红军长征所经过"雪山草地"的雪山部分，就是我故乡那一带地方。红军为了筹集过草地的食粮，在这一带等待麦熟，多所盘桓。毛泽东曾住在学校对面的土司楼中。红军来了，土司跑到山上躲藏，毛就在楼中读土司家藏的汉文《三国演义》。就是这个时候，毛在这几棵白杨的某一棵上拴过他的坐骑。

学校并不因为在偏远藏区，就能躲过"文革"风暴的席卷。除了语文与数学还有大致的教材，化学课到学校外的生产队去生产堆肥，物理课是到农机站看修理拖拉机。学到的这些东西，初中毕业回乡时短暂用过。

如今回想起来，小学到初中，八九年学校生活，也就是认识了两三千个汉字。

学两三千个汉字有什么用处呢？我不知道。似乎就是用来学习报纸上的批判文章，和模仿那种雄辩的腔调写批判文章。我把这个疑问告诉老师，老师默而不答。另一个并不给我们上课的老师却说：等你认了更多的字，就可以读马克思和恩格斯的书，还有列宁和斯大林的书。

这位老师身体瘦弱，但她剪一头齐耳短发，总是很精神振奋的样子。她喜欢折腾我们这些住校的学生。每天，她早早起来，催我们起床，集合起来，开到学校背面的山坡上去干各种农活。地是人民公社的，社员们还没有下地，我们这些学生却天天早起，干到太阳出山。等社员们陆续来到地头，我们才下山去吃饭。干了一个早上的体力活，定量的二两稀粥怎么可能吃得饱？刚上了两节课，出来做课间操，肚子就饿得要命，剩下两节课，哪能集中精神听课，心心念念盼望时间缩短，人快点站到伙房卖午餐的窗口跟前。

这位老师，我们越是躲她，她却越发幽魂一样来纠缠。那时学校没有晚自习，有好心的老师告诉没事早点上床。这样，晚饭的吃食可以残留一点，以对付次日早上的体力劳动。而且，衣服和鞋也不会那么费。但有一天，这

239

位老师又有了新发明。说要带领我们学习，提高政治觉悟。学什么呢？读《反杜林论》和《哥达纲领批判》。这情形相当黑色幽默。拿起书，老师自己就把这些复杂的外国句式念不断句，更不要说我们这些一开口说汉语就让人听出浊重蛮子口音的中学生了。虽然我们也努力思考，但怎么也不明白杜林说的"世界在时间上是有开端的，在空间上也是有限的"这样的话是什么意思。更不明白这怎么就是唯心论，怎么就形而上学了？好在不但我们不懂，就是老师自己也懵然无知。

但她偏要我们写学习心得。结果，只好找了报纸来抄。有一个同学抄得最妙。说通过学习，觉悟得到了很大提高，"工作实践中遇到的问题迎刃而解，于是，我作为一名先进代表，光荣出席了温江地区妇女代表大会"云云。须知，在中国的行政区划中，我们是在一个藏族自治州，不知这个"温江地区"在何处何方，而且，这位曾经短暂做过我同桌的，他是个男生。

这样的学习自然只好无果而终。

我们那时不知道这些书是毛主席要全国人民都读的。那时因为讨厌这些书，晚上躺在床上睡不着，我们偶尔也大发议论。毛主席真是英明。要知识青年上山下乡，因为他早知道读书没用。这位喜欢站在窗外听我们谈话的老师，于是长吁短叹，痛心疾首地用手里的竹竿敲打我们的寝室窗户。

听着夜里老师离开的脚步声，我们从被子里钻出来，忍不住大笑。

我们以这种大笑表示我们讨厌书。我们才不想知道什么"时间上的永恒性，空间上的无限性，本来就是，而且按照简单的字义也是……"是什么意思。这些话对我们这些汉语都说得结结巴巴的藏族乡村的少年来说，本来就没有任何意思！

而且，对假装懂得的老师同样也没有任何意思！

我作为大笑者之一，被老师叫起来去谈话。

谈话地点在老师家自己搭建的小厨房里。

我和另一个心怀不满的同学，把从农民那里得来的烟丝，悄悄混入到她家的正在发酵的一盆面粉里，动作完成便心怀内疚了。这是他们全家明天的伙食。后悔却是来不及了。那天老师流泪了。我们隐约听说，她的入党申请一直不被批准，她一流泪，我们相信这传言肯定是真的。于是，内疚与同情相互作用，我彻底原谅了她。

第二天，我们不等她来催促，就早早起了床。

在地里，我们拼命劳动。我们都是乡下的孩子，镐头对我们单薄的身体来说，固然是沉重了些，但我们正在长大！老师看见了，还是摇头叹息，"你们怎么不喜欢读书，怎么这么不会读书。"

我们就是不喜欢读书！

我的这些同学，大多数真的就从此害怕读书，从此逃避读书。

而我不知道，自己原来是喜欢读书的。

但这是自己的发现。

那时，这个距县城有七八公里的乡村学校旁建起一个造纸厂。每天上午，那工厂的什么地方就排出很多蒸汽，蒸汽带着浓重的刺鼻气味四处弥漫。这呛人的气味使我们可以借故在课堂上大声咳嗽，来表示对读书的厌恶。

那个纸厂成了学校旁边的一个怪物，它时常发出呜呜的叫唤，使刺鼻的味道四处弥散。

有一天，有同学突然醒悟，说："化学，这是化学的味道！"

之前，老师说，堆积起来发酵的肥料堆里有化学反应。但我们从不相信人屎与畜粪混合的臭味和化学有什么干系。纸厂的大机器排放的气味那么陌生，又那么刺激，这才是化学！于是，我们结队去看那个有真正的化学的地方。那时的工厂真是稀有而骄傲，怎么会让我们看到化学怎样在机器里幻化出化学的味道？

同学们快快散去。

我心有不甘，忍耐着工人们不屑的眼光，在厂区徘徊，没有离开。

我的鼻子终于嗅到了异样的气味，一种臭烘烘，又不是农家肥的味道，也不是乡下皮匠沤皮子时的味道。这种味道把我带到一个池边。池子里有很多水，戴着口罩的工人正从卡车上把废纸和书籍扔进池子里，再弄上些味道呛人的化学品。他们要把好好的书沤烂了，再送进机器里做成灰棕色的纸。不是用来写字的纸，而是可以用来包东西的纸。把好纸和好纸上的字沤烂了做成次一等的纸。

我突然有些怜惜这些书。

工人们散去了，池沿上还有好多散落在地上被人踩脏了的书，我捡了两本书塞进怀里。

晚饭后，坐在拴过毛主席坐骑的白杨树下，我要自己发现这书里写了什么。第一本，没有封面。写的是苏联的事情——集体农庄。拖拉机，上进的年轻的拖拉机手，反对集体化的富农，这些都很像我的老家正在展开的经历。我不知道自己是不是喜欢，但这些事情写在书里熟悉又陌生，也有熟悉的东西，畜栏的味道，妇人们的粗鲁的调笑，还有植物：覆盆子，牛蒡。名字和我们乡下的藏语名字不一样，但我一下子就猜出来是什么东西！而且，还有蘑菇！

241

我看第二本书，不太懂。是写一个遥远的国家，一个非洲国家。它的大海，它的高山，它的天气，完全陌生，但又十分具象。它的首都，它的矿藏，它的人民——黑得像夜一样的人们的照片！从此我这个班上成绩最好的学生开始逃课，不断去那个纸厂。在池边徘徊，乘人不备，捡几本书回来，跑到学校附近的苹果园中读那些书本，直到苹果树挂果了，成熟了，被人民公社的社员严加看管了。我又找到学校背后一段河堤，读那些书。天哪，我喜欢书，我喜欢读书！书使那么多遥远的国度来到眼前！何况还有爱情！

我还弄到好几本薄薄的根本看不懂的《中华活页文选》。

可惜，那个纸厂很快就停工了。因为再也没有书可以拉来沤成纸浆。

这时，假期到了。不是正经的假期。那时的农村学校，惯例的寒暑假之外，还有两次半个月的农忙假，分别是五月的春耕与十月的秋收时节，我们都要回乡下去帮忙。

劳动时，我那松松垮垮的藏式袍子怀里也揣着一本从纸厂得来的书。

那时，我父亲做过一阵生产队队长。他当过兵，在部队见过有文化的人，自己也能读会写，所以愿意我喜欢书。有时，他会说，别干了，去队部取报纸来，休息时给社员们念念。我就回队部去取报纸。空手走在路上，比在地里弯腰干活轻松多了。路平一些的时候，我会把怀里的书取出来，边走边读。

等我把从学校带回家的书读过好几遍的时候，我在队部有了意外的发现。所谓的队部，就是生产队的仓库，在几间粮仓中辟出一间来，挂上毛主席像和一本日历、两份报纸就是了。每隔两三天，邮递员骑着自行车从二十多公里外的公社来，把报纸从窗户扔进队部。某天，我打开队部的大门，发现地板上不仅有一卷报纸，还有一捆书。

现在想来，这样的汉字印刷品出现在一个讲藏语的村庄怎么都有些怪异。但那时候，它们就那样出现了，堂而皇之，自自然然，理直气壮。

我犹豫了好长时间，要不要把这捆书打开。那个包裹，角上的牛皮纸磨破了，上面写着几个大字：批判材料。我终于忍不住，打开了那捆书。是两套书！两套一样的书——《水浒传》！中间那个字我不认识。我飞跑着拿了一套回家，藏在床上的褥子底下；然后，才拿了报纸到工地去念，脑子里却是那三个字的书名在不断回旋。

很快，就有公社的干部下乡来，组织"贫下中农同志们"学习这本书，是毛主席要大家学习这本书。我才知道中间那个字该怎么读。也知道那个"传"，不是我读得出来的那个音。

除此之外，干部也读不了这本书。只是说，这本书毛主席不喜欢，因为这本书歌颂投降。大家学这本书，不是要喜欢它，而是要讨厌它。大多数目不识丁的贫下中农同志不要说喜欢这本书，连公社干部的宣讲也听不明白。但他们真的不喜欢这本书。开会的时候，男人们上前从摆在桌上的书上撕下一张来，从烟袋里掏出烟丝，卷成喇叭，把开会的地方抽得烟雾腾腾。我们不是正式社员，正好在油灯下打开书本。

很快，我就习惯了中国古典文学特别的句法。虽然有好些字不认识，却不影响自己沉溺于那些美妙的故事。天哪，我多么喜欢那些生活得与我们大不相同的英雄好汉：史进、武松、鲁智深、林冲、石秀……还有那些引人魂魄出窍的别人的老婆：宋江的老婆，武大郎的老婆，杨雄的老婆……贼秃道："请小娘子到小僧房里看佛牙。"淫妇便道："我正要看佛牙了来。"好在先已看过爱情，不然会觉得这让少年人心旌摇荡的偷腥就是爱情。

农忙结束了，我带着上中下三本《水浒传》回到学校。晚上，同学们饿得睡不着，就叫我讲那些"下凡星宿"的故事。有时，我会很炫耀地把那三十六天罡七十二地煞的大名与外号都说上一遍。同学要听故事，我却去背这些奇怪的名字，弄得大家兴味索然。后来，就有老师找我谈心，说同学反映你有骄傲情绪，要克服。那时我加入红卫兵受阻，正在积极表现。所以，再有人让我讲故事的时候，我就改正，不再背诵那一百单八将的名单了。

在老家村子里，有两位被迫还俗的僧人。一位是我舅舅，在庙里算是烧火和尚之类，其实没有什么文化。还有一位，却学问很好。舅舅坚守戒律，独自过活，不肯成家。学问好的僧人娶妻生子，但体力不行。集体劳动到他吃不消时，村里人就帮他干活，让他给大家说藏族历史故事作为交换。我那时读书，除了喜欢，唯一可以想到的用处，就是也可以像那位曾经的高僧，用故事交换别人的劳动。而现实的收获是，读熟了《水浒传》后，也可以慢慢啃《中华活页文选》里那些文章了。

这样养成了读书习惯，使我和周围人慢慢有了距离。这个距离有一名字，就叫"骄傲"。那时，我常常忍不住讲，我也和毛主席一样，不喜欢宋江。原因很简单，和毛主席说得一样，宋江整天想的就是被皇上招安。"宋江投降了，就去打方腊。"其实我是不能忍受，离开了水泊山寨，梁山好汉们就英雄气短，命运凄凉。这也正好成为一个蒙昧的中学生"骄傲"的证据。这个缺点，使我一直没有成为一个光荣的"毛主席的红卫兵"。这也影响到我一生，至今填各种履历表时，政治面貌还是群众。后来，我觉得自己喜欢无党派这个词，便用这个词代替过一回群众。结果，被人事部门的人郑重告知，"无党派"这个身份，需要上面认定，还是填回"群众"恰当。

1976年，我们这些算是上过初中的人真的毕业了。城镇户口的同学，戴红花，发农具，由干部陪着去上山下乡。我们也去农村，却因为本是农家子弟，自然就无人理会，自己收拾了行李默然回家。那个物质极度匮乏的时代，要紧的是把被褥，把衣服，把饭碗面盆背回家去。书自然是不重要的。我把尚不能真正读懂的几本《中华活页文选》留下，其余的书，小说，写一个个异国的白皮书，就从学校外面的河堤上投入河中，看它们载沉载浮去了我没有去过的地方。《水浒传》留了前两本——英雄们一个个走向梁山聚义的传奇部分，而把那些英雄的星宿们四散陨落的，我极不喜欢的部分也交付了流水。

回乡三个月后，毛主席去世了。

原载《散文选刊》2012年第6期

在老街上行走

范小青

在春夏之际的一个早晨，我们来到姜堰溱潼镇，更确切地说，是来到了溱潼镇的一条老街上。

从车上下来，这条老街就扑面而来了。

扑面而来的是一条街，更是一股久违了的亲切的气息，是一阵似曾相识的熟悉的气韵，让我们立刻地沉浸在一种欢乐而又宁静的气场中，我们的心一下子就被打动了。

其实我是头一次来到溱潼，头一次踏上这条老街，它对于我，应该是陌生的，互不了解的，像是初次相会的一个朋友，应该还有一点拘谨的。但奇怪的是，就在我一眼看到它的长长的望不到尽头的身影的那一瞬间，我就知道，我来过这里，在过去的许许多多的日子里，在二十世纪，甚至在上辈子，我可能无数次地来过这里，我认识它，我喜欢它，它的神韵一直就在我的心里弥漫着，舒展着，终于，有一天，就是这一天，我站到这条街上，和它零距离的接触，和它全方位的融合，和它一起，见证它的历史和文化的写真。

我们就这样把自己当成了溱潼的老乡，怀着乡亲般的感觉，沿街而行了。

我们走进一座老宅，然后走出来，接着我们又走进另一座老宅，溱潼的老宅与老宅之间，隔着一条小巷，或者隔着几堵墙，但是给我的感觉，它们是紧紧连接、是互相搭配的，它们互为一体，呵成一气地成为这条老街的框架，成为这条老街的顶梁柱，这里的老宅，既有江南民居的精致，又有北方院落的气概，它们是历史留给溱潼的最珍贵的记忆。

在一个僻静的院落里，靠院墙斜依着一株八百多岁的茶花，鼎盛时期能够开花万余朵，我们虽然来得晚了一点，错过了花期，但仅仅是开花时节留下的照片，已足以让我们惊叹震撼，站在这棵茶花面前，我甚至连话都不敢随便多说，我无声地体会着岁月在它身上留下的力量，心中充满敬仰。

再往前走，我们看到了一棵古槐树。经历了千年的磨砺，已经不是当时模样，它的主干分作了两半，一半直立，另一半伏靠在院墙上，这种形态，尤其让人不能忘怀，它的独特的形象，显示出它的独特的经历和独特的性格。关于槐树，在溱潼，在这条老街上，流传着许多的故事，还有诗人专门为它写下诗作，方圆数十里数百里的乡亲，纷纷来向它求婚求子求喜求福，千年的古槐，早已经成为乡亲们追求美好生活的精神寄托。

随着老街的延伸，我们还要继续往前走，我们会在这里流连忘返，这里的气味会留住我们，老宅的温厚，茶花的红火，古槐的神奇，屋檐上那些精致的瓦片，脚底下那些沉静的麻石，无不与我们意气相投。

其实，即使我们不曾沿着老街往前走，即使我们不曾走过老街上的一处又一处的景点，那也无所谓，哪怕那一天，那个半天，我们就坐在溱潼的街头上，什么也不做，就看着街上的不多的老乡，不急不忙地行走在老街上，听着他们的乡音散发在清澈的空气中；或者，我们看到一个旅游的队伍，由导游带着，跟着那一面小红旗，穿街而过，他们的小喇叭，暂时地打破了这里的清静，有一点噪声，但等他们一过，一切又恢复如常了；也或者，我们没有看到有人经过，我们就看着身边的那个小食摊，一个妇女正在现做小酥饼，热腾腾的，香喷喷的，另一个地方，做的是鱼饼虾球，你看着那个过程，无疑就是一种艺术享受。

无论你来或不来，老街就在那里，无论你走或不走，老街就是那样，这就是一条古老的历史街区的功力，它能 hold 时光，hold 住世间的一切变更，hold 住人类的一切幻化。蓦然回首，那人却在灯火阑珊处。

有些可惜，那一天我忘记问一问这条街的街名了，所以我一直不知道它的名字，但是我想，我虽然疏忽了它的名字，却没有疏漏它的许许多多的内涵，这许多内涵告诉我们，它不仅是溱潼的一条老街，更是我们的心灵归去之处，是我们的精神向往之地。

那一瞬间，我不知道我思绪走了多远，但至少我知道，我回到了自己的童年、少年、青年时代。

那一天，我们到达的时候，这里人还没有多起来，也许，等一会儿，人会多起来，或者等一些天，或者，再等一些时光过去之后，终究会有一批又一批的人来到溱潼的，终究会有有缘的人，千里寻觅来到溱潼，那时候，你会和我们一样，感叹踏破铁鞋无觅处，原来你要的东西就在你的眼前。

老街，古树，旧宅；文化，历史，传奇，这是让人敬重的一个地方。

溱潼，一个精彩而独特的千年古镇，一个普通而平凡的水乡集镇，我会永远地把这个地方留在记忆中。

原载《人民政协报》2012年8月28日

我走过时间

葛水平

炕是诱人老死的饵

窑洞最美好的地儿是炕。多少年之后，我居然在单元楼里盘了炕，青砖勾缝，榆木炕沿，炕心里铺了羊毛毡，炕桌上放了我收藏的油灯。傍晚，天光暗了，我说不出此时到底藏着什么打湿心灵的东西，它们冒出来，诱使我把灯树上的蜡烛点燃，心旌神摇那一瞬，我盘腿坐在炕上享受一个人的时光。万事万物诸多情谊都有怀恋，只要懂得，都是贵重。

我落地在炕上。生我的那一年，妈妈在碾跟前簸谷子，突然肚子疼，她的婆婆说，快，上炕。

我的出生没有异象。

十月份，青草繁茂。正午的日头照亮了接生婆的小脚，进进出出，紧束的围裙如同克制的欲望。没有多余的背景，炕，一张席片，妈妈扎着马步。我的出生，妈妈用了一个很可恶的词：红曲曲地跌下来了（大约指那种鼠科、猫科动物的初生）。妈妈说，百日后，你脱出来，白了，我才知道疼你。

一年后父母离异，万事过去皆与我无关。

三岁上，继父来相亲。妈妈坐在姥姥家的门墩上，抱着我，我坐在她的一条腿上，另一条腿则搭在门槛上不让他进门。继父无聊，站着端详了妈妈半天。妈妈手里掰着一只秋桃子，一点一点送进我的小嘴里，我像小驴一样惊异地看着继父错愕着嘴片，有口水流下来，继父扔过来一卷卫生纸。那时候乡下人没见过这么薄透的纸，妈妈抬眼看了他一眼，搭在门槛上的腿缩回来，继父进门。

我随妈妈嫁人时三岁。

山神凹，那时候，院子里有两棵枣树，秋天枣儿红了。驴拴在枣树下，我和妈妈下驴，进窑，上炕。炕桌上放着一碗红糖水，窑洞里的小奶奶四颗镂空金牙露出来，好奇地看着妈妈和怀里蜷缩的我，大概我与妈妈都很生动引人。山神凹的女人们从窑门上挤进来，空气如水流动。有人说："小闺女好看。"窑洞里的小奶奶说："是我成土的闺女。"

247

都是一夜之间的事情。翻过一座山头我成了葛家闺女。

小爷（我亲祖父的小弟）的窑洞里有两盘炕，互相对应着。两领羊毛黑毡，白天时铺盖是卷着的。夜晚，卷着的铺盖展开来。窑墙上还挖了洞，洞很小，像一眼小窑洞。放了细粮，比如麦子、豆，都用一斗缸装。那年月，因为是集体，农民改叫社员。秋后分粮，人均口粮，麦子也就只能分十几斤，都不舍得吃，留着过年。粮食是有味道的，不单单是一个香字。一个冬天里，窑洞里最活跃的是老鼠，闻香而来。小爷不叫老鼠，叫老君爷。窑内中堂前的方腿桌上有敬奉老君爷的牌位。黑是老鼠最喜欢的颜色，四只爪子细脚伶仃，夜里走路收收缩缩，不显山水。窑炕盘在进门处，临门有窗，窗户最下一格有猫出入，常常不糊窗户纸，用钉子钉一帘花布由猫出入。

有一段时间老鼠成灾，小爷下了许多鼠药，猫吃了药死的老鼠大都死了。灾难降临的时候，真是平分秋色啊。这下，老鼠的孙子们欢喜死了。窑梁上挂了玉米，五更天，老鼠开始夜生活。它们叽嘛乱叫着，有从梁上掉下来的，放肆的大笑声扰得炕上人无来由要学几声猫叫，吓唬老鼠。小有停顿，老鼠想：人呐，也仅仅扮演了一个岁月喑哑的歌者。

六岁那年夏天的一个中午，我看见一只老鼠从地锅前爬上炕，小眼睛贼溜溜儿顺着炕沿越过我的枕头，我轻声叫了一声："哎——"它停顿了一下，身躯稍向后仰，似在微微着力，想回头，那神态，慵懒到不慌不忙。我指望它能回头，接下来它还是稍息一下走了。它爬上窗台钻出猫洞，我很伤感。屋外的蝉，浑圆而饱满地叫着，我坐在炕上，一副伤身伤世的样子。小奶奶从她的花肚兜里摸出一块糖递给我。窑外，蝉声一声接一声落下来，我跳下炕走出窑，等那细脚伶仃的"它"回来。

有一种纹理，它沿着成长的肌肤深深嵌进来，我对家的概念，是一进门不由分说地陷进炕上。任何一种光影的闪现都不能去除我对炕的怀恋。炕上除了蒲扇、苍蝇拍、烟袋、捻线陀以及凌乱的糖纸，也只剩下了我的小爷、小奶的从前。而今，扑簌簌往下跌土的墙上，曾经悬挂着的挂历试图靠近小爷的心和眼睛，然而，也只是一闪而过，一声长叹让夜平静而安然。隐隐没没的岁月过后，我再也睡不回欢喜的从前。

秋苗和石碾磙干大

为了我的成长，我妈把我许给了一个石碾磙做干女儿。那个石碾磙竖在一棵长了百年的杨树下，树空心了，夏天的时候有蛇出入，但是，伸向天空的树枝还有绿叶长出来，也还有绿阴罩下来。村庄的人们端了洋瓷碗，在杨树下吃午饭或者晚饭，主要的内容是聊天。我们几个孩子靠在石碾磙上听他们讲一些村庄发生的稀奇事情，一边听一边用线绳来来回回翻各种图案的"抄手"。大人们讲到激动处，有人就想把我们赶走，想坐在石碾磕上稳住身子好好尽兴听。有人就和我们说："哪有屁股坐干大的道理？"我们就散开来，那人就坐上去。我是给石碾磕烧过香，也磕过头的，原因是我妈只生了我一个，怕我长不成人。

那个年月，村庄的孩子常常把自己许给一棵树，一条河或一块石头，乡下人相信自然的力量比人大，也相信人是永远改变不了自然的。把孩子许给它们，这个孩子就活成人了。我每年生日那天早上都要给石碾磕干大烧香许愿。我认碾磕做干大的时候，七岁。那一年之前发生了一件事。快过年了，年前的腊月里有一天是吃炒节，就是把豆子、玉荬炒熟了，吃时拌了蜂蜜放到碗里，农村人叫"吃甜"。大概是希望日子一年比一年越过越要甜吧。吃炒节这一天白天，家家户户都要到河滩上取沙。取回沙，忙着从自己屋子拿了金黄后玉米换别人家的小粒种。金黄后玉米炒出来粒大不好吃，但是，丰产。有过日子细致的人家在山坡地种了小粒种，谁家有，村上的人也都知道。换了回来村路上撞见了打个招呼："换上糙玉荬了？"（小柱种的乡下叫法）

开始点火炒时，一般要等到天黑。头一天晚上我的同桌秋苗和我讲："我有二两粮票五分钱，够买一个甜火烧（烧饼），你回家和你妈要，你妈是老师，有钱。要了钱咱俩往公社买火烧去。"我们是第二天一大早怀揣着二两粮票五分钱从我妈教书的村庄郭北沟出发的，走到十里公社不到中午。我们各自买了一个糖火烧，不舍得吃，先是吃了半个。刚出炉的火烧不经吃。大冷天，我们俩把火烧放在河滩的石头上等火烧冻实，等它包着的红糖硬了，我们收起装进口袋，一路摸着火烧往回走。路上肚子饿得咕咕叫也不舍得掏出来下狠口，只是用指甲掐豆粒大往嘴里放，是把火烧含化了的那种吃法。走到郭北沟村的小河滩上，天黑下来，冬天的天本来就黑得早，秋苗问我吃完了没有？我说还有一块。她说，她也是。我们把最后一块火烧团成的丸药蛋子取出来，放在手心里比谁的大，秋苗的比我的大。她很高兴地说："我比你的大。"我羡慕地看着她先放进嘴里，然后，我也放进了嘴里。两个人迎着风，抿着嘴等它在嘴里慢慢化开。它总是化得很快。

河滩上正好是山的风口。我们一路上跑的汗水把棉袄都洇透了，我们俩在风口上等最后一块火烧化掉的时候，山里的风把我们身上的汗又吹干了，棉袄还湿着，像一坨子冰一样贴着脊背。秋苗说她冷得要命。我们拉着手往村上走。村里有大院子的支着铁锅炒上了，香味也出来了，我们吃着炒好的玉荬和豆子疯到后半夜才回家睡觉。秋苗妈第二天来学校问我和秋苗昨天都去哪里了？我才知道秋苗重感冒高烧不退。隔了一天，傍晚的时候，秋苗死了。很快，我都没有见她最后一面。当时，村里人说是秋苗在公社的路上撞见鬼了。我不知道鬼是啥样，也想不出是在哪段路上撞见的。想哭，一直也哭不出来。秋苗人小，不够一棺材，钉了个木匣子埋在了半山腰。我妈很害怕，觉得事情太邪乎，要是我撞见鬼了，而不是秋苗，她这一辈子就没有闺女了。我妈本来不迷信。第二年，我妈调到了十里公社范庄大队王庄村，看人家有人给孩子请石碾磙做干大，就让我也认了一个。

我认了石碾磙干大后，每年都要给它烧香，开始的时候是我妈替我许愿，许愿我活成一个人就行。我妈在范庄村教书教了九年，我长成大闺女了，人也很结实，思想认识逐步改变，慢慢地就不给石碾磙干大烧香了。我把这一段事写出来，是因为村庄给我的记忆太深了，人和事和村庄的气息，民风民俗，我的玩伴秋苗，我的石碾磙干大，越往岁月的深里长，我越是忘不掉。

家里的乡下男人

我一直感觉在某一个黄昏或上午，我爸会背着一个帆布行囊远足而来，会用他憨厚的影子堵住正门的光线，那时有一个很不能概括的念想儿："我们家的乡下男人进城来了。"

我忍不住想的时间形貌，居然有那么几分近而远的缘由，但是，我爸是永远住在乡下了。

每年的清明这一天，无论刮风下雨，我都要回乡上坟。说是坟，其实只是一眼废弃的窑洞，在山神凹后山的黄土崖下，十年了，我爸很安静地在等活着的我妈。老家有个不成文的规矩，先走的人一定要先放在一个地方等在世的人。那一口玫红棺木横放着，我爸装殓在里面平躺着。成为一个戛然而止、无法再继续坐起来或站起来的存在。

我爸有个绰号叫"跑毛蛋"（意指对生活不负责的人）。是我妈嫁过来时听凹里人穿我爸的小鞋讲的。生米做成了熟饭，我妈是自己上了驴叫我爸驮来的，有苦说不得。那时的我爸在太原西山煤矿下窑，人称下窑汉。我妈嫁过来不久，因井下塌方，俗世的我爸脑袋冒出泥地的一刹那间，决定逃生，黑炭一样逃回老家。前后走了不到一个月，我妈开始和我爸生气。

这气，一生就是一辈子。我记得我生第一个孩子时回老家坐月子，妈和爸吵，吵得我大声喊："离婚吧。"片刻后我爸嬉皮笑脸地说："还不到离婚那步。"我说："爸，你怎么在这家里熬的?"我爸想了想说："你知道啥，我在你妈跟前还没有小学毕业，还得熬。"

这里我不得不说我的爷爷。爷爷是被远一些年扩军扩走的土八路，后来得益战争的最后胜利，身份转成了南下干部。正遇荒年，失去音信的奶奶无法养活我爸，作为对丈夫的报复心理，想把我爸丢在山里让狼吃了。是小爷从山里找回我爸的。我爸的一生便是依靠几位叔伯爷爷的呵护成长起来。正因为有了这样的背景，我爸因而长成"三不管"式的人物，即小队管不住，大队管不了，公社够不上管。

山神凹没什么风景，有山。有人住的和羊住的窑。羊住的窑比人住的窑大，因羊多而人少。羊多，族人便穿生羊毛裤，生羊毛衣。我爸因此而会织毛衣。逢年过节家穷买不起鞭炮，我爸领人到山和山的对顶上甩鞭，用牛皮辫的长鞭，长鞭一甩，因山大人少，回声也大，脆生生漫过村庄直铺天边。天边并不能看真，生生的，凝成千百年一气，鞭声滚滚滔滔跌宕过来，山里人激动得出窑，听我爸隐隐然鞭斥天宇的响彻，能把人的心吞得干干净净。这种甩鞭和赛鞭过程，要延续到正月十五。十五过后老家的山上没什么内容，赤条条地与荒漠的群山对峙。荒山沟里，我爸开始了他生长期的旺盛。

我爸是一个高智商的人（用现代的话说）。他不太懂音乐，夏天打一条蛇，从马尾上剪一缕马尾，再从大队的仓库里偷一段竹节，三鼓捣，两鼓捣，一把二胡从他手上就流出了音乐。我爸不懂宫、商、角、徵、羽，更别说现在简谱了。窑中一盏豆油灯，我爸擦一把脸，憨厚地笑一下，挽起袖管，从窑墙上拿下二胡，里外弦一"扯"，就这过程已有人对我爸手头这把民族乐器投来歆羡的目光。而真正的艺术，在我爸的手上，还没有扯开弓拉出声响。

我爸的毛笔字写得不错，不是那种龙飞凤舞的，一溜儿正楷。我爸的出名好像不仅是这些，从小掏鸟蛋，大一点抓蛇，再大一点摸鳖。他一上午能摸一木桶鳖，用铁锅煮了让光棍汉们一起吃。他说，现在人吃鳖，大补，狗屁！我吃一辈子鳖，把十里河的鳖快吃完了，也没补出名堂。十里河的鳖从我爸开始吃后，渐少，与我爸关系重大。我爸玩蛇能把蛇玩出神话，让它走它才敢走。玩过的蛇，我爸从不打死。我至今不清楚这种吐纳百毒的长虫，为什么在我爸的手里如此服帖？那个年代，我爸的故事频繁。那是个没有法制的年代，强悍与苦难汇合让我爸野出了风格。我妈常说："早知道你这样，我嫁给好人家也不来你这沟里。"我爸总是看着我和我妈说："你带着拖油瓶上哪儿嫁好人家？来沟里就算你享福了。"

我个人认为，其实男人们都很不错，关键是派什么样的一个女人去制服他。山神凹的人常说一句话："成土生生叫冬棉制服了。"

我从我爸身上学到许多很达观的东西。他的诚恳和逼真和来自大自然野

251

性的浪漫，在我身上不时起着化学反应。以致我在最痛苦的日子里，还幻想着一种痛苦的美丽，有我爸言传身教的风范。我爸多半不会在痛苦面前洒泪悲叹，寻死觅活。他的思想散漫得很阔，人生道路也铺展得很广。他像《水浒》里的一百单"九"将，该出手时比谁都出手快。路见不平，拳脚相助。在他55岁时，30岁的我还得陪他到几十里之外的柿座乡派出所交打架罚款。我爸在中年以后把兴趣逐步改向狩猎和打鱼。记得有一年夏天黄昏，我爸不知从哪里偷来一"夜壶"，趁天黑装了炸药。五更天叫我快起床，领着我骑嘉陵摩托车翻山到另一个县。一路风驰电掣后，摩托停在山脚下。我和我爸潜入就近村庄的鱼塘。见他点了雷管使了老劲抡圆了把夜壶扔进鱼池，接着冲天一声响，我看到"哗啦"一声，鱼塘掀翻了。等水花落下，鱼翻着肚皮漂满了水面。我吓坏了，我爸却高兴得喊："发财了。"忙活着张开渔网准备要打捞了，村里的叫喊声朝着这边鱼塘来了。我爸来不及打捞拉着我的手抬脚就跑。我不敢往后看，大口喘着气，跑到摩托车跟前说不上话来，喘气声把喉咙都拉伤了。

我爸于1996年得病。那年的正月初九，我爸从乡下给我打来电话，说自己怕是病来了，来得不轻。一贯孩子似的作风，让我忽视了他非常时期的实际。我又以非常含糊的感觉很自然等到正月十一。那天回乡后，我看到我爸在麻将桌子上鏖战，胸口上冲着桌沿顶着一根木头，止胃疼。我想哭。我要我爸走。他坚决不走，说要把四圈打完。从我爸的态度上，我知道他输钱了。在乡人劝说下，我爸很是不情愿地离开了麻将桌。

回到城里，一连串的检查，证明我爸是胃癌，晚期。

我说不出一句话，一句话也说不出；我爸吃不下一口饭，一口饭也吃不下。我知道，我爸气数尽了。我告诉他是胃癌，晚期。我爸难过了一下便笑了，说："我说嘛，不吃一口饭，雷锋还讲，人不吃饭不行。不吃饭就不行，一辈子就算完了。"我说："以后怎么打算?"我爸说："打算什么? 父死之后见人磕头。"我说："就女儿一人，怕忙不过来，想将来火化了。"我爸不语。三天后我爸说："水，千好万好烧了爸爸就不好。你想想，我走了，活人的嘴脸要骂你，骂你把爸烧了，你愿意不落好名声?"我爸讲此话时一脸坏笑。

我是三月初三开车送我爸回老家的。沿途我买好了木板，回老家后叫了木匠赶做了棺材。我在做好的棺材里躺下试了试身长。我站在我爸身边不语，我爸说："有话要说?"我告我爸："大小正好。"我爸说："躺下试了?"我说："试了。"我爸说："把它漆成红色。"我在寿棺大头写了"寿"字。因我字写得不好，远看近看都像个草书"春"。我和我爸说："坏事了，把

'寿'字写成'春'了。"我爸说："还寿什么？你爸的寿已尽了。春就春，春天生，春天终。"因我爸生于1957年四月十五。

我爸说："死后把我放置在一个干燥的窑内，等你妈百年后一起下葬。死后多烧点冥钱，才学着打麻将，老输，那边的钱在这边可便宜买到。你写文章的人，爸爸知道你辛苦，对我这件事你千万别太寒酸，寒酸了叫那边的人笑话你写文章供不起你爸打麻将。那可就不是笑话我啊。"我哭着说："爸，怎么两边都是笑话我呀？"爸说："闺女呀，我死了呀。"

1996年三月初十晚，我爸拉着我的手说："闺女，我来世做牛做马报你对我的恩情。"

我说："爸，来生我们做亲父女。"

我爸哭不出来，从鼻孔流出一丝清鼻涕，眼睛死死盯着我："近跟前来，跟你说句悄悄话儿。"我近到他嘴跟前，他小声说："你能不能把你的存款都贡献出来，给爸找点不死的药？"

我闪开了，哭着说："爸，钱买不来命，毛主席都死了。"

我爸半天后说："瞅你那哭相，难看死了。我是试探你对我有多好。我能不知道，和毛主席比我不敌人家小拇指盖大。"

我不语，泪像河一样。三月十一早8时10分，我看到我爸长出了一口气，又长出了一口，没回气，我爸的眼睛就闭上了。

现在的婚姻

1997年冬天，我参加一次诗歌会议，长治市文联王广元老师介绍我认识一个人。那时候我已经单身很久。离婚的女人在这个社会上一点都不紧俏，我很明白我的处境。他骑着自行车在宾馆的院子里站着等我，第一感觉是他的个子很高，第二感觉是雪下得很大。漫天雪花中我要抬高脸才能看完整他的脸。虽然有点不好意思，但也无所谓。他说："我想约你稿子，我是报社副刊编辑。"我说："我很懒惰，不一定约得到。就这样吧。"

彼此经历了婚姻，所以都很矜持。认识的过程似乎很漫长。总归是认识了。一周约一次，送我两本书。在小饭馆，要两个菜喝点小酒，汇报一下周日前的工作，心旌微醺处，连篇而来的话似乎都是对文学的热爱。小酒喝到一定火候，两人浸到了一段境界里，醉眼蒙眬看对方，似乎很合适婚姻？哑然一笑，他开口说："难道没有知己的感觉吗？"此地此景，我们居然把爱漫成这么一种闲情。我明白，确实离婚姻很近了。

婚姻对人是一种考验，一路走过来，对于写作的人，谋食度日，物质的味道虽稍缺，精神的味道该是足足。我很享受我慵懒的空间，他说："不要闲置了你的才情。"这好像是我们结婚后他常说的一句话，却分明是一种对岁月的砥砺。

除了写作，在生活上他是我最大的支持者。他常挂在口边的话是："相妻教子。"我说："你这样讲，别人要笑话你矫情，不够男人份儿。"他说："我是我，我不是别人。"我这人毛病多，突发奇想的事也很多，思想永远都是临时的。记得我前公公患病了，听说后临时动了念头要回乡下去看前公公。他很认真分析了乡下的情况和前夫家里，说："你这样会不会搅出一些事情来？"我说："我在他们家存在是一个永远绕不过去的结，我去看一个老人，我得感激他曾经对我的好，我看老人他们都不能接受，那你说人长了心肝做啥？"他不再说话，果断和我上路。走到乡下，他提了礼物送我到前公公家门前，扭头走开说："我在路边等你。"一刹那间，我看着他的背影，我知道我和他是一样的，尘土一样多落在我和他身上，我从来没有想过他的心情。也就一刹那的感觉，见到他我就把刚才的感觉丢掉了，我是他老婆，他就应该全方位疼我。还有什么不知足呢？一次买箱包，回家后发现它的轮子是坏的，我不想去找麻烦，干脆两只轮子都卸掉，告诉他是个手提箱。买挂表，回家后他发现还有没有玻璃的挂表？其实是我路上已经摔碎。帮他买裤子，回家空空，一时想不起出门做啥。第二天想起来是买裤子，昨天顺手不知丢掉什么地方。我不敢用"还有一次"。

记得前夫来市里上党校，约我一起吃饭，我有事去不了，叫了我丈夫去赴约。他们谈了什么我不知道，之后两人互夸对方人不错，很让我感动。换一个人恐怕会埋怨我。我是一个多么脆弱又自私的人啊，怎么能去忍受他人的委屈！我也有被人误解，被人无端是非的时候，听到这些时他会拍拍我的头说："度过自己要承担的时间，心血流转得多，触及灵魂，疼痛在里面，好也在里面。"他是好编辑，他那么理解他的"作者"。

一些襟怀

1983年我考上晋东南戏剧学校，1986年毕业。毕业前夕，晋城市上党梆子剧团正好去长春电影制片厂拍摄电影《斩花堂》，需要一部分群众演员，我被选上了。在长春电影制片厂待了半年，半年后何去何从？

"你不是唱戏的料。"这是葛来保说的。

葛来保是晋东南的剧作家，很有声望。他说此话时是在乡下演出期间，他去剧团看演出，我替一位因病不能上台的演员出演一个丫鬟，有一句唱冒了调，台下一片起哄声。卸妆后他见我第一句话就说了此话。这句话对我很有影响。假如毕业后我回到剧团再去唱戏，我一辈子就算没有出路了。因为一个"葛"字，我喊葛来保叔叔。解铃还须系铃人，既然不是唱戏的料，就得找一块安置未来的土壤。由叔叔介绍我调进了上党戏剧研究院，几年之后地市分家，叔叔留在了长治。之后，我从晋城调入长治戏剧研究院叔叔的单位。我到底是什么样的一块料？我不能在没有用的事情上较劲，我不能抓小放大，想这些的时候我不胜苦恼。叔叔说："你好好写剧本，将来你就做剧作家。晋东南的剧作家里还没有一个女的。"从他言外之意我明白了，在剧作家的道路上离成功很近。我下了许多年功夫写剧本，其结果是每年述职考核时在单位念一遍，大家提提意见，请大家吃一次饭，一年努力就完事了。我开始自惭形秽，想：是不是太务正业了？我偷偷开始写诗歌、散文什么的借以抒怀。叔叔知道了批评我说："小情小调的文章哪里抵得上一部大戏！"叔叔把我归到了"成才"范畴。我假装很听话的再写剧本，其实我开始偷偷写小说。我对遥远的未来一无所知，却依然怀揣了一颗不听话的心。我是一个开窍很晚的人，也是读书很晚的人。第一次看了《童年》里高尔基说："大人都学坏了，上帝正考验他们呢，你还没有受考验，你应当照着孩子的想法生活。"这句话指明了彷徨的方向。我开始学会了不动声色撒谎，我告诉叔叔我在写剧本，我正在接近他对我期望的目标。

255

2004年是我生命的一个转折点。我拿着发表了的小说叫叔叔看，他几天后叫我到他办公室说："你不是唱戏的料，也不是写剧本的料，你是写小说的料。"叔叔接着说："不管将来写出啥名堂来，你都该明白，你爸是个烧锅炉的，你不能像有家庭背景的人那样，人家是算盘珠子，拨一下动一个位置，不拨就瞎候着、空耗着，喝茶、读报、斗心眼、说淡话、打麻将，就算人家亏着欠着，人家有家底顶着。你啥都没有，连个好文凭都没有。你得照你爸的样子做，拉煤灰，填炭，烧锅炉，水开不开泡方便面的知道，泡方便面的知道你是谁了，你这块料算成才了。"我点了点头咬着后槽牙说："我只能没有下眼皮，不能没有上眼皮，我决不抬高了眼去巴结人。"

叔叔到底熬不过日子走了。走时我和婶婶说："让我尽一次孝，我要披麻戴孝送他到坟前。"婶婶说："难得你有这份心。"我披麻戴孝扶棺送叔叔到他的坟前，一路上我想一些问题：棺材里躺着的这个人，他说过的每一句话都影响了我。我走到今天，是他让我明白我不是唱戏的料。他费心给我调动了工作，让我吃上了供应粮，少了后顾之忧。我扶他走阳世最后一程路，这一程太短啊，我回报不了他对我的恩情。我的泪止不住地往下流。

对　坐

彭　程

　　两只沙发，一长一短，围着面对着电视机的茶几，摆成一个L形。我坐在短沙发上，父母并肩坐在我的对面，准确地说是斜对面的长沙发上，看着茶几前面两米开外处的电视荧屏。电视机里正播放着一部古装剧。

　　伸手可触的距离，他们的面容清晰地收入我的眼帘之中：密密的皱纹，深色的老人斑，越来越浑浊的眼球。他们缓缓地起身，缓缓地坐下，一连串的慢镜头。母亲这两天肺里又有炎症了，呼吸中间或夹带了几声咳嗽。

　　我心里泛起一阵微微的隐痛。近两年来，这种感觉时常会来叩击。眼前两张苍老松弛的脸庞，当年也曾经是神采奕奕，笑声朗朗。在并不遥远的十多年前，也是思维敏捷，充满活力。而如今，这一切都已然悄悄遁入了记忆的角落。

　　我明白，横亘在今与昔巨大反差之间的，是不知不觉中一点点垒砌起来的时光之墙。

　　记得多年前，在我四十岁左右的时候，有一天母亲端详着我的鬓角，用一种充满怜惜的口气感叹道：儿啊，你都有白头发了！如今又过了十多年，我也已是人近半百，白发较之当年自然是更呈蔓延之势了，母亲却不再提起。面对时光的劫掠，每个人都无可逃遁，最明智的应对也许就是缄默。但这种劫掠体现在老人身上，显然更为坦露和张扬，更为触目惊心。时光流逝之匆促，想起来，会有一种荒谬之感。不知不觉中，他们都已经年届八旬了。生命是一个缓慢的流程，在成长、旺盛和衰颓之间，他们踏入了最后一个阶段，渐行渐远。举手投足之间的那一份迟缓，无不源自时光累积所形成的重量。

　　其实，我有充足的理由感谢上苍：父母没有致命的疾病，买菜做饭，洗涮清扫，都还能够自理。每到周末，母亲都要拿出最好的手艺，尽量做得丰盛些，做我们最喜欢吃的饭菜，等候我们过去。一家人围桌而坐，那一种平静而深邃的满足之感，是随着年龄的增加，越来体验得越深了。

　　前年如此，去年如此，今年也如此，这就很容易给人一种感觉，似乎这种状态可以长久地持续下去。但身边众多的事例也让我清醒地认识到，在他们这样的年龄，什么样的事情都有可能发生。眼前看似颇为圆满的一切，实际上都是脆弱的，随时可能会遭遇某种不测。再次感谢命运的眷顾，那种戏剧性的猝然之灾，没有发生在父母身上。但并不是说，他们能够逃脱伴随老年而至的、那一阵阵叫作衰老和疾病的寒风的袭扰。前年初夏，从住了十年的远郊小镇上搬过来不久，一向体格不错的母亲得了一次急性肺病，平生第一次住了半个月的医院。如今她嗓子里时常会有一些浊重的喘息声，就是那次的后遗症。

再退一步讲，即使有少数人十分幸运，一生身心康健无病无灾，也总要走向那个最后的归宿。在自然规律的凛冽秋风面前，人只是枝头上一枚瑟瑟抖颤的树叶。丰裕的生活，良好的医疗，甚至，最深的爱，都阻挡不住那个必然会降临的结局，最多也只是延迟到来而已。生命最深刻的悲剧性，正是体现在这里。

于是，我已经清晰无比地望见了，眼下我所看到的父母的一切言行举止，随着时光的流淌，都将会加上一个"更"字。更缓慢的动作，更迟缓的反应，更多的睡眠，更少的饮食——而这，在未来的日子里，在可以想象出来的诸多情形中，将是最好的情况。

除此之外，你不能祈求更多。

理性和感情是两回事。内心深处早已是波澜不惊，但脑海里却每每执拗地浮现出一个童话画面：忽然有一日时光倒流，枯黄的草重返青葱，坠落的果子飞回树上，老人变回青年，童年正在前面等待。

那样，我就可以重返那一个场景，那是我童年记忆中最清晰的一幕：母亲骑着自行车，要把我送到姥姥家住几天。我坐在前梁上，母亲低下头来对我说着什么有趣的事情，我笑得险些从车上掉下来。当小学教师的母亲，那时候还不到四十岁。时节是春末夏初，阳光明亮温暖，庄稼地一片葱茏，生机勃勃。自行车车轱辘在乡间土路上颠簸的那种感觉，穿越岁月烟云，一次次传递到此刻，鲜活真切。

几年前的一个夜晚，我曾经做过一个这样的梦——

也是这样地与父母坐在一起，不过是在当时他们居住的房间里。客厅逼仄，只容得下一条沙发，他们坐在沙发上，我坐在一只小方凳上，在聊着什么。忽然间，没有任何预兆，他们坐着的沙发连同后面的墙壁，开始缓缓地向后移动，越来越远。我大声呼叫，他们也手忙脚乱地叫喊和招手。但无济于事，移动的速度越来越快，他们的身影越来越小，终于看不到了。眼前是白茫茫一大片，似乎是我的故乡常见的盐碱地。

257

这时候我醒来了，惊魂不定。

这其中的意味，应该再为明确不过了，不需要特别阐释就能读懂。它是关于丧失，关于永远的分离。对于父母来说，对于子女来说，这都是一个必然会到来的日子，我不过是在梦境中做了一次预演。我明白了，这关乎内心中最深最顽固的恐惧，虽然平时自己未必意识到，更有可能是不愿意去面对。在黑夜，在理性的掌控最为脆弱的时候，它释放了出来。

有好几天，这个梦境仿佛一道阴影，笼罩在我的心中。

不久后读到龙应台的散文《目送》，其中有段话带给我一些释然和慰藉："我慢慢地、慢慢地了解到，所谓父女母子一场，只不过意味着，你和他的缘分就是今生今世不断地在目送他的背影渐行渐远。你站立在小路的这一端，看着他逐渐消失在小路转弯的地方，而且，他用背影默默告诉你：不必追。"

从这段话中获得的启示是明确的。既然分离必将到来，与其感叹这个铁一样无法改变的结局，不如在将来的"无"将一切淹没之前，努力抓住现在的这个"有"，珍爱它佑护它，把它的意义和滋味，品咂到充分。对于生命的有限性而言，"来日无多"永远是正确的，即便侥幸得享期颐之寿。因此，对于挚爱的亲人，任何时候，每一次相聚的时辰，都是弥足珍贵。多少人就因为抱着来日方长的错觉，该珍惜的时候不曾珍惜，过后追悔莫及。

那么，我不是要好好地想一想，在今后的时日中，哪些是需要认真去做的。应该尽量多过来陪伴他们坐坐，不要以所谓工作紧张事业重要云云，来为自己的疏懒开脱。和挚爱亲情相比，大多数事物未必真的是那么神圣庄严。当他们唠叨那些陈年旧事时，虽然已经听过多少次了，也要再耐心一些，那里面有他们为自己衰老的生命提供热量的火焰。他们大半辈子生活在几百公里外的故乡小城，故乡的人和事是永远的谈资，他们肯定会有回去看看的想法，只是怕影响我的工作，从来没有明确地提起。我应该考虑，趁着某个长假日，开车送他们回去住上几天，感受乡情的滋润和慰藉。

我要好好地想一想。

回到眼下。让我将眼中的这一幕场景，深深镂刻在我内心深处：

出于一辈子养成的节俭习惯，他们看电视时只开着沙发边小茶几上的台灯。从灯罩上方的圆孔中放射出的灯光，在天花板上扩散开来，晕染成为一个大了好多倍的圆圈。电视机荧屏上变动的光影，把他们的脸映照得忽明忽暗。后腰和沙发之间，塞上了一只棉靠垫，以支撑住他们日渐衰疲的躯体。父亲起身，慢慢地走到厨房里，倒一杯水，慢慢走回来坐下，小口啜饮着，嫌烫，又放回茶几上。母亲摸索着剥开一颗花生，还没有送到嘴里，目光变得迷离了，眼睛慢慢阖上，喉咙发出了一声轻微的鼾声，但马上又醒了过来。

多么盼望，这一幕能永远驻留，天长地久。这当然不可能。那么，就默默祈盼，让它注定会变作记忆的那个时间，来得越晚越好。

我已经认识到，而且随着时光流逝，将会越来越强烈地认识到：这就是幸福。

原载《光明日报》2012年11月23日

扫墓春秋

李修文

　　无限江山，别时容易见时难。岂止江山，于我来说，死去的亲人，消失的朋友，后半夜的公墓，云南的一束山茶花，都尽在诸多不见的其中。这多么让人悲伤，但更悲伤的是我祖母：许多时候，她就活在她爱的人中间，她每天都能见到他们，可是她已经不记得他们了。

　　所以，趁现在，要记下那些微小的东西，也像我的祖母：一把长命锁，两枚簪子，又或几只多年废置不用的瓷碗，这些过去的印记反倒能让她恍惚，激动，甚至叫出亲人的名字；向前的时光对她已经无用，遗忘又切断了她的过去，切断了她和一个完整的她，在过去面前，她就像是一个走失的孩子，唯有依凭这些微小的东西当作信物，她才能顺利地找到亲人，流下泪水，诉说自己困守于此时此地的委屈和悲哀。

　　说一说公墓。将近十五年前，我租住在一座小山下的城中村里。从我住处出来，往山顶上走，不到三百米，就会出现一道遍布锈迹的铁门，推门进去，竟是百十座坟茔，都是些老坟，最老的一九二七年。据说后来有了禁令，此山不能再添新坟，如此，来扫墓的人并不算多，许多墓前，只怕已经数十年没有迎来过供品和香火。这衰败的墓园，由一个鳏夫看守，但看守墓园并不是他唯一的工作，他也种菜，卖米酒汤圆，更多的时候却是不知去向。

　　我的运气实在太坏。好不容易搬来此处，却正好碰上城中村要拆迁，搬走的人越来越多，最后只剩下我和其他零星几人，付出去的钱房东不肯再退，好在还未断水停电，我便继续在此处消磨，等待着最后被人赶走。

　　多少显得荒谬的事情发生了——因为我的住处离墓园最近，而那看门的鳏夫又不肯轻易现身，来扫墓的人进不了铁门，他们竟然将香火和供品放在了我的门前，附上一张字条，请我代他们前去祭扫。我自然不愿意，但我总不能使得我的门前看上去像是在被祭扫的样子，只好出门，四处去寻找那个简直让我愤怒的看门人，终归找不到。想了又想，也只好再折返回来，翻越铁门，将那些尘世之物送到亡魂们的墓前。

　　慢慢地，事情愈演愈烈，越来越多的人将供祭物放在我的门前，开始还留一张字条，慢慢连字条都不留了。我痛心地看见：我自己似乎变成了一个被交口称赞的对象，专门替人扫墓上坟，童叟无欺。亡魂们知道，我差不多受够了，看见祭物，便将它们挪移开去，又或一件件塞进铁门之内，但似乎是命定的，这一天，我在挪移它们的时候，竟然在一堆水果里发现了一张祭文，祭文上写着一首诗："满衣血泪与尘埃，乱后还乡亦可哀。风雨梨花寒食过，几家坟上子孙来？"落款是：不孝儿某某于风烛残年。字是繁体字，可以想见，写下它们的人来自遥远的地方。字犹如此，人何以堪，到最后，我还是乖乖地翻进了铁门。

似乎从未怕过鬼，这大概是频繁的扫墓经历给我带来的好处，而且还中了邪：其后多年，竟然对墓园，无论是簇拥的公墓，还是零落孤坟，都生出了某种奇异的亲近之感。当我遭逢它们，不要说害怕，反倒觉得眼前都是熟识的故人。这熟识之感自然是起源于当初那片衰败的墓园，想那时：隔三差五，我便要点香火，摆供果，顶风冒雨，行色匆匆；不信你看，这么多年过去了，我还记得那十一排坟墓的姓名座次——第一排打头的是方氏，第二排打头的是沈氏，一个是江苏宜兴人，一个是四川宜宾人。

像我这样不怕鬼和坟地的人，其实我早就认得一个。但她却是个远近闻名的疯婆子。那是在我幼时，我们的镇子上，有这么一位老妇人，头上常年戴着一枝花，终日里都在镇子外的坟地里流连不去。据说，在她还很年轻的时候，一次运动中，她的父亲和丈夫都被枪毙，自此她就疯了。尤其在每年春天，她似乎就没离开过那片坟地，不过，在坟地里，她既没发狂，也没有攻击任何人，却是只做一件事：摘了野花，摆放在各座坟头前面，这些坟头有的埋葬着她的亲人，更多的则与她全无关系。

偶尔，在她离开坟地的时候，我会迎面遇见她，除了她头上的花，我并未觉察到她有任何疯狂之处，相反，因为她的瘦、慈眉善目和说话时的轻声细语，我甚至觉得她是可亲的。我总是怀疑，她根本就没有疯，是我们误解了她——在这世上，我们总是只能用扭曲和诋毁当作武器，才能最终完成对不能理解之事的命名。尽管荒唐，但我确实想过：如果她是疯的，那我也不怕有一天会疯掉，因为我想成为像她一样安安静静的人。

自我离开镇子，就再也没有见过她，听说她还活着。她怎么也不会知道，一个她连名字都不知道的人，可能是懂得她的；姑且抛下疯与不疯，至少在时隔多年以后，置身于每一片坟地中，这个人都跟她一样，从未生出半点恐惧之心。

在墓地里流连，常有别处难见的机缘，先不说遇见的人，单说坟前的供品，除了花果和香火，我还见过头发，内衣，木香顺气丸，诗，更有生鱼片，手表，瑞士军刀，三双整整齐齐摆放好的登山靴。此处不是他处，实在也是活生生的现实，坟前的供品并不是什么秘密，但它们却都是打开秘密的钥匙——既然有人喜欢看戏，有人喜欢看连续剧，那么我也可以看遍能够看见的所有墓地。

说起来，这么多年，我竟然怀揣着一个古怪的癖好，去了那么多众人眼中的绝非久留之地：孔子墓，满城汉墓，汉阳陵，秋瑾墓，蒲松龄墓；更有太宰治墓，托尔斯泰墓。香港丽都酒店对面的回民公墓，乃至遥远的莫斯科新圣女公墓。

事实上，我并没有拜祭到太宰治的墓。我早就知道，他埋在东京都三鹰市的禅林寺，但时间太过仓促，东京之行临近结束，离开的前一天黄昏，天都快黑了，我才赶到三鹰。刚进到禅林寺，距离对游人开放的时间已经只剩下了半个小时。经人指点之后，我正要走上前去，差不多已经看见了不知是谁献在他墓前的花，但终究被阻拦，不得不回返，踏上了出寺的路。不过也好，虽说只看了一眼，但它就是我想象的样子，清瘦里夹杂着愚笨，就像他一生的寻死到现在还在持续。

回返的电车上，忍不住一再想起太宰的话，这真是个执拗到骇人地步的人，一生作魔作障，寻死之前，他还在一再寻找自己中意的墓地，终于找到禅林寺，就在森鸥外的墓边，他寻见并且决定了自己的长眠之地："这个寺的后面有森鸥外的墓。我不知道什么缘故鸥外的墓在这样的东京府下三鹰町。不过，这里的墓地清洁，有鸥外文章的影子。我的脏骨头要是也埋在这么漂亮的墓地一角，或许死后能有救……"

莫斯科的七月，新圣女公墓里虽有清凉浓荫，蝉声却是一再鸣噪不止，这蝉声叫人心烦意乱，好在是，我可以在此消磨一个下午，去看这些几乎是世界上最好看的墓——乌兰诺娃的墓碑上，雕塑着正在舞蹈的自己；肖斯塔科维奇的墓碑上刻着乐谱；再看过了米高扬的墓，法捷耶夫和契诃夫的墓，之后，来到了果戈理的墓前：这个倒霉的人，即使死后也不得安宁，一个痴迷他的戏剧学家，竟然雇人将他的头骨从眼前这座坟墓里偷了出去，几经辗转，终于不知下落，也难怪，眼前的果戈理雕像满脸都是苦楚之色——都快一百年了，他还在等待着自己的头骨。

在更深一点的树林里，一座寂寞的坟前，我看见了一个女孩子，不知是哪国人，带来好多不菲的摄影器材，一一耐心地支好，随后却躺倒在了墓前，再迎着树荫里透出的光，闭上眼睛，自己给自己拍照。除我之外，另有三两人旁观，有人还拿起一本女孩子随意丢掷在摄影器材边上的画册翻看。我也凑上去看，只一眼，我便在瞬时里激动了起来：这画册其实是本摄影集，里面所有的照片，都是这个女孩子在各种各样的墓前照下的，有的在春天，有的在雪天，有的穿了衣服，有的则是赤身裸体。我大概已经知道，这是个一直在墓地里做创作的艺术家，尽管人种殊异，地隔东西，我还是想冲上去，跟她拥抱，因为她实在是我的同道中人。

终于没有，我毕竟越活越懦弱，怕被人当作了疯子。这么多年之后，我已经开始害怕自己成为当年坟地里的那个老妇人，害怕被旁观，害怕被避之不及。这是多么悲哀的事，"到了最后，你总归会活成你当初最讨厌的那种人"，这句话，如果我没有记错，是在山东淄博，蒲松龄墓前，一个同样惯于在坟茔前消磨时光的人告诉我的。

一生都在与孤魂野鬼为伴的蒲松龄，实际上几乎没有写到过什么高耸的陵寝，在他的故事里举目四望，无非都是些零落孤坟，坟头上生长着几株斜柳，几丛荒草，却也正好匹配多数灵怪狐女的清净、遗世和苦命；然而，我所见到的蒲松龄墓，显然已被后人拙劣地整修过，高约两米，就连墓边的几株柏树，也多少显得并不相宜。今夕何夕，若是狐女们趁着夜色给地下的先生送来酒食，看见眼前高坟，只怕会以为入错了门第，吓得止住步子。

我要说的人，看起来与正常人无异，一眼看去，也是一副游客的样子，只是话多，一开始，见我愿意答理，他只是抑扬顿挫地跟我说起了诸多令他赞叹的人生道理，不过都是些"人生最美好的就是青春"之类，但是，越往下说，我便越是觉察到他的疯狂。他告诉我，他是狐狸精转世，前三十年是女人，后三十年又变作了男人；他还告诉我，全世界只有一个人懂他，就是蒲松龄；话题差不多无法进行下去的时候，有人发现了他，要将他驱赶出去，他顿时暴怒，高叫着"我自己会走"，推开对方，在墓前跪倒，恭恭敬敬地磕了九个头，又从怀里掏出一个苹果，放在地上作为祭品，这才转身，轻蔑地环顾四周，说一声"你们这些人，没一个懂我"，然后飘然离去。

"在我还是女人的时候——"我以为他早就走了，没想到他一直就躲藏在柏树的后面，风波稍息之后，他又跑了出来，几乎是贴在我耳边，凄凉地说："在我还是女人的时候，我最讨厌被人推来推去。但是没办法，你总归会活成你当初最讨厌的那种人。"

最后，在暴雨中，他再次被驱赶了出去。与前一次的轻蔑不同，这一回，他双手死死地环抱着一棵柏树，哭得撕心裂肺；我知道，就算今天他被赶走，隔一天，他定然还会再来。有一桩事情，我一直没有想清楚，就是墓地里为什么常有疯子？但在蒲松龄墓前的暴雨中，看见他一脸的绝望，我大致已经明白：我们每个人活在尘世里，剥去地位、名声和财产的迷障，到了最后，所求的，无非是一丁点安慰，即使疯了，也还在下意识地寻找同类，唯有看见同类，他才觉得自己是安全的，不必为自己的存在而焦虑，而羞愧。

一个疯子，到了最后，定然被几乎所有人抛弃，人们懒得去听他们说话，懒得与他们共同出现，甚至懒得看见他们，却是迅速地达成了共识：他们是不洁、活该和自作自受的。但是，只要时间还在继续，时间的折磨还在继续，寻找同类的本能就会继续，黑暗里，仍然希望有相逢，唯有与同类相逢，他们才能在对方的存在之中确认自己的存在；找不到同类，就去找异类，找不到人间，就去找墓地，找不到活人，就去找坟墓里的人，因为你们和我一样，都是被人间抛弃在了居住之外，聚散之外，乃至时间之外。一只苹果，一束花环，它们绝非他物，都是我认亲的凭证，"唯彼穷途哭，知余行路难"。

而我的扫墓生涯还在继续。但是，情形变了，"昔日戏言身后意，今朝都到眼前来"，我的扫墓之地，不再是越走越远，而是越走越近，一直近到了自己的家门口。世间之事就是如此：一开始，我扫别人的墓，到现在，我扫亲人的墓；一开始，我以为我与墓地之间尚有遥远的距离，就像二十多岁时，靠审美而活，靠想象而活，死活不愿意去一个真实的外部度日，到了今天，审美与想象在眼前周遭里自取其辱，我又该手持何物，以作认亲的凭证？而事实的情形是，每个人都距坟墓万般迫近：你先是在一只乳房上认亲，再在疾病中认亲，最后，你迟早都要去到坟头上才能认亲。

就像我的祖母，天降大雪的除夕正午，她突然清醒过来，死活都要去给我祖父上坟扫墓，我苦苦劝说，终于没用，只能搀着她前去。去路都是上山的路，足有十里，无一处不是泥泞难行。大雪还在不停降下，我们的衣服全都被雪水浸湿了，茫茫四野里，只剩下将全世界都覆盖住的白。但我的祖母如有神仙眷顾，竟然差不多是一路小跑，连她的手被一根干枯树枝剐破，渗出了血迹，也全都视若不见。没花去多少时间，我们就上到了山顶，看见了祖父的坟头。可是，到了这个时候，她却停下了步子，问我，我们来这里，为的究竟是何事。

西北风呼啸，一个手上渗着血的老妇人陷入了苦思冥想。我帮她开始回忆，却被她粗暴地斥责，只好暂时先离开她，让她独自度过她的难关和苦役，转而看见旁边有一座坟前燃起了青烟，我稍微走近些，以便看得仔细：一个身穿蓝色工装、头发乱糟糟的青年男子，正在一边哭，一边焚烧着祭物；那祭物似乎很难燃烧，且发出刺鼻的气息，青年男子被呛得连连咳嗽，哭声却更加大了，最后终于转为了放声大哭，我走上前去帮他，待到近了他跟前，这才看见，他烧的其实是五件童装；再看眼前这座墓，是一座新坟，小小的，连一棵草都还没来得及长出来。

　　烧完童装，我回到祖父的坟前，却发现祖母不见了，往前追出去几步，一眼便看见她正在不远处踉跄着向前狂奔。我赶紧追上前去，想要截住她，再去搀着她，没想到，她竟然跑得更快，又回过头来，流着眼泪问我："我还没有死，你不会现在就把我埋了吧?"——她终究没有想起她来此地所为何事，也终究没想起她其实不在别处，她就在她最爱的人身边。

　　我没有再去追赶她，而是哽咽着，停下了步子，看着她，当此之时，我不再作他想，只想让她一个人越跑越远，并且一路顺风。我的祖母，愿你永在奔跑中，再在奔跑中将世间万物全都真正忘掉：忘掉疾病，忘掉死亡，忘掉世界上所有的坟墓。

原载《文汇报》2012年4月4日

265

一个人的编年史

周同宾

1948年：锅巴

麦稍黄时候，来了八路军——庄稼人不知道这支队伍已经改名解放军。他们戴的帽子还是八个角。

一个满脸胡茬的兵来我家，说想用我家的锅做饭。奶奶连忙把土坯砌成的灶台上的柴灰、饭渍扫净，而后刷锅，刷那口蒸红薯蒸高粱面窝头的大锅。兵拦住，自己刷。做的是小米干饭。小米原来装在细长的布袋里，兵来时就挂在脖子上。我一直在旁边看。那个兵淘米下锅，烧着火和我说话："小鬼，你八岁了？"叫我小鬼我不高兴，土地庙里，那个和判官一起站在土地爷两边的尖头乌脸的家伙才叫小鬼，就嘟一下嘴，说："你咋知道我八岁？"他笑了："八岁八，掉狗牙，你的门牙呢？"我也笑了，笑得口水从豁牙流出，因为我闻到了从锅里冒出的香味。做好饭，锅盖一揭，满屋白汽，香味呛人。十几来个兵吃干饭。干饭真干，插上筷子不会倒。我家半年没吃过小米干饭了，只熬稀稀的小米汤。心想，一定会让我吃半碗，却没有。许是看出我失望，那个做饭的兵说："小鬼，一会儿你吃锅巴，比干饭好吃。"真的，干饭吃完后，锅底结了厚厚一层，比盘子还大。他用锅铲小心铲下，因为我家的锅补过两次，锅底钉有三个铜疤。锅巴全给了我。那吃物儿上面黄，下面是栗子的颜色，一咬咯咯嘣嘣响，一嚼直香到腮里。

刷了锅，那个做饭的兵给奶奶一瓢小米，说烧了我家的柴，是柴钱。

又给我家挑了一担水，那个兵走了。奶奶说，八路军仁义哟。去年冬天，"中央军"从村里过，硬逮咱一只鸡炒吃，一个钱也不给。

我家东边，一家富户的七间瓦房的后墙搪了黄泥（我们那里是黑土地，黄土是从三十里外拉的，穷家小户只能用黑土和泥搪墙）。八路军用石灰水在上面写了标语："打过长江去，解放全中国。"旁边，还有"中央军"写的"杀朱宰毛"。那两条标语，一直到我全部认识那些字时还在，日晒风吹，一年年暗淡，终于泯灭。

1949年：七爷

小学校来了个新老师。新老师留偏分短发，村人都稀奇，管那叫"洋头"。庄稼人从来都剃光头。新老师会唱歌，教我们唱"东方红，太阳升，中国出了个毛泽东……"我不明白歌儿里的"呼儿嗨哟"是啥意思，想问，不敢问。

近晌午，我哼着新学的歌儿回家。

走到七爷门外，见他正掂着铁锨拍老鼠。虽已是晚秋，那天的日头可热。七爷晒被子，发现棉絮里有个老鼠窝，老鼠受惊，四处乱窜。七爷当然不是猫，没法捉，就顺手掂把铁锨在地上拍。我站着看，看他那手忙脚乱的架势，烧火棍一般粗的头发辫子在脊背上摆来摆去，真逗。他那被子，黑不黑灰不灰的，算是一团烂套子，霉味、臊味呛鼻子。乱拍一阵，一只也没拍死，大小老鼠都溜着墙根又跑回他的低矮的茅屋里了。七爷叹口气，真应该骂老鼠，可没骂，七爷是村里唯一一个不会骂人也不骂其他东西的人。

我正要走开，五爷来了，急急报告消息："毛主席登基坐北京啦！"七爷说："哦，怪不得叫'万岁'哟。"七爷念过私塾，在我们村最有学问，一切言行仍然遵循古礼，虽然大清皇帝早就不坐金銮殿，他脑后仍然拖着几十年前的辫子。五爷也识字，也有辫子，不过又细又短，像磨房里赶驴的鞭子。

1950年：举娃他爹

北风一吼，树叶落了。地上，苍苍黄黄铺厚厚一层。狗儿爷和我们几个娃娃玩"瞎子逮瘸子"（狗儿爷辈分是爷，可比我只大两岁，个子比我还低）。一个娃头上顶着衣裳当"瞎子"，一个娃手搦着脚脖子走当"瘸子"，剩下的围一圈又叫又跳。玩法是"瘸子"说三声"在这儿"，如果"瞎子"抓住，"瞎子"赢，抓不住，"瘸子"赢。对输者的惩罚是赢者勾着食指在他鼻梁上刮三下，羞他。是在土地庙前玩。庙里已没泥塑的神像，八路军来时，把土地爷和小鬼、判官扔进了八太爷的粪坑，八太爷说着"罪过罪过"又把它们送回庙里，又被扔进九叔的粪坑，九叔也悄悄送回。后来不知去向，反正没了。可乡亲们有了小灾小难，还去土地庙前烧香磕头，说是神胎不在神还在。

正玩得热闹，狗儿爷指着西边的斜大路，叫道："看呐！"哦，两个带枪的人押着举娃他爹正走过来，举娃他爹头低着，鼻涕流多长，没法用手擦，因为两只胳膊被麻绳绑在背后。走到我们面前，都害怕，不是怕举娃他爹，是怕那两杆枪。狗儿爷说，举娃他爹是地主，地多，犯法了。又说，应该把举娃他妈绑走，他妈比他爹恶，那一回，举娃偷家里一个鸡蛋去货郎担儿上换一把糖豆儿，分给娃娃们吃，他妈知道后把他屁股都打红了，他爹却笑笑，说，娃们都贪嘴嘛。举娃昨天还和大家玩，亏得今天没来，要不，一定吓哭了。

几天后，在玉皇庙前的麦地里开大会，枪毙人。那地方在我们村东七里外，好多人去看。狗儿爷去了，回来对娃娃们说，毙了十三个，举娃他爹也毙了，头稀烂，像摔碎的南瓜。我们一听，都吓得直伸舌头。还说，北庄老九勾，把死人的脑子用破布包回家了，给他女人治疯病。

又过几天，狗儿爷说，老九勾他女人吃了死人脑子疯得更厉害了，硬把老九勾的胳膊啃掉一块肉。告诫我们，虽然老九勾门前的柿树上还有几个柿子，千万不能去摘，碰上那女人，不得了。

1951年：铁蛋儿

学校排一出大戏，是新戏，叫《血海深仇》，说的是地主欺凌一户贫农，终至家破人亡的故事。老师让我当贫农家的小娃娃，叫铁蛋儿。没人扮演铁蛋儿他妈，就请来了在野戏班子里唱坤角的幺五爷。他天生一身婆娘架势，一动胳膊一抬腿比女人还像女人。带大襟的布衫一穿，梳成圆盘的发髻在脑后一勒，顶上一块黑蓝布，真像铁蛋儿他妈。演到铁蛋儿的爷爷被地主的狗腿子打倒在地后，铁蛋儿他妈唱了一板《苦扬调》带《哭书韵》，自己悲伤得哏儿哏儿的，看戏的也跟着哭得鼻涕一把泪一把。我的台词很少，只在铁蛋儿的妈妈被地主的狗腿子抢走时，扯着嗓子哭喊"妈呀，妈呀"。我一喊，台下的老奶奶小媳妇都哭成了泪人儿。在邻村演第二场时，我也哭了，好像真的是铁蛋儿了。

自从演了那出戏，同学们都叫我铁蛋儿。我说不清为啥很是委屈，感到丢人，一再辩解："我家不是贫农，地主也没欺负过。"早知道是这，打死我也不去当那个贫农的娃娃。真后悔。

1952年：写信

我在火神庙读高小。火神的塑像早已拉倒，比石碾还大的头、比水桶还粗的胳膊撂在校园里，风吹雨淋，它的脸仍然火红。

一天，老师布置给抗美援朝的志愿军叔叔写信，每人一封。我撕下作业本里的纸，顺顺溜溜地一下子写了三张，仿佛记得内有这样的句子："此刻，我的心已经飞到您的身旁，好像我也在硝烟弥漫的战场。叔叔，冲啊，打败美帝野心狼！"我的同桌，一个大眼睛的女孩儿，费好大劲也没写成，我就主动帮她，因为我吃过她的麻糖、焦花生，她家开杂货铺，上学来常带零食儿。为了表达对志愿军叔叔的热爱，她把自己的红领巾和信一起寄往朝鲜前线。老师表扬了她。我不是少儿队员（那时还不叫少先队），没红领巾，很羡慕她。

一个多月后，我们班三个学生收到志愿军叔叔的回信，有我，没她。她气得小嘴咕嘟着。老师在班会上把三封信读一遍，同学们都拍手。她更生气了，好长一段时间不理我，斜看我时，大眼睛里总是射出妒忌的冷光。

1953年：芝麻酱

考上了三十里外的古镇上的中学。没钱吃大伙，就从家里背去吃食、柴火起小伙——十几个学生共租两间屋，紧靠四壁，用砖头、土坯支起小锅。每做饭，满屋黑烟，呛得人出不来气，看不见锅里水滚。早晚煮玉米糁，中午吃芝麻叶绿豆面条，高粱面窝头是在做了饭后塞进灶里的柴灰里煨的，待热后，扒出来吹吹拍拍就啃。喝饭时，锅里碗里落满柴灰。

有一次，老鼠拉跑了我的窝头，只在墙角找到带着老鼠牙印的半个。整整三天只能喝饭，饭也不敢做稠，因为担去的玉米糁就那么多。后来，大家的窝头都用细麻绳吊梁上。

有一天，正蹲院里吃饭，去一个提着瓦罐卖芝麻酱的，盖子一掀，浓香扑鼻，诱得我们都馋。二分钱买半勺儿，倒碗里只荸荠那么大一坨儿。窝头蘸芝麻酱吃，满嘴满鼻子都是香的。吃罢，都有点后悔，一个鸡蛋才能卖二分钱呐。

每到我们吃饭，房东的小妞总来看，食指噙在嘴里，眼馋得很。她爹原来在南阳的中学念书，八路军来时，跟着"中央军"跑了。母女俩只靠出租的两间房过活。我们每人每学期给她家三毛钱。她家连高粱面窝头也吃不起。

1954年：雨伞

星期六回家拿伙食。星期日后晌，正要返校，下雨了，茅屋的檐下点点滴滴扯成线，好像没有头儿。黑云压着村庄，压着田野，根本没有缝。我着急，父母也无奈。

那时候，庄稼人的雨具只有草编的蓑衣和竹编的雨帽，穿戴上这些，遮盖不严肩头背的吃食。村东南角一家的媳妇有把黄油布雨伞，母亲想去借，可是很犹豫。那家不是我家近族。那媳妇好吃懒做，因为男人是村干部，傲得见人头高仰着，像鹅。母亲根本瞧不起她。她那雨伞，是稀罕物儿，正下

269

雨去借，更不合适。母亲从来不好求人，何况去求一个她鄙视的人。看看雨没有停的意思，母亲还是去了，披着一块棉布单子，一双小脚踏着泥水，趔趔趄趄走进雨中，雨丝绵绵密密，很快就掩了背影。好一会儿，才回来，腋下夹着伞，身上全湿透，往下流水如注。不知道她向那女人说了多少好话，多少恳求的话，不知道那女人说了多少难听的话后终于答应借伞。本来不求人，不得不求人，不得不低三下四求一个她厌恶的人。母亲心里一定很苦，很疼。

我高卷裤腿，赤脚上路。想，将来有了钱，一定给家里买把雨伞，不叫母亲再作难。

1955年：助学金

开春后一场霜，已经拔节的小麦冻蔫。眼看要成灾，上级增发助学金。过去，只有极少数家庭特别困难的学生能领到两元、三元钱。这次钱多，老师说，都可以申请。我也写了申请书。申请书上，必写家庭成分。我家是中农，照实写了。待发钱时，没我的；出身贫农的，都有。那几个地主、富农子弟，压根儿就不敢申请，虽然他们家早就穷了。

周末回家，我告诉父亲，埋怨道："都怪咱是中农。"父亲连连叹气，一脸痛苦，显然他心里更难受，已不是几元钱的问题，也不是感到了公家的歧视，最让他难受的应是藏在心底的深深的悔恨和愧疚。正是在八路军来的前一年，他用家里省吃俭用积存的粮食，又借了"驴打滚"高利贷，买了四亩半地，土地改革时，才成了中农；要不，是贫农，还能分到地。沉默许久，父亲问："西院大群领钱没有？"我说，领四块哩。"瞎——"，父亲又长出一口气，两眼直直地看着晚霞似血的半空，良久无语。大群是我同学，一块儿从学校回来，出古镇的西南门时，一毛钱买个油酥烧饼；我也想吃，没钱买。他爷爷是个赌棍，解放前一年，一夜输掉五亩地。土改时，成了贫农，又分得三亩……

那时候，我不理解父亲，不该埋怨，让他伤心啊。

1956年：参观

麦假后，老师领我们去90里外的南阳参观，说是去看社会主义。

背着干粮，天没亮就出发，走到日头落，才到城郊的梨花庄农场。夜里，男生、女生分别睡在两个大仓库里，铺稻草，盖农场的麻袋。早晨起来，满头满身都是谷壳。

去看猪圈，见两头大猪，门扇那么长，胖得肚皮蹭着地，说是苏联的乌克兰猪，却浑身都长白毛。我们都是第一次见到白猪，很是新奇。农家养的猪，古来都是黑的，所以庄稼人在表达某人不认识自己时，有个说法："老鸹落到猪身上——看见人家黑，看不见自己黑。"又去看双轮双铧犁耕地，两头骡子拉着犁，一趟翻土尺把宽。古来的犁都是一个铧，变成两个铧，可是前所未有的事，我们大开眼界。当时有个说法，社会主义就是"楼上楼下，电灯电话，洋犁洋耙"。这双轮双铧犁应当算是洋犁。我们看到社会主义了，不禁心里热热的。

农场给我们做了大米稀饭，不要钱，随便喝。可惜太稀，碗里只有十几个米粒，沉在碗底。那是我第一次吃到大米。

1957年：河边

近半老师成了"右派"，大部分都斗垮了。只有一个不认罪，学校就组织学生去斗。我们班挑了十几个积极分子，当然没我，我也根本不愿斗他。那老师原来在图书馆工作，对我可好，别人一次只能借一本，我可以借两本三本，还可以到书架前找书。他的一脸微笑好似也有书香味，我想象不出会变得凶恶。

271

带一本伏尼契的《牛虻》，出学校后门，漫步到河边。秋风里，水已消瘦，漂流些蜡黄的柳叶。坐一块肥猪状的石头上，埋头阅读，不一会儿，一颗心就纠缠到亚瑟和琼玛的爱情故事里，不知道夕阳已把天边的白云染成了玫瑰色。恍惚里，依稀觉得有人看我，猛抬头，正和一个女同学的目光相遇，同时看见一张含蓄的微笑的脸，脸上跳跃着美丽的霞光。似乎只一秒钟，她扭头去了，脚踩着仿佛金蛋的鹅卵石。凭着刚刚进入青春期的敏感，我明确无误地读出了那一瞥一笑里简单而丰富的内容。再也读不进小说，心怦怦跳，思绪纷乱，有一种甜甜的而又酸酸的味道……那女同学，家庭成分是富农，当然也不能去斗"右派"，不知为何也到河边来了。

回校后听说，虽然学生积极分子动手动脚，猛批狠斗，那"右派"老师仍不认罪。

我一直想着那个女同学，却不敢正眼看她，也不敢主动给她说话。在班里，在校园，她也从不看我，更不说话。再也没有四外无人单独碰面的机会。从那天起，我悄悄为她写诗，不到一星期，写了数十首。刚在《沫若文集》第一卷里读过总题为《瓶》的四十二首爱情诗，自认为比郭沫若写的还好。却不敢拿给她看，也没机会让她看。

不多久，开始批判"白专道路"，紧接着是"交心运动"。我是重点，吓个半死，自己把自己定性为"反动透顶"也过不了关。在批判我的会上，飞溅的唾沫星子伴随着尖利的言辞落我满脸。想不到她也挤进包围圈斥骂我，因为紧张，声音颤抖，还没说完，就被别人截住。她不是积极分子，为了表示积极，只能抢着发言。我当即就原谅了她，不认为这样做是要摧毁不久前留给我的美丽记忆。

高中毕业，我升入一所十分寒碜的学校。她落榜，所有"地、富、反、坏、右"的子女统统落榜。那些积极分子，一个个去了大城市的大学。却原来，那次录取，不按分数，只看家庭成分和"政治表现"。听说她回乡不久就出嫁了，婆家是贫农，男人却一脸麻子——这都是后话。

1958 年：歼灭苍蝇

"大跃进"中，有个"除四害"运动。"歼灭老鼠"、"歼灭麻雀"两个战役结束，学校又停课三天打苍蝇，最后一晚还要夜战。

夜里找不到苍蝇，就扒苍蝇的幼虫。小镇西南角，有个好大的粪场。全镇的粪便都在这里集中，晒干后运往乡下。平时，除了臭气，只有寂静。此夜，成了煤油灯的海洋，老师端的灯带玻璃罩，学生拿的是墨水瓶做的，黑烟在鼻子前绕来绕去。灯火闪烁，灯焰摇曳，粪场一片昏黄。在昏黄中，近千双手扒开粪团，细细寻找，不惜指尖沾满秽物，不顾气味实在难闻；如果一下子找到许多只，都喜得叫起来。找到就放进纸里包好，生怕跑了一只。到处都是笑声歌声，这藏污纳垢之地，一时间洋溢着亢奋和欢乐。直到灯尽油干，宣布战斗结束。回校后集中战果，我估计捉了一百五十只，怕班干部说有假，就报一百四十只。自"反右派"以来一直冲锋在前的团支书，明明和我捉的差不多，却报五百只。别的同学不管战果大小，都不敢超过五百只。因为事后要评先进，谁也不敢比他更先进。

第二天，全校师生排着长队，敲锣打鼓，抬着几麻袋死蝇及未成年蝇去公社报喜，一路上，倒引来成群的活苍蝇追着麻袋飞，起起落落。大红喜报上写着，这次战役共歼灭苍蝇八百万只（没人敢怀疑这个数字的真实性，那年头不怕说的多，只怕说的少）。

当天晚上，我写了一首诗，仿佛记得内有"十里联营夜点兵，战歌如潮灯火明"之句，自己颇为得意。在整个"大跃进"中，我从未当过先进，只在一次赛诗会上得到一面小红旗，第一名的奖励是一朵大红花，虽然我认为我的诗比他的更有气势，且不乏精彩的句子。

1959 年：奶奶

星期六回家。过罢年一直没有回家，走路上见紫花地丁已经开花。

进村，几乎不见人，连狗也没有。到家，三间草屋依旧，门开着，也没人。我坐青色的捶布石上（家中已无坐具），边等，边读汇集"大跃进民歌"的《红旗歌谣》（郭沫若、周扬选编），读到"今年粮食大增产，社员堆垛上了天。撕块白云擦擦汗，凑上太阳吸袋烟"，不禁叫绝。

直到日头胡子从西边的茅屋后面支支叉叉伸向苍灰的半空，肚子饿得很扁很扁，才看见奶奶一手提着瓦罐，一手挂着一根粗糙的榆木棍，蹒蹒跚跚回来了，显然一直待在食堂，吃过饭才回来。看见我，好喜欢，忙从屋角的柴灰里扒出两个比手指稍粗的烧熟已经变凉的红薯，让我吃。又提上瓦罐，去食堂打饭。好一会儿，才转回，拿一个比拳头稍大的红薯面掺榆叶蒸成的窝头，瓦罐里盛的是放了干红薯叶的红薯面汤，已经没有热气，走着抱怨着："叫给两个馍，说死说活只给一个。明明还有饭，叫给两瓢，只给一瓢。吃食一紧，人情也没了。"我吃着，奶奶说，母亲去小郭庄修渠道，一个多月没回家。父亲赶牛车往黑头山水库上送柴火，走三天了。"跃进，跃进，弄得家都不像家啦。"接着，说了很多"大跃进"的坏话。我认为老人家思想跟不上形势，给她讲道理，又想不出她能听懂的话。

万万料不到，仅仅一年后，奶奶就在饥荒中凄然死去。

1960年：红薯

当时，正在南阳师专念书。学校在卧龙岗。岗半坡，长一片茅草。茅草孕穗时，拔出可吃。一个要好的同学发现后，领我去，拔出就送进嘴。可能因为晚了几天，吃着丝丝瓤瓤，嚼不烂。那东西，故乡叫茅芽，我童年就吃过。那时不是饿，是为了玩。有童谣说："吃茅芽，屙套子，给丈母娘编个毡帽子。"

就在茅草出了穗，不能再吃时，《南阳日报》登我两首歌颂"大好形势"的小诗（剪报如今还在，第一首的开头是"高产田里细耕耘，犁出春色十二分"）。不久，收到二元稿费的汇款单，立即去岗下的邮电所取出，立即去"汉昭烈帝三顾处"的石碑后买熟红薯（卖红薯的和我一样像是做贼，生怕有人看见）。二元钱只买到两个，都比鸡蛋稍大，立即吃下肚，像两粒石子掉入深井，立即无影无踪，好似原本就不存在，不仅不饱，反而更饿。那红薯是啥味，压根儿就不记得。想，如果发表十首诗，换十元钱，就能吃饱，也能慢慢品品味道。于是，继续写，一天弄出十几首。那时，学校实行"半日制"，前晌上课，后晌休息，有的是时间。写出就寄报社，那时投稿不贴邮票，随便找张纸糊个信封就行。焦急地等啊等，却再也没有一首见报。

1961年：家访

我在一所乡村中学教书。

校领导布置，星期天全体老师做家访。我被分配去十八里外的一个村庄（老教师都到离学校近的地方）。那里，只有一个我教的学生。那时候，只校长有一辆公家配的黑黢黢的自行车，老师们都没有。那天很冷，东北风呼呼似牛叫。过河时，见水已成冰，闪着惨白的光。

到那个颇大的村子，好不容易找到学生的家。三间草屋低矮，土坯垒的墙还没搪泥。一看老师来了，全家人都恭敬得很。"大冷天的，冻的不轻吧，生火烤烤。"老奶奶说着立即去抱柴。柴是芝麻秆，算是最好的柴。院里只有两捆芝麻秆，抱来一捆。用火镰火石打火，好不容易才点燃纸媒儿，又抓一把麦秸，好不容易才把纸媒儿吹出明火，燃着麦秸，再燃着芝麻秆。火苗升起，毕剥有声。学生的娘搬一个木墩，用衣襟擦了又擦，让我坐下烤，一再说，屋里脏，老师别笑话。谈话中，我得知，学生的爹"大跃进"时候在黑头山修水库，死在那儿。学生的爷爷去年春天得浮肿病死了。我问，现在生活咋样。老奶奶说："上级好啊，今年多给了三分自留地，红薯干儿能吃到明年收麦。"我问，对学校有啥意见。老奶奶说："没意见。师生如父子，娃们不好好学习，该打就打，该骂就骂。"其实，她的孙子只比我小一岁。

中午吃饭，老奶奶把和面的瓦盆放地上，又盖上高粱秆纳成的锅盖当桌。端来两盘菜，一是捣碎的辣椒，滴了棉籽油，一是炒萝卜丝，放油很多。荆条编的筥箩里，盛着专为我烙的切成四瓣的白面玉米面各半的饼子。饭是芝麻叶面条，给我盛稠稠一碗，是用红薯干掺黄豆磨的面擀的面条，吃着硬，很耐嚼。老奶奶一再说："没菜，慢待了老师。"我的学生陪我吃，老人和媳妇则坐一边的草墩上。她们都吃红薯面窝头。她们的饭都稀，面条几乎全部盛进我的碗里。我吃到最后，发现碗底有个荷包蛋。

饭后，按规定，我拿出准备好的四两粮票、三毛钱。老奶奶坚决不收，一再说："收下就是打我的脸。"我的学生和他的娘也执意不收。反复好久，还是不收。我放到后墙毛主席像前的土台上，老奶奶又拿起塞我口袋里。看样子，要是硬留下钱和粮票，就真真伤了他们的心。

一年多后，学校开始"四清"运动，我主动检讨了这次的"四不清"错误，并退赔了钱和粮票。

1962年：班主任

我是班主任，却不会管学生，更不会训斥学生（我的学生年龄和我差不多，有一位还比我大一岁）。我那个班纪律就松弛，教导主任常常批评。学生不怕教导主任，我怕。

因为"三年自然灾害"，国家经济困难，学校规模要缩小，我教的那个年级，三个班缩为两个班。教室容纳不下，就让一部分学生退学。我那个班要退三个。叫谁退，我拿不定主意。教导主任找我："那个坐第一排的低个儿、脸儿白白的，叫啥？""贾修正。""调皮捣蛋，叫他回家！"贾修正年龄小，是调皮，但很聪明，却不得不退学。和他常常一块儿玩的一个同村同学，后来做到副省级的官，而他一直都是农民。还有一个姓李的学生，当我通知他退学时，立即满脸怒气，眼里射出愤恨的强光。回家后，还曾写信骂我。

我愧疚，直到今天。我也委屈，该埋怨谁？

1963年：书记

初冬，校园里成排的白杨黄叶落尽，都成了苗条的裸体。

我讲完下午的最后一节课，拿着教本、教案、教鞭，正从林间走回住室，管敲钟的校工急匆匆跑我面前："书记叫你。"我猛一愣怔，心怦怦直跳，有一种莫名的不祥感觉。快步跑去，书记一脸浅笑，我更局促不安，两手似乎没地方放。看我紧张，他先拉家常："老家还有谁？""父亲母亲。""谈对象没有？""没有。"……待我情绪稍稍平静，他脸色立马严肃，眼光似能刺透我的心。告诫我：必须注意政治学习，必须追求思想进步。虽无具体内容，言外之意显然是，我不问政治，思想落后。自打上高中，因为爱文学，有空就读书写作，我就被视为走"白专道路"，有资产阶级成名成家思想，一再挨批判。如今情况依旧，不禁惶悚不已。那是我参加工作以来，第一次被领导叫去谈话。按当时的普遍认知，支部书记就是党啊。

回到住室，心乱如麻，魂不守舍，眼前老是浮现那尖利的目光，那含义不明的浅笑。

1964年：三爷

父亲步行百余里，从老家来学校，见到我时，天已昏黑。鸡叫头遍后，他带着母亲烙的六个红薯面饼子出发，走一条从未走过的乡村的路，无数次向人打问，仍免不了走许多冤枉路。路上，吃掉三个饼子。

父亲说，三爷盖房，差二十元，求父亲找我借钱。三爷年轻时，当过土匪，打家劫舍，杀过人。婚后，多年不育。有个化缘的和尚对他说，积德行善吧，否则要绝后。遂痛改前非，每日在大路口舍茶舍饭，还习外科，无偿为乡邻治病。后来，果真有了儿子。我父亲额头生疮，三爷天天去清洗换药，直到四个月后病愈。父亲头上的两个疮口疤痕保持终生，看见疤痕，全家人都想起三爷。三爷是恩人。我却没钱借他。月工资三十七块五毛，除去吃饭钱，只剩十几元，零碎花销都紧巴。

父亲停一天就回去，走前我只给他5元钱。我要买两个馍给他带上，父亲不，只带了剩下的三个饼子起五更上路了。

为三爷的事，我一直歉疚。"文革"后期，三爷病倒。病中最想吃苹果，可腊月里哪能弄来这种秋天才有的水果？我听说后，连忙买了两个玻璃瓶装的苹果罐头送回老家。据说，三爷吃了苹果不久，就无憾地去世了。我心里稍稍好受些。

1965 年：运肥

10月中旬，放假一周，学生回家种麦，老师也分配到生产队参加"三秋"运动。

我到了一个叫段桥的村子。村干部或许考虑到我干不动重体力活儿，给我一条绳，让和妇女们一起运粪。仅有的四头牛都牵去犁地，只能人拉牛车。牛屋前，停一辆铁轱辘牛车，枣木做的车架表面已朽，榫眼松动，铁轱辘上突起的"大清光绪××年铸"字样依稀可见。近二十个闺女、媳妇、小脚老太婆，都把麻绳、草绳、布条儿结的绳拴车框上。两个短粗身材的女人没拿绳，她俩负责驾辕，就是把原本应搁在两头牛脖子上的车辕前端的横木（俗名叫抬辕），放在肩上，不必像牛一样向前拽，只须承受重力，和车行进中的振动。这是重活，每天记十个工分，别的女人只八分。装了半车，都说多，拉不动。拉上走，车发出咣咣当当、咯咯吱吱的响声。都不用力，车走得很慢。妇女队长拿一把铁锨插在车后，边推，边一遍遍吆喝："绳弯成弓啦，绳蹭着地啦！"

一晌，只拉两车。那块地至少五亩，只两车土粪作底肥（那时尚无化肥）。

回校后，我写了一组歌颂"三秋"运动的"赶五句"民歌，寄给《南阳日报》社，发了两首，其中一首题为《运肥》，如下："运肥人马出了村，社员个个有精神，一路笑声一身劲。生产队长话意深：丰收握在巴掌心。"

1966年：蛛网

7月初，因为"反动日记"和"毒草文章"，我被揪出，几经批斗，已成"落水狗"。"交代检查"写一遍又一遍，一直通不过。

8月18日那天，交上又一次写的长达50多页稿纸的《彻底交代检查我的反党反社会主义反毛泽东思想的滔天罪行》后，我正坐"牛棚"的床头木木地想心事，冷不防校园的高音喇叭响了，播放的是毛泽东主席检阅百万红卫兵的实况，欢呼声、口号声震天动地。我竟无端地想到，我本来也无限热爱毛主席，也应当是红卫兵，也有资格去北京接受伟大领袖检阅，都是文学害了我，落到这般地步……突地，负责我的专案材料的王老师进屋走近我，把那份检查啪地摔我面前，斥道："写的不少，没一句话触及灵魂，你想自绝于人民？警告你，顽抗到底死路一条！"此前，他对我虽不和善，却不凶恶，只是严肃。今天竟忽然变得狰狞，好似要一口把我吃掉。却原来他左臂上多了一箍袖章，红布印黄字，颜色正鲜艳，当上红卫兵了。

我只好继续交待检查，已经把自己骂得十恶不赦，死有余辜，再写，实在没话说。煎熬中，扭头看见已经没了玻璃的窗子，窗口蛛网似锅盖。我住进时，蜘蛛小如米，正织网，而今，已如豆儿大，正在网上悠悠地爬。想，我不如蜘蛛。又看见网上粘几只淡青色的蛾儿，动弹不得。又想，我就是被网住的蛾儿。

1967年：害怕

杨树吐絮时，我被平反了，据说整我及我的同类的是"刘少奇的资产阶级反动路线"（整我时说我是刘少奇的"孝子贤孙"，刘竟整他自己的"孝子贤孙"）。我也成了"革命群众"，有一种被大赦的宽慰感，但想到指导"文化大革命"的"十六条"里明确写着，群众中揭发出的问题"运动后期解决"，心里一直发虚。

隆冬的一个晚饭后，我从书记原来的住室门前过（书记被打倒，住室已腾出，成了学生活动的场所），见屋内火光闪闪。进去看，几个学生正就地烤火，烧的是散了架的课桌、凳子。烤着搓着手，说些从传单上得来的小道消息。一个学生说，有人研究确认，毛主席能活一百八十五岁，林彪能活一百六十六岁。另一个学生说："要是这样，林副主席怎么接毛主席的班啊？"这话题太敏感，我不敢插嘴。墙上正好有一幅宣传画，画面上，穿军服的毛泽东大步朝前走，后跟两腮凹陷的林彪，举着《毛主席语录》，一脸涩笑。我的学生刘振海忽地站起，指着林彪的头说："看他这屎样儿，奸臣……"

我吓一跳，身上直出冷汗。这话若被揭发，无疑是反革命。在场者只我是老师，一定脱不了干系。当即就后悔，不该进来。

此后害怕多天，像自己真的干了反动勾当。

1968 年：小报

3月初，让我去编报，那是本地区最大的"造反派"组织的一份小报。编辑部在一座颇大的办公楼里。原本在此办公的人早散了，楼道里堆满垃圾。白天，没有人声，晚上，灯火稀疏。外面争争斗斗，吵吵闹闹，乱成了波涛汹涌的海，这里却如台风眼一样平静，平静得近乎死寂，特别是夜里。

8月初，报纸头版要刊出油画《毛主席去安源》，安排我配首诗。晚饭后，对灯苦思，终于凑字数弄出一阕题为《敬赞革命油画〈毛主席去安源〉》的"沁园春"："一轮红日，暮地照亮，矿山安源。忽峰峦舞蹈，林莽歌唱；劳工十万，雀跃腾欢！熊熊烈火，从此点燃，豪气万丈冲云天！多少年，想伟大领袖，望眼欲穿！　革命征程漫漫，毛主席指路永向前。虽艰难险阻，何足畏惧，惊涛骇浪，如履平川。红旗招展，山河灿烂，星星之火竞燎原！红太阳，照亮全世界，春满人间！"（用那么多感叹号，是为了增加气势吧。见报时，用的是笔名小兵，那年头，不敢想署真名）。

写罢，伸个懒腰，取出《曼殊大师全集》（那是我被批被斗被抄后仅存的几本书中的一本，或许因为"红卫兵"不知道苏曼殊是谁，才得以幸免）。读他的忧伤凄美的诗，干涸空荡的心，一时得以滋润，得以充实，感到舒服。当即就意识到，史无前例的大革命虽整掉我一层皮，却并未触及灵魂，我还没脱胎换骨。此时，忽听敲门声，忙把曼殊和尚放进抽屉，面前摊开毛泽东著作选读》。是和我一起办报的小张，刚从外面回来，进屋就告诉我，听到了消息，报纸怕要停刊。他走后，我一直呆坐，心乱如麻。散伙后我往哪儿去？越想越茫然，越想越怅然。窗外，不时传来一声两声枪响。大规模武斗虽已结束，枪支还没完全收缴。天下大乱仍在继续。

1969 年：傻子

突然一个政策，要中小学教师都到农村接受贫下中农"再教育"。我背一卷行李，到一个高岗上的小村，住岗顶小学的偏房。那里原是古庙，"破四旧"时，砸了屋顶的五脊六兽，房坡也砸出了窟窿，白天能看见太阳，夜里能看见星星。

4月末的一个晚上，我刚点亮煤油灯，一个半大的傻子来玩，说些傻话，倒也有趣。或许是水土原因，那个村子近半男女憨憨傻傻。不一会儿，一个老汉来借火点灯，问道："九大都开了，为啥还买不来火柴？"我说："所以要抓革命促生产嘛。"他突地骂道："促个尿，你没看看，咱地里的麦苗，黄、瘦、稀、低、细，没有草旺……"傻子一听，两眼一瞪："你是缓（反）革命，斗你。"说着举手要打，老汉啪一声扇傻子一个耳光："我是老贫农，你他妈的谁知道是哪个坑里的乌龟王八的种。"村人传说傻子他妈"裤带松"，生四个儿女，面目不同，皆傻。傻子一下子蔫儿了，只以手反复摸脸，不敢再吭声。待老汉出门，褪下裤子，双手插胯，凸起肚子，朝老汉的背影猥亵地拱三下以示报复。

夜很静，能听到老鼠的叫声（隔壁是生产队的保管室，存有粮食，老鼠就多）。把灯焰捻亮些，我写准备寄给报纸发表的歌颂九大的诗，"九大吹响进军号，继续革命掀高潮"之类的顺口溜儿。还有一首写到"副统帅"，内有"革命有了接班人，千秋伟业葆青春"之句。

1970年：夜饭

抽调我在县委办公室主任领导下写材料，写各种学习"毛著"先进人物的事迹，写出供当事人宣讲，或者送报纸发表。别人写的往往干巴，讲起来不生动，报纸也不愿用。我则采用文学手法，不惜无中生有，充分渲染夸张，一丁点儿小事就能弄出高大完美，联系到世界革命和解放全人类。写一个青年为"五保户"劈柴碰破了手指，立即就提升到血可流，头可断，革命豪情冲云天。写一个饲养员吃住都在牛屋，成年不回家（其实他是单身汉，家里房子已破），接着就说忘掉小家为大家，志在解放亚非拉。文中的关键处用毛主席语录一提挈，更好似字字句句都神圣不可侵犯，没人会想到真实不真实。我写的材料曾由主人公到几个县的万人大会宣讲，引起群情激动，掌声似暴雨。有一篇在《河南日报》发了一个整版，所写的那个公社书记不久升为县革委会副主任。当然，那时发表这类文字不署作者名，也无稿酬。

晚秋的一天，为赶材料，一直熬到深夜。不停地抽烟，炙得唇焦舌硬，不停地喝茶，肚里刷成空空如也。正苦撑，办公室主任说有夜饭。我们四人到县委招待所的伙房，一锅稠糊糊的面条已经做好，放肉很多，还是肥肉。站切菜的案板旁，吃两大碗，身心俱热。那是我参加工作以来，第一次吃不付钱和粮票的公家饭。

1971年：尿素

10月初，我调入刚组建的文化馆。10月10日，在日记本上写了一首题为《组织决定：让我到文化馆工作》的诗："我感到，这是踏上另一战场。

要发动群众，以笔作刀枪，守住思想的堤防。为无产阶级的新文艺，献力量。为毛主席的革命文艺路线，站好岗……"当然，原来是分行的。

进了县直单位，立马就有好处。当月，生产公司卖进口化肥的袋子，每人可买两个，每个8角钱。那是稀罕物儿，拆开，染色，做衣裤，一时颇时髦，而且很耐穿。但染色盖不住原来的黑字，屁股上、后背上仍然可见"尿素"、"日本产"、"含氮量85%"字样。当时就有民谣道："干部干部，穿着尿素。看着怪跶，不值两块。"跶是方言，意为阔气。

1972年：尿

年底，跟文卫组组长下乡。这个组，管文化、教育、卫生。其实，下属单位都乱哄哄的，什么也管不了。组长是老干部，人正直，县革委会的掌权者却认为他"右倾"。一起下乡的还有李某。此人常以大老粗自居，因和革委会的掌权者是一条线，傲得说话都是冲的，因任支部成员，人称李委员。三人都骑自行车。下乡为看"教育革命"，当时正在贯彻"也要学工学农学军，也要批判资产阶级"的"最高指示"。

那天，到一所戴帽中学（那几年小学也办初中班，俗称戴帽中学），听请来的老贫农讲红薯栽培。教室是两间草屋，门窗都是空洞。土坯支起木板做课桌，凳子是学生自带的，高高低低。那老贫农能说会道，可是每句话都带庄稼人常带的脏字："红薯算尿，只要使死牛。这话啥尿意思？地犁尿的越深，红薯长尿的越大……"男孩一直笑，女孩有的撇嘴，有的勾着头。那一堂课，起码说有五百个"尿"。

课后，在和老师们座谈时，我说，农民兼职教师讲得生动，也很实用，就是"尿"字太多，对学生影响不好。李委员马上接着说："有啥尿不好？毛主席教导我们，贫下中农脚上有牛粪，思想最干净。臭知识分子满嘴都是文词儿，思想最肮脏。"我不再吭声。文卫组长斜他一眼，说："会就开到这儿吧。"

1973年：《红灯记》

为筹备全县文艺会演，挑选节目，到各公社看宣传队演出——宣传队的全称是毛泽东思想文艺宣传队。不料，看最后一场时，出了难题。

演出的是地方戏移植的革命样板戏《红灯记》，扮演李玉和的演员身材稍低，唱腔绵软，拖腔更无力，缺乏英雄气概，当鸠山的演员大高个子，虽只四句词：却唱得声如洪钟，字正腔圆。《赴宴斗鸠山》那场，看架势，似乎李玉和斗不过那个日本宪兵队长。看后我说，能不能把演鸠山和演李玉和的演员对调一下，让英雄人物更高大，更能震住敌人……我话音还没落，那个兼任宣传队长的大队副支书突地脸色一变："演鸠山的那家伙他爹，是伪保长，反革命。他演李玉和，他爹不就是英雄人物的爹了？这个政治责任你敢担，我就换。"我立即闭嘴，欲辩无词。他紧绷着的脸，充分说明了事情的严重性。

让不让这个宣传队参加会演，我拿不定主意。若让参加，主要英雄人物不突出也是政治问题啊。

现在还记得，那个大队所在的村庄叫叶胡营，外村人都呼为"夜壶营"。"破四旧"时，改为"红卫村"，可乡民仍一直叫夜壶营。

1974年：古柏

县革委的副主任布置，让写一篇反映农村"批林批孔"运动的典型材料，最后派给了我。

到那个"批林批孔"先进大队采访，党支书告诉我，全大队揪出了四十八个孔老二，已经批斗一遍。我问那些孔老二的反动言行，他一一介绍，诸如一个读过私塾说话时引用过"子曰"的"圣人蛋"老头（说过孔子的话当然是孔老二），一个和有夫之妇上过床的汉子（孔老二和卫灵公的老婆南子有不正当男女关系，他是效法孔老二），一个持续三年侍候卧病在床的地主分子父亲的"狗崽子"（他忠实地执行了孔老二宣扬的孝道），一个把老娘赶出门去不再养活的贫农儿子（他是受孔老二思想的毒害，对母亲失去了阶级感情），一个常常打骂女人的汉子（他是满脑子孔老二的男尊女卑思想）……内中还有一个女孔老二（那老婆婆一再数落媳妇结婚多年还不生孩子，是公然贩卖孔老二"不孝有三无后为大"的黑货）。我听后不禁脱口而出："这么多哟！"支书答："这正说明孔老二流毒深嘛。要不是掌握政策，能揪出来几百个哩。"

这个典型材料不好写。

副主任召我去汇报，我说了情况，他教训我道："他们搞得很好啊，是斗争哲学，不是孔老二的和为贵。你写不好，说明你心里也有一个孔老二！"我吓了一跳。我深知这个造反起家青云直上的副主任的厉害，单他那大高个子、一脸杀气就叫人害怕。

出他的办公室，我看见革委会所在地原玄妙观三清殿前的三株合抱粗的古柏已被砍倒（据说要做新政权的办公桌椅），满地断枝碎叶，破了的鸟窝，烂了的鸟蛋，一片狼藉。这是这位副主任主政后的"德政"之一。

1975年：杏花

参加"农业学大寨"工作队下乡。进村第三天，就发生一件事。

天擦黑，一个地主分子的儿子，和一个贫农成分的女人在场房的柴草堆上"搞关系"，正被民兵排长碰上，立即报告大队支书。支书立即决定批斗那个"狗崽子"，罪名是奸污贫下中农，进行阶级报复。学大寨嘛，首先要抓阶级斗争。正愁没由头呢，刚好出现了"阶级斗争新动向"。

当晚，钟一敲（不是钟，是吊在树上的半个铁轱辘），社员们都去保管室前的三间空屋开会。原本去人多，一看是为这事，女人们走了，不少男人也走了，只剩下二十几个青皮后生。小伙子们围一圈，那地主娃个子弯腰低头站中间。支书先讲了一通阶级斗争，而后大家批斗。年轻人争相发言，却都不说阶级斗争，只一再追问"搞关系"的过程和细节，声调严厉，脸上却掩不住轻佻的笑……

事后我才知道，那地主儿子年过三十，仍找不来老婆。那贫农媳妇的男人不行，和那光棍儿是老关系。还有，民兵排长是去场房偷柴，正要抱柴走，看见了那对男女，怕揭发他偷盗集体财产，就先下手了。

那天会后，在住室的烛光下，我写了一首诗，记述那个批斗会（下乡后，坚持每天都写一首诗）："一灯如炬满屋亮，社员个个斗志昂。支书正说形势好，窗外飘进杏花香。"其实，那灯是陶制的便壶做的，装了柴油，壶口塞一根布条捻的芯儿，用铁丝吊梁上，灯焰随风摇摆，擀面杖粗的黑烟在空中扫来扫去，不时落下柳絮状的黑灰。也没有杏花香（我只在村头一家的墙外看见过杏花），倒有满屋臭气——生产队死了一头牛，肉，分吃了，每人三两，皮，为了风干后割成条儿拧牛套，就钉在墙上，怕有人偷，一直锁门闭户，便捂出了满屋酽酽的腥臭。我的诗里，只"斗志昂"三字稍近真实。翻看当年的日记本，该诗写于3月25日。

1976年：老袁

为写"反击右倾翻案风"的曲艺唱词，和老袁一块儿，去一个"农业学大寨"先进大队深入生活。

8月16午饭后，才知道昨天是中秋节。我俩到代销点各花两毛钱一两粮票，买一个月饼。那月饼瓷硬如铁铸，费好大劲才能啃掉一点点。老袁说："如果中间钻个眼儿，可以让小孩当轱辘推。车轱辘，圆溜溜，推到汉口逛码头。干妹子请我喝烧酒，直喝到月儿弯弯照西楼……"他原为游乡卖唱的艺人，一肚子旧词儿，一说就是一串儿。

　　回到大队部，见领导班子正在开会，年轻的女支书抢着胳膊痛斥右倾翻案风，那架势，颇似样板戏里的江水英。冷不丁地，门前凌空高架的大喇叭响了，报告个惊天动地的消息：毛主席逝世！都愣了，都没话说。突然，贫农代表扑通坐下地，以手捂脸，上身朝前一俯一俯，高声哭起来，哭得痛彻心脾。紧接着，都坐下哭，满屋哭声，悲切而沉重。受到感染，我心里酸楚，想到正是因为毛主席，我才能上学，才能参加工作，不禁落泪。老袁也哭了，哽咽着叙说："毛主席呀，旧社会我是个穷卖唱的，新社会你叫我当了国家干部哇……"哭声一直持续，但渐渐低了。女支书忽直起头，朗声说道："别哭了，化悲痛为力量，坚决反击邓小平的右倾翻案风……"贫农代表先站起，用双手拍屁股上的尘土。

　　回到住室，老袁说："你看见了吧，那贫农代表哭得怪痛，脸上可没有泪。我知道他的底儿，原来是走江湖卖药的，能说会道，把身上的黑灰搓下来团成丸儿，当药卖，坑人骗钱。他算啥东西，对毛主席根本没感情……"有顷，老袁叹口气，又说："古来，老王晏驾，小王登基。毛主席不在了，这江山谁来执掌啊？"

原载《天涯》2012年第1期

散
文

那些年，那些人

安 谅

　　这是我幼年、少年生活的地方，是我从混沌走向成熟的地方，是我情窦初开的地方……从小学到高中毕业。2002年，这个黄浦江畔的小区，被拆除了。

爱情瘟疫

　　很长时间，我不能相信，那个清癯高瘦、风流倜傥的中年男子老K已真正在这个世界消失了。我总以为他是出公差去了，某一天，那楼道口还会闪现他的身影，还会再现他干净的面容。也许，还会弥散关于他的最新鲜出炉的绯闻，也又将爆发一场声势浩大的、猛虎下山似的围攻。

　　老K是我父亲的同事。确切地说，也是我父亲手下的一名成员。我父亲是附近港区车间一个班组的组长。他比我父亲年轻。那一年，他最后定格在我脑海中的形象，大约刚过不惑之年。

　　他只身一人，住我们那个单元的二楼。十多平方米的一个单间，没有卫生设施，厨房也是几家合用的。他好在一个人，也不开伙仓，大都吃了回家，一人吃饱全家不饿。他话不多，也不串邻居家门。印象中，他也很少到我家串门。不是与我父亲存有什么隔阂，应该是他的性情使然。

　　老K其实有妻子，是苏北乡下女子。我迄今不知他是怎么攀了那份亲的，似乎他也来自苏北，是到大上海来打工的，妻子就是老家找的。他妻子我见过，除了肤色黝黑，穿的是土气的蓝布袄外，她身材高挑，五官端正，还透着一股秀美之气，脸也慈眉善目，和蔼可亲。当然，说话是浓重的苏北口音，但从她嘴里吐出，还很悦耳动听。她对我和楼里的孩子们也挺亲热。他们有两个孩子，都是男孩。她探亲时也常把他们其中的一个带来，我们在一块儿玩耍。每当我去叫他玩，她总是微笑着点头，任我们欢跳地离去。

　　她是一个好女人，不常来，一年都来不了一次。她住在苏北乡下。

　　她是一个可怜的女人。我虽只有十来岁，尚未成年，却已耳闻了他老公的花事。我略懂一些男女之情，但不全懂，也说不出口，大人们说得很顺溜儿，叫"轧姘头"。老K的一个"姘头"就住我们隔壁单元，已是为人之母了，有三个孩子，大女儿长我五岁，小女儿小我两岁，中间的儿子，则比我长一岁。

在我的眼里，那女人真不漂亮。小个子，小眼睛，像一个小老太婆，只有鼻子长得精巧细致，但微微上翘，俗称"朝天鼻子"。小眼珠子也挺亮，转得挺快，一看就是一个机灵人。

她也在港区工作，老公也常年在外，是一个魁伟的汉子。眉来眼去的，他们就野合了。据说，她家闹得很凶。她老公带了家人把老K教训了一顿。具体细节我就不清楚了，那还是早几年的事。待我见着老K的苏北妻子时，应该过了好几年了。那些传闻在我的脑子里扑腾。他妻子在我的眼里，就显得可怜楚楚了。我那时就似乎心生悲悯，这个男人太不像话了。

后来有一天，我们的楼道口又吵嚷嚷一片，连单元门前的空地上都挤满了人，像洪水泛滥，波涛翻滚，而最为汹涌的部分，是以一个胖汉子为中心的一拨儿剑拔弩张的男人。他们杀气腾腾，要冲上楼去。因为也有不少人努力劝阻着，这势头才有所减缓。但胖汉子绝不善罢甘休，还死命往楼道上冲。

胖汉子就住隔壁单元，是一个和和气气的中年男人，块头大，粗胳膊粗腿的，少说也有一百八十斤。他怎么会如此咆哮发怒呢？

他已结婚多年，育有一女。他的妻子竟然与老K勾搭上了。他俩一同勾肩搭背地去看电影，被家人撞了个正着。

胖汉子自然气不打一处来。况且，胖汉子就是老K先前那个"姘头"的弟弟！好家伙，你竟然把我姐姐和我媳妇，都视作你的女人了，你也太猖狂了吧！

胖汉子大打出手了，论块头和力量，细瘦的老K真的不是他的对手。而且，舆论明显一边倒，老K只有虚弱的招架之功，绝无还手之力。还有胖汉子的帮手，也向老K施以冷拳和重拳。我站在楼上的窗户，看着这惊心动魄的场面，不知怎的，心里的天平竟向老K倾斜了。我没有听到老K的叫嚷，却仿佛听到自己在叫嚷，"别打啦，再打，就打出人命了！"很多年之后，这个小区即将被拆除，而我已早就离开了小区，我还不能确认，当时是否真的声嘶力竭地喊过这一句话。

与我丝毫无关。场面逐渐为理性所控制，是邻里街坊的有效劝阻，也有胖汉子的家人，也许是她妻子的娘家人，扯住了胖汉子他们，如果真的任由胖汉子发泄，老K恐怕早就面目全非，浑身变形了！

我就不明白，这老K什么人不能勾搭，偏偏又与这家人缠磨上了呢？！

我更不明白，这胖汉子的女人，什么人不可以鬼混，偏偏与老K纠缠在

285

一块儿了呢?!她不会不知道老K的前科吧?不会不知道自己丈夫的姐姐,也曾与老K有过一腿吧?人家或许避之不及,她怎么就凑上去呢?!

不明白,真不明白!年幼的我怎么会明白呢?!

难道老K身上隐藏着什么特殊的魔力,对这家的女人们有一种不可抗拒的神威?

不知道事情是如何平息下去的。再见到老K,似乎什么也没有发生过,老K依然话不多,不苟言笑,步履匆匆,有点孤僻。胖汉子下了班回家,也还和往常一样,打着赤膊,露出肥厚的肚腩,和和气气地与邻居,包括我这样的小孩子点头打招呼。我见到“绯闻”中的女主角,鼓鼓囊囊的身坯,圆乎乎的脸庞,左肩上的一块疤痕若无其事地上挑着——一个连我这样的孩子也不愿多瞅的女人。

不久后的一个平常的下午,空气突然很沉闷,我们这个单元所有的人,还有我母亲,都一脸凝重。说是港区又出工伤事故了。晚上,我父亲回来了,满脸悲伤,眼睛也红肿着。他带回一个令我心里一沉的消息:老K死了!他被一块铁片击中腹部,送进医院后不治而亡。

对死亡,我还很懵懂,但想到了他在苏北乡下的两个孩子,两个朴实得就像泥土一样的孩子,还有他们的母亲,也一样善良的妇人。

我看见从不掉泪的父亲,在抹着眼泪。我听见谁轻轻地叹息了一声:这老K,真是作孽!

后来的故事似乎与老K无直接关系了。

老K的前姘妇,也就是胖汉子的姐姐,她育有二女一儿。大女儿丰满白嫩,那眼睛极其亮丽而风骚,很多男人都喜欢她。我听见她的一个同班男生对她说了一句挺下流的话:“我给你通通阴沟。”她的脸一点也不红,看不出有女孩的羞涩和害臊,只朝他白了白眼,一副爱理不理的样儿。她终究和我们单元一个俊朗的小伙子好上了,小伙子与她差不多同龄。说好上了,我也找不出任何证据,更多的是瞥见他们在打情骂俏。这小伙子老带我一起去玩,我也不知道自己正做了人家的电灯泡,反正就是在小区的楼内穿来穿去,说说话之类的,自己木知木觉。

那小伙子还说我和她妹妹挺般配的,还真的去说了,要成全我们。她妹妹长得像她妈妈,小个子,小眼睛,生就一只朝天鼻子,也有几分秀气。她见了我就笑骂我是“小爬虫”,意思是我老跟在她哥哥的后边。我也回敬她:“小臭虫!”没什么用意。是胡乱捡起的反击的武器。

她总喜欢靠在单元的楼道口,无所事事,又像是在等待着什么。那时,我家已搬到这个单元的楼上住了,就常常碰见她。她就笑骂一句:“小爬虫！"我回她一句："小臭虫！"每每如此，真不知是什么心情使然。我少年维特之心，是不是也隐隐对她生有好感？

那个小伙子倒是正儿八经地对我说："人家小姑娘是真喜欢你哦！"说得言之凿凿。

我说："你别乱说！"就一下子跑开了。十六岁的我，那个时候还能懂多少，能说些什么得体的话来。我脑子里还想着老K，以及老K与这一家人的瓜葛。还有，这一家人，特别是这家的女人不可思议的诡秘气息。

时光荏苒，大约二十年之后，那时已听说那位风骚美丽的大姐姐已过早仙逝了，让我曾蓦地想到一个词：红颜薄命。这次从晚报上的新闻获悉，那个小妹妹即"小臭虫"，被她前夫砍了几刀！报道说，她与前夫离婚之后，与前夫藕断丝连，还与另外一位男子谈情说爱。有一天前夫到了她的居室，聊得不快，就拿起菜刀，在她光滑的背脊上砍了两下，虽无生命之虞，但那两道深深的伤疤，将伴随她今后的人生了。我禁不住呜呼哀哉！

难以想象，他的前夫也是一个瘦高个儿，长得极像老K。老K活着的时候，他家就在老K的隔壁！

像一场瘟疫，传播弥漫，久久未能消散！

287

天堂和地狱有多远

一个平常的日子，我终于见到了这个男人。他的名字被我们这个小区的人唾沫都淹没了，而且扔在脚底下，狠狠地践踏，就像对待不共戴天的可恶敌人似的。他确实是我们小区居民眼中这好几年以来最臭名昭著的坏蛋。

下午时分，小区的人稀稀落落，他拖着一辆吱吱呀呀的木板车，上面扔着一床旧被褥，还有一点零零碎碎的物件。他脸色苍白，是那种久不见阳光的白，脸上还显得有些微肿。他目不转睛地向自家的那个门洞走去，阳光把他的影子拉扯得有点怪异。

七年。他在遥远的大墙之内，与家人无法团聚，而家人则遭受着种种耻笑和污辱。

那些年，几乎没有人会去接近他们家和他们的孩子。不止是小捣蛋们时不时砸他们家的玻璃，或者当面斥骂他们家的人，一些大人们也对他们投去鄙夷的目光，仿佛他们是天生的垃圾箱，纵容他们在这小区待着，就是对自己的失敬。

他家老二是个女孩，与我小学同班。人长得修长，面颊上略有些雀斑，不算难看，但她仿佛很自卑似的，悄无声息，也很少与同学玩耍，像班里并不存在这样一个人似的。

他家老四，是唯一的一个男孩。玩心很重，但常常被小伙伴们欺负，被他母亲喝斥，有时也如同一头犟牛，哭喊着，厮打着，不善罢甘休。

他还没回来时，小区组织什么严肃的活动，都要先喊上几句口号，是那个年代经典短句："打倒马××"一人领着大家齐声高喊，声如响雷，震耳欲聋。他回来了，就必把他叫上，他一到，喊声阵阵，好戏就开锣了。

小区的向阳院搞得很红火。我是小学生头头，也经常组织政治活动，聚集在楼内的防空洞里，借助微弱的阳光和蒙蒙眬眬的灯光，也喊起了口号。虽然马××并没出场，我们也都叫得底气十足，大有把他一棍子打死的气势。

在小区里，只要在公开场合举臂高呼"打倒马××"，立即会引发一浪高过一浪的连锁反应。而这口号与"毛主席万岁"一样，是毋庸置疑，千真万确，永远永远颠扑不破的。

虽然，我也常常高举拳头，声嘶力竭地高喊这句口号，但随着年龄的增长，对他们家也愈加充满怜悯和同情了。这到底怎么了？是我阶级斗争这根弦没有绷紧，还是其他什么因素呢？我是不是正步入危险的边缘？

在目睹这个男子白潦潦的脸和明显有些茫然和失神的眼睛时，我的这种感觉反而愈加强烈了。我高举口号的拳头，已软绵绵的了，几无一点力量。

我历来谨言慎行的父母亲，也从无流露对马××及其一家子的唾弃，只是时不时提醒我们姐弟，说话做事都要当心一些呀！

马××被打成"现行反革命"，正是因为自己的孩子不懂事不当心酿成大祸的。某天，在公共厕所的墙上，有人发现了一句反动标语，是直接攻击我们伟大领袖的。这是严重的政治事件，惊动了公安部门，他们紧急出警，现场勘察，仔细排摸，最后锁定了两个女孩，都是小学生，是一个班的同学。那就是我的二姐和马家老大！

最好的查证方法，就是校验笔迹。两人被带到了派出所，让她们将这几个字自然而然地写下来。两个懵懵懂懂的孩子，早被这架势吓破了胆，哭哭啼啼地依照命令做了。然后，由公安的专家们进行科学鉴别。这是一场有关天堂与地狱的鉴定，是一场荒唐而残酷的甄别。两人中必有一方将跌落深渊，从此步入地狱。

两个孩子在墙上的涂鸦，实际上是无意识的，凑巧就连成了这样一句反革命口号。这也是当时难以想象的事情。

结果出来了，是马家姑娘的笔迹无疑！再探挖根源，背后一定有指使者，否则这么小的孩子怎么会对伟大的领袖有如此刻骨的仇恨。小女孩更加不知所措，身子都紧张得发抖了，像在冷冻室里一样。盯视着她的那些大人们的目光，也真像冰雪一般寒冷，如同刀子般瘆人。

在警察咄咄逼人地追问下，小女孩最后终于说出了一个人，是她爸爸。

马××立即被抓捕归案，而面对自己亲生女儿的目光，面对发出阵阵冷笑的警察，他脑门上沁出了汗。他着慌了，一时哑口无言，无从辩解。那顶"现行反革命"的帽子，很快就牢牢扣在了他的头上。从此，我们小区就有了一个百批不厌的典型和标本，也多了一户生不如死的人家。

我们家丝毫未受影响。我们虽不具有显赫的家史，也不属于叱咤风云的人家，但是根正苗红的工人家庭，也赢得了邻里之间的普遍尊重和欢迎。我能够在上百位小学生中脱颖而出，被吸纳为向阳院领导小组唯一的一位小学生成员，盖因与我家庭甚有关系。

马××的太太，一位普普通通的妇女，担荷这个命运多舛的家庭，为了护佑可怜的孩子，也由柔弱变得坚强。她风风火火，脾气暴躁，两颗眼珠老是瞪得滚圆突出，有时还摆出一副泼妇的姿态。我幼时的目光里，她真是一个粗俗不堪的女人。她的孩子也一样，令我不敢接近，仿佛是魔鬼的化身。

马××终于回家了，是刑满释放。他那个家庭仍是阴霾不散，乌云时时翻滚，引来一次又一次的风雨雷电。他们全家仍比别人矮上半截，在人家的目光里，在他们自己的心底里，在一场又一场的革命聚会之中。

高中毕业之后，因举家迁居，我再也没见到过他们家的任何人，只是后来听说，马家那个小男孩很要强，人也倔，赤手空拳下海经商，还干出了一点名堂。

我深深地祝福他们。

他和这一家子

他也许是这世界上最孤独的人。

小区还未拆除之前，我在街上行走，还曾见到他的身影。看不出他的年龄，虽然我是知悉他的出生年份的。他的疾病让他在年幼的时候，就失却了常人的脸面和特征，外表几乎一成不变，只有个子和内脏按生长规律在发生变化。

他出生就带着一身恶疾，相当罕见。浑身皮绽，鳞片似的斑斑驳驳，俗称"癞皮"，连脚底心都难逃此厄运。以至于他走路也是踩着小步拖地，趔趔趄趄的。据说，他的父母亲是表兄妹，因为近亲嫁娶生育了他，使他得了这一身怪病。这病让他的形象极为可怖，一般人都不敢多看，更不敢接近。

他住我们那个单元二楼，算是邻居。他比我年幼两岁。孩提时，我们还一起玩耍过。有时邻居的几个孩子一块儿下棋打牌，还发生过争执，骂他

"癞皮"的事情也时有发生。不过，和他在一块儿总有点恶心，距离都保持得远远的。他身上有一股直冲鼻子的臊味。

他的外地奶奶来了，常常把我们这些小男孩叫到家里，要我们尿尿在痰盂里，还奖赏我们一两分硬币。几个孩子连贯进入，撒尿。痰盂里很快满是黄澄澄的液体了。他奶奶就拿这尿液给他擦身。听说这是一个土方子，或许能治好他的疾病。我们这些小屁孩真没想到自己的尿还能赚钱，这还是我们自力更生赚的第一笔报酬呢！都有点乐不可支。当老奶奶每次央求我们去尿尿时，我们还真是冲着闪亮的硬币去的。

老奶奶的眼睛甚是怜爱，仿佛泪水都快从眼眶里溢出了。她一点一点，耐心地涂抹着这些尿液，她是相信奇迹会发生在自己孙子身上的，他是他们家唯一的男孩，真是宝贝疙瘩呀！父母给他起的名字，叫英俊。如果没有这身恶疾，他应该是一个英俊倜傥的小伙。他身材颀长，五官也端端正正。他上有一个姐姐，下有两个妹妹。他是他们家的中心了！一家人都呵护他，而他是一个可怜的病儿！

最最疼爱他的还是他的亲生母亲。他母亲是个能干贤惠的妇人，白天在港区工作，很尽心尽责，颇有口碑，一回家，忙这忙那的，是家里的主心骨。

老天也有不长眼的时候。在他还不到十岁的时候，港区着大火，他母亲被烧成了重伤，急送医院，几天之后撒手人寰。很多人哀叹：最爱他的人走了，这一家子怎么办呀！

他父亲是个老实疙瘩，半天不吭一声，戴着一副深度眼镜，玻璃瓶底似的，只让眼睛透出一点隐隐约约的光亮来。他和气待人，却又是大家公认的没啥能耐的男人。那么难得的能干女人走了，他得维持这一家子，这让邻居都为他着急。

大女儿叫花，长得也像花，绝对是一个美人坯子，月儿似的脸庞，明亮的大眼睛，俏丽的鼻子，薄薄红润的嘴唇，特别是她的皮肤，白皙细嫩，水灵灵的，几无一点瑕疵，仿佛真掐得出水来。她把本来该属于弟弟的福分也拿去了，从而出落得十分美丽动人。也因为此，她得承担对弟弟一辈子的关照，还得赔上自己的青春和美貌。

花担起了一家的重担，俨然一介主妇，起早贪黑，料理着家事。有一天，她探身窗外，在二楼的衣架上晾晒刚洗好的衣裳，不知怎的，竟一头栽出了窗外！幸亏摔得巧，不是脑袋落地，只是一点皮肉擦伤，但小区很多人不免唏嘘。如真有个三长两短，这一家子又该怎么办呀！也许是老天良心发现，暗中救了她家。

　　花对弟弟格外关心，那是母亲最为牵挂，也是临终时最后嘱托的。她不敢有一点怠慢。因为有了这个必须终身照顾的弟弟，她的爱情也屡遭挫折。当她嫁给了一个家境贫寒又浪荡不羁的傻男人时，在小区里引起了阵阵惋惜。我闻讯也心头一酸。这女人也是命苦，倘若没有这个弟弟，她就是众星捧月的女王呀！也许，只有那个男人获取她的美丽的同时，也能接受她的忍辱负重的一家。另外两个妹妹也长得相当可人，她们的命运比姐姐稍微幸运一些。

　　还是说这个男孩。他没法上学，没有一个学校愿意接受他，理由是，他会让同学产生恐怖感。他在家里自学。他好读书，稍大些之后，他常到街道图书馆借阅书籍，在家，他也是与书为伴。

　　我们再也不和他玩耍了。念中学之后，我几乎都像忘了这个人似的，我们自有自己的圈子和伙伴。他似乎根本不存在。

　　很多年之后，我小有成绩。我曾在小区门口邂逅他，像看着一个陌生人似的，面无表情，眼神也很淡然，只是扫了他一眼。他却盯视着我，他一定认出了我，或许也听到过我的一些传闻，我算是从这个小区走出来的有出息的孩子。那眼神我不忍卒看，我转身走了，走得那么坦然。我想，我此刻的心也是够狠的了！

　　真的，我不明白，年幼时混沌初开，对他并不十分嫌恶。长大成熟之后，尤其我对人生的感悟愈益深刻，对英俊这个不幸的男儿，充满同情和悲悯之时，我心有所想，却一点也不敢与他走近。

　　他现在过得好吗？无法交往又几无朋友的人生，该是多么寂寞之至呀！我甚至想，他也许会像保尔·柯察金一样，刻苦地读书写作，在小说创作或者其他什么领域已有自己一定的建树。我应该去鼓励他，支持他，给他一份安慰和友情的力量。

　　我耽于想象，却没有付诸行动。

　　我是虚伪得可怕，还是其实冷酷得无药可救？

　　不过对他及其家人的祝福，我是发自肺腑的——为他们祈祷。

291

一言难尽陪读路

马 语

1

这一生很难忘的一件事，那是 1987 年盛夏，走在故乡的黄土山道上，去小镇上找中专录取通知书的情景。

二十五年后 7 月的这个清晨，一个陌生的电话，打给了我。电话那头说他们是邮局的，特别热情地说，他们想把马小雨、我孩子的大学录取通知书送过来，由礼仪小姐手捧鲜花搞个仪式。我慌忙热情地回答，别、别送了，我们一家人去乡下，开车已出发，我绕路到你们邮局自己取一下。

电话那边同样热情。我知道在我们陕北之北榆林这样一个城市的邮局，一年一度收到这所大学寄来的录取通知书是很不多的。可邮局的人并不知道，我们一家人这些日子心里有多不平静。

这时候，最先出现在我思绪中的是这样一些片断。

落日的最后一抹余晖消失在黄河对岸的山巅上，我从河边简易公路上来，开始爬山。天一点一点黑了，群山如涛，漫山遍野只有风从高粱、糜谷叶子上走过时的声音。爬上几里长的山坡路，直到山神爷下的北豁口，忽然看见父亲站在豁口——他在等我。

这时银亮的星星已爬满天幕。

父亲说，他想沿公路下去找我，又怕两个人走岔别了。就焦急地站在这里，在夜色中目望群山间的弯弯山路，在风吹动漫山遍野庄稼叶子的声音中，倾听、搜寻着他的孩子的脚步声。

这是我去三十里外的小镇上取中专录取通知书。16 岁那年的盛夏，我初中毕业，考上了地区的师范学校。一番苦读，标准地完成了那个"鲤鱼跃龙门"的动作，考上了小中专，跳出了"农门"。

转过身，黄土高坡上，我沿着父辈们用那千层底的布鞋踏出的小道离开大山，到山外的城市上学，我的人生之路就此改变了方向。

从此，我要用这双沾满泥巴和露水，早已习惯了崎岖山路的脚，去丈量这个世间的万水千山。

2

一百多公里的路，还不到中午，我们就来到了妻子在三边乡下的娘家。青石片垒砌的院墙，大门上贴着对联，大门外场院上有羊圈、狗窝，一群鸡在场院上刨食。妻子她父母从院子里迎了出来，这一年为了女儿高考，一家人春节都是在西安过的，已有一年多没到乡下了，这生我们养我们的乡村世界。一大盘新煮的玉米、土豆端上来了。刚坐下，妻便说，你今年腰背又驼多了。这是她母亲的话。我们从车里下来进屋的一瞬间，她们就看得这样清？

腰背的确是弯多了。

而这一年高考的女儿，是我最大的作品。

大门外是洁净的黄土麦场，麦场南是菜园、田地，西边是杨树林。透过树林绿叶间，能看到午后的太阳，静静地悬挂在西边的地平线上方。我在麦场上踱着步，或默默地望着那轮安静的落日。浮云游子意，落日故人情——一千多年前，李白早就在这诗句里寄托过他思念故乡亲人的心事。

夜晚，风从田园里或林梢间拂来，这时星光下的麦场特别凉快，只有我的心仍旧安静不下来，像那草丛中不安静的蛐蛐、鸣蝉。我望向故乡那里。

十年寒窗，孩子考上大学，我该领着孩子回我的老家那里，拜望父母。走走我当年去找录取通知书走过的那山神爷的岔口——我们村出村的路，有南北两条。村北是出村的大道，从村里上来，到了第一座山头，是山神爷，黄土岭子上，一棵枯枝虬曲、老态龙钟的酸枣树下，立着一座风雨剥蚀布满苔藓的石刻门楼。这里是父老乡亲出村回村歇脚最多的地方。路从这里分支成了几条，马家圪由此蜿蜒而向四面八方。

可我却回不了故乡。

我一直在想着母亲的事。不止此时，它一直就在我的大脑里搁着。半年多了，自她从西安回了老家，这事就时时困扰着我。不，它是在折磨着我。我怎么能与自己的母亲，相处成这样呢？

有一片阴影飘浮在我心里。母亲为什么不能理解我？几年前一位画画的朋友跟着我去过我的故乡，他说真是个原始的地方，他以后要领着几个画家朋友悄悄去我的故乡写生、画画。从那样一个小山村走出来，在这个世道上，苦苦奔波、挣扎，连自己的父母都不能理解、支持，那还有谁会理解、支持你？

3

那是去年秋天的事，开学几周后，我来到西安，请女儿的老师们吃饭。

那天中午雨下得特别大，在西安南二环雁翔路上，风将雨水吹过来，打着雨伞都无法出行。老师们都来了，他们说这是个好孩子，吃饭间还几次重复这话，英语老师说这个孩子还给她考过年级第一呢。这次吃饭，老师们最重要的一个建议是，高三了，最好是能租一套房子，父母来西安陪读。因为工作，我走不了，而且妻也无法请假。租房子的事很快就定了，陪读的人最先想到了我的母亲，很快又去想别的亲朋好友，很快就都否定了。

我想父母亲应该知道孩子上大学的重要性，懂得哪个重哪个轻。电话打回去，父亲接的电话，乡下正要开始收秋，电话那头好一气没有声音。那天我把电话摔了，我后来有时给父母发一点脾气，你们就不知道儿子在城市里的难吗？儿子能做成些事，有一些出息了，难道与你们毫无关系吗？

母亲被我送到了西安。在西安的楼房上，母亲不敢坐电梯下楼。有一天，电话里她这样对我说，她去市场买菜，一下头昏开了，赶忙抱住一棵树，后又在树下坐了半小时，才提着菜回去的。除过非要买东西，母亲很少敢下楼去，就在落地玻璃窗前，放个毯子，坐在那里晒太阳。在那样一个禁闭的地方，是没有农历的痕迹的，手机上只有阳历。那天我打电话给母亲，说女儿明天过生日。电话挂了后，她又打过来，问我，不是今天吗？可见她在掐算农历，她竟然还掐算着农历！逢三逢八是菜园沟赶集，集市上的羊卖得怎样？春风来了，山野田里的土肥都送上了吧？清明过了，寺河畔菜园子里的瓜豆能种了吧？

她在大脑里曾想过些什么？故乡庭院里的那两畦菜园，黄瓜、辣椒、柿子，有些是留种子用的，不会都给遭害了吧？那群小鸡也都成半大母鸡了吧？这阵该不怕猫，能放开在院畔上自由觅食了吧？那块谷子地，今年不知被麻雀吃成啥了？家里就剩她爷爷一个人，今年的枣子怎么往回打？二儿、三儿在城里务工，就不能抽上几天，回去帮爹把枣打回去？你们就是回家向老人要钱的时候，寻土杂粮品的时候，跑得比谁还快。

种了一块谷子，夏天的时候，母亲和父亲轮换着照应谷子地。那天中午，母亲到谷子地顶替父亲，刚走到地塄边上，就踩上了一条青蛇。电话很快就到了我这儿，很少听说有人被蛇咬，我给县里的医院打电话。医生说他们还没有这方面救治经验，到榆林路太远，叫先到他们那儿清洗、包扎，观察稳定一下。随后很快转到了榆林的医院，榆林的大医院此前同样没有救治经验，只能试验治疗，一位老大夫凭经验看，不像毒性强的蛇咬了。

险些没了命，住院花了那么多钱，一块谷子地能收多少？

刚刚好了一些，没有危险了，母亲硬要回家，我怎么都劝不住。一气之下，我说要回你一个人回，我们不送你。她说走就走，其实是早就想走了。

等我追到街道上，她已走出了一大截，一个老人，背着一个旧布包，挂着一根棍，一拐一拐地向前方的汽车站走去……

我至今也没发现母亲对孙女考上重点大学有一点什么认识。我们举全家之力，送女儿到西安上学，是想要她考上名牌大学。母亲好像根本不关注上什么大学的事，考上大学，或考上全国一流重点大学，意味着什么？于她或许没有意味什么。她时常与孙女说不对话，我只有给在神木务工的三弟二弟做工作，让他们平时给母亲多打打电话，做工作，凑合凑合，说什么也别影响了女儿的情绪和功课，离高考已越来越近了。她最疼的三弟在电话中骂她，用你做这么点事，你都不好好做，你这一辈子在土地上做成一件事没？

母亲在土地上这一生，收获了什么？

那次把母亲送下去，安顿的时候，她老说老家那盘土炕有多好，冬暖夏凉。当时因为事多，匆匆返回，没有顾得买到电褥子。回到榆林，我心里一直记挂的就是那个东西。西安的天还不是太冷，我电话里"指导"着母亲去超市买回了电褥子，她睡在西安楼房里电褥子上，梦里是些什么呢？

4

不太放心，遇周日，我和妻轮流下西安打理一些事情。在西安，我请女儿的老师们吃饭，一顿饭少则上千元，这就是最廉价的了；请西安的朋友们吃饭，有时一顿大几千元。

一桌饭的花费，是母亲在土地上刨挖一年都换不来的，是她不敢想象的。这女儿就算够争气的了，她的同班同学，没考上，还是到西安的二流高中就读，仅高价费、人情费就出了二十多万元。

当然我在榆林，差不多每天也都坐酒店里，大鱼大肉，大吃大喝。这年头好多人都过着这样的日子，一桌饭有多半桌吃剩倒掉，是极为普遍的现象了。这些母亲估计更不敢想象，她连见都没见过，怎么能想象得来？像母亲一样的许多中国农民，不知道他们起早贪黑、苦一点汗一点，喂养的家禽家畜，耕种的米面副食，在城市的饭桌上被半桌半桌端走倒入泔水桶。

母亲嫌花费太大，出去买东西总是很小气，春上一斤洋芋二元钱，她去菜市场只买一颗回来。我几乎天天要在电话里催问，鸡、鱼、果、菜都买回去了没有？母亲听得很不耐烦，常是回对我：要是不放心，你们下来侍候。其实，她一定是早就看不惯这些了。母亲愈是这样，我在榆林愈是放心不下，每天都得给打电话。她嫌我麻烦，嫌我对她不放心。每打电话，都要在电话中吵架。

红柳或桑条织的囤子，其上红高粱秆做的盖子，就是我的书桌，一盏墨水瓶煤油灯映照出苦学的身影。小的时候，我最大的梦想就是能和同伴们一样，到神木县城里去上初中。初一读完的暑假里，在寺河畔的石坡上放羊，大石沟对面一个走路的人，向这面喊话，要我们给马启郎家捎个话，说他去神木城上学的事没办成。要给捎话的那个马启郎就是我，至此我彻底断了去城市上学的梦想。在小镇中学读书的三年，我很少带着干粮，连点干咸菜都没有。在这里第一次暴露隐私，那时的自习课上，我回到宿舍，在没有人时，曾拿吃过同学的干咸菜，也有窝头片。1987年初夏，去神木县城考小中专，老师带着学生都住进了招待所，我去了同村在神木上高中的一个堂哥那里打通铺。在每天回住地路边的小吃铺买饭吃，这是郊区公路边一个小铁皮房，一个人卖饭，一时来几个吃饭的，那人顾不过来，就吆喝我自己动手挖着吃，反正一顿饭交给他一元钱。直至我到榆林上师范学校的时候，还吃不起一碗炒面，路过学校背后小巷口那个炒面馆，望着里面的人发呆。

我母亲的记忆里，有的可能只是以上这些。

一个农村老人，在西安那么大的地方，她懂得个什么？走街道上，会不会遇上骗子，骗了她的东西倒不要紧，要是知道了底细寻着她，追到租住的地方可怎么办？还有她与小区里面那些老年人，常坐到街道边拉闲话，听说现在小区里练这个功、学那个教的人不少，我们都不在身边，如果一旦沾染上邪教怎么办？我要在电话里不停地告诫她，因为母亲在电话里告诉二弟，说她哪里也能找上，她已坐着公交车，把大半个西安跑过了。以前我只知她头昏得哪儿都不敢去，上下电梯都有问题。在骨子里，我的母亲是一个从不服气什么的人，她能坐着公交把大半个西安跑过就是明证。那样大的城市，就住着她和孙女两个啊，一旦出点事，可怎么办？可她就是不爱听我的话，每回答我就是：不放心你们下来。特别在她上街时金耳环被人抢了后，我更不放心。农村里的人，戴个金耳环就被视为身份、地位，她们攀比，她总以为西安也是这样。

5

今年3月底的一天，女儿忽然打来电话，说她奶奶不盛了（盛：陕北方言，不在那个地方住了，要走的意思），要回老家。这时已是高考的倒计时。

我单位正有紧事，只好打发妻子，当天晚上就上了南下西安的火车。

次日早上八时，妻下了火车到了租住的小区，刚一进房门，母亲就背上她的包，气呼呼地从门里走出，撂下这句话：我这辈子死也不求他。他指她的儿子。我接到妻的电话，说母亲出门走了，去了火车站。一时顾不了别的，我只要妻赶紧追，幸好追到了小区大门外就追上了。火车是晚上八点多的，那天中午饭后，母亲又要走，妻强行把她留到中午休息起来。我在千里之外的陕北，插翅都是飞不过来的，只有在电话这头，强行命令妻将母亲送到火车站。

既然如此，只有说明母亲对我们已完全不信任。

看来，母亲是把自己晚年的岁月，全靠在了土地之上，或者是把命全押在家门前那片土地之上，她一生打柴割草、放牧牛羊、耕种收割、哭了笑了的土地，完全不准备靠我们这些子女了。

母亲特固执，对晚年靠子女，早不抱希望。不管我们怎么努力，都无法改变她的固执与那份认识。从三弟身上也看清了，她最揪心的三弟，一连生了四个娃，母亲在他身上下了很大的功，到现在日子还是过得一烂包。从我身上也看清了，唯一吃公家饭的大儿子，又能给一家人顶什么用？低保、各类补贴，需要公家门上要钱的事，常是别人家拿到了，他们还拿不上。这么多年，她的大儿子，回来看过几回他们？几个儿媳又是怎么对待她的？二儿子、三儿子在城市务工，只有索要，最好的就是从城里带回来一点劣质的哄人的货，捞取他们用汗水从土地上换来的钞票，拉走他们用劳苦从土地上收获的土畜产品。

6

用母亲的话说，我们太宠爱女儿了。宠成那样，什么也做不了，就会念个书本本。这一辈子她走到哪儿，你们就跟到哪儿侍候吧。我对女儿其实是很严厉的，她的许多同学都看见了，背后曾说，你怎么那样一个老爸啊？不断地在心里给女儿说着话，一定要扎扎实实，可不敢像温室里的花木，经不住风雨。什么事都是硬拼出来的，可不是虚浮地抬爱出来的，高考一定也是那样；高考，可是要拼真刀真枪。

可是在现实面前，历经风雨、几十年锤炼的意志与信念，还是一次次被粉碎、击垮。高三这一年，很少敢厉声责骂（指教）女儿，只能哄着她，宠着她，头上顶着她。离高考仅剩八个多月，决定从学校公寓搬出来，自己租房子住。那回请女儿的老师们吃饭，所有老师都认为，最好是让孩子她妈能下来陪读，从现在开始，进入全面复习阶段，要历经18次高考模拟考试，爬雪山过草地。这期间，这些学生，这回考好了，下回考砸了，情绪波动很大，今天笑明天哭……

从偏远的乡镇一路来到这座城市工作，我们家在这里无根。因为工作和事业，我和妻一个都走不了。想了多少天，目标只能锁定在我的母亲身上。人家都是父母下来买房或租房，陪读三年，我们家仅这一年，还来不了。选择我的母亲下西安陪读，也是不得已，我们是知道她那观念的，可实在是再找不到第二个人了。几周没过，母亲对孙女的好些行为已看不惯，这个也不吃，那个又不喝，实在是没法给做饭了。母亲认为，做下就一定要吃了。她不管她做得怎样，她认为好吃就好吃，更不管当天女儿从学校考完试回来的情绪。

她只想着我们那会儿，一切就那样简单，书本本学好学坏，全是孩娃自己的事，父母能怎样？

也许与此有关吧，我们弟兄姊妹四个，只有我上了中专，其余三人连初中都没读上。母亲与孙女见面的时间都不多，孙女中午放学回来，匆匆吃了饭，回自己房子门一关，睡半个多小时，就上学去了。下午饭一吃，直接就去学校了。晚自习下了十点多回来，回了自己的房子，关门学习到深夜。母亲只有在孙女回来吃饭的当中，不停地唠叨，见孙女不听，又开始数落；越数落，孙女越不想吃饭，越不吃，饭剩得越多，母亲越数落。

大多数时候，是骂她的儿子。这时母亲改了口，为培养你爸，当年他们怎样怎样下苦，把一头牛都拉到集市上卖了。你爷爷一个人拉着架子车，翻山过河，去镇里的学校给送口粮。真是前人栽树，后人乘凉，这句话也不知母亲说了多少年了。

不过她说的父亲一个人拉着架子车，炎炎烈日下，翻山越岭，给我去小镇中学交口粮，那画面是一直存在我的记忆深处的，随时都可以翻出来。

打电话，怕干扰女儿的学习和生活。因放心不下，我们几乎每天夜里，约莫女儿晚自习下了，走在回去的路上，都要给她打一个电话。她要是走在街道上回家，我们是绝不敢这个时候给她打电话的，怕影响她走路，是因租屋不用出校门就能走到。每天打电话主要是劝女儿听话，好好学习。不管奶奶做了什么，都要好好吃。只当奶奶是下来给你做伴的，再有谁下来陪你？你奶奶能来就不易了。

母亲回老家后，我设法找到了一个朋友的妻子。朋友在陕北工作，他的家在西安，妻子一个人在家里，他们的孩子已在西安上了大学。说好四月里给我照料一个月，"五一"放假，妻就请假下西安，陪到六月高考。其实我们早就该请假下西安，陪护孩子。这个时候，什么大也大不过孩子高考的事，世人都知道这个，谁都是这么说的。然而真正要这么做的时候，却又是千难万难。"五一"放假，妻下西安，可是两周后，学校那校长说妻没请好假就走了。我的天哪，真的是好事多磨吗？找了几位在本城有头脸的人，说情周旋均未果，又是不得已，妻返回榆林上班，我请假下西安陪护女儿。

时间仅有半月余，我们一方面劝女儿不敢太疲劳，一方面还是期望着她能发起最后的冲锋。设想着她能在高考的考场上成功一搏，去首都北京上大学。

<h1 style="text-align:center">7</h1>

许多次一个人走在路上，或静夜，我在想，在这个混乱、芜杂甚或荒谬的社会，一个心细的人，能听到风和树叶对话的声音；一个爱思考的人，从街头走过碰见一些物事，常会驻足沉思，他吃的苦，受的累，会很多很多。以前总是很悲凉地认为，自己被重负压弯了腰，现在又不得不清楚地看到，自己的个子也缩短了一些，才四十岁的本来就个子不高的我。

也许，很少有人能受了这番罪，包括我的妻子。

已是记不清多少回了，她抱怨我，等孩子上大学一走，咱就去离婚。我一点也不相信的这句话，却一直在我脑中未去，她实在是说的次数太多。在这个世道上，我个人的生命仿若一块石头，可以历经日晒风吹雨淋，在重压面前，是一块铁；而妻早受不了这些了，只是不得不在后面跟着我。

面对生活的疾风苦雨，凄风恶浪，我只要是认准的事，就一头扎入。她却只能在岸边观望。看着在惊涛之中挣扎的我，搏击的我，沉浮的我。她哆嗦，后悔、愧疚、担忧完全盖过了我击破恶浪时带给她的那份欣喜，从来没见过我收获、成功之时她的惊叹与夸赞。

有的时候，我是要她跟在我身后的，所以我会骂着她，拽着她。跟在我身后，进入生活的激流，不被呛几口水，也得被风雨淋透。我以为她常说的要与我离婚的那句话的根源在这里。

<h1 style="text-align:center">8</h1>

现在，在我心底，一直在追问着一个问题——我的母亲，在西安为我照看孩子，为什么贵贱不住了，死活要回？一刻不等往家跑呢？这样一个问题一直在诘问着我。

我一直在找，必须找出一个答案。但我只是得到了这一简单的答案：相距千里之远，有时太急躁了，我在电话里给母亲生过气，发过火，这是直接的导火线。

还有什么？我实在找不下去了，只想到了这里——几代人在这个世间的不同身世、经历，面对这个世界，不同的姿态，不同的观念，会不会也是问题的症结所在呢？

往回看，几乎是从女儿会走路起，到离开我们去西安上高中前，我多次教训、责骂过她，还多次动过巴掌，在她的同学眼里，马小雨怎么有这么个

299

爸？几代人之间的鸿沟，我与女儿观念的不同，有很多地方很不同，何况奶奶与孙女呢？何况一个50年代生、一辈子在大山深处黄土沟洼上刨挖的老人，与一个城市出生、高考前的女孩呢？

母亲本来就对我们生了一个女孩从心底里很灰，几乎一切信心都不存在。

这些"90后"的孩子，他们有时的举动，实在是不会让你能想得通的。女儿被西安交通大学建筑设计专业录取，我们决定带她到鄂尔多斯的新区康巴什看看，那是云集中国一流，甚至世界一流建筑大师，设计建造的一座新城，许多建筑物很具有后现代主义。开车已出了榆林城区，单位突然打来电话，说有特别重要的事要我回单位，我说我已上了高速走出几十公里了。当我们跑了150多公里，终于到了这座耳目一新的草原城市时，女儿并没有显出多少激情。在我想象中，女儿一到这座城市，会惊喜得又蹦又跳，会为自己未来五年大学生涯上第一堂课而特别兴奋激动。情况完全不是这样，她一句话不说，无精打采。再三追问，妻对我说，女儿身体不舒服。我火气直往上冒，就是有病也可以坚持啊，我们跑了几百里路才来到这里啊。我越生气，女儿越不高兴。我妹妹十岁的女儿晓萌，见着面前这新奇的建筑物，腾空嘶鸣的骏马雕塑，惟妙惟肖的动物群雕，早跑得不见了影。萌萌按压不住兴奋说，舅舅，让我考上大学，学建筑设计，可就太美了。可我的女儿，这个就要去大学里人居学院上学的大学生，面对中国超前几十年的建筑设计、城市景观，从去到离开连一张照片都没拍。

9

这件事，会不会也是母亲心里的一个结？或许是这一生的一个心病。

孩子也够难的了。祖宗八代都是乡里受苦人，从十三岁上学离家走了，后来到城市谋生，一年见面也没几回，谁拉扯帮扶过他一把？城市的石头街上打拼，不是老家的黄土坡上，那真是刀刃子上跳舞。一个无亲无故、无依无靠的农家孩子，他是要爬着前行的。

世人都这样说，父母给你身子，就足够了。可在我们的现实生活里，许多的父母，不仅给儿女票子、房子、车子，还要给位子和靠山。现实之中，有的人与生俱有的，是有的人一辈子都奋斗不到的。母亲如果想到这里，心里该是怎样的痛苦？

也许，她根本就没想这些。把你们生下，养活大了已可以了，任务已交代了。她脑子里终日全是天气节令，多会儿才能盼来一场雨，和她的那些场院上的鸡呀羊呀，菜园的茄子、柿子、山里的谷子、向日葵……

到底会是什么，我不得而知。

10

孩子上大学是我们家生活的一座分水岭，过去的一切仿佛都留在了山那边。可妻子却不行，她不能容忍母亲在西安撂下挑子强行回家。她不是光说在嘴上，这一意识渗透了她的全部。

那时妻子几乎一两周就下一回西安。那天她刚到，我打通母亲拿着的那部手机，我说这两天你把这个手机叫我妻子拿上，她不住地出去采购东西，我在榆林要不断地给她打电话的，安顿这安顿那，她拿的手机有漫游费。妻说母亲过去把手机往沙发上一扔，很没好气地说：谁要拿她大的骨殖就拿上。现在的婆婆，有几个敢在媳妇面前这样的？

为了自己的孩子，她都忍了。现在她又回到了自己媳妇的位置上了。

11

这个我们家最为重要的夏天，这个艳阳高照、特别喜庆的夏天，我们一家人心里却忽喜忽悲，时阴时晴。

西安上高中的三年，匆匆吃着大灶饭，日日按时按点到校上课；没有节假日，所有的节假日都在补习补课。整个一大间卧室，满墙壁都贴着与高考有关的内容，满地摆的都是高考用的资料与书籍。每日中午只睡半小时，假日可以稍多一点；夜里，夜夜三更灯火。女儿为没有考上京城那几所名牌大学，心里不甘、难过。

看着女儿的难过，我和妻心底也很不是滋味。天晴天雨，天明天黑，夫妻俩这几年跑了多少回西安？二十多年前，烈日下，父亲拉着架子车走在黄土高坡上，去小镇中学给我交口粮；二十多年后，西安城的火车站台上，公交站牌下，红绿灯前十字路上，我吃力地提着大包小包，躬着身疾步穿行……

西安交通大学，是国家九八五工程院校，位列中国名牌大学前十。我们一家却开始为女儿的未来担忧，从填报志愿到收到录取通知书，从未有过的焦虑。可能把以前以后所想的、要想的人生前途问题，都集中到了这一个月。

考上了中国名牌大学，我们对女儿的未来却不敢有多么好的设想，前途一片迷茫。

那天领女儿去鄂尔多斯新区观赏建筑景观的事，就让它过去了，一个朋友讲的这件事，让我的心得以释然。有朋友的孩子从京城的大学毕业，去美国洛杉矶留学。刚去时，孩子还经常与父母联系，渐渐地联系就少了。往美国打电话是很贵的，又有时差，就在网上发信息报平安。听说美国那地方校园治安不好，夫妇俩每天晚上守着电脑，轮流值班，老公值前半夜，老婆就值后半夜，直到网上发来孩子平安的消息，才睡觉。日日如此，两年下来，夫妇俩搞得神经兮兮，三四十万积蓄全部花光。孩子从美国留学回来，父母在西安给找了工作，孩子不干。到北京去了，除过三资企业，哪儿不去，在京城漂着，很少给家中父母打一个电话。每提起孩子，朋友的妻子眼泪涟涟……

想来，这个世上，家家有本难念的经。

上大学出发的这一天，我们家没有安排欢送或者团圆饭，每个人都有情绪。看着女儿不声不响，我气极了。后来才体会到，那是女儿给父母撒娇，要起飞了，要出阁了。小的时候，她不懂得给父母撒娇；上中学，课业已是那么重，已经来不及了；西安苦读，更是三更灯火五更鸡，一头扎入书山题海……

可这一天的时间不容我去想这些，看着女儿一言不发，无尽的担忧。孩子啊，今天就离家去上大学，这是真正的离家走向社会，有多少座山要翻越，有多少苦头要吃，就你那文弱样，总不爱听大人的话，终要迷路、跌跤的，前面山重水复……

出发前一天，我给榆林移动公司的朋友打电话，叫他给西安移动通信的朋友打电话，找人给我女儿办一张好记一点的手机号。未来的时间，手机是陪伴她极为重要的一件工具，新的大学生活开始了，用一个新的号码。又向我的一个朋友要来了他女儿的手机号，他女儿北大毕业，在西安交大任教。电话打通，朋友的女儿很是热情，说我如果有事，不想下来的话，让孩子自己下来吧，她可以领着我孩子报名。有什么事让孩子找她，要我全都放心。录取通知书上也写明，学校不鼓励家长送孩子入学报到。

这些年一直跑西安，女儿嫌坐飞机花费大，相差好几倍，硬要坐火车。这时去西安的火车票已很不好买，为三张票，我四次给那个火车站站长打电话。出发前一天找到站长，站长说叫我第二天快到走的时候再来找他。我说这可是孩子上大学的事，开学报名只一天。那站长瞪着眼看我，生硬地说，你要相信我。我慌忙赔上笑脸，心里却已作好另一种准备，如果第二天买不到火车票，就自己开车送女儿去上大学。

火车票买到了，我们一家上了南下西安的火车。火车急速驶离陕北高原，我们家翻开生活的新的一页。

味外之味

雷 达

依我看，江南至少有四大"美"——景美，女美，文美，食美。对美景，由于多年来不断行走，上有天堂，下有苏杭，山外青山楼外楼，西湖歌舞几时休，已刻在记忆的屏幕上了。对美女，我也是欲罢不能，暗诵"越女天下白，五月鉴湖凉"，遥想着西施、苏小小、柳如是、李香君、董小宛们，一个个与清流知识分子死生与共，宁不叫人魂追梦萦？对美文，固然天下美文多矣，但许多出自江南才子，且出自大才子，却是真的。远的不说，只消翻开现代文学史，现代思想史，发现三分之二以上的文豪出在江浙，而西部偏西地区几乎为零，不由让人惊讶于造化之何独钟于江南。

对于前三"美"，除了力顶，我没什么可说的。唯独对于第四美——江南"美食"，我缺乏真切的体味与感受。我是个对吃东西稀里糊涂的人，我这大半生，什么好东西没有吃过，但记不住，若说直到现在才接触江南菜，那未免透出假来；可是，我要说，饮食习惯，这种从哺乳期到童年期、青春期，直接刺激人的味觉、喉管的身体记忆文化，却有种天然狭隘的地域性，它阻隔着一个人对各种美食的兼容并包。你可以改变乡音，但你却没法儿改变胃口。我们听说过学贯中西的大学问家，却没有听说过对任何东西都爱吃，都会吃，都能吃出道理来的无所不包的"吃家"。即以我而论，真正把杭州菜当作一种审美对象，不但感性地，而且理性地深入其里，陶醉其中，终于品评出一点味外之味来，不得不说是最近一次在杭州知味观的品尝。这一次，毫不夸张地说，从根本上摇撼着我的餐饮观。

我出生于甘肃天水，长到22岁时离甘赴京，从西北到了华北，但始终没有离开过北方。我发现，我的口味极其顽固，喜欢辣，酸，喜欢牛羊肉，喜欢面食，米饭基本不动。一天不吃面就没着没落的。这绝非我矫情，作秀，实在是一种连我自己也无法解脱的根性。我承认有的人随遇而安，善于应变，但我做不到，我可能属于最顽固的分子。所以，很长时期，在我心目中，世上的美食，无非手抓羊肉，高担酿皮，牛肉清汤面，岐山臊子面，羊肉泡馍，油泼辣子面，浆水面，荞面搅团，天水呱呱，百合炒肉片，茄子炒辣子，东乡土豆片，河州包子之类。你看，基本全是围绕着面食，我竟一直

303

看不出它的单调。上海人或江浙人一见上螃蟹了就没命了，立即亢奋，这种时候，我往往慷慨地把我的那只螃蟹拱手送人。

我小时还有几种怪吃法，至今不忘。一是喜食油渣，最盼望母亲炼猪油，眼看她把一块块白色脂肪扔进锅里"炼"，炼到只剩下油渣。母亲遂把油渣盛到一小碗里，撒一点盐，递给我。我在旁俟之久矣，接过碗，飞奔而出，忙用热馒头把油渣一夹，急急往嘴里塞，好香啊！还有一吃：西北冬天酷冷，人们总是围着炉子枯坐，便将土豆切成薄片，转圈儿贴满了炉壁，直烤到焦嫩黄脆，然后撒上盐吃，这是另一种绝妙吃法。像兰州这样的城市，至今以吃为乐，以吃为天，以吃为最重要的交际方式，饮食业极其发达。入夜，滨河路两岸十里黄河风情线上，餐馆密集，灯火通明，笙歌不息，据说兰州每天要消耗掉近万头羊。我奇怪于羊的生长期何以能满足了人的饕餮？我曾戏称兰州为享乐主义最盛行的城市，其实满足的不过是较低需求或生命本原之需要。我的一个朋友有一天忽然愤愤地说，重要的不在于吃什么，而在于和谁一起吃！他似有所悟了。

试想，带着如此粗陋的饮食习惯或饮食观的我，面对杭州一桌精致无比，琳琅满目的菜肴，会怎么样呢？这不啻被抛入一种"失语"的尴尬情境，我只能采取"食无言"的藏拙，来它个哑巴吃饺子，心里有数。

记得那天，先上来的是一色面点。什么猕猴桃酥，凤眼饺，知味小笼，知味馄饨，幸福双，样样色香味形俱佳，在座诸公，莫不眉开眼笑。这个说，入口即化，那个说，外脆里嫩，吃到兴起处，某公晃着脑袋直叫，美食啊美食。殊不知，百年老店知味观就是从这些面点起家的。知味观之名，也是由"欲知我味，观料便知"得来。我们在厨房观看了"猕猴桃酥"的制作全过程，发现虽属面点，其用料之讲究，做工之精细令人叫绝，可以说每一只都凝结了老师傅的聪明才智。

我暗暗与我所熟悉的西部面食加以比较，不禁悟到，原先自以为西部面食与雄浑，狂放，苍凉融为一体，何等来劲，江南小吃不过是些小玩闹的看法，实属局囿于一种风格的偏执。现在吃杭菜，倒也不必有意抬高南方，贬低西北菜肴，但必须清醒地认识到，烤全羊，手抓，牛腱子肉，驼掌，驴腿，羊蹄，牛膝盖，虽也是一种文化，也有悠久历史，也辉煌，但它毕竟是与基本生存太过密切相关的文化，是以大热量，耐饥程度，抗风寒，难消化，延迟饥饿感，缓解肠胃紧张情绪为主要特点的，其文化含量和文化档次受地缘影响，毕竟都不很高。比如馕，为的是便于在沙漠中长期食用和保存；比如辣，有抗风湿功效；再如酸，有助消化之力。在审美的日常化、精巧化和娱乐化甚为流行的今天，难道江南名点不是更值得我们珍视的一种

"国粹"吃法吗？其文明程度不是更高一点吗？

至于菜肴，那就更叫人惊叹了。除了龙井虾仁，西湖醋鱼，金牌扣肉，东坡肘子这些久负盛名，流行全国的大菜、名菜、传统菜，其工艺极佳，充分体现了"中国味道"的无与伦比的魅力之外，我还发现，有一些新颖的名字跳出来了，它们提供着种种陌生化的新口感。我只想拣出"蟹酿橙"和"雪梨火方"一谈。前者据说是南宋时的民间菜，它剔取蟹粉，将蟹肉微炒之后，放入橘子之中，蒸制而成。吃起来，舌尖上有种奇特的刺激感，难以言传。"雪梨火方"把最冰冷与最火烈的东西结合在一起，吃起来甜酸与香醇并存于舌尖之上，说不出的"爽"。不失为富有想象力的创造。

这些新型品种菜，给了我极大的启示。我由此想到，人种在变化，人的器官也在变化，万物皆流，无物常驻，人的胃口，嗜好，味觉，也是变动不居的。我们固然应该珍惜传统，但更应该重视创新；完全依赖于老字号，老牌子，坐享其成，并非一劳永逸之策。人不可能永远吃老祖宗发明的几样菜。浙人似乎悟出了这一点，他们在众多菜肴中，不断揉进了新的元素，适应着现代人的日益复杂怪诞的口腹之欲。

下午，浙江的朋友带我们游西湖，游毕到一饭馆用膳。它掩映于西湖杨公堤红栎山庄一带，前含山水，后抱湖光，木桥回转，曲径通幽，好一个赏心悦目的去处。那天天气不冷不热，微风起处，涟漪层层，望着无尽的西湖，沉沉欲醉。大家一面品尝着，一面争说着"叫花鸡"的来历。有的说，"叫花鸡"是要饭的乞丐偷了鸡，怕人抓住，赶紧用泥巴把鸡糊起来，架在火上烧泥巴，泥烧裂了鸡也就熟了，原是一道不登大雅之堂的菜。有的说，是朱元璋自己当叫花子时发明的，做法是将活鸡用黄泥糊住，只留鸡头在外，放在火中烤，鸡被烤得焦渴难耐，便张大了嘴要水喝，人就将酱油等作料用勺子灌将进去，所以好吃。这倒也符合朱元璋的残忍。还有的说是当年乾隆皇帝微服下江南，流落荒野，见一个叫花子鬼鬼祟祟，尾随之，发现了烤熟的鸡，乾隆于困饿交加中自然觉得这鸡好吃极了。吃毕问其名，叫化子不好意思说"叫花鸡"，就胡吹说这鸡叫"富贵鸡"云云。

此刻，我忽然觉得，眼前活色生香的佳肴，是如此地精致，秀美，甜脆，爽口，它与周围的湖光山色，与苏州园林，雁荡秋水，天目森林，与牙雕，与丝竹，与寿山石，与评弹小调，与吴越软语，是如此地融洽无间，相得益彰。它们融为一体，共赴天人合一之境。当饮食与文化背景糅合一起，吃饭再也不仅是满足热量的需求，而是一种文化的享受与顿悟，人不仅是为了活下去，还为了活得身心愉悦，为了一种情怀与遐想。这是人生的高质

305

量，是生命状态的提升。吃，升华为一种艺术了，一种对人的想象力和创造力的证明，一种审美化了的活动，一种人类才艺高度的炫耀，也就是"人化的自然"的展示啊。它的美学追求是如此地凸显，味外之味，难忘矣。

原载《渤海早报》2012年8月10日

心　重

刘庆邦

　　我的小弟弟身有残疾，他活着时，我不喜欢他，不愿带他玩。小弟弟病死时，我却哭得浑身抽搐，手脚冰凉，昏厥过去。母亲赶紧喊来一位略通医道的老爷爷，老爷爷给我扎了一针，我才苏醒过来。母亲因此得出了一个看法，说我是一个心重的孩子。母亲临终前，悄悄跟村里好几个婶子交代，说我的心太重，她死后，要婶子们多劝我，多关照我，以免我哭得太厉害，哭得昏死过去。

　　我对自己并不是很理解，难道我真是一个心重的人吗？回头想想，是有那么一点。比如有好几次，妻子下班或外出办事，该回家不能按时回家，我总是不由自主地为妻子的安全担心。我胡想八想，想得越多，心越往下沉，越焦躁不安。直到妻子终于回家了，我仍然心情沉闷，不能马上释怀。妻子说，她回来了，表明她没出什么事儿，我应该高兴才是。我也明白，自己应该高兴，应该以足够的热情欢迎妻子归来。可是，大概因为我的想象沿着不好的方向走得有些远了，一时还不能返回来，我就是管不住自己，不能很快调动起高兴的情绪。等妻子解释了晚回的原因，我们又说了一会儿话，我压抑的情绪才有所缓解，并渐渐恢复到正常状态。我想，这也许就是我心重的表现之一种吧。

　　许多人不愿意承认自己心重，认为心重是小心眼儿，是性格偏执，是对人世间的有些事情看不开、放不下造成的。有人甚至把心重说成是一种消极的心理现象，是不健康的心态。对于这样的认识和说法，我实在不敢认同。不是我为自己辩解，以我的人生经验和心理经验来看，我认为心重关乎敏感，关乎善良，关乎对人生的忧患意识，关乎对责任的担当，等等。从这些意义上说，心重不但不是什么负面的心理现象，而正是一种积极、健康、向上的心态。

　　我不揣冒昧，做出一个判断，凡是真正热爱写作的人，都是心重的人，任何有分量的作品都是心重的人写出来的，而非心轻的人所能为。一个人的文学作品，是这个人的生命之光，生命之舞，生命之果，是生命的一种精神形式。生命的质量、力量和分量，决定着文学作品的质量、力量和分量，有

307

什么样的生命，只能写出什么样的作品。我个人理解，生命的质量主要是对一个人的人格而言，一个人有着善良的天性，高贵的心灵，高尚的道德，悲悯的情怀，他的生命才称得上有质量的生命。生命的力量主要是对一个人的智性和思想深度而言，这个人勤学，善于独立思考，对世界有着独到的深刻见解，又勇于准确地表达自己的见解，这样的生命无疑是有力量的生命。生命的分量主要来自一个人的阅历和经历，它不是先天就有的，而是后天经年累月积累起来的。他奋斗过，挣扎过，痛苦过，甚至被轻视过，被批斗过，被侮辱过，加码再加码，锤炼再锤炼，生命的分量才日趋完美。沈从文在评价司马迁生命的分量时，有过精当的论述。沈从文认为，司马迁的文学态度来源于司马迁一生从各方面所得到的教育总量，司马迁的生命是有分量的生命。这种分量和痛苦忧患有关，不是仅仅靠积学所能成就。

回头再说心重。心重和生命的分量有没有关系呢？我认为是有的。九九归心，其实所谓生命的分量也就是心的分量。一个人的心重，不等于这个人的心就一定有分量。但拥有一颗有分量的心，必定是一个心重的人。一个人的心轻飘飘的，什么都不过心，甚至没心没肺，无论如何都说不上是有分量的心。

目前所流行的一些文化和艺术，因受市场左右，在有意无意地回避沉重的现实，一味搞笑，娱乐，放松，解构，差不多都是轻而又轻的东西。这些东西大行其道，久而久之，只能使人心变得更加轻浮，更加委琐，更加庸俗。心轻了就能得到快乐吗？也不见得。米兰·昆德拉的观点是：生命不能承受之轻。他说过，也许最沉重的负担同时也是一种生活最为充实的象征，负担越沉，我们的生活就越贴近大地，越趋近真切和实在。相反，完全没有负担，人变得比大气还轻，会高高地飞起，离别大地，运动自由而毫无意义。

有一年我去埃及，在不止一处神庙中看到墙上内容大致相同的壁画。壁画上画着一种类似秤或天平样的东西，像是衡器。据介绍，那果然是一种衡器。衡器干什么用的呢？是用来称人的心。每个人死后，都要把心取出来，放在衡器上称一称。如果哪一个人的心超重，就把这个人打入另册，不许变成神，也不许再转世变成人。那么对超了分量的心怎么处理呢？衡器旁边还画着一条巨型犬，犬吐着红舌头，负责称心的人就手就把不合标准的心扔给犬吃掉了。我不懂埃及文化，不知道壁画背后的典故是什么，但听了对壁画的介绍，我难免联想到自己的心，不由地惊了一下。我承认过自己心重，按照埃及的说法，我死后，理应受到惩罚，既不能变成神，也不能再变成人。

从今以后，我是不是也想办法使自己的心变得轻一些呢？想来想去，我想还是算了，我宁可只有一生，宁可死后不变神，也不变人，还是让我的心继续重下去吧。

原载《文汇报》2012年2月17日

低调的飞扬
——莫言印象

郏宗培

　　我们所居住的地球在互联网时代的今天，真的是变小了，成了地球村了。那边，几千公里之外，北京时间 10 月 11 日晚 7 时，瑞典皇家科学院新闻发布会宣布将 2012 年诺贝尔文学奖授予中国作家莫言，瞬间，信息映像即通过网络同步传至中国的千家万户；而获奖者莫言却在远离大都市的胶东高密老家刚吃完晚饭，领着小外孙女去邻近的二哥家串门呢。就像去年茅盾文学奖公布之时，他也是窝在高密老家，尽享闺女生女、他喜得外孙女的天伦之乐。

　　若有人问我，对莫言的印象如何？我说，他就是这样低调，不事张扬，越来越能控制内心情感的一个人，一个在创作上想象力狂放不羁，语言行文犀利恣肆，永不固守大胆创新，好些作品甚至超出了读者的阅读经验；而在现实生活中，他倒是一个胆子不大，见到陌生人有些腼腆，夹杂着胶东口音的语调永远慢声轻气的。

　　认识莫言大约是 1984 年，那时他在北京魏公村解放军艺术学院文学系学习。那是军旅作家的摇篮，聚集了三十五个来自三军的学员，有的已经发表不少作品，小有名气了，如李存葆、钱钢、李本深、王海鸰，当时使用本名管谟业的莫言默默无闻，在编织着文学梦想。我作为《小说界》编辑到京组稿最喜欢到那里去，可一网打尽一大批作者。也许搞创作的作息习惯与众不同，他们四人一间的宿舍常用床铺横七竖八、"军阀割据"成一个个自成一体的私人小空间，我就是在这小空间里与莫言交了朋友，还拿到过他新创作的一个小短篇《石磨》，后发表在 1985 年第 5 期《小说界》上。

　　到了这批学员将近毕业前夕，莫言发轫了，一部《红高粱家族》引起了文坛的关注，被改编成电影《红高粱》后，他的名声与日俱增，而他的故乡情结却越来越浓烈了。

　　无论他毕业后在军内，还是转业到检察日报社，或是到京城哪个机构，他心目中的地处胶东平原边缘的高密东北乡，永远是他的文学中心舞台。他的几乎所有作品都是在这一方生他养他的水土里展开叙事、开掘，向广袤的外界拓展延伸。那一出出时而高亢激昂、时而凄凉悲切的人生大剧，一个个浸润着家乡泥塑、剪纸、扑灰年画、荒腔大板等民间艺术元素的高密传奇，无不渗透着他怀乡、怨乡的复杂情感，愤世嫉俗的冷色幽默。他关注中国动荡的20世纪，演义着一拨又一拨人们的苦难与奋争。于是，就有了《丰乳肥臀》《檀香刑》《生死疲劳》《四十一炮》《蛙》，有了众多的长篇、中篇、短篇小说，有了散文、影视、话剧作品，他的故乡与他的文学是生生不息、密切相连的。

2004年末，我与旅日学者毛丹青策划了北海道文学采风之旅，莫言为首席嘉宾，带领一支京沪媒体团队在冰天雪地的北海道历时十二天纵横三千里。每在一地活动完后到达下榻处，或餐前或饭后，差不多总要安排一次莫言访谈，大家围他而坐，有提问有记录有摄影。无论是对随行团队，还是在北海道大学讲座、在根据他小说改编的电影《暖》基诺影院首映式上，他谈的最多的是他儿时在家乡过年祭祖风俗的忆念，对母亲的感恩，谈动物谈孤独谈战争，谈当年被侵华日军抓去当劳工、在北海道过了十三年野人生活的非凡老乡刘连仁，谈他写作的种种感受。每每当他谈得深情忘我的时候，从他吐出的团团烟雾里，从他细眯的眼眸中，分明让人看到了他内心情感的丰富、惆怅和纠结。同行者说，莫言很是低调，而他的心却飞翔得很高，其中的落差，藉以弥补的是他永不泯灭的童心和悲悯的情结。

那一天去当别町拜访一位年届88岁的侉田老先生，当年发现并救助刘连仁的老猎户，已缠绵病榻多年了。莫言就像代自己的长辈去敬谢一般，他盘坐在榻榻米上，细心地听老先生含混不清的讲叙。当我们上车准备离开的时候，莫言看到老先生脸贴着玻璃窗看着我们，只见他快步下车过去，隔着窗子喊：撒油窝那拉！撒油窝那拉！

前年夏天，莫言应邀来沪参加上海书展，其间他特意抽出一个下午时间，专程去黄浦区工人文化宫与那里的读书组就他的几部长篇小说进行了座谈研讨。这是个有近四十年历史的读书组织，是在原南市老城厢的一批文学爱好者为基础传承下来的，七八十位与会者大多已是中老年了。莫言很认真地听了大家的发言，不时给予答问，他的平易近人让与会者很是惊喜，至今回忆起来还激动不已。

莫言很欣赏古人常说的澡雪精神，认为这是我国古代知识分子修身养性的一种方法，即把身上、头脑中醒醒的沾染了世俗观念的东西用雪洗澡一样洗去，使思想得到升华、净化。我想，与普通人多相处多交流多感同身受，这或许与他的"作为老百姓写作"的观点相吻合的，而不是居高临下地看着芸芸众生，然后指点江山，激扬文字，这未必是在替老百姓说话，而是作为

311

一个高等人说话。

当然，莫言也是一个很随性，也懂得享受生活乐趣的人。在北海道期间，只要是住在温泉旅馆里，他不仅每晚必泡，清晨都是六点即起床，独自一人去泡汤。有经验者说，这种早上睡眼惺忪，拎着毛巾去风吕泡个晨澡——朝风吕，正是一天活力的源泉。

记得刚到北海道的当晚第一泡——在十胜川温泉的八楼露天风吕里，莫言泡得兴致极高，他头扎羊肚白巾，竟赤身裸体站立池中，一手叉腰，一手挥向黑黝黝的远方，口中喊道：同志们好！同志们辛苦了！周遭彻骨冰寒，他浑身冒着扑扑热气，在远处灯光的衬托下，俨然如一尊雕像。众乐，齐唱《红高粱》中的"酒歌"：妹妹你大胆地往前走。啊……歌声伴着吼声，粗犷昂亮，一时震落了不少池畔假石松树上的白雪，惊飞了鸟儿。翌日清晨，大家出外一看，又乐了，原来昨晚入住前，不知周边环境，旅馆前方竟是著名的十胜川河，在朝阳的映照下，河滩里满是众多来此栖息、黑白分明的白天鹅和黑野鸭，一片人间仙境。昨夜莫言这番天体展示，莫不是让这些鹅们鸭们饱享眼福，岂不快哉！

原载《新民晚报》2012年10月14日

向晚雅静

汤世杰

　　果真是天眼犀利天机锐敏，无时不能洞察俗世之人刚刚萌动的那点凡念？要不那几天怎么我刚刚想到些事，就频频有人事接踵而至，仿佛是受上苍指派，特来为我那点浅薄心思做个佐证？先是想起一年前在长江口看到的那片湿地，及几位师长朋友，心中已自翻腾；随后看到几则《白鹿原》拍电影的消息，一时兴起，顺手便给忠实发了个短信。不一会儿忠实打电话来，隔着千山万水聊了几句电影，他说，不知你最近怎么样，我现在反正是哪里都不去，就在家待着，读读书，写写字，想想事。我一惊，说呵呵我也是啊！料想那时的忠实或就像白鹿原上的一位老者，任指间那支他几不离手的咸阳雪茄化作缕缕青烟飘散，只顾望着莽莽苍苍的塬上想心思吧？至此，早就在脑子里翻来覆去想着的"向晚雅静"一语终于圆润成果，差可与师友一起共享品尝。很想跟忠实聊聊去年夏天在长江口看到那片湿地时，一阵恍惚后便悄然遁入的那种沉实的雅静，终怕电话打得太长，只好不舍地挂断，心绪却再也停不下来。

　　那个夏日，或许注定我会在长江口亲睹一条大江历经几千公里奔行汇入大海时无声的壮阔。说起来，老友金雨时当初邀我去上海看世博会怎么都只是个由头，见面叙谈叙谈多年情谊，得空再去拜望几位师长朋友倒是真。情义如酒，藏久弥香。相识多年，从壮阔三峡初聚同享江天月夜，到云雾庐山再会共赴苍茫云水，直到半载京郊小住看满山红叶，几日香格里拉同游赏梅里神峰，一缕相知与牵挂串起的二十余年岁月既转瞬即逝，又分分秒秒尽在眼前。他知我心。头天到，翌日上午便应我之意，让人送我去看望钱谷融先生，回来后又问我还想去哪里。那一问还把我给问住了。久在边地终成山人，总嫌红尘太深闹市太喧美食太腻美人太媚，找个地方静静地说会儿话，领略领略师长友人的襟怀风采就好。可雨时的神情分明在问：来趟上海当真哪里都不去？骤然想起去时在飞机上随手翻过一本杂志，三两幅照片几小行文字，说的是长江入海口有片东滩湿地，目光一下就盯在那里：打小在长江边嬉水玩沙长大，从三峡口江花帆影叠映的懵懂少年，到金沙江边水激浪遏奔涌的多思成年，直到风静水平闲散的淡泊壮年，无时不想前往探访长江源头，或去长江口一睹大江入海时苍茫的雄阔，阴差阳错，总难成行，又总不甘。不改的痴心，或会让好梦成真？便告，方便的话去去东滩湿地看看吧，听说在崇明岛。雨时一愣：听倒是听说过，怎么去我得打听打听——不瞒你说，我也没去过。

难为雨时，不日便成行。清早从市区出发，眼前一幢幢耸立云天的高楼飞驰而过，我方向莫辨。穿过江底隧道，渐至车少人稀；进入崇明岛，先去崇明森林公园逛了一圈——看惯了高原的苍茫老林，人工营造的森林公园绿得发亮，于我仍像小孩儿玩过家家；然后便直奔东滩。沪上七月酷暑燠热，倒有阵阵幽绿与清风扑面而来。终于到了，一辆电瓶车带我们穿行于无尽的苇丛荷塘，几分钟后，便悠然可见一片田野风光。及至一座仿古木构观景台伫立眼前，拾级而上，世界便突然变得阔大松弛，清亮通透，连呼吸也在瞬间变得自由舒展。苇浪连天碧，荷箭映地红！红红绿绿间，大片大片的水域清明如镜，照得见朵朵浮云。极目处不见任何人工建筑物。大海在远处，涛声亦在远处。偶有一群白鹭或是白鹳不知从哪里腾空跃起，舒缓盘旋，而后又翩然远去，让湿地那片巨大、寂静的空间陡然变得灵动、盎然，生机勃勃！想想，那是中国最长最长的大江长江的出口，长江三角洲的尽头。那样壮阔的湿地景色，多年前我曾有幸在多瑙河三角洲见识过一次，这次却是在上海，在崇明，在东滩。

所谓"三角洲"，无非大江大河入海前最后的行程，怎么说那都是生命的尽头，再往前，就不是江、河，而是大海了。当一条浩荡大江瞬间遁形于无，成就那片阔大的湿地时，它自身到底是在还是不在？那与另一个问题一样，让我从多瑙河三角洲一直纠结到如今：奔腾如许的一条大江尚且如此，渺小如人者又如何？生命的归宿何在，晚景又该是何等情状？其时寂静无边。时空无间。倘将眼前的那片三角洲湿地，当作一位历经山高水寒，从青藏高原步步行来，早已阅尽人间风雨的耄耋老人，此刻他是在江口海边安然歇息，还是在静默中沉思？直面东滩的寂静，怎能想象长江在虎跳峡的跌宕与喧腾，理会它在三峡里的湍急与浩荡？曾经的冲杀突围、千回百转、奔涌喧腾、一泻千里都成过往，激越后的沉淀一如沉思，水波不兴，悄无声息；一听是寂静，再听也是寂静，却越发清亮越发透彻。细听，也正因了那寂静，不唯仍能隐约听见它平匀沉稳的呼吸，也能听见铺天盖地的芦苇、水草轻吟般的拔节，甚而水鸟的振翅、鱼虫的潜游……

这么说来，大江直到那时或也并非一无作为。先携万里江山百代盛衰林林总总地沉积成那片沙洲，而后更将身子整个儿地敞开，自然地袒露于天地之间，昼接阳光，夜披月辉，以它无语的丰沃无声的慷慨滋润万物，任凭草生草长，鸟飞鸟落。生命最后的供奉，恰在那样的雅静无为中进行；湿地既是一片自然景观，又是一道人文精神境界：拦截污浊，蓄水固土，涵养水质，减少流失，保护生态，难怪有"大地之肺"之誉！甚至，几乎所有的三角洲，都孕育出了这个星球上最为灿烂的文明：古埃及文明孕育于尼罗河三角洲，印度文明与恒河三角洲密切相关……倘说相对于我们广袤的国土，那样的湿地不是太多而是太少，上海有一片正是幸运：一个大都市，哪能只有光鲜的新天地喧闹的南京路？也该有可让人休憩怡悦的景致，有叫人想吟咏《渔歌子》的所在；那么，人世间的"湿地"恐怕就更少也更其珍贵。而我，则有幸见识过几处那样的风景。

多年前与钱谷融先生相识，后也曾在昆明两度见过先生，一晃十多年，开门时钱先生竟还能说出内子的名字，让我大为惊讶。终于得见众多学人描述过的那间狭窄又宽阔的书房，到处是书，我只能侧身从书的山梁谷间穿过，落座于一个四周都是书的旧沙发。环顾四周，料想也只有钱先生自己才能从那样的拥挤、零乱与芜杂中，找到他心中秘存的阅读秩序，寻到与他思索对应的历史佐证——或许那就是人世间的一片"湿地"？人已九十开外，依然精神矍铄，交谈间不时有燧光石火闪现，映亮我的思绪。先生的"述而不作"早成学界佳话，晚年他很少为所带学生正经讲课，无非师生共聚于那间书房，品茶闲聊而已。还别说时下流行的什么上电视讲四书五经，托人评个什么奖当个评委之类现代"作为"，就连他数十年思索的成果，也是经弟子们一再催促方才编就。其实也非全然不"作"，而是少"作"，一"作"便石破天惊。二十世纪五十年代，一篇《论"文学是人学"》在文界引发轩然大波；钱先生自嘲那全出于他的"疏懒"，其实该是早就深悟文化须"养"，文人该"散淡"、该"闲"之理：齐白石终生梦想"作个闲人"，张充和也有一方清人赵穆所制"作个闲人"的印章，"襟怀无著处，寻梦到梅花"。

也想起白桦先生，听说那几天他小恙住院，想去看他却未能成行。前几年他到滇南重访他拾得山间铃响的旧时马帮地，聊天时我问他如今忙些什么，他说这些年凡老友相聚，我祝酒时都说：祝你不再写长篇！遥想当年，白桦先生以他的青春与才华，倚马千言，奉献出多少脍炙人口的佳作！而人生有时，术业无止，当老之将至，给自己一个合适定位最是要紧。曹孟德所谓"老骥伏枥，志在千里"固然壮美，可老了老了依然闲不住，以为天下唯我有才，奔跑窜跳，到了也就落个心劳力拙，空疏俗滥而已。毕竟一人一时代，任谁都不必逞强斗能，做点自己想做也能做的事，为生命添点静雅方是正经。

其实雅静并非无为，甚至"懒惰"。比如雨时兄，先前做小说、传记做得风生水起，如今到一家独立研究院做点建筑文化研究，倒蛮对路，也蛮有意思。关键或在能否舍弃奢欲。庄子谓"其奢欲深者，其天机浅。""天机"对应的正是"心机"。心机太盛甚或心机算尽者，天机自被堵死。人生晚来之美，美在忠于内心，天机由是或反倒更深。即便才高八斗，自信有能力穿行在宇宙无边无际的黑暗空间者，仍该双膝跪下，祈求"天机"之不弃。领衔雨时兄做事的那家研究院的张永岳先生，也曾有过在学界与市场叱咤风云的日子，如今年近六旬，虽慕名来求者众，也只静心带三两学生，做点学问，日子过得静雅、舒心，却愈发有深度。初到上海当晚，小聚后回到住处，初识方几个时辰的张永岳先生，竟发给我一条短信："没有独立的健全的知识分子人格，便不能真正建设起现代的健康的公民社会。"人格即心境与操守。有此则无论身在何处，天机依然。恰如新世纪音乐家雅尼所说，灵感与地点无关："你不必在高山之巅俯瞰风景，也无需在草地上久坐。"他甚至"最钟情于黑暗"："我有很多作品都是在地下室完成的。那里没有窗户，很暗，也很静。灵感总能到来。"小说家麦家也说："人最好是平平静静的，不为所动，内心有一个真正爱的东西。"所谓真爱，当既不是名也不是利，而是一种境界。"一个作家在他的书中必须像上帝在宇宙中，既无处不在又无迹可寻。"福楼拜如是说。其实也不止作家，不止在书中，人生向晚都该

如此，就像那片湿地。

……记得站在东滩湿地那个观景台上时，有风徐徐吹来，说不清那是来自红尘鼎沸的上海，还是波涛翻涌的海上，人被吹得清明舒爽。大自然总给人以启示。或许我在钱谷融先生的书房里，在白桦先生的话语中，在雨时供职的那个独立研究院里，在张永岳先生发给我的那个短信中，在陈忠实打来的电话里体会到的清雅、宁静与温润，就像那天我曾身在其中的那片巨大湿地，绝不止是一道景观，更是一种品格，一种生命的存在方式。记得返回时眼见东滩湿地已渐在身后，但由苍绿、清新、阔大的东滩湿地引发的思索却如连天苇浪，至今仍在我脑子里翻腾起伏，波漾回旋，如同一群精灵般的白鹭……

原载《人民日报》2012年1月31日

春秋那棵繁茂的树

王剑冰

一

两千五百年前的一个秋天，子产死了。

一棵大树的叶子开始下落，像一场庄严的降雪。

整个郑国哭成了一团。"我有子弟。子产诲之。我有田畴，子产殖之。子产而死。其谁嗣之？"

远远的还有一个人，哭得声泪俱下："子产，古之遗爱也。"

孔子一哭，树叶子就全落了。

二

子产执郑国政务那么多年，死的时候，儿子连安葬的费用都拿不出。郑国人自发捐献，男男女女，甚至有的解下身上的首饰。子产的儿子坚决不收，父亲在世时清廉，死后不能为他抹黑。

人们为子产所感，纷纷把金钱财物扔到了河里，变成纪念子产的另一种形式。河后来叫作了金水河。

现在这条河流经了郑州的主要市区。没有多少人知道名字的由来。

子产病危嘱托儿子，生不占民财，死不占民地。人们踏着厚厚的叶子，把子产葬于高高的陉山，山上可以看到很远。墓没有使用山上美丽的石头，是人们从洧水边带的卵石砌成。

红红黄黄的叶子纷扬着，旋起的风有些冷。

子产是那么热爱大自然。郑国遭旱，子产按"桑林求雨"的风俗，令屠击、祝款和竖柑三位大夫到桑山祭祀求雨。三位官僚没祈到雨，却砍伐树木，毁坏了山林。子产很生气："祭祀山神，应当培育保护山林，如何能这样毁坏。"遂将三人撤职。郑国后来到处林木葱茏。

一枚叶子在眼前晃，心内有一种晚来的悲伤。登上高高的陉山，那里的树该是好高好高了吧。

找寻了许久才看到一块子产待的地方。四处正在开山采石。子产睡的地方没有苍松翠柏，甚至没有一棵大树。一轮夕阳，苍然于山。

子产寂寞了许多年。

三

郑国所在就是现在的新郑，有水有田的好地方，小麦和大枣都很养人。周围的齐、晋、秦、楚谁不觊觎？诸侯争霸，使郑国兵连祸结。而国内争权夺利，相互倾轧，陷入可怕的困境。多年的停滞和衰败后，子产应运而生，支撑危局。

那时候，百姓开发的耕地，总是被人仗着权势掠走。子产先从整顿田制入手。多占者没收，不足者补足，确定各家的土地所有权。而后改革军赋制度，增加税收，充实军饷，增强国力。接着将一系列法令刻铸于钟鼎，开创公布成文法的先例。

改革没有一帆风顺的，子产为政，也有人骂，唱着词编排他。子产只当是落了一身秋风，落多了就抖抖身子。

子产主张国政宽厚仁慈，恩威并施。既以法治国，又施善于民。子产还重视教育，尊重人才。对于晋、楚强权外交，子产毫不惧让，维护郑国利益和独立的尊严。

司马迁在《史记》中这样说：子产为国相，执政一年，浪荡子不再轻浮嬉戏，老年人不必手提负重，儿童也不用下田耕种。二年之后，市场上买卖公平。三年过去，人们夜不闭户，路不拾遗。四年后，农民收工不需把农具带回家。五年后，男子不必都要服兵役。

有这样的一位国理，且执政了二十六年，可见百姓和国家得到了多么大的实惠。

子产就是一棵翁郁的大树，让人感到了他的阴凉。

四

我想沿着一枚叶子的纹路走到子产的内心去。苍远的岁月，他只活了六十来岁。我觉得他活得很充实，他不需要看谁的脸色，端正了一颗良心，什么都不怕。

子产是受郑国的上卿子皮推荐执掌国政的。子产应该感恩呢，子产感恩的方式就是好好工作，克己奉公。子皮找子产来了，他想让儿子尹何当个邑卿什么的，子产热情地接待了，但很认真地认为，尹何还年轻，缺乏经验，恐怕难以胜任。答应了就等于毁了国家利益，也毁了尹何。

看到这里，我有些为子产担心，按现在的话说是不识时务。这时我们该感慨子皮了，子皮听了反而感动了，认为是子产开导了自己，心内忏悔不说，还从这件事看到了子产对国家的忠诚和责任感，就放心地让子产执掌全国政务。这件事好让人一阵思索。那个时代，不仅遇到了子产，也可以说还遇到了子皮。

我想找找那个乡校，应该在哪一片地方呢？小的时候知道子产，是因为那篇著名的文章。

初开始还以为子产对教育的爱护，读完才知道是比教育更大的事情。在乡间。每个村子都有一片地方，不是场院就是大树下，人们总是有事没事在那里聚集，说些有用没用的话。当然会有些议论，甚至发些牢骚。有人讨厌这地方，要求关闭。子产搞的是民主政治，不毁掉公共场地，听从人们的心声。

不毁乡校成了子产的名策，所以《子产不毁乡校》代代流传。那个乡校要是留着，肯定成了重点保护单位。

想到了鱼。一个朋友给子产送礼物，说是上等的好鱼，十分鲜嫩。子产非常感激，乐呵呵收下，但又不忍杀掉无辜，活蹦乱跳的生命呀，子产便叫人将鱼放进了池中。虽然这鱼被下属偷偷下肚了，但鱼的族类还是为子产的善举狂欢劲舞。

一片秋叶掉进了池水，鱼们喁喁而围，发出唼喋的声响，池水中一片碎金乱银。

五

一大片的莲叶摇晃着微风。溱洧河还是那么清且涟漪。

子产曾在溱洧河边走，那时的水比现在的还大还清。

后来的人就在溱洧河边修了祠堂，纪念这位人们爱戴的圣贤。圣贤不是我说的，古人就说"郑国的子产是不世出的圣贤"。

岁月流逝，子产祠建了毁，毁了建，一直持续了多少朝代，溱洧河水总有那祠堂的倒影。

人们到河边游玩，采莲浣衣，总要经过子产祠，不忘去缅怀祭拜，那是一个风景呢。子产祠现在也看不到了，真想到祠中上一炷香啊。有我这种想法的人许是很多呢。在溱洧河边，只能咏诵那些诗篇了，一代代写的诗篇何其多。

溱洧河边子产祠，
郑侯城下黍离离。

319

> 惠人懿范应难见，
> 君子高风何处追。
> 尘世几更山色在，
> 英雄如梦鸟声悲。
> 行人马上空回首，
> 落日荒郊不尽思。

这诗有些悲情，一匹马，一个人，一袭黄昏，一片庄稼地，当然还有一条河。

这些构成了"不尽思"的苍然画面。最后，我们看到了那个"回首"的特写。

诗人一定记住了子产的话："苟利社稷，死生以之。"那是影响中国的十三句名言之一。是后世众多名臣的座右铭。王安石改革时就说过类似的话。林则徐则有诗："苟利国家生死以，岂因祸福避趋之？"

以前对子产了解得不够。自然也是宣传得不够。但古人可都知道，且崇敬无比。孔子先前这样评价子产："其行己也恭，其事上也敬。其养民也惠，其使民也义。"还有人说："子产之德过于管仲，即使是诸葛亮，也不过是以管仲、乐毅自况，不敢比拟子产。"更有将子产奉为"春秋第一人"，这可是至高赞誉了。

六

子产又字子美，这让我想起另一个叫子美的人。他或许也是因为崇尚子产而起的名字吧。

仰天看一棵树，就看到了子产那个清癯的形象。

子产有点像杜甫，一点也不高大魁梧，倒有些善和忧怅。但这样让人感到真切，也感到亲切。

子产没有传下多少文字。

子产不需要文字的托举了，他本身就是一篇最好的文章。

原载《海燕》2012年第6期

渐行渐远绿皮车

南　翔

近年，不断有绿皮车即将退出历史舞台的消息传来，随着高铁、动车组、城际列车——总之是高速铁路交通的高歌猛进，铁路的短途旅客不断"甩下"，或曰"下放"给公路，当年我生活与工作过的浙赣线西端（归属宜春车务段管辖），很多小站已经撤并或停止客运，被烙上慢车标志的绿皮车，踵接蒸汽机的后尘，缓缓却也不容置疑地退出历史舞台，似乎也是别无选择。

二十世纪九十年代之前，绿皮车是中国铁路客车的标准"肤色"。无论是慢车、快车（主要是停点少而非速度快）、公务车乃至首长专列，几无例外都是绿色为底，窗口上下，有两条水平黄线一贯到底。最初的客车为何一律绿色？是沿袭战争年代的迷彩伪装？抑或，绿色代表通行无碍？二则，绿色和原野融洽无间？可能兼而有之吧。事实上，列车出站，大多数时间与路段，一体行驶在广袤无垠的山岭或乡间，与山乡一色的深绿移动，能不赏心悦目！

传统工业场景的浩大与强蛮，入笔可成文，入墨可为画。那是六七年前，我在内蒙古开会，得知中国铁路的百年霸主——蒸汽机车即将在这里的大板悄没声息地落幕。说是悄没声息，国内外的蒸汽机摄影发烧友还是闻风而动，扛着"长枪短炮"迢迢而来留影了。《新京报》曾经报道："秋天，刘建新开着车，从车站出发，半小时后，火车就驶进了杨树林。路两旁的杨树密密匝匝，似两堵墙，树叶已由绿色转变成黄色，如同被火烧着了一般。在路边的草原上，搭着外国旅游者的帐篷。他们为了守候拍摄蒸汽机车，会在帐篷里住几个月。有的还买了辆自行车，追着火车拍照。"这里的火车，除了蒸汽机牵引的货车，还有，就是绿皮车。

这个刘建新便是当年集通铁路公司下属大板机务段的火车司机，我们那时候习惯把火车司机叫大车，张大车，或刘大车。如同到钢花飞溅、铁水奔流的钢铁厂去参观，肯定比到安静的计算机房或组装流水线参观，好看得多，蒸汽机的听觉和视觉冲击力堪称无与伦比，机车两边一共四对八只巨大的轮子，每只直径达两米，鲜红铺色，巨臂轴连，煤水车可盛二十吨烟煤，水柜的肚子可容五十吨水，车头长三十米，自重一百六十八吨，汽笛一拉，响遏行云，十里八乡可闻！"从大板到好鲁库的途中有一个热水镇。在宁城县的这个小镇观看蒸汽火车一度是一个热门的旅游项目。热水镇附近有一座司明仪大桥，冬天这一带山上的雪最多，几乎全是银白一片。当火车喷着浓浓的白烟，从桥上呼啸而过时，就像是一种传说。"

可悯可惜，这个美丽的传说，很快进入了倒计时。如今，在蒸汽机寿终正寝的五六年后，又轮到与之百年相伴的绿皮车，很快就要脱离直观的视野，从此长存在影像里，并且随同"大车"、"蒸汽机"等一道，逐渐淡出人们的记忆。前些时，同样是看到一篇报道，提到绿皮车之廉价：从北京站到通州西票售价仅仅一元五角。后来动了心思，为行将退出"现役"的绿皮车写一篇小说（小说《绿皮车》已见《人民文学》2012 年第 2 期），这个念头骤起的是新闻，串起来的是历史的沉重与现实的斑斓。

始料未及的是几个老朋友，谈起绿皮车，便情动于中，一个曾经在江西某县城文工团当过演员的朋友告诉我："以前剧团外地演出，有演员在车上翻跟斗，平时很容易，但在火车过道里就不易了，能赢五角一包的郴州烟，因为车里晃动大。"

还有一个已经移民加拿大的老同学给我发来电邮："记得在彬江（浙赣线西端的一个四等站）的中学阶段，一次支农插秧就靠近铁路。满身泥巴汗水，腰酸背疼之际，看见绿皮客车被喷云吐雾的火车头拉着从身边轰隆隆驶过，望着那些窗口露出来的乘客的脸，很是羡慕。对于绿皮车蜿蜒去往的远方无限神往，想象着如果自己能从站立的泥水里拔出脚来变成那绿皮车厢里的一员，该是多么惬意……绿皮火车显然不及现代火车舒适，但我还是怀念坐在绿皮车里，把车窗大开，让风可劲儿迎面吹，头发由此蓬乱，旅行则尤显真切实在。冷天里不能敞开窗户，又不甘心完全关死后的空气不良，于是小心拿捏尺度，反复小幅开开关关，比之现在坐在空调车里，不劳动手也不准动手，更让人觉得旅行人更多的主动和参与。有点类似乘飞机和坐巴士的旅行感受区别。"

当然，绿皮车也有例外，或为跟环境协调，青藏铁路打造的就是绿皮车。百度告知：青藏铁路开通后，北京，上海，广州，成都，重庆等地相继开通通往拉萨的特快列车，这些列车采用 25T 型客车，为改进版的青藏高原型 25T，高原型 25T 型绿皮客车主要为青藏铁路运行而设计（不同于普通型 25T，客车采用航空气密技术及供氧氧气装置等）。与普通 25T 型客车的蓝白两色车身涂装不同，青藏高原型 25T 为与传统"绿皮车"涂装类似的墨绿色车身配两道黄线的涂装，但是 25T 型绿皮车在停车时可以使用厕所。

不过，此绿皮车，非彼绿皮车。青藏铁路的绿皮车除了外壳是绿皮，内里一应设施，远在一般红皮车、动车类之上。

如果说蒸汽机车是前工业化时代的身份之一，那么绿皮车是什么呢？速度慢，价格廉，固然是应有之义，还有笨重的双层车窗，烧煤的茶炉，没有空调，停车才开启摇头扇。摇头扇正中那枚铁路路徽十缺八九——大都被人踩上座椅靠背掰卸了，扣在自家的自行车前。更重要的是内容——绿皮车里的乘客，他们多半是短途旅客，有通勤的铁路职工，通学的职工子弟——地处偏僻的铁路沿线无法就学，或者原先的子弟学校大都撤并，于是孩子们需要到省城或大站去读书，每大早上乘车去，晚上乘车回，此之谓"通学"。有点像现今深圳的香港籍孩子，每天穿着黄色校服，早早过关排队去香港读书，那也是一种不可道尽的辛苦与担心。还有就是菜农，我原先住在南昌铁路家属宿舍三村，附近菜场就有很多来自南昌到江边村支线上的菜农或者鱼贩子。他们赶早挑卖的蕹菜、韭菜、萝卜和鱼类，因为新鲜、无污染，格外为铁路家属的菜篮子垂青。菜农和鱼贩子，便是靠着绿皮车早出晚归。我曾经问一个瘦小的菜农，菜好卖吗？他用南昌郊县方言道："好卖哟，几厚咯人哟！"

人可以说多，说稠，他却讲的是"厚"，令我大为震动。想起著名诗词大家顾随先生讲过这么一个例子：取自著名古典小说《水浒传》，鲁智深打戒刀，要打八十二斤重的，到了铁匠铺，铁匠听说要打这么大的一把刀，惊讶道："师傅，肥了。"我们一般会说重了，或者，大了，但是铁匠说的是"肥了"。这给顾随很深的印象。事实上，文学作品留给读者深刻印象的，往往就是这些细节。我后来在课堂上，将这个每天乘绿皮车往返菜农的"几厚咯人哟"语之学生；一个女生十来年之后来深圳告诉我，当年上课的内容大都不记得了，但人多可以用"厚"来表述，她一直没有忘记。

历史的前行，终归是要付出淘洗与唱响挽歌的代价吗？蒸汽机车的落幕，自然有费煤费水的因素。绿皮车的退役呢，也是相关少慢差费？少是乘客少，慢是速度慢，差是设施差，费是成本问题，不挣钱。可是对于通勤和通学的男女老少，对于贩夫走卒亦即城乡基本乘客，没有了绿皮车，不便，却是毋庸置疑的。这就不仅仅是个视觉的美学问题，也不是一个单纯的怀旧之议。

如同小说《绿皮车》的一个读者来函跟我说的："列车上的三组人物：学生、鱼贩子（菜嫂）和乞讨的残疾人，各自有代表、有象征，有蕴含，但无疑都是这个社会的底层，甚至包括主体视角的'茶炉工'，以及买或不买他手推车里什物的不具姓名的乘客，都是在艰辛中讨生活。绿皮车（慢车）

是一个流动的茶馆，汇聚了芸芸众生相，同时也是一个时代的隐喻——联想到我们'高歌猛进'的过去和当下，'慢'下来，才有低徊，检讨、左顾右盼，乃至扶老携幼，荣辱与共……"

面对渐行渐远的绿皮车的背影，我们除了依依叹惋、毅然割舍与"华丽"转身，莫非再没有别的选择？

"春去也，飞红万点愁如海。"

原载《南方都市报》2012年3月2日

老 地 方

习 习

老坟茔

说是天下李氏出陇西，这个墓，就是陇西李氏家族的祖墓之一。陇西指的是战国、秦汉时期以狄道为郡治的陇西郡辖地。狄道就是这个老墓所在的今天的临洮县城。

其实是个有布局的墓群，墓相隔得远，才觉得是散落的。北边，连绵的山峦像盘裹着墓群的一条大龙，这个老墓呢，就在龙头之下，想来地位大约是显赫的。秦汉的天空似乎格外空阔，这个墓群的后人应该有的是地方为先人们扩充疆土，但大约又不能相距太远，以致散失，毕竟先人们是在地下。天下李氏到了唐朝更是了得，边地很多少数民族也被赐了这个国姓。但这里是地道的陇西李氏的祖坟。陇西李氏绵延数千年，文臣武将，人才辈出。而今，在临洮，李姓命名的村庄就有七十余个。

只是，墓全然不像墓了，很像一个夯土的烽燧。墓很孤立，农人们没有让墓群间的地闲着，大片农田，禾苗葱绿，独独衬着这一块寸草不生的赭黄的土堆。原先穹庐一样的坟，被农人削割着削割着，成了方形，高高的立方体，依然能推想到墓先前的宏大。路边，一棵大梨树正落花，风一吹，花瓣散散地飞到墓上。

汉朝还很肃穆，这里出土的汉砖汉瓦汉罐都是素朴的青灰，修饰其上的简单的绳纹同时也是为了器物的牢固。农人拿出自己收藏的一个素灰的汉罐来，粗粝，似是随手拿捏后，就那样随便烧制而成了，成了，又发现裂了个口，再额外加补了一块陶土补丁。罐里也不平滑，一只花蜘蛛在罐里结了细密的网，沉睡在汉罐里像一个绣娘似的。

再说那个墓。那样显眼地矗立在地上，盗墓贼势必不会让它安宁。农人说得形象，贼们先掘开一个水桶口大小的深洞，那么大的人，会忽然软软地缩成瘦瘦的一条，绳子一样被绳子吊着，就进了墓。进去盗了些什么，说不上了，时间过得太久了，大约是口口相传的缘故。但有一件事情是真的，农人说，三十多年前的一天，田里开渠放水，水把这老墓冲出一个洞，水轰隆隆地流到洞里去了，人们好奇，等着看它再从哪里流出来，结果呢，水那样轰隆隆地流了整整一天一夜，没有任何信迹。

我很喜欢农人说的"信迹"这个词。我觉得是墓不愿给人们信迹。

于是，人们猜度，这墓里是建有宫殿的。

田边就是农人简朴的院落，对开的木门上，镶着盘花铁扣。院里一棵大梨树，把几枝伸到院外，簌簌落着白花。那个有宫殿的墓，就像这个院落的富家邻舍，只是藏在地下。

马家窑遗址

遗址就在路边，很突兀地呈现在了眼前。

西北的古遗址大凡这样：枯黄、朽残、远离尘世、空阔、风直来直去。这一处遗址不同：起伏的小山包之间，躺着不规则的田。地里，青嫩的玉米秧子刚刚破土。

连绵的山包是赭红的，少有青草，偶尔能看到几束零星的灯盏花。一个农人蹲坐在山头，看着他的羊，说是怕那些只顾低头吃草的畜生们闯进人家的田里去。

一眼看去，这个遗址就是这样的显现在地表的浅浅的样子。

当地朋友说，正好，昨儿才下过大雨的。在紧靠着山脚的窄窄的田埂上边走边搜寻。这时候，就发现了这块地方的奇异之处，星星点点的碎陶遍处闪现。雨水匀匀地把地刷洗了一遍，有的碎陶显露出来了，有的顺着坡和水一起流下来了。陶取自这里的泥土，躺在地里，自然不张扬，定睛了，才能发现。放到掌心，只一眼，就能看见华美。

先前，在博物馆，看到那些精美的马家窑彩陶，就有遐想的。马家窑的彩陶有点像古中国陶器史上的唐朝。神奇的纹饰、艳丽的色彩，还有雍容的器形、细腻的外表、宏大的数量，都到了彩陶史的顶峰。之前的陶，素了、粗糙了、瘦瘠了，之后的呢，又颓唐（这"唐"字真确切）了、衰败了。

赭红的黏土是适合做陶的土，近处的洮河呢，正便于汲水。先民们从来依河而居，建村落于河畔向阳的台地上，今天还是如此。黄河上游最大支流之一的洮河，日夜不息浩浩汤汤汇入黄河，把马家窑文化流到了北中国很远的地方。马家窑太古老了，四五千年前的彩陶，今天留世的、特别是那些保存完好的，也大都是先民的陪葬。人朽了，灵魂散了，而陪葬人的东西留存下来了，这大约是逝去的人活着时很少想的事情。

那天，看到当地人收藏的一个彩陶蛙纹瓮。收藏人讲得开心。瓮的肚子那样饱满，顶上却开这样小的口，贪嘴的老鼠，奋命要往那瓮嘴上爬，到了巨大的肚腹这里，就无奈地滑下去了，几次三番地滑下来，真是绝望得要死。还有蛙纹，样式真多，说道真多。繁复纤细的蛙纹、长了人脸的蛙纹、垂了巨大阳具的蛙纹、用四个大爪子拥裹着农田的蛙纹……全是人们美好的愿望。祈祝蛙神祛除水患，期望人类也能有小蝌蚪那样多那样活泼的子嗣；如果像蛙一样既能在水中畅游，又能在岸上行走，该多好啊；而站在岸边的神奇的蛙们，高高鼓起的肚腹，多像那些富足的瓮。先民们期盼丰收，彩陶上的动物们，多子多孙，且大都像蛙类一般，温和而良善。

前几年，在遗址还能看到窑灰、磨颜料的石板、艳丽的矿石粉末。彩陶时代的马家窑，该是如何窑窑相望、烟尘袅袅呢？

捡拾到一块碎陶，遍身朱红精致的网纹，笔画纤毫毕现。记起一位当地朋友的话，说，马家窑陶纹颇神秘，很难搞清先民是如何掌握了在圆形陶器上以陶口为中心着图的几何原理的，有个画家，细细地一笔一画地临摹陶器上的纹饰，一遍又一遍，到最后，总不能圆满收笔。

这样想来，这每一块碎陶上的纹饰，都仿佛神迹。

哥舒翰记功碑

这真是个富足的地方，那些老事物和人们朝夕相处。

就在县城，紧邻马路边立着一块大碑，需竭力仰视的碑。距今一千二百多年的古物了，被风雨剥蚀后，碑上依稀可辨的仅六十七个字，是唐朝明皇的御笔。的确是唐的气度，碑身为巨石所制，从存留的碑文来看，题字布局疏朗，周边有富余的留白。疏朗的刻字不怕浪费了碑身，空着也是气势。北地强劲的风霜雨雪，打磨了它几千年，碑更像一个沧桑的脸，沧桑至无语。

在浩大的时空里，人可以消亡得不留一丝痕迹。但碑是给世间的一个留存，这大约是永垂不朽的含义吧？但世间怎能有永垂不朽之碑呢？就算这碑如此坚固、宏大，字依旧被风吹散了。时间还一点一点地刻画出了碑现在的样子：坚硬的碑身呈现出大浪鼓涌的跌宕，雄踞碑额的猛兽，身形模糊，眼眸深窅。

在开阔的北地，这个高大的与青天接触的碑是极配所纪念的人的。哥舒翰，唐代猛将，突厥族哥舒部人。唐玄宗天宝十二年（公元753年），身为陇右节度使的哥舒翰攻取吐蕃洪济城，大败吐蕃军于洮河流域，收复黄河九曲，立下赫赫战功，受到朝廷称赞。公元754年，唐玄宗为哥舒翰立碑。

碑欲永垂，而人世无常。

安史之乱时，哥舒翰统兵二十万坚守潼关，但受杨国忠猜忌，被迫出战，兵败，哥舒翰遭贼人杀害。

碑先前并未这样突兀地矗立在路边，原先是有个寺观围裹着它的，当地人叫那观"石碑观"。观后来陪不住碑，彻底废圮了，碑就这样孤独地立在了路边。因为那样惯常地立在路边，人们从它身边来来往往，很多路人竟至不知道这碑为着何人而立了。

于是，碑的孤立更叫人觉得有点悲壮了，再看那苍凉的碑身，叫人心底鼓荡得厉害。

在北地西陲，曾流行这样一首民歌：

"北斗七星高，哥舒夜带刀。至今窥牧马，不敢过临洮。"西陲人声情慷慨，这歌儿的韵调定然也是鼓荡人心的。歌儿里的哥舒翰在浩瀚星空下，横刀立马，便已经是神了。

我想，神的碑，便是在人世间模糊了脸庞也罢。

姜维墩

说先前是一个名副其实的土墩，很老的土墩，日复一日地，人们上上下下，土簌簌落着，能看得清土墩是渐渐萎缩着、破败着的。好友说，小时候约好一伙人上山来，是为采山上的毛刺树上的野豆，大家一边玩着，采上山来，在这土墩旁聚集、歇息，清点收成的多寡，之后，再玩着下山、回家煮豆。

这个土墩是这边山头的至高处，山叫岳麓山，天下不止一个岳麓山，这个岳麓山呢，雄峙古狄道城的东部，占尽了好风水。传说，老子就在这山的山巅飞升，飞升之时，升天台脚下的一棵梧桐树上，忽然间出现了一只凤凰，凤凰振翅高飞，压弯了树尖的梧桐枝，而今，在那里还能看到一棵弯下枝梢的梧桐树。

土墩就立在这个好风水的山上，上了土墩，可以把整个狄道城，包括周边方圆五公里的地方，一览无遗。

原先，人们还能在土墩附近捡到锈蚀的箭镞、刀戟，还有粗绳纹的瓦片、陶罐……

其实这土墩是秦汉时期的烽燧。古代的狄道，一直是控扼陇蜀的战略要地。三国时，大将军姜维九战中原，数次与魏兵激战在洮河之滨。每过狄道，姜维都选中这个烽燧。烽燧前是一片开阔地，正好屯兵、练兵。烽燧那边呢？万丈悬崖，鸟瞰下去，是古狄道的大城池。洮河蜿蜒、穿城而过，敌人稍有动作，在此一目了然。

好友说得好，那时，姜维就在墩上，一边喝着茶，眺望着远方，一边看着墩下练兵的士兵，满心的运筹帷幄啊。

姜维出生北地，传说容貌俊朗、身材魁伟。他一辈子出生入死，能在这墩上，如诸葛武侯那般，虽不能羽扇纶巾，能求得片刻的气定神闲也是令人怀想的。只是人世纷扰，勇武好战的大将军一辈子怕没有过过宁静的几日。

可惜了这个土墩，人们怕它再日复一日地散泻下去萎缩下去，用水泥覆盖了它，上面就矗立起了一座坚硬辉煌的水泥高台，新时间彻底覆盖了旧时间。台上安置了水泥桌椅，游人可以模仿姜维，呷着茶，运筹帷幄地望一望脚下的临洮。

只是这里还是有浓郁的杀伐之气，好友说，天阴时，偶尔会传出兵士的厮杀声。那些掩藏在土里的刀戈箭戟是不会安静的。还有，小时候，他们在这山上采集的那种野豆，名叫大钢针，在那个饥饿的年代，把大钢针煮了，壳子里的果实，暄软而鲜美。但刚从毛刺树上摘下的大钢针，硬而尖锐，酷似伤人的利器。

大寺院

算得上是我去过的最大的寺院了。

寺院若是老的，才有寺院的味道，即使再小再素朴。记得那年去过甘肃崆峒山的一个寺院，小小的院落，应了老老的土屋、一院子苍老的黄菊，就觉得那寺院是有味道的。菊花簌簌落着，菊瓣儿在地上打着漩儿。走远了，听得有木鱼的声音传出，才知里面是有僧人的。一直记得那个小寺院，就想，时间是会让很多东西空阔起来的。

而这个大寺院有一千七百多年的历史了。寺这么老，就觉得寺里的啥都是老的大的：庙宇楼阁、一草一木，无不有着很长很大的来历。

寺院以柘树取胜。问了人，说那棵就是柘树。哪棵呢？就是靠近院墙那边的那棵。因为藏在一堆树中间，所以还是不能看清。但想必不是太苗壮的，因为院墙那边的树都不算太大。大约华贵的树木总不易长大，就像檀树，在南方植物园见到的，也大都细弱。

说是南檀北柘，可见柘树在北方的尊贵。

有一晚，看到明代张岱在《夜航船》中这样记柘树：枝长而劲，乌集之，将飞，柘枝反起弹乌，乌乃呼号。以此枝为弓，快而有力，故名乌号之弓。

柘树遒劲，很适合在开阔的北地做那种收放自如的武器。北方的黑乌鸦呢，也调皮得紧，站满一树，说起身就倏地一起起身，大约是喜欢叫柘枝高高弹向空中的，乌鸦的呼号也许就是它们的笑声。只是，人们不大愿意认为乌鸦会笑罢了。

便想了，下次还去那里，一定要看清院墙角的那棵柘树。可偌大的寺

329

院,据说现在仅存两棵柘树。传说,用柘树皮熬的药,可治女子不孕。先前成片成片的柘树呢,都让民间那些世世代代不生育的女人们撕了树皮,之后,就一棵棵枯将死了。

只是寂寞了那些乌鸦。

柘树之外,还有众多参天入云、蓬勃如盖的古树。但寺里只有树没有水是大缺憾的。树像世界的空间,而水像时间。寺背倚宝珠峰,山根是有潭的,深深的潭水(不是"桃花潭水深千尺"的潭,那有些妩媚了),并不显露,藏着,或者在地底潜流,人是看不见的,只有一寺院的花草树木们知道。于是,这不显山不露水的水也有了这老寺院的禅味儿。不过,水偶尔也奔涌出地面,是为着文人们的曲水流觞。

原先,觉得"曲水流觞"是一个普通的词儿,后来,很喜欢它,觉得古代的文人们也是活泼的,甚而调皮的。清澈的潭水静送着酒杯,把起一盏,里面有大味道。酒盏里映着一片竹林——流觞亭前的那一大片竹林。这片竹林,竹子的竿上都有一道特别的翠绿,人们因此叫它金镶玉竹。我不喜欢这名字。我想,我若是那时的文人,曲水流觞间,就只喜欢听那片竹的声音。竹子虽则纤细,但风一吹过,竹叶细密地响成一片,很像翻动纸页一般,哗哗哗,声音比那些高大的树木盛大得多,叫人浮想得多。

深秋了,树木都到了最饱满的时候。有些熟透了的柿子,落在寺庙的飞檐上,兀自烂漫着。山三面围着寺,像个大大的靠背椅,这个大寺院就暖暖和和舒舒坦坦地安卧在里面。

这寺因水因树叫潭柘寺。

老北京都说:先有潭柘寺,后有北京城。

至于潭柘寺究竟多大,就单说一口存留至今的铜锅吧:直径一米八五,深一米一,是昔日僧人做菜用的。说寺里以前共有三口锅,这是最小的一个。寺里煮一锅粥,得十六个时辰。那么,寺里有多少和尚呢?民间有这样一个说法:"有名和尚三千,无名和尚无数。"

四合小院

三开间的北屋,向阳。东边那间安静,住母亲,西边那间住夫人。纵是像人们说的,夫妻两个从早到晚几乎不说一句话,但中间这间,一家人吃饭时总能在一处坐一坐。

推开红漆木门,屋子里还有浓浓的南方樟木的气味。母亲带不过来南方,就搬来藤柜藤椅,好在接着地气,藤不会开裂。吱——吱,藤床响动一下,母亲在翻身。两个女人就这样起居在先生的身边,这大约叫他稳妥。

先生呢，在三间北屋后接盖一间小屋，又睡觉又当书屋。北京人叫"老虎尾巴"，为什么叫这么硬生生的名字呢？先生叫他"绿林书屋"。书屋窄小，只放一张两条长凳搭的床、一张书桌、一把椅子。书屋窄小，但窗户宽敞，他还亲自买了大块的玻璃安上，小小的屋有了大而亮的眼睛，能透过玻璃看到后院的榆叶梅、青杨，甚至院墙外的两棵枣树。冬天，树木落尽了叶子，坐在书屋里，就能看到夜空。北屋老式的木格窗也镶上玻璃，前前后后都透亮了。千眼照花，前院的白丁香，碧桃，坐在书屋里，隔了玻璃，也能看清；花儿开时，前屋后屋也都香了。

三开间的南屋放书柜当会客厅。西侧小小的一角，一扇木门关住了所有凌乱的杂物。这院落全是先生亲手设计，先生借钱买的这个废圮破败的小院，后来就这样翁翁郁郁起来了。

八十多年过去了。那一天，站在安静的院里，只听见树叶颤动的声音。

但我想起，先生在这小院里的两年多是他一生里最为彷徨不平静的时候。隔了书屋玻璃看，书桌上方有一幅速写，先生喜欢的一幅画，依然是满纸的不安宁。两年多，先生在油灯下，写了《野草》、《华盖集》，还有《华盖集续编》、《彷徨》、《朝花夕拾》、《坟》里的部分篇章。大部分文字幽暗诡谲，有着那个时代沉沉的影子。

油灯亮了，夜虫撞在玻璃上，叮叮的响。鬼眨眼的天高而奇怪，哇——夜游的恶鸟飞过去了，墙外的枣树像铁丝一样刺向天空……

人们于是都要找先生屋后院墙外的枣树看一看，但那两棵已经死了。旁处的一棵枣树，不是先生所写的两棵中的一棵，还茂盛着，但树皮沧桑、结满了厚厚的痂。

与先生言，这个小院里，总有些温暖。他在书屋里写了很多信，在柔软的宣纸上，他称那个比他小十八岁的女孩子"兄"，后来，又亲爱地唤她"害马"、"小刺猬"。满脸倔强髭须的大先生，唇齿间也会发出这样柔情的声息。

先生之后去了南方，留下了四合小院和两个女人。先生亲手种的白丁香、榆叶梅一年年长大，院子里的两个女人一年年老去。最后，就剩了那个不会说北京话的大夫人，在这个小院里孤独地离开了人世。

我想，几十年的希冀、受伤、失落，这是这个四合小院与那个南方女人情感上的意义。

那天，守护院子的人说，每年初春，丁香开时，满枝繁花，清香四溢。

先时，大夫人可在一院子的花香里想着南方？

原载《天涯》2012年第2期

夏牧场上（节选）

李 娟

　　2007年的夏天，我跟随我家的老邻居，哈萨克牧民扎克拜妈妈一家进入了阿尔泰深山的夏牧场，开始了一段难忘的生活。

　　新疆阿勒泰地区的哈萨克牧人大约是世界上仅存的最后一支真正意义上的游牧民族。他们每年南下北上，迁徙距离逾千里。其中搬迁次数最多的人家，一年中平均每四天搬一次家。他们历涉寒暑，依循着大自然的安排，一生默默辗转在艰辛壮阔的迁徙之路上。

　　虽然过去也写过大量的关于哈萨克牧人的这种生活，但却是远远的旁观。如今深深地介入这种生活后，却觉得仍然还是在"旁观"。所见所闻，更加陌生，更加遥远了。

　　总之，我怀着欢欣、孤独、惊奇、震动、困惑等复杂心情写下了近四十万的文字，仍感到远远不够，欲罢不能。在这里选出的是其中的一部分，可能有些碎乱了，唯愿它们作为诚实的记录，能为异域的人们打开一扇风光迥异的窗子，使大家了解到大地深处的这个角落里的一些生活和希望。

突然间出现的我

　　小时我家在城里开着一个小商店，生意并不是很好。那时的县城没有多少人口，街道安安静静，空空荡荡。我家所在的整条大街上除了林阴道、围墙及两三个工厂大门之外，再空无一物。更别说别的什么店铺了。我们的商店像是一百年也不会有人光顾。但推开寂静的门迈进去，总是会发现店里满满当当一屋子人。全是喝酒的。

　　我们店有着高高的柜台，铺着厚厚的木板。喝酒的人一个挨一个靠在上面高谈阔论，一人持一只杯子或拎一瓶酒。房间正中有一张方桌，四周四条长凳。也坐满了人。桌上一堆空酒瓶和花生壳。这是我最早接触的哈萨克人。

　　小时的我非常好奇，不能理解到底是什么话题能够从早谈到晚，从今天谈到明天，从这个月谈到下个月——一直谈过整个冬天……而冬天长达半年。这么偏远的小城，这么单调的生活。他们谈话时，语调平静，声音低沉。轻轻地说啊说啊，偶有争论，却少有激动。

在更遥久的年代里，大地更为漫远，人烟更为微薄。大约还是这样的交谈，这样的耐心，坚韧地递送信息，绵延着生息与文化。

那时我一点也不懂哈语，虽说每日相处，但还是感觉距离遥远，像面临踞天险为关的城池。

可如今，我会说一些哈语了，起码能维持最基本的一些交流。但仍面临着那个城池，难以往前再走一步。

卡西有自己的朋友，斯马胡力有自己的朋友。扎克拜妈妈当然也有自己的朋友，那就是加孜玉曼的妈妈沙里帕罕。两人之间还会互赠照片什么的。每次我要给大家照相的时候，她俩就赶紧站到一起。

两人一有空就凑在一起纺线、搓绳子、熬肥皂、缝缝补补。手里的活计不停，嘴也不停，说啊说啊，直到活干完了，才告辞分手。但回家转一圈，又没别的事情可做，便持着新的活计，转回来坐在一起继续聊。

不知道都聊了些什么，那么入迷！纺锤滴溜溜地飞转，语调不起波澜。只有提到苏乎拉时，才停下手里的活，惊异地议论一阵。又扭头对我说："李娟！苏乎拉昨天又哭了！今天就骑马去县城了！"

我问："哭什么？"

"那一次有人把电话打到阿依努儿家找她，她也哭了！然后也去了县城。"

"那这次为什么？"

沙里帕罕妈妈强调道："上一次是在拖依上哭的！还喝了酒！"

我觉得有些没头没脑。又不是十分好奇，便不吭声了。

但两人一起转向我，努力地对我无穷无尽地表达。其中的曲折与细节，向我黑暗封闭着。苏乎拉是孤单的，她身怀巨款与强大的欲求。扎克拜妈妈和沙里帕罕妈妈也是孤单的，只能作遥远的猜测与评说。最孤单的却是我，我什么也不能明白。

又记得刚刚进入扎克拜妈妈的家庭生活时，在春牧场吉尔阿特，一天傍晚妈妈让我去看看骆驼在不在南面大山那边。

我跑到山上巡视了一番，跑回家气喘吁吁地报告："骆驼没有！只有'山羊'！"

但当时我还不会"山羊"的哈语，那个词便用汉语说的，妈妈听不懂。我便绞尽脑汁地解释道："就是……白白的那个！和绵羊一样的那个，头上尖尖的、长长的那个……"

333

妈妈听得更糊涂了。

我一着急，就用手摸了一把下巴，做出捋胡子的样子："这个嘛，有的！这个样子的嘛，多多地有！"

妈妈恍然大悟，大笑而去。当天晚饭时，大家聚在一起的时候，她把这件事起码讲了五遍。从此之后，每当派我去赶山羊的时候，大家就会冲我捋胡子：

"李娟，快去！白白的，头上长长的！"

这当然只是一个笑话。但时间久了，这样的笑话一多，就不对劲了。我这算什么？

每平方公里不到一个人，这是不孤独的原因。相反，人越多，越孤独。在人山人海的弹唱会上，更是孤独得近乎尴尬。

在冬库儿，我们石头山驻地寂静极了，寂静也掩饰不了孤独。收音机播放着阿肯对唱，男的咄咄逼人，女的语重心长。卡西帕啧啧赞叹："好得很！李娟，这个女的好得很！"我不知"好"在哪里，更不知卡西情识的门窗开在哪里。

闲暇时候，总是一个人走很远很远，却总是无法抵达想去的那个地方。只能站在高处，久久遥望那里。

每次出门，向往着未知之处无尽地走，心里却更惦记着回家。但是去了很久之后，回来看到一切如旧。羊群仍在驻地附近吃草，斯马胡力和哈德别克两个仍躺在草地上一声不吭。半坡上，三匹上了绊子的马驮着空鞍静静并排站在一起。溪水边的草地上，妈妈和卡西帕正在挤牛奶。看了一会儿，再回过头来，斯马胡力和哈德别克已经坐了起来，用很大的嗓门争论着什么，互不相让。

我高高地站在山顶，看了这边，又看那边。天色暗了下来。那时最孤独。

所有的黄昏，所有欲要落山的夕阳，所有堆满东面天空的粉红色明亮云霞，森林的呼啸声，牛奶喷射空桶的"滋滋"声，山谷上游沙里帕罕妈妈家传来的敲钉子的声音，南边山头出现的蓝衣骑马人……都在向我隐瞒着什么。我去赶牛，那牛也隐约知道什么。我往东赶，它非要往西去。

妈妈在高处的岩石上"咕噜咕噜"地唤羊，用尽了温柔。毡房里卡西冲着炉膛吹气，炉火吹燃的一瞬间，她被突然照亮的神情也最温柔。

山坡下，溪水边，蒲公英在白天浓烈地绽放，晚上则仔细地收拢花瓣。像入睡前把唯一的新衣服叠得整整齐齐放在枕边。洁白轻盈的月亮浮在湛蓝明亮的天空中，若有所思。月亮圆的时候，全世界再也没有什么比月亮更圆。月亮弯的时候，全世界又再没有什么比月亮更弯。有时候想：也许我并不孤独，只是太寂静。

还是黄昏，大风经过森林，如大海经过森林。而我呢，却怎么也无法经过，千重万重的枝叶挡住了我。连道路也挡住了我；令我迷路，把我领往一个又一个出口，让我远离森林的核心。苔藓路上深一脚浅一脚地走，脚印坑里立刻涌出水来。走着走着，一不留神，就出现在了群山最高处，云在侧面飞快经过。心中豁然洞开，啪啪爆裂作响，像成熟的荚果爆裂出种子。也许我并不孤独，只是太热情……

无论如何，我点点滴滴地体会着这孤独，又深深地享受着它，并暗地里保护它，每日茶饭劳作，任它如影相随。这孤独懦弱而微渺，却又永不消逝。我藉由这孤独而把持自己。不悲伤，不烦躁，不怨恨。平静清明地一天天生活。记住看到的，藏好得到的。

我记录着云。有一天，天上的云如同被一根大棒子狠狠乱搅一通似的，眩晕地胡乱分布。另外一天，云层则像大幅薄纱巾轻轻抖动在天空。还有一天，天上分布着两种云，一种虚无缥缈，在极高的高处弥漫、荡漾，另一种则结结实实地浮游在低处，银子一样锃亮。

我记录着路。那些古牧道，那些从遥远的年代里就已经缠绕在悬崖峭壁间的深重痕迹。我想象过去的生活，暗暗地行进在最高最险之处，一丝一缕重重叠叠地深入森林……那时的身体更鲜活，意识更敏锐。那时食物和泥土难分彼此，肉身与大地万般牵连，那时，人们几乎一无所有……荒蛮艰辛，至纯至真。但是，无论他们，还是我们，都渴望着更幸福更舒适的生活，这一点永远没有改变。

我记下了最平凡的一个清晨。半个月亮静止在移动的云海中，我站在山顶，站在朝阳对面。看到妈妈正定定地站在南边草坡上。更远的地方，斯马胡力牵着马从西边走来。更更远的地方，稀疏的松林里，卡西帕穿着红色的外套慢慢往山顶爬去。这样的情景之前无论已经看到过多少次，每一次还是会被突然打动。

我收藏了一根羽毛。一个阴沉的下午，天上的太阳只剩一个发光的圆洞，大约快下雨了，大家都默默无语。赶牛的卡西回到家后，显得非常疲惫，头发上就插着这根羽毛。

我开始还以为是她穿过丛林时不小心挂上的，谁知她一到家就小心取下来，递给了妈妈。原来是捡到后没处放，怕这轻盈的东西在口袋里压坏了，特地插在头上的。我突然想到，这大约就是猫头鹰毛吧。据说哈族将猫头鹰羽毛和天鹅羽毛视为吉祥的事物，常把它们缝在新娘、婴儿或割礼的孩子身上，司机们也会把它们挂在后视镜上，保佑一路平安。我想问卡西是不是，却不知"猫头鹰"这个词怎么说，就冲她睁只眼闭只眼地模仿了一下。她一下子明白了，却说不是。但扎克拜妈妈却说是。妈妈仔细地抚摸它，把弄弯的毛捋顺了，然后送给我，让我夹进自己的本子里。我不禁欢喜起来，真心地相信着这片羽毛的吉祥。那是第一次感觉自己不那么孤独。

有一次我出远门，因为没电话，大家不知道我回家的确切日期，斯马胡力就每天骑马去汽车走的石头路边看一看。后来还真让他给碰到了。可是马只有一匹，还要驮我的大包小包，于是他让我骑马，自己步行。我们穿过一大片森林、一条白桦林密布的河谷，还有一大片开阔的坡顶灌木丛，走了两个多小时才回到冬库儿的家中。

虽然骑着马，但怎么也赶不上走路的斯马胡力，每到上坡路，他很快就消失进高高的白桦丛不见了。不知为何，任我怎么抽打，马儿也不理我，慢吞吞边走边在路边啃草。丛林无边无际，前面的弯道似乎永远也拐不过去，似乎已经和斯马胡力走散了……后来，我一个人来到坡顶的花丛中，小路仍在延伸。斯马胡力红色外套的背影在小路尽头闪耀了一秒钟，立刻消失。

一路上不停地追逐，若隐若现的小路越走越清晰。以为它即将明确地抵达某处时，转过一道弯，往下却越走越模糊，并渐消失。我和我的马儿出现在一片石头滩上。眼下流水淙淙。前方不远处跑过一只黑背的索勒（哈萨克语，旱獭之意）。跑着跑着，回过头看我。

渐渐又进入一条没有阳光的山谷，越往前，越狭窄。这时，斯马胡力突然从旁边的大石头后跳出来，冲我明亮地笑着。我连忙勒停马儿，问他这是哪里。他笑道："前面有好水。"

我不明白何为"好水"，便跟着去了，但这时马儿突然死活也不听话了，折腾半天也不肯离开原来的道路。我只好下了马，牵着马儿远远跟去。脚边有一条细细的水流，前面有哗哗的水声。并且声音越来越大。转过一块大石头——瀑布！前面是瀑布！

前方是个死角，被几块十多米高的大石头堵得结结实实。石壁光洁，地面也是一块平平整整的巨大石头。水流只有一股，水桶粗细，从石堆顶端高高摔下来。水流冲击处的石面上有凹下去的一眼水潭，估计是天长日久冲刷而成的。附近没有泥土，只有白色的沙地，寸草不生。这一方天地虽水声喧嚣，看在眼里却无比沉寂。

斯马胡力站在水流边，炫耀一般地望着我笑。他引我偏离正道，绕到这里，果然给了我一个惊喜。我感受到了他满当当的欢乐与情谊。他才孤独呢。

还是在冬库儿，我们北方的驻地，有一只羊晚归时一瘸一瘸，大家都看着它叹息。两个小时后，它的两条后腿就站不起来了，趴在地上，以两条前腿挣扎着爬行。第二天早上，羊群出发时，只有它独自躺在溪水边呻吟、痉挛。很快死了。之前令人揪心，之后让人大松一口气。似乎没有什么归宿比死亡更适合它。它的罪终于受完了。斯马胡力剥下羊皮，埋了羊尸。其他的羊正远远地，喜悦地走向青草。在这丰饶的夏牧场，我那点孤独算什么呢？

狗的事

我总是记得小狗怀特班的事。每当我偷偷给它食物时，它赶紧一口含住，闭着嘴，若无其事地离开。一直走到老狗班班看不到的地方再吃。如果偏这时迎面就遇到了班班，则立刻扭头吐出来，然后一屁股坐上去，卧倒，摇尾，披得严严实实，装作晒太阳。真是又聪明又可怜。

班班是异常警惕的，如果一旦被它发现，会立刻恶狠狠地扑上去，咬得怀特班一顿惨叫，呜呜求饶。然后眼巴巴地看着班班衔起战利品走开。害我每次喂怀特班都得千方百计地找时机。

怀特班不是被遗弃在额尔齐斯河南岸的那个怀特班，是被一个客人抛弃在冬库儿的小狗。看上去顶多三个月大，又瘦又没出息的模样。

这个小狗虽然没人要了，但耳朵也被剪得圆溜溜的，看来以前的主人也曾有心想一直养到最后，但不知为何，还是扔弃了。据说当时小狗一直跟着原主人的马儿跑到这里，那人请斯马胡力帮着捉住狗，打马跑了。好半天小狗才挣脱出来，四处寻找了半天，一转身就缠上了斯马胡力。立刻认定了这儿就是它的新家。

猫也罢，狗也罢，长大了就野了。但当它们还是小猫小狗的时候，却总那么黏人。人走到哪儿，也跟到哪儿，不管认不认识。大约它们也知道，当自己还弱小单薄的时候，能依靠的，能救助自己的，就只有人了。这种心思令人怜惜。

虽说跟着人也没有吃的，但离开人更是死路一条，便不妨跟着，好歹还有点希望……

看着新小狗团团转地跟着斯马胡力撒娇，我问卡西："这个狗我们要了吗？"

337

她想都没想就说:"不要!"

"那它有没有名字?"

"怀特班。"同样想都没想。

新怀特班来到新家里,为了能够被收容,努力地表现。黄昏时分,一个穿着天蓝色衣服的小男孩走近我们的驻地,远远向扎克拜妈妈打招呼,想要说些什么。班班立刻冲上去狂吠,怀特班也跟着起劲地又跳又叫,而且表现得更为愤怒。真是个愣头青。那么大一点点,能吓唬住谁?

白天卖了一天的乖,到了晚上,却哀伤地呜咽了一宿。可能在这个不熟悉的地方感到很不适应,孤独又伤心。可跑去哪里伤心不好呢,偏要跑到毡房背后的墙根下……以为那里谁也看不见,谁也不知道。于是,吵得大家一整晚睡不好觉。刚好大家都睡在那块墙根边。气得斯马胡力跑出去打了好几次。

此后我们又有两条狗了。但这个家里,谁也不待见新狗,加之又没机会立功,于是它的日子过得凄惨极了。我到现在都没想通它是怎么在冬库儿活过一个月的!

除了我偷偷给一小块馕(一不小心还会被班班抢去),这个家再也没人给它吃的东西了。但它还是死活不肯离开。无论怎么挨班班的咬也硬撑着。如果有陌生的牛羊或骑马人靠近我们的驻地,它立刻首当其冲,不管三七二十一冲上去就咬。然后晃着尾巴回来邀功。但还是没人理它。它整天富于希望地守在门口,估计饿得只剩摇尾巴的力气了。这是山野,离开的话,又能去到哪里呢?大约我们的毡房子是它唯一的希望吧。

而天天偷取大家的食物喂狗,我也很有负疚感。人又有多少吃的呢?一点多余的食物也没有。有多少人,就揉多少面,烤多少馕,几乎没有任何浪费。因此我能给怀特班提供的馕往往还不到乒乓球大小,每天能偷到这么一小块就不错了(其实喂狗的时候,我自己也想吃)……这么一点点,不但填不了它的肚子,可能只会引得它的肠胃更加……

在制作肥皂的季节里,大家离家时,总是再三嘱咐我看好正晒着的新肥皂,别让狗吃了。因为制作肥皂的重要原料就是羊油。可是除了羊油还用了大量工业火碱啊。这有什么好吃的?如果真能充饥,我倒希望它多少去吃一点……

有一天下午,看到怀特班在草上吐了。看来真是饿极了,见到啥都乱吃。

那段日子总是很难受,比挨饿的是自己还难受。觉得自己真是没用的人，什么也保护不了……

没多久，上游的阿依努儿拖着两个孩子来串门。原来她听说我家有多余的狗，是跑来要狗的。她独自带着孩子生活在一条非常狭窄阴暗的山沟里，没有很近的邻居，肯定会害怕野兽什么的。扎克拜妈妈一听，求之不得！她尤其讨厌新怀特班。于是连忙找了一截羊毛绳拴住小狗，交给阿依努儿牵走了。

可不知为什么，这个笨狗死活不愿离开，悲惨地呜噜着。阿依努儿在前面扯住绳子使劲拽，两个孩子合力驱赶，好容易才艰难地带走了。

怀特班显得非常恐惧，我却很高兴。这下好了，它有自己的家了，至少再不会被别的狗欺负了。而为了能留住它，阿依努儿肯定会每天都喂它些吃的。

结果第二天黄昏大家赶羊的时候，这个笨蛋又跑回来了！那么远的路！有这股聪明劲儿和这种顽强精神，干吗不用在讨好新主人身上？

真是的，这个家有什么好的呢？它在留恋什么？难道是我偶尔偷给它的那么一丁点馕块吗？

下游的恰马罕家也养有一条胖乎乎的小狗。平时一直拴在门前，还给它垒了个能挡雨的小狗窝。我实在不明白为什么要拴起来。我家的狗，赶都赶不跑……

我们这条山谷里一共四条狗，四只狗互相很熟，平时见了面还会打招呼。如果有外人进入驻地，一只狗吠叫起来，远远近近的狗都会一起叫，为之助威造势。如果是个特别招狗烦的人，四只狗则会一起赶到，围着他咬。咬得他最后自己都不知道自己怎么逃掉的。

而班班只有在共同对付外敌时，才重视小狗怀特班的微薄之力，与它站在同一战线。而平时俨然以老功臣自居，对怀特班百般欺凌。

其实老功臣班班也只在新狗怀特班出现之后才稍稍比较出一点点优势。平时它的日子也不好过。隔三岔五的，顶多能有一点点刚盖住碗底的奶茶渣子和刷锅水。

班班是一只地道的牧羊犬，看上去肥头大耳，腰粗体宽。其实已经很老很老了。有十几岁了，骨头都有些嚼不动了。

最初班班并不是我家的狗，是可可媳妇的娘家的狗。后来她娘家迁去了哈萨克斯坦，狗就扔了，被扎克拜妈妈一家收容。因为是条老狗，它非常熟悉游牧的生活。在搬迁的路上，无论多么辛苦也不掉队，不乱跑。一看到有山羊不守纪律，离开牧道啃草，便立刻冲上去把它们赶回队伍中。在驻地上，要是有别人家的牛羊出现在我们毡房附近，卡西或妈妈猛喝一声，班班就立刻跳起来把牛羊赶跑。就算没人喊，一看到有别的牲畜靠近我家河边草地上的盐槽子，它也会立刻冲下山坡把它们赶开。但自己家的牛羊却是认得的，绝对不会弄错。

当然，有时候也会负责得近乎无聊。客人的马系在门口草地上，好端端地站在那儿，又没惹它，它也不干。围着人家大喊大叫，不停做出要扑过去咬的架势。这一招会吓住大部分的马，但总有一些见过世面的老马闻若未闻，旁若无狗。

在新狗怀特班来之前，我偶尔也会偷拿一点点馕块喂班班。于是这家伙便整天盯牢我了，走哪儿都跟着不放。还老是啃我的手。一看就知道这只手经常给它吃东西……这个笨蛋。每到那时，害我总得装出一副奇怪的样子："它为什么老跟我，不跟你们呢？"

大家心知肚明，面无表情："谁知道。"

在春牧场上，当我刚刚进入这个家庭时，班班还是一只病狗。整天坐在门口空地上晒太阳，不停摇头晃耳。卡西说它的耳朵里有水。果然，仔细一听，它一晃脑袋，就有水声咣咣响。好像满脑袋都装满了水！我翻开它的耳朵一看，湿湿的，流着脓水！狗的耳朵被剪短了未必是好事，容易进水、感染……

当我仔细地翻看它受伤的耳朵时，卡西远远看到了，连忙喝止，还呸呸地往地上吐唾沫，以示恶心。我问怎么了。她用汉语说："狗的不好！"我问哪儿不好。她想了又想，无法表达，反正就是说不好。

想起以前听过这么一种说法，因为狗吃粪便，且不分父母兄妹地胡乱交配，是肮脏淫荡的象征。而亲近狗的人，往往会被看作有着和狗一样的品行……

当家里的兽医姐夫来做客时，我请他帮着看一看班班的耳朵。他说他只治牛羊，不治狗。

我说："都一样嘛！"

他说："那不一样。"

我又说："那会不会死？你听，那么多水！"

他笑着说："不会。它是狗嘛。"

看在他是兽医的分上，我姑且信了。

如果可以，我真想把班班倒着提起来，甩啊甩啊，帮它把水全甩出来！

有一次进城遇到我妈，她建议我用盐水帮狗浇洗患处，消毒。于是回去告诉了斯马胡力。当时这家伙正在喝黑茶（当时牛奶产奶量少，没有奶茶），闻言，端着喝到一半的剩茶，跑出去浇到它脑袋上，还嬉皮笑脸地对我说："这也是有盐的水嘛……"

作为狗，活着有什么幸福可言呢？每天结束茶饮后，如果还能剩下一点点的奶茶渣子或刷锅水，就倒进门前草地上的一只破铁锹头里。连个狗盆都没有。而那点残汤剩水又什么好喝的呢？班班喝的时候，怀特班远远蹲着等待，等班班舔完后才绕着弯子踱过去，反复地舔着空铁锹。舔了很久很久还在舔。到了第二天还过去舔。

又想起恰马罕家的小胖狗，不但给小心地拴了起来，还像供菩萨一样在它面前放了一大碗食物，由着它吃。可它还是一副死不乐意的样子，趴在那儿生闷气，谁也不理，对那碗吃的东西瞧也不瞧一眼……原来狗与狗也是不一样的。

我呢，像是上辈子欠了它们的一样，整天纠结于这些事而不得安宁。一点也见不得它们祈求的眼睛……却只能反复地述说它们受过的苦，再无能为力。

此时此刻我还生活在这个家庭之中，还能尽己所能，每天给小怀特班一点点希望。可是我不会在这里生活一辈子的。当它依赖我了之后，我却离开了……又想象到某一个寒冷的夜里，它用尽最后的生命的能量，历经长时间的痛苦，终于结束生命……又想到，就算不死，秋天南下渡河时，这么小的狗，也未必能游过额尔齐斯河的激流。那时它只能徘徊在北岸，成为真正的野狗……就算过了河，初冬时节途经乌伦古河畔的人群聚居处，正好赶上冬令吃狗肉，那里生活的汉族人天天到处打狗……这样的生命，活着又有什么幸福可言呢……

我怕它死去。为什么牛羊的死总比不上狗的死去那样令人难过呢？大约因为牛羊的死总是那么平静，而狗的死像是有怨恨一般。它们死之前曾向人不停地求助过……

然而无论怎样的生命，都会死去的。搬家时，一只小老鼠从拆去的塑料小棚下没头没脑地跑出来，被扎克拜妈妈一脚踩死。我只能庆幸那是一瞬间的事，还要庆幸它的灵魂单纯，不能理解痛苦。

事实证明，是我想得太多了。后来有一次进城，离开了三四天，回到家，班班和怀特班仍好好地活着，缺了我那一点点馕块，谁都没饿死……

我还是不能明白生命的事情。我还是没完没了地记挂着世间的苦难，还是不能释怀。却只能，仅此而已。

六月初，这片牧场迎来了一场盛大的婚礼，附近的牧民全都去参加了宴席。一大早，我们把贺礼绑在马鞍后，约好附近的邻居一同出发了。似乎知道宴席上肯定会有好吃的，几家人的狗也鞍前马后紧紧跟着。于是我们三家人就跟了四条狗。往下的一路，就像支流汇入大河一样。每到一个岔路口，就会有一匹或两匹捎着贺礼的骑马人汇入我们的队伍。狗也越跟越多。真热闹！

可到了地方一看，真丢人！就我们这一拨客人带了狗来……

婚礼仪式上人真多！怀特班还小，不懂事，第一次见到这么多人，又亢奋又紧张，在人群中窜来窜去地找吃的，还不时鬼喊鬼叫。大家都很烦它。况且在庄重的婚礼上有狗捣乱也不像话。于是几个小伙子把它捉住，拖到远远的小山顶上，绑在一棵树上。接下来的小半天，惨叫声没完没了地远远传来，令人揪心。直到我们离开时，也没见有人给它松绑。那时下起雨来了……我不敢过去看，因为自私，因为孤单，不想因为怜惜狗而让人厌烦。况且，我知道妈妈一直想趁此机会遗弃它。

而宴会远未结束，今晚还会持续一整夜的，就更不会有人理它。那么明天呢，后天呢？它被孤零零地拴在山顶上，又饿又冷……宾客的队伍启程回返了，它仍在绝望地吠叫。此处有人愿收养它吗？它会自己挣脱，找到回家的路吗？大约不会了，这一次，实在太远了……

我们一行人越走越少，跟来时一样，每经过一条岔路口，这支热闹的队伍就被分流掉一小部分。渐渐地，各自领着各自的狗回到了各自的家。

可是走到最后只剩我们一家时，发现除了班班，怎么还跟着一条狗？

好容易扔掉了一条，结果又领回来一条……

羊毛的事

哈萨克游牧家庭中处处充斥着羊毛制品。穿的，盖的，用的……统统厚实又沉重。对此，我的一个朋友提出疑问："他们为什么不用羽绒？保暖性更强，并且轻便多了，更适合颠簸动荡的生活。"并且提到高寒的西伯利亚地带，羽绒制品自古以来多么普及……

听她这么一说，我也颇感疑惑。想了很久才想通这个问题……真是！这种问题还用想吗？哈萨克牧人当然不会使用羽绒保暖品了！因为他们放的是羊，又不是鸭子……

在商品交易不便的遥远年代里，除了茶叶面粉之类，几乎生活中的一切都得自给自足。现在呢，什么东西都可以买到了。塑料绳能代替羊毛绳，牛奶分离器能代替捶酸奶的查巴袋，机制地毯能代替手绣的花毡，钢管骨架的毡房能代替红栅墙的木架毡房。连笼罩在毡房外的毡盖都有更加洁白耀眼的帆布可代替。

但是，尚远远不能完全代替。塑料绳虽然便宜，却不结实，经不起转场路上的风吹日晒，不到一个月就脆裂开来；牛奶分离器制作的奶酪因干干净净地剔去了奶油，口感又硬又酸；而机制地毯花纹千篇一律且不如花毡耐用；钢铁的毡房较为沉重，不便运送，其结构也没有木架毡房那么结实稳固。而且木栏栅的毡房使用起来非常灵活，可大可小，可高可矮，哪怕就两排房架子还能搭个依特罕呢。

而更轻便更保暖的羽绒垫永远代替不了花毡，羽绒衣也代替不了羊皮大衣和羊毛坎肩。后者扛摔扛打，能身经百战。而羽绒衣呢，森林里，石崖边，扯扯挂挂，磕磕碰碰，没几天，羽絮就飞得剩不了几根了……牧人是天长地久地生存于野外的，不是搞户外活动的。

除非逐水草而居的游牧生活方式彻底消失，否则传统细节也很难消亡吧？

全部的生活从羊开始。春天出生的羔羊，秋天死于无罪。它死后，生命仍未结束。它的毛，絮在家的每一道缝隙里，它的骨肉温暖牧人的肠胃，它的肚囊盛装黄油，它的皮毛裹住雪地中牧羊人的双腿。它仍然是这个家的一部分。

早在五月底，就有一部分大羊脱掉了羊毛衣服。到了六七月间，天气越来越暖和，当年生的羊羔也开始脱衣服了。那时羊羔已经很大了。每天赶羊羔入栏时，面对拥上来的一群体态相似的羊，我几乎分不清大羊和羊羔。

晴朗的日子里，在羊群回家吃盐的间隙里，斯马胡力和海拉提都会把一部分羊堵在南面的两块巨石间，挨个上绑、脱衣服。那种情景我只观摩了一次，只看了一小会儿，就实在看不下去了……剪羊毛，并不是一缕一缕地剪，而是把整张羊皮完整地从羊身上褪下来。就像剥橘子皮似的，剥下来后，仍完整地连成一大片。斯马胡力张开羊毛剪子，伸进密密的毛丛下面，夹住一大片羊毛根部，另一只手握住刀尖一端，双手合力一捏，就有一片羊毛从羊身上剥离了。如是一刀又一刀……斯马胡力的羊毛剪刀一尺多长，跟个大铁夹子一样。相比之下，羊那么小。他看也不看，逮着就插刀子，插进去就剪。这一家伙下去，要是不小心夹着块肉，非捅出一个大血窟窿不可！事实上，也的确夹出了好几条狭长的血口子。看得人心惊肉跳。想起在吉儿阿特，这家伙给骆驼剪毛，也老弄得人家一身血口子。真差劲。看来工具这东西，还是小一点比较好，虽说剪起来速度慢一点，但安全多了。

刚脱完衣服的羊看上去跟斑马似的，光身子上整齐排列着一条一条的长印儿。

剪下的羊毛像一块块完整的羊皮一样，一张叠一张，在草地上堆起了膨松的一大堆。听说不久后就会运到下游的商业区耶喀恰卖掉。我便开始瞎操心了：这么多的羊毛，小山一样，怎么运走啊？如果紧紧地塞进大麻袋的话，至少得塞十麻袋！而我家根本就没有大麻袋，只有二十五公斤装的复合饲料袋和面粉袋！这种袋子起码得需要三十只吧，可我家全部才十来只……

只见大家把羊毛一张一张抖开，平平地铺在地上，像叠扑克牌一样，一张叠一张地铺开了长长一溜，再用一根短棍横着裹在最端头的那张羊毛里。卡西手持棍子两端开始拧动，斯马胡力蹲在地上，随着拧的幅度一点一点把羊毛块朝同一个方向卷披。于是很快地，像拧绳子一样把这一长溜羊毛片拧成了一大股粗绳子（因羊毛间有摩擦力，不至于卷散了）。斯马胡力卷到最后，用手拽住最端头不动，另一端的卡西帕继续拧动短棍上劲。当这股水桶粗的羊毛绳拧得很紧很紧的时候，海拉提才上前帮忙，在绳子的三分之一和三分之二处各拦腰折叠一下，兄妹俩缓缓松手，三折绳子便自然而然地像麻花一样紧紧地绞成一大块疙瘩。最后抽去棍子，把两个端头塞进麻花的缝隙里。这下，原本一大堆松散的羊毛就紧紧地缠在一起了，分散不得。其实这样已经很结实了，但还不算完。两人又把另外的两张羊毛用同样方法连起来绞，绞成一股较短较细的绳子，再用这绳子把已经团得很紧的羊毛块拦腰一捆，更是上了双保险。哎，牧人打行李，向来不含糊。

这样，我原本以为非得拉半卡车的羊毛，立刻凝固成结结实实的六大坨（我家两坨，爷爷家四坨）。只需三峰骆驼就可以驮走了。哪里还要装袋子！

干这些活的时候，一直下着小雨，大家冒着雨干了很久很久。而这堆羊毛之前堆了两天都没人管。也不知头两天天晴的时候大家都干什么去了……

孩子也不怕淋雨，围在旁边兴奋地看着，极想插把手。对他们来说，劳动真是神奇、有趣，极富魅力。他们已经把看到的一切烂熟于心。等长大了，一上手，定会自然而然地做得熟门熟路。

并不是所有的羊毛都卖掉，家人会把最好的留下一部分，在耶喀恰经营弹花机的小店里弹开了，再带回来制作各种羊毛制品。

弹花机是非常厉害的事物，能迅速把板结成块的羊毛片弹打得蓬松又均匀。在没有弹花机的年代里，主妇们只能慢慢撕松羊毛，再用柔软的柳枝千万遍地抽打。这个工作量是相当大的。而汉族人则用弹花弓子，那玩意儿虽然比柳条高级一点，但未免太大了，不便携带，不适合游牧生活。

弹松的羊毛可以做很多事情，捻线，搓绳子，擀毡。捻出的线用来缝制花毡，染出颜色后则用来绣花毡。还能编缠彩色的芨芨草席，这种草席是用来围在毡房的房架子四周的。而羊毛绳合成股，粗细不一，系骆驼，捆包裹，各有用途。毡片的用途则更大了，从毡房本身，到坐卧的花毡，到头上的帽子、脚下的鞋垫、保暖的毡袜、毡筒……充斥着生活的各个角落。当然，现在市场上销售的毡制品，如毡袜毡筒之类，便宜又好看，牧人很少再自制了。但制作花毡的传统却无法替代。花毡是重要的生活用具，也是主妇们表现才情的最重要的创造活动。

一进入冬库儿夏牧场，羊和骆驼就开始陆续脱衣服，妈妈也开始不停捻线了。她顺着一个方向，把弹松的骆驼毛或羊毛反复撕扯，再把扯顺的毛摊成一长溜薄片，再裹上一绺撕顺的粗羊毛，卷为一束，蘸点水揉成小团。这样的小团便可捻线了。一根绳子里，粗毛掺得多，就结实，绒毛多，就柔软。

一小块这样的毛团能捻一米来长的一根绳线，一天就能捻出一大把。才开始我还担心捻这么多线怎么用得完，后来才知根本就不够用，还得买毛线代替。

扎克拜妈妈整天纺锤不离手，赶牛回来，走着走着，往草地上一坐，掏出纺锤就搓转起来。哪怕傍晚赶羊人圈前还有两分钟闲暇，她一边望着已经爬到半山腰的羊群，一边跪坐在羊圈边争分夺秒地捻线。沙里帕罕妈妈也同样如此，过来串个门，也会边喝茶边捻。两个妈妈一起走在山路上时，有时也为某个惊人的话题停下脚步，就地坐下讨论许久。讨论的同时，不忘掏出各自纺锤……

加孜玉曼妈妈的纺锤和我家的不太一样，捻杆下的锤子不是铅饼，而是一块坚硬的、半球形的木头，还刷了红漆，还刻着花纹。再仔细一看，居然是一个小毡房的造型！上面不仅刻上了门和天窗，还刻出了缠绕在毡房外的宽带子"特列葳包"。虽然雕刻的水平相当业余，但想法蛮别致。不知出自她的哪一个孩子的手中。

纺出的线呢，不久后染出颜色，细密地缝进生活的各个角落，暗暗地紧绷着，一根一根的纤维，耐心地承受着种种磨损，缓慢地、马不停蹄地涣散。而新的线也马不停蹄地在妈妈手中搓转成型，一根一根进入生活之中。

比起捻线，搓绳子的活计就辛苦多了。全凭妈妈的一双肉掌。先搓出细的，再合成粗一些的，再合成更粗的……整个六月，妈妈的手掌边缘一直布满了伤口，手指也破破烂烂的。

而最最粗的绳子，跟小鸡蛋一样粗，双手根本使不上劲。就得靠大家的力量了。在搬家前一天，拆毡房时，大家把三股二十米多长的中粗绳绷在房架子上，接头处呈丁字形巧妙地自然穿插着。然后男孩子们每人用木棍绕了一股绳子开始顺着同一方向拧，狠狠地给绳子上劲。拧紧后，斯马胡力在房子里拽住丁字形的绳头，从反方向一点一点地抽取，绳子便自然地拧成了形，又紧又粗又匀。一点儿也不比机器打出来的差。

绳子合到最后，妈妈把三截越来越细的梢头劈开，分为四股，再交叉着搓为两股。最后裹一块布，用针细细固定住末端。这样，绳头又漂亮又结实。要我的话，只会直接在末梢打一个结儿。

"特列蒉包"是另一种羊毛制品，就是手织的长带子，原理与纺布一样，也分经纬线，也会用到梭子。这种带子就是用染了颜色的羊毛线编的。当然，现在的女人们大多买腈纶毛线编，编出来的带子色彩更丰富，且均匀又柔软。编好后，作为更美观的绳子，用来缠绕在毡房内外，固定壁毯、毡盖之类的物品。有的也会作为装饰花边缝在花毡上。这种花边，窄的不过一指宽，宽的能达一尺。我见过的最宽的带子是在冬库儿的阿依努儿家看到的，足有一尺半宽，配了十一种颜色！图案繁复。她用的是专门编"特列蒉包"的木架子，支在家门口的草地上，各色毛线散落一地，梭子别在中央，分开了已经编好的部分和仅仅只是绷着经线的部分。看在眼里，感觉非常奇妙，尤其是这样的架子支在这样一处幽静美丽的山谷里……似乎眼下这根华美的宽带子不只是阿依努儿用双手慢慢编成的，更是她从四面的天然风景中把所需色彩一滴一滴榨取出来，紧紧束在一起，再像拧湿衣服那样拧啊拧啊，最后拧出来的……去西南面的邻居阿舍勒巴依家做客时，看到他家邻居的女孩也正在编织"特列蒉包"。却简陋多了，只一指半宽，很窄，只有两种图案重复出现。也没有绷架子，只是将带子一头系在房架子上，另一头用大腿压着绷直。可那情景看在眼里仍然是绚丽跳跃、无限丰富的。

绝大部分弹好的羊毛是用来擀毡的。把宽大毡片裁剪成合适的碎片，再煮出颜色，用肥皂片画出花样子，绣上种种优美的花朵、羊角等形象，再把这些碎块连缀成一整块。再衬以厚实的一整块毡片，沿着图案边缘穿透两层毡片缝上花边，再往四周滚边……说起来，绣花毡就这么简单。但远不只如此。一块花毡的生长和一只羊羔的生长一样，缓慢又踏实。有一个词是："千针万线"。一针扎下去，再一针引出来——就这么简单的动作，像走路，慢慢走遍了天涯海角。绣花毡也是这样，慢慢形成理所当然的一方美景。

还在冬天，还在荒野中的地窝子里时，扎克拜妈妈忙碌地赶羊、挤奶、烤馕、做饭，然后在等待茶水烧开的时间里，在一块三角形的紫色毡片上绣出了黄色的第一针。一个冬天过去了，这块毡片时绣时停。一直扔在被褥堆上，时不时用来盖住一盆刚炼好的羊油或正在发酵的面团。于是，等完成的时候，也稍有旧相了。等这样的毡片攒了六七块，冬天就过去了。

到了春牧场上，妈妈把这些彩色毡片连缀成了一整块，尽管远未成型，已经开始投入使用。晚上铺在身下垫着睡觉，白天也坐在上面干活。使之越来越平展，妥帖。

到了夏牧场，妈妈把这条单层的花毡两端再缀两溜长长的绿色毡条，并绣上枝蔓形状的弯弯曲曲的图案。再用醒目的橘红色线，以长针脚在每一个旧针脚间系两个结。这下就更结实，也更丰富完整了。妈妈在这方面有一点很厉害，她绣周边的装饰花纹时，直接在空毡片上下针，事先并不描花样子。

在吾塞牧场，花毡终于进行到最后阶段。这时它已经变很大了，并衬上了底毡，越来越沉重。妈妈每次都把它拖到屋外的草地上，坐在上面绣，像是坐在花园里绣。花朵直接从手指上开出。她在颜色各异的毡片接合处，衬上人字形的装饰花边，来挡住接缝处的针脚。同时用这种花边将两指厚的两层毡子密密实实地缝合到一起。然后又裁了几条狭长的毡片煮成艳丽的蓝绿色，一串一串搭在门外栏杆上。晾干后，裹住花毡的四边缝合。但这还不是最后一道工序，还要在滚边处再缝一道花边，继续装饰，继续加固。

缝完最后一针，她侧身一倒，直接躺在上面睡觉。花毡结束了，它是崭新的，又呈舒适的旧态。

很大程度上，牧人的家是一针一线地绣出来、缝出来的。如果没有花毡子，没有墙上挂的壁挂和装饰性的白围巾，没有漂亮的茶叶袋子和盐袋子，没有马鞍上的绣花座垫和两边下垂的饰带，没有搬家时套在檩杆两头的花套子，没有盛装木箱的绣花袋……这个家的光景看着该多惨淡！

每进入一个牧人的家庭，我都会细细地观摩花毡和壁挂。总是对那些热烈又纯洁的冲撞配色心仪不已。每一个平凡的针脚，都是一句完整的语言。

347

没有重复。甚至一度也想在自己未来的家里，慢慢制作这样一方美景，天天生活在上面……

生活在一个差不多全部的家庭器具都出自于自己手中的房间里，该是怎样踏实的感觉！以后等我有房子了，一定也要自己来打家具、钉沙发、织地毯……应该不难吧？毕竟我这人也蛮聪明的。

除了羊毛制品，家里的一切皮具也出自斯马胡力的手工，马镫的带子，马绊子，马笼头，马鞭……都不用买。那些细皮条编结的绳子，双人字纹的，扁的，圆的，还有丁字形的……结实又精致，交叉处更是处理得天衣无缝。

斯马胡力做这些事时非常地细心。尤其每到搬家前的日子，总是把家里每个人的马具都搬到屋前空地上逐一检查，细细加固，以防搬迁途中遇到没必要的麻烦。同时还要制作新的皮绳。这些用具都在不断地消耗着。

一个晴朗闲暇的下午，这家伙抱出一大堆裁好的牛皮带子堆在门口的草地上，摆开架势要大干一场。只见他用锥子在一条细长的牛皮带子一端打上眼，把另一条带子的一端剪成细皮条穿进去孔眼里，打一个别致美观的扣结，再用榔头在结儿上敲了又敲，弄得平平展展、结结实实。然后再以同样的手法连接下一根……如此这般地干了半天，那一堆牛皮带子全都连接到了一起。他笑嘻嘻地对我说，以后可以用来当马缰绳，或牵骆驼。

然后坐直身子，拍拍脖子，准备收工。他扯着这根长长的绳子一圈一圈地拽，拽了半天也找不着头。等拽到最后，我们都乐了！原来，这个笨蛋一看到绳端就扎孔、打结儿，结果就把这根长绳子连成了一个大绳圈……我们笑了半天。亏他处理得那么结实！想拆开都不容易。

原载《小说界》2012年第3期

敬　　告

　　由于编选时间仓促、工作量大，未及与所选作者一一取得联系，请见谅。

　　现仍有部分作者地址不详，为及时奉上稿酬，请有关作者与责任编辑陶然联系。

地址：沈阳市和平区十一纬路25号

邮编：110003

电话：024—23284305

E-mail：tr2007tr@sina.com

辽宁人民出版社

2013.1